판도라의 상자

다자이 오사무 전집 7

판도라의 상자

パンドラの匣

다자이 오사무 지음 | 정수윤 옮김

도서출판 b

| 일러두기 |

1. 이 전집은 저본으로서 『太宰治全集』(ちくま文庫[치쿠마문고], 1994, 全10巻)과 『決定版 太宰治全集』(筑摩書房[치쿠마서방], 1999, 全13巻)을 기초로 하고, 新潮文庫[신초문고], 岩波文庫[이와나미문고] 등 가장 널리 읽히는 판본을 참조하여 번역했으며, 전 10권으로 구성했다.
2. 이 전집은 다자이 오사무의 모든 소설 작품을 발표 시기 순서에 따라 수록했다. 단, 에세이는 마지막 권에 따로 수록했다.
3. 제7권은 이야기의 흐름과 작품의 장르 등을 고려하여, 작품 수록 순서를 재배열하였다.

| 차 례 |

판도라의 상자

太宰治

「판도라의 상자」

이 작품은 아오모리현 센다이 지역신문인 〈가호쿠신보河北新報〉에 1945년 10월 22일부터 이듬해 1월 7일까지 64회에 걸쳐 연재된 신문소설이다. 다자이 오사무가 종전 이후 발표한 첫 소설로, 다자이식 무뢰파리베르탱 선언이 녹아들어 있는 작품으로 평가받고 있다.

다자이는 스무 살의 애독자 기무라 쇼스케1921~1943가 자신에게 남긴 열두 권의 일기 가운데, 결핵 치료를 위해 1941년 8월부터 넉 달간 오사카 지역 '구사카孔舍衙 건강도장'에서 요양하던 부분(일기 두 권 분량)을 토대로 『종다리의 목소리』(1943년 10월)라는 장편소설을 완성한다. 그러나 당국으로부터 출판허가가 쉽게 나지 않아 출간이 연기되었고, 겨우 허가를 얻어 책을 인쇄하는 도중 연합군의 공습으로 인쇄소가 불타 출판이 중단된다. 후에 〈가호쿠신보〉로부터 신문소설 연재 제의를 받아, 이를 전후 시대에 맞게 수정하고 『판도라의 상자』라는 제목으로 발표하였다.

다자이가 문학청년 기무라를 알게 된 것은 기무라가 그에게 보낸 편지를 통해서였는데, 다자이는 기무라에게 다음과 같은 답장을 보내기도 했다.

❝오늘 아침 무척 긴 편지를 받았는데 짧은 답변으로 대신하는 점, 용서하십시오. 귀형이 지닌 문학적 재능에 장래성이 보이는가에 대한 것은, 귀형이 앞으로 오 년을 신중하게 살아낸 뒤에 다시 이야기하기로 합시다. 분명히 약속드리겠습니다. 저도 그때까지는 살아있겠습니다. 빠른 쾌유를 빕니다. 몸이 상하지 않는 선에서 꾸밈없는 일기를 쓰는 것도 좋겠지요. 어머님을 소중히 여기십시오. 제가 드리는 부탁입니다.❞(1940년 8월 2일 소인)

다자이는 존경하던 작가 이부세 마스지에게 편지를 보냈던 자신의 학창시절이 떠올랐는지, 기무라에게 일기 쓰기를 독려하는 등 세 번에 걸쳐 짧지만 성의 있는 답장을 보낸다. 이에 고무된 기무라는 '나는 다자이 씨의 제자다.' '다자이 씨는 예술이란 봉사의 업이라고 했는데, 나도 그 말을 신조로 문학 공부에 매진하겠다.'고 다짐한다.(1941년 3월 11일 일기) 그러나 반복되는 투병 생활로 괴로워하던 기무라는 다자이에게 자신의 일기를 보내달라는 유서를 남긴 채 자살하고 만다. 다자이는 그의 일기를 받은 지 석 달 만에 『종다리의 목소리』를 탈고했다.

한편, 기무라는 일기에서 결핵 요양소를 배경으로 한 토마스 만의 『마의 산』과 다자이를 동시에 거론하며, '다자이 씨의 문학이 나를 죽음의 위험에서 구한 지푸라기였다면, 『마의 산』은 튼튼한 밧줄인지도 모른다.' '다자이 씨 문학에 의해 미미하게나마 지탱해 온 나의 생명이, 『마의 산』에 의해 바로 서게 될지도 모르겠다.'(1941년 1월 9일 일기)고 했는데, 이 일기를 받은 다자이가 『판도라의 상자』 집필 전에 『마의 산』을 읽었을 가능성을 배제하기 어렵다. 두 작품의 상반된 분위기에도 불구하고 '나는 쓸모없는 놈이다'라고 하는 『판도라의 상자』 종다리와 '죄 많고 성가신 존재'였던 『마의 산』 한스 카스트로프의 잉여 인간 심리는 엇비슷한 시대 상황 가운데 고찰의 여지를 남기고 있다.

“이 소설은 ‘건강도장建康道場’이라는 요양소에서 병마와 싸우던 어느 스무 살 청년이, 자신의 친구에게 띄우는 편지글 형식을 취하고 있다. 이제껏 편지글로 된 신문소설은 드물었던 것 같은데, 그런 까닭에 독자들도 초반 사오 회까지 읽어보고 예상했던 것과 달라 당혹스러워할지도 모르겠다. 그러나 편지글 형식은 현실감을 더해 준다는 점 때문에, 예로부터 일본은 물론 해외에서도 많은 작가들이 시도해온 기법이다.

‘판도라의 상자’라는 제목의 의미에 대해서는 내일 연재될 제1회분에 언급되어 있으니, 여기서 더 할 말은 없다.

대단히 무뚝뚝한 인사말이 되었는데, 그래도 이렇게 데면데면하게 인사를 하는 남자가 쓰는 소설이, 의외로 재미있을 때가 있다.”

―〈가호쿠신보〉 연재 당시 저자의 인사말

막 열리다

1

너 있잖아, 착각하지 마. 난 결코 풀이 죽어 있는 게 아니야. 네게 그런 위문편지를 받고 나니까 어찌나 당혹스럽던지, 괜히 부끄러워서 얼굴이 다 빨개졌어. 이상하게 마음이 뒤숭숭했지. 내가 이런 말을 하면 넌 화를 내겠지만, 네 편지는 '고리타분' 했어. 내 말 좀 들어봐. 이미 우리 앞에는 새로운 막이 열리고 있어. 심지어 우리 조상들은 한 번도 경험해보지 못한 전혀 새로운 막이.

옛날식으로 어깨에 힘주고 다니는 짓은 이제 그만두자. 그런 건 대부분 가식이니까. 나는 지금 내 가슴에 생긴 병조차 전혀 신경 쓰지 않고 있어. 병에 걸렸다는 사실마저 잊어버렸지. 병뿐만이 아니야. 뭐든 다 잊어버렸어. 내가 이곳 건강도장에 들어온 이유는, 전쟁이 끝나고 나니까 갑자기 목숨이 아까워져서 앞으로 건강도 챙기고 어떻게든 출세를 해보자, 뭐 이런 생각이 들어서도 물론 아니고, 어서 나아서 아버지를 안심시켜 드리고 어머니도 기쁘게 해드리자, 이런 갸륵하고 눈물겨운 효심이 생겼기 때문도 아니야. 그렇다고 될 대로 되라는 심정으로 이런 촌구석에 들어와 버린 것도 아니고. 사람이 하는 일에 하나하나 설명을 갖다 붙이는 것부터가 이미 낡은 '사상'에서 오는 과오가 아닐까? 무리한 설명은 억지 거짓말로 끝나는 경우가 많아. 이론의 유희는 이제 지겹다. 개념을 논하는 건 이미 할 만큼 했잖아. 그러니 내가 이곳 건강도장에 들어온 데도 이유 같은 거 없다고 말하고 싶어. 어느 날 갑자기 가슴속에 성령이 숨어들더니 눈물이 뺨을 타고 흘러내렸고, 혼자 실컷 울고 나니까 몸이 가뿐해지고 머리가 시원하게 맑아졌지. 그때 이후 나는 완전히 딴사람이 되었어. 줄곧 감추고 있었지만 나는 곧,

"객혈했어."

하고 어머니께 말씀드렸고, 아버지께서 나를 위해 이곳 산속 건강도장을 골라주셨지. 정말 그뿐이야. 어느 날 갑자기라는 건 언제를 말하는 것일까? 그건 너도 알 거야. 그날이지. 그날 정오. 거의 기적처럼 하늘에서 들려오는 음성을 듣고 그 앞에서 울며 용서를 빌던, 바로 그때야.

그날 이후로, 나는 마치 새로 만든 거대한 배에라도 타고 있는 것 같은 기분이 들어. 이 배는 대체 어디로 가는 것일까? 그건 나도 잘 몰라. 아직도 꿈속을 헤매고 있는 것만 같아. 배는 미끄러지듯 뭍에서 멀어져 가. 이 길이 전 세계 어느 누구도 가본 적 없는 순수한 처녀항로라는 것은 어렴풋이 짐작할 수 있어도, 지금은 그저 이 커다란 새 배를 타고 하늘이 열어준 뱃길을 따라 순순히 나아갈 뿐이야.

하지만 말이야, 오해는 하지 마. 난 결코 절망에 빠진 나머지 허무의 늪에서 허우적대고 있는 게 아니야. 출항은 그것이 어떠한 성질의 것이라 하더라도, 어딘가 희미한 기대감을 가져다주기 마련이지. 그것은 먼 옛날부터 전해 내려오는 인간성의 한 면모야. 너는 그리스 신화에 나오는 판도라의 상자 이야기를 알고 있을 거야. 열어서는 안 되는 상자를

열어버린 탓에 질병으로 인한 고통, 비애, 질투, 탐욕, 시기, 의심, 음흉, 굶주림, 증오 등 온갖 불길한 벌레들이 기어 나와서 하늘을 뒤덮을 정도로 붕붕 날아다니게 되었고, 그날 이후 인간은 영원한 불행 속에서 몸부림칠 수밖에 없게 되었더라는, 그러나 상자 한쪽 구석에 아주 작고 반짝이는 돌멩이 하나가 남아 있었고, 거기 희미하게 '희망'이라는 글씨가 적혀 있더라는 이야기를.

2

그건 아주 먼 옛날부터 정해져 있었던 거야. 인간에게 절망이란 있을 수 없지. 인간은 종종 희망에 속지만, 마찬가지로 '절망'이라는 관념에 속기도 해. 솔직하게 말할게. 인간은 불행의 구렁텅이에 빠져 나뒹굴면서도, 어느덧 더듬더듬 한 가닥 희망의 끈을 찾아 헤매는 존재야. 그것은 판도라의 상자 이후 올림포스의 신들도 인정한 사실이지. 어깨를 으쓱거리며 낙관론이니 비관론이니, 기세등등하게 연설을 하는 사람들을 해안가에 남겨둔 채, 우리가 탄 새 시대의 배는 한발 앞서 미끄러져 나아가고 있어. 거칠 것이 없지. 마치 기세 좋게 자라나는 담쟁이덩굴 같아. 자연계가 태양을 향해 뻗어가듯, 의식을 초월한 천연의 본능 같은 거야.

더 이상 사람을 함부로 비국민[1] 취급하고 몰아세우면서 거드름 피우는 짓은 하지 말자. 이토록 불행한 세상을 한층 더 음울하게 만들 뿐이니까. 타인을 나무라는 사람일수록 뒤에서 나쁜 짓을 하기 마련이잖아. 이번에

1_ 非國民. 전쟁에 협조하지 않거나 국가 정책을 비난하던 사람들을 비하해서 이르던 말.

는 또 전쟁에서 졌다고, 그 상황을 모면하려 서둘러 거짓말을 꾸며대면서 꿍꿍이수작을 부리는 정치가들이 없으면 다행이겠는데. 그런 얄팍한 속임수들이 일본을 엉망으로 만들어 온 거니까, 앞으로는 진짜 조심했으면 좋겠어. 두 번 다시 그런 짓을 했다가는 전 세계에서 따돌림을 당할 거야. 제발 허풍 좀 그만 떨고, 보다 산뜻하고 단순한 사람이 되자. 이미 새 배가 바다로 미끄러져 나가고 있어.

물론 나도 지금껏 괴로운 일을 꽤 많이 겪었어. 너도 알다시피 작년 봄에는 중학교를 졸업하자마자 고열에 시달리다가 폐렴에 걸려서 석 달이나 누워 있어야 했고, 그런 탓에 고등학교 입학시험도 치르지 못했지. 겨우 일어나서 걸을 수 있게 되어서도 미열이 계속됐고, 늑막염일지도 모른다는 의사의 말에 집에서 빈둥빈둥 놀며 지내는 사이 올해 수험도 놓쳤어. 그러는 동안 상급학교에 가고 싶다는 맘도 싹 사라졌는데, 그럼 이제 뭘 하나, 그 생각을 하니까 눈앞에 캄캄해지더라고. 집에서 놀고만 있는 것도 아버지께 죄송했고, 어머니께도 이만저만 불효가 아니었으니까. 너는 백수가 되어본 적이 없어서 잘 모르겠지만, 진짜 지옥이 따로 없어. 그 시절 나는 밭에서 무작정 풀만 뽑아댔어. 그렇게 농사꾼 흉내라도 내면서 그나마 체면치레를 하고 있었던 거야. 너도 알다시피 우리 집 뒤꼍에 백 평 정도 되는 밭이 있잖아. 근데 왜 그런지는 몰라도, 이 밭이 예전부터 내 명의로 되어 있었나 보더라고. 그 탓만은 아니겠지만, 어쨌든 나는 이 밭에 한 발자국만 들여놓아도, 주위의 압박에서 풀려난 것처럼 마음이 편안했어. 최근 일이 년 동안 나는 이 밭의 주임 비슷한 역할을 했던 것 같아. 풀을 뽑고, 몸에 무리가 가지 않는 선에서 밭을 갈고, 토마토에 부목을 댔지. 뭐, 이런 일들도 식량 증산에 조금은 도움이 될 거라고, 하루하루 나 자신을 속여 가며 살아왔지만, 아무리 애를 써봐도 어찌할 수 없는 한 덩이 먹구름과도 같은 불안이, 가슴 깊은 곳 어딘가에 단단히 들러붙어서 떨어지질 않았어. 이러고 살고 있다니, 대체 나는 앞으로 어떤 신세가 될까? 별 볼 일 없는 맥 빠진 폐인이 되는 건 아닐까? 그런 생각을 하고 있으면 망연자실해져. 뭘 어떻게 하면 좋을지 도무지 알 수가 없어. 이렇게 하찮은 내 삶이 남들에게 그저 폐가 될 뿐이고, 아무런 의미도 없다고 생각하면, 괴로워서 견딜 수가 없어. 너 같은 수재들은 잘 모르겠지만, '내가 살아 있다는 것이 남에게 폐가 된다. 나는 쓸모없는 놈이다.'라는 생각만큼 괴로운 것도 없어.

3

하지만 말이야, 내가 이렇게 유치하고 고리타분하고 한심한 고민을 일삼고 있는 동안에도, 세상의 풍차는 눈에 보이지 않을 만큼 빠른 속도로 빙빙 돌아가고 있어. 유럽에서는 나치스의 전멸, 동양에서는 필리핀 결투에 이은 오키나와 결전과 미군 전투기의 일본 본토 폭격 등등. 나야 군사 작전 같은 거 알 턱이 없지만, 그래도 내게는 젊고 민감한 안테나가 있어. 믿을 만한 안테나지. 한 나라의 우울과 위기, 그런 것들을 금세 찌릿찌릿 감지해내는 안테나야. 이론적으로는 설명할 수가 없어. 직감일 뿐이니까. 올여름 초부터 나의 이 생생한 안테나가 전에 없이 크고 거센 파장을 감지하고 부르르 떨리기 시작했어. 하지만 내게는 아무런 대책이 없었어. 그저 당황스럽기만 했지. 나는 미친 듯이 밭일에 매달렸어. 뜨겁게 내리쬐는 뙤약볕 아래서 끙끙거리며 괭이를 휘둘러 밭을 갈고, 거기에 고구마 덩굴을 심었어. 내가 왜 그렇게 열심히 밭일을 했는지는 지금도 잘 모르겠어. 아무짝에도 쓸모없는 내 몸뚱이가 원망스러운 나머지 아주 그냥 톡톡히 혼쭐을 내주자 싶어서, 될 대로 되라는 심정으로 괭이를 내리찍을 때마다 죽어! 죽어버려! 죽어! 죽으라고! 하고 끝없이 신음소리를 내뱉었던 날도 있었어. 고구마 덩굴 육백 개를 심었지.

"밭일도 적당히 그쯤 해둬라. 네 몸으로는 무리다." 어느 날 저녁 식사 때 아버지께서 그렇게 말씀하셨는데, 그로부터 사흘째 되던 날 밤, 비몽사몽간에 콜록콜록 기침이 나더니, 얼마 안 가 가슴속에서 무슨 가랑가랑하는 소리가 나는 거야. 어엇, 큰일 났다 싶어서 눈을 번쩍 떴지. 어느 책에서 객혈하기 전에는 가슴속에서 가랑가랑하는 소리가 난다는 이야기를 읽은 적이 있었거든. 몸을 엎드린 순간, 욱 하고 올라왔어. 나는 입안 가득 비릿한 맛이 도는 무언가를 머금고 급히 화장실로 달려갔지. 아니나 다를까, 피였어. 한참을 화장실에 서 있었지만 더는 나오지 않았어. 나는 발소리를 죽여 부엌으로 가서, 소금물로 입을 헹구고 얼굴과 손을 씻은 다음 잠자리로 돌아왔어. 기침이 나오지 않도록 숨을 죽여 가며 조용히 자리에 누웠는데, 이상할 정도로 아무렇지도 않은 거야. 마치 이날이 오기를 전부터 쭉 기다려왔다는 생각까지 들더라고. 진정 내가 원하던 것. 머릿속에 그런 문구가 떠올랐어. 내일도 묵묵히 밭일을 계속하자. 어쩔 수 없다. 달리 사는 보람이 없는 인간이니까. 분수를 알아야지. 아아, 진짜 나 같은 놈은 하루라도 빨리 죽는 게 나아. 지금 미친 듯이 몸을 혹사시켜서 식량 증식에 조금이나마 힘을 보탠 후에, 이 세상과 작별하여 나라의 부담을 덜어주자. 그것이 나처럼 아무짝에도 쓸모없는 병자들이 할 수 있는 최소한의 애국이다. 아아, 어서 죽고 싶다.

이튿날 아침 평소보다 한 시간 이상 일찍 일어난 나는, 얼른 이불을 개놓고 아침밥도 거른 채 밭으로 나갔어. 그러고는 정신없이 밭일을 했지. 지금 생각해보면 무슨 지옥 꿈이라도 꿨던 것 같아. 물론 누구에게도 이 병에 대해 말하지 않을 작정이었어. 아무도 모르는 사이에 병세를 부쩍 악화시킬 생각이었지. 바로 이런 마음을 '타락사상'이라고 하는 걸 거야. 그날 밤 나는 몰래 부엌으로 숨어들어, 배급받은 소주 한 대접을 벌컥벌컥 들이켰어. 그러고 나서 그날 밤 또 객혈을 했지. 자다가 문득 눈이 떠져서 가볍게 두세 번 기침을 하는데, 욱 하고 올라오는 거야. 이번에는 화장실까지 달려갈 겨를도 없었어. 유리문을 열고 맨발로 뜰로 달려나가 피를 토했어. 목에서 울컥울컥하는 게 몇 번이나 올라와서, 눈이나 귀에서까지 피가 쏟아져 나오는 기분이었어. 두 컵가량 쏟아 냈을 즈음 피가 멎었지. 피로 얼룩진 땅을 아무도 눈치채지 못하도록 막대기로 뒤엎고 있는데, 공습경보가 울렸어. 돌이켜보면 그건 일본, 아니 전 세계를 통틀어 마지막 야간공습이었는지도 몰라. 몽롱한 기분으로 방공호에서 기어 나오는데, 바로 그 8월 15일 아침이 희뿌옇게 밝아오고 있었어.

4

하지만 그날도 변함없이 나는 밭으로 나갔어. 이 말을 들으면 넌 쓴웃음을 짓겠지. 하지만 사실 말이야, 내게는 웃을 일이 아니었어. 정말로 이것 말고는 할 수 있는 일이 없는 것만 같았어. 아무리 생각해도 달리 방도가 없었지. 숱한 고민 끝에 농사꾼으로 죽자고 각오를 다진 거였으니까. 자기 손으로 일군 밭에서 농민으로 쓰러져 죽는 것이 진정 내가 원하던 거였어. 에잇, 뭐가 어찌 되든 상관없으니 빨리 죽고 싶다. 현기증, 오한, 끈적끈적한 식은땀으로 괴로움을 넘어 정신이 아득해져서, 콩잎 무성한 밭 위에 벌러덩 드러누웠을 때, 어머니께서 날 부르러 오셨어. 얼른 손발을 씻고 거실에 계신 아버지께 가보라는 거였어. 어머니는 무슨 말을 할 때마다 미소를 짓는 분이셨는데, 그날은 딴사람처럼 엄숙한 표정을 짓고 계셨지.

아버지가 계신 거실 라디오 앞에 앉은 나는, 정오 무렵 하늘에서 들려오는 음성에 울음을 터뜨리고 말았어. 눈물이 뺨을 타고 흐르는데, 신비로운 빛이 내 몸을 비추더니, 흡사 다른 세계에 발을 들여놓은 것만 같은 기분이 드는 거야. 혹은 흔들거리는 거대한 배에 올라탄 기분이랄까. 문득 정신을 차려보니, 이미 예전의 내가 아니었어.

생사일여生死一如를 깨우쳤다며 잘난 척할 생각은 없지만, 어차피 죽고 사는 건 다 똑같은 거 아니겠어? 어느 쪽이든 괴롭기는 매한가지야. 죽기를 서두르는 사람들 중에는 잘난 척하는 놈들이 많아. 지금까지 내가 고통을 겪은 것도 다 내 체면을 차리기 위한 것에 불과했지. 옛날식으로 어깨에 힘주고 다니는 짓은 이제 그만두자. 네 편지에 '비통한 결의'라는 말이 있던데, 비통이란 말은 왠지 싸구려 연극에 나오는 잘생긴 배우의 표정 같아. 비통해할 때가 아니지. 그건 벌써 가식이 되어버렸어. 배는 이미 미끄러지듯 해안을 떠나고 있어. 늘 그렇듯 배의 출항은, 어딘가 희미한 기대감을 가져다주기 마련이지. 나는 더 이상 움츠러들지 않을 거야. 가슴의 병도 신경 쓰지 않고 있어. 동정심으로 가득한 네 편지를 받고 나서, 내가 얼마나 당혹스러웠는지 몰라.

나는 이제 아무 생각도 하지 않고, 그저 이 배에 몸을 맡긴 채 앞으로 나아갈 작정이야. 나는 그날 바로 어머니께 말씀드렸어. 내가 생각해도 이상할 정도로 태연하게 털어놓았지.

“저 어젯밤에 객혈했어요. 그 전날 밤에도요.”

아무 이유도 없었어. 갑자기 목숨이 아까워진 것도 아니고. 그저 어제까지 억지로 거들먹거리면서 체면을 차리고 싶어 하던 마음이 사라졌을 뿐이야.

아버지께서는 나를 위해 이곳 ‘건강도장’을 골라주셨지. 너도 알다시피 우리 아버지는 수학 교사잖아. 숫자 계산은 잘하는지 몰라도 돈 계산은 한 번도 해본 적이 없나 보더라고. 우리 집은 형편이 어려우니 나도 여유로운 요양 생활을 기대해선 안 되겠지. 이곳 ‘건강도장’은 간소하다는 점만으로도 내게 딱 어울리는 곳이야. 난 아무 불만 없어. 여섯 달만 지나면 건강을 되찾을 거래. 그날 이후 객혈은 한 번도 하지 않았어. 피 섞인 가래조차 안 나왔지. 심지어 병에 걸렸다는 사실마저 잊어버렸을 정도야. 바로 이렇게 ‘병 자체를 잊어버리는 것’이 완치의 지름길이라고, 이곳 사부님도 그러시더라. 약간 특이한 구석이 있는 사람이야. 애초에 결핵 요양병원에 ‘건강도장’이라는 이름을 붙이는 것부터가 정상은 아니지. 식량과 약품이 부족한 전시 상황에 걸맞게 특수 치료법을 발명해서, 수많은 입원환자를 독려해온 사람이래. 어쨌거나 특이한 병원이야. 진짜 재밌는 일들이 산더미처럼 많은데, 뭐 다음에 천천히 이야기하도록 하자.

정말로 내 걱정은 조금도 할 필요 없어. 그럼 너도 몸 건강히 잘 있어.

쇼와 20년[1945년] 8월 25일

건강도장

1

약속대로 오늘은 내가 지금 지내고 있는 건강도장에 대한 이야기를 해줄게. E시에서 한 시간 정도 버스를 타고 고우메바시라는 곳에 내린 다음, 거기서 다른 버스로 갈아타야 하는데, 고우메바시에서 도장까지는 그렇게 멀지 않아. 갈아탈 버스를 기다리는 것보다 걸어가는 게 더 빠를 거야. 한 10정[1.1km] 정도밖에 안 되거든. 도장으로 가는 사람들 대부분은 거기서 그냥 걸어가. 고우메바시에서 산을 오른쪽에 두고, 아스팔트가 깔린 지방도로를 따라 남쪽으로 10정가량 걷다 보면, 산기슭에 돌로 된 작은 문 하나가 나와. 거기서부터 소나무 오솔길이 산 중턱까지 이어져 있는데, 그 오솔길이 끝나는 곳까지 걸어오면 두 동짜리 건물 지붕이 보여. 그곳이 바로 지금 내가 신세를 지고 있는 '건강도장'이라는 몹시 특이한 결핵환자 요양소야. 신관과 구관, 이렇게 두 동으로 나뉘어져 있어. 구관은 그 정도는 아닌데, 신관은 무척 밝고 세련된 건물이지. 구관에서 훈련을 많이 받은 사람들이 이쪽 신관으로 차례차례 옮겨 오도록 되어 있지만, 나는 워낙 건강한 편이어서 특별히 처음부터 신관으로 올 수 있었어. 내 방은 도장의 정문 현관으로 들어서자마자 바로 오른편에 있는 '벚꽃실'이야. '신록실'이니 '백조실'이니 '해바라기실'이니, 듣기만 해도 쑥스러울 정도로 예쁜 이름들이 병실마다 붙어 있어.

'벚꽃실'은 다다미 열 장 크기의 서양식 직사각형 방으로, 튼튼한 목조 침대 네 개가 남쪽으로 나란히 놓여 있고, 내 침대는 방에서 제일 안쪽에 있어. 머리맡에 있는 커다란 유리창 아래로는 열 평 남짓 되는 '처녀 연못'인가 하는 (별로 마음에 드는 이름은 아니지만) 맑고 깨끗한 연못이 있는데, 붕어나 금붕어가 노니는 것이 선명하게 보이니까, 어쨌든 내 침대 위치에 불만은 없어. 제일 좋은 자리인 것 같기도 해. 아주 커다란 목조 침대인데, 쓸데없이 스프링 같은 게 안 달려 있어서 오히려 마음에 들어. 침대 양쪽에는 서랍이나 선반 같은 것들이 얼마나 잔뜩 달려 있는지, 생필품을 모조리 집어넣었는데도 여전히 빈 서랍이 남아 있을 정도야.

같은 방 선배들을 소개할게. 내 옆자리는 오쓰키 마쓰에몬 씨. 이름처럼 인품이 점잖고 풍채가 듬직한 중년의 아저씨야. 도쿄에서 신문기자를 했다나 봐. 일찍 부인을 여의고, 지금은 다 큰 따님과 단둘이 산대. 따님도 아버지와 함께 도쿄를 떠나서 이곳 건강도장 근처 산속으로 피난을 와 있는데, 아버지가 적적할까 봐 가끔씩 문병을 와. 아버지는 대체로 무뚝뚝하게 앉아 있지만, 평소에는 과묵하다가 갑자기 놀랄 만한 결단을 내리기도 하지. 인품은 그런대로 괜찮은 것 같아. 가끔가다 비범함이 엿보이기도 하고, 아직은 잘 모르겠어. 새카만 콧수염이 멋있지만, 근시가 심해서인지 안경 너머로 작고 충혈된 눈을 게슴츠레 뜨고 있어. 둥근 콧등에서는 계속 땀이 나나 봐. 늘 수건으로 문지르는 통에 콧등이 빨개져서 당장이라도 피가 뚝뚝 떨어질 것 같아. 그래도 눈을 감고 생각에 잠겨 있을 때는 위엄이 느껴져. 의외로 대단한 사람인지도 모르지. 별명은 에치고 사자[2]래. 어째서 그런 별명이 붙었는지는 모르겠지만 어울리는 것 같기도 해. 마쓰에몬 씨도 이 별명을 그리 싫어하는 것 같지는 않아. 자기가 나서서 그렇게 불러달라고 했다는 설도 있는데, 정확히는 나도 잘 모르겠어.

2

그 옆자리는 기노시타 세이시치 씨. 미장일을 했대. 28세, 아직 독신이야. 건강도장 제일의 미남이지. 피부도 하얗고 코도 오뚝한 데다가 눈매도 시원스러운 게 진짜 잘생겼어. 약간 까치발을 하고 엉덩이를 실룩거리면서 걷는데, 제발 그 걸음걸이는 좀 고쳤으면 좋겠어. 왜 그렇게 걷나 몰라. 자기가 리드미컬하다고 생각하나? 불가사의야. 유행가도 많이 아는 것 같은데, 제일 잘 부르는 건 도도이쓰[3]라는 거래. 나도 벌써 대여섯 곡 들어봤어. 마쓰에몬 씨는 지그시 눈을 감고 조용히 듣고 있지만, 나는 짜증이 나더라고. 돈을 후지산만큼 수북이 쌓아놓고, 매일 오십 전씩 쓸 거라나 뭐라나, 그런 시시하고 의미 없는 가사들뿐이라, 어이가 없어서 할 말을 잃곤 해. 한술 더 떠서 도도이쓰에 대사를 집어넣는 게 있는데, 이건 더 한심해. 노래 가사에 연극 대사 같은 걸 넣어서 부르는데, 어머나, 오라버니, 어쩌고저쩌고하는 걸 도무지

2_ 니가타에서 유래한 사자탈춤을 이르는 말. 에치고는 옛 니가타현.

3_ 술자리 여흥을 돋우기 위해 부르던 에도 시대 노래. 남녀의 애정을 묘사한 것이 많았다.

듣고 있을 수가 있어야지. 그래도 한 번에 두 곡 이상은 부르지 않아. 몇 곡이라도 연달아 부르고 싶어 하는 눈치지만, 그 이상은 에치고 사자가 용납하질 않거든. 두 곡을 부르고 나면 에치고 사자가 눈을 뜨면서, "이제 그만하지."라고 해. 몸에 안 좋다는 말을 덧붙일 때도 있어. 부르는 사람 몸에 안 좋다는 건지 듣는 사람 몸에 안 좋다는 건지는 분명하지 않지만. 그래도 세이시치 씨는 결코 나쁜 사람이 아니야. 하이쿠를 좋아하는지 자기 전에 마쓰에몬 씨한테 최근작 몇 편을 들려줬는데, 어떠냐고 물어봐도 에치고가 가타부타 말이 없으니까 풀이 죽어서 얼른 침대로 기어들어 갔어. 그때는 좀 불쌍하더군. 세이시치 씨는 에치고 사자를 꽤나 존경하나 봐. 풍류를 즐길 줄 아는 이 사내의 별명은 갓뽀레[4]야.

그 옆자리를 차지하고 있는 사람이 니시와키 가즈오 씨. 우편국장인지 뭔지를 하던 사람이래. 35세. 나는 이 사람이 제일 좋아. 차분해 보이는 아담한 체구의 부인이 가끔 문병을 와. 그러면 둘이서 도란도란 이야기를 나누는데, 그림 같은 풍경이야. 갓뽀레나 에치고도 그들 부부를 배려해서 그쪽을 보지 않으려고 하는 것 같아. 이 또한 흐뭇해지는 마음 씀씀이지. 니시와키 씨의 별명은 뱀밥[5]. 호리호리하고 길쭉해서 그렇게 부르는 것 같은데, 잘생긴 건 아니지만 품위가 있어. 어딘가 학생 같은 느낌이 나고, 수줍은 미소도 매력적이야. 이 남자가 내 옆자리였다면 좋았을 걸 싶기도 하지만, 밤이 깊으면 이상한 신음소리를 낼 때도 있으니까 역시 옆자리가 아니라서 다행이란 생각이 들어. 이것으로 우리 방 선배들 소개는 대충 끝난 것 같으니, 이어서 우리 도장 특유의 요양 생활 소개로

4_ 가부키 공연 막간에 상연하는 교겐 곡명. 거지가 춤을 추며 우스꽝스러운 노래를 한다.
5_ 끝이 길쭉하게 생긴 쇠뜨기라는 식물의 홀씨.

넘어가 볼게. 우선 하루 일과가 적힌 시간표야.

6시	기상
7시	아침 식사
8시~8시 반	단련 체조
8시 반~9시 반	마사지
9시 반~10시	단련 체조
10시	도장 내 순회(일요일은 지도원만)
10시 반~11시 반	마사지
12시	점심 식사
1시~2시	강연(일요일은 위문방송)
2시~2시 반	단련 체조
2시 반~3시 반	마사지
3시 반~4시	단련 체조
4시~4시 반	자유 시간
4시 반~5시 반	마사지
6시	저녁 식사
7시~7시 반	단련 체조
7시 반~8시 반	마사지
8시 반	뉴스
9시	취침

3

지난번에도 잠깐 이야기했지만, 전쟁 중에 불타버린 병원도 많고, 화재는 면했다 해도 물자나 일손이 부족해서 문을 닫은 병원이 적지 않아서, 장기 입원을 필요로 하는 결핵환자들, 특히 우리처럼 그다지 유복하지 않은 환자들은 갈 곳이 없었어. 그런데 다행히 이 주변은 적군의 공습도 거의 없었고, 지방의 유력한 자선가 두어 명이 뜻을 모아 나라에서 찬조금도 얻어, 산속에 있던 기존의 현립 요양소를 증설해서 지은 거야. 거기에 지금의 다지마 박사를 초빙해서 물자에 구애받지 않는 독자적인 결핵 요양소를 만든 거지. 일단 이 일과 시간표를 대충 훑어보기만 해도 평범한 요양소 생활과는 거리가 멀다는 것을 알 수 있을 거야. 병원구조 자체가 병원이나 환자라는 개념을 버리도록 되어 있어.

원장을 사부님이라고 부르고, 부원장 이하 의사는 지도원, 간호사는 조수, 우리 입원환자는 생도라고 부르게 되어 있지. 전부 이곳 다지마 사부가 생각해낸 거래. 다지마 박사가 이곳 요양소에 초빙된 후 내부 구성도 새롭게 바꾸고 환자들에게 독자적인 치료법도 썼는데, 성과가 대단히 좋아서 의학계에서도 주목을 받고 있는 모양이야. 사부는 머리가 다 벗겨져서 쉰 살 정도로 보이는데, 놀랍게도 아직 삼십 대 독신 남성이래. 마르고 큰 키에 약간 구부정하게 걸어 다니는 남자야. 좀처럼 웃질 않아. 머리가 벗겨진 남자들은 보통 얼굴이 멀끔한 법인데, 다지마 선생도 달걀에 눈 코 입을 그려 넣은 것처럼 생김새가 우아해. 그리고 이 또한 대머리들이 가진 특징인데, 성격이 고양이처럼 소극적이고 까다로운 것 같아. 약간 무서워. 매일 오전 열 시에 이 사부가 지도원,

조수들을 데리고 도장을 순회하는데, 그 시간이면 도장 전체가 쥐죽은 듯 조용해져. 생도들도 사부 앞에서는 무척 얌전해지지. 그래도 뒤에서는 몰래 별명을 불러. 기요모리[6]라고 말이야.

그럼 이번에는 우리 도장의 하루 일과에 대해 좀 더 구체적으로 설명해 볼까? 단련체조라는 게 있는데, 이건 한마디로 말해서 팔다리 복근 운동이야. 너무 자세하게 쓰면 따분할 테니까 대충 굵직굵직한 요점만 말할게. 먼저 침대 위에 큰 대자로 드러누워 손가락, 손목, 팔 순서로 운동을 시작하고, 이어서 배를 홀쭉하게 했다가 불룩하게 내밀기를 반복하는 운동을 하는데, 이건 꽤 어려워서 연습이 필요해. 이 운동이 단련 체조에서 제일 중요한 부분이래. 다음으로 다리 운동인데, 다리 근육을 다양한 자세로 이완시켰다가 수축시키기를 반복하지. 여기까지가 한 세트야. 한 차례 끝나고 나면, 다시 팔 운동으로 돌아가서 삼십 분 동안 계속 반복해야 해. 이걸 앞에 적어둔 시간표에 따라 오전에 두 번, 오후에 세 번씩 매일 해야 하니까 쉽지는 않아. 예전 의학 상식으로는 결핵환자가 이런 운동을 하는 게 당치않게 위험한 거였다는데, 이 방법도 물자가 부족한 전쟁 중에 생겨난 새로운 치료법 가운데 하나겠지. 우리 도장에선 이 운동을 열심히 하는 사람일수록 확실히 회복이 빠르다고 하더라.

다음으로 마사지에 대해 조금 적어 볼게. 이것도 우리 도장 특유의 방식이라나 봐. 그리고 이건, 여기서 일하는 명랑한 조수들의 몫이지.

6_ 다이라노 기요모리平清盛(1118~1181). 헤이안 시대를 화려하게 빛낸 헤이케平家의 수장이자 천황에 맞먹는 권력을 갖고 당대를 쥐락펴락하던 쇼군. 헤이케의 독재에 반발한 겐지源氏 중심의 사무라이들의 반란에 맞서던 중 사망, 이후 헤이케는 몰락의 길을 걷는다. 겐지의 수장이 가마쿠라에 막부를 설치하면서 헤이안 시대가 막을 내리고 가마쿠라 시대가 열린다.

4

마사지할 때 쓰는 솔은, 이발할 때 쓰는 솔의 거친 털을 약간 부드럽게 해서 만든 거야. 처음에 그걸로 살을 문질렀을 때는 너무 아프고 피부 여기저기가 오돌토돌 빨갛게 올라오기도 했는데, 대략 일주일 정도 지나니까 적응이 되더라고.

마사지 시간이면 예의 쾌활한 조수들이 각자 분담을 해서, 차례로 모든 생도들에게 돌아가면서 마사지를 해 줘. 조그만 금속 대야에 수건을 개켜 넣고 물에 적신 다음, 솔로 수건을 눌러서 물을 묻혀 쓱쓱 문지르는 거야. 마사지는 원칙적으로 전신에 걸쳐서 하도록 되어 있어. 도장에 들어와서 일주일 정도는 팔다리만 하지만, 그 후로는 전신에 걸쳐서 해. 우선은 옆으로 뉘여 팔, 다리, 가슴, 배, 등, 허리를 하고, 그다음에 돌아 눕혀서 반대편 팔, 다리, 가슴, 배, 등, 허리를 하는 거야. 익숙해지고 나니까 정말 기분이 좋더라. 특히 등을 문질러줄 때 기분은 말로 표현할 수 없을 정도야. 능숙한 조수도 있지만 서툴기 짝이 없는 조수도 있어.

조수들에 대한 이야기는 나중에 쓸 기회가 있을 거야.

도장 생활은 단련 체조와 마사지, 이 두 가지가 전부라고 해도 좋을 정도야. 전쟁이 끝나도 물자 부족은 계속될 테니까, 뭐 당분간 이렇게라도 투병 의지를 불태우는 것도 나쁘지 않겠지. 그 밖에 오후 한 시 강연, 네 시 자유 시간, 여덟 시 반 뉴스 등이 있는데, 강연 시간에는 사부님, 지도원, 혹은 도장에 시찰 나온 각 분야 명사들이 번갈아 가며 마이크를 잡아. 그 소리가 복도 곳곳에 설치해 둔 스피커를 통해 방으로 흘러들어 오면, 우리는 침대 위에 앉아서 묵묵히 듣고 있지.

전쟁 중 전력 부족으로 스피커를 사용할 수 없었을 때는 그것도 한동안 중지되었다는데, 전쟁이 끝나고 전력 사용이 조금씩 자유로워지면서 곧 재개되었대. 사부는 요즘 일본과학 발전사 같은 걸 테마로 강의를 하고 있어. 영리한 강의라고 할까, 담담한 어조로 우리 조상들의 노고를 매우 쉽고 분명하게 설명해 줘. 어제는 스기타 겐파쿠의 『난학사시』[7]에 대해 들려줬어. 처음에 겐파쿠와 동료들이 서양 서적을 펼쳐 보았는데, 어디서부터 어떻게 번역을 해야 할지 몰라 고민을 했다는 데서, '마치 방향키 없는 배를 타고 망망대해로 나간 것처럼 막막하고 의지할 길 없어서, 그저 손을 놓고 멍하니 있었다.'라고 묘사한 부분은 정말 좋았어. 겐파쿠와 동료들의 노고에 대해서는 나도 중학교 역사 시간에 기야마 간모 선생한테 배운 적이 있는데, 그때하고는 느낌이 완전히 달랐지.

간모으깬 두부튀김는 겐파쿠가 대단한 곰보여서 차마 눈 뜨고 봐줄 수 없는 얼굴이었다는 둥 얼빠진 소리만 했었잖아. 어쨌든 이곳 사부의 강연은 매번 기대가 돼. 일요일에는 강연 대신 레코드 음악방송을 해. 음악을 별로 좋아하지는 않지만, 일주일에 한 번 정도 듣는 건 나쁘지 않더라. 음악 중간중간에 조수들이 직접 노래를 부르기도 하는데, 그걸 듣고 있으면 기분이 좋아지기는커녕 불안해서 마음이 놓이질 않아. 그래도 다른 생도들한테는 제일 인기가 많다나 봐. 세이시치 씨 같은 사람은 눈을 가늘게 뜨고 집중해서 듣는다니까. 내 생각인데, 그 사람은 연극 대사 넣은 도도이쓰 같은 걸 직접 방송에서 부르고 싶어서 안달이 나 있는 것 같아.

7_ 蘭學事始(1815). 일본 최초의 양의 스기타 겐파쿠杉田玄白(1733~1817)가 서양 의술을 도입할 당시의 일을 회상하며 기록한 수기.

5

오후 네 시 자유 시간이라는 건, 뭐랄까 안정의 시간이야. 이 시간에는 우리의 체온이 가장 높아져 있어서, 몸이 찌뿌드드하고 마음은 초조한 데다 성격이 사나워지면서 무얼 해도 괴로우니, 제군들 하고 싶은 대로 마음껏 시간을 보내라는 의미에서 자유 시간 삼십 분을 줬다나 봐. 이 시간에 생도들은 대부분 그냥 조용히 침대에 드러누워 있지. 참고로 이 도장에서는 취침 시간 외에 이불을 덮는 것을 엄격히 금하고 있어. 낮에는 담요도 안 덮고 그냥 잠옷만 입은 채 침대에 누워 새우잠을 자는데, 익숙해지면 나름대로 청결한 느낌이 들어서 오히려 기분이 좋아져. 저녁 여덟 시 반 뉴스라는 건 그날그날의 세계정세를 알려주는 거야. 마찬가지로 복도 스피커를 이용해서 당직 사무원이 긴장된 말투로 이런저런 뉴스를 전해주지. 도장에서는 책을 읽는 것은 물론 신문을 읽는 것조차 금하고 있어. 열심히 글을 읽는 게 몸에 해로워서 그런 건지도 모르지. 어쨌든 이곳에 있는 동안만이라도 시끄러운 생각의 홍수에서 벗어나, 오직 새로운 항해가 시작되었다는 점만을 확신하면서 소박하고 느긋하게 사는 것도 나쁘지 않은 것 같아.

다만 너한테 편지 쓸 시간이 부족하다는 게 문제야. 주로 식사 후에 편지지를 꺼내서 후다닥 쓰고는 하는데, 쓰고 싶은 게 너무 많다 보니까 이 편지도 이틀에 걸쳐서 쓰게 됐어. 그래도 도장 생활이 익숙해지면 자투리 시간을 활용하는 데도 점차 요령이 생기겠지. 이제 나는 뭐든 낙천적으로 생각하는 사람이 된 것 같아. 걱정거리가 전혀 없어. 전부 다 잊어버렸어. 아울러 한 가지만 더 일러두자면, 이 도장에서 내 별명은

'종다리[히바리]'야. 진짜 지루한 이름이지. 고시바 리스케라는 내 이름이 고히바리[아기종다리]로 들리기 때문이라나 봐. 그리 명예로운 이름은 아니야. 처음에는 듣기 싫고 창피해서 어쩔 줄을 몰랐는데, 요즘엔 무슨 일에든 관대해져서 누가 종다리라고 불러도 가볍게 응할 수 있게 되었어. 이제 알겠지? 나는 더 이상 옛날의 고시바가 아니야. 지금은 그저 이 건강도장에 깃들어 있는 한 마리 종다리일 뿐. 삐이익삐이익 멈추지 않고 시끄럽게 울어대. 그러니 앞으로 부디 그런 마음으로 내 편지를 읽어 줘. 뭐 이렇게 촐싹대는 녀석이 다 있나 하고 인상을 찌푸리진 않았으면 좋겠어.

"종다리야." 방금도 창문 밖에서 어떤 조수 하나가 카랑카랑한 목소리로 나를 불렀어.

"왜?" 나는 태연히 답했지.

"잘 지내?"

"잘 지내."

"힘내."

"좋았어."

이 문답이 뭔지 알겠어? 이곳 도장에서 주고받는 인사야. 조수와 생도가 복도에서 만나면 반드시 이런 인사를 하게 되어 있나 봐. 언제부터 시작된 것인지는 모르겠는데, 설마 이곳 사부님이 정해준 건 아닐 테지. 아마 조수들이 제안한 걸 거야. 이곳 간호사들은 쾌활하고 저돌적인 게 하나같이 선머슴들 같아. 사부님이나 지도원, 생도, 사무원, 모두에게 일일이 신랄한 별명을 붙여준 것도 이곳 조수들이겠지. 방심하면 안 되겠어. 이곳 조수들에 대해서는 좀 더 면밀히 관찰해본 다음에 자세한 내용을 적어서 보낼 생각이야.

우선은 이곳 도장에 대해 간략히 써봤어. 그럼, 또 편지할게.

9월 3일

방울벌레

1

그동안 잘 지냈어? 9월은 사뭇 다르구나. 바람이 호수를 건너온 듯 차가워. 풀벌레 소리도 확연히 또렷해졌고. 나는 너처럼 시인이 아니라 그런지, 가을이 왔다고 별달리 애달픈 슬픔 같은 게 느껴지지는 않아. 그런데 어젯밤에 어린 조수 하나가 창밖 아래 연못가에 서서, 날 보고 웃으며 이렇게 말하는 거야.

"있잖아, 뱀밥 씨한테 방울벌레가 울고 있다고 전해 줘."

이런 소리를 듣고 있으면, 이 사람들에게는 가을이 가슴 깊이 저며 오나보다 싶어서 조금 숨이 막혀. 이 조수는 예전부터 우리 방 니시와키 뱀밥 씨한테 호감을 느끼고 있던 듯해.

"뱀밥 없는데. 방금 전에 사무소 갔어."

그랬더니 기분이 상했는지 받아치는 말투가 거칠어지더라고.

"어머, 그래? 없대도 상관없잖아? 종다리는 방울벌레 싫어해?"

묘하게 치고 들어오기에 왜 저러나 싶어서 당황했지.

이 어린 조수는 상식적으로 이해가 가지 않는 부분이 많아서, 전부터 내가 제일 조심하고 있었어. 별명은 마아보야.

말이 나온 김에 다른 조수들 별명도 소개할게. 지난번 편지에서 이곳 조수들은 방심할 틈 없이 남자들한테 일일이 신랄한 별명을 지어주고 있다고 했는데, 생도들도 지지 않고 모든 조수들에게 별명을 붙였으니 피장파장이지 뭐. 근데 생도들이 생각해낸 별명은 아무래도 여성에 대한 배려도 있고 해서 다소 순화된 면이 있어. 미우라 마사코라고 마아보. 특별할 것도 없지. 다케나카 시즈코라고 다케 씨라고 한 게 제일 센스가 없어. 평범하기 짝이 없잖아. 안경 낀 조수는 툭눈금붕어라고 부를 성도 싶은데 살짝 봐줘서 금붕어. 비쩍 말랐다고 멸치. 쓸쓸한 얼굴을 하고 있다고 그럼 안녕. 이 정도는 괜찮나 싶지만 아무래도 너무 봐주고 있다는 느낌이야. 진짜 못생긴 데다가 파마도 뽀글뽀글 말고 눈꺼풀도 시뻘겋게 칠해서 괴상하고 두꺼운 화장을 하고 다니는 조수는 공작. 사람을 놀린답시고 공작이라는 별명을 붙였을 텐데, 당사자는 오히려 자못 만족스러워서는, 그래요, 난 공작이에요, 하고 자신감에 차 있을지도 모르지. 풍자가 하나도 안 살아 있어. 나라면 선녀라고 붙였을 거야. 설마하니, 그래요, 난 선녀예요, 이러지는 않겠지. 그 밖에도 순록, 귀뚜라미, 탐정, 양파 등 여러 가지가 있는데 전부 다 진부해. 딱 하나, 일사병은 꽤 잘 지은 것 같아. 넓적한 얼굴에 뺨이 새빨갛고 번들거리는 조수인데, 그야말로 붉은 도깨비 가면을 연상시켜. 붉은 도깨비라고 하는 건 너무 심하니까 약간 에둘러서, '도깨비가 일사병에 다 걸렸네'[8]에서 가져온 일사병인 거야. 착상이 그럴싸해.

"일사병."

8_ 평소에는 도깨비처럼 건강하던 사람이 드물게 병이 남을 이르는 관용어.

"왜?" 태연하게 대꾸를 하지.

"힘내."

"좋~았어." 아주 씩씩해. 일사병한테 힘내란 소리를 들으면 힘을 안 낼 수가 없어. 일사병뿐만 아니라 이곳 조수들이 다들 조금씩 거친 데가 있긴 해도, 속마음은 상냥하고 좋은 사람들인 것 같아.

2

생도들한테 제일 인기 있는 건 다케나카 시즈코, 다케 씨야. 결코 미인은 아닌데 키가 다섯 자 두 치[1.58m]쯤 되는 가슴이 풍만하고 살결이 거무스름한 여자야. 스물다섯이라나 여섯이라나, 어쨌거나 꽤 나이가 있는 것 같아. 그런데 웃을 때 특징이 있어. 그게 인기 비결인지도 모르지. 눈이 상당히 큰데, 웃으면 오히려 눈꼬리가 위로 올라가면서 바늘처럼 가늘어져. 치아는 새하얗고, 무척 시원시원해 보이는 인상이야. 덩치가 커서 간호사들이 입는 하얀 가운이 잘 어울려. 바지런하게 일을 잘해서 인기가 많은 건지도 모르겠어. 어쨌든 눈치도 빠르고, 일솜씨도 야무지고 재빨라서, 갓뽀레가 입버릇처럼 "진짜 일본 최고의 신붓감이야."라고 말할 정도야. 마사지를 할 때도 다른 조수들은 생도들하고 잡담을 하거나 서로 유행가를 가르쳐주면서, 좋게 말하면 화기애애하게, 나쁘게 말하면 설렁설렁하는데, 다케 씨만은 생도들이 무슨 말을 걸어도 살짝 웃으며 애매하게 고개를 끄덕일 뿐, 쓱쓱 싹싹 화려한 손놀림으로 마사지를 해. 다른 조수들이 겨우 한 사람 끝낼 즈음이면 꼼꼼하게 두 사람을 해버리지. 게다가 힘도 딱 적당해서, 너무 세지도 않고 약하지도 않고 정성스럽기까지 해. 늘 말없이 환한 미소만 지으면서 불평 한마디 하지 않고, 시시한 세상 이야기를 하는 법도 없이, 다른 조수들과 떨어져서 혼자 오도카니 서 있는 느낌이야. 이렇게 다소 쌀쌀맞은 것 같으면서도 고독한 기품이 흐르는 것이 생도들에게 가장 큰 매력으로 다가온 것인지도 모르지. 아무튼 인기가 대단해. 에치고 사자가 "저 아이 어머니는 분명 아주 야무진 사람일 거야."라고 하더군. 어쩌면 그럴지도 몰라. 오사카 출신이라는데, 말투에 관서지방 사투리가 약간 남아 있어. 생도들은 그게 또 그렇게 좋다나 봐. 하지만 나는 옛날부터 덩치 큰 여자만 보면 커다란 도미가 떠올라서 절로 쓴웃음이 나거든. 그래서 그 사람이 그저 안쓰럽게만 보이고, 더 이상은 아무런 흥미도 안 생겨. 난 기품 있는 여자보다는 귀여운 여자가 더 좋아. 마아보는 조그맣고 사랑스러운 사람이야. 나는 왠지 알 수 없는 구석을 지닌 마아보한테 관심이 제일 많이 가.

마아보는 18세. 도쿄에 있는 공립 여학교를 다니다 관두고 곧장 이리로 왔다나 봐. 동그란 얼굴에 피부는 새하얗고, 긴 속눈썹에 쌍꺼풀진 커다란 눈은 꼬리가 살짝 내려가 있어. 언제나 깜짝 놀란 듯이 눈을 동그랗게 뜨고 있는 탓에 이마에 주름이 져서, 가뜩이나 좁은 이마가 더 좁아 보여. 깔깔거리면서 웃기는 또 얼마나 잘 웃는지. 웃을 땐 금니가 반짝거려. 웃고 싶어서 입이 근질거리는지, 사람들이 무슨 이야기만 하면 뭔데? 뭔데? 하고 눈을 동그랗게 뜨고 끼어드는데, 그러자마자 요란스럽게 웃어대. 몸을 앞으로 구부리고 배를 통통 두드려 가며 숨이 넘어갈 듯이 웃어. 동그란 코는 오뚝하고, 얇은 아랫입술은 윗입술보다 앞으로 살짝 나왔어. 미인은 아니지만 아주 귀여워. 일도 열심히 안 하는 것 같고 마사지도 진짜 서툰데, 워낙 발랄하고 귀여워서 다케 씨 못지않게 인기가 있어.

3

그건 그렇고, 남자들 참 웃겨. 별로 안 좋아하는 여자들한테는 일사병이니 그럼 안녕이니 재미난 별명을 척척 잘도 갖다 붙이면서, 좋아하는 사람을 보면 아무 별명도 떠오르질 않는지 그냥 다케 씨나 마아보처럼 지극히 평범한 이름으로 부르니 말이야. 어이쿠, 오늘은 여자 얘기만 하고 있네. 하지만 어쩐지 오늘은 딴 이야길 하고 싶지 않아. 어제 마아보가 했던,

“있잖아, 뱀밥 씨한테 방울벌레가 울고 있다고 전해 줘.”

라는 귀여운 말에 푹 빠져서 아직도 헤어 나오지 못하고 있나 봐. 늘 자지러지게 웃어대는 마아보지만, 실은 남들보다 훨씬 더 외로움을 잘 타는 아이인지도 모르지. 잘 웃는 사람은 잘 울기 마련이잖아. 이것 참, 나 아무래도 마아보 이야기만 나오면 머리가 어떻게 되나 봐. 그런데 마아보는 니시와키 뱀밥 씨를 마음에 두고 있는 눈치니, 나 이제 어쩌면 좋지? 서둘러 점심 식사를 마치고 와서 지금 막 편지를 쓰고 있는데, 옆방 ‘백조실’에서 생도들 웃음소리에 섞여 요란스럽게 웃어대는 마아보의 목소리가 또렷하게 들려오고 있어. 대체 뭣 때문에 저렇게 소란을 피우는 걸까? 못마땅해 죽겠어. 저렇게 아무하고나 깔깔대면서 주책없이 소란을 피운다니까. 한심해. 바보 아냐? 이것 참, 아무래도 오늘은 내가 제정신이 아닌가 봐. 이것저것 더 쓰고 싶은데 옆방 웃음소리가 신경 쓰여서 더는 못 쓰겠어. 잠깐 쉬어야겠다.

이제 겨우 옆방 소란이 잠잠해진 것 같으니까 조금만 더 써볼게. 아까 말한 마아보란 아이는 정말 속을 모르겠어. 아니 뭐 그렇다고 특별히 집착을 하고 있다거나 그런 건 아닌데, 열일고여덟 먹은 여자애들은 원래 다 그런가? 좋은 사람인지 나쁜 사람인지 도무지 분간이 안 돼. 그 아이를 볼 때면 그야말로 스기타 겐파쿠가 처음으로 서양 서적을 펼쳤을 때처럼, '마치 방향키 없는 배를 타고 망망대해로 나간 것처럼 막막하고 의지할 데 없어서, 그저 손을 놓고 멍하니 있는' 심정이 되어버려. 사실 약간 부풀린 감도 없지 않지만, 아무튼 좀 쩔쩔매게 되는 건 사실이야. 어찌나 신경이 쓰이는지, 방금도 그 아이 웃는 소리 때문에 집중이 안 돼서 편지 쓰기를 관두고 펜을 집어던지며 침대에 드러누웠다니까. 그래도 도저히 마음이 안정되질 않아서 침대 위를 뒹굴며 옆자리에 있는 마쓰에몬 씨에게 하소연을 했어.

"마아보는 정말 시끄럽네요." 내가 입을 삐죽거리며 말했더니, 옆 침대에서 양반다리를 하고 앉아 이쑤시개로 이를 쑤시고 있던 마쓰에몬이 고개를 끄덕이며 수건으로 코의 땀을 닦으면서 말했어.

"저 아이 어머니 잘못이야."

뭐든 어머니 탓으로 돌린다니까.

어쩌면 마아보는 성질 고약한 계모 손에 자란 건지도 몰라. 지금은 저렇게 밝은 모습으로 떠들고 있어도, 어딘가 외로운 그림자가 느껴져. 이것 참, 오늘 나는 뭐랄까, 마아보를 무진장 좋아하는 사람처럼 보이는군.

"있잖아, 뱀밥 씨한테 방울벌레가 울고 있다고 전해 줘."

아무래도 그때부터 내가 이상해진 것 같아. 그냥 시시한 여자일 뿐인데.

9월 7일

삶과 죽음

1

어제는 이상한 편지를 보내서 미안. 계절이 변할 즈음이면 모든 것이 새롭게 보이고 애틋해져서, 무심코 "좋아해, 좋아한다고!" 하고 외치며 소란을 피우게 되나 봐. 사실 그렇게 좋아하는 것도 아닌데. 전부 이놈의 가을 탓이야. 요즘 나는 그야말로 찌르르찌르르 요란스럽게 지저귀는 종다리마냥 덤벙거리고 있지만, 이제는 자기혐오에 빠지거나 땅을 치고 후회하는 짓 따윈 하지 않아. 갑자기 그런 혐오감이 사라졌을 땐 참 이상한 일도 다 있다 싶었는데, 생각해보면 하나도 이상한 게 아니야. 나는 완전히 딴사람이 되어버렸다고 했잖아. 새로운 남자가 된 거지. 자기혐오나 후회를 느끼지 못하는 건, 지금의 내게 매우 큰 기쁨이야. 잘된 일이지. 새로운 남자가 되었다는 상쾌한 자부심이 느껴져. 나는 어떤 고귀한 분으로부터 이 도장에서 여섯 달 동안 아무 생각도 하지 않고 소박하게 살아갈 자격을 얻은 거지. 지저귀는 종다리. 흐르는 시냇물. 투명하게, 그저 경쾌하게 살아라!

어제 편지에서 마아보를 무지무지 칭찬했는데, 그거 살짝 취소해야겠어. 실은 오늘 조금 이상한 사건이 있었거든. 지난번 편지에서 부족했던 점을 보충도 할 겸 바로 펜을 들었어. 지저귀는 종다리, 흐르는 시냇물, 촐랑거린다고 비웃진 마.

오늘 아침에는 오랜만에 마아보가 마사지를 하러 왔어. 마아보가 하는 마사지는 진짜 엉성하고 서툴러. 뱀밥 씨에게는 정성껏 해주는지 몰라도, 나한테는 언제나 거칠고 불친절해. 나 같은 거야 마아보에겐 길가의 돌멩이 정도로밖에는 안 보이겠지. 어차피 그럴 테니 뭐 상관없어. 하지만 나도 마아보가 돌멩이로 보이는 건 아니니, 마아보가 마사지를 하러 오면 이상하게 숨이 막히고 몸이 굳어서 농담도 잘 안 나와. 농담은커녕 목소리가 목구멍에 엉겨 붙어서 말도 제대로 못 하겠다니까. 결국 나는 기분이 안 좋은 것처럼 뚱해져 버리는데, 그러면 마아보도 그 상황이 거북한지 웃지도 않고 말도 안 해. 오늘 아침 마사지 시간에도 갑갑하고 불편했어. 특히 지난번에 "있잖아, 뱀밥 씨한테 방울벌레가 울고 있다고 전해 줘." 사건 이후로 내 마음이 급속도로 긴장되었고, 거기다 또 너에게 편지로 마아보가 좋다고 난리를 피웠던 직후라, 뭐라 표현할 수 없이 거북한 기분이 들었던 거야. 내 등을 문지르던 마아보가 문득 속삭였어.

"종다리가, 제일 좋아."

기쁘지 않았어. 무슨 소릴 하는 건가 싶었지. 그렇게 어색하게 듣기 좋은 소릴 하는 건, 마아보가 나를 함부로 생각하고 있다는 증거잖아. 정말로 나를 제일 좋아한다면, 그렇게 분명하고 뻔뻔하게 말할 리가 없지. 나도 그 정도 눈치는 있다고. 나는 아무 말도 안 했어. 그랬더니 다시 나지막한 목소리로,

"고민이 있어."

이러는 거야. 깜짝 놀랐지. 어떻게 그런 말을 할 수가 있지? 어처구니가 없어. '방울벌레가 울고 있어'까지는 좋았는데, 이걸로 완전히 마이너스가 됐어. 저능아가 아닐까 하는 의심마저 들더라고. 전부터 웃는 모습을 보고 백치미가 있다는 생각은 했지만, 정말로 백치가 아닌가 싶으니 오히려 한결 마음이 가벼워져서,

"고민이 뭔데?" 하고 완전히 얕잡아보는 투로 물어볼 수가 있었어.

2

대답이 없었어. 슬쩍 코를 훌쩍였어. 곁눈으로 흘끗 보니, 세상에, 울고 있잖아. 점점 더 어이가 없더라. 잘 웃는 사람이 잘 우는 거 아니겠냐고 어제 내가 그러긴 했지만, 그런 엉터리 예언이 너무도 싱겁게 들어맞는 걸 눈앞에서 보고 있자니, 오히려 내가 다 김이 새는 거야. 진짜 한심했어.

"뱀밥이 도장을 나간다며?" 내가 놀리듯 말했지. 그런 소문이 있었거든. 뱀밥 집에 무슨 문제가 생겨서 홋카이도에 있는 고향 근처 병원으로 옮기게 되었다는 소문을, 나도 들어서 알고 있었어.

"나한테 왜 그래?"

마아보는 벌떡 일어서더니 아직 마사지가 끝나지도 않았는데 대야를 들고 냉큼 밖으로 나가버렸어. 고백건대, 나는 그 뒷모습에 마음이 조금 설렜어. 설마 나 때문에 고민에 빠졌으리라고는, 제아무리 내가 자만심에 빠져 있다 한들 상상도 할 수 없는 일이었지. 그토록 발랄한 마아보가 남자 앞에서 의미심장하게 우는 모습을 보이고는, 화를 내며

벌떡 일어서서 나가버리다니, 마아보한테는 꽤 중대한 사건인가 봐. 혹시 나를? 아무리 참아보려고 해도 나도 모르게 우쭐한 마음이 고개를 쳐들어서, 조금 전까지 마아보를 경멸했던 내 마음은 어디론가 날아가 버리고, 마아보가 한없이 사랑스러웠어. 와아 하고 소리를 지르고 싶어져서 침대에 누운 채로 두 팔을 크게 휘저었는데, 사실 그렇게 소란을 피울 일도 아니었어. 곧바로 마아보가 왜 울었는지 알 수 있었거든. 옆에서 에치고 사자를 마사지하던 금붕어가 별일 아니라는 듯 내게 알려주었지.

"야단맞아서 저래. 너무 들떠서 떠들고 다니지 말라고, 어젯밤에 다케 씨가 한소리했거든."

다케 씨는 조수들의 조장이야. 야단칠 권리가 있겠지. 대충 모든 상황이 이해가 됐어. 딱히 특별한 일도 아니었던 거야. 확실히 알게 된 셈이지. 뭐야! 조장한테 혼 좀 났다고 고민이네 어쩌네 하다니, 너무한 거 아니야? 나는 정말 부끄러웠어. 금붕어와 에치고 사자가 내 초라한 자만심을 알아채고 날 비웃고 있는 것만 같아서, 천하의 새로운 남자도 고개를 들 수가 없더군. 진짜 분명히 알게 됐어. 뭐든 확실히 알겠더라고. 나는 마아보를 깨끗이 단념하기로 했어. 새로운 남자는 포기도 빠른 법이지. 새로운 남자에게 미련 따위 감정이 비집고 들어올 자리는 없어. 앞으로 나는 마아보를 완전히 묵살해버릴 작정이야. 그 여자는 여우야. 정말 한심한 여자지. 와하하하, 하고 혼자서 실컷 웃고 싶은 심정이야.

점심때는 다케 씨가 밥상을 들고 왔어. 보통 상만 놓고 바로 나가는데, 오늘은 상을 침대 옆 작은 책상 위에 올려놓더니, 까치발을 해서 창밖을 내다보다가 두어 걸음 창가 쪽으로 걸어가서는, 창틀에 두 팔을 올린 자세로 나를 등지고 조용히 서 있었어. 뜰에 있는 연못을 보나 보더라고.

나는 침대에 앉아 이내 밥을 먹기 시작했지. 새로운 남자는 반찬 투정을 하지 않는 법이야. 오늘 반찬은 정어리 소금 절임과 삶은 호박이었어. 정어리는 머리부터 아작아작 씹어 먹었지. 꼭꼭 씹고 또 씹어서, 전부 다 내 몸의 자양분으로 삼아야 해.

"종다리." 소리 없이 숨결로 속삭이는 소리가 들리기에 고개를 들어보니, 어느 틈엔가 다케 씨가 두 손을 뒤로하고 몸을 창가에 기댄 채 내 쪽을 보고 특유의 미소를 지으며, 마찬가지로 숨결처럼 아주 낮은 소리로 이러는 거야.

"마아보가 울었다며?"

3

"그래." 나는 태연하게 대답했어. "무슨 고민이 있다던데?" 꼭꼭 씹고 또 씹어서, 피를 깨끗하게 만들어야지.

"얄밉다." 다케 씨는 그렇게 중얼거리며 얼굴을 찡그렸어.

"내 알 바 아니지." 새로운 남자는 태도를 분명히 하는 법이야. 여자들 다툼에는 관심 없어.

"나, 마음이 복잡타." 그러면서 다케 씨가 방긋 웃었어. 얼굴이 빨갰어.

나는 약간 당황스러웠어. 밥을 제대로 씹지도 않고 삼켰어.

"마이 무라." 다케 씨는 재빨리 속삭이더니 내 앞을 지나 방을 나갔어.

나는 입을 삐죽였어. 뭐야. 덩치는 커가지고 싱겁기는. 어쩐지 그 순간 그런 생각이 드는데 도무지 탐탁지 않았어. 자기가 조장이잖아. 누구를 야단친 걸 가지고 마음이 복잡해지면 어떻게 해. 나는 씁쓸했어.

다케 씨도 정신을 좀 차려야겠다 싶더라고. 그런데 세 공기째 밥을 푸면서, 이번에는 내 얼굴이 빨개졌어. 밥통에 밥이 너무 많은 거야. 보통 때는 가볍게 세 번 정도 푸면 딱 알맞게 밥이 없어졌는데, 오늘은 세 번을 펐는데도 아직 한 공기 가득 되는 밥이 조그만 밥통에 남아 있었지. 약간 황당했어. 나는 이런 종류의 친절을 좋아하지 않아. 친절의 방식이 완전히 구닥다리잖아. 내가 아무 이유 없이 다른 사람들보다 밥 한 공기를 더 먹는다고 좋아할 줄 알았나? 맛있단 생각도 안 들어. 맛없는 밥은 피나 살도 안 돼. 아무 의미도 없다고. 쓸데없는 짓이지. 에치고 사자가 입버릇처럼 하는 말을 빌리자면, "다케 씨 어머니는 고리타분한 사람인 게 분명해."

나는 평소와 다름없이 밥을 가볍게 세 공기 정도만 덜어 먹고, 남들보다 약간 더 준 편애의 밥 한 공기 분은 그냥 남겼어. 잠시 후 아무 일도 없었다는 듯이 차분한 표정으로 상을 치우러 온 다케 씨에게 슬쩍,

"밥 남겼어."라고 했어.

다케 씨는 내 쪽은 보지도 않고 밥통 뚜껑을 살짝 열어보더니,

"니 진짜 얄밉데이!" 하고 들릴 듯 말 듯 한마디 하더니, 다시 아무 일도 없었다는 듯 차분한 표정으로 상을 들고 방을 나갔어.

다케 씨한테는 '얄미워'가 아무 의미 없이 입버릇처럼 몸에 밴 말인 것 같은데, 여자들한테 '얄밉다'는 소리를 듣고 나면 기분이 좋지는 않아. 듣기 싫다고. 옛날의 나 같았으면 분명 다케 씨를 한 대 갈겼을 거야. 왜 내가 얄밉다는 거야? 얄미운 건 자기 아니야? 옛날에는 하녀들이 자기가 좋아하는 머슴들 밥그릇에 몰래 밥을 꾹꾹 퍼줬다는데, 정말 무식하고 불쾌한 애정이지. 궁상맞잖아. 사람을 뭘로 보고. 내게는 새로

운 남자로서의 자긍심이란 게 있어. 밥이란 혹여 양이 적더라도 기분 좋은 마음으로 꼭꼭 씹어 먹으면 영양섭취는 충분히 돼. 다케 씨가 그보단 좀 더 나은 사람이라고 생각했는데, 역시 여자는 어쩔 수 없나 봐. 평소에 그토록 슬기롭고 시원시원한 사람이었던 만큼, 이런 아둔한 행동은 훨씬 더 눈에 잘 띄고 너저분해 보여. 안타까운 일이지. 다케 씨는 정신 좀 차려야 돼. 마아보였다면 무슨 실수를 하더라도 오히려 귀엽고 순진해 보일 수도 있지만, 다 큰 여자가 얼빠진 짓을 하니까 그냥 두고 볼 수가 없어. 점심 먹고 휴식 시간을 이용해서 여기까지 편지를 쓰고 있는데, 갑자기 복도 스피커에서 신관의 모든 생도들은 지금 곧 신관 발코니로 모이라는 명령이 떨어졌어.

4

편지지를 정리하고 2층 발코니로 나가보니, 어제 한밤중에 구관 쪽 나루사와 이토코라는 젊은 여자분이 죽었다는 이야기가 들려왔어. 이제 곧 영결식이 거행된다면서 다 같이 배웅을 한다는 거야. 발코니에는 신관 남자 스물세 명과 그 외 신관 별관 여자 여섯 명이 긴장된 얼굴로 사 열 횡대 비슷하게 서서 관이 나오길 기다리고 있었어. 얼마 후 하얀 천에 쌓인 나루사와 씨의 관이 보였어. 관은 가까운 친척들로 둘러싸여 있었는데, 가을 햇살을 받아 아름답게 반짝이고 있었어. 관이 솔숲 사이로 가느다랗게 난 비탈길을 따라, 아스팔트 깔린 지방도로 쪽으로 흔들흔들 내려갔어. 나루사와 씨의 어머니처럼 보이는 분이 손수건으로 눈물을 훔치며 걸어가는 모습이 보였어. 하얀 가운을 입은 지도원과 조수들 한 무리도 고개를 숙인 채 중간 지점까지 따라갔지.

좋아 보였어. 인간은 죽음으로 완성되는 거야. 살아 있는 동안은 모두 미완성이지. 벌레나 작은 새는 살아 움직이는 동안은 완벽하지만 죽고 나면 그저 사체야. 완성도 미완성도 없는 오로지 무無로 돌아가는 거지. 하지만 인간은 그와 정반대야. 인간에게는 죽어서 가장 인간다워진다는 모순도 성립하는 것 같아. 병마와 싸우던 나루사와 씨가 죽어서 아름다운 순백의 천에 싸여 소나무 사이로 난 비탈길을 내려간 지금, 그녀의 젊은 영혼이 가장 엄숙하고도, 가장 명확하고도, 가장 확실하게 드러나고 있어. 우리는 결코 나루사와 씨를 잊을 수 없을 거야. 나는 반짝이는 하얀 천을 향해 진심 어린 마음으로 두 손을 모았어.

하지만 말이야, 오해는 하지 마. 죽음이 좋아 보였다고는 했지만, 그렇다고 내가 사람 목숨을 가볍게 보고 허투루 여긴다는 뜻은 아니야. 센티멘털하고 무기력한 '사死의 찬미자'도 아니고. 우리는 그저 종이 한 장을 사이에 두고 죽음과 맞닿아 살고 있기에, 죽는다는 것에 그리 놀라지 않게 되었을 뿐이야. 부디 이것만큼은 잊지 마. 넌 분명 내 편지를 읽으면서, 일본이 이렇게도 비분과 반성, 우울에 빠져 있는 시기에, 네 주위만 지나치게 한가롭고 밝은 것 아니냐며 철딱서니 없다고 생각했겠지. 그럴 만도 해. 하지만 나도 바보는 아니야. 아침부터 밤까지 마냥 낄낄거리고 살 수만은 없어. 그건 당연한 거지. 매일 저녁 여덟 시 반 뉴스 시간이면 온갖 다양한 사건들을 듣게 돼. 말없이 이불을 덮어쓰고 누워도 잠이 오지 않는 밤이 있어. 하지만 지금 너에게 그런 뻔한 얘기를 하고 싶진 않아. 우리는 결핵환자야. 당장 오늘 밤에라도 피를 토하고 나루사와 씨처럼 될지도 모르는 사람들로 가득하지. 우리들의 웃음은 저 판도라의 상자 한쪽 구석에 굴러다니던 작은 돌멩이에서 흘러나오는 거야. 죽음을 곁에 두고 사는 사람에게는 죽고 사는 문제보다도 한 송이 꽃의 미소가 더 절절하게 다가온다. 우리는 지금 아스라한 꽃향기에 이끌려 정체도 알 수 없는 커다란 배에 오르게 되었고, 그렇게 하늘에 몸을 내맡긴 채 나아가고 있어. 하늘의 뜻을 품은 배가 어떤 섬에 도달하게 될지는 나도 잘 몰라. 하지만 우리는 이 항해를 믿어야만 해. 죽느냐 사느냐, 그런 것은 더 이상 인간의 행복과 불행을 결정하는 열쇠가 아니라는 생각도 들어. 죽은 자는 완성되고, 산 자는 출항하는 배의 갑판 위에 서서, 죽은 자를 향해 두 손을 모으지. 배는 스르르 미끄러져 해안에서 멀어져 가.

"죽음은 좋은 것이다."

이는 이미 숙련된 항해자들의 여유를 닮은 말이 아닐까. 새로운 남자는 죽고 사는 일로 감상에 젖지 않는 법이야.

9월 8일

마아보

1

보내준 답장, 반가운 마음으로 잘 읽었어. 얼마 전에 '죽음은 좋은 것이다'라며 다소 오해의 소지가 있는 위험한 말을 써서 보냈는데, 네가 그에 대한 내 생각을 오해 없이 정확히 이해하고 받아준 것 같아서 대단히 기뻐. 뭐니 뭐니 해도 '시대 상황'이라는 게 있으니까. 죽음 앞에서 평정심을 유지할 수 있는 건, 한 세대 전 사람들만 해도 도무지 이해할 수 없는 것이었을 거야. '오늘날 청년이라면 누구나 죽음을 곁에 두고 살고 있다. 비단 결핵환자뿐만이 아니야. 우리의 목숨은 이미 어떤 분에게 바쳐졌어. 우리 것이 아니지. 그런 까닭에 이른바 하늘의 뜻을 품은 배에 아무런 망설임 없이 홀가분하게 몸을 내맡길 수 있는 거야. 이것이 새로운 시대, 새로운 용기의 형식이다. 예부터 배의 판자 한 장 아래는 지옥인데, 이상하게도 우리는 그것이 하나도 거슬리질 않아.' 네가 보낸 이 글을 읽는데, 오히려 내가 한 방 먹은 기분이 들었지. 네 첫 편지를 두고 '고리타분' 어쩌고 하면서 함부로 말했던 것, 진심으로 사과할게.

우리는 결코 목숨을 함부로 여기고 있는 게 아니야. 그렇다고 죽음을 장난스럽게 대한다거나, 겁을 집어먹고 벌벌 떨고 있는 것도 아니고. 그 증거로, 하얀 천에 둘러싸여 아름답게 반짝이던 관 속의 나루사와 이토코 씨를 배웅하고 난 뒤부터, 난 벌써 마아보나 다케 씨 일은 까맣게 잊고 마치 오늘 가을하늘처럼 맑고 높은 마음가짐으로 침대에 누워 있어. 복도에서 언제나처럼 생도와 조수들이,

"잘 지내?"

"잘 지내."

"힘내."

"좋았어."

하고 인사를 주고받는 것을 들으며, 평소처럼 반쯤 장난기 섞인 말투가 아니라, 어딘가 진지한 울림이 담겨 있다는 사실을 깨달았어. 그처럼 구김살 없이 긴장해서 외치고 있는 생도들이 어쩐지 오히려 아주 건강하게 느껴졌지. 약간 그럴듯하게 말하자면, 그날 하루 도장 전체에 신성한 기운이 감돌았던 거야. 나는 믿었어. 죽음은 결코 사람의 마음을 위축시키는 것이 아님을.

우리의 이런 마음을, 철부지들의 허세나 절망 끝의 자포자기로밖에 이해하지 못하는 낡은 시대 사람들이, 안타까울 따름이야. 낡은 시대와 새로운 시대, 이 두 시대의 감정을 동시에 분명하게 이해할 줄 아는 사람은 드물다고 봐. 우리는 생명을 깃털처럼 가벼운 것이라고 믿고 있어. 그것은 생명을 하찮게 여긴다는 뜻이 아니라, 생명을 깃털처럼 가벼운 것으로서 사랑하고 있다는 의미야. 그리고 그 깃털은 아주 먼 곳까지 재빠르게 날아가지. 어른들이 지금 애국 사상이니 전쟁 책임이니 하면서 목청껏 판에 박힌 논쟁을 계속하고 있는 사이, 우리는 그들을

내버려 두고 그저 고귀한 분의 말에 따라 바다로 나아가고 있어. 이것이 바로, 새로운 일본의 특징이라는 생각이 들 정도야.

나루사와 이토코 씨의 죽음이 엉뚱한 '이론'으로 발전했는데, 아무래도 내가 이런 '이론' 쪽으로는 소질이 없나 봐. 역시 새로운 남자는 묵묵히 새 배에 몸을 맡긴 채, 이상할 정도로 경쾌한 배 안의 생활이나 보고하는 게 마음이 편하겠어. 어때, 또 여자 이야기나 해볼까?

2

네 편지를 읽고 하는 말인데, 너 너무 다케 씨를 싸고도는 거 아니야? 그렇게 좋으면 네가 직접 다케 씨한테 편지라도 써봐. 아니 그보다, 음, 한번 만나보는 게 어때? 조만간 짬을 내서 내 병문안……이 아니라 다케 씨를 만나러 오는 게 좋겠어. 보고 나면 환상이 깨질 거야. 여자 풍채가 어찌나 좋은지. 팔 힘은 너보다 더 셀걸? 편지에서 넌 마아보가 운 것쯤 전혀 문제가 안 되고, 다케 씨가 "나, 마음이 복잡타."라고 한 게 더 큰 사건이라고 했는데, 그건 나도 생각을 해봤어. 마아보가 내게 와서 "고민이 있어." 하고 울어버린 일에 대해서 다케 씨가 "나, 마음이 복잡타."라고 한 건, 말하자면 전부터 다케 씨가 나를 마음에 두고 있었다는 증거가 아닐까 싶어 한심한 자만심이 생길 법도 한데, 나는 그런 생각이 눈곱만큼도 안 들어. 다케 씨는 덩치만 크고 여자다운 매력이 조금도 없어. 항상 일에 쫓겨서 다른 건 돌아볼 여유도 없는 부류지. 조수들 중에서도 조장이라는 중책을 맡아서 늘 긴장하며 살아. 바지런하게 일만 하는 사람이야. 다케 씨가 지난밤 마아보를 혼냈잖아.

꾸중을 들은 마아보가 주눅이 들어서 훌쩍거렸다는 얘기를 다른 조수들에게서 듣고, 자기가 약간 심했던 것 같다면서 반성을 한 거지. 그게 걱정이 돼서 "나, 마음이 복잡타."라는 말을 한 거야. 그런 상황에서 그 말이 나온 건 약간 투박하긴 해도 가장 건전한 사고방식이란 게 내 생각이야. 분명 그런 걸 거야. 여자들은 원래 자기 입장만 생각하니까. 새로운 남자는 여자에 대해서 결코 자만하지 않는 법이야. 그렇다고 사랑을 받는 것도 아니고. 그저 산뜻할 따름이지.

"나, 마음이 복잡타."라고 할 때 다케 씨 얼굴이 빨개졌는데, 그건 마아보를 야단친 일 때문에 마음이 복잡해져서 그랬겠지. 문득 입에서 튀어나온 그 말이 의외로 묘한 울림이 있다는 데 퍼뜩 정신이 들어서, 살짝 당황한 마음에 절로 얼굴이 빨개졌을 뿐 별 뜻은 없는 거야. 진짜 시시한 일이지. 그날 마아보가 나한테 와서 운 일이나, 다케 씨가 마음이 복잡하다고 한 일, 혹은 밥 한 공기 분을 더 담은 일 등 그날 있었던 불편한 상황을 모조리 이해하기 위해서, 반드시 고려해야 할 중대한 사실이 하나 있어. 그건 나루사와 이토코의 죽음이야. 나루사와 씨는 그 전날 밤 세상을 떠났어. 걸핏하면 웃는 마아보가 야단을 맞은 것도 그것과 연결 지어 보면 이해가 돼. 조수들은 나루사와 이토코처럼 젊은 여자들이야. 충격이 컸겠지. 여자들한테는 아직 낡은 정서 같은 게 남아 있으니까. 자기들끼리 쓸쓸해서 어쩔 줄 몰라 하다가, 이상야릇한 정서가 발동해서 밥 한 공기 분의 선심을 쓴 거겠지. 아무튼 그날 있었던 이상한 일은 나루사와 이토코의 죽음과 큰 연관이 있는 것 같아. 마아보나 다케 씨, 두 사람 다 딱히 나를 마음에 두고 있는 건 아니란 얘기야. 말도 안 되잖아.

어때, 이제 좀 알겠어? 이래도 넌 다케 씨가 좋아? 어쨌든 언제 한번 도장에 와서 실물을 보는 게 좋겠어. 다케 씨보다는 마아보가 그나마 감각적으로 신선한 데가 있어서 나는 좋은데, 넌 마아보가 되게 싫은가 봐. 다시 생각해봐. 가만 보면 마아보도 꽤 괜찮은 구석이 있으니까. 그저께 있었던 일인데, 마아보가 대단히 마음씨 고운 모습을 보여줘서 그 아가씨를 다시 보게 되었어. 오늘은 그 이야길 해줄게. 너도 분명 마아보를 좋아하게 될 거야.

3

같은 방을 쓰던 니시와키 뱀밥 씨가 집안 사정으로 드디어 그저께 도장을 나가게 되었는데, 마침 그날이 마아보가 쉬는 날이어서 뱀밥 씨를 E시까지 배웅하기로 했나 보더라고. 그것 때문에 마아보가 전날부터 생도들한테 무척 놀림을 받았지. 별별 사람들이 다 선물을 사다 달라고 억지를 부렸고, 마아보는 "그래, 알았어." 하고 가볍게 승낙을 했어. 그저께 아침 일찍 구루메가스리[9] 바지를 입고 부랴부랴 뱀밥 씨를 따라 외출했다가, 오후 세 시쯤 우리가 단련체조를 하고 있을 때 돌아왔는데, 사랑하는 님을 떠나보낸 사람 같지 않게 생글생글 웃으면서 이 방 저 방 돌아다니며 생도들에게 약속한 선물을 나누어 주었어.

요즘처럼 일손이 부족할 때는 꽤 잘사는 집안 아가씨들도 집을 떠나 일을 해야 하나 보던데, 마아보도 그런 것 같았어. 일도 반쯤 놀면서 하는 듯했고, 그러면서도 주머니가 두둑한 탓인지 항상 씀씀이가 좋았는

9_ 후쿠오카현 구루메 지역에서 만든 천으로, 감색 바탕에 스치듯 한 흰 잔무늬가 특징이다. 다자이가 즐겨 입던 옷감으로 알려져 있다.

데, 그것도 생도들한테 인기가 있는 이유 가운데 하나였던 것 같아. 요즘 같은 때 어디 갔다 왔다고 선물을 주는 건 무척 사치스러운 일이잖아. 어디서 어떻게 구한 건지는 몰라도, 그 선물이란 게 한 치[3cm] 내지 두 치쯤 되는 장난감 거울이었어. 뒷면에 여배우 사진이 붙어 있었지. 옛날이야 애들 과자 파는 집에서 공짜 경품으로 얻을 수도 있었던 싸구려 물건이지만, 지금은 그런 것도 사려고 들면 싸지는 않을 거야. 어디 과자 가게나 장난감 가게에 쌓여 있던 재고를 몇십 개 사가지고 온 것일 수도 있겠지만, 어쨌거나 참으로 마아보다운 선물이었지. 생도들은 뒷면에 붙은 여배우 사진이 썩 마음에 들었는지 한바탕 소란을 피웠어. 갓뽀레도 한 개 얻었지. 나는 여자한테 뭘 받는 게 싫어서 처음부터 선물을 사다 달라고 하지도 않았고, 다른 사람들하고 똑같은 장난감 손거울 하나에 목을 매는 것도 꼴불견이다 싶었어. 마아보가 우리 방에 들어오더니 갓뽀레에게 거울을 건네주더군.

"갓뽀레 씨, 이 여배우 알아?"

"모르지만 미인이네. 마아보랑 닮았어."

"어머, 부끄럽게. 다니엘 다리유잖아."

"뭐야, 미국인이야?"

"아니, 프랑스 사람. 전에 도쿄에서 인기가 굉장히 많았는데, 몰라?"

"모르겠는데? 프랑스건 어디건, 어쨌든 이건 돌려줄게. 양놈은 별로야. 일본 여배우 사진으로 바꿔주지 않겠어? 그래 줬음 좋겠는데. 이건 저기 있는 종다리한테나 줘."

"배부른 소리 하지 마. 특별히 갓뽀레 씨한테만 주는 거야. 종다리한텐 안 줄 거야. 심술쟁이거든."

"그래? 그렇담 뭐, 받아두지. 다니에라고?"

"다니엘이야. 다니엘 다리유."

나는 못 들은 척 단련체조를 계속했는데, 기분이 썩 좋지는 않았어. 마아보가 날 그렇게 미워했나? 물론 사랑받고 있다고 생각해본 적도 없지만, 이렇게 나 하나만을 미워하고 싫어할 줄은 꿈에도 몰랐거든. 자기 처지가 밑바닥까지 왔다 싶어도, 바닥에는 더 낮은 바닥이 있는 법인가 봐. 애초에 인간이란 자기 환영에 취해 사는 존재구나. 현실은 가혹하다. 그런 생각이 들었어. 대체 나의 어디가 그렇게 마음에 안 든 걸까. 다음에 마아보를 만나면 진지하게 물어볼 생각이었어. 그런데 기회가 의외로 빨리 찾아왔지.

4

그날 네 시경 자유 시간에 멍하니 침대에 앉아 창밖을 내다보고 있는데, 흰 가운으로 갈아입은 마아보가 빨랫감을 가지고 나타났어. 나는 일어나서 창밖으로 불쑥 상반신을 내밀며,

"마아보." 하고 나직이 불렀어.

마아보가 돌아보더니 날 보며 웃었어.

"난 선물 안 줘?" 그렇게 운을 띄워봤지.

그랬더니 바로 대답은 안 하고 재빨리 주변을 돌아봤어. 누가 보고 있는 건 아닌가 하고 신경을 쓰는 눈치였지. 이 시간은 도장 사람들이 안정을 취하는 때라 쥐죽은 듯 조용해. 마아보는 긴장된 표정으로 웃으면서 손바닥을 입 주변으로 모으고는, '나' 하고 입을 크게 벌렸어. 그러고는 입을 뾰족하게 모으고 턱을 당겼다가 다시 입을 반쯤 벌리고 고개를

까딱한 다음, 입을 3분의 2 정도로 벌려서 또 한 번 더 고개를 까딱했어. 목소리는 내지 않고, 그러니까 입 모양만으로 말을 했던 거야. 나는 곧 그녀가 무슨 소리를 하는지 알아챘어.

'나, 중, 에, 요.'라고 하는 거야.

금방 알아들었으면서 일부러 똑같이 소리 없이 입 모양만으로 '나, 중, 에?' 하고 다시 물어보니, 한 번 더 '나, 중, 에, 요.' 하고 한 자 한 자 끊어가며 말했어. 꼬마가 고개를 까딱까딱하듯 귀여운 동작을 취하더니, 마치 비밀이에요, 비밀, 하고 말하려는 듯이 입 주위를 감쌌던 손바닥을 옆으로 살짝 흔들면서 어깨를 으쓱하고는 웃었어. 그러더니 잔걸음으로 별관 쪽으로 달려갔지.

'나중에요, 라. 생각보다 일이 쉽게 풀렸네.' 속으로 그런 생각을 하면서 침대에 풀썩 드러누웠어. 내가 얼마나 기분이 좋았는지는 말하지 않아도 잘 알 거야. 상상에 맡길게.

그리고 어젯밤 마사지 시간에 나는 바로 그 '나, 중, 에, 요.' 선물을 받았어. 어제 아침부터 마아보가 앞치마 속에 뭔가 숨기고 있는 듯한 모습으로 몇 번이나 복도를 왔다 갔다 하기에, 저 앞치마 속에 내 선물을 감추고 있는 건 아닐까 싶긴 했어. 하지만 내가 먼저 다가가서 뻔뻔하게 손을 내밀었다가 "왜 그러는데?" 하고 역습이라도 당한다면, 그보다 더 창피한 일은 없을 거란 생각에 모른 척하고 있었지. 그랬는데 과연 그게 내 선물이었더라고.

어제저녁 일곱 시 반 마사지는 근 일주일 만에 마아보의 차례였어. 마아보는 왼손에 대야를 들고 오른손은 앞치마 속에 숨긴 채, 방긋방긋 웃으며 우리 방으로 들어와서는 내 침대 옆에 웅크리고 앉았어.

"못됐어. 왜 가지러 안 온 거야? 아침부터 복도에서 얼마나 기다렸는데."

그러더니 침대 서랍을 열고 재빨리 앞치마 속에 있는 물건을 안으로 집어넣은 다음 서랍을 닫았어.

"말하면 안 돼. 아무한테도 말하지 마."

나는 누워서 몇 차례 가볍게 고개를 끄덕였어. 마아보가 마사지를 하면서 말했어.

"종다리 마사지, 오랜만이네? 좀처럼 순서가 안 돌아온다니까. 선물을 주려고 해도 어떻게 줘야 할지 모르겠더라고."

내가 목 부분으로 손을 가져가 묶는 시늉을 하며, 넥타이? 하고 무언의 질문을 해보았더니 마아보는,

"아니."라고 하며 아랫입술을 살짝 내밀고 웃으면서 "바보같이." 하고 속삭였어.

정말 바보야. 양복도 없으면서 왜 넥타이처럼 이상한 물건이 생각난 걸까? 내가 생각해도 우습더라고. 어쩌면 그 작은 손거울에서 무의식적으로 넥타이가 떠올랐던 건지도 모르겠어.

5

이번에는 오른손으로 글씨 쓰는 시늉을 하면서, 만년필이야? 하고 소리 없이 물었지. 나 정말 제멋대론 거 같아. 요즘 내 만년필 상태가 안 좋아져서 새 만년필을 갖고 싶었는데, 그런 잠재의식이 나도 모르게 이런 데서 불쑥 튀어나왔나 봐. 나의 뻔뻔함에 내심 혀를 내둘렀지.

"아니." 마아보는 또 고개를 가로저었어. 도무지 짐작이 안 가는

거야.

“약간 촌스러울지도 모르지만 다른 사람한테 주면 안 돼. 가게에 딱 하나 남아 있던 거야. 장식도 그다지 멋있지는 않지만 여기서 나가면 가지고 다녀. 종다리는 신사니까 틀림없이 필요할 거야.”

점점 더 모르겠더라고. 설마 지팡이는 아닐 테고.

“어쨌든 고마워.” 내가 돌아누우며 말했어.

“뭘 그런 걸 가지고. 너도 싱겁구나? 얼른 말끔히 나아서 퇴원하면 좋겠다.”

“쓸데없는 참견 마. 차라리 여기서 죽어버릴까?”

“어머, 안 돼. 사람들이 울 거야.”

“너?”

“잘난 척 마. 내가 울긴 왜 울어? 울 리가 없지.”

“그럴 거라고 생각했어.”

“나 말고도 종다리를 위해서 울어줄 사람은 얼마든지 있어.” 그러면서 잠깐 생각하더니, “세 명, 아니다, 네 명 있어.”라고 했어.

“울어봤자 무슨 의미겠어.”

“있지, 의미 있어.” 마아보는 강력히 주장하면서 내 귓가에 입을 갖다 대고는, “다케 씨도 있지, 금붕어도 있지, 양파도 있지, 일사병도 있지.” 하고 손가락을 접어 가며 한 사람 한 사람 꼽더니 “누구는 좋겠네.” 라고 하며 웃었어.

“일사병도 우는 거야?” 나도 웃었어.

그날 밤 마사지는 즐거웠어. 마아보를 대할 때도 예전처럼 경직되는 일 없이, 마치 높은 데서 사람들을 내려다보고 있는 것처럼 느긋한 여유가 생겨서 마음대로 농담도 할 수 있었어. 이런 기분이 드는 건,

여자들에게 잘 보이고 싶다는 숨 막히는 욕망을 보름 만에 깨끗이 날려버린 탓인지도 모르겠는데, 아무튼 내가 생각해도 신기할 정도로 아무런 거리낌 없이 신나게 놀았어. 사랑을 하는 것이나 사랑을 받는 것이나, 5월의 바람에 흩날리는 나뭇잎 같은 거야. 아무런 집착도 없어. 새로운 남자는 또 한 단계 더 성장했지.

그날 밤 마사지 후 뉴스 시간에, 드디어 이 지역에도 미 주둔군이 올 거라는 소식을 들으며, 침대 서랍을 뒤져 마아보가 주고 간 선물을 꺼내 포장을 뜯어보았어.

가로세로 세 치9cm 정도의 작은 꾸러미 속에는 담배 케이스가 들어 있었어. '여기서 나가면 가지고 다녀. 종다리는 신사니까 틀림없이 필요할 거야.' 아까 들었던 이상한 말이 그제야 이해가 되더라고.

그것을 상자에서 꺼내 이리저리 살펴보는데 어쩐지 굉장히 서글펐어. 기쁘지 않았어. 그저 세상 돌아가는 뉴스를 들었기 때문만은 아닌 듯해.

6

그건 스테인리스인가 하는, 케이크 나이프 같은 걸 만들 때 쓰이는 크롬 비슷한 금속으로 된 납작한 은색 케이스였는데, 뚜껑에 장미 덩굴을 도안화한 복잡하고 가느다란 검은 선이 그려져 있었어. 뚜껑 테두리에는 팥죽색 에나멜 장식이 달려 있었는데 이 장식은 없는 게 나을 성싶었어. 마아보 말처럼 '약간 촌스러우면서'도 '그렇게 멋있지는' 않았지. 그래도 마아보가 날 생각해서 사 온 거니까 어쨌든 소중하게 간직해야겠어.

하지만 아무리 생각해도 유쾌하지만은 않아. 선물을 받고 나서 이런 말을 하는 것도 우습지만, 정말로 하나도 기쁘지가 않았어. 여자한테 선물을 받는 건 처음인데, 이상하게 가슴이 갑갑해서 견딜 수가 없는 거야. 뒷맛이 영 씁쓸했어. 나는 서랍 제일 안쪽 깊숙한 곳에 케이스를 숨겨 뒀어. 빨리 잊어버리고 싶어.

케이스 사건은 나도 약간 어이가 없어서 어찌해야 좋을지 모르겠지만, 이렇게라도 너한테 마아보가 얼마나 괜찮은 여자인지 알려주고 싶어서 몇 자 적어봤어. 어때, 마아보를 다시 보게 됐어? 아니면 여전히 다케 씨가 좋은 거야? 네 생각을 들려줘.

오늘은 뱀밥이 쓰던 침대로 옆방 '백조실' 건빵이 새로 왔어. 본명은 스가와 고로, 26세. 법대생이라는데 꽤나 인기가 좋은가 봐. 가무잡잡한 피부에, 두꺼운 눈썹, 번뜩이는 눈에 로이드안경[10]을 끼고 있어. 매부리코 때문에 인상이 그다지 좋지는 않지만, 그래도 그 사람 때문에 조수들이 상당히 술렁이고 있대. 아마 남자들이 보기에 기분 나쁜 녀석일수록, 여자들 사이에서 인기를 끄는 법인가 봐. 건빵의 출현으로 '벚꽃실' 분위기가 이상하게 서먹서먹해졌어. 갓뽀레는 벌써 어느 정도 건빵에게 적의를 품고 있는 것 같아. 오늘 저녁 식사 전 마사지 시간에도 조수들이 건빵한테 영어에 대해 이것저것 물어보더라고.

"있잖아, 저것 좀 알려줘 봐. '미안해요'를 영어로 뭐라고 하지?"

"아이 베그 유어 파돈." 건빵이 거만하게 대답했어.

"외우기 어렵다. 더 간단한 건 없어?"

"베리 쏘리." 어깨에 힘이 잔뜩 들어간 말투였어.

"그럼 있잖아," 또 다른 조수가 물었어. "부디 몸 건강하세요, 는

10_ 테가 굵고 둥근 안경으로, 미국 배우 해롤드 로이드가 쓴 것에서 유래했다.

뭐라고 해?"

"플리즈 텟캬 오브 유어셀프." take care를 텟캬라고 발음하더라고. 정말 아니꼬워 미칠 것 같았어.

그런데도 조수들은 호들갑을 떨면서 감탄하는 거야. 갓뽀레는 건빵의 영어가 나보다 더 마음에 안 들었나 봐. 나지막한 목소리로 자기가 제일 자신 있어 하는 도도이쓰를 부르기 시작했어.

"나중에 박사가 될지, 장관이 될지는 몰라도, 당장에 서생에게는 돈이 없다네." 이런 노래를 부르면서 건빵을 견제하기에 바쁜 나날을 보내고 있어.

난 여전히 건강해. 오늘 체중을 재보니 사백 문[1.5kg] 가까이 살이 쪘더라. 상태가 아주 좋아.

9월 16일

위생에 대하여

1

요즘에 여자들 이야기만 쓰느라고 같은 방 선배들 이야기를 게을리했는데, 오늘은 '벚꽃실' 사람들 소식을 전할까 해. 어제 '벚꽃실'에서 한바탕 싸움이 있었거든. 드디어 갓뽀레가 건빵에게 도전장을 내밀었지.

원인은 우메보시[매실장아찌]였어.

그게 참 까다로운 상황이었지. 갓뽀레는 전부터 사기그릇 하나를 가지고 있었는데, 거기에 우메보시를 담아놓고 밥 먹을 때마다 침대 밑 선반에서 꺼내 먹곤 했어. 그런데 얼마 전부터 우메보시에 곰팡이가 슬었던 거야. 갓뽀레는 그게 그릇 탓이라고 여겼지. 사기그릇 뚜껑이 딱 맞질 않으니까 거기로 세균이 들어가서 곰팡이가 피는 거라고 생각했어. 갓뽀레는 꽤 깔끔을 떠는 성격이었거든. 아무래도 신경이 쓰였나 봐. 무슨 좋은 수가 없을까 하고 이리저리 궁리를 하던 차에, 어제 아침을 먹다가 옆자리의 건빵이 매 끼니때 꺼내놓고 먹는 락교 병이 마침 비었다는 것을 눈치채고는, 저게 딱 좋겠다 싶었어. 병 주둥이도 큼지막하고 뚜껑도 꽉 잠기니까 저 병 속으로는 절대 세균이 들어갈 수 없겠다 싶었던 거지. 내용물도 비었으니 건빵도 쉽게 내어줄 것 같았어. 건빵한테 머리를 숙여야 한다는 게 분하긴 하지만, 그래도 곰팡이를 막기 위해서는 어떻게든 그 락교 병을 손에 넣어야 했던 거야. 뭐니 뭐니 해도 위생이 최우선이다, 그렇게 생각한 갓뽀레는, 식사를 마친 뒤 쭈뼛쭈뼛 건빵에게 다가가 빈 병을 빌려달라고 했어.

건빵은 갓뽀레를 똑바로 쳐다보며 말했지.

"이따위 걸 어디다 쓰려고요?"

그 말투가 갓뽀레를 발끈하게 만들었어. 두 사람 사이에는 꽤 오래전부터 먹구름이 드리워져 있었거든. 갓뽀레는 도장 최고의 미남이었는데, 최근 들어 건빵이 더 잘생겼다는 얘기가 나돌면서 갓뽀레의 존재감이 옅어졌고, 그 탓에 부아가 치밀어 오르던 참이었던 거야.

"이따위 거라뇨? 스가와 씨, 그런 식으로 말해도 되는 겁니까?" 갓뽀레 말투도 범상치는 않았어.

"왜, 무슨 문제 있소?" 건빵은 웃지도 않고 말했어. 으레 무뚝뚝하게 거드름을 피우는 사내였거든.

"모르시겠습니까?" 약간 주춤해진 갓뽀레가 억지로 생긋이 웃으며 말했어. "제가 당신한테 돼지 꼬리를 빌리겠다는 것도 아닌데, 이따위 거라고 쌀쌀맞게 말씀하시면 제 입장이 난처하지요." 갈수록 태산이었지.

"돼지 꼬리란 말은 한 적 없는데요."

"꽉 막힌 사람이군!" 갓뽀레는 약간 사나워졌어. "설령 형씨가 돼지 꼬리란 말은 한 적이 없다고 해도, 내가 그렇게 들었으니 어쩔 수 없잖소. 누굴 바보로 아나? 대학생이나 미장이나 다 같은 일본국 신민이요. 나를 돼지 꼬리 취급하니 기분 좋나? 내가 돼지 꼬리면 형씨는 도마뱀 꼬리야. 일시동인[11]인 거지. 내가 배운 건 없어도 위생만큼은 철저하거든. 위생이 뭔지도 모르는 인간은 개돼지나 다를 바 없지."

무슨 소리를 하는 건지 알 수가 있어야지.

2

건빵은 갓뽀레 말에 대꾸도 않고, 두 손을 깍지 껴 머리 뒤로 넘긴 채 침대에 벌렁 드러누웠어. 담력 있는 남자처럼 보였지. 갓뽀레는 침대 위에 책상다리를 하고 앉아서 몸을 앞뒤좌우로 흔들면서, 팔을 걷어붙이기도 하고 주먹으로 자기 무릎을 툭툭 치기도 하다가 점점 더 애가 탔는지 또 말싸움을 걸었어.

"어이, 이봐요, 거기 대학생. 내 말 듣고 있나? 설마하니 유도라도 써먹을 생각은 아니겠지. 대학생들 중에 그런 걸 써먹는 어이없는 놈들도 있다지. 그런 짓은 마쇼. 분명히 말해두겠는데, 이 도장이 유도 도장도 아니고, 그렇다고 미남이 되려고 수행을 쌓는 도장도 아니야. 지난번에 우리 기요모리 사부가 이랬지. 자네들은 선수다. 반드시 결핵을 완치시킬 수 있다는 것을 일본 전국에 드러내 보일 선수다. 자기 몸을 진심으로 아끼길 바란다. 그때 눈물이 났어. 사나이로 태어나서 의를 보고도 행하지 않으면 용기가 없다는 말이 있잖아. 세상에는 대인배가 있는가 하면 소인배도 있어. 그러니 인간에게는 지智인仁용勇, 이 세 가지가 중요한 거야. 여자들한테 인기 있는 게 다가 아니란 말이지." 대체

11_ 만물을 평등하게 보고 똑같이 사랑함.

말의 요지가 뭔지 알 수가 있어야지. 근데도 갓뽀레는 얼굴이 파랗게 질려서 언성을 더 높였어. "그러니까 내 말은, 위생이 중요하다 그거야. 자나 깨나 위생, 꺼진 불도 다시 보자는 건, 그럴 때 하는 말이라고. 천박하게 말이야, 사람을 돼지 꼬리에나 비유하는 짓은 하지 말라 그거야."

"이제 그만해, 그쯤 해둬." 에치고 사자가 중재에 나섰어. 한동안 묵묵히 침대에 누워 있던 에치고 사자가 갑자기 벌떡 일어나 침대에서 내려가더니, 갓뽀레 뒤에 서서 어깨를 토닥이며 어쩐지 위엄 어린 말투로 이제 그만하라고 했어.

갓뽀레는 에치고 사자 쪽으로 휙 하고 몸을 틀더니 그의 품에 와락 안기더군. 그러고는 에치고 사자 품속에 얼굴을 파묻으며 엉, 엉, 하고 소리를 딱딱 끊어서 울기 시작했어. 다른 방 생도 대여섯이 무슨 일인가 하고 복도에서 이쪽을 흘끔거렸지.

"뭘 봐!" 에치고 사자가 복도에 선 사람들을 향해 화를 내며 소리쳤어. 거기까지는 훌륭했는데, 그다음이 약간 엉뚱했어. "싸우는 거 아니야! 그저, 그저, 으흠, 그냥, 그저, 으흠." 하면서 끙끙거리더니, 무슨 좋은 수가 없겠냐고 묻는 듯이 내 쪽을 흘끗 돌아보는 거야.

"연극." 내가 나직이 말했어.

"그저," 기운을 되찾은 에치고는 "연극작용이라고!" 하고 외쳤지.

연극작용이란 게 무슨 뜻인지는 나도 모르겠지만, 체면상 나처럼 젊은 애가 귀띔해 준 말을 그대로 써먹긴 싫었던지, 순간적으로 연극작용이라는 기묘한 말이 튀어나온 것 같아. 어른들이란 항상 이런 식으로 갖은 애를 써가며 살아가고 있는 건지도 모르지.

갓뽀레는 그야말로 어미 사자 품에 안긴 새끼 사자처럼 어깨를 들썩이며 흐느껴 울었어. 뭐라고 하는지 제대로 들리지는 않았지만, 훌쩍이면서 장황하게 하소연을 늘어놓았지.

3

"이런 모욕은 태어나서 처음이야. 나는 썩 괜찮은 집안에서 자랐거든. 아버지한테 맞은 적도 없었다고. 그런 내가, 이렇게 돼지 꼬리와 다를 바 없는 취급을 당하다니, 정말 화가 나. 나는 제대로 인사할 생각으로 제일 좋은 말만 해줬는데. 제일 좋은 말만 골라가며 했다고. 진짜 제일 좋은 말만 해줬는데. 그런데도 저는 침대에 누워서 모른 척만 하고 있잖아. 저 태도가 뭐냐고! 분하고 억울해 죽겠어. 도대체 저 태도가 뭐야! 사람이 제일 좋은 말을 해주고 있는데, 왜 저러는 거야! 세상 사람들한테 오만 정이 다 떨어지네. 사람이 제일 좋은 말을……."

계속해서 같은 말만 반복했어.

에치고가 갓뽀레를 가만히 침대에 눕혔지. 갓뽀레는 건빵을 등지고 자리에 눕더니, 두 손으로 얼굴을 감싸고 한동안 흐느껴 울다가, 이윽고 잠이 들었는지 조용해졌어. 여덟 시 단련체조 시간에도 그 모습 그대로 꼼짝도 안 했어.

진짜 이상한 싸움도 다 있지. 그래도 점심시간부터는 원래의 갓뽀레로 돌아오더라고. 건빵이 락교 담는 빈 병을 깨끗이 씻어 와서 진지한 얼굴로, "여기요." 하고 내밀었을 때도, "죄송합니다."라고 하면서 꾸벅 절을 하고 순순히 받았어. 점심을 다 먹고 나서는 작은 사기그릇에 담겨 있던 우메보시를 락교 병에 한 알 한 알 즐거운 듯이 옮겨 담더군.

세상 사람들이 모두 갓뽀레 씨처럼 단순하다면 세상은 훨씬 더 살기 좋아질 텐데 말이야.

싸움 얘기는 이쯤 하고, 마지막으로 너에게 간단히 보고할 것이 한 가지 있어.

오늘 오후 마사지 담당은 다케 씨였는데, 내가 다케 씨한테 네 이야기를 살짝 했어.

"다케 씨를 되게 좋아하는 사람이 있는데……."

다케 씨는 마사지할 때 말을 거의 안 해. 늘 조용히 시원스런 미소만 짓고 있지.

"마아보 같은 사람보다 다케 씨가 열 배는 더 낫다더라고."

"누가 그카든데?" 침묵 여사도 못 참고 입을 열더군. 마아보보다 낫다는 칭찬이 어지간히 마음에 들었나 봐. 여자들 참 단순해.

"기분 좋아?"

"좋을 게 뭐 있노." 다케 씨는 한마디 툭 내뱉고는, 약간 거친 손놀림으로 쓱쓱 마사지를 계속했어. 인상을 쓰고 있는 게 기분이 언짢아 보였어.

"화났어? 그 사람 정말 괜찮은 녀석인데. 시인이야."

"얄밉네. 종다리, 요새 와 그카노?" 다케 씨는 왼쪽 손등으로 자기 이마의 땀을 닦으면서 말했어.

"그래? 그럼 누군지 안 가르쳐줄 거야."

다케 씨는 말없이 마사지만 했어. 끝나고 나가면서 귀밑머리를 쓸어 올리고는 독특한 미소를 지으며 말했어.

"베리 쏘리."

미안하단 소릴 하고 싶었나 봐. 다케 씨도 그렇게 나쁜 사람은 아닌 것 같아. 어때? 언제 시간 날 때 우리 도장에 한 번 들러. 네가 그렇게 좋아하는 다케 씨를 보여줄게. 미안, 농담이야. 아침저녁으로 선선해졌어. 자나 깨나 위생, 꺼진 불도 다시 보자고. 내 몫까지 두 배로 열심히 공부해주길.

9월 22일

코스모스

1

보내준 답장, 즐겁게 잘 읽었어. 고등학교에 들어가서 공부하기도 바쁠 텐데 그렇게 긴 편지를 쓰느라 힘들었을 거야. 앞으로는 일일이 그렇게 긴 답장 안 써도 돼. 공부에 방해가 되는 건 아닌지 걱정이야.

무례하게 다케 씨에게 왜 그런 말을 했냐고 날 꾸짖었지? 죽을죄를 지었습니다. 그렇지만 '이제 나는 네 병문안도 갈 수 없게 되었어.'라는 말에는 동의할 수 없어. 너도 꽤 소심하구나. 그런 것쯤 개의치 않고 다케 씨에게 가볍게 인사를 건넬 수 없다면 새로운 남자라고 할 수 없어. 욕정을 버리라고. '시에 깃든 생각에는 사악함이 없으니.'라는 말도 있잖아. 천진난만하게 가자. 얼마 전에 옆자리의 에치고 사자에게,

"제 친구 중에 시를 공부하는 녀석이 있는데요." 하고 말을 걸었는데, 에치고가 그 자리에서 "시인들은 시건방져." 하고 함부로 단정 짓기에 나도 약간 화가 나서,

"그래도 예부터 시인은 언어를 새롭게 한다고 하지 않나요?" 하고 되물었어. 에치고 사자는 씩 웃더니,

"맞아. 이 시대에 어울리는 새로운 발명이 없으면 안 되지." 하고 무심히 대답했는데, 에치고도 무시 못 할 말을 하는구나 싶더라. 너는 똑똑하니까 이미 다 알고 있겠지만, 아무쪼록 시 공부는 물론 어디서고 새로운 남자로서의 네 진면목을 보여주길 바랄게. 이러면서 웃기지도 않게 혼자 흥이 나서 선배라도 된 양 조언을 좀 해봤는데, 실은 그저 다케 씨에 대한 건 신경 쓸 필요 없다는 말을 하고 싶었을 뿐이야. 용기 내서 우리 도장으로 다케 씨를 한번 보러 와. 실물을 보고 나면 네 환상은 순식간에 깨질 거야. 워낙 몸이 좋아서, 커다란 도미 같거든. 그나저나 너 말이야, 다케 씨한테 상당히 빠져 있나 봐. 마아보가 귀엽다고 그렇게 강조를 했는데도, '마아보라는 여자는 얼치기 여배우 수준'이라면서 조금도 인정하려 들지 않고, 오로지 다케 씨, 다케 씨 하고 있으니, 뭐라 할 말이 없어. 한동안 다케 씨에 대한 이야기는 하지 않을 작정이야. 네가 그 여자한테 열을 올리다가 몸져눕기라도 하면 큰일이잖아.

오늘은 갓뽀레 씨가 지은 하이쿠를 소개할까 해. 오는 일요일 위문방송에서 생도들 글짓기 발표회를 하기로 했는데, 와카, 하이쿠, 시 등에 자신이 있는 사람들은 내일 저녁까지 사무실로 작품을 내라고 해서, 갓뽀레가 우리 '벚꽃실' 대표로 자기가 제일 자신 있어 하는 하이쿠를 써내기로 했거든. 이삼일 전부터 귓등에 연필을 꽂고 침대 위에 정좌를 하고 앉아서 고개를 갸우뚱거리며 심각하게 고민을 하더니, 드디어 오늘 아침에 완성을 했나 보더라고. 편지지에 열 편 정도 쭉 쓴 것을 우리한테 공개했어. 우선 건빵한테 보여줬는데, 건빵이 쓴웃음을 지으며,

"전 잘 모릅니다."라고 하면서 그 종이를 바로 돌려줬어. 다음으로

에치고 사자에게 보여주면서 평을 해달라고 했는데, 에치고 사자가 웅크리고 앉아서 노려보듯 유심히 그 종이를 들여다보더니,

“무례하군.” 이러는 거야.

못 썼다는 말이 차라리 낫지, 무례하다는 평은 너무 심한 것 같아.

2

갓뽀레가 새파랗게 질려서는,

“그렇게 별롭니까?” 하고 물었어.

“저쪽에 있는 선생한테 물어봐.” 에치고는 그렇게 말하면서 휙 하고 턱으로 나를 가리켰어.

갓뽀레는 편지지를 가지고 내 침대로 왔어. 나는 풍류를 즐길 줄 모르는 사람이라 애초에 하이쿠의 묘미 같은 건 잘 몰라. 건빵이 그랬던 것처럼 종이를 바로 돌려준 다음에 사과를 하는 게 제일 낫겠다 싶었지만, 그러면 갓뽀레가 너무 불쌍하니까 어떻게 해서든 위로를 해주고 싶어서, 잘 알지도 못하면서 일단은 열 편을 다 읽었어. 내가 볼 땐 그렇게 나쁜 것 같지는 않았어. 평범하다고나 할까 어디서나 볼 수 있는 글이었는데, 이 정도도 막상 쓰려고 하면 상당히 고심을 해야 할 것 같았어.

‘흐드러지게 핀 처녀의 마음 같은 들국화인가.’ 이런 구절은 약간 이상했지만, 그래도 무례하다면서 화를 낼 정도로 엉터리는 아니라고 생각했어. 그런데 마지막 작품에 이르러 깜짝 놀라고 말았지. 에치고 사자가 분개한 이유를 잘 알겠더라고.

이슬 같은 세상, 이슬 같은 세상이라고는 하여도

이거 누가 쓴 거더라? 아무튼 이건 아니다 싶었어. 그래도 그걸 너무 노골적으로 말해서 갓뽀레를 무안하게 하고 싶지는 않았어.

"다 좋은 것 같은데요, 마지막 하나만 다른 걸로 바꾸면 훨씬 더 좋지 않을까요? 제가 전문가는 아니지만요."

"그래요?" 갓뽀레는 납득이 안 간다는 듯 입을 삐쭉 내밀었어. "저는 그게 제일 괜찮다고 생각합니다만."

그야 당연히 괜찮겠지. 하이쿠에 문외한인 나도 알고 있을 정도로 유명한 작품이니까.

"물론 괜찮긴 하지만요."

뭐라고 말을 해야 좋을지 모르겠더라고.

"이해하시겠습니까?" 갓뽀레는 신이 났어. "오늘날 일본에 대한 나의 진심이 이 한 소절에 모조리 함축되어 있는데, 왜들 그걸 몰라주는 건지." 슬쩍 나를 경멸하는 투로 말하더라고.

"어떤 진심이신지?" 나도 웃음기 가신 얼굴로 되물었지.

"그걸 왜 모르나." 갓뽀레는 이런 아둔한 놈을 봤나 하듯 눈썹을 찌푸리며 말했어. "지금 일본이 어떤 운명에 처했다고 생각하시오. 이슬 같은 세상 아니오? 이슬 같은 세상이란, 이슬 같은 세상이지. 그렇다고는 해도 제군들, 광명을 향해 앞으로 나아가야 하지 않겠습니까? 공연히 비관만 하고 있지 맙시다. 이런 의미가 담겨 있는 거지요. 이것이 바로 일본을 향한 저의 진심이라는 겁니다. 이해하시겠습니까?"

듣고 있는데 어안이 벙벙했어. 너도 알다시피 이 구절은 잇사[12]가 자기 아이가 죽고 나서 이슬 같은 세상이라며 체념을 하다가, 그래도 너무 슬퍼서 완전히 체념할 수는 없었더라는 마음을 담은 거였잖아. 그런 걸 저렇게 해석하다니 해도 너무한 거 아니냐고. 의미를 완전히 뒤엎어 버렸어. 이것이 에치고가 말한 이른바 '이 시대에 어울리는 새로운 발명'인지는 몰라도, 이건 좀 심했어. 갓뽀레의 진심에는 공감하지만, 그래도 옛사람이 쓴 구절을 훔쳐 와서 자기 마음대로 의미를 부여하고 심심풀이로 가지고 노는 건 옳지 않잖아. 그걸 갓뽀레의 작품이라면서 그대로 사무실에 가져다 낸다면 우리 '벚꽃실' 명예도 땅에 떨어질 거라는 생각에, 나는 용기를 내서 분명하게 말해줬어.

3

"하지만 옛사람이 쓴 하이쿠 가운데 이것과 똑 닮은 것이 있어요. 베껴 쓴 건 아니시겠지만 오해를 받으면 안 되니까 이건 다른 걸로 바꾸는 게 낫다고 생각합니다."

"비슷한 구절이 있습니까?"

갓뽀레는 눈을 동그랗게 뜨고 나를 바라봤어. 절로 한숨이 날 정도로 맑고 깨끗한 눈빛이더군. 자기가 베끼고 나서도 그걸 깨닫지 못하는 기묘한 상황이, 하이쿠를 짓는 사람들 사이에서는 종종 있을지도 모르겠다고 생각을 고쳐먹었어. 진짜 순진한 죄인이야. 사념이라고는 없어 보였지.

"이거 낭패네. 하이쿠를 짓다 보면 가끔씩 이런 일이 생겨서 당황스럽

12_ 고바야시 잇사小林一茶(1763~1828). 하이쿠 시인. 인용구은 「나의 봄」의 한 구절.

습니다. 워낙에 딱 열일곱 자로 한정이 되어 있으니까, 비슷한 작품이 나올 수밖에 없지." 아무래도 갓뽀레는 상습범인 듯해. "으흠, 그렇다면 이건 지우고." 그러면서 귓등에 끼워뒀던 연필로 이슬 같은 세상 구절 위에 쭉쭉 줄을 긋고는, "대신에 이런 건 어떻겠습니까?" 하고 내 침대 머리맡에 있는 조그만 책상에서 재빨리 뭔가 끼적거리더니 나한테 보여줬어.

코스모스여 그림자 춤추는 마른 거적

"좋은데요?" 내가 마음을 놓으며 말했어. 잘 썼건 못 썼건 간에 베낀 것만 아니면 안심이었지. "참고로, 코스모스의, 라고 고치는 건 어떨까요?" 너무 마음을 놓은 탓에 쓸데없는 말까지 해버렸어.

"코스모스의 그림자 춤추는 마른 거적, 이란 거군요. 뭔가 이미지가 분명히 전달되는데요? 대단합니다." 그러면서 내 등을 툭 치는 거야. "무시 못 하겠는데?"

나는 얼굴이 빨개졌어.

"비행기 태우지 마세요." 마음이 편치 않더군. "코스모스여, 라고 하는 게 나을 수도 있어요. 저도 하이쿠에 문외한입니다. 다만 코스모스의, 라고 하는 게 저한테는 더 알기 쉽게 느껴졌던 것뿐이니까요."

그런 거야 뭘 어떻게 하든 상관없잖아. 속으로는 그렇게 외치고 있었지만.

그래도 갓뽀레는 왠지 날 존경하게 된 것 같아. 앞으로도 자기 하이쿠를 잘 좀 읽어봐 달라면서, 그냥 하는 소리가 아니라고 진지하게 부탁까지 했어. 그러고는 늘 그러는 것처럼 까치발을 하고 엉덩이를 가볍게 흔들며, 특유의 리드미컬한 종종걸음으로 의기양양하게 자기 침대로 돌아갔지. 그 모습을 지켜보는데 어찌해야 좋을지 알 수가 없더군. 하이쿠 상담이라니, 연극 대사가 들어간 도도이쓰를 들어야 하는 것 이상으로 고역이었어. 아무래도 마음이 놓이질 않아서 난처한 마음에 나는,

"큰일 났습니다." 하고 나도 모르게 에치고를 향해 불평을 늘어놨어. 천하의 새로운 남자도 갓뽀레의 하이쿠에는 손을 들었지.

에치고 사자도 말없이 무겁게 고개를 끄덕였어.

하지만 이야기는 여기서 끝이 아니야. 한층 더 놀라운 일이 벌어졌어.

오늘 아침 여덟 시 마사지 시간에 마아보가 갓뽀레를 담당하게 되었는데, 나는 갓뽀레가 마아보한테 이렇게 속삭이는 것을 듣고 놀라지 않을 수 없었어.

"마아보가 지난번에 지었던 코스모스 하이쿠 있잖아, 그거 나쁘지 않더라. 하지만 앞으로는 조심해. 코스모스여, 라고 하면 곤란해. 코스모스의, 라고 해야지."

세상에, 그게 마아보의 작품이었던 거야.

4

그러고 보니 그 작품에서 약간 여성스러운 감성이 느껴지긴 했어. 그렇다면 '흐드러지게 핀 처녀의 마음 같은 들국화인가'라고 했던 그 이상한 구절도 수상쩍어. 그것도 마아보나 다른 조수들이 지은 건가? 하이쿠 열 편이 전부 다 의심스러웠어. 진짜 끔찍한 사람이야. 정말이지 질렸어. 이슬 같은 세상이라는 작품도 그렇고, 코스모스라는 작품도

그렇고, 다 우리 '벚꽃실'의 명예가 걸려 있는 일이라고까지는 말 못 해도, 갓뽀레 씨 인격의 문제지. 일이 대체 어떻게 돌아가는 건가 싶어 안절부절못하고 있는데, 갓뽀레와 마아보가 이런 대화를 나누는 것을 듣고 마음이 놓였어. 기분이 좋아지기까지 했지.

"코스모스에 대한 하이쿠라니, 뭘 말하는 거야? 잊어버렸어." 마아보는 느긋했어.

"그래? 그럼 그게 내가 지은 거였나?" 간단하게 말하더라고.

"일사병이 지은 거 아니야? 너 전에 일사병하고 하이쿠 교환이니 어쩌니 몰래 그런 거 했었잖아. 다 알아."

"그러고 보니, 일사병 작품인가?" 참 침착하기도 해. 담백하다고 해야 할지, 경쾌하다고 해야 할지, 뭐라 형용할 길이 없을 정도야. "일사병이 지었다고 하기엔 너무 잘 지었는데? 그 녀석 어디서 베낀 걸 거야." 이쯤 되니 그저 세속에 물들지 않은 어린아이 같단 생각밖에 안 들었어.

"나 이번에 그 작품 낼 거야."

"위문방송에? 그럼 내 것도 같이 내줘. 왜 있잖아, 지난번에 알려줬던 거. 흐드러지게 핀 처녀의 마음이라는 작품."

역시 그랬군. 하지만 갓뽀레는 아주 태연한 얼굴로,

"응. 그건 벌써 넣어뒀지."

"그래? 잘해야 돼."

나는 미소를 지었어.

내게는 이것이야말로 '오늘날 새로운 발견'이었어. 이 사람들은 작자의 이름 따위엔 관심도 없는 거야. 다 같이 힘을 합쳐서 만드는 거라고 생각하는 것 같아. 그러면서 함께 즐거운 하루를 보낼 수만 있다면 그걸로 족한 거지. 예술과 민중이란 애초에 그런 관계가 아닐까? 베토벤

이 최고라느니 리스트는 이류라느니 하면서 그 분야의 '전문가'란 사람들이 침을 튀기며 논의를 해도, 민중은 그런 데 눈길 한번 주지 않고 그저 각자 좋아하는 곡에 귀를 기울이며 즐거워하고 있잖아. 그들은 작가가 누구냐 같은 건 안중에도 없는 거야. 잇사가 지었건, 갓뽀레가 지었건, 마아보가 지었건 간에, 그 작품 자체가 재미있지 않으면 무관심한 거지. 사교적인 에티켓을 지키거나 고급스러운 취미를 갖추기 위해서 억지로 예술을 '공부'하진 않아. 자기가 감동을 받은 작품만을 자기 나름의 방식으로 기억해 두는 거지. 그뿐이야. 나는 방금 예술과 민중의 관계에 대해 새로운 가르침을 얻은 듯한 기분이 들었어.

이상하게 오늘 편지는 구구절절 설명이 많았는데, 그래도 갓뽀레의 이 소소한 일화가, 네가 시 공부를 할 때 필요한 뭔가 '새로운 발명'에 도움이 되었으면 좋겠다는 생각에, 이 편지를 찢지 않고 그대로 보내기로 했어.

나는 흐르는 물. 구석구석 물가를 어루만지며 흐르네.

나는 모두를 사랑하고 있어. 좀 아니꼬운가?

9월 26일

여동생

1

늘 너한테 이렇게 볼품없고 시시껄렁한 편지를 쓰고 있다는 게, 때로는 무척 겸연쩍은 일이란 생각이 들 때가 있어. 이렇게 아무짝에도 쓸모없는 편지 같은 거, 이제 쓰지 말자고 결심한 적도 한두 번이 아니었지만, 오늘 어떤 사람이 쓴 실로 위대한 편지를 접하고는, 뛰는 놈 위에 나는 놈 있다는 사실을 절실히 느꼈지. 세상에 이렇게 말도 안 되는 편지를 쓰는 사람도 있으니까, 내가 너한테 보내는 편지 정도야 그에 비하면 아무것도 아니다 싶어서 약간 마음이 놓였어. 진짜 세상에는 오만 가지 일이 다 있더라고. 그 사람이 그렇게 끔찍한 편지를 쓸 줄 누가 알았겠어. 나 참, 신이 아니면 악마가 아닐까 싶을 정도라니까. 하여간, 말도 못 하게, 끔찍했어.

그럼 오늘은 그 위대한 편지에 대한 이야기를 한번 해볼게.

오늘 아침 도장에서 가을 대청소가 있었어. 점심 전에 청소가 대강 끝났지만 오후 일정도 다 취소가 됐어. 마침 이발사 두 명이 출장을 와서 그날은 생도들 머리하는 날이 됐지. 내가 다섯 시쯤 이발을 마치고 세면장에서 까까머리를 감고 있는데, 누군가 슬쩍 옆으로 다가와 말을 걸더라고.

"종다리, 잘 지내?"

마아보였어.

"응, 잘 지내." 나는 머리에 비누를 문질러가며 대충 대답했어. 요즘 들어 이 빤한 인사말이 성가시고 귀찮더군.

"힘내."

"어이, 그 근처에 내 수건 없나?" 나는 힘내란 말에는 대꾸도 안 하고 눈을 감고 마아보 쪽으로 두 손을 내밀었어.

손바닥 위에 종이 같은 게 살짝 올라왔어. 실눈을 뜨고 보니 편지지였어.

"이게 뭐야?" 나는 얼굴을 찡그리며 물었지.

"종다리, 못됐어." 마아보가 웃으면서 나를 째려보았어. "왜 좋았어, 라고 안 하는 거야? 힘내라는 말에 좋았어, 라고 대답하지 않는 사람은 병세가 악화되고 있는 거라고."

나는 기분이 상해서 볼멘소리로,

"그럴 정신이 어디 있어? 머리 감고 있잖아. 이 편지는 뭐야?"라고 했지.

"뱀밥한테서 온 거야. 끝에 시 보이지? 무슨 뜻인 거 같아?"

비누 거품이 들어가지 않도록 눈을 가늘게 뜨고 그 편지 끝부분에 적힌 시를 읽어봤어.

서로 못 본 지 긴 세월이 흘렀구나 요즘 어떻게 지내니 내
그립고 어여쁜 누이여

뱀밥도 멋을 안다 싶었지.

"이걸 모른단 말이야? 『만엽집』에서 베낀 거 같은데. 뱀밥이 지은 건 아니야." 질투를 하는 건 아니었지만 약간 트집을 잡아봤어.

"뜻이 뭔데?" 그렇게 속삭이며 내 옆에 착 달라붙었어.

"성가시게 왜 그래. 나 지금 머리 감고 있잖아. 나중에 알려줄 테니까 편지는 거기 놔두고, 내 수건 좀 가져다줘. 잊어버리고 방에 두고 왔나 봐. 침대 위에 없으면 머리맡 서랍 안에 있을 거야."

"못됐어!" 마아보는 내 손에서 편지지를 낚아채더니 종종걸음으로 방 쪽으로 달려갔어.

2

다케 씨의 입버릇은 '얄미워', 마아보는 '못됐어'야. 전에는 그런 말을 들을 때마다 기분이 나빴는데, 지금은 익숙해져서 아무렇지도 않아. 그나저나 마아보가 없는 사이에 아까 그 '어떻게 지내니'라는 부분을 뭐라고 해석할지 생각해봐야 했어. 그 부분이 약간 까다로워서 수건 핑계를 대고 곧바로 대답하기를 피한 것이기도 했거든. '어떻게 지내니'라는 부분을 곰곰이 생각해보면서 머리의 비누거품을 헹구고 있었는데, 마아보가 수건을 가져왔어. 이번에는 아주 진지한 얼굴로 수건을 건네주더니, 말도 없이 금세 저쪽으로 부리나케 가버렸어.

아차, 싶었지. 곧 내가 잘못했다는 걸 깨달았어. 어느새 나도 이곳 생활에 익숙해져서 닳고 닳았다고 할까, 감각이 무뎌졌다고 할까, 처음 여기 왔을 때의 긴장감을 잊고 마아보가 무슨 말을 걸어도 전처럼 흥분하는 일 없이, 완전히 둔해져 있었어. 조수가 생도들 시중드는 건 당연한 일이고, 각별한 호의 같은 거야 있든 없든 상관없다는 마음도 들어서, 나도 모르게 수건 가져오라는 무뚝뚝한 말 같은 걸 해버린 거야. 아마 마아보도 기분이 나빴을 거야. 지난번에도 다케 씨한테 '종다리, 요새 와 그카노?'라는 말을 들었는데, 정말로 요즘은 나도 내가 '왜 이러는지' 잘 모르겠어. 오늘 아침 대청소 시간에 생도들 모두 먼지를 피하기 위해 신관 앞 정원으로 잠시 나가게 됐는데, 덕분에 나는 진짜 오랜만에 땅을 밟을 수가 있었어. 가끔씩 건물 뒤편 테니스 코트 같은 데 잠깐 나간 적은 있었지만, 정식으로 외출 허가를 받은 것은 내가 이곳에 온 이후 처음 있는 일이었어. 나는 소나무 기둥을 어루만졌어. 소나무 기둥은 살아서 피가 흐르고 있는 것처럼 따뜻했어. 그곳에 웅크리고 앉은 나는 발아래서 올라오는 강렬한 풀향기에 놀라, 두 손으로 흙을 퍼 올리며 그 촉촉한 무게감에 감동했지. 자연은 살아 있다는 지극히 당연한 사실이, 비릿할 정도로 강렬하게 가슴에 와 닿았어. 하지만 그런 감동도 십 분 정도 흐르니 사라지고 말았어. 아무것도 느껴지지 않았어. 마비가 돼서 아무런 느낌이 없어진 거야. 그걸 깨달은 나는 인간의 적응력이라고 할까 친화력이라고 할까, 내가 지닌 변덕에 질리고 말았어. 무슨 일이 있어도 처음 느꼈던 그 신선한 전율을 잊지 않겠다고 마음속 깊이 다짐했는데, 마아보한테 꾸중을 듣고 아차 싶었던 거야. 도장 생활도 이제 슬슬 적당히 하자는 마음을 품게 된 거 아닌가. 마아보한테도 자존심이란 게 있잖아. 제비꽃만큼 조그마한 자존심일지도 모르겠지만, 그런 가련한 자존심이야말로 더욱 소중히 여겨야 하는 거야. 방금은 마아보의 우정을 무시한 셈이 되고 말았어. 마아보가 뱀밥에게서 온 비밀스러운 편지를 내게 보여줬다는 건, 어쩌면 지금은 뱀밥보다 내게 더 호감이 있다는 자기 속내를 드러낸 행동인지도 모르잖아. 아니, 그렇게까지 자만에 빠지지 않더라도, 어쨌든 내가 마아보의 신뢰를 배신한 것만은 확실해. 내가 예전만큼 마아보를 좋아하지는 않는다 해도, 그건 내 변덕인 거잖아. 나는 누군가가 베풀어주는 호의에마저 무감각해져 버린 거야. 나는 담배 케이스를 받았던 것도 잊어버리고 있었어. 바람직하지 않아. 단단히 잘못된 거지.

"힘내."라는 말을 들으면 그 호의에 마음이 뜨거워져서 큰 소리로,

"좋았어!"라고 대답해야 하는 거야.

3

잘못했으면 망설이지 말고 바로 잡아야지. 새로운 남자는 다시 시작하는 것도 빠른 법이야. 세면장을 나와 방으로 돌아오는 도중에, 운 좋게도 석탄 창고 앞에서 마아보와 마주쳤어.

"편지는 어쨌어?" 내가 곧바로 물었어.

마아보는 먼 산을 보며 멍한 눈초리로 말없이 고개를 가로저었어.

"침대 서랍에 있어?" 어쩌면 마아보가 아까 수건을 가지러 갔을 때 그 편지를 내 침대 서랍에 슬그머니 넣어둔 게 아닌가 싶어서 그렇게 물어본 건데, 여전히 고개만 가로저을 뿐 대답이 없었어. 이래서 여자가 싫어. 꿔다놓은 보릿자루처럼, 뭣하는 거지? 그래, 네 멋대로 해라. 그런 생각이 들기도 했지만, 내게는 마아보의 가련한 자존심을 위로해줄 의무가 있잖아. 내가 그야말로 낯간지러운 목소리로,

"아까는 미안해. 그 노래 의미가 뭐냐면……." 하고 운을 떼는데,

"됐어." 하고 툭 내뱉고는 쌩하니 가버리는 거야. 진짜 이상할 정도로 날카로운 말투였어. 나는 허를 찔린 기분이었어. 여자란 정말 무시무시하구나. 나는 방으로 돌아가 침대 위에 벌렁 드러누우며, 이제 다 관두자고 속으로 우렁차게 외쳤어.

그런데 저녁때 밥상을 가져온 것이 바로 마아보였어. 냉정하고 새침한 얼굴로 들어와서 내 머리맡에 있는 작은 책상 위에 밥상을 놓고는, 가는 길에 건빵이 있는 곳에 들러서 완전히 딴사람처럼 쓸데없는 농담을 꺼내며 깔깔거리고 소란을 피웠어. 마아보가 건빵의 등을 콩콩 두드리자 건빵이, "이 녀석이!"라고 하면서 마아보의 손을 잡으려고 했지.

"싫어엇." 마아보는 소리치며 내 쪽으로 달려와 내 귓가에 대고,

"이거 보여줄게. 나중에 뜻 알려줘." 하고 재빠르게 종알거리며 작게 접은 편지지를 내 손에 넘겨줬어. 동시에 건빵 쪽을 돌아보며,

"어이, 이것 봐, 건빵. 자백해." 하고 큰 소리로 외치더니, "테니스장에서 〈오에도 니혼바시〉[13]를 부른 게 누구시더라?"라고 하는 거야.

"몰라, 나도 몰라." 얼굴이 새빨개진 건빵이 열심히 부인했어.

"〈오에도 니혼바시〉라면 나도 아는 노랜데?" 갓뽀레가 투덜거리며 밥을 먹기 시작했어.

"모두들 맛있게 드세요." 마아보는 웃으며 인사를 하고 방에서 나갔어. 뭐가 뭔지 도통 영문을 모르겠더라고. 마아보가 자기 마음대로 나를 가지고 노는 것 같아서 그다지 유쾌하지는 않았어. 그리고 내 손에는 한 통의 편지가 들려 있었지. 나는 남의 편지 같은 거 읽고

13_ 에도 니혼바시에서 교토까지 가는 도카이도東海道 여행길을 노래한 속요민요에서 유래한 유행가.

싶지 않지만, 마아보의 가련한 자존심을 세워주기 위해서 읽지 않을 수가 없었어. 일이 참 귀찮게 되었다면서 식사 후에 살짝 읽어보았는데, 세상에, 이게 진짜 위대한 편지였던 거야. 연애편지라 해야겠지만 도무지 감이 안 잡혔지. 그토록 평범하고 얌전해 보이던 니시와키 뱀밥 씨가 뒤에서 이렇게 무모한 편지를 쓸 줄은 상상도 못 했어. 어른들이란 다들 이렇게 어리석고 물러터진 습성을 숨기고 사는 것일까? 일단 그 편지 내용을 적어서 보낼 테니까 한번 읽어봐. 세면장에서는 마지막 장에 있는 아주 짧은 부분밖에 읽지 못했었는데, 이번에는 편지지 세 장을 전부 다 주더라고. 다음은 그 위대한 편지의 전문이야.

4

'지난 추억의 땅, 도장의 숲, 나는 창가에 기대어, 조용히 인생의 새로운 장이라고 해도 좋을 일들을 머릿속에 그려보며, 밀려왔다 밀려가는 파도를 바라보고 있어. 조용히 밀려오는 파도……, 하지만 먼 바다에서는 하얀 파도가 거세게 울부짖고 있어. 바닷바람이 강하게 불고 있기에.' 이게 편지의 첫머리야. 아무런 의미도 없어. 마아보가 당황할 만도 하지. 『만엽집』보다 더 난해해. 뱀밥은 도장을 나가서 고향인 홋카이도에 있는 병원으로 갔는데, 그 병원이 아마도 바닷가에 있나 봐. 그건 알겠는데 나머지는 무슨 소린지 알 수가 없더라고. 정말 희한한 글도 다 있다 싶었어. 계속해서 옮겨 써볼게. 더욱더 종잡을 수가 없지.

'저녁달이 파도에 잠길 때, 컴컴한 어둠이 사방을 덮칠 때, 하늘에 뜬 너는 내 영혼을 인도하는 별빛과도 같으니, 세상이 변할지라도 올바로 인생을 살기 위해 노력하자꾸나! 남자다! 남자다! 남자다!! 힘차게 나아가자. 나는 지금 여기서 너를 여동생이라 부르고 싶어. 하늘이 내린 뜻이라고 해야 하나 뭐라고 해야 하나, 아아, 뭐니 뭐니 해도 가장 좋은 건 연인을 부르며 뜨겁게 사랑을 나누는 것이지.'

무슨 소리를 하는 건지 하나도 모르겠어. 이즈음부터 문맥이 점점 더 기괴하게 흐트러져 가더라고. 정말이지 무슨 성난 파도 같아.

'그것은 사람도 아니고, 사물도 아니야. 학문이자, 일의 근원이지. 아침저녁으로 사랑해야 할 것은 과학이며, 자연의 아름다움. 이 두 가지는 하나가 되어 나를 진심으로 사랑해 줄 것이고, 나도 열렬히 사랑하고 있어. 아아, 나는 여동생을 얻었고, 연인을 얻었네. 아아, 이 얼마나 행복한 일인가. 여동생아!! 나의!! 오빠의 이런 염원을 가슴 깊이 이해해 주리라 믿어. 그리하여 네가 나의 여동생이라 믿으며, 앞으로도 소식을 전할 생각이야. 이런 내 마음을 알아주겠지? 여동생아!!

내용이 너무 무거웠지? 사과할게. 신세를 많이 졌던 너를 여동생이라고 불렀던 것은 미안하지만, 이해해 주리라 믿어. 네 나이쯤 되면 남자나 여자나 생각이 많아지는 법인데, 그래도 너무 신경 쓰지 말고, 깊이 생각하지도 마. 나도 속세를 떠날 생각이야. 오늘 날씨는 좋은데 바람이 거세네. 자연의 힘은 얼마나 위대한가! 눈물이 흘러넘쳐 놀 수가 없네! 이해해 주리라 믿어. 오늘 이 편지는 몇 번이고 음미하면서 여러 번 숙독해줬으면 해. 고맙구나, 마사코야!! 힘내거라, 나의 사랑하는 여동생아!!

그럼 마지막으로 오빠로서 한마디.

서로 못 본 지도 오래되었구나. 요즘 어떻게 지내니, 나의 동생아.

마사코에게

가즈오 오빠가'

대충 이런 내용이었어. '가즈오 오빠가'라니, 자기 이름에 오빠를 붙인 것도 해괴한데, 어쨌든 마지막에 쓴 『만엽집』 시 한 수를 제외하고는 뭐가 뭔지 하나도 알 수가 없더라고. 진짜 해도 너무 한다 싶었어. 이런 건 흉내도 못 내겠어. 정말이지 황당무계해. 그래도 니시와키 가즈오는 결코 미친 사람이 아니야. 내성적이고 따뜻한 사람이지. 그렇게 좋은 사람이 이런 엉터리 편지를 쓰다니 세상에는 이상한 일이 참 많아. 마아보가 뜻을 알려 달라고 할 만도 하지. 이런 편지를 받으면 재난을 당한 기분일 거야. 고민이 될 테지. 명문名文이라 해야 할지 마문魔文이라 해야 할지, 아무튼 이 위대한 편지를 베껴 쓰고 났더니 손목까지 뻐근해져서 글씨도 잘 못 쓰겠네. 이만 줄여야겠다. 또 편지할게.

10월 5일

시련

1

그제는 뱀밥 씨의 명문에 압도되어 손이 떨리는 바람에 더 이상 글을 쓸 수가 없었어. 어중간하게 쓰다 만 편지를 보내서 미안. 그날 저녁 식사 후에 마아보가 준 편지를 읽고 나서 멍하니 있는데, 마아보가 복도 창문으로 슬쩍 얼굴을 들이밀면서 읽었냐고 묻는 듯한 눈짓을 보냈어. 나는 가볍게 고개를 끄덕였지. 그러자 마아보도 진지한 표정으로 고개를 끄덕이더라고. 그 편지가 되게 신경이 쓰였나 봐. 그때 나는 니시와키 씨도 참 몹쓸 사람이라는 생각에, 이상한 정의감에 불타 있었던 것 같아. 그리고 마아보가 안쓰러워서 견딜 수가 없었어. 고백하자면, 나는 그날 이후 또다시 마아보에게 신선한 매력을 느끼게 됐어. 더 이상 둔감한 남자가 아니었지. 어느새 그렇게 돼버렸어. 가을은 이래서 안 돼. 역시 가을은, 서글프구나. 웃지 마. 난 심각하니까.

다 말할게. 대청소 다음 날, 아침 여덟 시 마사지 시간에 마아보가 대야를 끼고 방문 앞에 불쑥 나타났어. 억지로 웃음을 참는 듯한 표정으로 똑바로 내 쪽으로 걸어왔어. 나는 이렇게 빨리 마아보의 순서가 돌아올

줄 몰랐기 때문에 거의 무의식적으로,

"잘됐네." 하고 나지막이 말해버렸어. 기뻤거든.

"마음에도 없는 소리 하지 마." 마아보는 귀찮다는 듯 말하더니 서둘러 마사지를 시작했어. "오늘은 다케 씨 순서였어. 다케 씨가 일이 있어서 내가 대신 온 거야. 기분 나빠?" 아주 쌀쌀맞은 말투였어. 나는 그 말에 약간 기분이 상해서 대답도 하지 않고 가만히 있었지. 마아보도 말이 없더군. 점점 숨이 막히고 답답해지기 시작했어. 이곳 도장에 처음 왔을 때도 마아보가 마사지를 하면 이상하게 긴장되고 어색해지곤 했는데, 다시 그때의 긴장감이 되살아나서 답답해 죽겠더라고. 마사지가 끝났어.

"고마워." 내가 나른한 목소리로 말했지.

"편지 돌려줘!" 마아보는 작지만 날카로운 목소리로 속삭였어.

"머리맡 서랍에 있어." 나는 벌러덩 드러누워서 얼굴을 찡그리며 말했어. 몹시 기분이 나빴어.

"됐어. 점심 먹고 나서 잠깐 세면장 쪽으로 오지 않을래? 편지는 그때 돌려줘."

그런 말을 내뱉고는 내 대답도 안 듣고 후다닥 나가버리는 거야.

이상할 정도로 서먹서먹했어. 내가 조금만 친절하게 굴면 금세 저렇게 튕긴다니까. 좋다, 그렇다면 내게도 생각이 있다. 눈물 쏙 빠지게 혼을 내줘야겠다. 나는 그렇게 각오를 다지며 점심시간이 오기를 기다렸지.

점심밥은 다케 씨가 가져왔어. 근데 밥상 한 귀퉁이에 작은 대나무 인형이 놓여 있잖아. 고개를 들고 다케 씨한테 눈짓으로 이게 뭐냐고 물었는데, 다케 씨는 얼굴을 찡그리면서 힘껏 도리질을 하더니, 아무한테도 말하지 말라는 시늉을 하더라고. 나는 뚱한 표정으로 고개를 끄덕였어. 대관절 왜 저러는 건지 알 수가 없었지.

2

"오늘 아침에 도장 일로 마을에 좀 댕겨 왔데이." 다케 씨는 여느 때와 다름없는 목소리로 말했어.

"여행선물?" 나는 어쩐지 실망해서 힘 빠진 말투로 물었지.

"귀엽제? 후지무스메[14]다. 넣어 두그라." 누나처럼 어른스럽게 말하더니 방을 나가더라고.

나는 멍했어. 하나도 안 기뻤어. 바로 전날까지만 해도 누가 나한테 호의를 베풀면 순순히 받아들이고 감사해야 한다고 생각을 고쳐먹은 참인데, 어쩐지 다케 씨의 이런 호의는 기쁘지가 않았어. 그런 내 감정은 도장에 온 첫날부터 쭉 느끼고 있던 것이라, 이제 와서 마음을 바꿔먹기도 어려웠지. 다케 씨는 조수들의 조장이기도 하고, 도장 사람들 모두가 신뢰하고 있는 훌륭한 사람이니까 좀 더 야무지게 행동해야 하는 거잖아. 마아보 같은 애들하고는 수준이 다르지. 시답잖은 인형이나 사와서는 '후지무스메다, 귀엽제?'라니. 안 어울리게 왜 그러나 몰라.

밥을 먹으면서 밥상 귀퉁이에 있는 길이 두 치6cm짜리 후지무스메라는 대나무 인형을 가만히 들여다보는데, 보면 볼수록 볼품이 없었어. 물건 보는 눈이 없나 봐. 안 팔려서 한참이나 역 가판대에 먼지를 뒤집어쓰고 있었을 게 뻔해. 마음씨 좋은 사람들은 하나같이 물건을 고르는 재주가

14_ 등꽃이 가득 담긴 소쿠리를 등에 짊어지고 가는 여자아이 인형.

없는데, 다케 씨도 예외는 아닌가 보더라고. 물건 보는 눈은 약간 불량스러워 보이는 마아보가 훨씬 나아. 어쩔 수 없는 일이야. 어쨌든 대나무 인형을 어찌해야 좋을지 모르겠더군. 그냥 되돌려 줄까 싶기도 했는데, 저번 날 제비꽃 같은 가녀린 자존심이야말로 소중히 여겨야 한다며 기특한 각오를 다진 직후라, 할 수 없이 우선은 침대 서랍 속에 넣어 두기로 했어. 다케 씨에 대해 너무 많이 써서 네가 또 흥분하면 안 되니까 이쯤 해두기로 하고, 어쨌거나 나는 점심을 먹고 나서 마아보가 말한 대로 세면장으로 가봤어. 마아보가 세면장 제일 안쪽 벽에 등을 딱 붙인 채 이쪽을 보고서서 킥킥거리고 있더라고. 나는 은근히 불쾌했어.

"너 가끔씩 이런 짓 하는구나?" 이 말이 왜 튀어나왔나 몰라.

"응? 어째서?" 마아보가 살짝 웃으면서 눈을 동그랗게 뜨고 내 얼굴을 들여다봤어. 눈이 부셨어.

"가끔씩 생도들을 여기로." 끌어내서, 라고 말하려 했지만 그건 아무래도 너무 천박한 것 같아서 입을 다물었어.

"그래? 그럼 관둬." 마아보는 툭 던지듯 말하고는 인사라도 하려는 것처럼 상체를 앞으로 구부리며 걷기 시작했어.

"편지 가져왔어." 나는 편지를 내밀었어.

"고마워." 마아보는 웃지도 않고 그걸 받아들더니, "종다리도 못쓰겠구나."라는 거야.

"내가 뭘?" 나는 주춤했어.

"종다리, 날 그런 여자라고 생각했단 말이지?" 마아보는 새파랗게 질린 얼굴로 나를 똑바로 쳐다보며 말했어. "부끄럽지도 않아?"

"부끄러워." 나는 순순히 항복했지. "질투가 나서."

마아보는 금니를 반짝이며 웃었어.

3

"나, 그 편지 읽어봤어." 호되게 꾸짖어줄 생각이었는데, 다케 씨한테 받은 시시한 후지무스메 선물 때문에 초장부터 마음이 심란했고, 마아보에게 양심의 가책을 느끼며 우울한 기분으로 세면장에 나가보니, 마아보는 또 어찌나 매력적이던지 남자라면 부끄러워해야 마땅할 질투라는 감정이 일어서, 나도 모르게 해서는 안 될 말을 해버린 거야. 마아보가 곧장 따져 물었고 결국 이 꼴이 된 거지.

"전부 읽었어. 재밌던데? 뱀밥도 좋은 사람이더라. 나도 그 사람이 좋아졌어." 마음에도 없이 얄팍한 칭찬만 해댔어.

"근데 뜻밖이야. 이런 편지가 올 줄 몰랐거든." 마아보는 난처하다는 듯 고개를 갸웃하며 편지지를 펼쳤어.

"그래. 나도 약간 의아하긴 했어." 어떻게 그렇게 편지를 못 쓸 수가 있는지 의아했지.

"정말 뜻밖이야." 마아보한테는 무척 중대한 일인 것 같더라고.

"너도 편지 보냈던 거 아니야?" 또 쓸데없는 말을 했어. 아차, 싶었지.

"썼지." 참 태연해.

나는 돌연 기분이 상했어.

"그럼 네가 유혹한 거잖아. 불량소녀가 따로 없네. 너 같은 사람을 두고 얼간이라고 하는 거야. 날라리라고도 하고, 똘마니라고도 하고, 꽃뱀이라고도 하지. 괘씸한 것." 있는 대로 욕을 하는데 마아보가 화를 내기는커녕 깔깔대고 웃는 거야.

"진지하게 들어. 뱀밥은 부인이 있다고. 웃을 일이 아니야."

"그러니까 내 말은, 부인한테 감사 편지를 썼단 거야. 뱀밥이 도장을 나가던 날, 내가 마을 역까지 배웅을 해줬는데, 그때 부인이 나한테 하얀 다비[일본식 버선] 두 켤레를 주시더라고. 그래서 부인한테 감사 편지를 썼거든."

"그게 다야?"

"그게 다지."

"뭐야." 슬쩍 기분이 좋아졌어. "그게 다였군."

"그래, 그렇다니까. 그런데도 이런 편지를 보내는 거야. 끔찍해서 몸서리를 쳤어."

"뭐, 그럴 필요까진 없지 않아? 너 뱀밥 좋아하잖아."

"좋아하지."

"뭐야." 나는 또 기분이 나빠졌어. "날 놀리는 거야? 허튼소리 좀 작작 해. 부인 있는 사람을 좋아해서 어쩌자는 거야? 그 집 부부는 사이가 좋아 보였다고."

"하지만 종다리를 좋아한대봤자 소용없긴 마찬가지 아니야?"

"무슨 말이야? 왜 딴소릴 하고 그래." 나는 기분이 완전히 틀어졌어. "너 진짜 제멋대로다. 내가 언제 너더러 날 좋아해 달라 그랬어?"

"바보멍청이. 종다리는 아무것도 몰라. 아무것도 모르면서 큰소리야. 종다리 너 정말……." 말하다 말고 몸을 뒤로 홱 틀더니, 울기 시작하는 거야. 그러더니 그야말로 몸서리를 치면서,

"저리 가!" 하고 쏘아붙였어.

4

나는 이러지도 못하고 저러지도 못했지. 입을 쑥 내밀고 세면장 안을 어슬렁어슬렁 걷는데, 나도 같이 울고 싶은 기분이었지.

"마아보." 내 목소리가 떨리고 있었어. "뱀밥이 그렇게 좋아? 나도 뱀밥을 좋아해. 그 사람은 따뜻하고 착한 사람이었으니까. 마아보가 좋아할 만해. 그래, 울어. 마음껏 울라고. 나도 같이 울어 줄게."

어째서 그런 아니꼬운 소리를 했던 걸까? 지금 생각해보면 꿈이 아니었나 싶어. 나는 울려고 했어. 하지만 눈시울이 약간 뜨거워졌을 뿐, 눈물은 한 방울도 나오지 않았어. 나는 눈을 크게 뜨고, 세면장 창문 너머로 노랗게 물들기 시작한 테니스장 은행나무를 말없이 바라보았어.

"얼른." 어느새 마아보가 내 옆으로 조용히 다가와서 "방으로 돌아가. 다른 사람들한테 들키면 어쩌려고." 하고 꺼림칙할 정도로 조용하고 차분하게 말했어.

"들켜도 상관없어. 나쁜 짓 하는 것도 아닌데, 뭘." 그렇게 말하는데 묘하게 가슴이 두근거렸지.

"종다리는 바보야." 마아보는 나와 나란히 서서 세면장 창밖으로 테니스장 쪽을 내다보며 혼잣말처럼 중얼거렸어. "종다리가 오고 나서 도장 분위기가 바뀌었어. 아마 모를 거야. 종다리 아버지는 훌륭한 분이시라며? 전에 사부님이 그러셨어. 세계적인 학자라고."

"가난하기로는 세계 최고지." 나는 더할 나위 없이 쓸쓸해졌어. 아버지를 못 만난 지 두 달도 넘었어. 지금도 여전히 창호지가 흔들릴 정도로 요란하게 코를 풀고 계실까?

"집안이 좋아서 그런지, 종다리가 오고 나서 정말로 도장 분위기가 갑자기 밝아졌어. 사람들 마음도 변했고. 다케 씨도 너처럼 괜찮은 아이는 본 적이 없다고 하더라. 평소에는 남들 얘기 같은 거 안 하는 다케 씨인데, 종다리한테는 푹 빠졌어. 다케 씨뿐만 아니라 금붕어나 양파도 모두 마찬가지야. 하지만 생도들한테 이상한 소문이 나서 종다리한테 피해가 가면 안 되니까, 다들 조심하느라 종다리 곁에 다가가지 않으려는 거야."

나는 쓴웃음을 지었어. 참 쩨쩨한 애정도 다 있다 싶었지.

"그건 어려워한다고 하는 거야. 좋아하는 게 아니라."

"어머, 그런 말이 어디 있어." 마아보는 가볍게 내 등을 두드리더니, 그 손을 그대로 살포시 등에 올려놓았어. "나는 달라. 나는 종다리를 눈곱만큼도 안 좋아해. 그래서 이렇게 단둘이 이야기해도 상관없는 거야. 착각하지 마. 나는……."

나는 마아보 곁에서 스윽 떨어지며 말했어.

"그래봤자 뱀밥하고 편지질이나 하겠지. 솔직히 말해서 뱀밥 편지는 진짜 엉망이더라."

"알고 있어. 엉터리 편지니까 보여준 거지. 잘 쓴 편지였다면 보여줬겠어? 나는 뱀밥한테 관심 없어. 왜 사람을 바보 취급하고 그래?" 말이나 태도가 완전히 딴사람이 된 것처럼 노골적이고 천박해지더라고. "난 이제 다 틀렸어. 넌 아무것도 모르지? 멍청하니까 눈치를 못 채지. 사람들이 벌써 너하고 내가 가깝게 지낸다고 수군거린단 말이야. 어쩔 거야? 그런 소리 들어도 괜찮아?"

고개를 숙이고 오른쪽 어깨를 내밀더니 킥킥거리며 어깨 끝으로 나를 툭툭 밀더군.

5

"그만둬, 이러지 마." 내가 말했어. 이런 상황에서 달리 무슨 말을 하겠어. 말도 안 되는 일이 벌어졌다 싶었지.

"듣기 싫어? 자 그럼, 좀 더 부끄럽게 만들어줄까? 어젯밤에 달님이 너무 밝아 잠이 오지 않아서 뜰로 나갔더니 종다리 머리맡 부근 커튼이 살짝 열려 있던데, 내가 들여다본 거 몰랐지? 종다리는 달빛 아래 웃으며 잠들어 있었어. 자는 모습이 정말 예뻤어. 자, 종다리, 이제 어쩔 거야?"

이윽고 나는 벽 쪽까지 밀려났어. 내가 어쩌다가 이 꼴이 됐나 싶어 한심하더라.

"이러지 마. 어차피 우린 안 될 사이야. 난 스무 살이라고. 이러면 안 돼. 어, 저기 누가 온다." 누군가 터덕터덕 슬리퍼를 끌며 세면장 쪽으로 다가오는 소리가 들렸어.

"답답하기는. 그런 거 아니야." 마아보는 내게서 물러서더니, 얼굴을 젖히고 머리카락을 쓸어 올리면서 와하하 하고 웃었어. 막 목욕탕에서 나온 사람처럼 얼굴이 발갛게 달아올라 있었지.

"이제 곧 강연 시간이야. 먼저 가볼게. 칠칠맞게 지각이나 하고 그러는 거, 난 진짜 싫거든."

나는 세면장 밖으로 달려 나갔어. 그때 마아보가,

"다케 씨하고 사이좋게 지내면 안 돼." 하고 가느다란 음성으로 말했어. 그 소리가 내 마음 깊숙이 파고들었어.

가을은 이래서 안 돼.

방으로 돌아와 보니 아직 강연이 시작되기 전이었어. 갓뽀레가 침대에 벌렁 드러누워 도도이쓰를 부르고 있었는데, 길가의 풀잎들은 사람들 발길에 짓밟혀도 아침 이슬을 머금고 되살아난다는 내용이었지. 전에도 몇 번인가 들은 적이 있었지만, 이번만큼은 듣기 싫다는 생각이 안 들어서 얌전히 귀를 기울이게 되더라. 참 이상한 일이야. 내 마음이 여려진 탓인지도 모르지.

잠시 후 강연이 시작되었는데, 일본과 중국의 문명교류라는 주제로 오카기라는 젊은 선생님이 강연을 하셨어. 주로 의학 교류에 관해 예부터 전해 내려오는 다양한 증거들을 들면서 구체적으로 알기 쉽게 설명해주셨지. 새삼 일본과 중국이 서로 가르침을 주고받으며 함께 발전해온 나라라는 사실을 깨닫고 반성이 되기도 했지만, 그보다는 오늘 내게 있었던 비밀스런 일이 너무 신경 쓰였어. 마아보에 대한 건 빨리 잊어버리고, 전처럼 아무 고민 없는 모범 생도로 돌아가고 싶다는 마음이 간절했어.

처음부터 마아보가 문제였던 거야. 좀 더 총명한 줄 알았는데 의외로 어리석은 여자였어. 조금 전에 이런저런 대담한 행동들을 했지만, 그게 다 아무 의미도 없다는 걸 나는 잘 알아. 내게 어리석은 자만심 같은 것은 없어. 마아보는 늘 자기 생각만 하는 거야. 뱀밥이나 나는 안중에도 없지. 그저 자기의 아름다움과 연민에 도취되고 싶은 거야. 순수한 척하고 있지만 허영심이 너무 강해서 아무한테도 지고 싶지 않을 뿐이야. 게다가 대단한 욕심쟁이여서 남의 것은 뭐든 다 갖고 싶은 거라고. 마아보 꿍꿍이쯤이야 나도 다 알아.

6

마아보는 뱀밥의 편지를 나한테 슬쩍 보여주면서 은근히 잘난 척하고 싶었던 게 아닐까? 그랬는데 내가 그 편지를 엉망진창이라고 여긴다는 것을 마아보가 재빨리 눈치채고 순식간에 태도를 바꿔서는, 울기도 하고 밀기도 하면서 엉뚱한 소리를 떠들어댔던 거지. 제비꽃은커녕 여왕님처럼 고고한 자존심이야. 도무지 잘해줄 수가 없어. 마아보와 내가 가깝게 지낸다는 이야기가 나돈다고 했지만 말도 안 되는 소리. 지금까지 내가 마아보 때문에 사람들한테 놀림을 당한 적은 한 번도 없었어. 마아보 혼자 설치고 있는 거야. 마아보는 행실이 단정치 못하고 본질적으로 천박한 아이야. 진짜 에치고 말처럼 어머니가 몹쓸 사람이었는지도 모르지. 차분히 생각하면 생각할수록 화가 치밀어. 마아보는 도장 조수가 될 자격이 없어. 도장은 신성한 곳이야. 모두가 오로지 결핵을 극복하겠다는 마음으로 아침저녁 단련에 매진하고 있는 곳이라고. 마아보가 한 번만 더 그렇게 노골적인 언동을 보인다면, 단호하게 조장인 다케 씨에게 말해서 마아보를 도장에서 추방시키겠다고 다짐했어.

그런 각오를 하고 나서야 비로소 아까 세면장에서 있었던 악몽 같은 일에 대한 집착에서 벗어날 수 있었어.

그것은 악몽이었어. 악몽은 인생과 관련이 없는 법이야. 내가 너를 두들겨 패는 꿈을 꿨다고 해서, 다음 날 아침 내가 널 찾아가서 사과를 하지는 않잖아. 내게는 감상적인 종교인이나 시인 같은 마음이 없어. 새로운 남자는 번거로운 일이라면 딱 질색이니까.

꿈에 집착할 생각은 없지만, 세면장에서 악몽 같은 일이 있었던 다음 날, 다시 말해 오늘 아침 새벽에 나는 또 한 번 꿈을 꿨어. 그것은 좋은 꿈이었어. 좋은 꿈은 잊고 싶지 않지. 어떻게든 내 인생과 관련을 짓고 싶어. 이것만은 너에게 알려줄게. 다케 씨에 대한 꿈이거든. 다케 씨는 좋은 사람이야. 오늘 아침에 절실히 깨달았어. 그런 사람도 흔치 않지. 네가 다케 씨에게 그토록 열을 올리는 것도 이해가 가. 너는 역시 시인이라 그런지 감이 좋단 말이야. 보는 눈이 높아. 대단해. 네가 다케 씨한테 너무 마음을 쓰기에 혹시 몸져눕기라도 하면 큰일이다 싶어서, 그다음부터 다케 씨에 대해서는 말을 아꼈는데, 그런 걱정은 조금도 할 필요가 없었다는 사실을 오늘 아침에 분명히 깨달았어.

누군가 다케 씨를 아무리 좋아한다고 해도, 다케 씨는 그 사람을 몸져눕게 만들거나 타락시킬 사람이 아니야. 부디 다케 씨를 더 많이 사랑해 줘. 나도 너한테 지지 않을 만큼 다케 씨를 진심으로 믿어줄 생각이야. 그에 비하면 마아보는 어리석은 여자야. 다케 씨하고는 완전히 반대지. 지난번에 네가 말한 대로 얼치기 여배우, 딱 그 수준이야. 그 사건이 있고 나서, 마아보는 자기 순서도 아닌데 저녁 여덟 시 마사지 시간에 '벚꽃실'에 들어와서는, 점심때 있었던 일 같은 건 말끔히 잊어버렸다는 듯이 건빵이나 갓뽀레와 깔깔대며 소란을 피웠어. 그때 내 마사지 담당이 다케 씨였는데, 다케 씨는 늘 그렇듯이 말없이 조용히 쓱쓱 화려한 손동작으로 마사지를 하면서, 마아보와 사람들이 하는 시시한 농담에 가끔씩 빙긋이 웃기만 했어. 마아보가 성큼성큼 우리 쪽으로 오더니,

"다케 씨, 도와 드릴까요?" 하고 쓸데없는 참견을 했는데,

다케 씨는 괜찮다면서 가볍게 고개를 젓더니, "금방 끝난다." 하고

차분히 대꾸했어.

7

나는 이렇게 침착하고 의연한 다케 씨가 참 좋아. 나한테 어설픈 호의를 베풀기라도 하면 어색해서 견딜 수가 없기는 하지만 말이야. 마아보가 휙 돌아서 다시 오른쪽에 있는 건빵한테로 가자 내가,

"마아보 쟤, 꼴 보기 싫어." 하고 다케 씨에게 속삭였어.

"심성은 착한 아다." 다케 씨는 너그러운 말투로 가만히 대답했어.

역시 다케 씨가 인격적으로는 마아보보다 한 수 위인가? 속으로 그런 생각이 들었어. 다케 씨는 서둘러 마사지를 끝마친 후 대야를 끼고 옆방 '백조실' 마사지를 도와주러 갔어. 그러자 마아보가 생글생글 웃으며 또 내 침대로 오더니 나지막한 목소리로,

"다케 씨한테 무슨 소리 했지? 분명 했어. 다 알아."라고 하는 거야.

"네가 꼴 보기 싫다고 했어."

"못됐어! 뭐, 어차피 그럴 거라고 생각했어." 의외로 화는 내지 않았어.

"있잖아, 그거 가지고 있어?" 양쪽 손가락으로 사각형을 그리며 물었어.

"케이스 말하는 거야?"

"응. 어디다 뒀어?"

"거기 어디 서랍에. 도로 가져가도 돼."

"어머, 싫어. 평생 가지고 있어. 거추장스럽겠지만 말이야." 이상하리만치 차분하게 말하다가 갑자기 큰 목소리로, "역시 종다리 있는 데서 달님이 제일 잘 보여. 갓뽀레 씨, 잠깐 이쪽으로 와 봐! 여기 같이

서서 달님에게 소원을 빌자. 달아 달아 밝은 달아, 하면서 하이쿠를 읊어 보자. 어때?"라고 하더군.

어찌나 시끄러운지.

그날 밤은 그렇게, 특별한 일 없이 지나가고, 나는 잠이 들었는데, 문득 새벽녘에 잠에서 깼어. 복도에 켜진 등불 때문에 실내가 아스라이 밝았지. 머리맡 시계를 보니 새벽 다섯 시가 조금 안 된 시각이었어. 밖은 아직 캄캄했어. 창틈으로 누가 날 보고 있다. 마아보다! 퍼뜩 그 생각이 머리를 스치고 지나갔어. 얼굴이 새하얘. 틀림없이 웃다가 스윽 사라졌어. 나는 일어나서 커튼을 젖혀봤지만 아무것도 없었어. 기분이 묘하더라. 잠이 덜 깨서 헛것을 봤나 봐. 마아보가 제아무리 천방지축이라 해도 설마 이런 시간에 여길 올 리가 없잖아. 의외로 나도 로맨티스트였나 싶어서 쓴웃음을 지으며 이불 속으로 기어들어 갔는데, 아무래도 신경이 쓰였어. 조금 있으려니 멀리 세면장 쪽에서 누가 빨래라도 하는지 희미하게 찰랑찰랑하는 물소리가 들렸어.

저 사람이다! 어떤 이유에서인지는 몰라도 그런 생각이 들었어. 아까 웃다가 사라진 건 저 사람이다. 분명 지금 저쪽에 있는 거다. 그런 생각이 들자 더 이상 참을 수가 없어서, 가만히 일어나 발소리를 죽이며 복도로 나갔어.

세면장에는 푸르스름한 전구 하나가 켜져 있었어. 들여다보니, 잔무늬 기모노에 하얀 앞치마를 두른 다케 씨가 동그마니 웅크리고 앉아 세면장 바닥을 닦고 있는 거야. 머리에 수건을 둘러쓴 모습이 마치 오오시마 아가씨[15] 같았어. 다케 씨는 고개를 돌려 나를 보고 나서도

15_ 오오시마는 도쿄에서 120㎞가량 떨어진 태평양 위의 작은 섬. 머릿수건을 쓰고 긴 천을 허리 앞으로 늘어뜨린 오오시마 아가씨는 이 섬의 상징 가운데 하나다.

여전히 말없이 바닥을 닦았어. 얼굴이 무척 야위어 보였지. 도장 사람들은 아직 모두 조용히 잠들어 있었어. 다케 씨는 항상 이렇게 아침 일찍 일어나 청소를 하는 것일까? 나는 말이 제대로 나오지 않아 그저 가슴만 졸이며 다케 씨가 바닥 청소하는 모습을 지켜보았어. 솔직히 고백하건데, 그때 나는 태어나서 처음으로 무시무시한 욕망의 번뇌에 빠져 있었어. 날이 밝아오기 직전 캄캄한 어둠 속에는, 무언가 심상치 않은 기운이 서려 있기 마련이야.

8

아무래도 세면장은 나하고 인연이 없는 것 같아.

"다케 씨, 아까……." 목소리가 잠겨서 겨우겨우 말을 이었어. "뜰에 나갔었어?"

"아니." 다케 씨가 나를 돌아보며 살짝 웃더니, "이 도련님이 무슨 잠꼬대 같은 소릴 하노? 어머 세상에, 맨발이네."라고 했어.

정신을 차려보니 정말 맨발인 거야. 너무 흥분한 탓에 조리[일본식 짚신]를 신는 것도 잊어버렸나 봐.

"니 진짜 내 정신 사납게 하네. 발 닦아라."

다케 씨는 그 자리에서 일어나 세면대에서 걸레를 쓱쓱 빨더니, 그걸 가지고 내 옆에 웅크리고 앉아 오른쪽 발뒤꿈치를 힘주어 박박 닦고 그다음에 왼쪽 발뒤꿈치를 닦아주었어. 발뿐만 아니라, 내 마음속 깊은 곳까지 깨끗해지는 것만 같았어. 조금 아까의 그 기묘하고 무시무시한 욕망은 사라진 지 오래였어. 다케 씨가 내 발을 닦아 주는 동안

나는 다케 씨의 어깨에 손을 짚으며,

"다케 씨, 앞으로도 잘 부탁한데이." 하고 일부러 다케 씨처럼 관서 지방 사투리를 따라 해봤지.

"니 외롭제?" 다케 씨는 웃지도 않고 혼잣말처럼 중얼거렸어. "자, 이거 빌려줄게. 화장실 갔다가 얼른 가서 자라."

다케 씨는 자기가 신고 있던 슬리퍼를 벗어서 내 앞에 가지런히 놓아 주었어.

"고마워." 나는 태연한 척 슬리퍼를 신으며 "내가 잠이 덜 깼나?"라고 했어.

"화장실 갈라고 인난 거 아이가?" 다케 씨는 다시 주저앉아 아까처럼 바닥을 닦으며 어른스레 말했어.

"응, 그렇긴 한데."

거기서 창밖으로 여자 얼굴이 보였다는 둥 그런 말도 안 되는 소리를 할 수는 없었어. 내 마음이 혼란스러워 헛것이 보였던 거겠지. 저속한 공상에 가슴을 떨며 맨발로 복도를 달려 나온 내가 너무 한심하고 부끄러웠어. 매일 이렇게 캄캄할 때 일어나 묵묵히 청소에 열중하는 사람도 있는데.

나는 한동안 벽에 기대서서 다케 씨가 일하는 모습을 지켜보며 인생이 얼마나 엄숙한 것인지 뼈저리게 깨달았어. 건강함이란, 이런 모습일 거라는 생각이 들었어. 다케 씨 덕분에 내 마음 깊은 곳에 있던 순수의 구슬이 더욱 밝고 투명해진 것 같아.

난 말이야, 정직한 사람이 참 좋아. 단순한 사람을 존경해. 나는 여태 다케 씨의 상냥한 마음씨를 약간 경멸해 왔는데, 그건 잘못된 거였어. 역시 넌 안목이 높아. 마아보 같은 애는 도무지 상대가 안 돼. 다케 씨의 애정은 사람을 타락시키지 않거든. 이건 정말 대단한 거야. 나도 그렇게 올바른 애정을 지닌 사람이 되고 싶어. 나는 하루하루 더 높이 날 거야. 주위 공기는 점차 더 맑고 차가워지겠지.

남자의 일생은 위기일발이라고들 하잖아. 새로운 남자는 늘 일정한 곳에서 노닐다 어느새 그곳을 가볍게 빠져나와 미끄러지듯 날아오르는 법이야.

그러고 보면 가을도 그리 나쁜 것 같지는 않아. 약간 쌀쌀하지만 기분은 딱 좋아.

마아보에 대한 꿈은 악몽이라 빨리 잊어버리고 싶지만, 다케 씨에 대한 꿈은, 만약 이것이 꿈이라면, 영원히 깨지 않았으면 좋겠어.

주책없이 애인 자랑을 하려는 건, 아니지만 말이야.

건빵

1

잘 지냈어? 지독한 폭풍우였지? 가을 태풍이었나 봐. 아마 미 주둔군도 놀랐을 거야. E시에도 사오백 명 와 있다는데, 이 근처에는 아직 안 나타난 것 같아. 괜히 겁먹어서 웃음거리가 되어서는 안 된다는 사부님 말씀도 있고 해서, 우리 도장 사람들은 비교적 태연한 편이야. 오직 한 사람, 조수인 금붕어 씨만 약간 기가 죽어 있어서 모두의 놀림감이 되고 있어. 금붕어 씨는 이삼일 전 볼일을 보러 빗길을 뚫고 E시에 다녀왔는데, 도장으로 돌아온 날 밤 잠자리에 들었다가 훌쩍훌쩍 울면서 일어났대. 사람들이 '왜 그래?' '무슨 일이야?' 하고 물어보니까, 금붕어 씨가 훌쩍거리면서 대충 다음과 같은 사정 이야기를 했다더군.

금붕어 씨가 마을에서 볼일을 다 보고 대합실에서 버스를 기다리고 있는데, 퍼붓는 빗속으로 미군의 빈 트럭이 달려오더니 어디가 고장이 났는지 대합실 바로 앞에 멈춰 섰다는 거야. 운전석에서 아이처럼 어려보이는 미군 둘이 뛰어 내려와서 비를 맞으며 수리를 시작했는데, 좀처럼 고쳐지지 않았는지 물에 빠진 생쥐 꼴로 하염없이 기계를 만지작거리고 있었대. 그러는 동안 금붕어가 기다리던 버스가 왔고, 금붕어는 대합실에서 달려 나와 막 버스를 타려다가, 무의식적으로 자기 보따리 속에서 배를 꺼내어 그 미국 소년들에게 한 개씩 나눠줬대. 땡큐, 하는 소리를 뒤로 하고 버스에 올라타자마자 버스가 출발. 그게 다였는데도 도장에 도착해서 차츰 마음이 차분해지고 나니, 뭐라 표현할 수 없이 두렵고 걱정돼서, 결국 밤에 이불을 덮어쓰고 혼자서 훌쩍훌쩍 울었던 거야. 이 소식은 다음 날 아침 도장 전체에 쫙 퍼졌어. 그럴 만도 하다는 사람이 있는가 하면, 조신하지 못하다는 사람도 있고, 왜 저러는지 모르겠다는 사람도 있었는데, 아무튼 다들 폭소를 터뜨렸어. 금붕어 씨는 놀림을 받으면서도 웃음기 없는 얼굴로 고개를 가로저으며 이렇게 말하지. "아직도 가슴이 두근두근해."

그리고 또 한 사람, 나와 같은 방을 쓰는 건빵 씨도 요즘 무척 침울해 보여. 무슨 고민이 있어 보였는데, 아니나 다를까 그 사람한테도 나름대로 힘든 일이 있었더라고.

대관절 이 건빵이란 인물은 신비주의자인지 잘난 척만 하는 녀석인지, 애초에 우리를 상대조차 하지 않고 시간이 흘러도 그저 남처럼 서먹하게 굴었기 때문에 진짜 거북한 존재였거든. 그런데 그저께 밤에 폭풍우가 휘몰아치면서 일곱 시 넘어서부터 정전이 되어 마사지도 취소되고, 스피커가 먹통이 되는 바람에 저녁 뉴스도 못 듣게 되자 생도들은 다들 일찌감치 잠자리에 들었지. 하지만 엄청난 바람 소리 때문에 아무도 잠을 이룰 수가 없었어. 갓뽀레는 나지막이 노래를 불렀고, 에치고 사자는 침대 서랍에서 초를 꺼내 머리맡에 켜두고는 침대 위에 양반다리를 하고 앉아 열심히 자기 슬리퍼를 고치고 있었어.

"지독한 바람이네요."

건빵이 어색하게 웃으며 우리 쪽으로 다가왔어. 건빵이 다른 사람 침대로 놀러 오다니, 정말 의외였지.

2

나방이 등불을 찾아 날아들듯이, 인간도 이렇게 폭풍우가 휘몰아치는 밤에는, 초라한 촛불 빛마저 그리워져서, 저도 모르게 끌려오게 되는 건가 봐.

"그러게요." 나는 상반신을 일으켜 그를 맞으며 "주둔군도 이런 폭풍우에는 놀랐을 겁니다." 하고 대꾸했지.

그는 점점 더 알 수 없는 미소를 지으며,

"아니, 그런데, 그게 말이죠." 하고 약간 장난스럽게 말을 꺼내고는, "그 주둔군이 문젭니다. 우선 이것 좀 읽어보세요."라고 하면서 편지 한 장을 건네는 거야.

편지지 가득 영어가 적혀 있었어.

"저, 영어 못 읽습니다." 나는 얼굴을 붉히며 말했지.

"읽을 수 있을 거예요. 당신처럼 중학교[당시 5년제]를 갓 졸업한 사람이 영어를 제일 잘하는 법입니다. 우리는 벌써 잊어버렸어요." 히죽히죽 웃으며 그렇게 말하더니, 내 침대 끝에 앉으면서 돌연 목소리를 낮추어 나한테만 들리도록 말했어. "실은 이거 내가 쓴 겁니다. 분명 문법적으로 틀린 데가 있을 테니 당신이 좀 고쳐주십시오. 읽어 보면 알겠지만, 아무래도 우리 도장 사람들은 내가 영어를 아주 잘하는 줄 알고 있는 모양이니, 지금 당장이라도 도장에 미국 병사들이 온다면 나를 통역으로 끌어낼지도 모릅니다. 그 생각을 하면 걱정이 돼서 미치겠어요. 짐작이 가지요?"라고 하며 객쩍은 듯 우후후 하고 웃는 거야.

"하지만 당신은 정말로 영어를 잘하잖아요." 나는 멍하니 편지지를 바라보며 말했어.

"말도 안 되는 소리. 나 통역 같은 건 진짜 못합니다. 내가 좀 우쭐해서 조수들한테 영어 한다는 티를 너무 많이 낸 거 같아요. 실력도 안 되면서 통역 같은 걸 하다가 어쩔 줄 모르고 쩔쩔매는 꼴을 보이면 조수들이 나를 얼마나 무시하겠소. 안 봐도 뻔하지. 정말이지 난감합니다. 요즘은 그 걱정에 밤잠도 설친다니까요. 제 사정 좀 봐주십시오." 그러더니 또 우후후 하고 웃는 거야.

나는 편지지에 적힌 영문을 읽어봤어. 군데군데 잘 모르는 단어가 나오긴 했지만 대충 이런 내용이었어.

'자네, 화내지 말게. 내 무례함을 용서해줘. 나는 불쌍한 사람이야. 왜냐하면 나는 영어의 듣기, 말하기, 그 밖의 모든 것들에서 초짜거든. 그것은 모두 내 능력을 훨씬 뛰어넘는 것들이야. 그뿐만 아니라 나는 폐병 환자라네. 자네, 조심하게! 아아, 위험해! 자네한테 전염될 가능성이 매우 높아. 그렇긴 하지만 나는 자네를 깊이 신뢰하고 있어. 신께 맹세코 자네는 매우 기품 있는 신사라는 점을 인정하겠네. 자네는 분명 날 불쌍히 여기고 있을 거야. 나는 영어 회화에 있어서는 불구자나 마찬가지지만, 다행스럽게도 읽기와 쓰기는 좀 할 줄 알아. 혹시 자네가 인내심을 가진 친절한 사람이라면, 오늘 자네가 여기 온 이유를 이 종이에 적어주기 바라네. 아울러 한 시간가량 기다려주면 좋겠어. 그러면 그동안 내가 방에 틀어박혀 자네의 글을 연구하고, 최선을 다해서 답변을 적어주도록 하겠네.

진심으로 자네의 건강을 비네. 부디 나의 빈약하고 추악한 글에 화내지 말기를.'

3

괴상하고 난해했던 뱀밥의 편지에 비하면, 이 편지는 그나마 앞뒤가 잘 맞았지. 그래도 읽으면서 어찌나 우스웠는지 말도 마. 건빵 씨가 통역으로 불려 나갈까 봐 얼마나 두려워하고 있는지, 그리고 그 잘난 척하기 좋아하는 성격에 만에 하나 통역으로 불려 나갔을 경우, 어떻게 해서든지 창피를 당하지 않으면서 조수들의 기대를 저버리지 않으려고, 죽을힘을 다해 골머리를 쓰고 있는 모습이 그 영문 편지 속에 잘 드러나 있었어.

"이거 무슨 중대한 외교 문서 같군요. 훌륭합니다." 나는 웃음을 꾹 참으며 말했어.

"놀리지 마십시오." 건빵은 쓴웃음을 지으며 내게서 그 종이를 낚아채 가더니, "어디 미스테이크는 없었습니까?" 하고 물었어.

"없었어요. 아주 알기 쉬운 문장이었습니다. 이런 걸 두고 명문장이라고 하는 거겠지요."

"사람 헷갈리게 하는 데는 최고로 명문장이겠지요." 건빵은 그렇게 시시한 농담을 했는데, 그래도 칭찬이 싫지는 않은지 약간 으쓱해서는 점잔을 빼며, "통역이란 역시 무거운 책임감을 동반하는 일 아닙니까. 그러니 그걸 사양하고 필담을 나누려고 하는 거지요. 평소에 제 영어

실력을 너무 자랑해놔서 분명 통역에 불려 나갈 거예요. 지금 와서 도망칠 수도 없는 노릇이고요. 일이 골치 아프게 됐습니다." 하고 침울한 투로 말을 맺더니 보란 듯이 한숨을 내뱉었어.

참, 사람마다 걱정도 가지가지다 싶었지.

폭풍우 탓인지 초라한 불빛 탓인지, 그날 밤 우리 방 사람들 넷은 에치고 사자의 촛불로 모여들어, 오랜만에 허심탄회하게 이야기를 나눴어.

"자유주의자란 말이 있잖습니까. 대체 그건 무슨 뜻입니까?" 갓뽀레가 무슨 까닭인지 조용히 목소리를 낮추며 물었어.

"프랑스에서는," 건빵이 영어에는 넌더리가 났는지 이번에는 프랑스 쪽 지식을 끄집어내더군. "리베르탱이라 불리는 사람들이 있었는데, 그 사람들이 자유주의를 노래하며 상당히 소란을 피웠지요. 17세기에 있었던 일이니 삼백 년도 더 된 일입니다." 그러고는 미간을 찡그리며 잘난 척을 했어. "이들은 주로 종교의 자유를 부르짖으며 소란을 피운 모양이에요."

"그래요? 그냥 말썽꾸러기들이었군요." 갓뽀레는 의외라는 듯이 말했어.

"네, 뭐. 엇비슷한 거지요. 대부분 무뢰한처럼 살았습니다. 왜 연극으로도 유명한 코 큰 시라노[16] 있잖습니까? 그 사람도 리베르탱의 한 사람이라고 할 수 있겠지요. 당시 권력에 대항하여 약자들을 도왔어요. 당대

16_ 시라노 드 베르주라크(1619~1655). 정치풍자와 과학적 공상을 결합한 작품으로 당대 큰 파장을 불러일으켰던 프랑스 극작가. 유럽전설의 주인공이며, 동명의 연극(1897년)으로 널리 알려졌다. 극중에서 고전주의에 용감하게 맞서면서도, 코가 유난히 커서 연인 앞에서 수줍음을 타는 추남으로 그려졌다. 일본에서도 이 연극이 인기를 끌어, 1926년 초연이 열린 이래 수 차례 공연을 했으며, 〈시라노 벤주로白野弁十郎〉라는 제목으로 각색되기도 했다.

프랑스 시인들은 거의 다 그런 사람들이었을 겁니다. 일본 에도 시대 협객들하고도 약간 비슷한 면이 있었던 듯합니다."

"그럴 수가!" 갓뽀레가 웃음을 터뜨리며 끼어들었어. "그렇다면 반즈이인 초베에[17] 같은 작자도 자유주의자였단 거군요."

4

하지만 건빵은 웃지도 않고,

"그야, 그렇게 봐도 무방하다고 봅니다. 물론 오늘날 자유주의자들하고는 약간 성격이 다르겠지만, 17세기경 프랑스 리베르탱은 대략 그런 사람들이었습니다. 어쩌면 하나카와도에 살던 스케로쿠[18]나 네즈미코조 지로키치[19]도 그렇다고 할 수 있겠지요."라고 했어.

"으하하, 얘기가 그렇게 되는 거군요." 갓뽀레는 크게 기뻐하며 맞장구를 쳤어.

에치고 사자도 찢어진 슬리퍼를 기우며 빙긋이 웃었지.

"그러니까 자유사상이란 것은," 건빵은 한층 더 진지하게 "본디 반항 정신에 있는 겁니다. 파괴 사상이라고도 할 수 있겠지요. 압박이나 속박이 사라진 곳에서 자라나는 사상이라기보다는, 압박이나 속박에 대한 반동으로 그것들과 투쟁하며 생기는 성질의 사상입니다. 흔히들

17_ 幡随院長兵衛(1622~1657). 에도 시대 상인들의 우두머리였던 인물로, 일본 협객의 원조로 알려져 있으며, 동명의 가부키가 전해진다. 에도 아사쿠사 하나카와도(중심번화가)에서 직업소개소를 했으나, 거리의 깡패 두목에 맞서 정의를 위해 싸우다 목욕탕에서 살해당한다.

18_ 助六. 아사쿠사를 주름잡던 협객으로 알려진 가상의 인물.

19_ 鼠小僧次郎吉(1797~1832). 대저택만 노리던 의적. 아쿠타가와 류노스케의 동명소설이 있다.

이런 예를 들지요. 어느 날 비둘기가 신께 청하길, '날아오를 때마다 공기가 방해돼서 빨리 날 수가 없습니다. 부디 공기를 없애 주십시오.'라고 하여 신이 그 소원을 들어주자 비둘기가 아무리 날갯짓을 해도 날아오를 수가 없었다는 겁니다. 말하자면 이 비둘기가 자유사상입니다. 비둘기는 공기의 저항이 있어야 비로소 하늘을 날 수 있습니다. 투쟁의 대상이 없는 자유사상은 그야말로 진공관 속에서 버둥거리는 비둘기와 같이 결코 날아오를 수 없는 것입니다."

"그 비슷한 이름을 가진 사나이가 있지 않았나?"[20] 에치고 사자는 슬리퍼를 깁던 손을 내려놓으며 말했어. "그건," 건빵이 뒷머리를 긁적거리며 말했어. "그런 뜻에서 한 말이 아니었습니다. 이건 칸트의 예증입니다. 저는 현대 일본 정치에는 문외한입니다."

"하지만 조금이라도 알아두지 않으면 안 될 걸세. 앞으로는 젊은이들에게도 선거권과 피선거권이 주어진다고 하니까." 에치고는 역시 그 자리의 연장자답게 차분한 태도로 말하면서, "자유사상의 내용은 그때그때 완전히 달라진다고 할 수 있겠지. 진리를 추구하며 싸운 천재들은 모두 자유사상가라고 할 만해. 나는 자유사상의 근본이 예수가 아닌가 싶어. 번뇌하지 말고, 하늘을 나는 새를 보라. 뿌리지도 말고, 거두지도 말고, 창고에 쌓아두지도 마라.[21] 꽤나 훌륭한 자유사상이 아닌가. 서양 사상은 전부 예수의 정신을 기저로 하면서 그것을 부연설명하거나,

20_ 비둘기는 일본어로 하토로, 당대 유명 정치가였던 하토야마 이치로鳩山一郎를 빗댄 것으로 보인다. 하토야마가 몸담았던 일본자유당은 전쟁을 일으키는 데 주도적인 역할을 했던 익찬의원翼贊議員에 대한 반발로 구성된 당으로, 군국주의를 타파하고 자유 경제와 문화를 주창하고자 했다. 1946년 총선에서 일본 자유당이 승리하면서 당 총수였던 하토야마가 총리직을 눈앞에 두고 있었으나, GHQ(연합국군최고사령관총사령부)에 의해 공직에서 추방되면서 은거 생활을 하다가 1954년 총리대신으로 임명되었다.

21_ 마태복음 6장 26절.

혹은 그것과 비슷하게, 혹은 그것을 의심하면서, 저마다 다른 설을 주장해왔지만, 결국은 성서 한 권으로 귀결되는 것이라고 봐. 과학도 그와 무관하지 않아. 과학의 기초가 되는 것은 물리에서도 그렇고 화학에서도, 모조리 가설이야. 육안으로 볼 수 없는 가설에서 출발하는 거지. 바로 이러한 가설에 대한 믿음에서 모든 과학이 발생하는 거야. 일본인은 서양의 철학과 과학을 연구하기에 앞서 성서 한 권을 공부해야 했어. 내가 크리스천은 아니지만, 일본이 성서에 대한 연구도 없이 그저 무턱대고 서양 문명의 표면만을 공부했던 것에, 일본 패망의 진짜 원인이 있었다고 봐. 자유사상이고 뭐고 예수의 정신을 모르면 절반도 이해할 수 없어."

5

한동안 다들 잠잠했어. 갓뽀레마저 생각에 잠긴 표정으로 말없이 고개만 까딱였지.

"자유사상의 내용이 시시각각 변한다는 예로 이런 것도 들 수 있겠지." 그날 밤 에치고 사자는 대단한 웅변가였어. 어딘지 모르게 숭고한 은둔자 같은 기운마저 풍겼어. 실제로 대단한 인물인지도 모르지. 몸만 건강했다면 지금쯤 국가를 위해 상당히 중요한 일을 하고 있을 인물인지도 몰라. "옛날 중국에 한 자유사상가가 있었는데, 당시 정권에 반대하여 분연히 산속으로 숨어버렸지. 때가 자신에게 이롭지 않다는 것이었어. 그러나 그는 그것이 자신의 패배임을 깨닫지 못했어. 그에게는 명검 한 자루가 있었지. 때가 오면 그 명검으로 적을 무찌르겠다는 야심을 품고 산으로 숨어든 거야. 십 년이 지나 세상이 변했지. 때가 왔다 여기고 산을 내려와 사람들에게 자신의 자유사상을 설파했는데, 그건 이미 진부한 편승사상일 뿐이었어. 그는 명검을 꺼내어 민중들에게 자신의 뜻을 드러내 보이려 했지만, 안타깝게도 칼은 이미 녹슬어 있더라는 이야기야. 십 년을 변치 않는 정치사상이란 헛된 꿈에 불과하다는 뜻이지. 메이지 이후 일본의 자유사상도 처음에는 막부에 대한 저항으로, 그 후에는 지방 귀족들에 대한 규탄으로, 그다음에는 관리에 대한 공격으로 이어졌지. 군자란 변할 줄 아는 사람이라는 공자의 말도, 이를 두고 하는 말이 아닌가 싶어. 중국에서 말하는 군자란, 일본에서처럼 술 담배 안 하는 완고한 사람을 가리키는 것이 아니라, 여섯 가지 예藝에 통달한 천재를 의미한다고 해. 천재적인 재주꾼이라고 해도 좋겠지. 이것 역시 변하는 거야. 아름다운 변화인 거지. 추악한 배신과는 다른 거야. 예수도 절대 맹세하지는 말라고 했지. 내일 일은 생각하지 말라고도 했어. 실로 자유사상가의 대선배가 아닌가. 여우도 굴이 있고 하늘의 새도 거처가 있으되 오직 사람의 아들은 머리 둘 곳이 없다[22]는 말 역시, 자유사상가의 한탄이라고 할 수 있겠지. 단 하루도 안주할 수 없어. 주장은 나날이 새롭게, 아니 새로워지지 않으면 안 돼. 일본이 이제 와서 어제의 군벌 관료를 공격한다고 해도, 그건 이미 자유사상이 아니야. 편승 사상이지. 진정한 자유사상가라면 열 일 제쳐두고라도 지금 당장 외쳐야 할 말이 있어."

"그, 그게 뭡니까? 뭘 외쳐야 한다는 겁니까?" 갓뽀레가 허둥지둥 물었어.

22_ 마태복음 8장 20절.

“자네도 알고 있지 않나.” 에치고 사자는 똑바로 정좌를 하며 말했어. “천황폐하 만세! 이 외침이야. 어제까지만 해도 구식이었지. 하지만 오늘날 무엇보다 새로운 자유사상이 되었어. 십 년 전의 자유와 오늘날의 자유가 다르다는 것은 바로 이런 걸 두고 하는 말이야. 이건 이미 신비주의가 아니야. 인간 본연의 사랑이지. 오늘날 진정한 자유사상가는 이 외침 아래 목숨을 바쳐야 해. 미국은 자유의 나라라고 들었어. 틀림없이 일본의 이런 자유의 외침을 인정해 줄 거야. 내가 지금 이런 몸만 아니었어도 당장에 니주바시 앞에서 천황폐하 만세를 외쳤을 걸세.”

건빵은 안경을 벗었어. 울고 있었지. 폭풍우 몰아치던 그날 밤, 나는 건빵이 무척 좋아졌어. 남자들의 세계란 이런 거야. 마아보나 다케씨는 문제가 안 돼. 여기까지 ‘폭풍우 속 등잔불’이라는 제목으로 도장 소식을 적어봤어. 또 편지할게.

10월 14일

립스틱

1

답장 고마워. 지난번 폭풍우 몰아치는 밤에 열린 회담에 대한 편지가 네 마음에 들었다니 나도 기뻐. 너는 에치고 사자야말로 당대에 보기 드문 정치가이거나 유명한 선생일지도 모른다고 했는데, 나는 그렇게 생각하지 않아. 요즘은 오히려 이렇게 거리의 이름 없는 민중들이 합당하게 제 주장을 토해내는 시대지. 지도자들은 그저 입에 거품을 물고 우왕좌왕하고 있을 뿐이야. 그 사람들, 계속 이런 식으로 가다가는 머지않아 민중들에게 버림받게 될 거야. 총선거가 가까워지고 있는 것 같던데, 다들 이상한 연설만 해댄다면 결국 민중은 국회의원이란 작자들을 무시하고 말 거야.

선거라는 말이 나와서 말인데, 오늘 우리 도장에서 대단히 신기한 사건이 있었어. 점심나절에 옆방 '백조실'에서 이런 회람판이 왔어. '여성에게 참정권이 주어진다는 것은 기쁘기 그지없는 일이지만, 요즘 우리 도장에 화장을 진하게 하고 돌아다니는 조수들을 보면 그냥 가만히 있을 수가 없다. 이래서는 참정권도 아무 소용이 없을 것이다. 듣자

하니 미 주둔군들도 일본 여자들이 립스틱을 시뻘겋게 칠하고 다니는 걸 보고 프로스테튜[창녀]라고 오해를 했다는데, 그럴 만도 하다. 이건 비단 한 도장의 불명예에 그치는 일이 아니라, 나아가 일본 여성 전체의 수치다.' 어쩌고저쩌고. 아울러 너무 튀는 화장을 하고 다니는 조수들 별명이 빠짐없이 쓰여 있었고, 추가로 다음과 같은 글이 실려 있었어. '이상 6명 가운데 공작의 화장이 가장 추악함. 게걸스럽게 말고기를 먹어대는 손오공 같음. 우리가 가끔씩 충고를 하는데도 반성의 기미가 전혀 안 보임. 적당히 상황을 봐서 본 도장에서 추방해야 할 것임.'

옆방인 '백조실'에는 전부터 강골들이 모여 있었는데, 조수들에게 인기가 많은 건빵 씨 같은 사람은 '백조실'에서 더 이상 배겨낼 수가 없어서 우리 '벚꽃실'로 도망쳐 왔을 정도였어. '벚꽃실'은 에치고 사자의 인품 덕분인지 늘 온화한 봄바람이 불고 있고. 이번 회람판 사건 때도 갓뽀레가 이건 너무 심한 처사라며 인정할 수 없다는 반응을 보였어. 건빵도 슬며시 웃으며 갓뽀레를 지지했지.

"이럴 수가 있는 겁니까?" 갓뽀레는 에치고 사자에게 동의를 구하며 말했어. "모든 인간을 차별 없이 평등하게 대해야지요. 추방이 웬 말이냐 이겁니다. 어떤 경우에도 인간 본연의 사랑을 잊어서는 안 되잖아요."

에치고 사자는 말없이 슬쩍 고개를 끄덕였어.

거기에 힘을 얻은 갓뽀레는,

"그렇죠? 그렇잖아요. 자유사상이란 게 그렇게 속 좁은 것일 리가 없습니다. 거기 젊은 선생은 어떻게 생각합니까? 내 말이 틀린 건 아니라고 보는데." 하며 내게도 동의를 구했어.

"하지만 설마 옆방 사람들도 진짜 추방하려는 건 아니겠지요. 그저 자기들 의지가 얼마나 강경한지 보여주려고 이러는 거 아닐까요?" 내가

웃으며 말하자 갓뽀레는,

"아냐, 그렇지 않아." 하고 곧바로 반박하고는, "생각해봐. 부인참정권하고 립스틱 사이에 이런 치명적인 모순이 있을 리가 없잖아. 저 녀석들은 평소에 자기들이 여자한테 인기가 없으니까 이런 걸로 복수하려는 거야."라고 하면서 화를 냈어.

2

그러면서 언제나처럼 자기만의 비장의 무기를 끄집어냈지.

"세상에는 대인배가 있는가 하면 소인배도 있어. 저 녀석들은 소인배인 셈이지. 나더러 거시기에 털도 안 나는 놈이라고 한다니까. 진작부터 열이 받아 있었어. 난 갓뽀레라는 별명도 별로 좋아하지 않지만, 거시기에 털도 안 나는 놈이란 소릴 듣고 가만히 있을 순 없지." 터무니없는 일로 격앙이 돼서는 침대에서 내려와 허리끈을 고쳐 매며, "내가 이 회람판을 집어 던져주고 오겠어. 자유사상은 에도 시대부터 내려오는 거야. 사람이라면 지智인仁용勇을 잊어서는 안 되지, 안 되고말고. 자, 여러분, 저한테 맡겨 주십시오. 보란 듯이 집어 던져주고 올 테니까!"라고 하는데 낯빛이 달라져 있었어.

"잠깐, 기다려." 에치고 사자가 수건으로 콧등을 문지르며 말했어. "네가 가면 안 돼. 이런 건 저쪽 선생한테 맡겨."

"종다리한테, 말입니까?" 갓뽀레의 표정에 불만이 가득했어. "미안한 말이지만, 종다리가 떠맡기에는 짐이 너무 무겁습니다. 나는 옆방 녀석들하고 오래전부터 쌓인 게 있었다고요. 어제오늘 일이 아닙니다. 거시기에 털 없는 놈이란 소릴 듣고 가만있을 수는 없죠. 자유와 속박에 관한 문제예요. 자유와 속박뿐 아니라 군자는 잘못을 알면 바로잡는다는 말도 있는데, 그런 문제인 거죠. 녀석들은 예수의 정신이 뭔지 전혀 이해를 못 하고 있어요. 상황에 따라서는 내가 실력을 보여줘야 합니다. 종다리로는 역부족이에요."

"제가 다녀오겠습니다." 나는 침대에서 내려와 갓뽀레 앞을 지나치며 회람판을 빼앗아 들고 방을 나갔어.

'백조실'은 '벚꽃실'의 대답을 목이 빠져라 기다리고 있는 눈치였지. 내가 들어가니까 생도들 여덟 명이 우르르 내 쪽으로 모여들면서,

"어때, 통쾌한 제안 아니야?"

"뺀질뺀질한 벚꽃실 놈들이 깜짝 놀랐겠지."

"설마 배신하는 건 아니겠지?"

"생도들이 다 같이 단합해서 사부한테 공작을 추방시켜달라고 요구하는 거야. 그런 손오공한테는 선거권도 아까워."

그렇게 지껄이며 달려드는데 다들 신이 났더라고. 하나같이 멍청한 장난꾸러기처럼 보였어.

"제게 맡겨주십시오!" 나는 누구보다도 큰 소리로 외쳤어.

잠시 조용해지는가 싶더니 금세 다시 시끄러워졌지.

"주제넘게 참견 마."

"종다리, 네가 타협의 심부름꾼이라도 돼?"

"벚꽃실은 긴장감이 부족해. 지금 일본은 아주 중요한 때라고."

"사등국[23]으로 추락한 것도 모르고 반반한 여자들 앞에서 침이나

23_ 四等國. 당시 국제관계에 있어 가장 열등한 국가를 막연히 이르던 말. 전쟁을 시작할 무렵 일본에는, 일본이 세계에서 가장 우월한 국가 그룹인 일등국一等國이 되어야 한다는 패러다임

질질 흘리고 있다니까."

"뭐야, 밑도 끝도 없이 뭘 맡겨달란 거야."

"오늘 밤 취침 시간 전까지!" 나는 몸을 꼿꼿이 펴고 외쳤어. "알려드릴 테니, 만약 제 조치가 마음에 안 드신다면, 그때 여러분 제안에 따르겠습니다."

다시 조용해졌어.

3

"너, 우리 제안에 반대하는 거야?" 잠시 뒤 구렁이라 불리는 눈매가 날카로운 서른 줄의 남자가 내게 물었어.

"대찬성이죠. 그와 관련해서 무척 재미있는 계획이 있습니다. 제게 맡겨 주십시오. 부탁드리겠습니다."

다들 약간씩 맥이 빠진 것 같았어.

"괜찮으시겠지요? 감사합니다. 이 회람판은 오늘 밤까지 저한테 좀 빌려주십시오." 나는 얼른 방을 빠져나왔어. 이걸로 됐다. 어려울 건 없다. 나머지는 다케 씨에게 부탁하면 된다.

방으로 돌아왔는데 갓뽀레가 분통을 터뜨리고 있었어.

"내가 뭐랬어, 종다리는 안 된다니까. 복도에서 다 들었어. 어떻게 하려고 그래. 그리스도 정신과 군자표변[24]에 대해서라도 한마디 해줬어야 했는데. 자유와 속박! 그냥 그렇게만 외쳤어도 좋았을걸. 도리를

이 팽배해 있었다.

24_ 군자는 잘못을 알면 즉시 바로잡음.

모르는 놈들이니 논리정연한 말을 해주는 게 제일 낫단 말이야. 자유사상은 공기와 비둘기다! 어째서 그 말을 안 한 거야."

"오늘 밤까지 저한테 맡겨주십시오." 나는 그렇게만 말하고 침대에 누웠어. 지치더군.

"그냥 맡겨둬." 에치고가 눈을 감은 채 위엄 있는 목소리로 말했기 때문에 갓뽀레도 더 이상 아무 말 않고 마지못해 침대에 눕는 것 같았지.

나한테 별다른 계획은 없었어. 그저 이 회람판을 다케 씨한테 보여주면, 다케 씨가 알아서 잘 해결해줄 거라고 낙관하고 있었어. 두 시 단련체조 시간에 다케 씨가 방 앞 복도를 지나가면서 슬쩍 내 쪽을 보기에, 나는 재빨리 오른손을 들어 잠깐 와보라고 했어. 다케 씨는 가볍게 고개를 끄덕이며 곧 방으로 들어왔어.

"무슨 일인데?" 다케 씨가 진지하게 물었어.

나는 다리 운동을 하면서,

"머리맡, 머리맡." 하고 속삭였어.

다케 씨는 머리맡에 있는 회람판을 손에 들고 스윽 묵독하더니,

"이거, 빌려줄 수 있나." 하고 차분하게 말하며 회람판을 옆구리에 끼었어.

"잘못을 바로잡는 건 주저할 일이 아니라는 말도 있잖아. 빠를수록 좋아."

다케 씨는 다 알고 있다는 표정으로 살짝 고개를 끄덕이더니, 내 머리맡 창가 쪽으로 가서 조용히 창밖 풍경을 내다보았어.

잠시 후 창밖을 향해서,

"겐 씨, 고생이 많으시네예." 하고 꾸밈없이 자연스러운 어조로 말했어. 심부름꾼 노인 겐 씨가 이삼일 전부터 창문 아래에서 잡초를 뽑고

있었지.

"오봉일본의 추석 지나서," 겐 씨가 창문 아래서 대답했어. "한 번 쳐냈는데도 또 이렇게 자라네."

나는 다케 씨의 "고생이 많으시네예."라는 음성에 감동해서 온몸이 떨렸어. 회람판 따위는 신경도 쓰지 않는 듯한 차분하고 청랑한 태도도 감탄스러웠지만, 무엇보다도 누군가의 노고를 위로하는 목소리에서 느껴지는 기품에 감명을 받았어. 지체 높은 가문의 안사람이 툇마루 끝에서 정원 일을 보는 노인에게 말을 거는 듯 참으로 느긋하고 여유 있는 어조였어. 가정교육을 아주 잘 받은 사람이라는 느낌이 들었어. 언젠가 에치고가 말했던 것처럼, 다케 씨의 어머니는 여간 훌륭한 사람이 아니었을 거야. 다케 씨에게 맡기면 분명 이번 '화장 사건'도 말끔히 해결될 거라는 생각에 한층 마음이 편안해졌어.

4

그 후 다케 씨는, 내가 예상했던 것 이상으로 나의 신뢰에 훌륭하게 보답해주었지. 네 시 자유 시간이었는데 갑자기 복도 스피커에서 사무원의 목소리가 들려왔어.

"지금, 지금 계신 곳에서 편안하게 들어주시기 바랍니다. 앞서 문제가 됐던 조수들의 화장 건입니다만, 조수들이 자발적으로 오늘을 기해 이를 시정하겠다는 의지를 밝혀왔습니다."

와아! 옆방 '백조실'에서 함성이 들려왔어. 이어지는 임시방송.

"오늘 저녁 식사 후에 각자 화장을 지우고, 늦더라도 오늘 밤 일곱

시 반 마사지 시간까지 미국인들이 이상한 오해를 하지 않을 간소한 차림으로 생도 여러분들을 찾아뵙겠다고 합니다. 아울러 조수인 마키타 씨가 생도 여러분께 사과 인사를 드리겠다고 하니, 부디 마키타 씨의 순수한 마음을 받아주시기 바랍니다."

마키타 씨가 바로 그 공작이야. 공작은 낮게 헛기침을 하더니,

"본인은," 하고 말을 꺼냈어.

옆방에서 와하하 하고 웃음소리가 터졌지. 우리 방 사람들도 다들 싱긋이 웃고 있었어.

"본인은," 귀뚜라미 우는 소리처럼 가늘고 가여운 소리였어. "시기나 장소도 가리지 못하고, 또한 가장 연장자임에도 불구하고, 못난 행동으로 분란을 일으켰습니다. 깊이 사과드립니다. 앞으로도 부디 잘 이끌어 주시기 바랍니다."

"좋아, 좋아." 옆방에서 그런 소리가 들렸어.

"불쌍하게." 갓뽀레가 차분히 말하며 내 쪽을 노려봤어. 나도 약간 괴롭더라.

"끝으로," 사무를 보는 사람이 마이크를 건네받으며 말했어. "이것은 조수 일동이 드리는 부탁의 말씀입니다만, 마키타 씨의 별명을 곧 새로 지어주시기 바랍니다. 오늘 임시방송은 여기까지입니다."

'백조실'에서 곧장 회람판이 왔어.

'일동만족. 종다리의 공이 컸음. 공작의 별명은 본인은, 으로 바꿔야 할 듯.'

갓뽀레는 그 즉시 '본인은'은 너무 잔혹한 별명이라고 반박했어.

"너무 잔인하잖아. 제 딴에는 최선을 다해서 한 말이라고. 순수한 마음을 받아달라잖아. 하늘을 나는 새를 보라고 했어. 사람은 누구나

평등한 거잖아. 남을 저주하면 자기한테도 재앙이 돌아온다고. 나는 절대 반대야. 공작이 하얀 분을 지우고 자기 검은 피부를 보여주는 거니까, 그냥 까마귀 정도로 바꿔주는 게 좋아."

오히려 그게 훨씬 더 신랄하고 잔혹하지. 아무튼 도움이 안 돼.

"공작孔雀이 간소해진 거니까 앞 글자를 하나 지워서 참새雀라고 하면 어때?" 에치고가 그렇게 말하더니 후후훗 하고 웃었어.

참새도 약간 이론에 치우쳐서 재미는 없는 듯하지만, 뭐, 장로의 의견이기도 하고 해서 내가 회람판에, '본인은'은 너무 잔인하니 '참새' 정도가 적당하지 않겠느냐고 적어서 갓뽀레에게 갖다주라고 했어. 곳곳에서 '백조실'로 별명을 제안하는 의견이 밀려왔다는데, 결국 '본인은'으로 낙점될 모양이야. 아무래도 그때 공작이 낮게 헛기침을 한 번 하고는 '본인은'이라는 말을 꺼냈던 게 너무 그럴싸해서 다들 잊을 수가 없었나 봐. '본인은' 이외의 별명은 다 진부하게 느껴지기도 해.

5

일곱 시 마사지 시간에 금붕어, 마아보, 일사병, 다케 씨가 각각 대야를 끼고 '벚꽃실'로 들어왔어. 다케 씨가 얌전한 얼굴로 곧장 내게 다가왔어. 금붕어와 마아보는 진한 화장 주요 인물에 이름이 올라가 있었지만, 그날 밤 우리 방에 올 때 보니, 머리 모양 같은 게 약간 바뀐 것 같기는 해도 어쩐지 여전히 화장을 하고 있는 것 같았어.

"마아보는 아직 립스틱을 바르고 있잖아." 내가 다케 씨에게 그렇게 속삭이자 다케 씨는 쓱쓱 마사지를 시작하며,

"저래 봬도 닦아내기도 하고 씻어내기도 하면서 요란법석 떤 기다. 한 번에 싹 바꾸기도 힘들겠지. 아직 젊잖나."

"다케 씨 활약이 정말 대단했어."

"전에 사부님도 몇 번이나 주의를 주셨거든. 사부님이 오늘 사무실에서 방송 내보낸 걸 듣고 기분 좋아하셨데이. 오늘 방송이 누구 생각이냐기에 종다리 얘길 했더니, 유쾌한 소년이라 카드라. 생전 안 웃는 사부님이 빙그레 웃으셨다." 다케 씨도 오늘 있었던 립스틱 사건에는 약간 흥분을 했는지 다른 때보다 부쩍 말이 많았어.

"내 생각은 아니지." 누구의 공인지는 분명히 해둬야 해.

"그게 그기다. 종다리가 말 안 했으면 나도 못 움직였을 거고. 미움받을 짓을 사서 하는 사람이 어딨겠노."

"미움받았어?"

"아니." 다케 씨는 언제나처럼 시원한 미소를 지으며 고개를 저었어. "미움받지는 않았지만 마음이 좀 아팠다."

"공작의 사과방송을 들으니까 나도 약간 맘이 아프더라."

"응. 마키타 씨가 안 있나, 자기가 먼저 나서서 사과하게 해달라캤다. 화장은 좀 어설퍼도 심성은 참 착한 사람이다. 나도 립스틱 살짝 바르고 다니는데, 잘 모르겠제?"

"뭐야, 공범자였구나?"

"눈치 못 챌 정도는 괜찮다." 그러면서 태연한 얼굴로 쓱쓱 마사지를 계속했어.

천생 여자구나 싶었어. 이 도장에 와서 처음으로 다케 씨가 귀엽다고 느껴졌어. 도미네 뭐네 놀릴 수가 없어.

어때? 괜찮으면 우리 도장에 한 번 와. 이곳엔 존경할 만한 여성이 있어. 그 사람은 내 것도 아니고 네 것도 아니야. 그 사람은 오늘날 일본이 세계에 자랑할 수 있는 유일한 보석이야. 이런 말을 하다니 내가 생각해도 어이가 없을 정도로 약간 과장된 칭찬이긴 한데, 어쨌든 이성적 대상이 아니라 친애의 정을 품도록 만드는 젊은 여성은 드문 것 같아. 너도 이제 다케 씨한테 이성적인 느낌 같은 건 없으리라 믿어. 친애하는 마음뿐이겠지. 바로 여기에 우리 남자들의 새로운 승리가 있는 거야. 남녀 간에 신뢰와 친애만으로 이루어진 관계는 우리가 아니면 모를 거야. 말하자면 새로운 남자들만이 맛볼 수 있는, 하늘이 내린 아름다운 열매지. 이런 청결함의 진수를 느껴보고 싶다면, 젊은 시인이여, 부디 우리 도장으로 와줘.

물론 넌 이미 네 주변에서 훨씬 더 훌륭하고 청결한 열매를 맛보고 있을지도 모르겠지만.

10월 20일

가쇼 선생

1

어제 와줘서 정말 기뻤어. 거기다 내게 꽃다발까지 주고, 다케 씨와 마아보에게는 작고 빨간 영어 사전을 한 권씩 선물하다니, 그야말로 시인다운 마음 씀씀이야. 다케 씨와 마아보 선물까지 챙겨줘서 고마워.

그 사람들한테 담배 케이스니, 죽세공 후지무스메 같은 것들을 받고서 약간 어이가 없긴 했지만, 조만간 뭔가 보답을 해야 하는 건 아닌가 하고 내심 신경이 쓰였었거든. 다행히 네가 선물을 가져다주어서 한시름 놨어. 넌 나보다 훨씬 더 신식인 구석이 있는 것 같아. 난 여자들하고 물건을 주고받는 게 어쩐지 어색하거든. 왠지 꼴불견이란 생각이 들어서. 이런 점이 나의 다소 고리타분한 면인지도 모르겠어. 너처럼 부끄럼 없이 산뜻하게 물건을 주고받을 수 있도록 수양을 쌓아야겠어. 너한테 한 수 배웠어. 화사한 미덕을 봤다고나 할까.

마아보가 "손님 오셨어요."라고 하면서 너를 방 안으로 안내했을 때, 난 놀라서 심장이 터질 것만 같았어. 내 맘 알겠어? 오랜만에 네 얼굴을 봤다는 기쁨도 컸지만, 그보다 너하고 마아보가 마치 오래 알고 지낸 사이처럼 활짝 웃으면서 나란히 걸어 들어오니까 입이 딱 벌어졌지. 옛날이야기 같았어. 작년 봄께도 그런 기분을 맛본 적이 있어.

작년 봄, 중학교를 졸업하자마자 폐렴에 걸려서 고열 속에 끙끙 앓고 있는데, 문득 병상 머리맡을 보니 중학교 때 주임이었던 기무라 선생님과 우리 어머니가 웃으면서 무슨 이야기를 나누고 계시는 거야. 그때도 나는 간이 콩알만 해졌지. 학교와 가정이라는, 멀고도 다른 세계에 사는 두 사람이, 내 머리맡에서 서로 오래 알고 지낸 사람처럼 이야기를 하고 있는 것이 참 신기해 보였거든. 도와다 호수[아오모리현 부근]에서 후지산을 발견한 것처럼 혼란스러운 옛날이야기 같은 행복감으로 가슴이 떨렸어.

"완전히 기운을 차린 것 같구나." 넌 그렇게 말하면서 내게 꽃다발을 건네주었어. 내가 어쩔 줄 몰라 하니 넌 무척 자연스럽게 마아보를 향해,

"아무거나 쓸 만한 화병이 있으면 종다리한테 좀 빌려줘요." 하고 부탁했어. 마아보는 고개를 끄덕이며 화병을 가지러 나갔고, 나는 세상에 이런 꿈같은 일이 다 있나 싶어서,

"전부터 마아보를 알고 있었어?" 하고 엉뚱한 질문을 했지.

"네 편지를 읽어서 아는 거지."

"그랬구나."

그러고는 둘이서 껄껄 웃었어.

"마아보라는 걸 금방 알았어?"

"한눈에 보고 알았지. 예상했던 것보다 훨씬 느낌이 좋더라."

"예를 들면 어디가?"

"집요하기는. 여전히 마음에 두고 있구나? 생각했던 것보다는 품위가

있어. 아직 어린애였군."

"그런가?"

"하지만 나쁘진 않아. 날씬하더라."

"그런가?"

나는 기분이 좋았어.

2

마아보가 길쭉하고 하얀 꽃병을 가져왔어.

"고마워." 그걸 받아든 너는 아무렇게나 꽃을 꽂으며 "이건 나중에 다케 씨한테 다시 꽂아달라고 하겠구나." 하고 말했지.

사실 그 말은 안 하는 게 나을 뻔했어. 곧 네가 주머니에서 작은 사전을 꺼내어 마아보에게 선물을 줬지만, 마아보는 그렇게 기쁜 표정도 짓지 않고 말없이 정중하게 인사를 하고는 총총걸음으로 방을 나갔잖아. 그건 마아보가 마음이 상했다는 증거라고. 마아보는 서먹서먹하게 정중한 인사 같은 걸 하는 사람이 아니야. 하긴 너야 다케 씨 외에 다른 사람한테는 전혀 관심이 없으니 하는 수 없는 일이지.

"날씨가 좋으니 2층 발코니로 가서 이야기하자. 지금은 점심시간이라 괜찮아."

"네 편지를 읽어서 다 알고 있어. 바로 그 점심시간을 노리고 온 거야. 거기다 오늘은 일요일이니 위문 방송도 있고."

웃으며 방을 나와 계단을 오르면서 갑자기 진지해진 우리는 마구잡이로 천하와 국가에 대해 논하기 시작했어. 왜 그랬던 걸까? 우리 목숨은 이미 고귀한 분께 맡겨졌고 명령에 따라 어디든 가야 하니 더 이상 논하고 말고 할 것도 없는데, 그런데도 서로 흥분해서 이른바 신일본재건에 대해 이러쿵저러쿵 떠들어댔으니 말이야. 남자들이란 아무리 친한 사이라 해도 오랜만에 만났을 때는 그런 고매한 주제로 자신이 얼마나 진보했는지를 상대방에게 인정받고 싶어서 안달을 내는 존재들인 것 같아. 발코니로 나가서도 너는 일본이 초등교육에서부터 잘못되었다고 화를 냈어.

"어렸을 때 어떤 교육을 받았느냐에 따라 그 사람의 일생이 결정되니까, 더 훌륭하고 그릇이 큰 사람들을 교육자로 기용해야 한다고 생각해."

"맞아. 자기가 받을 보수만 신경 쓰는 인간이 선생이 되어선 안 돼."

"그럼, 그렇고말고. 공리성만 앞세우니 교육이 잘될 리가 없지. 어른들 술수에는 이제 넌더리가 나."

"누가 아니래. 진부하게 체면이나 따지고. 속이 뻔히 들여다보이잖아."

너도 나만큼이나 논쟁이 서툰 것 같더라. 우리는 어쩐지 같은 말만 계속해서 반복했던 것 같아.

그러는 동안 우리의 서툰 논쟁도 점차 뚝뚝 끊기게 되어 '단순히'랄지 '요컨대'랄지 '일단'이랄지 '결국' 같은 단어만 잔뜩 늘어놓으면서 진이 다 빠져 있는데, 문득 아래쪽 현관 앞 잔디밭에 다케 씨가 나타났어. 나는 무심코,

"다케 씨!" 하고 불렀어. 그와 동시에 너는 바지 허리띠를 조여 매더군. 그건 무슨 의미였어? 다케 씨는 오른손을 이마에 대고 발코니를 올려다보며,

"와?" 하고 웃으며 말했는데, 그때 다케 씨의 자태, 나쁘지 않았지?

"다케 씨를 좋아한다던 사람이 지금 여기 있어."

"어이, 이러지 마." 네가 말했지. 사실 그런 상황에서 어이, 이러지 마, 같은 얼빠진 말밖에는 할 수 없었겠지. 나도 경험해봐서 알아.

3

"얄밉데이!" 그러더니 다케 씨는 고개를 45도가량 옆으로 기울이며 너를 향해 "잘 오셨어요." 하고 웃으며 말했어. 너는 얼굴이 새빨개져서는 꾸벅 인사를 했지. 그러고는 불만스럽다는 듯이 내게 속삭였어.

"뭐야, 굉장한 미인이잖아. 날 놀리는 거야? 네가 편지에 그저 덩치만 크고 믿음직한 사람이라고 썼기에 안심하고 칭찬을 했던 건데, 엄청나게 아리따운 아가씨였네."

"예상이 빗나갔어?"

"빗나갔지, 빗나가도 한참 빗나갔어. 당당하고 믿음직한 사람이라기에 말처럼 생겼을 줄 알았는데, 뭐야, 저런 사람은 늘씬하다고 표현해야 하는 거라고. 피부색도 그렇게 검진 않잖아. 난 저런 미인은 싫어. 위험해." 그런 말을 속사포처럼 해대는 동안 다케 씨가 가볍게 인사를 하며 구관 쪽으로 가버리려 하자 넌 당황해서,

"잠깐, 잠깐만 다케 씨 좀 불러줘. 선물 줘야지." 하고 주머니를 뒤지더니 바로 그 소형 사전을 꺼냈어.

"다케 씨!" 내가 큰 소리로 다케 씨를 불러 세우자 뒤이어 네가 말했어.

"실례지만 던지겠습니다. 이건 종다리한테 부탁받은 겁니다. 제가 드리는 게 아니고요." 그러면서 빨간 표지의 귀여운 사전을 휙 던졌는데, 그 장면은 확실히 인상적이었어. 속으로 탄복했다니까. 다케 씨는 너의 순수한 선물을 멋지게 가슴으로 받으면서,

"고맙습니데이." 하고 너에게 인사를 했지. 네가 뭐라던 간에 다케 씨는 네가 가져온 선물이라는 걸 알고 있었던 거야. 구관 쪽으로 걸어가는 다케 씨의 뒷모습을 보고 한숨을 내쉬며,

"위험해, 저런 사람은 위험해." 하고 진지하게 중얼거리는 네 모습을 지켜보는 게 어찌나 재밌던지.

"뭐가 위험하단 거야. 다케 씨는 캄캄한 방에 단둘이 있더라도 조금도 위험하지 않은 사람이야. 내가 벌써 시험해봤어."

"넌 둔감하니까." 너는 내가 가엽다는 투로 운을 떼더니 이러더군. "넌 미녀와 추녀도 제대로 구분 못 하는 것 같아."

나는 울컥했지. 자기야말로 아무것도 모르면서. 네 눈에 다케 씨가 그렇게 아름다워 보였다면, 그건 다케 씨가 지닌 아름다운 마음씨가 네 올곧은 마음에 든 때문이겠지. 냉정하게 관찰해보면 다케 씨는 전혀 미인이 아니야. 마아보가 훨씬 더 예뻐. 다케 씨의 품성에서 나오는 빛이 다케 씨를 아름답게 보이게 하는 거야. 여자의 용모에 대해서라면, 내가 너보다 몇 배는 더 엄격한 심미안을 갖고 있으니 날 믿어. 하지만 그때는 품위 없이 너하고 여자 얼굴을 가지고 왈가왈부하고 싶지 않았기 때문에 가만히 있었던 거야. 아무래도 우리는 다케 씨 일이라면 정색을 하고 달려들어서 서로 약간 어색해지는 것 같아. 바람직하지 않아. 제발 날 좀 믿어줘. 다케 씨는 미인이 아니야. 위험할 일 같은 건 없어. 위험하다니, 이상하잖아. 다케 씨는 너하고 똑같이 그저 아주 착실한

사람일 뿐인데.

우린 한동안 말없이 발코니에 서 있었는데, 돌연 네가 아까 방에 있던 에치고 사자는 오쓰키 가쇼라는 유명한 시인이라는 말을 꺼내는 통에, 다케 씨고 뭐고 싹 날아가 버렸지.

4

"설마." 나는 꿈을 꾸는 듯했어.

"아무래도 그런 것 같아. 아까 언뜻 보고 깜짝 놀랐어. 우리 형 세대는 다들 그 사람 팬이어서, 나도 어렸을 때부터 그 사람 사진을 많이 봤기 때문에 얼굴을 잘 알아. 나도 팬이었고. 너도 이름 정도는 들어봤을 거야."

"그럼, 알지."

난 어쩐지 시에는 별 흥미를 못 느끼지만, 그래도 오쓰키 가쇼의 하늘나리나 오리에 대한 시는 지금도 암송하고 다닐 정도거든. 그 시의 작자와 내가 요 몇 달간 침대를 나란히 쓰고 자고 있었다니, 믿을 수 없는 일이었지. 내가 시는 잘 몰라도 천재적인 시인을 존경하는 마음만큼은 누구 못지않다는 건 너도 잘 알 거야.

"그 사람이었구나." 한동안 감개무량했어.

"아니, 확실하지는 않아." 너는 약간 주저하며 말했어. "아까 언뜻 본 게 다니까."

어쨌든 좀 더 자세히 관찰해보기로 하고, 슬슬 일요일 위문방송 시간도 다가오기에 아래층 '벚꽃실'로 돌아왔어. 에치고는 침대에 드러누워 있었는데, 그때처럼 에치고가 훌륭하게 보인 적은 없었어. 그야말로 잠자는 사자처럼 보였지. 우리는 얼굴을 마주 보고 남몰래 고개를 끄덕이며 누가 먼저랄 것도 없이 둘이 깊은 한숨을 내쉬었어. 너무 긴장한 탓에 대화도 제대로 나눌 수가 없었고, 그저 창문을 등지고 서서 입을 다문 채 라디오 방송을 들었어. 방송이 계속되고 드디어 그날의 하이라이트인 조수들의 2성부 합창 〈오를레앙의 소녀〉가 시작되었는데 네가 오른쪽 팔꿈치로 내 옆구리를 쿡쿡 찌르면서,

"이 노래, 가쇼 선생이 지은 거야." 하고 흥분해서 속삭였지. 듣고 보니 나도 기억이 나더라고. 우리 어렸을 때, 가쇼 선생의 걸작이라면서 소년 잡지에 삽화까지 실어서 소개되고, 아무튼 인기가 많았지. 우리는 남몰래 에치고의 표정을 주시했어. 그때까지 가볍게 눈을 감고 천장을 향해 드러누워 있던 에치고는, 〈오를레앙의 소녀〉 합창이 시작되자 눈을 뜨더니 베개에서 고개를 살짝 들고 귀를 기울였어. 그러고는 잠시 후 아까처럼 다시 누워서 눈을 감고, 아아, 눈을 감은 채 몹시도 쓸쓸한 표정으로 희미하게 웃는 거야. 너는 오른손 주먹으로 허공을 치듯 이상한 동작을 하더니, 나보고 악수를 하자며 손을 내밀더군. 우리는 눈곱만큼도 웃지 않고 진지하게 악수를 나눴지. 돌이켜보면 그게 대체 무엇을 위한 악수였는지 모르겠는데, 그때는 도저히 가만히 있을 수가 없어서 악수라도 하지 않으면 마음이 진정되지 않을 것 같았어. 나나 너나 꽤 흥분해 있었잖아. 〈오를레앙의 소녀〉가 끝나자 너는,

"난 이만 실례할게." 하고 기묘하게 쉰 목소리로 말을 꺼냈고, 나도 끄덕이며 널 배웅하러 복도로 나가서는, "확실하다!" 하고 둘이 동시에 외쳤지.

5

여기까지 쓴 이야기는 너도 잘 알고 있을 테지만, 너와 헤어져 혼자 방으로 돌아온 뒤 내 기분은, 흥분을 넘어서 새파랗게 질릴 만큼 공포에 휩싸여 있었어. 일부러 에치고를 보지 않으려고 돌아누웠는데, 불안과 공포와 초조가 묘하게 뒤섞여 마음이 놓이질 않았어. 도저히 견딜 수가 없어서 결국 조그마한 목소리로 "가쇼 선생님!" 하고 말을 걸고 말았어.

대꾸가 없었어. 마음을 다져 먹은 나는 가쇼 선생 쪽으로 얼굴을 획 돌렸지. 에치고는 묵묵히 단련 체조를 하고 있었어. 나도 당황해서 운동을 시작했어. 다리를 대자로 벌리고 양쪽 손가락을 새끼손가락부터 차례로 안으로 구부리며,

"저 노래를 만든 사람이 누군지도 모르고 불렀겠군요." 하고 비교적 차분하게 질문을 했어.

"작자 같은 거야 잊어버리든 말든 아무 상관없잖나." 에치고는 태연히 답했어. 점점 더 이 사람이 진짜 가쇼 선생이라는 확신이 들었지.

"몰라봬서 죄송합니다. 아까 친구가 알려줘서 처음 알았어요. 그 친구나 저나 어렸을 때부터 선생님 시를 좋아했습니다."

"고맙네." 그는 진지하게 대꾸하더니, "하지만 지금은 에치고인 게 더 편해."라고 하더군.

"요즘에는 왜 시를 안 쓰시나요?"

"시대가 변했어." 그는 후훗 하고 웃었어.

가슴이 먹먹해진 나는 아무 말이나 함부로 할 수가 없었어. 한동안 둘이서 조용히 운동을 계속했지. 갑자기 에치고가,

"남의 일 같은 건 신경 쓰지 마! 너 요즘 좀 건방져졌어!" 하고 화를 내는 거야. 나는 깜짝 놀랐지. 에치고가 나한테 그렇게 난폭하게 군 건 처음 있는 일이었거든. 어쨌든 빨리 사과를 하는 게 낫겠다 싶더라.

"죄송합니다. 더는 아무 말도 하지 않겠습니다."

"그래. 아무 말 마. 너희들은 몰라. 아무것도 모른다고."

정말이지 난처했어. 시인이란 무서운 거구나 싶었어. 내가 뭘 잘못했는지 도무지 모르겠더라. 우리는 그날 하루 종일 서로 한마디도 하지 않았어. 조수들이 마사지를 하러 와서 나한테 이런저런 말을 걸었지만, 나는 시종 뚱한 얼굴로 대답도 제대로 하지 않았어. 내심 마아보한테 옆자리 에치고가 〈오를레앙의 소녀〉의 작자였다고 알려주면서 깜짝 놀라게 해주고 싶어 입이 근질근질했지만, 에치고가 아무 말도 말라고 했으니 어쩔 도리가 없어서, 어젯밤은 울고 싶은 기분으로 잠이 들었어.

하지만 오늘 아침에 뜻밖에도 가쇼 선생과 말끔히 화해를 하게 돼서 마음이 놓였어. 아침이 됐는데 오랜만에 에치고의 따님이 문병을 온 거야. 기요코 씨라고 마아보 또래로 말라깽이에 얼굴색이 안 좋고 눈매가 치켜 올라간 얌전한 아가씨였지. 우리는 마침 아침을 먹는 중이었는데 따님이 커다란 보자기를 풀면서,

"쓰쿠다니[25] 좀 만들어 왔어요."라고 했어.

"그래? 지금 바로 먹자. 꺼내서 옆자리 종다리한테도 반쯤 주거라."

어라? 싶었지. 에치고는 이제까지 나를 부를 때, 저쪽 선생이랄지, 서생이랄지, 고시바 군이라고만 했지, 종다리라는 친근한 호칭을 쓴 적은 한 번도 없었거든.

25_ 해조류를 조린 반찬.

6

따님이 내 쪽으로 쓰쿠다니를 가져 왔어.

"그릇 있으세요?"

"아, 네." 내가 당황해서 "저쪽 찬장에." 하고 대꾸하면서 침대에서 내려가려고 했더니,

"이건가요?" 하고 따님이 쭈그리고 앉아 내 침대 밑 찬장에서 양은 도시락통을 꺼냈어.

"네, 그겁니다. 고맙습니다."

따님이 침대 아래 웅크리고 앉아 쓰쿠다니를 도시락통에 옮겨 담으면서,

"지금 드실래요?" 하고 물었어.

"아니요. 밥은 벌써 다 먹었습니다."

따님은 도시락통을 원래 있던 찬장에 집어넣고는 일어나더니,

"어머나, 예뻐라." 하고 네가 아무렇게나 던져 넣고 간 국화꽃을 칭찬했어. 네가 그때 괜히 다케 씨한테 다시 꽂아달라고 하라는 쓸데없는 소리를 해서, 어쩐지 다케 씨한테 부탁하기도 민망하고 마아보한테 부탁하기도 어색해서 결국 그 상태 그대로 있었거든.

"어제 친구가 대충 꽂아놓고 간 겁니다. 다시 정돈해서 꽂아줄 사람도 없고요."

따님은 힐끔 에치고 눈치를 살폈어.

"다시 꽂아 줘라." 에치고도 식사가 끝났는지 이쑤시개로 이를 쑤시며 빙긋이 웃고 있었어. 오늘은 에치고 기분이 너무 좋아보여서 오히려

이상할 정도였지.

따님은 얼굴을 붉히며 머뭇머뭇 내 머리맡으로 와서, 국화꽃을 화병에서 전부 꺼낸 다음 꽃꽂이를 하기 시작했어. 상냥한 분이 꽃을 다시 꽂아주니 기분이 정말 좋더라.

에치고는 침대 위에서 떡하니 양반다리를 하고 앉아 딸아이가 꽃 꽂는 모습을 흡족하다는 듯이 바라보면서,

"다시 시를 써볼까." 하고 중얼거렸어.

쓸데없는 말을 해서 또 야단을 맞을까 봐 나는 조용히 있었지.

"종다리 씨, 어제는 미안했소." 에치고는 그렇게 말하면서 부끄러운 듯 어깨를 움츠렸어.

"아닙니다. 저야말로 건방진 말을 했어요."

뜻밖에 속 시원히 화해를 할 수가 있었지.

"다시 시를 써볼까." 에치고가 한 번 더 그러더군.

"꼭 써주세요. 부디 저희들을 위해서라도 써주십시오. 지금 저희가 가장 읽고 싶은 것은 선생님 시처럼 경쾌하고 맑은 시입니다. 잘은 모르지만, 예를 들어 모차르트의 음악처럼 경쾌하고 기품 있으면서도 맑고 깨끗한 예술이 지금 저희들에게 가장 필요하다고 생각합니다. 엉뚱하게 과장을 하거나, 심각한 척 폼을 잡는 것은 이미 진부하고 식상합니다. 불타버린 폐허 한구석에 자라난, 한 무더기의 푸른 풀을 아름답게 노래해줄 시인은 왜 없는 것일까요? 현실에서 달아나려는 게 아닙니다. 고통은 겪을 만큼 겪었습니다. 저희는 이제 뭐든 태연하게 해나갈 생각입니다. 도망치지 않을 겁니다. 목숨을 맡겨 놓았습니다. 마음이 가벼워요. 그런 저희들의 마음에 꼭 어울리는, 경쾌하게 흐르는 맑은 물 같은 예술만이, 오늘날 진정한 예술이라는 생각이 듭니다.

목숨도 명예도 필요 없어요. 그런 자세가 아니고서는 결코 이 난국을 헤쳐나갈 수 없을 겁니다. 하늘을 나는 새를 보라는 말입니다. 무슨 주의 같은 것은 문제가 안 됩니다. 그런 걸로 대강 때우려 해봤자 소용없어요. 감각만으로도 그 사람이 얼마나 순수한지 알 수 있습니다. 문제는 감각입니다. 음률이에요. 그 감각이 기품 없고 투명하지 않다면 그건 모두 가짜입니다."

나는 애써 어설픈 논리를 늘어놨는데, 말하고 나니까 너무 부끄러운 거야. 말하지 말 걸 그랬다는 생각이 들었어.

7

"그런 시대가 된 것일까?" 가쇼 선생은 수건으로 콧등을 문지르며 천장을 보고 드러누워서는 "어쨌든 어서 여기서 나가야겠지." 하고 말했어.

"맞아요, 그렇습니다."

그때 나는 이 도장에 들어온 이후 처음으로, 아아, 빨리 건강해지고 싶다, 그런 조급한 마음이 들었어. 불경스런 말이지만, 하늘은 느려터진 것 같아.

"자네들은 다르지." 선생은 민감하게도 그런 내 마음을 눈치채곤, "초조해할 것 없어. 여기서 차분히 지내다 보면 병도 틀림없이 나을 거야. 그리고 일본재건을 위해 훌륭한 일을 하겠지. 하지만 나는 이미 나이도 먹을 만큼 먹었고……."라고 하는 거야. 그때 따님이 꽃꽂이를 끝냈는지 밝은 목소리로,

"오히려 전보다 더 이상해진 것 같아요."라고 하며 아버지 침대로 다가가 더 작은 목소리로, "아버지! 왜 또 그런 말씀을 하세요. 요즘은 그런 거 안 먹힌다니까요." 하고 툴툴거렸어.

"세상은 내 이야기마저 받아주질 않는구나." 에치고는 그렇게 말하면서도 아주 즐겁다는 듯 와하하 하고 웃었지.

나도 조금 전의 초조함 따위는 깨끗이 잊은 채 행복감에 젖어 미소를 지었어.

있잖아, 새로운 시대는 분명 다가오고 있어. 그것은 깃털처럼 가볍고, 새하얀 모래 위를 졸졸 얕게 흘러가는 시냇물처럼 투명해. 중학교 때 선생님이었던 후쿠다 가즈나오 선생님이 가르쳐 주셨는데, 바쇼는 말년에 '가루미'를 주창하며, 그것을 '와비', '사비', '시오리'보다 훨씬 더 우위에 두었대.[26] 바쇼 같은 명인이 말년이 되어서야 간신히 깨닫고 지향했던, 바로 그 최고의 경지에 우리가 어느 틈엔가 자연스럽게 도달해 있다는 건 자부심을 가질 만한 일이야. '가루미'는 단순히 경박한 것과는 다른 거야. 욕심과 목숨을 내놓지 않으면 이 경지에 이를 수 없어. 애써 노력해서 땀을 흠뻑 흘리고 난 뒤에 다가오는 한 줄기 실바람이지. 대혼란에 빠진 세상의 절박한 분위기 속에서 태어난, 날개가 투명할 정도로 가벼운 새야. 이것을 이해하지 못하는 사람은 영원히 역사의 흐름에서 비켜나 홀로 남겨질 거야. 아아, 세상 모든 것이 진부해지고

26_ 하이쿠의 원류인 하이카이의 일인자 마쓰오 바쇼松雄芭蕉(1644~1694)가 말년에 도달한 이념을 '가루미'라 한다. '기존 지식이나 교양에 의지하지 않고 일상 속에서 새롭게 발견한 미를 진솔하고 담담하게 표현하는 방식'을 말하는데, 당대에는 너무 통속적이라며 비난을 사기도 했다. 일본어로 '가벼움輕み'이라는 뜻도 있다.
'시오리' 역시 바쇼의 근본이념으로, '대상을 통해 작자의 섬세한 감정이 자연스럽게 드러남'을 뜻하며, '와비'와 '사비'는 일본의 전통 미의식으로 각각 '간소하고 소박한 정취'와 '한적하고 고독한 정조' 등을 이른다.

있어. 있지, 논리고 뭐고 아무것도 없는 거야. 모든 것을 잃고, 모든 것을 버린 자의 평안함이야말로, 바로 그 '가루미'야.

오늘 아침 에치고에게 엉터리 예술론 비슷한 이야기를 하고 나서 얼마나 부끄러웠는지 몰라. 하지만 에치고의 따님 역시 우리의 은밀한 지지자였다는 사실을 깨닫고 한결 자신감을 얻어서, 기염을 토하며 앞서 했던 이야기를 조금 더 보강해봤어.

그나저나 너의 도장 방문에 대한 평이 상당히 좋았어. 기뻐해 줘. 네가 우리 도장을 잠깐 방문해준 것만으로도 도장 분위기가 확 좋아졌다니까. 우선 가쇼 선생이 십 년이나 더 젊어졌어. 다케 씨나 마아보도 너한테 안부를 전해달래. 마아보가 말하길,

"눈매가 멋지던데? 천재 같더라. 속눈썹이 길어서 눈을 깜빡거릴 때마다 깜빡깜빡하는 소리가 들렸어."라는데, 마아보는 항상 과장이 심해. 믿지 않는 게 좋을 거야. 다케 씨가 했던 말도 전해줄까? 너무 긴장하지 말고 그냥 가볍게 흘려들어. 다케 씨가 말하길,

"종다리하고 막상막하더라."

그뿐이었어. 다만, 얼굴이 빨개졌지. 이만.

10월 29일

다케 씨

1

잘 지냈어? 오늘은 슬픈 소식을 전해야 할 것 같아. 슬프기는 한데, 그 슬픔 속에 그리움이 한데 뒤섞여 있는 묘한 슬픔이랄까. 다케 씨가 시집을 가. 누구한테 가느냐 하면, 사부님. 이곳 건강도장의 사부, 다지마 의학박사에게. 오늘 마아보한테 그 이야기를 들었어.

그래, 처음부터 다 이야기하자.

오늘 아침에 우리 어머니께서 내가 갈아입을 옷가지며 여러 물건들을 잔뜩 들고 도장으로 오셨어. 어머니는 한 달에 두 번씩 이것저것 정돈을 해주러 오시는데 내 얼굴을 들여다보더니,

"슬슬 향수병이 시작됐니?" 하고 놀리셨지. 늘 있는 일이야.

"그럴지도 모르지." 나는 일부러 거짓말을 했어. 이것도 늘 있는 일이야.

"오늘은 누가 날 고우메바시까지 배웅해줄 거라던데?"

"누가?"

"글쎄, 누굴까?"

"나? 나 밖에 나가도 돼? 허락받았어?"

어머니는 고개를 끄덕이며,

"하지만 네가 싫으면 안 나와도 돼."라고 했어.

"싫을 리가 있어? 이제 나 하루에 백 리도 걸을 수 있다고."

"그럴지도 모르지." 어머니는 내 흉내를 내며 말했어.

나는 넉 달 만에 잠옷을 벗고 잔무늬 기모노로 갈아입었어. 어머니와 함께 현관을 나서는데, 사부가 거기서 뒷짐을 지고 묵묵히 서 있었어.

"걸을 수 있으려나 어쩌려나." 어머니가 웃으며 혼잣말처럼 중얼거렸더니 사부가 웃지도 않고, "남자아이는 만 한 살이면 걸을 수 있습니다." 하고 시시껄렁한 농담을 건네면서, "조수를 한 명 붙여 드리겠습니다."라고 했어.

마아보가 하얀 간호사복 위에 동백꽃 모양이 그려진 빨간 겉옷을 걸쳐 입고 사무실에서 종종걸음으로 달려 나왔어. 어머니를 향해 얼떨떨한 표정으로 인사를 했지. 함께 간다는 조수가 마아보였어.

나는 새 게다[일본식 나막신]를 신고 앞장서서 밖으로 나갔어. 게다가 이상하리만치 무거워서 비틀비틀 걸었어.

"오호, 걸음마가 제법이군요." 뒤에서 사부가 놀리듯 말했어. 애정 어린 말투라기보다는 냉정하고 강한 힘이 느껴지는 목소리였어. 한심하다 한심해! 하고 야단치는 것처럼 들렸지. 내가 풀이 죽어서 뒤도 안 돌아보고 대여섯 걸음 성큼성큼 서둘러 걷는데 뒤에서 또 사부가,

"처음에는 천천히. 처음에는 천천히." 하고 노골적으로 호되게 꾸짖는 엄한 목소리로 말했어. 오히려 그 목소리에 애정이 느껴져 마음이 놓였어.

나는 천천히 걸었어. 어머니와 마아보가 둘이서 속닥거리며 내 뒤를

따라왔지. 소나무 숲을 지나 아스팔트가 깔린 지방도로로 나오자, 가벼운 현기증이 일어서 그 자리에 멈춰 섰어.

“엄청 크네. 길이 무지 커.” 아스팔트 길은 부드러운 가을 햇살을 받아 희미하게 반짝이고 있을 뿐이었는데, 그 순간 내게는 망망대해처럼 보였지.

“힘들겠니?” 어머니가 웃으며 말했어. “어때? 배웅은 다음에 부탁할까?”

2

“됐어, 난 괜찮아.” 오히려 더 요란스럽게 딸각딸각 게다 소리를 내고 걸으며 “벌써 익숙해졌어.” 하고 말하는 순간, 트럭 한 대가 무시무시한 속도로 내 앞을 지나갔어. 나도 모르게 우앗! 하고 소리를 질렀지.

“엄청 크네. 트럭이 무지 커.” 어머니는 고새 내 말투를 흉내 내며 날 놀렸어.

“크지는 않지만 강한데? 마력이 대단해. 분명 십만 마력 정도 될 거야.”

“그럼 방금 지나간 그 트럭은 원자트럭인가?” 어머니도 오늘은 들떠 계신 듯했어.

천천히 걸어서 고우메바시 버스정류장 근처에 다다랐을 즈음, 나는 굉장히 이상한 이야기를 들었어. 어머니와 마아보가 걸어가면서 이런저런 잡담을 하던 끝에 이런 소리를 하는 거야.

“사부님이 곧 결혼하신다면서요?”

"네. 그게, 다케 씨하고 하신대요."

"다케 씨요? 그 조수로 계시는 분?" 어머니도 놀란 것 같았지만, 나는 그 백배는 더 놀랐지. 십만 마력짜리 트럭에 들이받힌 듯한 충격을 받았어.

어머니는 금세 마음을 가라앉히고,

"다케 씨는 좋은 분이니까요. 과연 사부님이 눈이 높으시네요." 하고 밝게 웃으며 말했어. 더 이상 묻지 않고 차분하게 다른 이야기로 넘어갔지.

버스정류장에서 어머니와 내가 어떤 식으로 헤어졌는지, 정확히 기억나지는 않아. 그저 눈앞이 몽롱하고 심장이 쿵쿵 날뛰는데, 그 어떤 기분과도 견줄 수 없을 만큼 마음이 심란했어.

솔직히 고백할게. 나는 다케 씨를 좋아해. 처음부터 좋아했어. 마아보는 눈에 들어오지도 않았어. 나는 어떻게 해서든 다케 씨를 잊어보려고, 일부러 마아보에게 더 가까이 다가가 마아보를 좋아해 보려고 노력했지만 그게 잘 안됐어. 너에게 보내는 편지에도 마아보만 좋게 말하고 다케 씨의 험담을 많이 했는데, 결코 널 속이려던 것이 아니었어. 그런 편지로 내 속마음을 지워버리고 싶었던 거야. 천하의 새 시대 새로운 남자라 해도, 다케 씨를 떠올릴 때면 몸이 무거워지고 위축되면서 그야말로 돼지 꼬리 같은 시시한 남자가 되는 것만 같았거든. 새로운 남자로서의 체면이 있지, 이대로는 안 된다면서, 제대로 마음을 다져 먹고 다케 씨를 완전히 무관심하게 대하자고 스스로를 다독였지. 다케 씨는 그저 마음씨 착한 사람일 뿐이다, 큰 도미처럼 생겼다, 물건 보는 눈도 없다 등등, 온갖 험담을 늘어놓아야만 했던 나의 고충을 조금은 이해해줘. 네가 내 의견에 동조하면서 함께 다케 씨 욕을 해준다면, 어쩌면 나도 다케 씨가 정말로 싫어져서 마음의 짐을 덜게 될지도 모른다고 남몰래 기대하고 있었는데, 예상과 달리 네가 다케 씨한테 푹 빠져버린 탓에 나는 더욱 궁지에 몰리게 됐어. 그래서 이번에는 작전을 바꿔서 한층 더 다케 씨를 칭찬하면서, 이성적인 감정이 없는 친애의 정이라느니, 새로운 형태의 남녀 관계라느니 하면서, 어떻게 해서든 널 견제하려고 했던 것이 이제까지의 서글픈 실상이야. 이성적인 감정이 없기는커녕 누구보다도 컸지. 그야말로 의마심원[27]이라 할 만큼 한심한 꼴이었던 거야.

3

너는 다케 씨를 굉장한 미인이라고 했고, 나는 기를 쓰고 그걸 부정하려 했지만, 사실 나도 다케 씨가 대단한 미인이라고 생각하고 있었어. 이곳 도장에 온 첫날부터 말이야.

있잖아, 다케 씨 같은 사람이 진정한 미인이야. 그날 세면장 푸르스름한 전등 아래서 희미한 불빛을 받으며, 동트기 직전 기묘한 빛깔의 어둠 속에 가만히 웅크리고 앉아 바닥을 닦던 다케 씨의 모습은, 무서우리만치 아름다웠어. 이제 와서 분한 마음에 이러는 것은 아니지만, 그때 나나 되니까 꾹 참아낼 수 있었다고 봐. 다른 사람이었다면 틀림없이 무슨 수가 났을 거야. 여자들은 다 요사스런 것들이라고 갓뽀레가 누누이 이야기하지만, 여자는 어쩌면 자기가 의식하지 못하는 순간에 무의식적

27_ 말과 원숭이처럼 마음이 어지러이 널뜀.

으로 마성을 내뿜는 경우가 있는 건지도 몰라.

이제야 고백할게. 나는 다케 씨를 사랑했던 거야. 진부함도 새로움도, 아무 상관없어.

어머니와 헤어진 뒤 걸어가는데, 무릎이 부들부들 떨리면서 견딜 수 없이 목이 말랐어.

"어디서 조금 쉬었다 가자." 내가 듣기에도 놀랄 정도로 내 목소리가 쉬어 있어서, 누군가 다른 사람이 먼 데서 중얼거리는 줄만 알았어.

"피곤하지? 조금만 더 가면 우리가 가끔 들러서 쉬었다 가는 집이 나올 거야."

마아보는 나를 세계대전 전에 찻집인가 뭔가를 했을 법한 집으로 데리고 들어갔어. 어둑하고 널따란 흙바닥 위에 부서진 자전거나 숯가마니 같은 것들이 굴러다니고 있었어. 한쪽 구석에 허름한 테이블 하나와 의자 두어 개가 놓여 있었어. 테이블 옆 벽에는 커다란 거울이 걸려 있었는데, 이상할 정도로 기분 나쁘게 반짝거리던 게 기억나. 이 집은 장사를 그만둔 뒤에도 친분이 있는 사람들한테 차 정도는 대접하는 것 같더라고. 도장의 조수들이 외출해서 노닥거리는 장소로 쓰이기라도 하는 건지, 마아보는 태연하게 안쪽으로 들어가 차가 담긴 주전자와 찻잔을 가지고 나왔어. 우리는 거울 옆 테이블에 마주 보고 앉아 미지근한 차를 마셨어. 휴 하고 깊은숨을 내쉬었더니 마음도 약간 편안해져서,

"다케 씨가 결혼한다고?" 하고 가벼운 어조로 물어볼 수 있었지.

"그래." 어쩐지 마아보도 요즘 쓸쓸해 보여. 추운 듯 어깨를 작게 움츠리더니 내 얼굴을 똑바로 쳐다보면서, "넌 알고 있었던 거 아니었어?" 하고 말했어.

"몰랐어." 문득 눈시울이 뜨거워져서 나는 허둥지둥 고개를 숙였어.

"네 맘 알아. 다케 씨도 울었으니까."

"무슨 소릴 하는 거야?" 마아보의 침착한 말투가 얄미워 부아가 치밀었어. "엉뚱한 소리 하지 마."

"엉뚱한 소리 아니야." 마아보도 눈물을 지었어. "그러니까 내가 말했잖아. 다케 씨하고 사이좋게 지내면 안 된다고."

"사이좋긴 뭐가 좋아. 뭐든 그렇게 다 알고 있다는 식으로 말하지 마. 너 진짜 웃긴다. 다케 씨가 결혼하게 된 건 잘된 일이지, 축하할 일이잖아."

"그래봐야 소용없어. 난 다 알고 있으니까. 속이려 해봤자 소용없어." 커다란 눈에서 눈물이 비어져 나와 눈썹에 방울지더니, 이내 뺨을 타고 줄줄 흘러내렸어. "알고 있어. 다 알고 있다고."

4

"그만해. 왜 울고 그래." 이런 모습을 남들이 봐서는 안 된다는 생각이 들었어. "울 이유가 없는데 왜 울어." 같은 말을 반복하고 있는 나도, 무슨 이유가 있어서 이러고 있는 것 같지는 않았어.

"종다리는 정말 무뎌." 마아보는 뺨에 흐르는 눈물을 손으로 닦아내며 슬그머니 웃었어. "사부님하고 다케 씨가 결혼하는 걸 여태 몰랐다니 말이야."

"그런 천박한 일은 내 알 바 아니지." 갑자기 너무 불쾌했어. 사람들을 전부 다 흠씬 두들겨 패주고 싶었어.

"뭐가 천박하단 거야? 결혼이 천박해?"

"아니, 그런 게 아니라," 나는 할 말을 잃었지. "전부터, 뭔가……."

"어머, 아니야. 그런 일 없었어. 사부님은 성실한 분이야. 다케 씨한테 말도 없이 다케 씨 아버지께 허락을 받으러 간 거야. 다케 씨 아버지는 전쟁을 피해서 이쪽에서 살고 계시거든. 며칠 전에 다케 씨 아버지가 다케 씨한테 그 말을 했는데 그 이야기를 들은 다케 씨는 이틀 밤이고 사흘 밤이고 펑펑 울었대. 시집가기 싫다고."

"그런 거면 됐어." 나는 마음이 풀렸어.

"뭐가 됐다는 거야? 울었으니까 됐다는 거야? 종다리, 정말 못됐어."

마아보는 그렇게 말하면서 미소 띤 얼굴을 옆으로 갸웃거렸는데 기묘하게 눈빛이 반짝반짝하더니, 불쑥 오른팔을 앞으로 내밀어 테이블 위에 있던 내 손을 꽉 잡았어. "다케 씨는 말이지, 종다리를 좋아했기 때문에 울었던 거야. 진짜야." 그렇게 말하면서 더욱 세게 쥐었어. 나도 뭐가 뭔지 알 수가 없어서 맞잡은 손을 꽉 쥐었지. 아무런 의미도 없는 악수였어. 나는 곧 이게 뭐 하는 짓인가 싶어서 스윽 손을 뒤로 뺐어.

"차 따라줄까?" 나는 어색함을 감춰보려고 그렇게 말했어.

"됐어." 마아보는 눈을 내리깔고 힘없이, 그러나 분명하게, 거절했어.

"그럼, 나갈까?"

"응."

마아보는 가만히 고개를 끄덕이며 고개를 들었어. 그 얼굴이 예뻤어. 정말 예뻤어. 완전히 무표정한 얼굴이었는데, 코 양옆에 피곤한 듯 희미하고 가는 주름이 져 있었고, 입술은 아래쪽이 약간 나온 채 살짝 벌어져 있었어. 커다란 눈은 맑고 깊고 차가웠지. 그 창백한 얼굴에 놀라울 정도로 기품이 서려 있었어. 모든 걸 완전히 포기한 사람이 지닌 특유의 기품이었지. 마아보도 괴로움 끝에 비로소 투명할 정도로 욕심 없이, 새로운 아름다움을 드러내 보이는 여자가 된 거야. 이 녀석도 우리의 친구야. 새로 만든 커다란 배에 몸을 싣고, 사심 없이 가볍게 하늘이 정해준 항로를 따라 나아가는 거지. 희미한 '희망'의 바람이 뺨을 쓰다듬었어. 나는 그때 마아보의 얼굴에 깃든 아름다움에 놀라 '영원한 처녀'라는 말이 떠올랐는데, 평소에는 비위에 거슬리던 그 단어도 그때는 아무렇지도 않고 무척 신선한 단어처럼 여겨졌지.

'영원한 처녀'라니, 넌 촌스러운 내가 그렇게 세련된 단어를 쓴다고 또 비웃겠지만, 나는 정말로 그때 마아보의 고귀한 얼굴에서 구원을 얻었어.

다케 씨의 결혼도 마치 먼 옛날 일처럼 느껴지면서 몸이 훨씬 가벼워졌어. 포기를 했다거나 그런 의식적인 것이 아니라, 눈앞의 풍경이 보면 볼수록 점점 더 멀어져서, 망원경을 거꾸로 들고 들여다보고 있는 것처럼 작아져 버린 기분이었어. 가슴속에는 아무런 집착도 남아 있지 않았어. 이것으로 나도 완성되었구나, 그런 상쾌하고 만족스러운 기분만이 남아 있었어.

5

늦가을 맑고 푸른 하늘에 미국 비행기가 선회하고 있었어. 우리는 찻집 같은 그 집 앞에 서서 하늘을 올려다보았어.

"지겹다는 듯이 날고 있네."

"응." 마아보가 미소 지었어.

"하지만 비행기 모양에는 새로운 아름다움이 있어. 불필요한 장식이 하나도 없잖아."

"그럴지도 모르지." 마아보가 속삭이며 아이처럼 천진난만하게 하늘을 나는 비행기를 올려다봤어.

"불필요한 장식이 없으니 보기 좋네."

그건 비행기뿐만이 아니라 방심하고 있는 듯한 마아보의 솔직한 자태에 대한 내 소감이기도 했어.

둘이서 말없이 걸으며, 나는 길가에서 마주치는 여자들 얼굴을 하나하나 주의 깊게 들여다보았어. 정도의 차이는 있지만, 요즘 여자들 얼굴에는 하나같이 마아보처럼 욕심 없고 투명한 아름다움이 깃들어 있는 것 같아. 여자가 여자다워진 거야. 세계 대전 이전의 여자로 돌아갔다는 뜻은 아니야. 전쟁이라는 고난을 겪고 난 뒤의 새로운 '여성스러움'. 뭐라고 하면 좋을까, 꾀꼬리의 지저귐과 같은 아름다움이라고 한다면 네가 이해할 수 있을까? 말하자면 '가루미'지.

점심시간 조금 전에 도장으로 돌아왔는데, 왕복 오십 리 길을 걸어서인지 너무 피곤해서 잠옷 갈아입는 것도 귀찮아서, 겉옷도 안 벗고 침대에 드러누워 깜빡 잠이 들었어.

"종다리, 밥 먹어."

어렴풋이 눈을 떠보니 다케 씨가 밥상을 들고 웃으며 서 있었어.

아아, 사부님 부인!

벌떡 일어나서,

"아, 고마워요." 하고 나도 모르게 가볍게 고개를 숙였어.

"아직 잠 덜 깼나? 잠꾸러기." 다케 씨는 혼잣말하듯 말하더니 밥상을 머리맡에 두고는, "기모노를 입고 자는 사람이 세상에 어디 있노? 지금 감기 걸리면 큰일 난다. 얼른 잠옷으로 갈아입어라." 하고 마음에 들지 않는다는 듯이 눈썹을 찌푸리며 말했어. 그러고는 침대 서랍에서 잠옷을 꺼내, "도련님, 참말로 귀찮네. 이리 와, 갈아입혀 줄게."라고 했어.

나는 침대에서 내려와 허리끈을 풀었어. 평소와 다를 바 없는 다케 씨야. 사부와 결혼을 한다니, 거짓말 같았어. 그래, 조금 전엔 내가 깜빡 잠이 들었다가 꿈을 꾼 거야. 어머니가 오셨던 것도 꿈, 마아보가 그 찻집처럼 생긴 집에서 울던 것도 꿈, 순간 그런 생각에 기뻤지만, 그건 꿈이 아니었어.

"괜찮은 구루메가스리네." 다케 씨는 내 옷을 벗겨주며 말했어. "종다리한테 참 잘 어울린다. 마아보는 행운아데이. 돌아오는 길에 같이 아주머니 집에서 차도 마셨다 카데."

역시 꿈이 아니었어.

"다케 씨, 축하해." 내가 말했어.

다케 씨는 잠자코 있었어. 말없이 뒤에서 잠옷을 걸쳐주고, 그런 다음 잠옷 소맷부리로 손을 넣어 내 어깨 부근을 아주 세게 꼬옥, 꼬집었어. 나는 이를 악물고 아픔을 견뎠어.

6

아무 일도 없었다는 듯 잠옷으로 갈아입은 나는 밥을 먹기 시작했고, 다케 씨는 옆에서 내 기모노를 개고 있었어. 서로 한마디도 안 했어. 잠시 후 다케 씨가 들릴 듯 말 듯한 목소리로,

"미안타." 하고 속삭였어.

그 말 한마디에 다케 씨의 온 마음이 담겨 있는 것 같았어.

"니 너무했데이." 나는 밥을 먹으며 다케 씨 사투리를 흉내 내어 슬그머니 속삭였어.

그리고 이 말 한마디에도 내 마음이 다 들어 있었지.

다케 씨는 소리 죽여 웃더니,

"고맙데이."라고 했어.

화해를 한 거지. 나는 진심으로 다케 씨의 행복을 빌었어.

"언제까지 여기 있는 거야?"

"이번 달까지."

"송별회라도 할까?"

"아이, 얄밉데이!"

다케 씨는 과장되게 몸을 흔들더니, 개어놓은 기모노를 서둘러 서랍에 넣은 다음 얌전히 방을 나갔어. 내 주변에는 왜 다들 이렇게 산뜻하고 좋은 사람만 있는 걸까? 나는 지금 이 편지를 오후 한 시 강연을 들으면서 쓰고 있는데, 오늘 강연을 누가 했는지 알아? 기뻐해 줘. 오쓰키 가쇼 선생님이야. 요즘 우리 도장에서는 오쓰키 선생의 인기가 하늘을 찔러. 더 이상은 에치고 사자라는 무례한 별명으로 부를 수 없게 되었어. 네가 선생을 알아본 뒤로 나도 이삼일 동안은 아무한테도 말하지 않고 꾹 참고 있었는데, 결국 내가 마아보에게 살짝 귀띔을 해서 삽시간에 소문이 퍼졌어. 〈오를레앙의 소녀〉의 작자라는 것만으로도 도장 사람들이 너도나도 가쇼 선생을 존경하게 됐고, 사부마저도 이제껏 알아 뵙지 못해서 죄송하다고 순회 중에 인사를 했을 정도야. 신관은 물론 구관 생도들한테서도 시, 와카, 하이쿠의 첨삭의뢰가 물밀듯 들어오고 있는 상황이야. 하지만 가쇼 선생은 갑자기 거만을 떤다거나 하는 어리석은 행동은 조금도 하지 않고, 여전히 과묵한 에치고 사자 그대로야. 생도들의 시 첨삭은 대부분 갓뽀레가 맡고 있어. 갓뽀레가 요즘 아주 신났지. 가쇼 선생의 수제자라도 된 것처럼 점잔 빼는 얼굴로, 다른 사람들이 고민 고민해가며 써낸 작품을 멋대로 휙휙 고쳐대고 있어. 오늘은 사무실에서 의뢰가 들어와서 가쇼 선생이 처음으로 강연을 하게 되었어. '헌신'이라는 주제였는데, 스피커를 통해 흘러나오는 목소리를 듣고 있으려니까 대단히 고귀한 사람에게 가르침을 받는 것처럼 마음이 엄숙해지더라. 참으로 차분하고 위엄 있는 목소리였어. 가쇼 선생은 내가 생각하고 있는 것보다 훨씬 더 훌륭한 사람인지도 모르겠어. 이야기 내용도 좋고, 진부함이라곤 없었어.

'헌신이란, 그저 무턱대고 절망적인 감상에 빠져 자신을 희생시키는 것이 결코 아니다. 그것은 큰 착각이다. 헌신이란, 자기 몸을 가장 화려하게, 그리고 영원히 살게 하는 일이다. 인간은 이렇게 순수한 헌신에 의해서만 불멸할 수 있다. 하지만 헌신에는 어떠한 준비도 필요치 않다. 오늘, 바로 지금 이대로의 모습으로, 모든 것을 바쳐야 한다. 쟁기를 잡은 자는 쟁기를 잡은 채 헌신해야 한다. 자신의 모습을 꾸미려 해서는 안 된다. 헌신에는 유예가 용납되지 않는다. 한 인간의 순간순간이 모두 헌신이어야 한다. 어떻게 해야 멋지게 헌신할 수 있을까 하는 고민은 무의미하다.' 이렇게 힘차게, 차근차근, 이야기를 해나갔어. 듣고 있는데 몇 번이나 내 얼굴이 빨개졌어. 이제껏 내가 새로운 남자라고 지나치게 떠들어댄 것 같아. 헌신을 위한 몸단장에 너무 신경을 썼나 봐. 화장을 하는 것에 집착했던 면이 없지 않아. 새로운 남자라는 간판은 이쯤에서 깔끔하게 철수할게. 내 주변은 이미 나와 엇비슷할 정도로 밝아졌어. 이제까지 우리가 나타났던 곳은 늘 저절로 밝고 화려해졌잖아. 앞으로는 아무 말도 하지 말고, 속력을 내지도 늦추지도 않으면서,

지극히 평범한 발걸음으로 똑바로 걸어 나가자. 이 길이 어디로 이어져 있는지, 그건 자라나는 담쟁이덩굴에게 물어보는 게 좋을 거야. 담쟁이덩굴은 이렇게 답하겠지.

"저는 아무것도 몰라요. 하지만 자라나는 쪽으로 볕이 드는 듯합니다."

그럼, 안녕.

12월 9일

薄明
동틀 녘

太宰治

「동틀 녘」

1946년 11월, 신기원사新紀元社에서 간행된 단편집 『동틀 녘』에 처음 발표되었다. 본권에는 이 작품을 비롯하여 전쟁으로 인한 피난길 혹은 피난지에서 저자가 직접 겪거나 들은 일을 소재로 삼은 단편이 많은데, 이를 피난시간 순으로 이어 수록한다.

도쿄 미타카 집이 폭격을 맞아 살 곳을 잃은 우리 가족은 처가가 있는 고후로 향했다. 고후의 처갓집에는 처제가 혼자 살고 있었다.

쇼와 20년[1945년] 4월 초순이었다. 때때로 연합군 공군기가 고후의 하늘을 지나기도 했지만, 폭탄이 투하된 적은 거의 없었다. 마을 분위기도 도쿄만큼 전쟁터는 아니었다. 우리도 오랜만에 방공복[대피를 위한 옷]을 벗고 잠자리에 들 수 있었다. 나는 올해로 서른일곱이 되었다. 아내는 서른넷, 딸은 다섯 살, 아들은 작년 8월에 갓 태어난 두 살배기다. 이제껏 그리 수월하게 살아온 건 아니었지만, 일단은 모두 큰 병치레를 하지 않고 다친 데 없이 지냈다. 기왕 여기까지 고생을 견뎌왔으니, 조금만 더 버텨서 앞으로 세상이 어떻게 굴러가는지 보고 싶다는 마음도 있었다. 하지만 그보다는 처나 아이들을 먼저 보내고, 뒤에 혼자 살아남는 일이 있어서는 안 된다는 생각이 더 컸다. 그런 상상을 하는 것만으로도 미칠 것 같다. 어쨌든 처자식을 죽게 만들 수는 없다. 그러니 만반의 준비를 갖추지 않으면 안 된다. 하지만 내게는 돈이 없다. 가끔씩 다소 큰돈이 들어올 때도 있었지만 곧장 술값으로 날아갔다. 나는 술을 너무 좋아하는 게 탈이었다. 그즈음 술값이 꽤 비쌌는데, 친구들이 집에 찾아오기라도 하면 옛날처럼 허둥지둥 밖으로 나가 말술을 퍼마셔야 직성이 풀렸다. 이래서는 만반의 준비고 뭐고 될 성싶지가 않다. 식구들을 미리미리 먼 고향으로 피신시킨 이들이 부러웠지만, 돈도 없고 귀찮기도 해서 마냥 도쿄 미타카에서 꾸물거리다가, 결국 폭탄이 떨어지는 것을 목격하고서야 도쿄에 있으면 안 되겠다 싶어 온 가족이 처가로 들어온 것이다. 앞으로도 고생문이 훤하기는 하겠지만, 백 일 만에 방공복을 벗고 자면서, 이제 한동안은 한밤의 추위 속에서 아이들을 깨워 방공호로 뛰어 들어가는 짓을 안 해도 된다고 생각하니, 우선은 안도의 한숨이 새어 나왔다.

하지만 우리는 이미 '우리 집'을 잃어버린 가족이다. 여러모로 불편한 점이 많았다. 나도 여태 남들 못지않게 고생을 해왔지만, 아무리 처가라고는 해도 아이 둘을 데리고 남의 집에 얹혀사는 형편이라, 그때까지 겪어본 적 없는 이런저런 고통을 맛봤다. 장인 장모는 돌아가시고 집사람 언니들은 시집을 간 뒤라 고후 처갓집의 세대주는 남매 중 막내인 처남으로 되어 있었다. 처남은 이삼 년 전 대학을 졸업하고 곧바로 해군에 입대해서, 지금 고후 집에는 처남의 바로 위 누나이자 집사람의 바로 아래 동생인 스물여섯인가 일곱 먹은 처제가 혼자 살고 있었다. 이 처제가 틈만 나면 해군에 있는 처남에게 편지를 보내 고후의 집안일을 의논하는 모양이었다. 내가 형부이긴 하지만, 본래 형부란 그 집에서 아무런 권한이 없는 사람이다. 내 경우에는 권한은커녕 결혼 후 이 집안사람들에게 이런저런 폐만 끼쳤다. 한마디로 미덥지 않은 사람이니, 처제나 처남이 이 집에 대해 내게 아무런 의논도 하지 않는 것은 어쩌면 당연한 일이었을 것이다. 나 역시 고후의 집 재산 같은 것에는 전혀 관심이 없었기 때문에 그 부분은 의견이 서로 잘 맞았다. 하지만 스물여섯인가 일곱인가 여덟인가, 새삼스럽게 물어보기도 뭣하고 해서 확실히는 잘 모르겠지만, 어쨌거나 그 정도 되는 아가씨 혼자 살고 있는 집에 서른일곱 먹은 형부와 서른넷 된 언니가 아이 둘을 데리고 우르르 몰려와, 먼 곳에 있는 젊은 해군과 그 아가씨를 적당히 속이고 스리슬쩍 그 집 재산을 꿀꺽 하지 않을까 하고 의심하는 사람은 설마 없겠지만, 아무래도 내가 연장자이고 하니 혹시라도 무의식중에 내가 그들의 자존심을 건드리는 일이 생기지 않을까 싶어, 그때는 정말 부드러운 이끼가 한가득 자라 있는 정원에서 이끼를 밟지 않으려고 돌다리 건너듯 폴짝폴짝 뜀을 뛰며 걷는 기분이었다. 어느 정도 나이도 있고 세상의 쓴맛도 겪어본 남자가 한 사람쯤 있었다면, 우리도 한결 마음이 편하지 않았을까 싶다. 부정적인 마음 씀씀이도 사람을 지치게 만드는 법이다. 나는 이 집 뒤뜰에 붙어 있는 다다미 여섯 장 크기의 방을 내 작업실 겸 침실로 빌리고, 불단을 놓아두는 같은 크기의 방을 하나 더 빌려서 집사람과 아이들 침실로 쓰게 했는데, 방세도 일반적인 수준으로 냈고 식비 외에 다른 것들도 처가에 누를 끼치지 않도록 충분히 신경 썼다. 또 내게 손님이 찾아오면 응접실 대신 내 작업실로 모셨는데, 그렇기는 해도 내가 술을 좋아하고 도쿄에서 놀러 오는 손님들도 꽤 있어서, 처가 쪽 입장을 최대한 존중한다고 하면서도 그만 면목이 없어지는 경우가 많았다. 처제도 우리 식구를 많이 배려해주고 아이들도 돌봐줘서 한 번도 정면충돌하는 일은 없었지만, '집을 잃은' 탓에 마음이 비뚤어져 그런지 살얼음 위를 걷는 기분이었다. 결국 이쪽으로 피난을 온 것은 처제나 나나 둘 다 살이 쪽쪽 빠질 만큼 불편한 처사였다는 결론을 얻게 되었다. 하지만 그나마 우리 가족은 다른 피난민들에 비해 상황이 좋은 편이었던 듯하니, 다른 피난민들의 고생이 어떠했을지는 미루어

짐작이 간다.

"피난은 가지 마라. 살던 집이 잿더미가 되기 전까지는 도쿄에 붙어 있는 편이 낫다."

그즈음 나는 가족과 함께 도쿄에 남아 있던 한 친한 친구에게 그런 편지를 보내기도 했다.

고후로 온 게 4월이었는데, 아직 추위가 완전히 가시지 않았고, 벚꽃도 도쿄보다 상당히 늦게 피어서, 그제야 드문드문 벚꽃이 보이는 시기였다. 그 후 5월, 6월이 다가오면서 슬슬 분지 특유의 후텁지근한 더위가 시작되었고, 석류의 짙은 녹색 이파리는 반짝반짝했으며, 진홍색 꽃은 태양빛을 받아 활짝 피어났다. 포도밭의 청포도알도 날이 갈수록 탱글탱글 영글며 조금씩 묵직하고 길쭉한 포도송이를 만들어 갈 즈음, 별안간 고후시가 발칵 뒤집혔다. 중소도시를 겨냥한 연합군의 공습이 시작될 것이며, 고후도 곧 불탈 거라는 소문이 도시 전체에 파다했다. 시민들은 공포에 떨며 차에 가재도구를 싣고 가족들을 태워 너도나도 깊은 산속으로 달아났는데, 그들의 발소리나 자동차 소리가 깊은 밤까지 끊이지 않고 들려왔다. 머지않아 고후도 폭격을 당할 거라고 각오는 하고 있었지만, 오랜만에 방공복을 벗고 잠을 자면서 겨우 한시름 놓나 싶던 차에, 또 처자식을 데리고 짐수레를 끌며 산속의 모르는 사람 집으로 신세를 지러 떠나야 한다니, 생각만 해도 고생스러웠다.

힘을 내보자. 소이탄[1]이 떨어지기 시작하면, 집사람이 등에는 작은 아이를 업고, 딸아인 벌써 다섯 살이라 혼자서도 잘 걸으니까, 손에는 큰 아이를 잡아끌며, 셋이서 마을 외곽에 있는 논으로 도망가는 거다.

1_ 가연성 물질을 섞은 포탄.

처제하고 나는 집에 남아서 할 수 있는 데까지 최선을 다해 화마와 싸워서 이 집을 지켜보겠다. 타버릴 테면 타버리라지. 다 같이 힘을 합쳐서 잿더미 위에 오두막이라도 지어 열심히 살면 되지 않겠어?

내가 그렇게 제안했더니 가족들은 일단 내 말에 따르겠다면서, 땅에 구멍을 파서 식량은 물론, 냄비, 솥, 그릇 같은 부엌살림과 우산이나 신발, 화장품, 거울, 그리고 실, 바늘까지 한데 그러모아 묻기로 했다. 집이 홀딱 타버리더라도, 당장에 비참한 꼴은 면할 수 있도록 최소한의 필수품들을 챙기려는 것이었다.

"이것도 묻어주세요."

다섯 살짜리 딸아이가 자기가 쓰던 빨간 게다를 가지고 왔다.

"오, 그래, 그러자." 그것을 받아서 구멍 속에 쑤셔 넣는데, 문득 누군가의 장례를 치러주는 기분이 들었다.

"드디어 우리 가족도 한마음이 되어가네요."

처제가 말했다.

그것은 처제에게 있어 멸망 직전의, 기묘하고 아스라한 행복감이었는지도 모른다. 그로부터 네댓새도 지나지 않아 집이 잿더미가 됐다. 내가 예상한 것보다 한 달이나 빨랐다.

공습이 있기 열흘쯤 전부터 아이들 둘이 나란히 눈에 문제가 생겨서 병원에 다니고 있었다. 유행성 결막염이었다. 동생인 아들 녀석은 그렇게 심하지 않았는데, 누나인 딸아이가 날이 갈수록 점점 더 심해져, 공습이 있기 이삼일 전부터 완전히 실명 상태가 됐다. 눈꺼풀이 부어서 얼굴이 변해버렸는데, 손으로 억지로 눈꺼풀을 비집어 열어서 눈알이 어떤지 들여다보니, 마치 죽은 물고기 눈처럼 썩어가고 있었다. 어쩌면 단순한 결막염이 아니라 악성 세균에 감염된 것일 수도 있다는 걱정에 다른 의사에게도 검진을 받아보았지만, 마찬가지로 결막염 판정을 받았다. 완치되려면 시간이 꽤 걸리긴 해도 절망적인 상황은 아니라고 했다. 하지만 의사들의 오진은 자주 있는 일이다. 아니, 제대로 진단하는 것보다 오진이 더 많다. 나는 성격상 의사들이 하는 말을 곧이곧대로 믿지 못한다.

빨리 눈이 떠져야 할 텐데……. 술을 마셔도 취하지 않았다. 밖에서 술을 마시고 집으로 돌아오는 길에 모조리 게워낸 적도 있었다. 그런 날이면 길가에 서서 진지하게 두 손을 모아 빌었다. 집에 가면 딸아이 눈이 깨끗이 나아 있게 해주십시오. 집으로 들어가니 딸아이의 순진한 노랫소리가 들려왔다. 아아, 다행이다! 눈을 떴구나! 신이 나서 방으로 달려 들어가 보면, 딸아이는 어스름한 방 한가운데 힘없이 서서 고개를 숙인 채 노래를 부르고 있다.

그냥 보고 있을 수가 없었다. 나는 그대로 다시 밖으로 나간다. 이 모든 것이 다 내 탓인 것만 같아서 견딜 수가 없다. 내가 가난뱅이인데다 술꾼인 탓에 자식이 장님이 되었다. 그동안 착실하고 평범하게 살아왔더라면 이런 불행이 닥치지는 않았을 텐데. 부모의 업보를 자식이 갚는다는 말은 이런 걸 두고 하는 말이구나. 벌이다. 만약 이 아이가 이대로 평생 눈을 뜨지 못한다면, 문학이고 명예고 다 필요 없다. 모조리 단념하고 이 아이 곁에만 붙어 있겠다.

"우리 아기, 발가락은 어디 있나? 손가락은 어디 있나?"

기분이 좋을 때는 손으로 앞을 더듬으며 남동생과 노는 딸아이를 보면서, 만약 이런 상황에 공습이 시작되면 어쩌나 하는 걱정에 등골이 오싹했다. 집사람은 어린 아들을, 나는 이 아이를 등에 업고 도망가는 수밖에 없겠지만, 그렇다고 처제 혼자서 이 집을 지키게 할 수도 없는 노릇이다. 처제 역시 달아나지 않으면 안 될 터였다. 이 집은 불이 붙은 채 버려질 것이다. 거기다 도쿄에서 있었던 일을 보더라도, 연합군 공군기의 공격으로 고후시 전체가 불탈 것을 각오해야 한다. 이 아이가 다니고 있는 병원도 불타버릴 게 뻔하다. 다른 병원도 마찬가지, 일단 고후에는 의사가 없어지는 것이다. 그렇게 되면 이 아이는 앞을 못 보는 채 치료도 못 받을 텐데, 그때는 어떻게 하나. 이제 다 틀렸다.

"다른 건 다 괜찮은데 말이야. 공습이 딱 한 달만 뒤로 미뤄진다면, 더는 바랄 게 없겠어."

저녁 식사 시간에 웃으면서 가족들에게 그런 소리를 했던 바로 그날 밤, 공습경보와 함께 엄청난 폭음이 들리면서 순식간에 사방이 밝아졌다. 소이탄 공격이 시작된 것이다. 쨍그랑, 쨍그랑, 처제가 툇마루 앞 작은 연못에 식기류를 던지는 소리가 났다.

설마 했는데 최악의 순간에 습격이 시작된 것이다. 나는 눈먼 아이를 등에 업었다. 집사람은 막내아들을 업고, 각각 이불을 한 장씩 뒤집어쓴 다음 냅다 달렸다. 중간중간 두세 번쯤 길가 시궁창으로 대피해가며 10정[1.1km] 정도 달려서 겨우 논밭이 있는 데까지 왔다. 가을걷이를 막 끝낸 보리밭에 주저앉아 이불을 덮어쓰고 한숨 돌리고 있는데, 바로 머리 위에서 휘이익 하고 불비가 내렸다.

"이불 덮어!"

나는 집사람에게 소리치며, 나도 아이를 업은 채 이불을 뒤집어쓰고 밭에 바짝 엎드렸다. 직격탄을 맞으면 아프겠지 하는 생각이 들었다.

직격탄을 맞지는 않았다. 이불을 젖히고 상반신을 일으켜보니 주위가 온통 불바다였다.

"어이, 일어나서 불 꺼! 불 끄라고!" 나는 집사람한테 뿐만 아니라

주변에 엎드리고 있던 사람들 모두에게 들리도록 크게 소리를 지르며, 덮어쓰고 있던 이불로 주변에 붙은 불을 차근차근 끄기 시작했다. 재미가 붙을 정도로 불이 잘 꺼졌다. 등 뒤의 딸아이는 앞이 안 보이는데도 뭔가 심상치 않은 기운을 느꼈는지, 울지도 않고 아버지 어깨를 꼭 붙들고 있었다.

"어디 다친 데는 없어?"

불길이 대충 가라앉은 뒤 나는 집사람 곁으로 다가가 물었다.

"예." 집사람이 차분하게 답했다. "이 정도로 끝난다면 다행일 텐데요."

집사람은 소이탄보다 폭탄이 더 두려운 모양이었다.

다른 밭으로 옮겨서 한숨 돌리고 있는데, 또 머리 위로 불비가 내렸다. 이상한 표현이지만, 살아 있는 인간에게는 약간의 신성함이라는 것이 있는 모양인지, 우리뿐만 아니라 그 밭으로 도망쳐 온 사람들 모두, 아무도 화상을 입지 않았다. 각자 근처 땅에서 타오르고 있는 끈적끈적한 기름 덩어리 같은 것에 이불이나 흙 등을 덮어씌워 불을 끄고는 또 한숨을 돌렸다.

처제는 내일 우리가 먹을 식량 걱정에, 고후시에서 십오 리[6km] 정도 떨어진 숲속의 먼 친척 집을 향해 길을 떠났다. 우리 네 식구는 이불 한 장을 땅 위에 깔고, 다른 한 장을 다 같이 뒤집어쓰고는, 우선 거기 잠시 머무르기로 했다. 그 지경이 되고 보니 나도 고됐다. 더 이상은 아이를 등에 업고 이리저리 도망 다니고 싶지 않았다. 아이들은 벌써 이불 위에 곤히 잠들어 있었다. 부모들은 그저 화염에 휩싸인 고후시를 멍하니 바라보고 있었다. 비행기의 폭음도 잦아들었다.

"슬슬 끝나가나 보네요."

"그런가 봐. 어휴, 이제 그만 좀 했으면 좋겠군."

"우리 집도 다 탔겠지요?"

"글쎄, 어떻게 됐을까? 남아 있으면 좋을 텐데."

다 글렀다 싶으면서도, 혹시나 기적적으로 집이 그대로 있으면 얼마나 좋을까 싶었다.

"그럴 리 없을 거야."

"그렇겠지요."

하지만 실낱같은 희망을 버릴 수가 없었다.

바로 눈앞에 농가 한 채가 활활 타오르고 있었다. 한번 타기 시작해서 다 타 없어질 때까지, 참으로 오랜 시간이 걸렸다. 지붕이나 기둥과 함께 그 집의 역사도 불타 없어지고 있었다.

희뿌옇게 날이 밝아 왔다.

우리는 아이들을 등에 업고, 화재를 모면한 마을 외곽의 국민학교[2]로 가, 건물 2층 교실에서 휴식을 취했다. 아이들도 차츰 눈을 떴다. 눈을 떴다는 건 잠을 깼다는 뜻일 뿐 딸아이의 눈은 여전히 감겨 있었다. 앞을 더듬거리며 교단 위를 기어 다녔다. 자기 처지가 어떻게 변했는지에 대해서는 전혀 깨닫지 못하는 눈치였다.

나는 집사람과 아이들을 교실에 남겨두고, 우리 집이 어떻게 되었는지 살펴보기 위해 밖으로 나갔다. 길 양옆에 늘어선 집들이 아직 불타고 있던 탓에 뜨겁기도 하고 눈이 따갑기도 해서 앞으로 나아가기가 무척 고통스러웠지만, 이리저리 길을 바꿔가며 먼 길을 돌아 겨우 우리 동네에 다다를 수 있었다. 집이 그대로 남아 있다면 얼마나 좋을까. 아니, 하지만

2_ 전쟁이 시작되면서 초기 교육을 통해 국민을 단합시키기 위해 설립한 초등교육 기관으로, 국가주의적 색채가 짙었다.

그건, 있을 수 없는 일이다. 희망을 품어서는 안 된다. 나 자신을 그렇게 타일렀지만, 그래도 혹시나 하는 간절한 마음이, 머릿속에서 떠나질 않았다. 집 앞에 시커먼 나무 울타리가 보였다.

우와, 남아 있다.

하지만 나무 울타리뿐이었다. 안쪽에 있던 집은 완전히 다 타버렸다. 얼굴이 새까매진 처제가 잿더미 위에 서 있었다.

"형부, 애들은요?"

"무사해."

"어디 있어요?"

"학교에."

"주먹밥이 있어요. 정신없이 걸어가서 식량을 얻어 왔어요."

"고마워."

"힘을 내자고요. 왜 있잖아요, 우리가 땅속에 묻어뒀던 거요, 그건 거의 멀쩡한 것 같아요. 그것만 있으면 당분간은 불편 없이 지낼 수 있을 거예요."

"더 많이 묻어둘 걸 그랬어."

"괜찮아요. 그것만 있으면 앞으로 어디서 신세를 지건 어깨 펴고 살 수 있어요. 대성공이야. 제가 먹을 걸 가지고 학교에 다녀올 테니까, 형부는 여기서 좀 쉬고 계세요. 자요, 여기 주먹밥이요. 많이 드세요."

스물일고여덟 먹은 여자는 마흔 먹은 남자, 아니 그 이상으로 조숙한 데가 있다. 꽤나 침착하고 믿음직스러웠다. 서른일곱이나 먹어서도 제대로 하는 게 하나도 없는 형부는, 나무 울타리 일부를 떼어내 뒤쪽 밭 위에 깔고는, 그 위에 떡 하니 책상다리를 하고 앉아 처제가 놓고 간 주먹밥을 목구멍이 미어져라 쑤셔 넣었다. 이거야 원, 무능한 데다가 대책도 없다. 머리가 나쁜 건지 태평한 건지, 앞으로 우리 가족이 어떻게 살아가야 할지에 대해서도 거의 아무 생각이 없다. 한 가지 마음에 걸리는 것은 딸아이의 눈을 치료해줄 병원이었다. 대관절 앞으로 어떻게 치료를 해야 한단 말인가.

이윽고 집사람은 아들을 업고, 처제는 딸아이 손을 잡고, 잿더미가 된 집터로 왔다.

"걸어서 온 거니?"

나는 고개를 숙이고 있는 딸아이에게 물었다.

"응." 딸아이는 고개를 끄덕였다.

"그래? 대단하구나. 이 먼 데까지 걸어오느라 고생했어. 집은 다 타버렸단다."

"응." 또 고개를 끄덕였다.

"병원도 불타버렸어. 이 녀석 눈이 걱정이야."

나는 집사람을 보며 말했다.

"오늘 아침에 눈을 씻겨주긴 하셨어요."

"누가?"

"학교에 의사 선생님이 출장을 오신다고 하기에."

"그것참 잘됐네."

"근데 그게, 그냥 형식적으로 간호사분이 잠깐 보기만 하신 거라……."

"그랬군."

그날은 고후시 외곽에 있는 처제 학교 친구 집에서 신세를 지기로 했다. 집터 아래 구멍에서 파낸 식량이며 냄비 같은 것들을 다 같이 그 집으로 옮겼다. 나는 회심의 미소를 지으며 바지 주머니 속에서 회중시계를 꺼냈다.

"이걸 건졌어. 책상 위에 있길래 집을 뛰쳐나오면서 주머니 속에 쑤셔 넣었거든."

그것은 해군에 간 처남 것이었는데, 내가 빌려서 책상 위에 놓아두고 있었다.

"다행이네요." 처제가 웃으면서 말했다. "형부치고는 엄청나게 큰 공을 세우셨어요. 덕분에 우리 재산이 하나 늘었어요."

"그렇지?" 나는 약간 의기양양해져서, "시계가 없으면 여러모로 불편하다고. 자, 이거 시계란다."라고 하며 딸아이 손에 회중시계를 쥐여주었다. "귀에 대보렴. 똑딱똑딱 소리가 나지? 이렇게 앞 못 보는 아이들 장난감도 되고."

아이는 시계를 귀에 대고 고개를 갸웃하며 가만히 있더니, 잠시 후 툭 하고 떨어뜨렸다. 쨍 하는 날카로운 소리와 함께 시계 앞 유리가 잘게 깨졌다. 이제는 수리할 방법도 없다. 시계 유리 같은 걸 어디서 팔겠는가.

"저런, 이제 못쓰게 됐네."

나는 맥이 풀렸다.

"왜 그랬어." 처제는 낮게 혼잣말하듯 중얼거렸는데, 그래도 유일한 재산이라 할 만한 것이 순식간에 사라진 것에 대해 별반 신경을 안 쓰는 눈치여서, 나는 조금 마음이 놓였다.

그날 저녁은 그 집 뜰 구석에서 밥을 지어 먹고 다다미 여섯 장짜리 방에서 다 함께 일찍 잠이 들었는데, 집사람과 처제는 녹초가 되었으면서도 잠이 오지 않는 듯 나지막한 목소리로 앞으로 어떻게 살아야 할지를 상의했다.

"걱정할 것 없어. 다 함께 내 고향으로 가면 돼. 어떻게든 되겠지."

집사람과 처제는 입을 꾹 다물었다. 전부터 이 두 사람은 내가 하는 말이 별로 미덥지 않은 듯했다. 둘은 각자 다른 사념에 젖어 있는지, 아무 대답도 하지 않았다.

"아무래도 내가 하는 말이 그다지 미덥지 못한 모양이네." 내가 쓴웃음을 지으며 말했다. "하지만 제발 부탁이니 이번만큼은 내가 하자는 대로 하게 해줘."

처제는 어둠 속에서 킥킥거렸다. 내가 그런 말을 해도 딱히 마음이 동하지 않는 것 같았다. 그러더니 곧 집사람하고 다른 일에 대해 소곤소곤 의논을 하기 시작했다.

"그렇담 뭐, 알아서들 해." 나도 웃으며 말했다. "내 말을 믿어주질 않으니 답답하네."

"그야 그렇지요." 갑자기 집사람이 정색을 하며 말했다. "당신이 하는 말은 늘 진심인지 농담인지 분간이 안 간단 말이에요. 믿음이 안 가는 게 당연하지요. 이런 상황에서도 술 마실 생각만 하고 계실 거 아니에요."

"설마, 그 정도는 아냐."

"하지만 오늘 밤에 술이 있었다면 드셨을 거잖아요."

"그거야, 마실……지도 모르지."

어쨌거나 두 사람은 더는 이 집에 신세를 질 수 없으니, 내일 다른 집을 찾아보자고 결론짓는 것 같았다. 이튿날 집 아래 구멍에서 파낸 물건들을 커다란 수레에 싣고, 처제가 아는 다른 지인 댁으로 갔다. 그 집은 꽤 넓었는데, 쉰 정도 되는 그 집 주인도 인품이 상당히 좋아 보였다. 우리는 그 집 안쪽에 다다미 열 장짜리 방을 빌릴 수 있었다.

병원도 찾았다.

현립 병원이 불에 탄 뒤, 피해가 없는 교외의 다른 건물로 이전했다는 소식을 그 댁 부인에게서 전해 들은 나와 아내는, 아이들을 하나씩 업고서 곤장 집을 나섰다. 뽕밭을 가로질러 지름길로 가면 십 분 만에 닿을 수 있는 산기슭에, 현립 병원이 있었다.

안과 의사는 여의사였다.

“딸애가 눈을 전혀 못 뜹니다. 지금 제 고향으로 갈까 생각하고 있는데요, 오랜 열차 여행에 이 아이 눈이 더 악화되면 어쩌나 걱정입니다. 우선 이 아이 눈이 나아지지 않으면 어디도 갈 수가 없는 상황이라 이러지도 저러지도 못하고 있거든요.” 나는 흐르는 땀을 훔치며 쉬지 않고 딸아이의 증상을 호소하면서, 의사 선생님의 치료가 얼마나 절실한지 조금이라도 더 전해보려 애썼다.

여의사는 가볍게,

“걱정 마세요. 금방 눈을 뜰 겁니다.” 하고 말했다.

“그럴까요?”

“안구는 손상되지 않았으니, 한 사오일만 병원에 다니시면 여행도 갈 수 있을 겁니다.”

“주사 같은 건……,” 집사람이 옆에서 끼어들며 “없나요?” 하고 물었다.

“있긴 있는데요.”

“꼭 좀 부탁드리겠습니다.” 아내는 정중히 고개 숙여 인사를 했다.

주사가 효과가 있었는지, 아니면 병이 나을 때가 되어서 자연히 그리되었는지, 그 병원에 다닌 지 이틀째 되는 오후에 딸아이가 눈을 떴다.

나는 마냥 '다행이다, 다행이야'를 연발하며, 딸아이에게 재만 남은 집터를 보여주러 갔다.

"이것 봐, 집이 다 타버렸지?"

"응, 다 탔네." 아이는 미소 지었다.

"토끼도, 신발도, 오다기리 씨네도, 치노 씨네도 다 타버렸단다."

"응, 다 타버렸네."라고 하며 연신 미소 지었다.

たずねびと

사람을 찾습니다

太宰治

「사람을 찾습니다」

1946년 11월, 『동북문학東北文学』 소설란에 발표되었다. 이 잡지는 아오모리 센다이시의 주요 신문사인 가호쿠신보사에서 발행하는 문예잡지로, 〈가호쿠신보〉는 『판도라의 상자』를 연재하던 신문사이기도 하다.

다자이가 부인과 어린아이들을 데리고 고향 쓰가루로 피난 가는 도중에 겪었던 비참한 일화를 그렸다.

잡지 『동북문학』의 귀중한 지면 한구석을 빌려 이 말씀을 전하고자 합니다. 다른 잡지도 아니고 『동북문학』의 지면을 빌리게 된 데는 다음과 같은 이유가 있습니다.

『동북문학』이라는 잡지는 아시다시피 센다이 가호쿠신보사에서 발행되고 있습니다. 물론 관동 관서 시코쿠 규슈 등지의 가판대에도 놓여 있겠지만, 이 잡지의 주요 독자는 아무래도 동북지방, 그중에서도 센다이 부근에 사시는 분들이 아닐까 합니다.

그러리라 믿으며 문학잡지 『동북문학』의 한쪽 구석을 빌려 이 말씀을 전하고자 합니다.

실은 만나고 싶은 사람이 있습니다. 이름도 주소도 모르지만, 분명 센다이시 아니면 그 근처에 사는 분이 아닌가 싶습니다. 여자분입니다.

센다이시에서 발행되는 『동북문학』이라는 잡지 한구석에 저의 보잘것없는 수기를 싣자고 마음먹은 것도, 그분이 센다이시나 그 근처에 살고 있을 것 같아서, 잘하면 제 수기가 그분 눈에 들지 않을까, 혹은 그분이 못 본다 하더라도 그분을 아는 분이 읽고 전해 주지 않을까, 그런 만에 하나 있을지도 모르는 요행을 기대하며……, 아니지 아니야,

그건 힘들어, 어떻게 그런 일이 있겠습니까, 그건 아니죠, 있을 수 없는 일이라는 건 잘 알고 있지만, 저는 바로 그 있을 수 없는 일이 일어나기를 바라며, 이 글을 씁니다.

"아가씨, 그때는 정말 감사했습니다. 그때 그 거지가 바로 접니다."

이 말이 그 여자분의 귀에 들어가게 될 확률은, 아마도 한 용사의 죽음을 애도하기 위해 비행기를 타고 그가 잠들어 있는 전쟁터 상공에서 꽃 한 다발을 던진다 해도, 그 꽃다발이 용사의 뼈가 묻혀 있는 곳 근처에도 닿지 못하고, 아무런 상관도 없는 산속 독수리 집 위에 풀썩 떨어져서 애꿎은 새끼 독수리들을 깜짝 놀라게 만든다거나, 아니면 허무하게 바다 파도에 휩쓸려 둥둥 떠내려가게 되는 것과 같을 것입니다. 결국 이 글은 그녀의 눈에 띄고 안 띄고를 떠나서, 그 말 혹은 그 꽃다발을 던진 당사자의 속마음이 후련해지기만 하면 된다는, 순전히 자기만족을 위한 행동에 불과하다는 생각이 들기도 하지만, 그래도 저는 이 말을 꼭 하고 싶습니다.

"아가씨, 그때는 정말 감사했습니다. 그때 그 거지가 바로 접니다."

쇼와 20년[1945년] 7월 말, 우리 네 식구는 우에노역에서 열차에 몸을 실었습니다. 도쿄 집이 폭격을 당해 고후로 피난을 갔지만, 곧 고후 집도 불타버렸습니다. 그런데도 전쟁이 끝나려면 아직 한참 멀었다고 하기에, 어차피 죽을 바에야 고향에서 죽는 게 귀찮을 일도 없고 좋다고 생각했습니다. 저는 제 아내와 다섯 살 난 딸, 그리고 두 살배기 아들을 데리고 고후를 떠났습니다. 원래는 그날 안에 도쿄에서 아오모리로 향하는 급행열차를 탈 생각이었는데, 공습경보가 울리는 바람에 우에노역에 모여 있던 수천 명의 여행객들이 눈에 불을 켜고 미친 듯이 달려들어서, 어린 아이들을 안고 있던 우리는 이리 치이고 저리 치이며 험한 꼴을 당했습니다. 그러는 통에 그 급행열차를 놓쳤고, 결국 그날은 우에노역 개찰구 옆에서 노숙을 하게 되었습니다. 그날 밤 달빛은 유난히 밝았습니다. 깊은 밤, 저는 혼자 밖으로 나가 보았습니다. 그 근처도 다 타버리고 재만 남아 있었습니다. 저는 우에노 공원 앞 돌계단을 올라, 사이고 다카모리 동상 근처에 서서 아사쿠사 쪽을 바라보았습니다. 마치 호수 밑바닥에 자라 있는 한 무더기 수초를 바라보고 있는 듯한 기분이었습니다. 이것이 내가 보는 도쿄의 마지막 풍경이다, 십오 년 전 혼고에 있는 학교에 들어간 이래, 이제껏 쭉 나를 길러주던 도쿄라는 도시의 마지막 풍경이다. 그런 생각을 하니 마음이 싱숭생숭했습니다. 이튿날 아침, 우에노역에서 제일 빨리 출발하는 열차를 타기로 했습니다. 어디로 가는 열차건 상관없다, 오십 리, 육십 리라도 북으로 가는 열차면 된다. 그런 생각으로 우에노역 첫차인 새벽 5시 10분발 시라카와행 열차에 올랐습니다. 금세 시라카와에 도착했습니다. 거기서 내린 우리는 시라카와에서 다시 오십 리, 육십 리라도 북으로 가는 열차를 잡아타기로 했습니다. 오후 한 시 반쯤 고고타행 열차가 시라카와역으로 들어서기에, 우리 네 식구는 그 열차 창문으로 기어들어 갔습니다. 먼젓번 열차와는 달리 어마어마하게 붐볐습니다. 게다가 푹푹 찌게 더워서 아내의 풀어헤친 가슴에 안겨 있던 두 살배기 아들이 자지러지게 울어댔습니다. 막내는 엄마의 영양 상태가 좋지 못했던 탓에 태어날 때부터 몸이 작고 허약했는데, 젖까지 부족하니 그 후 발육상태도 시원찮아 겨우겨우 살아 꿈틀거리고 있는 정도였습니다. 다섯 살 난 딸아이도 몸은 그런대로 튼튼했지만, 고후 집이 불타기 며칠 전부터 결막염에 걸려서 공습 당시에는 완전히 앞을 못 보는 상태가 되었습니다. 저는 그 아이를 들쳐업고 비처럼 쏟아지는 화염 속을 이리저리 도망 다녔습니다. 화재를 모면한 병원을 찾아가 치료를 받으며 3주 정도 고후에서 우물쭈물하다가 겨우 아이가 눈을 떠서, 우리도 아이들을 데리고 고후를 떠날 수 있었던 것입니다. 그래도 여전히 밤이 되면 아이의 눈이 염증으로 꽉 막혔고 아침이 되어도 떠지질 않았는데, 의사에게 받아온 붕산수로 눈을 씻겨주고 안약을 넣어주고 나서야 다시 눈을 뜨는 식이었습니다. 그날 아침, 우에노역에서 열차를 타려고 했을 때도 아이가 좀처럼 눈을 뜨지 못해서 제가 억지로 눈꺼풀을 들어 올렸더니, 피가 뚝뚝 떨어졌습니다.

그러니까 우리 일행은, 더러운 셔츠에 빛바랜 남색 무명바지에다 각반을 대충 둘둘 말고 작업화를 신은 채 쑥대머리에 모자도 쓰지 않은 아버지, 헝클어진 머리에 얼굴 여기저기 검댕이 묻어 초라하기 그지없는 몸뻬 차림으로 가슴을 풀어 헤친 어머니, 그리고 눈병이 걸린 여자아이와 자지러지게 울어 젖히는 빼빼 마른 남자아이였으니, 거지 가족이 따로 없었습니다.

막내가 끊임없이 앙앙 울어대니 아내가 아이 입에 젖을 물리려고 했지만, 아이는 어차피 젖이 한 방울도 안 나온다는 걸 알고 있기라도 하다는 듯이, 고개를 돌리고 몸을 뒤로 젖히며 더욱 크게 울어댔습니다. 가까이 서 있던 다른 아기엄마가 보다 못한 나머지,

"젖이 안 나오시는 거예요?"

하고 아내에게 말을 걸었습니다.

"잠깐만 저한테 줘 보세요. 저는 또 젖이 남아돌아서요."

아내는 울부짖는 아이를 그 부인에게 건넸습니다. 부인한테서는 젖이 잘 나오는지 아이는 금세 울음을 그쳤습니다.

"아유, 얌전한 아기네요. 젖을 빠는 것도 품위가 있어요."

"아녜요. 힘이 약해서 그래 보이는 거죠."

아내가 그렇게 말하자 그 부인도 서글픈 표정으로 살짝 웃더니,

"우리 아이는 어찌나 쭉쭉 빨아대는지 아파서 죽을 지경인데, 아드님은 저를 배려해주려고 그러나 봐요."

허약한 아기는 제 엄마도 아닌 낯선 사람의 젖을 물고 쌔근쌔근 잠이 들었습니다.

열차는 고오리야마역에 도착했습니다. 역은 지금 막 폭격을 당했는지 화약 냄새 같은 것이 났고, 무너진 역 건물에서 누런 모래 먼지가 자욱하게 피어올랐습니다.

마침 동북 지방이 한창 공습을 당하던 때라 센다이도 이미 반쯤 불탄 상태였습니다. 우리가 우에노역 콘크리트 위에서 선잠을 잤던 밤에 아오모리시에 소이탄 공격이 있었는지, 북으로 갈수록 여기도 당했다 저기도 당했다는 소문이 들려왔습니다. 특히 아오모리 지역 피해가 꽤 커서, 아오모리현 교통 전체가 마비되었다는 과장된 말을 사실인 양 퍼트리고 다니는 사람도 있어서, 언제쯤이면 쓰가루 고향집에 도착할 수 있을까 암담하기만 했습니다.

후쿠시마를 지날 즈음부터 객차가 조금씩 한산해지기 시작하더니, 그제야 우리도 자리에 앉을 수 있게 되었습니다. 겨우 한시름 놓고 있는데, 이번에는 식량에 대한 불안감이 저희를 사로잡았습니다. 사흘쯤 먹을 양의 주먹밥을 가져오긴 했지만, 극심한 무더위에 밥알이 낫또처럼 끈적거려서 입에 넣고 씹어도 목구멍으로 넘어가질 않았습니다. 막내는 분유를 녹여 먹였는데, 분유를 녹이려면 따뜻한 물이 필요했기 때문에 잠깐 쉬는 역에 내려 역장에게 사정 이야기를 하고 따뜻한 물을 얻어 분유를 만들었고, 열차 안에서는 부드러운 찐빵을 조금씩 먹여주곤

했습니다. 그런데 찐빵도 이미 겉껍질이 미끈미끈해져서 다 버려야 했습니다. 그 밖의 먹을 것은 볶은 콩밖에 없었습니다. 수중에 있는 약간의 쌀은 앞으로 어디든 역에 내리면 숙소에서 밥하고 바꿀 때 도움이 될지도 몰랐지만, 오늘 당장 먹을 것이 없었습니다.

엄마 아빠는 볶은 콩을 갉아먹으며 물을 마셔도 하루 이틀은 견딜 수 있겠지만, 다섯 살짜리 딸아이와 두 살 된 아들은 차마 눈 뜨고 볼 수 없는 상황이 될 것이 뻔했습니다. 아들은 조금 전 얻어먹은 모유 덕분에 꾸벅꾸벅 졸고 있었지만, 딸아이는 이미 볶은 콩에도 질려 옆자리 다른 사람들이 도시락을 먹고 있는 모습을 뚫어져라 노려보면서 점점 더 비참한 꼴이 되어가고 있었습니다.

아아, 인간은, 음식을 먹지 않으면 살아갈 수 없으니, 이 얼마나 초라한 존재인지요. "있잖아, 전쟁이 더 치열해져서 주먹밥 한 개도 서로 뺏으려 들지 않고서는 목숨을 이어갈 수 없는 지경이 된다면, 나는 그냥 살아남기를 포기하겠어. 주먹밥 쟁탈전에 참가할 권리는 포기할 생각이야. 안타깝지만 그때는 당신도 아이들과 함께 죽을 각오를 해야 해. 그나마 그것이 지금 내게 남은 유일한 자존심이니까." 아내에게 미리 그런 선언을 했었는데, '그때'가 바로 지금이라는 생각이 들었습니다.

그저 멍하니 창밖만 내다보고 있을 뿐 이렇다 할 묘안이 떠오르지 않았습니다. 어느 작은 역에서 한 아주머니가 복숭아와 토마토가 가득 담긴 바구니를 늘어뜨리고 열차에 올랐습니다.

아주머니는 순식간에 승객들에게 둘러싸였는데, 사람들이 그녀에게 뭔가 속닥속닥 말을 건넸습니다. 아주머니는 기가 센 사람인 것 같았는데, "안 돼요!" 하고 짜랑짜랑한 목소리로 거절을 하고는 "파는 거 아니에요. 좀 지나갑시다. 걸을 수가 없잖아!"라고 소리를 지르며 인파를 헤치고 똑바로 우리 쪽으로 걸어와 제 옆에 앉았습니다. 그때 제 기분이 참 묘했습니다. 저는 제가 여자들 심리에 통달한 일종의 색마가 아닐까 하는 착각마저 들어서 기분이 나빴습니다. 허름한 옷에 거지꼴을 하고 아이 둘을 데리고 다니는 색마도 없겠지만, 그래도 제게는 어렴풋이 사람 마음을 밀고 당길 줄 아는 재주가 있었습니다. 다른 승객들이 그 과일 바구니를 노리고 모여드느라 소란을 피우는 동안에도, 저는 그것에 전혀 관심이 없다는 듯 멍하니 바깥 풍경만 내다보고 있었습니다. 속으로는 여기 있는 누구보다 바구니 속 내용물에 관심이 많았지만, 꾹 참고 그쪽으로는 눈길도 주지 않았습니다. 작전이 성공한 건지도 모르겠다는 생각이 들자, 어쩐지 제게 의외로 난봉꾼 기질이 있다 싶어 마음이 찝찝했습니다.

"어디까지 가요?"

아주머니는 조급한 말투로 제 앞에 앉아 있던 아내에게 말을 걸었습니다.

"아오모리보다 더 위쪽이요."

아내는 퉁명스럽게 대답했습니다.

"거 참, 고생이 많네. 피난 가는 건가요?"

"네."

아내는 원래 말이 없는 여자입니다.

"어디서 오는 길인데요?"

"고후요."

"아이들을 데리고 다니느라 힘들겠어. 좀 드시겠어요?"

아주머니는 열 개쯤 되는 복숭아와 토마토를 재빨리 아내의 무릎 위에 올려놓았습니다.

"감춰요. 다른 놈들이 시끄럽게 굴 테니까."

아니나 다를까 한 남자가 한 손에 커다란 지폐를 쥐고 나타나서는 그걸 슬며시 아주머니에게 들이밀며, "몇 개라도 좋으니 나한테 좀 파시오." 하고 속삭였습니다.

"시끄러워요."

아주머니는 인상을 쓰며,

"파는 거 아니라니까."

하고 소리를 지르면서 남자를 쫓아냈습니다.

그런데 잠시 후 아내가 괜한 짓을 했습니다. 갑자기 그 아주머니에게 돈을 쥐여주려 한 것입니다. 그랬더니 곧,

어머!

안돼요!

됐어요!

어서!

싫어요!

등등 대부분 제대로 된 말이라고도 할 수 없는 작은 감탄사들이 두 사람 입에서 교대로 팡팡 터져 나왔고, 그 사이에 눈에 보이지도 않을 만큼 빠른 속도로 돈이 이쪽저쪽으로 왔다 갔다 했습니다.

사람의 도리죠!

아주머니의 입에서 분명 그런 말이 튀어나왔던 것 같습니다.

"그러는 건 실례잖소."

저는 아내를 타이르듯 말했습니다.

이렇게 쓰고 보니 장황해졌는데, 아내가 돈을 꺼낸 뒤 팡팡 불꽃이

뛰고, 거기서 제가 중재에 나서서 아내가 마지못해 돈을 집어넣기까지는 5초도 걸리지 않았을 겁니다. 정말이지 전광석화처럼 순식간에 일어난 일이었습니다.

파는 물건이 아니라고는 했지만, 제가 보기에 그건 열차 안에서 팔기 싫었던 것뿐이지 상인임은 분명해 보였습니다. 자기 집까지 가져가서 그걸 어떤 사람에게 넘겨줄 작정인지는 몰라도, 어쨌든 '팔 물건'임은 틀림없어 보였습니다. 하지만 우리는 아주머니에게서 사람의 도리라는 갸륵한 말을 듣는 순간, 더 이상 그분을 물건 파는 사람으로 대할 수가 없었습니다.

사람의 도리.

물론 아주머니의 그 마음을 기쁘고 감사히 여겨야 하겠지만, 마음 한구석으로는 다소 난처한 마음도 있었습니다.

사람의 도리.

저는 뭐라고 감사의 인사를 해야 할지 모르겠더군요. 생각 끝에 제가 지금 가지고 있는 것 가운데 가장 소중한 것을 선물하기로 했습니다. 제게는 스무 개비 정도 되는 담배가 있었습니다. 저는 그중 열 개비를 아주머니에게 드렸습니다.

아주머니는 돈을 드릴 때만큼 완강히 거절하지는 않으셨습니다. 저는 그제야 마음이 놓였습니다. 아주머니는 센다이 조금 못 가 작은 역에서 내리셨습니다. 아주머니가 내리고 나서 저는 아내를 돌아보고 쓴웃음을 지으며,

"사람의 도리라니, 깜짝 놀랐어."

하고 은혜를 베풀어준 사람을 놀리듯 속삭였습니다. 거지가 부려보는 오기랄까 허영이랄까, 미제 오징어 통조림 맛을 두고 수군거리는 것과

같은 심리였습니다. 정말이지 구제불능입니다.

우리의 계획은 어쨌거나 이 열차의 종착역인 고고타까지 가는 것이었습니다. 도호쿠 본선을 타면 아오모리시보다 훨씬 전에 내려야 한다는 소문도 있었고, 그 혼잡한 본선 열차 안으로 식구 넷이 함께 들어갈 자신도 없었기 때문에, 방향을 바꿔서 고고타에서 일본해 쪽으로 가기로 했습니다. 그러니까 고고타에서 리쿠선으로 갈아타고 야마가타현 신조로 갔다가, 거기서 오우선을 타고 북쪽으로 올라가서 고쇼가와라역에서 내린 뒤 고노선으로 갈아타기로 한 것입니다. 말하자면 아오모리현 뒤꽁무니로 들어가 고쇼가와라역에서 내린 후 쓰가루 철도로 갈아타고 제가 태어난 고향인 가나기라는 마을로 갈 계획이었습니다. 생각하니 앞길이 막막했습니다. 빨라야 사흘 밤낮이 꼬박 걸리는 여정이었으니까요. 토마토와 복숭아를 나눠주신 아주머니 덕분에 그걸로 오늘 하루 딸아이 식사는 해결되었지만, 막내가 당장이라도 눈을 떠서 또 젖을 달라고 울기 시작하면 어쩌나 걱정이었습니다. 고고타까지 아직 네 시간은 더 가야 할 텐데. 고고타에 내리면 밤 열 시 남짓 될 테고, 우유를 만들거나 죽을 데우기 위해 다른 사람의 도움을 청하기는 어려울 것 같았습니다.

센다이만 불타지 않았어도, 거기 아는 친구도 두세 명 있고, 중간에 내려서 어떻게든 부탁을 해볼 수 있었겠지만, 아시다시피 센다이시는 이미 절반 이상이 잿더미가 되어 사라졌다고 하니, 이 아이는 아아, 결국 굶어 죽을 게 뻔했습니다. 나도 서른일곱 해 동안 갖은 고생을 다 했다, 돌이켜보면 참 시시한 삼십칠 년이었다, 어쩌고저쩌고하면서 그야말로 미련한 생각의 파편들로 머리가 어지러웠습니다. 큰아이에게 복숭아를 깎아주고 있는데, 슬슬 잠에서 깨어난 막내가 보채기 시작했습니다.

"이제 아무것도 없지?"

"네."

"찐빵이라도 있으면 좋을 텐데."

제 절망적인 목소리에 응답하기라도 하듯이,

"저기, 찐빵이라면, 저한테 좀……."

하늘에서 그런 신비한 속삭임이 들려왔습니다.

부풀린 이야기가 아닙니다. 분명 제 머리 위에서 들렸습니다. 올려다보니 그때까지 쭉 제 뒤에 서 있었던 듯한 어떤 젊은 여자가, 그물 선반 위로 팔을 뻗어 하얀 천 가방을 꺼내려 하는 참이었습니다. 찐빵이 가득 든 것처럼 보이는 청결한 종이 꾸러미가 제 무릎 위에 놓였습니다. 저는 아무 말도 할 수 없었습니다.

"저기, 점심때 찐 거라 괜찮을 거예요. 그리고……, 이건 찰밥이에요. 그리고……, 이건 계란입니다."

계속해서 여러 개의 종이 꾸러미가 제 무릎 위에 쌓여갔습니다. 저는 잠자코 그저 멍하니 창밖만 내다보았습니다. 석양에 물든 숲이 붉게 타오르고 있었습니다. 열차가 멈춰 선 곳은 센다이역이었습니다.

"그럼 먼저 가볼게요. 귀염둥이 아가씨, 안녕."

여자분은 그렇게 말하며 제 옆에 있던 창문을 통해 재빨리 내렸습니다.

아내나 저나 고맙다는 말 한마디 할 겨를이 없었습니다.

그 사람을, 그 여자분을, 만나고 싶습니다. 나이는 스무 살 전후, 당시 입고 있던 옷은 하얀 반팔 셔츠에 잔무늬 바지였습니다.

만나서 이렇게 말하고 싶습니다. 일종의 미움을 담아 말하고 싶습니다.

"아가씨, 그때는 정말 감사했습니다. 그때 그 거지가, 바로 접니다."라고.

뜰庭

太宰治

「뜰」

1946년 1월, 『신소설』에 발표됐다. 공습을 피해 가족들과 함께 쓰가루 본가로 들어온1945년 7월 다자이가 자신과 전혀 다른 인생관을 가진 열한 살 위 큰형 쓰시마 분지津島文治(1898~1973)와 함께 살면서 겪은 소소한 마찰들을 소재로 한 작품이다. 정치가였던 분지는 다자이를 이해하지 못해 둘 사이에 종종 충돌이 있었는데, 그런 까닭에 그는 동생이 자살한 후 문호로 널리 이름을 알리게 되자 매우 당혹스러워했다고 한다.

도쿄 집이 폭격을 당한 뒤 고후시에 있는 처가로 옮겨 왔는데, 이번에는 그 집이 소이탄을 맞아 잿더미가 됐다. 나와 아내, 다섯 살 난 딸아이와 두 살배기 아들, 이렇게 네 식구는 내 고향 쓰가루로 갈 수밖에 없었다. 이미 아버지 어머니도 돌아가시고, 나보다 열 살 이상 많은 큰형이 고향집을 지키고 있었다. 그렇게 두 번이나 피난민 신세가 되기 전에 조금 더 일찍 고향으로 가지 그랬냐는 분들도 있겠지만, 이십 대 시절 오만 가지 사고를 치며 가족들 얼굴에 먹칠을 했던 내가, 이제 와서 뻔뻔스럽게 큰형 신세를 지겠다고 들어오는 것도 쉽지는 않았다. 하지만 두 번이나 집을 잃고 나니, 아직 어린아이 둘을 품에 안고 찾아갈 수 있는 곳은 어디에도 없었다. 뭐, 어떻게든 되겠지, 그런 심정으로 고향집에, '**잘 부 탁 함**'이라고 전보를 친 후 7월 말경 고후를 떠났다. 도중에 꽤나 여러 번 곤경에 처했지만, 어쨌든 꼬박 나흘 만에 겨우 쓰가루 고향집에 도달했다. 식구들은 모두 웃는 얼굴로 우리를 맞아 주었다. 내 밥상에는 술까지 곁들여져 나왔다.

하지만 이곳 혼슈 북단 마을에도 함재기[1]가 날아들어 맹렬히 폭탄을 퍼붓다 갔다. 나는 고향집에 온 이튿날부터 들판에 피난소를 세우는 일 같은 것을 도왔다.

그로부터 얼마 후, 라디오에서 그 방송이 흘러나왔다.

큰형은 다음 날부터 뜰로 나가 잡초를 뽑기 시작했다. 나도 도왔다.

"젊었을 때는 말이다," 형이 잡초를 뽑으며 말했다. "뜰에 잡초가 무성하게 자라 있는 것도 나름대로 멋이라고 생각했는데, 나이를 먹고 보니 잡초 한 가닥에도 신경이 거슬려."

그렇다면 나도 아직 젊은 축에 속하는 것일까? 잡초로 무성한 뜰이 싫지는 않다.

"하지만 이 정도 뜰도 항상 말끔하게 정돈하려면 하루도 빠짐없이 정원사를 불러야 해. 게다가 겨울이면 정원수에 거적 덧대는 것도 보통 힘든 일이 아니다."

"성가시겠네요." 더부살이 신세의 동생은 슬금슬금 눈치를 보며 맞장구를 친다.

형은 진지하게,

"옛날에는 가능했는데 지금은 일손도 없고, 하늘에서 폭탄이 떨어지는 마당에 정원사 타령할 상황이 아니지. 그래도 이 정도면 이 정원도 그렇게 엉망은 아니야."

"그렇지요." 동생은 정원 가꾸기에 별 취미가 없다. 잡초가 무성한 손질 안 된 뜰 따위를 아름답다고 생각하며 바라보고 있을 정도로 야만인이다.

형은 이 정원이 무슨 양식에 속하는지, 그 양식은 어디서부터 시작되었는지, 그리고 어디를 거쳐 쓰가루로 들어오게 되었는지 들려주었다.

1_ 항공모함에 싣고 다니는 항공기.

그러면서 자연스럽게 리큐[2]에 대한 이야기로 넘어갔다.

“너희는 어째서 리큐에 대한 이야기를 쓰지 않는 거냐. 괜찮은 소설이 될 것 같은데.”

“글쎄요.” 나는 애매모호하게 대답했다. 더부살이 동생도 소설 이야기가 나오면 전문가답게 다소 깐깐해진다.

“그는 꽤 훌륭한 인물이야.” 형은 내 반응에 개의치 않고 말을 이었다. “한때 세상을 호령하던 다이코[3]도 리큐에게는 언제나 한 방 먹곤 했지. 유자된장 이야기[4] 정도는 너도 알고 있겠지?”

“글쎄요.” 동생은 애매모호한 답변으로 일관한다.

“공부도 안 하는 놈이 무슨 선생이라고.” 형은 내가 아무것도 모른다고 확신한 모양인지 얼굴을 찡그리며 말했다. 형이 얼굴을 찡그리면 그렇게 무서울 수가 없다. 형은 내가 공부도 거의 하지 않고 책 한 권도 안 읽는 놈이라고 생각하는 것 같았다. 그리고 그것이 형이 내게 품고 있는 가장 큰 불만인 듯했다.

더부살이 동생은 이거 실수했구나 싶어 당황하여,

“하지만 저는 리큐를 별로 좋아하지 않습니다.” 하고 웃으며 말했다.

2_ 利休(1522~1591). 다도의 대가. 도요토미 히데요시에게 신임을 얻으면서 그를 보좌하기도 했으나, 조선 파병에 반발하는 등 히데요시에게 맞서면서 미움을 얻어 칩거당한 끝에 할복자살을 명받고 숨을 거둔다.

3_ 太閤. 통치권자의 후계자를 대신하여 섭정을 하던 직책을 이르는 말로, 도요토미 히데요시를 일컫는다.

4_ 어느 겨울날, 여행길에 우연히 친한 다도가의 집에 들른 리큐는 정원에서 갓 딴 유자로 만든 유자된장을 내오는 집주인의 소박함에 기뻐하고 있었는데, 뒤이어 당시로서는 손에 넣기 힘들었던 어묵이 나오는 것을 보고 인상이 바뀐다. 실은 집주인이 그날 리큐가 집에 들를 것을 미리 알고 갑작스레 방문한 여행객에게도 훌륭한 대접을 할 수 있다는 것을 자랑하려 했던 것이다. 일부러 리큐의 방문에 놀란 척하던 집주인의 허영에 실망한 리큐는 서둘러 그 자리를 뜬다.

"복잡한 사연이 있는 남자가 아니냐."

"그렇습니다. 하지만 이해가 안 가는 부분이 있어요. 다이코를 그토록 멸시하면서도 왜 그의 곁을 떠나지 않았던 건지, 그 점이 의뭉스럽습니다."

"그거야, 다이코한테 매력이 있었으니까 그랬겠지." 형은 그렇게 말하면서 어느 틈엔가 기분이 풀렸는지 술술 말을 이어나갔다. "인간으로서 누가 더 우위에 있는지는 쉬이 단정 지을 수 없어. 둘은 서로 필사적으로 싸웠지. 하나부터 열까지 영 딴판인 사람들이었으니까. 한쪽은 미천한 신분으로 태어나 품위도 없고 얼굴도 말 그대로 원숭이처럼 깡마르고 왜소한 남자였지. 배운 것도 없으면서 호화찬란하게 건축미술을 부흥시켜서 아즈치모모야마 시대의 번영을 이룩했어. 다른 한쪽은 꽤 유복한 집안에서 자라서 몸가짐도 당당하고 멋스러운 청년이었고 배운 것도 많았지만, 결국은 후자가 초가집 와비[5]의 세계에서 전자에 맞서 싸웠으니 재밌는 일이지."

"그래도 결국 리큐는 다이코의 신하잖습니까? 그래봐야 다도 담당 중[6]이지요. 승부는 이미 정해져 있던 거 아닐까요?" 나는 여전히 웃으며 말했다.

하지만 형은 조금도 웃지 않았다.

"다이코와 리큐의 관계는 그런 게 아니야. 리큐는 거의 제후에 맞먹는 힘을 가지고 있었고, 당시 인텔리의 대명사라 불리던 사람들은 배운

5_ 侘. 적적하다, 쓸쓸하다 등의 뜻을 지닌 와비시이侘しい에서 온 말로, 일본의 전통 미의식 가운데 하나인 '간소한 정취'를 뜻한다. 리큐 등이 다도에서 이 사상을 적극적으로 도입하여, 물건을 소유하지 않고 오직 마음가짐과 기술만으로 차를 다루는 '가난한 다도인'을 주창했다.
6_ 당시 다도를 맡아보던 사람들은 삭발을 했기 때문에 '차중'이라 불렸다.

것 없는 다이코보다는 우아함과 풍류를 고루 갖춘 리큐를 더 따랐어. 그러니 다이코도 질투를 할 수밖에 없었던 거지.”

남자란 참 이상한 존재라고, 나는 묵묵히 잡초를 뽑으며 생각했다. 대 정치가인 다이코가 풍류에서 리큐에게 졌다는 걸 웃어넘기지 못했다는 것인가. 남자란 그토록 뭐든지 다 이겨야만 속이 후련해지는 족속이란 말인가. 리큐도 그렇지, 자기가 모시는 주인을 한 방 먹이는 짓을 왜 하느냐는 말이다. 어차피 다이코 같은 인물이 풍류의 허무함을 알 턱이 없으니, 리큐도 홀연히 다이코 곁을 떠나서 바쇼처럼 여행을 즐기는 삶이라도 누렸다면 어땠을까. 다이코를 떠나지도 않고, 또 그 권력이 딱히 싫은 것도 아니어서, 항상 다이코 주변에 있으면서 그렇게 한 번씩 그를 곤란하게 만들거나, 반대로 자기가 곤경에 빠지면서 서로 필사적으로 다투고 있는 모습이, 내게는 그다지 와 닿지 않는다. 다이코가 그토록 매력적인 인물이었다면, 차라리 리큐가 다이코와 생사를 함께 하겠다는 순수한 애정 표현이라도 하는 게 좋았을 거라는 생각도 든다.

“사람을 감동시킬 만한 아름다운 장면이 없으니까요.” 내가 아직 어려서 그런지, 그런 장면이 없는 소설을 쓰는 것은 아무래도 마음에 내키질 않는다.

형이 웃었다. 아직도 나를 애송이라 여기는 듯했다.

“그건 아니야. 넌 아직 쓸 수 없을 거다. 어른들 세상을 더 연구하도록 해라. 아무튼 공부를 안 하는 선생이라니까.”

형은 포기했다는 듯이 일어서더니 뜰을 바라보았다. 나도 일어서서 뜰을 바라보았다.

“깔끔해졌네요.”

"으음."

리큐는 사양하겠다. 형 집에 더부살이를 하면서, 형을 한 방 먹이는 짓은 하고 싶지 않다. 서로 지지 않으려고 다투는 꼴이라니, 부끄러운 줄 알아야 한다. 내가 더부살이 신세라 이러는 게 아니다. 나는 이제까지 형과 경쟁하려든 적이 한 번도 없다. 승부는 이미 태어났을 때부터 정해져 있었다.

형은 요즘 무척 말랐다. 병에 걸렸기 때문이다. 그런데도 국회의원에 출마한다느니, 민선으로 지사가 될 거라느니, 온통 그런 소문이 나돌고 있다. 집안 식구들은 형의 몸 상태를 걱정하고 있다.

다양한 손님들이 집으로 찾아온다. 형은 한 사람 한 사람 2층 응접실로 안내해서 이야기를 들어주면서도, 힘들다는 말을 하지 않는다. 어제는 신나이부시[7]를 하는 여선생이 찾아왔다. 후지타유의 수제자라고 했다. 2층 금박 장지문이 있는 방에서 여선생이 형에게 신나이부시를 들려주었다. 나도 옆에서 들었다. 〈아케가라스〉와 〈가사네미우리〉 구절을 불렀다. 듣고 있는데 무릎이 저리고 다리가 아프면서 감기에 걸릴 것만 같았는데, 환자인 형은 아무렇지도 않은 듯 〈노치노마사유메〉와 〈란초〉도 불러달라고 했다. 다 끝나고 모두 응접실로 자리를 옮겼는데 그때 형이,

"때가 때인 만큼 당신 같은 사람이 시골에 틀어박혀 농사만 지어야 한다는 것이 딱하기는 하지만, 마음만 제대로 먹는다면 한두 해 샤미센에서 멀어진다 해도 기량이 떨어질 일은 없을 겁니다. 당신도 앞으로가 중요합니다. 이제부터가 시작이라고 생각합니다."

7_ 샤미센 반주의 이야기 곡.

하고, 자기는 완전히 아마추어이면서 도쿄에서도 유명한 그 여선생에게 주눅 드는 법 없이 당당하게 말했다.

'웬 참견?' 상대방이 그리 반문할 법한 상황이다.

형이 지금 존경하고 있는 일본의 문인은 가후[나가이 가후]와 준이치로[다니자키 준이치로]인 듯하다. 그리고 중국 수필가들의 작품을 즐겨 읽는다. 내일은 오청원[8]이 형을 보러 집에 들른다고 한다. 바둑 이야기가 아니라 잡다한 세상 이야기를 나눌 건가 보다.

형은 오늘 아침 일찍 일어나 뜰의 잡초를 뽑기 시작했다. 야만인 동생은 어제 신나이부시 공연을 보다가 감기에 걸린 것 같다. 사랑방 구석에서 화로를 끌어안고, 제초를 하고 있는 형을 도우러 가야하나 말아야 하나 고민하고 있는 모양새다. 의외로 오청원이라는 사람도 잡초가 무성하게 자라난 버려진 뜰을 나쁘지 않다고 생각하는 축이 아닐까? 그렇게 멋대로 나한테 유리한 상상이나 하고 있다.

8_ 중국출신 프로바둑기사(1914~). 1928년 가족이 일본으로 건너간 이래 일본에서 활동했으며, 기타니 미노루와의 경쟁에서 승리하여(1939~1941) 바둑계 일인자 자리에 올랐다.

太宰治

「부모라는 두 글자」

1946년 1월, 『신풍新風』(오사카 신문사의 도쿄지사에서 발행하던 월간잡지)에 발표됐다. 전쟁으로 딸을 잃고 그 보험금으로 살아가는 할아버지에게 연민의 정을 느끼는, 다자이의 휴머니티가 묻어나는 작품.

부모라는 두 글자라 문맹인 부모는 말하네. 이 센류[익살스런 한 줄 시]에는 슬픔이 묻어난다.

"어딜 가서 무얼 하든, 부모[おや]라는 두 글자만은 잊지 말아다오."

"아빠, 부모[親]는 한 글자야."

"글쎄, 한 글자든 세 글자든 말이다."

이렇게 가르쳐서는 안 된다.

그렇다고 내가 여기서 야나기다루[에도 시대 센류집] 해설 같은 걸 쓰려는 것은 아니다. 실은 얼마 전에 문맹인 어느 부모를 만나서, 문득 이런 센류가 떠올랐을 뿐이다.

전쟁으로 집을 잃어본 적이 있는 사람이라면 다들 경험이 있겠지만, 그런 일을 당하고 나면 우체국에 갈 일이 참 많아진다. 나는 두 번이나 집이 불타서 결국 쓰가루에 있는 형네 집에서 더부살이를 살게 되었는데, 간이보험이나 채권매각 따위의 볼일이 종종 생겨서 우체국을 찾아야 했다. 곧 센다이에 있는 한 신문사에 실연당한 남자 이야기를 다룬 『판도라의 상자』라는 소설을 연재하게 되면서, 관련 원고료나 전보 발송 같은 일로도 우체국에 갈 일이 빈번해졌다.

앞서 말한 문맹의 부모를 알게 된 곳도 우체국 대기실 의자에서였다.

"이보시오. 미안한데 이것 좀 적어주겠나."

그는 머뭇머뭇 말을 걸어왔지만, 어딘가 교활한 데가 있어 보이는, 얼굴도 몸집도 자그마한 노인이었다. 척 봐도 술꾼이었다. 나도 동지라 쉽게 알아볼 수 있었다. 얼굴이 창백하고 거칠었으며 코가 빨갰다.

나는 말 없이 고개를 끄덕이며 의자에서 일어나, 우체국에 비치된 기입용 테이블 쪽으로 갔다. 노인은 저금통장과 출금 용지(그는 이것을 돈 꺼내주는 종이라 불렀다), 그리고 도장, 이렇게 세 개를 보여주면서 적어달라고 했다. 나머지는 뻔했다.

"얼마요?"

"사십 엔."

나는 출금 용지에 사십 엔이라고 적어 넣은 뒤 통장번호와 주소, 이름을 표기했다. 통장에는 옛 주소인 듯 아오모리시 아무개 마을 몇 번지라 적힌 곳에 줄이 그어져 있고, 그 옆에 북쓰가루 가나기 마을 어디 어디라고 새 주소가 적혀 있었다. 아오모리시에서 폭격을 당해 이쪽으로 이사 온 사람인지도 모르겠다고 대강 짐작을 했는데, 과연 그랬다. 그리고 이름은,

다케우치 도키

라고 되어 있었다. 부인 통장인가 싶었지만, 그건 잘못 짚었다.

그는 그것을 창구 안으로 들이민 뒤 다시 내 옆에 나란히 앉았다. 잠시 뒤 다른 창구에서 현금 지급 담당 직원이,

"다케우치 도키 씨."

하고 불렀다.

"예."

노인은 태연하게 대답하더니 그 창구로 갔다.

"다케우치 도키 씨, 사십 엔입니다. 본인이신가요?"

직원이 물었다.

"아닙니다. 딸아이예요. 그러니까, 제 막내딸입죠."

"되도록이면 본인이 오셔야 해요."

직원은 그렇게 말하며 노인에게 돈을 건네주었다.

돈을 받은 그는 흥 하듯 어깨를 으쓱거린 다음 간사한 미소를 머금으며 내 쪽으로 와서는,

"본인은 저세상으로 갔수다."라고 했다.

그 후로도 나는 우체국에서 참으로 자주 노인과 마주쳤다. 그는 내 얼굴을 볼 때마다 수상쩍은 미소를 지으며,

"이보시오." 하고 부르고는 또 적어달라고 했다.

"얼마요?"

"사십 엔."

늘 똑같았다.

그러는 동안 그에게서 이런저런 이야기를 듣게 되었다. 들어보니 그는 내 예상대로 술꾼이었다. 사십 엔도 그날 하루 술값으로 다 날아가는 것 같았다. 이 주변은 아직도 여기저기서 밀주를 팔고 있었다.

대를 이을 아들은 전쟁터에서 여태 돌아오지 않았다. 큰딸은 이 마을 북쓰가루 날품팔이에게 시집을 갔다. 폭격을 당하기 전에는 막내딸과 둘이서 아오모리에 살았다. 하지만 공습으로 집이 불타면서 스물여섯 되던 막내딸이 큰 화상을 입었다. 의사한테 데려가서 치료도 받았지만 '코끼리가 왔네, 코끼리가 왔어.' 하고 헛소리를 하다가 숨을 거두었다고 한다.

"코끼리 꿈이라도 꾼 모양이야. 쓸데없는 꿈이나 꾸다 갔지, 쳇."

그러면서 웃는가 싶었는데, 글쎄 우는 것이었다.

코끼리[象/조우]라고 했던 건, 어쩌면 증산[增産/조우산]이 아니었을까? 다케우치 도키 씨는 죽기 전까지 오랫동안 관공서에서 일했다고 하니까, 어쩌면 '증산이 왔다'가 공무원들 사이에서 특별히 의미 있는 단어였고, 그게 입버릇처럼 되어버렸던 것이 아닐까 싶기도 했다. 하지만 설사 그랬다 해도, 이 문맹 부모의 말처럼 코끼리 꿈을 꾸었다고 생각하는 게 몇십 배는 더 서글프다.

흥분한 나는 엉뚱한 소리를 지껄였다.

"진짜로 말이죠, 잘난 척하는 고지식한 놈들의 논쟁이 나라를 망쳐놨어요. 간이 콩알만 한 부끄럼쟁이들만 있었다면, 이 꼴이 나지는 않았을 겁니다."

내가 하고 나서도 어리석은 말을 주절거렸다는 생각이 들긴 했지만, 그 이야기를 하는데 눈시울이 뜨거워졌다.

"다케우치 도키 씨."

직원이 불렀다.

"예."

노인이 그렇게 대답하며 일어서는데, 내 입에서 '술이나 실컷 드십시오!' 하는 말이 목구멍까지 올라왔다.

그러다가 이번에는 내가 '에잇, 그냥 술이나 왕창 마셔버리자!' 싶었다. 설마하니 내 통장이 딸 명의로 되어 있기야 하겠냐만, 어쩌면 다케우치 도키 씨 통장보다 더 빈약할지도 모른다. 흥이 깨질까 봐 정확한 액수는 말하지 않겠지만, 어쨌든 이 돈은 무슨 거북한 일이라도 생겨 형 집에서 갑자기 쫓겨나게 되었을 때, 비참한 상황에 내몰리지 않고 거처를 옮길 수 있도록 우체국에 저금해둔 것이었다. 하지만 그즈음 누가 위스키를 열 병 정도 넘겨준다고 했는데, 그걸 다 사려면 통장에 있는 돈을 전부 털어야 할 것 같았다. 나는 잠깐 고민하다가 결심했다. 에잇, 몽땅 술값으로 써버리자. 나중 일이야 나중에 어떻게든 되겠지. 어떻게 안 되면 그때 가서 또 어떻게든 되겠지.

내년이면 벌써 서른여덟인데, 내게는 아직도 이렇게 형편없는 구석이 있다. 하지만 평생을 이런 식으로 밀고 나가는 것도 나름대로 훌륭하지 않은가. 그런 되지도 않는 생각을 하며 우체국으로 향했다.

"이보시오."

언제나처럼 그 노인이 와 있었다.

내가 늘 그렇듯 출금 용지를 가져오려는데 노인이 말했다.

"오늘은 돈 꺼내오는 종이는 필요 없수다. 입금이야."라고 하면서 꽤 두툼한 십 엔짜리 지폐 다발을 보여주었다.

"딸아이 보험금이 나와서, 전처럼 딸애 명의로 입금하려고."

"잘됐네요. 오늘은 제가 돈을 찾습니다."

일이 묘하게 흘러갔다. 우리 둘은 각자 용무를 끝마쳤는데, 내가 창구에서 건네받은 돈다발이 자연스럽게 방금 노인이 입금한 돈뭉치였던지라, 어쩐지 노인에게 무척 미안한 마음이 들었다.

그리고 위스키를 가지고 온 사람에게 그 돈을 건네줄 때도, 다케우치 도키 씨의 보험금으로 위스키를 사버린 듯한 기묘한 착각에 빠졌다.

며칠 후 나는 위스키를 내 방 벽장으로 옮겨 넣으며 집사람에게 말했다.

"이 위스키에는 말이야, 스물여섯 살 처녀의 생명이 녹아들어 있어. 이걸 마시면 내 소설이 제법 요염해질지도 몰라."

그러면서 내가 우체국에서 가여운 문맹 노인을 만난 것부터 차근차근 이야기하는데 집사람은 반도 안 듣고,

"거짓말, 거짓말 말아요. 아가야, 아버지가 멋쩍으니까 또 이야기를 지어내시는구나. 그렇지, 아가야?"

하며 기어오는 두 살배기 아이를 무릎 위로 안아 올렸다.

嘘

거짓말

太宰治

「거짓말」

1946년 2월, 『신조新潮』에 발표됐다.

다자이는 이즈음 이부세 마스지에게 보내는 편지에서 '여자들 험담을 하는 콩트 서너 편을 쓰고 있다'(1946년 1월 15일 소인)고 했는데, 이 작품을 포함해 이어서 나올 「화폐」, 「이를 어쩌나」 등이 이에 속하는 것으로 보인다. 그가 '험담'이라는 단어를 쓰기는 했지만, 국가나 사상보다도 자신에게 맡겨진 '생을 살아내는 것'에 집중하는 여성 특유의 강한 생명력을 그린 단편들이다.

"전쟁이 끝나고 나니까 이번에는 또 갑자기 무슨 주의, 무슨 주의 하고 시끌벅적 떠들어대면서 연설 같은 걸 하고 있는데, 무엇 하나 신용할 만한 것이 없습니다. 주의고 사상이고 나발이고 다 필요 없어요. 남자는 거짓말을 멈추고 여자는 욕심을 버린다면, 그것으로 일본이 새롭게 재건될 거라고 봅니다."

집이 잿더미가 되어버려서 쓰가루 본가에 얹혀살게 된 나는, 느닷없이 찾아온 소학교 시절 동창에게 우울하기 짝이 없는 말투로 되는 대로 화풀이를 하며 어리석은 의견을 토해냈다. 그는 이 마을 명예직을 맡고 있었다. 명예직은 웃으며,

"맞아요, 맞는 말입니다. 그런데 그게 좀 거꾸로 아닐까요? 남자가 욕심을 버리고, 여자가 거짓말을 하지 말아야 한다고 해야겠지요."

기가 죽은 내가 물었다.

"글쎄요, 그건 왜 그렇습니까?"

"뭐, 어느 쪽이건 똑같긴 하겠지만, 여자들 거짓말이 훨씬 더 엄청나잖습니까. 제가 올 설에, 이야, 그것참 소름 끼치는 경험을 했어요. 그

뒤로는 절대로 여자를 믿지 않습니다. 꾀죄죄하게 늙어버린 우리 집사람도 의외로 숨겨둔 딴 남자가 있을지도 모른다니까요. 그건 진짜 아무도 모르는 겁니다." 그는 웃지도 않고 다음과 같은 시골의 비화를 들려주었다. 여기서 '나'는 당시 스물일곱이었던 명예직 친구 자신을 가리킨다.

지금이야 이런 이야기도 세상에 공개할 수 있지만, 당시에는 그야말로 극비 중의 극비여서, 이 마을에서 그 사건에 대해 조금이라도 알고 있는 사람은 이곳 경찰서장과(이 서장은 그 일이 있고 나서 얼마 후 전근을 가게 되었는데, 괜찮은 사람이었지요) 저 정도뿐이었습니다.

그해 설은 일본 전국 어디나 다 그랬지만, 이 지역도 몇십 년 만에 폭설이 내려서 길가의 전깃줄이 손에 닿을 정도로 눈이 많이 쌓였지요. 정원수는 부러지고, 담장도 무너지고, 거기다가 몇몇 집들은 납작하게 허물어지기까지 해서, 대홍수하고 맞먹는 피해를 입었습니다. 연일 눈보라가 맹렬하게 몰아쳐서 이 일대 교통이 이십 일 동안이나 완전히 마비돼 버렸어요. 그즈음의 일입니다.

저녁 여덟 시가 되기 조금 전이었나, 제가 큰딸한테 덧셈 뺄셈을 가르치고 있는데, 경찰서장이 눈사람이 다 되어서는 저를 찾아왔습니다.

뭔가 보통 일이 아닌 듯했어요. 들어오라고 해도 안 들어오는 겁니다. 서장은 술을 무척 좋아하는 사람이었는데, 저하고 술도 자주 마시고 원래 허물없이 지내는 사이였어요. 그런데 그날 밤만큼은 보통 때와 달리 서먹서먹한 태도로 현관 앞에서 우물쭈물하면서,

"아니요, 오늘은." 하고 운을 떼더니, "부탁이 있어서 왔습니다."라고 뭔가 작심한 듯 말을 꺼냈습니다. 이거야 원, 보통 일이 아니구나 싶어서, 저는 긴장했습니다.

저는 게다를 신고 현관으로 내려가 아무 말 없이 그를 닭장 쪽으로 안내했습니다. 병아리들을 따뜻하게 해주려고 작은 닭장 안에 화로를 갖다 두었거든요. 우리는 조용히 어두컴컴한 닭장 안으로 들어갔습니다. 우리가 들어갔는데도 닭들은 꿈쩍도 하지 않았습니다.

우리는 화로를 사이에 두고 마주 섰습니다.

"반드시 비밀을 지켜주십시오. 탈주 사건입니다." 서장이 말했습니다.

경찰서 유치장에서 누가 탈옥을 했구나, 처음에는 그렇게만 생각했습니다. 묵묵히 다음 말을 기다렸습니다.

"아마도 이 마을에서 전례가 없던 일일 겁니다. 당신의 친척인 게이고 씨 있잖습니까, 입대한 게 아니었어요."

누가 머리 꼭대기에서 찬물을 끼얹는 것만 같더군요.

"아니, 하지만, 그 아이는." 정신이 까마득해진 제가 말을 이었습니다. "그 아이는, 제가 분명히, 아오모리 부대 앞까지 배웅을 해줬는데요."

"그렇지요. 그건 저도 알고 있습니다. 그런데 저쪽 헌병대에서 애초에 그 친구가 부대에 안 들어왔다고 전화가 왔어요. 보통 때 같으면 헌병들이 이쪽으로 직접 조사를 왔을 텐데, 눈이 이렇게 많이 오니 어쩔 수가 없었나 봅니다. 우선은 내부 조사를 하라는 명령이 떨어졌어요. 그래서 말인데요, 당신한테 부탁이 하나 있습니다."

당신은 쭉 도쿄에만 계셨으니 게이고가 어떤 남자인지 전혀 모르실 겁니다. 지금 세상에 알려진다 한들 별 탈도 없을 테니 그가 어디 사는 누구인지 밝혀도 괜찮겠지만, 그래도 이게 썩 좋은 이야기도 아니고 해서, 그 사람의 집안에 대해서는 더 이상 밝히지 않겠습니다. 그냥 뭐, 이름이 게이고라는 정도로만 대충 기억해주십시오. 제 먼 친척쯤 되는 남자입니다. 갓 장가를 간 농부입니다.

그 녀석한테 징집영장이 왔는데, 아직 열차 한 번 타본 적 없는 시골 촌놈이라 제가 아오모리 부대 앞까지 배웅을 해줬지요. 그런데 그 녀석이 입대를 안 했다는 겁니다. 일단 부대 정문으로 들어가긴 했는데, 그 후에 금세 어딘가로 도망친 것 같았습니다.

서장의 부탁이 뭐였느냐 하면, '어쨌거나 게이고가 도망은 쳤지만 달리 갈 곳도 없을 테니, 며칠이고 이 눈보라 속을 걸어서 산을 넘어 집으로 돌아올 것이 틀림없다. 죽지는 않을 것이다. 반드시 집에 돌아온다. 녀석의 처가 녀석한테는 아까울 정도로 미인이니 틀림없이 집으로 돌아올 것이다. 그러니 당신에게 부탁이 있다. 당신은 그들 부부의 중매를 선 사람이고, 또 그들 부부는 오래전부터 당신을 무척 존경해 왔다. 아니, 당신을 놀리려고 하는 말이 아니다. 진지하게 하는 말이다. 그러니 번거롭겠지만, 오늘 밤 당신이 녀석의 집으로 가서 부인더러, 절대 해치지는 않을 것이니 만약 게이고가 집에 돌아오면 당신한테 살짝 귀띔을 해달라고 단단히 일러둬라. 이삼일 안으로 게이고를 찾기만 한다면 아무런 벌도 내리지 않도록 조치를 취할 수 있다. 어차피 이런 폭설 속에서는 교통수단도 엉망이니, 입대가 지연된 이유를 어떻게든 내가 잘 지어내 보겠다. 고생스럽겠지만 잘 좀 부탁한다.' 이런 내용이었습니다.

서장과 함께 눈보라를 뚫고 녀석의 집으로 향했습니다. 꽤 멀더군요. 살다 보니 별일도 다 겪는다 싶었습니다. 저처럼 병역 면제를 받은 사람이 제국 군인의 안사람한테 이래라저래라 잔소리를 하는 것부터가 어쩐지 앞뒤가 안 맞는 이야기지요.

녀석의 집 앞에서 서장과 말없이 헤어진 저는, 그 집 안뜰로 들어갔습니다. 당신이 지금껏 오래 도쿄 생활을 해왔다고는 하지만, 어쨌든 이 지역에서 태어난 사람이니 이 주변 농가의 구조에 대해서는 잘 알고 계실 겁니다. 안뜰로 들어서면 왼편이 마구간, 오른편이 거실 부엌 겸용 방이고, 거기 커다란 난로가 있습니다. 게이고네 집도 대충 그런 식이었습니다.

새색시는 아직 깨어 있었는데, 화롯가에서 바느질을 하고 있었습니다.

"오, 대단하구나. 우리 집사람 같은 사람은 저녁 먹자마자 아기하고 나란히 누워 금세 잠이 들어서는, 그대로 그르렁그르렁 코를 고는데 말이야. 밤에는 일이고 뭐고 없어. 너는 역시 싸움터에 나간 남자 부인답구나. 훌륭하다, 훌륭해." 그렇게 어설픈 칭찬을 해가며 외투를 벗었습니다. 애초에 서로 인사치레 같은 건 하지 않을 정도로 가까운 집안이었기 때문에 줄레줄레 방 안으로 들어가 화롯가에 책상다리를 하고 앉아서는,

"어머니는 주무시나?" 하고 물었습니다.

게이고는 앞을 못 보는 어머니를 모시고 있었습니다.

"주무시면서 꿈이라도 꾸시면 어머니께는 그게 제일 즐거운 일이죠." 새색시는 웃는 얼굴로 바느질을 계속하면서 말했습니다.

"그래, 뭐 그럴지도 모르지. 너도 고생이 많구나. 하지만 요즘 세상에는 일본 전체를 통틀어도 행복한 사람이 한 사람도 없을 거다. 괴롭긴 하지만 한동안은 참아야지 어쩌겠냐. 혹시 무슨 걱정거리라도 생기면 나한테 의논하러 오너라. 알겠지?"

"감사합니다. 어디 들렀다 오는 길이세요? 밤이 깊었는데요."

"나 말이냐? 아니야, 어디 갔다 오는 건 아니고, 곧장 너희 집으로 온 거다."

저는 천성이 밀고 당기는 걸 못 하는 성격이라, 아니, 밀고 당기고 싶어도 귀찮아서 도저히 그럴 수가 없는 사람이라, 약간 거북해지는 한이 있더라도 있는 그대로 이야기하기로 했습니다. 그 때문에 생각지도 않게 어려운 일에 맞닥뜨린 적도 있지만, 밀고 당기기가 성공한다 하더라도 그게 그리 오래 갈 거라고는 생각하지 않습니다.

그때도 저는 어설프게 이야기를 꾸며대는 것도 할 짓이 아니다 싶어서, '곧장 너희 집으로 왔다'고 사실대로 말을 한 것인데, 새색시는 그 말에 별 신경도 쓰지 않고 새 장작 두 개를 화롯불 속에 집어넣으며 불을 지피고는 바느질을 계속했습니다.

갑작스러운 질문 같지만, 당신은 저하고 소학교 동기니까, 동갑인 서른일곱, 아니 이제 이삼 주 후면 쇼와 21년[1946년]이니까 서른여덟이죠. 그런데 어떻습니까, 이 나이를 먹어서도 여전히 색정을 느낍니까? 아니, 농담이 아니라요, 진짜로 나중에 누구한테 꼭 물어보고 싶었습니다. 설마 제가 이 모양으로 머리가 벗겨지고, 아이가 넷이나 있고, 손 거죽도 이렇게 두꺼워지고, 피부도 갈라지고 일어났는데, 이런 손으로 여자의 부드러운 기모노 같은 걸 만지면, 손 거죽이 옷에 걸려서 아무 일도 안 되겠지요. 이런 꼬락서니로 사랑이니 연애니 하는 말을 속삭일 용기도 없지만, 그래도 색정이란 의외의 감정이라 조금이라도 아름다운 여성과 단둘이 이런저런 이야기를 하고 있으면, 어쩐지 묘한 기분이 드는 법이잖습니까. 당신은 어떻습니까? 글쎄요, 제가 보통 사람에 비해서 색정이 약간 강한 건지도 모르지요. 사실 저는 좀 엉큼한 늙은이여서 보통은 여자들하고 태연하게 이야기를 나눌 수가 없는 축에 속합니다. 이 나이에 제가 여자한테 반했다느니 여자를 반하게 만들었다느니 그런 멍청한 생각을 하는 건 아니지만, 저도 모르게 가슴 깊은 곳에서 집착이 솟아납니다. 답답한 노릇이지요. 무슨 수를 써봐도 남자들하고 이야기할 때처럼 산뜻한 마음으로 대화를 나눌 수가 없어요. 제 마음속 어딘가에 스멀스멀 구린 데가 있는 것 같아 견딜 수가 없습니다. 그건 역시 제가 가진 색정 때문인 것 같은데, 어떻게 생각하십니까? 하지만 간혹가다 그런 집착이 전혀 느껴지지 않는 여자도 있습니다. 여든의 할머니랄지, 다섯 살짜리 여자아이랄지, 그런 사람들은 문제가 안 되지만, 한창나이에 꽤 미인인데도 저를 전혀 거북하게 만들지 않는 여자, 저도 침착한 마음으로 즐겁게 대화할 수 있는 여자도 가끔은 있습니다. 그것은 어째서 일까요? 요즘 다시 뭐가 뭔지 알 수 없이 아리송하게 되었는데, 예전에는 이런 생각을 하기도 했습니다. 저를 거북하게 만들지 않는다는 것은 다시 말해, 제가 조금도 성적 매력을 느끼지 못한다는 뜻이니, 그 여자는 분명 매우 고상한 사람일 것이다. 대화를 나누면서 집착이 생기는 여자에게는, 사랑하니 사랑받니 그런 확실한 감정은 아니더라도, 자기 자신조차 알 수 없는 어렴풋한 욕구가 생겨나서, 그것이 상대를 옭아매어 거북하게 만들어버리는 것은 아닐까. 뭐 그런 생각을 한번 해본 겁니다. 말하자면 저는 대화를 나누는 동안 마음이 편치 못한 여자는 음란하다고까지는 말 못하더라도, 다소 색기가 흐르는 여자라고 생각했고, 태연하게 이야기를 할 수 있는 여자는 올바른 마음을 가진 사람으로 여기며 존경하고 있었습니다.

그런데 다른 사람들은 몰라도 게이고의 처한테는 단 한 번도 집착을 느껴본 적이 없었습니다. 지금은 지주나 소작인이라는 계급이 유명무실해졌지만, 원래 게이고의 처는 우리 가문에 대대로 내려오는 소작인의 딸이어서 가끔 봐왔는데, 어렸을 때부터 뭐랄까, 생각이 깊은 얼굴을 하고 있었습니다. 농민치고는 드물게 몸매가 야리야리하고 피부가 투명

했는데, 어른이 되면서 약간 주걱턱이 돼서 나쁘게 말하면 도깨비 탈 비슷한 부분도 없지는 않지만, 마을에서는 꽤 미인이라고 평판이 자자했습니다. 말수도 적고, 바지런했으며, 무엇보다 제 입장에서는 앞서 말한 욕망이 전혀 느껴지지 않는다는 점이 마음에 들어서, 제가 제 친척인 게이고와 결혼하도록 주선해 주었던 것입니다.

아무리 친한 사이라고는 해도 저와 게이고의 처는 남이었고, 저도 아직 비칠비칠한 노인은 아닌 데다가, 상대가 나이 어린 미인이고, 거기다 남편이 출정 중이니, 밤늦게 어슬렁어슬렁 그 집으로 찾아와 단둘이 화로를 사이에 두고 이야기를 나눈다는 게 일반적으로는 그다지 바람직한 일이 아닐 것입니다. 하지만 이 새색시한테만큼은 뒤가 켕길 것이 전혀 없었고, 그것은 그녀의 인격이 고결하기 때문이라고 믿고 있었기 때문에, 정말이지 아무렇지도 않게 느긋이 이야기에 열중할 수 있었습니다.

"실은 말이지, 오늘 너한테 중요한 부탁이 있어서 왔다."

"네." 그렇게 대답하더니 새색시는 바느질하던 손을 멈추고 멍하니 제 얼굴을 들여다보았습니다.

"아니야, 바느질하면서 들어도 돼. 차분히 들어다오. 이건 나라를 위한 것이라기보다는, 우리 마을을 위해, 아니지, 너희 가정을 위해 반드시 들어줘야 한다. 무엇보다 게이고 자신을 위해, 또 너를 위해, 또 어머니를 위해, 그리고 너희 선조와 자손을 위해, 지금부터 하려고 하는 나의 한 가지 부탁을 꼭 들어주기 바란다."

"무슨 일인데 그러세요?" 새색시는 바느질을 계속하며 나직이 말했습니다. 그다지 걱정스러워하는 표정도 아니었습니다.

"놀라지 말고 들어라. 말은 이렇게 해도, 이것 참, 누구라도 놀라겠지.

실은 말이다, 조금 전에 경찰서장이 우리 집에 왔다." 저는 에둘러 말하지도 않고 서장이 말한 내용 그대로를 전하면서, "있잖느냐, 게이고가 착각을 했던 것 같은데, 그래도 사람은 누구나 한 번씩 마가 낀다고 해야 하나, 마가 든다고 해야 하나, 아무튼 그래서 엉뚱한 실수를 하기 마련이지. 홍역 같은 거야. 인간이 가지고 태어난 마음의 독을 한 번은 밖으로 뿜어내야 하나 보다. 그러니 이미 저지른 실수는 어쩔 수 없는 거라 생각하고, 그 실수를 더 이상 키우지 않도록 최선을 다하는 것이 너와 내가 정성껏 해야 하는 일이 아니겠느냐. 서장도 녀석을 다치게 하는 일은 결코 없을 거라고 했어. 녀석은 사람을 속일 놈이 아니야. 우리 마을의 명예를 위해서라도, 게이고가 이삼일 안으로 발견되기만 한다면, 어떻게 해서든 처벌을 막을 수 있도록 하겠다고 하더라. 서장과 나도 입 다물고 있을 것이고 말이다. 절대 아무한테도 말하지 않을 작정이다. 제발 부탁이다. 게이고는 분명 네가 있는 곳으로 돌아올 거야. 돌아오기만 하면 일단 아무 생각 말고 내게 와서 알려다오. 그것이 게이고를 위해서, 너를 위해서, 어머니를 위해서, 선조와 자손을 위해서, 네가 꼭 해야 하는 일이다."

게이고의 처는 얼굴색 하나 안 변하고 바느질을 하면서 묵묵히 그 이야기를 듣다가, 갑자기 어깨를 축 늘어뜨리며 한숨을 지었습니다.

"저런, 바보 같은 사람." 그렇게 말하며 왼쪽 손등으로 눈물을 훔쳤지요.

"너도 괴로울 게다. 그건 나도 충분히 이해한다. 하지만 지금 일본에는 너보다 몇 배나 더 괴로운 사람이 수없이 많으니, 너도 조금만 더 견뎌주려무나. 꼭이다. 반드시 게이고가 돌아오면 나한테 알려다오. 부탁한다! 내가 지금까지 너희들한테 무슨 부탁을 한 적은 단 한 번도 없다만,

이번만은 꼭 들어다오. 봐라, 이렇게 네 앞에 고개 숙여 부탁하겠다."

저는 바닥에 머리를 대고 새색시에게 절을 했습니다. 눈보라 소리에 섞여, 마구간에서 희미한 기침 소리가 들려왔습니다. 저는 고개를 들고,

"방금 네가 기침을 했느냐?"

"아니요." 새색시는 의심쩍다는 듯이 제 얼굴을 들여다보며 차분히 대답했습니다.

"그러면 방금 기침을 한 게 누구지? 넌 못 들었느냐?"

"글쎄요. 아무 소리도 못 들었는데요." 그러더니 희미하게 웃더군요.

그 순간 저는 어떤 예감 때문에 온몸에 소름이 돋았습니다.

"벌써 와 있는 거 아니냐. 이것 봐라 얘야, 날 속이면 안 된다. 게이고는 지금 저쪽 마구간에 있는 거 아니냐?"

제가 당황해서 소란을 피우는 모습이 꽤나 우스워 보였는지, 새색시는 바느질감을 내려놓고 얼굴을 무릎 위에 파묻고는 후후훗 하고 웃음을 터뜨렸습니다. 잠시 뒤 얼굴을 들고는 헝클어진 머리를 쓸어 올리며, 갑자기 진지한 목소리로 저를 똑바로 쳐다보며 말했습니다.

"안심하세요. 저도 바보가 아닙니다. 왔으면 왔다고 말씀드리지요. 그때가 오면 부디 잘 부탁드리겠습니다."

"응, 그래," 저는 쓴웃음을 지으며 말했습니다. "아까 그 기침소리는 내가 잘못 들은 모양이구나. 그러고 보면 정말이지 남자보다 여자가 야무지다니까. 그럼 모쪼록 잘 부탁한다."

"네, 알겠습니다." 그러면서 믿음직스럽게 고개를 끄덕였습니다.

저는 마음을 놓고, 그러면 가볼까 하고 자리에서 일어서려는데, 마구간 쪽에서 고함소리가 들렸습니다.

"멍청한 녀석! 목숨을 함부로 하지 마라!" 분명 경찰서장 목소리였습

니다. 연이어 우당탕탕 하는 큰 소리가.

명예직은 거기까지 이야기하더니, 부젓가락으로 화롯불을 뒤적거리며 한동안 묵묵히 있었다.

"그래서? 어떻게 됐습니까?" 나는 재촉했다. "거기 있었던 겁니까?"

"있고 없고가 문제가 아니라." 그는 부젓가락을 재 속에 쿡 박아 넣으며 말을 이었다. "이틀이나 전에 와 있었다는 겁니다. 너무하지 않습니까? 이틀 전에 돌아와서는 자기 처하고 의논을 해서 마구간 천장 밑에, 이 근방에서는 그걸 '마기'라고 하는데, 대충 건초나 잡동사니들을 넣어두는 데가 있어요. 거기 숨어 있었더랍니다. 그놈 처가 꾸며낸 꾀라고 하더라고요. 어머니는 앞이 안 보이시니까 아무렇게나 둘러댔겠죠. 그렇게 몰래 마구간 마기에 게이고를 숨겨 놓고 하루 세끼 꼬박꼬박 밥까지 날랐다고 합니다. 나중에 게이고가 그러더라고요. 세상에, 그놈 처는 일언반구 말이 없어요. 지금까지 모른 척하고 있습니다. 그날 밤 제가 그렇게나 구구절절 속내를 다 드러내놓고 이야기를 했는데 말입니다. 남자 체면에 여자 앞에서 머리 숙여 절까지 했는데도, 어쩌면 그리 차분하게 모른 척했는지 원. 오히려 마구간 마기에서 얘길 듣고 있던 게이고가 더 죄송스러워져서는, 마구간 대들보에 끈을 달아 목을 매 죽으려고 했던 겁니다.

서장은 저하고 헤어지고 나서도 직업상 그 근처를 서성거리며 망을 보고 있었던 거겠지요. 마구간 쪽에서 인기척이 나서 안뜰로 들어와 슬쩍 들여다보니 게이고가 매달려 있었던 겁니다. 그때 서장이 뛰어들어서 '멍청한 녀석! 목숨을 함부로 하지 마라!' 하고 외쳤던 겁니다. 서장이 녀석을 끌어내리고 나서 우리가 뛰어 들어간 거죠. 서장이 멍청한 놈이라고 외치던 그 순간 게이고의 처와 제가 동시에 일어나서 서로 얼굴을 마주 보았는데, 그때 게이고의 처가 자기도 영문을 모르겠다는 듯이 고개를 갸웃하며 마구간에서 나는 소리에 귀를 기울이던 모습은, 이야, 그건 정말, 거의 신의 경지였습니다. 무시무시하지요. 우리는 곧장 마구간으로 달려갔고, 게이고는 서장한테 붙들려서 새색시의 거짓말이 눈앞에 빤히 드러났습니다. 그런데도 새색시는 제 뒤에서 게이고를 향해,

"언제 왔어?" 하고 나직이 물었습니다. 나중에 게이고한테 이틀 전 이미 와 있었다는 이야기를 듣지 못했더라면, 게이고의 처도 게이고가 집으로 돌아왔다는 것을 모르고 있었다고 영원히 믿었을 겁니다. 분명 그랬을 거예요. 그 후로 새색시는 그 일에 대해 아무 말도 없었고, 가끔씩 옅은 미소만 지었습니다. 무슨 생각을 하는지, 어떤 마음을 품고 있는지, 알 수가 없어요. 욕망이 느껴지지 않아 훌륭하다며 존경해 왔는데, 역시 약간은 남자들에게 욕망을 품게 만드는 여자가 훨씬 더 선량하고 정직한 것인지도 모르겠습니다. 뭐가 어찌 됐든 저는 더 이상 여자들이 하는 말을 믿을 수가 없습니다.

게이고는 열차가 끊어졌었다는 서장의 증명서를 들고 곧장 아오모리로 갔고, 별다른 일 없이 근무를 하다가 전쟁이 끝나자마자 집으로 돌아와서 부부가 여전히 사이좋게 잘살고 있습니다만, 저는 그날 이후 게이고의 처한테 완전히 질려버려서 웬만해서는 그 집에 가지도 않습니다. 나 참, 어쩌면 그렇게 시치미 뚝 떼고 천연덕스럽게 거짓말을 하는지. 여자들이 그토록 아무렇지도 않게 거짓말을 하는 동안은 일본도 틀렸다고 보는데, 어떻게 생각하십니까?"

"그야 여자들이란, 일본만 그런 게 아니라 세계 어디나 다 똑같을 겁니다. 그나저나." 그러면서 나는 굉장히 경박한 말을 입에 담았다.

“그 새색시라는 분, 당신한테 반해 있었던 거 아닙니까?”

명예직은 웃지도 않고 고개를 갸웃거렸다. 그러더니 진지한 얼굴로 이렇게 대답했다.

“그럴 리가 없어요.” 하고 분명하게 부정을 하더니, 이어서 더욱 진지한 말투로 (나는 지난 십오 년간 도쿄 생활을 하면서 이토록 정직한 말을 들어본 적이 없었다) 작게 한숨까지 내쉬며 말했다. “그런데 우리 집사람하고 그쪽 새색시는 사이가 안 좋았습니다.”

나는 미소를 지었다.

太宰治

貨幣 화폐

「화폐」

1946년 2월, 『부인 아사히』(아사히 신문사에서 발행하던 부인잡지)에 발표됐다. 돈을 화자로 삼아 돈이 보는 당시의 시대상을 그렸다. 술에 취해 비틀거리는 군인과는 대조적으로 악착같이 살아가려고 하는 술집 여성의 모습이 인상적인 작품.

어떤 외국어에는 명사마다 남녀 성별이 있다.
단, 화폐는 여성 명사다.

저는 77851호 백 엔 지폐입니다. 당신 지갑 속에 들어 있는 백 엔짜리 지폐를 잠시 확인해 보십시오. 어쩌면 제가 그 안에 들어 있을지도 모르니까요. 이제 저는 기진맥진 녹초가 되어서, 제가 지금 누구 품속에 들어가 있는지, 혹은 어디 쓰레기통 속에라도 내던져져 있는 건 아닌지, 도무지 알 수가 없습니다. 조만간 모던한 모양의 새 지폐가 나와서, 우리 구식 지폐들은 모두 불타 없어질지도 모른다는 소문도 들리던데, 차라리 깨끗하게 불타서 승천이라도 하고 싶은 심정입니다. 다 타고 난 뒤에 천국으로 갈지 지옥으로 갈지는 신께 맡길 일이겠지만, 어쩌면 저는 지옥에 떨어질지도 모르겠습니다.

처음 태어났을 때만 해도 지금처럼 비참한 몰골은 아니었습니다. 제 뒤로 이백 엔 지폐, 천 엔 지폐처럼 저보다 사랑을 훨씬 더 많이 받는 지폐가 나오긴 했지만, 제가 태어났을 때만 해도 백 엔 지폐가 돈의 여왕이었어요. 맨 처음 제가 도쿄 중앙은행 창구에서 어떤 사람의 손에 넘겨졌을 때, 그 사람의 손은 희미하게 떨리고 있었습니다. 아니, 진짜라니까요. 그 사람은 젊은 목수였습니다. 저를 앞치마 주머니에 접지도 않고 살포시 집어넣고는, 배가 아픈 사람처럼 왼쪽 손바닥을 주머니 위에 가볍게 댄 채, 길을 걸을 때도 전철에 오를 때도, 그러니까 은행을 나와 집에 도착할 때까지 그 손으로 주머니 위를 누르고 있었습니다. 그 사람은 집에 오자마자 저를 신단 위에 올려놓고 절을 했습니다. 제 인생의 첫 출발은 이렇듯 행복했습니다. 저는 언제까지나 그 목수분 댁에서 살고 싶었어요. 하지만 그 집에는 단 하루밖에 있을 수 없었습니다. 목수분은 그날 밤 기분이 몹시 좋아 보였습니다. 술을 한잔 걸치고는 아담한 체구의 부인을 향해, "날 무시하지 마. 나도 남자답게 일을 한다 이거야."라고 자신만만하게 말하더니, 갑자기 벌떡 일어나서 저를 신단에서 가져와 두 손 높이 쳐들고는 절을 했습니다. 그걸 본 젊은 부인은 웃음을 터뜨렸지만, 얼마 안 가 부부싸움이 벌어졌고, 결국 저는 두 번 접혀서 부인의 작은 지갑 속으로 들어가고 말았습니다. 이튿날 아침, 부인은 저를 데리고 전당포로 가서 부인의 기모노 열 벌과 바꿨고, 저는 전당포의 차갑고 눅눅한 금고 속으로 들어갔습니다. 이상하게 몸이 으슬으슬 춥고 배가 아파서 어찌할 바를 모르고 있던 차에, 다시 밖으로 나가 태양을 볼 수 있게 되었습니다. 이번에는 어느 의학도의 현미경과 바뀌었습니다. 그 의학도는 저를 데리고 꽤 먼 곳으로 여행을 떠났습니다. 그리고 마침내 의학도는 세토우치 바닷가 어느 작은 섬 여관에 저를 버렸습니다. 그로부터 한 달 가까이 저는 그 여관 카운터의 작은 찬장 서랍 속에 들어가 있었는데, 그 의학도가 여관을 나간 지 얼마 안 돼 세토우치해에 몸을 던졌다는 말을, 지나가던 여종업원한테서 얼핏 들었습니다.

"바보같이 왜 혼자 죽어. 그렇게 잘생긴 남자라면 언제든지 같이 죽을 각오가 돼 있는데." 마흔쯤 돼 보이는 여드름투성이 여종업원의 말에 다들 웃음을 터뜨렸습니다. 그 뒤로 저는 오 년 동안 시코쿠,

규슈 등지를 돌며 완전히 낡아버리고 말았습니다. 사람들은 점점 더 저를 업신여기게 됐고, 육 년 만에 다시 도쿄로 돌아왔을 때는 변해버린 제 모습에 저 자신조차 혐오감이 들 정도로 초췌해져 있었습니다. 도쿄로 와서는 그저 암거래상의 심부름이나 하는 여자가 되어버렸지요. 오륙 년 도쿄를 떠나 있는 동안 저도 변하긴 했지만, 세상에나, 도쿄는 또 얼마나 변해 있었는지, 말도 못 합니다. 저녁 여덟 시쯤, 술 취한 브로커들 손에 이끌려 도쿄역에서 니혼바시까지, 그리고 교바시에서 긴자를 지나 신바시까지 돌아다니다 보면, 어느새 밖은 캄캄해져서 깊은 숲속을 걷고 있는 것만 같은 기분이 들었습니다. 사람 하나 지나다니지 않는 것은 물론, 길가에 새끼 고양이 한 마리 보이지 않았습니다. 무시무시한 죽음의 거리와도 같은 불길한 기운이 느껴졌습니다. 그러고 나서 얼마 후 언제나처럼 '탕탕, 슈욱슉'이 시작되었는데, 매일 밤낮으로 벌어지는 그런 대혼란 속에서도 저는 쉴 새 없이 이 사람 저 사람의 손을 거쳐 마치 릴레이 경기 중인 바통처럼 정신없이 이곳저곳을 전전했고, 덕분에 이렇게 주름 가득한 늙은이가 되어버렸습니다. 그뿐만 아니라 여기저기서 악취가 몸에 배어 어찌나 지독한 냄새가 나는지, 부끄러워서 얼굴도 들 수 없을 지경이었습니다. 될 대로 되라는 심정이었습니다. 그즈음 일본은 될 대로 되라는 식으로 굴러가던 시기였지요. 제가 누구 손에서 누구 손으로, 어떤 목적을 가지고, 어떤 애처로운 이야기를 품은 채 건네지고 있었는지, 여러분도 이미 충분히 알고 계실 겁니다. 질리도록 보고 들으셨을 테니 자세한 말씀은 드리지 않겠지만, 짐승 같았던 건 비단 군부 세력만은 아니었다는 생각이 듭니다. 이는 단순히 일본인들에게만 국한된 것이 아니라, 일반적인 인간성의 문제였던 것 같습니다. 오늘 밤 죽을지도 모른다고 생각하면 물욕이나 색욕이 말끔히 사라질

법도 한데, 막상 닥치고 보면 그런 것만도 아닌 듯합니다. 인간은 목숨이 경각에 달리면, 웃음기 가신 얼굴로 서로 물고 뜯으려 드는 존재인 것 같습니다. 이 세상에 단 한 사람이라도 불행한 이가 있는 한, 자신도 행복해질 수 없다고 믿는 것이야말로 진정 인간다운 감정일진데, 자기 자신이나 자기 가족만을 위한 한순간의 안락함을 얻으려, 이웃을 욕하고, 기만하고, 밀어 넘어뜨리고, (아니요, 당신도 한 번쯤은 그런 적이 있을 거예요. 무의식중에 그런 행동을 하고 나서도, 정작 본인은 깨닫지 못하는 것이 더 끔찍한 겁니다. 부끄러운 줄 아세요. 인간이라면 부끄러워하십시오. 부끄러움이란 인간만이 가지고 있는 감정이니까요.) 마치 지옥에 떨어진 죽은 자들이 서로 붙들고 늘어지며 싸우는 우스꽝스럽고 비참한 그림이라도 보고 있는 것 같다니까요. 하지만 이렇게 비천한 심부름꾼 생활을 하면서도, 한두 번쯤은 '아아, 태어나길 잘했다' 그런 생각이 든 적도 있습니다. 이젠 이미 이렇게 지칠 대로 지쳐서, 제가 어디 있는지조차 가늠이 서지 않을 정도로 심신이 쇠약해져 있지만, 지금도 잊을 수 없을 만큼 아련하게 그리운 추억도 있습니다. 하나는 제가 도쿄에서 열차로 서너 시간 걸려서 도착한 어느 소도시에서, 암거래를 하는 할머니 손에 들어가게 되었을 때의 일인데, 잠시 그때 일을 소개할까 합니다. 저는 이제까지 수많은 암거래상의 손을 전전했는데, 아무래도 남자들에 비해 여자들이 저를 두 배는 더 유용하게 사용하는 것 같았습니다. 여자의 욕망이란, 남자의 욕망에 비해 훨씬 더 처절하고 비열하며 잔인한 데가 있는 듯해요. 저를 이 소도시로 데려온 노파도 보통이 아닌 것 같았는데, 어떤 남자에게 맥주를 한 병 주면서 그 대신 저를 넘겨받았고, 이번에는 와인 도매상으로 가더니 보통 암거래 시세로는 한 되[1.8ℓ]에 오십 엔에서 육십 엔 정도 하는 와인을, 간혹 기분 나쁜 미소를 흘리기도 하고 뭔가 술수를 부리면서 적극적으로 흥정을 한 끝에, 저 한 장으로 네 되나 손에 넣었습니다. 노파는 하나도 무겁지 않다는 듯이 와인을 등에 짊어지고 돌아갔는데, 말하자면 이 암시장 노파의 수완 하나로 맥주 한 병이 포도주 네 되가 된 것입니다. 물을 약간 섞어서 맥주병에 옮겨 담으면 스무 병은 족히 나오겠지요. 어쨌거나 여자들 욕심은 도가 지나칩니다. 그런데도 이 노파는 기쁜 내색 한 번 하지 않고, 세상 살기가 참 어려워졌다면서 진지하게 푸념을 늘어놓으며 돌아갔습니다. 와인 암거래상의 커다란 지갑 속에서 꾸벅꾸벅 졸고 있던 저는 곧 다시 끄집어내어져, 이번에는 마흔 즈음의 육군 대위의 손에 넘겨졌습니다. 이 대위도 암거래상 무리 가운데 하나였습니다. '호마레'라고 하는 군인전용 담배를 백 개비, (그 대위는 그렇게 말한 것 같은데, 나중에 와인 암거래상이 세어보니 팔십 개비밖에 없었던 모양이에요. 와인 암거래상은 '구두쇠 새끼!'라며 울분을 터뜨렸습니다.) 어찌 됐든 담배 백 개비가 들어 있다는 그 종이 뭉치와 바뀐 저는, 이번엔 그 대위의 호주머니 속으로 아무렇게나 구겨져 들어갔고, 그날 밤 마을 외곽의 너저분한 술집 2층까지 동행하게 되었습니다. 대위는 엄청난 술꾼이었어요. 브랜딘가 뭔가 하는 특이한 술을 홀짝홀짝 마셨는데, 술버릇도 그다지 좋지 않은지 시중드는 여자를 꽤나 못살게 굴었습니다.

"네 얼굴은 어떻게 뜯어 봐도 여우로밖에 안 보여. (여우를 여시라고 발음했습니다. 어디 사투리인가 보지요.) 잘 기억해 두는 게 좋을 거다. 여시 얼굴은 입이 튀어나왔고 수염이 있지. 그 수염은 오른쪽에 세 가닥, 왼쪽에 네 가닥. 여시는 방귀가 독하기로도 유명해. 거기 언저리에서 노란 연기가 몽글몽글 피어오르는데, 강아지가 그 냄새를 맡으면

빙글빙글 돌다가 픽 쓰러진다니까. 진짜야. 너 얼굴이 왜 그리 노래졌냐. 나랑 내 방귀 때문에 노래진 게로구나. 아이고, 냄새야. 그나저나, 너 뀌었구나. 미치겠네, 진짜 뀌었어. 너 그거 실례다. 겁도 없이 제국 군인 코앞에 대고 방귀를 뀌다니, 몰상식하기 짝이 없네. 이래 봬도 내가 좀 예민해. 코앞에서 여시 방귀를 맞다니, 잠자코 있을 수가 없군."
대위는 그렇게 저속한 말을 진지하게 지껄이며 욕을 했는데, 귀는 또 어찌나 밝은지 그러다가 아래층에서 아기 울음소리가 들리기라도 할라치면, "시끄러워 죽겠다. 기분 잡쳐. 나는 예민한 놈이라고. 날 무시하는 거야? 저거 네 애지? 것 참 이상하네. 여시 아이가 인간 울음소리를 내다니 놀라 자빠질 일이야. 너 아주 괘씸한 년이구나. 아이를 끼고 물장사를 하다니. 진짜 뻔뻔해. 일본에 너같이 지 주제도 모르는 비열한 여자만 가득하니까 전쟁에서도 고전하는 거야. 너처럼 아둔한 맹꽁이들은 일본이 이길 거라고 생각하고 있겠지. 멍청하긴. 그래, 이제 이따위 전쟁은 얘깃거리도 안 돼. 여시하고 강아지처럼 빙빙 돌다가 픽 하고 쓰러지는 거야. 이길 리가 있겠냐. 그러니까 나는 이렇게 매일 밤새 술을 퍼마시고 여자를 사는 거야. 떫어?"

"떫어." 술 따르던 여인이 얼굴이 파래져서 말했습니다.

"여우가 뭘 어쨌다는 거야. 싫으면 안 오면 되잖아. 지금 일본에서 이렇게 술이나 푸면서 여자를 괴롭히고 있는 건 너네뿐이야. 니들 월급은 어디서 나오는 거지? 생각해봐. 우리가 버는 돈의 반은 나라에 바친다고. 나라에서는 그 돈을 니들한테 주면서 이런 술집에서 술을 마시게 해주는 거지. 나 무시하지 마. 여자라고. 아이도 가질 수 있어. 요즘 세상에 젖먹이 아이를 데리고 사는 여자가 얼마나 고통스러운지, 니들이 알기나 해? 우리 몸에서는 이제 젖 한 방울 안 나와. 가짜 젖꼭지나 쪽쪽 빨면서,

아니지, 요즘은 빨 힘도 없어. 아, 그래, 여우의 새끼야. 턱은 삐죽하고 얼굴엔 주름이 가득해서 하루 종일 삑삑거리며 울어댄다고. 보여줄까? 그래도 우리는 꾹 참고 있어. 너희들이 이겨줬으면 하고 참고 있다고. 그런데 너네는 뭐야." 그러면서 옥신각신하고 있는데 갑자기 공습경보가 울리더니, 거의 동시에 폭음이 들리면서 언제나처럼 '탕탕, 슈욱슉'이 시작되었고 금세 장지문이 새빨갛게 물들었습니다.

"아이고, 왔구나. 드디어 왔어." 그렇게 소리치며 대위가 일어섰는데, 브랜디가 돌았는지 몸을 가누지 못하고 비틀거렸습니다.

술을 따르던 여자는 새처럼 재빠르게 아래층으로 내려가 아기를 안고 2층으로 올라와서는,

"자, 도망갑시다. 빨리요. 여긴 위험해요. 정신 좀 차려요. 덜떨어지긴 했지만 나라를 위해서는 중요한 군인 나부랭이니까."라고 하더니, 마치 뼈가 녹아내린 것처럼 휘청거리는 대위를 뒤에서 안아 올려 아래층으로 데려가서는, 구두를 신기고 손을 잡아끌어 가까운 신사로 도망쳤습니다. 대위는 거기서 큰 대자로 뻗어 폭음이 울리는 하늘에 대고 온갖 욕을 퍼부었습니다. 불덩어리가 후드득후드득 비처럼 쏟아져 내렸습니다. 신사도 타오르기 시작했습니다.

"부탁이니, 대위 양반. 조금만 저쪽으로 도망가요. 여기서 개죽음당하는 것만큼 우스운 꼴도 없잖아. 달아날 수 있을 때까진 달아나자고요."

인간의 직업 가운데 가장 천대받는 일을 하고 있는 이 까무잡잡하고 깡마른 부인은, 그녀의 어두운 일생에서 가장 고귀하고 빛나는 무언가를 보여주었습니다. 아아, 욕망이여, 사라져라. 허영이여, 사라져라. 일본은 이 두 가지 때문에 망하고 말았습니다. 술 따르는 여인은 아무런 욕망도, 허영도 없이, 그저 술에 취해 비틀거리고 있는 눈앞의 손님을 구하기

위해 혼신의 힘을 다했습니다. 그녀는 대위를 일으켜 옆구리에 끼고 비틀거리며 논밭이 있는 쪽으로 피신을 했습니다. 피신 직후 신사는 불바다가 되었습니다.

가을걷이를 막 끝낸 보리밭으로 술 취한 대위를 질질 끌고 들어간 여자는, 그를 높직한 둑 그늘 아래 뉘인 뒤 자기도 그 옆에 주저앉아 거친 숨을 내쉬었습니다. 대위는 벌써 그르렁그르렁 코를 골고 있었습니다.

그날 밤 그 소도시 구석구석이 모두 불타올랐습니다. 새벽녘이 되어 눈을 뜬 대위는 아직도 타오르고 있는 마을을 멍하니 바라보며, 문득 자기 옆에서 꾸벅꾸벅 졸고 있는 여자를 발견했습니다. 이게 무슨 일인가 싶어 벌떡 일어난 대위는, 도망치듯 대여섯 걸음 가다가 다시 돌아와 웃옷 안주머니에서 저의 동료들인 백 엔짜리 지폐 다섯 장을 꺼내고, 다시 바지 주머니에서 저를 꺼내어 모두 여섯 장을 반으로 접은 다음, 아기의 내복 안쪽 등으로 맨살에 닿도록 밀어 넣고는 정신없이 달아났습니다. 저는 그때, 벅찬 기쁨을 느꼈습니다. 화폐가 이런 용도로만 쓰인다면 우리가 얼마나 행복할까요. 아기의 등은 가칠가칠 말라 있었습니다. 하지만 저는 제 동료 지폐에게 말했습니다.

"이렇게 좋은 곳도 없을 거야. 우리는 행복하구나. 언제까지나 여기 있으면서 이 아기의 등을 따뜻하게 살찌워주고 싶어."

동료들은 다들 말없이 고개를 끄덕였습니다.

太宰治

「이를 어쩌나」

1946년 3월, 『월간 요미우리』에 발표됐다. 당시 일본사회에 감돌던 도시와 시골의 괴리감을 엿볼 수 있는 작품으로, 도쿄에서 고향 쓰가루로 피난을 온 다자이가 느꼈던 인간의 냉혹한 이기심을 소재로 삼았다.

이 동네(쓰가루)로 오고 나서 옛날 소학교 시절 친구들이 가끔씩 찾아온다. 소학교 시절에는 동창들 사이에서 내가 위세깨나 떨쳤던지, "그래도 옛날 대장이니까" 하고 웃으며 다가오는 마을의원[1]들도 있다. 동창들은 벌써 세상 물정에 훤한 아저씨 같은 얼굴들을 하고서, 마을의원이나 농민, 교장 선생 등을 하며 그럭저럭 자리를 잡고 안락하게 살고 있다. 그런데 이야기를 하다 보니 동창들이 하나같이 술꾼에 여자까지 좋아한다는 사실을 알게 되었고, 우리는 서로 어이가 없어서 껄껄 웃기만 했다.

소학교 시절 친구들하고는 같이 술을 마시는 게 즐겁지만, 중학교 시절 친구들은 만나서 이야기를 해도 이상하게 답답하기만 하다. 다들 묘하게 잘난 척을 한다. 나를 경계하고 있다는 느낌마저 든다. 그러면 나 같은 놈하고 안 만나도 될 텐데, 일단은 이 동네 지식인으로서의 의리라고 생각하는지 일부러들 찾아온다.

얼마 전에도 이 동네 병원 의사한테서 전화가 왔다. 오늘 밤 조촐하게

1_ 마을의 사안들을 결정하는 의결기관인 마을의회의 구성원.

식사를 대접하고 싶으니 놀러 오라는 거였다. 이 의사는 자기가 나하고 같은 중학교 동창이라고 진즉부터 내 친척들에게 떠벌리고 다닌 모양인데, 나는 중학교 때 그와 같이 놀았던 기억이 거의 없다. 이름을 듣고 나서야 어렴풋이 얼굴이 기억나는 정도다. 아니면 그 사람이 나보다 한 학년 위였고 3학년인가 4학년 때 낙제를 한 번 하면서, 나와 같은 반이 되었던 게 아닌가 싶다. 아무래도 그런 것 같다. 아무튼 그 사람과는 친분이 별로 없었다.

나는 그 사람한테 저녁을 얻어먹는 것이 아무래도 찜찜했기 때문에, 점심때가 조금 지나 마을 외곽에 있는 그의 집으로 초대를 사양하러 갔다. 그날이 일요일이라 그런지, 그는 도테라[2] 차림으로 집에 있었다.

"만찬회는 취소해주십시오. 아무리 생각해도 이렇게 물자가 부족한 시기에 저 같은 사람한테 식사를 대접하시는 것은 낭비인 것 같습니다. 굳이 그러실 필요는 없지 않겠습니까."

"아쉽네요. 마침 집사람이 외출 중이라, 하기야, 곧 돌아오긴 하겠지만, 낭패로군요. 괜히 전화를 드려서 오히려 폐만 끼친 게 아닌가 싶습니다."

그는 나를 길가 쪽 2층 베란다로 안내했다. 날씨가 좋았다. 아마도 이 지역에서 청명한 가을날은 그날이 마지막이었을 것이다. 그날 이후로는 음울하게 먹구름 낀 하늘에 초겨울 찬바람만 휘몰아쳤다.

"실은 말이죠," 의사는 입가에 묘한 미소를 띠며 말했다. "배급받은 사과주가 두 병 있어서요. 저는 술을 안 마시니까, 사과주라도 한 병 대접하면서 천천히 도쿄 공습 이야기라도 들어볼까 했습니다."

2_ 옷 위에 걸쳐 입는 큼직한 솜옷.

대충 그럴 거라고 생각하고 있었다. 그래서 이렇게 거절하러 온 것이다. 사과주 두 병으로 '천천히' 지루한 사교성 담소나 주고받으면서 답답하기 그지없는 시간을 보낼 수는 없다.

"모처럼 생긴 사과주인데 저한테 쓰시면 아깝지요." 내가 말했다.

"아니에요, 아닙니다. 저는 어차피 술을 못합니다. 어떠세요, 지금이라도 드시겠습니까? 한 병 따지요."

그는 무슨 샴페인이라도 딸 것처럼 요란을 떨면서, 내가 말리는데도 기어이 아래층으로 내려가 뚜껑을 딴 사과주 한 병을 금세 쟁반에 내왔다.

"일부러 여기까지 오셨는데 집사람이 없어서 제대로 대접도 못 하고 어쩌지요? 그냥 집에 있는 걸 좀 가져와 봤습니다. 하지만 이거 꽤 흔치 않은 거예요. 뭔지 아시겠습니까? 메기 꼬치구이입니다. 집사람이 직접 개발한 양념을 바른 거지요. 메기도 이렇게 조리하면 꽤 맛이 좋습니다. 자, 어서 들어보세요. 장어하고 다를 바가 없습니다."

쟁반에는 그 꼬치구이와 작은 사기 술잔이 놓여 있었다. 나는 원래 사과주는 큰 컵에 따라 마시기 때문에 이렇게 작은 잔으로 마시는 건 처음이었다. 맥주병에 담긴 사과주를 그때그때 작은 잔에 부어 마시려니 참 성가셨다. 더군다나 조금도 취하질 않았다. 나는 의사 양반이 자꾸 부추기는 통에 그의 부인이 직접 개발했다는 메기 꼬치구이도 맛을 보았다.

"어떻습니까? 집사람이 개발한 겁니다. 물자 부족 현상을 이겨내고도 남을 맛이라고 제가 항상 칭찬을 하는데, 정말 장어하고 맛이 똑같지요?"

나는 그걸 삼키고는 고개를 끄덕였는데, 이 의사가 대체 옛날에는 어떤 장어를 먹었던 것인지 의심스러웠다.

"부엌은 과학입니다. 요리도 일종의 과학이니까요. 이렇게 물자 부족 현상이 심각할 때는 안사람들의 발명이 나라의 운명을 좌우합니다. 아니, 농담이 아니라 저는 진짜 그렇게 믿고 있어요. 참, 그렇지, 당신 소설에도 그런 내용이 있었지요. 제가 요즘 소설은 잘 안 읽어서요, 당신 소설도 딱 한 편밖에 읽은 적이 없지만 말입니다, 뭐였더라, 신형 비행기를 발명했는데 그걸 시험 삼아 타보다가 논바닥에 떨어졌다는 발명 고생담이었나? 하여튼 그건 재밌었어요."

나는 계속해서 말없이 고개를 끄덕거렸다. 하지만 그런 소설을 쓴 기억은 없었다.

"여하튼 일본도 앞으로 새로운 발명을 하지 않으면 안 됩니다. 남녀가 힘을 모아 새로운 것을 발명하기 위해 집중해야 할 때입니다. 실제로 우리 집사람 같은 사람은 말입니다, 뭐 제 입으로 말하긴 좀 뭣하지만, 그런 점에서 참 감탄스러워요. 여러모로 새롭고 창의적인 고안을 해내니까요. 덕분에 저 같은 사람은 이런 시기에도 의식주에 아무런 불편함을 못 느끼고 살고 있습니다. 물자가 부족하다, 부족하다 해도, 암시장에서 이것저것 사 모으며 난리를 피우는 사람들은, 이른바 창의성 부족인 거지요. 연구심이 없는 겁니다. 요 옆집 다다미 가게에도 도쿄에서 피난 온 가족이 있어요. 얼마 전에 그 집 아낙이 우리 집에 와서 집사람하고 말다툼을 하는 걸 몰래 들었는데, 그거 참 재밌더군요. 피난민들은 피난민들대로 할 말이 있는 모양입니다. 그 집 아낙이 이러더군요. "시골 농부들이 순박하니 어쩌니 하는 건 말도 안 되는 소리예요. 농부들처럼 무서운 사람들도 없어요. 도시에서 졸부가 된 사람들이 시골에 와서 돈을 뿌려대는 통에 순박한 시골 사람들이 타락했다는 둥 말들이 많지만, 이것도 완전히 거꾸로 된 거죠. 도시에서 피난 온 사람들은 대부분 집이 모조리 불타버렸는데, 집이 잿더미가 안 돼본 사람들은 그 맘 이해 못 해요. 엄청난 피해를 본 뒤에 어찌어찌해서 조금이나마 연고가 있는 시골로 달아난 거고, 저희가 무슨 잘못을 해서 도망을 온 것도 아닌데, 어깨를 움츠리고 숨죽여 살아야 한다고요. 새 출발을 해보려 해도 시골 사람들이 어찌나 매정하던지. 우리라고 공짜로 얻어먹고 살겠다는 건 아니라고요. 밭일이 됐든 뭐가 됐든 뭐라도 열심히 도와드리려고 하는데, 도와주는 것도 민폐라며 우릴 그저 식충이 취급하면서, 우리가 하는 말을 귓등으로도 안 들어요. 일도 안 하니까 미안한 마음에 많지도 않은 저축통장에서 돈을 꺼내 큰맘 먹고 내밀면, 그게 또 마음에 들지 않는지, 도시에서 온 졸부가 뒷돈을 써가며 시골의 평화를 망치려 든다며 화를 내요. 그렇다고 돈을 전혀 안 받는가 하면 그런 것도 아니고, 내놓는 족족 많다는 소리는 안 하거든요. 돈 욕심은 많으면서 일부러 아닌 척하고, 그러면서 지폐 같은 건 쓰레기나 마찬가지라고 하죠. 진짜 벌 받을 거예요. 모든 돈에는 나라를 상징하는 국화문양이 박혀 있다고요. 하지만 뭐, 그렇게 돈만 주면 조용히 있는 농민들은 그래도 나은 편이죠. 대부분 돈은 물론이고 물건까지 요구해요. 집이 불타서 거의 맨몸으로 도망 나온 우리한테, 지금 입고 있는 그 바지를 내놓으라고 아무렇지도 않게 말하는 농민들도 있으니까요. 진짜 소름 끼쳐요. 그렇게까지 해서 이것저것 다 빼앗아가 놓고, 뒤에서는 '저놈들 지금은 돈이 있으니까 기분 좋게 펑펑 쓰면서 먹고살고 있는데, 곧 그 돈도 없어질 테고 그렇게 되면 대체 어떻게 살 작정인지 어리석기 그지없다.'라고 하면서 우리를 비웃어요. 우리가 그 사람들한테 무슨 나쁜 짓이라도 했느냔 말이에요. 왜 그렇게 우리를 미워하는지 모르겠어요. 시골 사람들이 순박하다고요? 웃기지 말라 그래요." 그러면서 피난

온 아낙이 우리 집사람한테 쉬지도 않고 속사포처럼 말을 쏟아내는 겁니다. 거기서 집사람은 이렇게 답을 하더군요. 결국 문제는 당신들에게 창의력과 고민이 부족하기 때문이다. 이제 와서 누구를 탓하겠는가. 도쿄가 공습으로 불바다가 될 거라는 것은 꽤 오래전부터 알고 있었던 사실이니, 불타기 전에 뭔가 고민을 하고 준비를 했어야 했다. 예를 들면 한 오 년쯤 전부터 도시 생활을 접고 시골에 뿌리를 내렸더라면 이런 어려움을 겪지는 않았을 거다. 우물쭈물 도시 생활의 안일함에 젖어 있었던 게 실패의 근원이다. 그 점에서는 당신들한테도 잘못이 있는 거다. 거기다 피난 온 사람들은 집이 잿더미가 돼서 맨몸으로 왔다고 하는데, 그건 정말로 듣기 민망할 정도다. 동정을 받고 싶어서 안달 난 것처럼 들린다. 분명 정부가 피난민들에게 즉시 위로 물자를 보냈을 것이고, 공채증권이니 보험이니 하는 것도 간단하게 돈으로 바꿀 수 있을 것이다. 게다가 말 그대로 맨몸으로 나왔다는 피난민들은 단 한 명도 없고, 대부분 짐 보따리 서너 개 정도는 어디 숨겨 뒀을 테니, 당분간 입을 옷가지나 쓸 물품 말고는 생활에 큰 불편함이 없어 보인다. 그 정도의 돈과 물품이 남아 있다면, 어떻게든 자기가 나름대로 고민을 해서 살아갈 수 있을 것이다. 시골 농부들한테 기대지 말고, 자기 힘으로 훌륭하게 자기 길을 개척해야 한다고 생각한다. 이렇게 아주 입바른 소리를 하면서 일침을 놓는 겁니다. 그러자 그 옆집 아낙이 울음을 터뜨리면서, 이제껏 우리가 도쿄에서 놀기만 했던 건 아니라느니, 엄청나게 고생을 했다느니, 어쩌고저쩌고하는데 그저 푸념일 뿐이었죠. 눈물 바람으로 구구절절 하소연을 하면서 우리 집사람이 개발한 미국 국수를 먹고 갔는데, 피난민들은 으레 자기 자신이 비참하다고들 생각하는 모양이에요. 어이쿠, 가시는 겁니까? 왜 벌써요? 자, 사과주 좀 더 드세요. 아직 많이 남았습니다. 이 한 병만 다 드시고 가세요. 저는 어차피 술을 못하니까요. 어떻습니까? 꼭 가셔야겠습니까? 아쉽네요. 우리 집사람도 곧 돌아올 테니, 천천히 도쿄 공습 이야기라도."

그 순간 나는 도쿄 오기쿠보 근처 허름한 꼬치구이집이 가슴에 사무칠 정도로 그리워져서, 아무것도 필요 없으니 그런 술집에서 이 전짜리 닭 꼬치 하나와 십 전짜리 위스키 한 잔을 앞에 두고, 세상의 모든 속물들을 향해 마음껏 욕을 퍼붓고 싶었다. 그러나 그것은 불가능하다. 나는 미소를 지으며 일어나 인사를 하고 공손히 말을 건넸다.

"훌륭한 부인을 두셔서 행복하시겠습니다." 저쪽 길가로 커다란 호박 세 개를 밧줄에 동여매어 등에 짊어지고 땀을 뻘뻘 흘리며 걸어가는 부인이 보였다. 나는 그 여자를 가리키며 말했다. "대부분은 저렇게 혹독하게 살아가기 마련이니까요. 창의력이니 고민이니 하는 것은 눈을 씻고 봐도 없지요." 의사는 어색한 표정을 지으며 예에, 하더니 입을 닫았다. 설마 했는데 그 여자가 곧장 의사네 집 부엌문을 열고 들어왔다. 이를 어쩌나. 그 사람이 바로, 곧 집에 들어올 거라던 그의 처였다.

十五年間
15년간

太宰治

「15년간」

1946년 4월, 『문화전망』(후쿠오카 종합문예지)에 발표되었다.

저자 스스로가 자신의 이삼십 대를 돌아보며 쓴 '자화상'과 같은 작품이다. 일기와는 또 다른 독특한 형식으로, 본인이 살아온 지난날의 공간과 시간을 구체적이고 정확하게 기록하면서 그때그때의 사연과 고민을 기록한 이른바 '소설화한 창작 연표'라 할 수 있다.

특히 이 작품에서 그는 문인들이 만들어내는 문단(그의 표현을 빌리자면 '살롱문학')을 신랄하게 비판하면서, 예술가에게 문단의 비평이나 무슨 주의, 무슨 사상 등은 큰 의미가 없으며, 오직 자기 내부의 고뇌와 고독에서 비롯된 것만이 창작의 동력이 된다고 지적하는데, 이 작품에는 그러한 다자이의 예술 사상이 그대로 반영되어 있다.

전쟁으로 집이 불타버리고 나자, 나 혼자라면 어쨌을지 몰라도, 다섯 살 두 살 아이들까지 있었기 때문에, 결국 우리 네 식구는 쓰가루에 있는 본가로 들어가 더부살이를 하게 됐다.

세상에 알려져 있는 것처럼 나는 본가의 가족들과 오랜 기간 껄끄러운 사이로 지내왔다. 말하자면, 문란한 이십 대를 보낸 탓에 가문에서 쫓겨났던 것이다.

그러다가 두 번이나 집을 잃고 갈 곳이 없어져서, 달랑 **잘 부탁한다**는 전보 한 장을 치고는 뻔뻔스럽게 본가로 향했다.

그러고 나서 얼마 후 전쟁이 끝났고, 나는 대충 기모노를 걸쳐 입고 다섯 살짜리 딸아이를 데리고 고향의 들판을 거닐 수 있게 되었다.

기분이 참 묘했다. 나는 십오 년 동안이나 고향을 떠나 있었는데, 이곳은 크게 변한 것이 없었다. 그리고 고향의 들판을 걷고 있는 나 또한, 그저 보통 쓰가루 사람이었다. 십오 년이나 도쿄에 살았는데도, 도회지 사람 같은 구석이 전혀 없었다. 목덜미가 두껍고 둔중한 것이, 두말할 것 없는 농민이었다. 대체 도쿄에서 무얼 하다 온 것인가. 도무지 세련미가 없질 않은가. 나는 기분이 이상했다.

어느 잠 못 들던 밤, 그렇게 혼자서 지난 십오 년간의 도시 생활을 떠올려보다가, 이참에 회상록을 한 번 더 써보자는 생각이 들었다. '한 번 더'라고 생각한 건, 오 년쯤 전에 「동경 팔경」이라는 제목으로 그때까지의 꾸밈없는 도쿄 생활을 간추려 발표한 적이 있기 때문이다. 하지만 그로부터 오 년의 세월이 흘렀고, 전쟁의 쓴맛까지 본 지금, 그 시절 「동경 팔경」만으로는 무언가 부족했다. 이번에는 약간 다른 방향에서 이제껏 내가 도쿄에 대해 발표해 온 작품들을 주축으로, 쓰가루 토박이 농부의 피를 이어받은 나 같은 남자가 어떻게 도시생활을 해왔는지 쓰고, 아울러 「동경 팔경」 이후 전쟁 중 상황도 추가하여 나의 시골스러운 본성을 파헤쳐보고 싶었다.

내가 도쿄에서 처음 발표했던 소설은 「어복기」라는 열여덟 장짜리 단편소설이었고, 그다음 달에 「추억」이라는 백 장짜리 소설을 세 번에 걸쳐 발표했다. 둘 다 『바다표범』이라는 동인지를 통해서였다. 쇼와 8년[1933년]의 일이다. 내가 히로사키 고등학교를 졸업하고 도쿄제대 불문과에 입학한 것이 쇼와 5년 봄이었으니, 도쿄에 온 지 삼 년 만에 소설을 발표한 것이었다. 하지만 본격적으로 소설을 쓰기 시작한 것은 그 전년도부터였다. 그즈음의 상황은 「동경 팔경」에 다음과 같이 수록돼 있다.

'하지만 나는 조금씩 스스로의 한심한 생활을 자각하기 시작했다. 유서를 썼다. 「추억」 백 장이었다. 돌이켜보면 이 「추억」이 나의 처녀작인 셈이다. 유년 시절 가슴 한구석에 품어두었던 악을 꾸밈없이 쓰고 싶었다. 스물네 살 되던 해 가을의 일이다. 잡초가 무성하게 자란 버려진 뜰을 바라보며, 웃음기 가신 얼굴로 별채에 앉아 있었다. 나는 또 죽을 생각을 하고 있었다. 같잖게 보면 같잖은 일이다. 혼자 우쭐해져 있었다.

나는 인생을 드라마라고 생각했다. 아니, 드라마를 인생이라 여겼다. (중략) 하지만 인생은 드라마가 아니었다. 제2막은 아무도 모른다. '멸망'이라는 역할로 등장했다가, 마지막까지 퇴장하지 않는 남자도 있다. 소박한 유서를 써보겠다는 생각에서, 이렇게 추잡한 아이도 있었다며 유년, 혹은 소년 시절의 고백을 적어 넣었던 것인데, 그 유서가 오히려 강렬한 계기가 되어 내 아스라한 허무의 등불이 켜졌다. 죽을 수도 없었다. 「추억」 한 편만으로는 아무래도 성이 차지 않았다. 어차피 여기까지 썼다. 모두 다 쓰고 싶었다. 오늘까지 있었던 모든 것을 모조리 털어놓고 싶었다. 이것저것, 전부 다. 쓰고 싶은 것이 한가득 생겼다. 우선 가마쿠라 사건을 썼는데, 별로였다. 어딘가 빠진 데가 있었다. 또 한 편 더 썼는데, 여전히 만족스럽지가 않았다. 한숨 돌리고 다시 다음 작품에 착수했다. 마침표를 찍지도 못한 채 계속 작은 쉼표만 찍어대고 있었다. 이리 와, 이리 와, 하면서 영원히 유혹의 손짓을 하는 악마에게 조금씩 잡아먹히고 있었다. 사마귀가 도끼 들고 용을 써봐야, 자동차 앞에서는 소용이 없는 법이다.

나는 스물다섯이 되었다. 쇼와 8년이었다. 원래대로라면 올 3월에 대학을 졸업해야 했다. 하지만 졸업은커녕 아예 시험도 보지 않았다. 고향의 형들은 그런 사정을 몰랐다. 내가 한심한 일만 저질러대고는 있지만, 그래도 사과의 뜻으로 학교는 졸업할 거라고, 그 정도의 성실함은 지니고 있는 녀석이라고, 남몰래 기대들을 했던 모양이다. 나는 완벽하게 그들을 배신했다. 졸업할 마음은 없었다. 나를 믿어주는 자를 기만하는 일은 지옥의 구렁텅이에 빠지는 것과 같다. 그로부터 두 해 동안 나는 지옥 속에 살았다. 내년에는 반드시 졸업하겠습니다. 딱 일 년만 더 봐주십시오. 그렇게 큰형에게 읍소하며 속였다. 그해도 그랬다. 다음 해도 그랬다. 죽을 것 같은 반성과 자조와 공포 속에서 죽지도 않고 나는, 염치없게 유서라 할 법한 일련의 작품들에 열중하고 있었다. 이것만 완성할 수 있다면. 그것은 어차피 풋내기의 어쭙잖은 감상에 불과했던 것인지도 모른다. 그래도 나는 그 감상에 목숨을 걸고 있었다. 내가 써낸 작품을 커다란 종이봉투 서너 개에 넣어 두었다. 차츰 작품 수도 늘어났다. 나는 종이봉투에 붓으로 『만년』이라고 썼다. 일종의 유서 제목이었다. 이제 이걸로 끝이라는 의미였다.'

이건 말하자면, 당시 내 작품의 '뒷이야기'였다. 이 봉투 속 작품을 쇼와 8, 9, 10, 11년, 그러니까 사 년에 걸쳐서 전부 발표했는데, 쓴 것은 주로 쇼와 7, 8년, 이 두 해였다. 대부분 스물네 살과 스물다섯 살 사이에 쓴 작품이었다. 그 뒤 이삼 년 동안은 사람들이 글을 달라고 할 때마다 그냥 이 봉투 속에서 한 편씩 꺼내주기만 하면 됐다.

쇼와 8년, 내가 스물다섯 되던 해에 동인지 『바다표범』 창간호에 실린 「어복기」라는 열여덟 장짜리 단편소설이 내 작가 생활의 출발점이 되었는데, 의외로 반응이 좋았다. 그즈음 쓰가루 사투리 때문에 촌티가 풀풀 나던 내 문장을 정성스럽게 고쳐주던 이부세 씨도 놀라며,

"이렇게까지 평이 좋을 리가 없는데. 거만해지면 안 돼. 무슨 착오가 있는 건지도 몰라."

하고 진심으로 불안한 듯 말했다.

이부세 씨는 그 뒤로도 두고두고, 어쩌면 무슨 착오가 있는 건지도 모른다면서 불안해했다. 나의 문장력에 대해 영원히 불안을 품고 있던 사람은 이부세 씨와 쓰가루 본가의 형이었는지도 모른다. 이 두 사람은 둘 다 올해로 48세. 나보다 열한 살 위다. 형은 벌써 머리가 벗겨져서 번쩍거리고, 이부세 씨도 요즘 부쩍 흰머리가 많이 늘었는데, 둘 다

잔소리가 꽤 심했다. 성격도 어딘가 비슷한 데가 있었다. 나는 이 사람들 손에 컸다. 이 두 사람이 세상을 뜬다면, 나는 넋을 잃고 펑펑 울 것 같다.

「어복기」를 발표한 뒤 이부세 씨가 '무슨 착오가 있는 건지도 모른다'며 걱정을 했는데도, 나는 시골 사람다운 뻔뻔함으로 그해 또 「추억」이라는 작품을 발표했고, 어느새 문단의 신인이 되었다. 이듬해 이름난 문예지에서 원고 청탁을 받기도 했는데, 원고료는 있을 때도 있었고 없을 때도 있었다. 있더라도 한 장에 삼십 전이나 오십 전 정도로 얼마 안 됐기 때문에, 당시 가장 친하게 지내던 학우와 술집에서 술을 한잔하고 싶어도, 그 돈으로는 어림도 없었다. 『만년』이라는 창작집이 출판되면서 다자이라는 내 필명이 세상에 알려졌지만, 나는 조금도 행복하지 않았다. 이제까지의 내 삶을 돌이켜보면, 희미하게나마 여유를 느끼며 편히 쉴 수 있었던 순간은, 내 나이 서른에 이부세 씨의 소개로 지금의 아내를 맞이하여, 고후시 외곽에 한 달 집세 육 엔 오십 전짜리 손바닥만 한 집을 빌려 살던 때였다. 인세로 받은 이백 엔쯤 되는 돈을 저금해 놓고서, 아무도 안 만나고 오후 네 시경부터 느긋하게 따뜻한 두부 요리를 곁들여 술을 마시던 그때. 누구도 신경 쓸 필요가 없었다. 하지만 그런 생활도 겨우 서너 달 만에 끝이 났다. 적금 이백 엔이 언제까지고 남아 있을 리가 없었다. 나는 또 도쿄로 와서, 황폐하고 삭막한 생활 속으로 빠져들었다. 나의 반생은 횟술의 역사다.

나는 규칙적인 생활을 하고, 알코올과 니코틴이 빠져나가 청결해진 몸을 새하얀 시트 위에 누이기를 염원하면서도, 늘 너저분한 술주정뱅이가 되어 외진 골목길을 서성거렸다. 어째서 그렇게 되어버린 것일까. 그걸 지금 여기서 쉽게 두세 마디로 설명해버릴 수는 없다. 그것은 내 연배 일본 지식인들 모두의 문제인지도 모른다. 여태껏 내가 쓴 작품들을 죄다 끄집어내 대답을 해보려 해도 역부족일 만큼, 심각한 문제인지도 모른다.

나는 살롱예술을 부정했다. 살롱사상을 혐오했다. 말하자면 나는, 살롱이라는 것을 배겨낼 수가 없었다.

그것은 지식인의 매음굴이다. 아니, 하지만 때로는 매음굴에서 진정한 보석을 발견할 수도 있겠지. 그것은 지식의 도둑놈 소굴이다. 아니, 하지만 가끔은 도둑놈 소굴에 진짜 금반지가 굴러다니지 말라는 법도 없다. 살롱은 다른 무엇과도 비교할 수 없다. 차라리 이렇게 말하는 것은 어떨까. 그것은 지식의 '대본영발표'[1]다. 그것은 지식의 '전시戰時 일본 신문'이다.

전쟁 중 일본 신문의 전 지면에는 무엇 하나 믿을 만한 기사가 없었고, (하지만 우리는 억지로 그것을 믿으며, 죽을 각오를 다지고 있었다. 부모가 파산할 위기에 처하여 눈에 보이는 빤한 거짓말을 한다고 해서, 자식이 그것을 폭로할 수 있겠는가. 운이 다했음을 받아들이며 묵묵히 함께 전사할밖에.) 민망한 마음에 대충 둘러대는 기사가 대부분이었지만, 그래도 그중 거짓이 아닌 기사가 신문지면 구석에 자그맣게 실렸다. 이른바 사망 광고다. 피난 중이던 우자에몬유명 가부키 배우이 죽었다는 토막기사는 거짓이 아니었다.

살롱은 전쟁 중에 발간되던 일본 신문보다 더 나쁘다. 거기에선 사람의 생사조차 뒤죽박죽이다. 다자이가 죽었다, 혹은 몸을 던졌다,

1_ 大本營發表(1941~1945). 대본영은 전쟁 당시 천황 직속 육해군 최고 통수부를 일컫는 말이었는데, 그들이 라디오를 통해 국민들에게 전시 상황을 발표하던 것을 대본영발표라 했다. 전후 그들이 상습적으로 피해를 축소시키고 진실을 은폐했던 사실이 드러나면서, '내용을 신뢰할 수 없는 허위 공식발표'의 대명사가 되었다.

혹은 몰락했다는 광고가 살롱을 통해서 몇 번이나 흘러나왔는지 모른다.

내가 다른 건 몰라도, 살롱의 위선에 맞서 싸워왔다는 것만은 말해두고 싶다. 그렇게 나는 언제까지나 너저분한 술주정뱅이였다. 책장에 내 책을 꽂아둔 살롱은 어디에도 없었다.

하지만 내가 이렇게 살롱이 어쩌고저쩌고 열을 올리며 글을 쓰고 있어도, 그게 대체 무슨 소리인지 전혀 이해가 안 가는 사람들이 많을 것이다. 살롱은 외국 여러 나라에서 문예의 발상지 노릇을 하지 않았느냐고 물고 늘어지는 어쭙잖은 사람들이, 바로 내가 말하고자 하는 살롱이다. 세상에 어설프게 아는 사람만큼 두려운 것도 없다. 이 녀석들은 십 년 전에 외워둔 정의를 그대로 암기하고 있을 뿐이다. 그리고 새로운 현실을 그 정의 가운데 하나에 억지로 끼워 맞추려 한다. 할머니, 무리하지 마요. 어차피 안 맞는다니까.

스스로 부족하다고 느끼는 사람은, 이미 그것만으로도 존경받아 마땅한 인물이다. 어설프게 아는 사람은 영원히 아무렇지도 않은 척 살아간다. 천재의 성실성을 잘못 이해하고 퍼뜨리고 다니는 것은 이 사람들이다. 그리고 오히려 속물들의 위선을 지지하고 있는 것도 이 사람들이다. 일본에는 어설프게 아는 체하는 놈들이 득실득실해서, 그런 사람들로 국토가 꽉 차 있다고 봐도 무방할 정도다.

좀 더 유약해져라! 훌륭한 것은 네가 아니다! 학문, 그까짓 건 내다 버려라!

너 자신을 사랑하는 만큼, 네 이웃을 사랑하라. 거기서부터 시작하지 않으면, 이도 저도 안 된다.

이런 말을 하면 또 언제나처럼 어설픈 살롱 작자들이, 사상 어쩌고 하면서 쓸모없는 논쟁을 시작할 것이다. 소귀에 경 읽기다. 말해 뭣하랴.

내가 지금 말하고 있는 살롱이란 과연 무엇인가. 외국 여러 나라의 문예 발상지였다는 살롱과 일본의 살롱에는 근본적으로 어떤 차이가 있는가. 황실 혹은 왕실과 직접적인 연관이 있는 살롱과, 기업가 혹은 관리와 관련이 있는 살롱은 어떻게 다른가. 너희들의 살롱이 어설픈 연극에 불과한 이유는 무엇인가. 지금 여기서 하나하나 차근차근 설명하는 편이 옳을지도 모르겠지만, 그런 일에 힘을 쏟다 보면 너희가 또 볼썽사납게 나를 꼬드겨서, 다자이도 살롱으로 들어가 무참히 미라가 되어버릴 우려가 다분하기에, 더 이상의 봉사는 사양하겠다. 뭐, 알 만한 녀석들은 말하지 않아도 다 알겠지.

나는 지금 나의 창작 연표라 해도 좋을, 화마를 모면한 지저분한 수첩을 넘겨보며, 이런저런 회상에 잠겨 있다. 내가 처음 도쿄에서 작품을 발표했던 때인 쇼와 8년[1933년]부터 쇼와 20년까지 열두 해 동안, 나는 저 살롱의 무리들과는 완전히 다른 길을 걸어왔다. 그러니 내가 그 사람들과 영원히 섞이지 못하는 것도 무리가 아니다. 쇼와 2, 3년경 있었던 일이다. 내가 아직 히로사키 고교 문과생이었을 때, 가끔씩 도쿄에 있는 형(이 형은 몸이 허약한 조각가였는데, 스물일곱에 병으로 죽었다) 집에 놀러 가곤 했는데, 형을 따라 카페라고 하는 곳에 들어가 보면, 거기 늘 뽀얀 피부에 키가 훤칠한 남자가 아니꼽게 거드름을 피우고 앉아 있었다. 형은 나지막하게 "저 사람이 신인 작가 아무개야." 라고 알려줬는데, 나는 그 남자가 어쩌나 천박하고 가벼워 보이던지 예술가라는 족속들을 한층 더 혐오하게 됐다.

나는 고상한 예술가들에게 의혹을 품었으며, '아름다운' 예술가를 부정했다. 시골 사람이었던 나는, 어쩔 수 없이 그런 것들이 비위에 거슬렸다.

바다 요괴 같은 것을 즐겨 그렸던 뵈클린[2]이라는 화가를 모르는 사람은 없을 것이다. 그의 그림은 어딘가 약간 미숙해서 결코 훌륭한 작품이라고는 할 수 없지만, '예술가'인가 하는 제목의 의미심장한 그림이 한 장 있다. 그 그림에는 망망대해 속 외딴섬에 잎이 무성히 자란 굵은 나무가 한 그루 자라 있고, 그 나무 그늘에 몸을 숨긴 채 조그만 피리를 불고 있는 대단히 꾀죄죄하고 이상하게 생긴 생명체가 있다. 그는 자신의 더러운 몸을 숨긴 채 피리를 불고 있다. 외딴섬에 파도가 칠 때마다 아름다운 인어들이 모여들어 넋을 잃고 그 피리소리에 귀를 기울인다. 만약 인어들이 피리 부는 그의 모습을 보았다면, 첫눈에 꺄악 소리를 지르며 까무러쳤을 것이다. 그런 탓에 예술가는 자신의 몸을 꼭꼭 숨긴 채 그저 피리만 분다.

여기에 예술가의 비참하고 고독한 숙명이 있으며, 뼈를 깎는 듯한 예술의 아름다움, 고귀함, 에잇, 뭐라고 하면 좋을까, 그러니까 예술 말이다, 그것이 있는 것이다.

나는 단언한다. 진정한 예술가는 보기 흉한 법이다. 카페에 앉아 잘난 척을 하고 있던 그 미남은 가짜다. 다들 안데르센의 미운 오리 새끼 이야기를 알고 있을 것이다. 작고 귀여운 새끼 오리들 가운데 굉장히 보기 흉하고 못생긴 새끼 오리 한 마리가 섞여 있는데, 모두에게 학대를 받고 비웃음거리가 된다. 의외로 그 녀석이 백조의 새끼였다. 거장의 청년 시절은 예외 없이 추하다. 살롱이 사랑하는 귀염성 있는 구석은 어디에도 없다.

고상한 살롱은 인간이 가장 두려워해야 할 타락의 구렁텅이다. 그렇다

2_ 아르놀트 뵈클린(1827~1901). 스위스 화가. 주로 문학, 신화 등을 소재로 한 상징적인 세계를 회폭에 담았으며, 만년에 음울한 그림을 많이 남겼다. 대표작으로 『죽음의 섬』(1880)이 있다.

면 가장 먼저 누구를 나무라야 할까. 자기 자신이다. 바로 나다. 다자이 오사무입네 하면서 어색하게 거들먹거리는 남자다. 생활은 질서정연하게, 잠은 새하얀 시트 위에서. 대단히 근사한 일이기는 하지만 (이런 생활은 누가 봐도 매력적이야!) 그래도 자기 혼자 애써 어느 경지에 도달하자마자, 갑자기 딴사람이 된 것처럼 우쭐거리면서, 전에는 그토록 증오하던 살롱을 들락거리고, 아니 들락거릴 뿐만 아니라 조악한 살롱을 직접 열기까지 해서, 어설프게 아는 척하는 자들의 선생이 되는 건 아닌지 모르겠다. 원체 마음도 약하고 칠칠치 못한 주제에 허영심은 또 어찌나 강한지, 사람들이 조금만 치켜세워 주면 들떠서 무슨 짓을 벌일지 알 수 없는 남자니까.

나는 그와 같은 상황이 벌어질까 봐 몹시 두려웠다. 내가 만약 살롱 분위기의 고상 떠는 가정생활을 영위한다면, 그건 분명 누군가를 배신하게 되는 일이라 믿었다. 나는 고지식할 정도로 소심한 빚쟁이 같았다.

나는 나의 가정생활을 계속해서 무너뜨려 나갔다. 무너뜨리고자 하는 강력한 의지는 없었지만, 잇따라 저절로 무너졌다. 쇼와 5년 히로사키에 있는 고등학교를 졸업하고 대학에 들어가서 도쿄에 살게 된 이후 지금까지, 도대체 몇 번이나 이사를 했는지 모른다. 이사도 결코 평범하지 않았다. 가진 것을 거의 다 잃고 몸뚱이 하나만 빠져나왔다가, 다시 새 터전을 마련하여 그때그때 살림살이를 갖춰가는 식이었다. 도쓰카. 혼조. 가마쿠라 병원. 고탄다. 도보초. 이즈미초. 가시와기. 신토미초. 핫초보리. 시로가네산코초. 이곳 시로가네산코초의 커다란 빈집 별채 방 한 칸에서 「추억」 같은 작품을 썼다. 아마누마 3번지. 아마누마 1번지. 아사가야의 병실. 교도의 병실. 지바현 후나바시. 이타바시의 병실. 아마누마의 아파트. 아마누마의 하숙집. 고슈 미사카 고개. 고후시의 하숙집. 고후시 외곽의 집. 도쿄 시타미타카. 고후 스이몬초. 고후 신야나기초. 쓰가루.

잊어버린 곳이 있을지도 모르지만, 이것만 해도 벌써 스물다섯 번 이사를 다녔다. 아니, 스물다섯 번 파산했다. 일 년에 두 번쯤 파산을 하고, 다시 새 출발을 하며 살아온 셈이었다. 그러니 앞으로 내 가정생활이 어떻게 될지는 짐작조차 안 갔다.

위에 나열한 스물다섯 곳 가운데 가장 애착이 가는 곳은 지바현 후나바시였다. 나는 거기서 「다스 게마이네」나 「허구의 봄」 같은 작품을 썼다. 그 집을 꼭 비워줘야 했던 날, "제발, 부탁이야, 이 집에서 하룻밤만 더 지내게 해줘. 현관에 있는 협죽도도 내가 심었고, 정원에 자란 벽오동도 내가 심었다고!" 하고 떼를 쓰며 대놓고 엉엉 울었던 일을 잊을 수가 없다. 제일 오래 살았던 곳은 미타카 시모렌자쿠에 있는 집이었을 것이다. 전쟁이 나기 전부터 살았는데, 올봄에 폭탄이 떨어져서 다 무너지는 바람에 고후시 스이몬초에 있는 처가로 거처를 옮겼다. 엎친 데 덮친 격으로 이사 간 지 석 달 만에 그 집이 소이탄을 맞아 잿더미가 됐다. 그 후 마을 외곽에 있는 신야나기초의 어느 집으로 잠시 물러났다가, 어차피 죽을 거라면 고향에서 죽자는 마음으로 아이 둘을 끼고 쓰가루 본가로 오게 된 것인데, 오고 나서 이 주일째 되던 날 종전 방송이 흘러나왔다는 것이, 대강 이제까지 내 방랑 생활의 경위다.

나는 벌써 서른일곱이 되었다. 그리고 또다시 이렇게 무일푼으로 새 출발을 해야만 한다. 여전히 살롱사상에 혐오감을 품은 채.

창작 연표라 할 수첩을 뒤적이다 보니, 이거야 원, 지난 십몇 년 동안 어느 한 해도 된통 비참한 꼴을 당하지 않고 넘어간 적이 없었다는 것을 알 수 있었다. 내 연배의 사람들 대부분은 지난 이십 년 동안 끔찍한 일만 겪으며 살아왔다. 그야말로 파란만장했다. 엉망진창이었다. 우리들 거의 대부분은 스무 살이 되자마자 계급투쟁에 참가했고, 어떤 이는 투옥되었으며, 어떤 이는 학교에서 추방당했고, 어떤 이는 자살했다. 도쿄로 와보니, 네온사인의 숲이었다. 예를 들면, 후네노후네, 구로네코, 미인좌.[3] 아무튼 그 당시 긴자, 신주쿠가 얼마나 붐볐는지 모른다. 절망의 난무乱舞였다. 안 놀면 손해라도 볼 것처럼 다들 미친 듯이 술을 퍼마셨다. 뒤이어 만주사변이 일어났다. 5 · 15, 2 · 26처럼[4] 재미없는 일들만 줄줄이 터지더니, 끝내 중일전쟁이 일어나 우리 연배 사람들은 다들 전쟁에 참전해야 했다. 전쟁은 끝을 모르고 계속되었고, 장개석을 상대하느니 마느니 소란을 피우다가 상황이 여의치 않자, 그다음은 영미英米를 상대하게 되어 일본의 남녀노소가 죽을 각오를 해야 했다.

대단히 언짢은 시대였다. 그 시대를 살면서, 자신의 애정 문제니, 신앙이니, 예술이니 하는 것들을 지켜내기란 여간 어려운 일이 아니었다. 그 후라고 편한 것은 아니다. 상황이 이렇게 된 이상 어쩔 수가 없다. 다시 십몇 년 전 후네노후네 시대로 돌아가는 것은 의미가 없다. 전쟁 때가 차라리 낫다는 말이 나도는 것도 참담한 노릇이다. 멍하니 있다가는 그렇게 된다고요. 혼란을 틈타 한몫 챙겨보겠다는 생각은, 이제 안 할 거지? 이것 봐, 아무 의미도 없잖아.

쇼와 17년1942년, 쇼와 18년, 쇼와 19년, 쇼와 20년, 휴우, 정말이지

3_ 세계 공황 및 전쟁이 일어나기 전인 1910~20년대, 서민들의 유흥문화가 화려하게 꽃피었던 일명 에로구로(에로티시즘+그로테스크) 시대에 도쿄, 오사카 등지에서 크게 유행했던 카페 이름들. 당시 카페는 식사를 겸하여 술을 마실 수 있는 레스토랑 겸 바와 같은 곳이었으며, 하얀 에이프런을 매고 시중을 드는 여급이라 불리던 여자들이 있었다.

4_ 1932년 5월 15일 해군 청년장교들이 만주사변을 묵인한 총리대신 이누카이 쓰요시를 살해한 사건과, 1936년 2월 26일에서 29일에 걸쳐 일부 육군 청년장교들이 천황 중심의 정치를 주창하며 천여 명의 군대를 일으킨 쿠데타 미수사건.

우리에게는 끔찍한 시대였다. 나는 세 번이나 훈련에 동원됐는데, 그때마다 죽창 공격 같은 것을 연습해야 했다. 새벽 동원이다 뭐다 이런저런 훈련을 받으면서 짬짬이 소설을 썼는데, 그것 때문에 정보국에서 나를 주시하고 있다는 소문이 나돌았다. 쇼와 18년에 「우대신 사네토모」라는 삼백 장짜리 소설을 발표했더니, 그걸 「유대인 사네토모」라고 엉터리로 읽으면서, 다자이가 사네토모를 유대인으로 만들었다는 둥 어쨌다는 둥 심술궂게 나를 비국민[5] 취급하면서 처벌하려고 드는 아둔한 '충신'도 있었다. 내가 쓴 마흔 장짜리 어떤 소설은 발표되자마자 처음부터 끝까지 전문삭제 명령이 떨어졌다. 또 이백 장 이상 분량의 신작 소설이 출판불가 판정을 받기도 했다. 하지만 나는 소설 쓰기를 멈추지 않았다. 이미 여기까지 온 이상 마지막까지 끈질기게 쓰지 않으면 안 된다는 생각이 들었다. 그것은 더 이상 변명이 아니었다. 농사꾼의 빌어먹을 오기였다. 하지만 나는 이제 와서 누구처럼 "난 원래 전쟁에 욕심이 없었다. 나는 일본 군벌의 적이다. 자유주의자다."라고 떠들면서, 전쟁이 끝나자마자 갑작스럽게 도조[군인 겸 정치가] 욕을 하며 전쟁에 책임을 지라고 소란을 피워대는 신종 편승주의자가 될 생각은 추호도 없다. 요즘에는 사회주의마저도 살롱 사상으로 타락해버렸다. 나는 이런 시류 또한 따를 수가 없다.

전쟁을 치르는 동안 나는, 도조라면 질색을 하고, 히틀러를 경멸하며, 모두에게 그걸 떠벌리고 다녔다. 하지만 또 한편으로는 이 전쟁에서 일본 편이 되고자 했다. 나 같은 사람이 편을 들어준다고 해서 도움이 될 턱은 없지만, 그래도 일본 편을 들어줄 작정이었다. 이 점을 분명히

5_ 당시 전쟁에 협조하지 않는 사람이나 불만을 토로하는 사람들을 비하해서 이르던 말.

해두고 싶다. 물론 애초에 이 전쟁을 시작할 때부터 아무런 희망도 품지 않았지만, 어쨌든 일본은 일을 저질러버린 것이다.

쇼와 14년1939년에 쓴 「불새」라는 미완의 장편소설에 다음과 같은 내용이 있다. 이걸 읽어보면 내가 아까 '부모가 파산할 위기에 처하여 눈에 보이는 빤한 거짓말을 한다고 해서, 자식이 그것을 폭로할 수 있겠는가. 운이 다했음을 받아들이며 묵묵히 함께 전사할밖에.'라고 했던 말의 의미를 보다 정확하게 알 수 있을 것이다.

그 내용은 이렇다.

(전략) 노모는 화로를 사이에 두고, 도자기 장식품처럼 단정하고 예쁘게 앉아서, 자꾸 시선을 내리뜨더니, 결국 이런 이야기를 꺼냈다. —그 아이는 제 외아들인데, 도깨비 같은 아이긴 해도, 전 믿고 있어요. 아이 아버지는, 해가 바뀌었으니, 벌써 칠 년 전에 죽었지요. 뭐, 옛날 자랑을 하려니까 초라해지긴 하는데, 아버지가 건강했을 때, 마에바시에서, 음, 고향은 조슈옛 군마현인데요, 마에바시에서도 으뜸 중의 으뜸인 음식점을 했어요. 장관이나 사단장, 지방 장관 등 다들 마에바시에서 노실 땐, 꼭 저희 집에 들렀어요. 그땐 좋았죠. 저도 매일매일 보람차게, 뼈가 바스러지도록 일을 했어요. 하지만 아이 아버지는, 쉰 살 때 나쁜 놀음을 배워서는, 투기 말이에요. 망하는 건, 순식간이었어요. 아침에 문득 정신을 차려보니, 빈털터리더군요. 깨끗하고, 산뜻하게 말이죠. 참 이상한 일도 다 있죠. 아이 아버지는 모두에게 면목이 없으니까, 그렇게 되고 나서도 허세를 부리면서, 있잖아, 나한테 몰래 감춰 둔 산이 있어. 금이 나오는 산을 하나 가지고 있다고. 이러면서 아이처럼 터무니없는 거짓말을 하는 거예요. 남자란 참 불쌍한 동물이에요. 긴 세월을 부부로 산 저 같은 할머니한테까지, 어떻게든 힘겹게 허세를

부려야 하니까요. 우리들한테, 정말로 자세하게, 그 금이 나오는 산에 대해 진지하게 이야기해 주더라고요. 거짓말이란 걸 알고 있는 만큼, 듣는 제가 다 한심하기도 하고, 딱하기도 하고, 불쌍하기도 해서, 눈물을 참느라 힘들었어요. 아이 아버지는 우리가 그다지 열심히 듣고 있지 않다는 걸 깨닫고는, 결국 정색을 하고, 자세히, 진짜처럼, 지도랑 뭐를 잔뜩 꺼내서는, 금산이 어쩌고저쩌고하는 통에, 부끄러워 죽을 지경이었어요. 마을 사람들한테 웃음거리도 될 테고 말이죠. 그때는 조타로가 도쿄에 있는 대학에 막 들어간 참이었는데, 전 너무 난처해서, 조타로한테 편지로 사정을 다 알렸어요. 그 당시 조타로는 참 기특했지요. 바로 도쿄에서 달려와서는, 아주 기쁘다는 듯이, 아버지, 그런 좋은 산을 가지고 계시면서, 왜 제게 지금까지 숨기고 계셨어요? 그렇게 좋은 일이 있는데, 학교처럼 시시한 곳을 뭐 하러 다녀요. 관두게 해주세요. 이 집도 팔아 치우고, 지금 당장, 그 금광을 찾으러 가요. 그렇게 아버지의 손을 끌며 재촉했고, 또 저를, 몰래 뒤로 불러서는, 엄마, 알겠어? 아버지는, 이제 앞날이 길지 않아, 몰락한 사람한테 창피를 줘서는 안 된다고. 그러면서 저를 호되게 꾸짖었어요. 저도 그 말을 듣고 그제야, 아아, 그런 거구나 하고 깨달았는데, 어찌나 부끄럽던지, 내 자식이지만 두 손 모아 숭배를 하고 싶을 정도였어요. 거짓말, 이란 걸 분명히 알면서도, 기차를 타고, 마차를 타고, 눈길을 걸어서, 우리 세 식구는, 시나노옛 나가노현 산속 온천에 거처를 정하고, 그날부터 일 년 내내 비가 오나 눈이 오나 아버지와 함께 산속을 헤집고 다녔어요. 날이 저문 후 여관으로 돌아와서는, 연극이라고는 상상도 할 수 없을 정도로 아버지 말을 열심히 들었지요. 둘이서 무언가를 연구하고, 의논하고, 내일은 괜찮을 거다, 내일은 괜찮을 거다, 그러면서 서로 기운을 북돋아 주고, 그러고 나서 잠을 청한 뒤, 또다시 아침 일찍 산으로 나가서, 여기저기 아버지에게 끌려다니며, 지독하게 엉터리 같은 설명을 들었는데, 그래도 우리는 크게 고개를 끄덕여주다가, 녹초가 되어 돌아왔어요. 모든 게 다, 조타로 덕분이에요. 아이 아버지는 산속 여관에서 일 년간 의욕적으로 생활을 계속할 수 있었고, 처자식에게도 멋지게 체면을 유지하면서, 창피를 당하지 않고 안락하게 죽었지요. 네, 시나노에 있는, 그 여관에서 죽었어요. 내 산은 앞으로 잘 될 거야, 두고 보라고, 재산이 스무 배가 될 거야, 그렇게 으스대며 죽어갔어요. 전부터 심장이, 무척 안 좋았죠. 찬바람이 매우 심하던 아침이었어요. 슬픈 이야기였네요. 하지만 그 아이가, 어떤 아이라는 것은, 잘 알 수 있는 일화지요. 그 후 모자 둘이서 도쿄로 와서, 고생을 하며 살았어요. 지갑을 가지고 두부 한 모 사러 가는 것도 얼마나 힘이 들던지. 지금은 덕분에 조타로도 그럭저럭, 글을 써서 돈을 벌게 되었는데, 전 조타로가, 이제 어떤 어리석은 짓을 한다 해도 믿어요. 옛날에, 아버지를 그렇게 열심히 감싸준 걸 생각하면, 그 아이가 고맙고, 황송해서, 그 아이에 관한 거라면, 어떤 일이 있어도, 만약 그 아이가 사람을 죽인다고 해도 전, 그 아이를 믿어요. 그 아이는, 정이 깊은 아이예요. (후략)

이런 사상은 고리타분한 인정주의에 불과하다며 낄낄 웃고 마는, 소위 '과학 정신의 소유자'라는 친구들과는 영원히 함께 일을 할 수 없을 것이다. 전쟁 중에 나는, 만약 이런 상태로 일본이 전쟁에서 이긴다면, 일본은 신들의 국가가 아닌 마귀들의 국가일 거라고 생각하고 있었다. 그러면서도 나는 필승일본을 입에 담으며 일본 편을 들고자 했다. 질 게 뻔한 상황에서 '지겠지, 질 거야.'라고 하며 마치 자기 혼자만 아는 양 뒤에서 수군덕거리고 다니는 것도, 그다지 고결한 행동은 아니다.

이렇듯 내가 '일본 편'을 들 생각이었는데도, 당시 정부는 나를 믿을 수가 없었던 모양이다. 내가 정보국 요주의 인물이라는 소문이 돌자, 내게 원고를 의뢰하는 출판사가 없어졌다. 구두쇠 같은 말처럼 들릴지 모르겠지만, 물가는 점점 더 오르지, 아이는 늘어나지, 그런 상황에 수입마저 전혀 없으니, 마음이 불안하기 그지없었다. 당시에는 나뿐만 아니라 순문학을 한다는 사람들 전부가, 이승에서의 고통과 번뇌에 휩싸여 있었던 것 같다. 하지만 다른 사람들한테는 서화나 골동품 같은 재산이 있어서, 그런 것들을 팔아 어떻게든 살아가는 것 같았는데, 내게는 재산이 될 만한 것이 아무것도 없었다. 그 상태에서 내가 참전이라도 했다간 가족들이 비참한 처지가 됐겠지만, 어찌된 일인지 끝내 내게는 징집영장이 날아오지 않았다. 안일하게 이런 말을 입에 담고 싶지는 않지만, '신의 배려'라고 생각하지 않을 수 없다. 어쨌든 나는 끈질기게 소설을 썼다.

그때는 누구나 다 힘겨웠기 때문에, 전쟁성금 외에는 아무한테도 손을 벌리지 말자고 다짐하면서 애써 쾌활한 척 살았지만, 그래도 너무 걱정스러운 나머지 어느 선배에게 이런 편지를 띄운 적도 있다.

'안녕하셨습니까? 이 편지는 선배님께 부탁을 하기 위한 것도 아니고, 항의를 하기 위한 것도 아니며, 누군가를 비난하기 위한 것도 아닙니다. 우리 집 식구들에게도 털어놓지 못하는 사실을, 적어도 선배님 한 사람만은 알아주시기를 바라는 마음에서 이 편지를 씁니다. 하지만 선배님이 이 사실을 아신다고 해서, 뭘 해주시기를 기대하는 것도 아닙니다. 그런 기대는 눈곱만큼도 하지 않습니다. 그저 이 사실을 알고 계시기만 하면 됩니다. 그리고 편지를 다 읽고 나신 뒤에 그냥 찢어주십시오.

부탁드립니다. 다른 사람들에게도 비밀로 해주시기 바랍니다.

저는 지금 자살을 생각하고 있습니다. 하지만 망설여집니다. 처자식이 불쌍해서라기보다는 저도 일본 국민의 한 사람으로서, 제 자살이 다른 나라에서 선전 자료로 쓰일까 두렵고, 또한 전쟁터에 나가 있는 나이 어린 지인들이 제 자살 소식을 듣고 어떤 기분이 들까, 그런 생각이 들어 주저하고 있습니다. 어째서 자살 외에는 다른 방도가 없는 것일까. 그것은 선배님도 잘 알고 계실 것입니다. 다만 제게는 모아둔 재산이 없기에 다른 사람들보다 괴로움이 더 큽니다. 올해 제 수입은 ××엔입니다. 그리고 지금 제 손에 남아 있는 돈은 ××엔입니다. 하지만 저는 누구에게도 돈을 빌리지 않을 작정입니다. 웬만하면 고향에 계신 형님께 돈 좀 꿔달라고 해볼까 고민했던 밤도 있었지만, 마음을 접었습니다. 이렇게 된 이상 이를 악물기로 했습니다. 저는 죽기 직전까지 아주 잘 살고 있는 척 떠들어댈 작정입니다. 그리고 끝까지 소설만 써나갈 것입니다. 그렇지만 설마하니 전쟁예찬 소설 같은 걸 쓸 마음은 없습니다.

제가 드릴 말씀은 겨우 여기까지지만, 선배님이 제 마음을 알고 계셨으면 합니다. 저한테도 언제 무슨 일이 생길지 모르니까요. 이 편지에는 답장이나 그 밖에 아무것도 하실 필요 없습니다. 다 읽으셨으면 지금 바로 찢어주십시오. 그럼 이만.'

대략 이런 내용의 편지를 그 선배에게 남몰래 띄운 적이 있다. 푸념을 늘어놓기만 해도 비국민 취급을 받았으니, 돌이켜보면 참 지독한 시절이었다.

그런 편지를 보내고 나서 한 달 정도 지났을 무렵, 나는 신주쿠에서 우연히 그 선배와 마주쳤다. 우리는 아무 말 없이 함께 걸었다. 얼마

후 선배가 입을 열었다.

"자네가 보낸 그 편지 읽었네."

"그래요? 바로 찢어버리셨죠?"

"으음, 찢어버렸어."

그뿐이었다. 당시에는 선배도 나 못지않게 괴로운 처지였던 것 같다.

여하튼 언제까지 그런 생활을 하고 있을 수만은 없었다. 어떻게 해서든 쪼들린 살림을 펴나갈 길을 찾아야 했다.

나는 한 출판사로부터 여비를 받아 쓰가루 여행을 계획했다. 그즈음 일본에서는 모두의 관심이 남쪽, 남쪽, 오로지 남쪽으로만 쏠려 있었는데, 나는 정반대인 혼슈 북단을 향해 여행을 떠났다. 나도 언제 어떻게 될지 모른다. 이 기회에 내가 나고 자란 쓰가루를 제대로 보고 오자고 마음먹었다.

말하자면 나는 순수 쓰가루 농민으로 태어나, 소학교 중학교 고등학교까지 이십 년이나 쓰가루에서 자랐지만, 소도시나 읍면 대여섯 군데를 알고 있을 뿐이었다. 중학교 때 여름 겨울로 방학이 돌아오면, 고향집에서 뒹굴뒹굴하다가 형들 서재에서 손에 잡히는 대로 이것저것 아무 책이나 읽으면서 어디 여행 갈 생각도 하지 않았고, 고등학교 방학 때는 도쿄에 있던 조각가 형 집으로 놀러 갔다가 고향에 돌아가지도 않고, 도쿄에 있는 대학에 들어가서 그대로 십몇 년이나 고향에 발길을 끊었기 때문에, 쓰가루에 대해서는 아는 게 거의 없다고 해도 좋을 정도였다. 나는 각반을 차고서, 난생처음 쓰가루 구석구석을 돌아다녔다. 가니타에서 아오모리까지 가는 길에 초라한 옷을 입고 작은 증기선 지붕 위에 벌렁 드러누워, 가랑비에 옷이 젖어도 무심히 가니타 명물인 게 다리나 빠그작빠그작 씹어 먹으며 낮고 음울한 하늘을 올려보던,

그날의 쓸쓸함을 잊을 수가 없다. 그 여행을 통해 내가 발견한 것은 '쓰가루의 어리숙함'이었다. 서투름이다. 투박함이다. 이 문화를 표현할 길이 없다는 당혹스러움이다. 아울러 나 자신에게서도 그것을 느꼈다. 하지만 동시에 나는 거기서 건강함을 느꼈다. 바로 여기에서 무언가 전혀 새로운 문화(나는 문화文化라는 단어에 깜짝깜짝 놀라곤 한다. 예전에는 문화文花라고 썼던 것 같다)가 생겨나는 것은 아닐까. 새로운 애정 표현이 가능해지는 것은 아닐까. 나는 나 자신의 핏속에 흐르는 순수 쓰가루 기질에 대해 자신감 비슷한 것을 느끼며 귀경했다. 말하자면 나는, 쓰가루에 문화 같은 것은 없으며, 따라서 쓰가루 사람인 나 역시 전혀 문화인이 아니라는 사실을 발견하고 들떠 있었다. 그 뒤로 내 작품이 약간 달라졌다. 나는 『쓰가루』라는 기행문식 장편소설을 발표했다. 그 뒤에는 『나의 사이카쿠新釈諸国噺』라는 단편집을, 그 다음에는 루쉰의 일본 유학시절 이야기를 소재로 한 장편소설 『석별』과 단편집 『옛날이야기』를 펴냈다. 지금 죽더라도 일본 작가의 한 사람으로서 꽤 많은 작품을 남겼다는 소리를 들을 만하겠구나 싶었다. 다른 사람들은 설렁설렁 살고 있었다.

그러는 동안 나는 두 번이나 전쟁으로 집을 잃었다. 결국 나는 『옛날이야기』 인세를 미리 받아 쓰가루 본가로 와버렸다.

고후에서 두 번째 피해를 입은 뒤 더 이상 갈 곳이 없어진 우리 네 식구는 쓰가루로 출발했다. 그 후 꼬박 사흘이 걸려 겨우 고향집에 도착했다.

가는 길에 고생을 꽤 많이 했다. 7월 28일 아침에 고후를 출발했는데, 오쓰키 부근에서 경계경보가 울렸지만 오후 두 시 반쯤 무사히 우에노역에 도착했다. 서둘러 길게 늘어선 줄 뒤에 섰다. 여덟 시간을 기다려

밤 10시 10분발 오우선 아오모리행 열차를 타려고 했지만, 하필이면 개찰구로 들어가기 직전에 경보가 울려서, 순식간에 역 구내가 암흑이 됐다. 그러는 동안 줄이고 차례고 엉망이 됐다. 괴상한 함성과 함께 군중들이 개찰구로 달려들었는데, 우리 부부는 어린아이를 각각 하나씩 안고 있었기 때문에 금세 뒤쳐졌다. 가까스로 열차 근처까지 왔을 때는 객실이 이미 꽉 차서 창문이고 어디고 들어갈 틈이 없었다. 멍하니 플랫폼에 서 있으려니 열차가 한숨을 내쉬는 것처럼 기적을 뿜으며 고단하다는 듯이 느릿느릿 움직였다. 그날 밤 우리는 우에노역 개찰구 앞에서 새우잠을 잤다. 새벽녘까지 확성기에서 소이탄 공격을 받은 아오모리 지역 피해 상황이 흘러나왔다. 그러나 상황이 어떻든 우리는 아오모리 쪽으로 가야 했다. 어떤 열차든 상관없으니 조금이라도 북쪽으로 가는 것을 타자는 생각에, 이튿날 아침 5시 10분에 시라카와행 열차를 탔다. 열 시 반에 시라카와에 도착했다. 거기 플랫폼에서 두 시간을 더 기다려서, 오후 한 시 반에 조금 더 북쪽으로 올라가는 고고타행 열차를 탔다. 창문으로 기어들어 갔다. 도중에 고오리야마역에서 폭격이 있었다. 밤 아홉 시 반, 고고타역 도착. 역 개찰구 앞에서 또 하룻밤. 사흘 치 식량을 가져갔지만, 한여름 무더위에 주먹밥이 거의 다 쉬어버려서 밥알이 낫토처럼 끈적거리는 통에 입에 넣어도 도무지 목구멍으로 넘어가질 않았다. 쌀이 한 되 정도 있어서 그 쌀을 주먹밥과 바꾸려고 집사람이 땅거미가 질 무렵부터 역 근처 대문을 두드리고 다녔다. 겨우 한 집에서 바꿔주었다. 꽤 커다란 주먹밥이 네 개였다. 나는 허겁지겁 주먹밥을 먹기 시작했다. 입속에서 우두둑하는 소리가 났다. 뱉어보니 우메보시였다. 씨를 씹어버린 것이었다. 이도 안 좋은 내가 그 딱딱한 씨를 씹다니. 소름이 끼쳤다.

하지만 여기까지 쓴 것은 전체 여정의 3분의 1 정도에 지나지 않는다. 독자들도 지겨울 것이다. 이후로도 계속해서 여러 가지 비참한 일을 겪었지만 더는 쓰지 않겠다. 어쨌든 그런 역경을 헤치고 고향에 도착해보니, 거기도 함재기[6] 폭격으로 난리가 나 있었다.

하지만 이제 죽는다 해도 고향에서 죽는 것이니 행복한 축에 드는 걸지도 모른다 싶었다. 그러고 나서 얼마 지나지 않아 일본은 무조건항복을 했다.

그로부터 벌써 다섯 달 가까이 지났다. 나는 신문에 장편소설 하나를 연재했고, 단편소설 몇 편을 썼다. 단편소설에는 단편소설 나름의 기법이 있는 것 같다. 짧다고 단편이 되는 건 아니다. 서양에서도 거슬러 올라가면, 데카메론 즈음에 생겨나 근세의 메리메, 모파상, 도데, 체홉 등 뭐 여러 작가가 있겠지만, 특히 일본은 오랜 옛날부터 이 기법이 발달한 나라다. 무슨 무슨 모노가타리가 그러했고, 근세 들어서는 사이카쿠라는 걸출한 소설가도 등장했으며, 메이지 때는 오가이가 훌륭했고, 다이쇼 때는 나오야나 젠조, 류노스케나 기쿠치 간처럼 단편소설 기법을 잘 터득하고 있는 작가들이 적지 않았다. 하지만 쇼와로 접어들면서부터는 뛰어나다 싶은 건 이부세 씨 정도고, 요즘은 완전히 엉망이 됐다. 전부 다 그저 짧기만 하다. 전쟁이 끝나서 이제 쓰고 싶은 걸 다 써도 된다고 하기에, 나는 한물간 단편소설 기법을 부활시켜 보겠다며 단편 서너 편을 써서 잡지사에 보냈는데, 그러면서 어쩐지 극도로 우울해졌다.

또다시 닥치는 대로 횃술을 들이키고 싶었다. 일본 문화가 여기서 더 타락할 것만 같다는 기운을 느꼈던 것이다. 요즘 들어 '문화인'이란

6_ 항공모함에 싣고 다니는 항공기.

사람들이 외치고 다니는 무슨 무슨 주의라는 것들에서 죄다 살롱사상 냄새가 풍겨 미칠 지경이다. 시치미 뚝 떼고 나도 여기에 편승한다면 '성공한 사람'이 될지도 모르겠지만, 시골 사람인 나는 낯부끄러워 도저히 그럴 수가 없다. 나는 스스로의 감각을 속일 수가 없다. 그들 주의가 발명되었을 당시의 진실성을 상실한 채, 마치 이 세상의 신新현실과 동떨어진 곳에서 헛돌고 있는 것으로밖에는 여겨지지 않는다.

신현실.

완전히 새로운 현실. 아아, 이것을 보다 크게, 보다 힘껏 외치고 싶다!

거기서 달아나서는 안 된다. 속여서는 안 된다. 만만치 않은 고뇌의 늪이다. 며칠 전에 한 청년이 나를 찾아와 식량이 부족해서 우울하다고 했다. 내가 대꾸했다.

"거짓말 마. 네 우울은 식량부족보다는 도덕적인 번민에서 오는 것이겠지."

청년은 수긍했다.

오늘날 일본의 '신현실'은 지금 우리 마음에 가장 걸리는 일, 가장 켕기는 것을, 그냥 지나쳐버릴 것만 같다는 걱정이 든다.

나는 그저 '문화'라는 것을 전혀 모르는 머리 나쁜 쓰가루 농부인지도 모른다. 목이 긴 겨울용 짚신을 신고 눈길을 걷고 있는 내 모습은 누가 봐도 영락없는 시골 사람이다. 하지만 나는 앞으로 더욱 단순한 의문을 품은 채 요령도 없고, 서툴고, 무딘 시골 사람들의 특징을 그대로 밀고 나갈 작정이다. 지금 내게 믿을 만한 구석이 있다면, 오로지 '쓰가루 농부'라는 점 하나뿐이다.

나는 십오 년간 고향에서 멀리 떨어져 있었지만, 이곳도 변하지 않았고, 나 역시 촌티를 벗지 못해 도회지 사람답지 않다. 아니, 점점 더 촌스럽고 투박해져 간다. '살롱 사상'은 내게서 점점 더 멀어져 간다.

요즘 나는 센다이의 한 신문에 『판도라의 상자』라는 장편소설을 연재하고 있는데, 그중 한 부분을 들어 이 악몽과도 같은 십오 년간의 추억의 수기를 마무리 짓고자 한다.

(전략) 폭풍우 탓인지 초라한 불빛 탓인지, 그날 밤 우리 방 사람들 넷은 에치고 사자의 촛불로 모여들어, 오랜만에 허심탄회하게 이야기를 나눴어.

"자유주의자란 말이 있잖습니까. 대체 그건 무슨 뜻입니까?" 갓뽀레가 무슨 까닭인지 조용히 목소리를 낮추며 물었어.

"프랑스에서는." 건빵이 영어에는 넌더리가 났는지 이번에는 프랑스 쪽 지식을 끄집어내더군. "리베르탱이라 불리는 사람들이 있었는데, 그 사람들이 자유주의를 노래하며 상당히 소란을 피웠지요. 17세기에 있었던 일이니 삼백 년도 더 된 일입니다." 그러고는 미간을 찡그리며 잘난 척을 했어. "이들은 주로 종교의 자유를 부르짖으며 소란을 피운 모양이에요."

"그래요? 그냥 말썽쟁이들이었군요." 갓뽀레는 의외라는 듯이 말했어.

"네, 뭐, 엇비슷한 거지요. 대부분 무뢰한 같은 생활을 했습니다. 왜 연극으로도 유명한 코 큰 시라노 있잖습니까? 그 사람도 당시 리베르탱의 한 사람이라고 할 수 있겠지요. 당시 권력에 대항하여 약자들을 도왔어요. 당대 프랑스 시인들은 거의 다 그런 사람들이었을 겁니다. 일본 에도 시대 협객들하고도 약간 비슷한 면이 있었던 듯합니다."

"세상에!" 갓뽀레가 웃음을 터뜨리며 끼어들었어. "그렇다면 반즈이인 초베에 같은 작자도 자유주의자였단 거군요."

하지만 건빵은 웃지도 않고,

"그야, 그렇게 봐도 무방하다고 봅니다. 물론 오늘날 자유주의자들하고는 약간 성격이 다르겠지만, 17세기경 프랑스 리베르탱은 대략 그런 사람들이었습니다. 어쩌면 하나카와도에 살던 스케로쿠나 네즈미코조 지로키치도 그렇다고 할 수 있겠지요."라고 했어.

"으하하, 얘기가 그렇게 되는 거군요." 갓뽀레는 크게 기뻐하며 맞장구를 쳤어.

에치고 사자도 찢어진 슬리퍼를 기우며 빙긋이 웃었지.

"그러니까 자유사상이란 것은." 건빵은 한층 더 진지하게 "본래 반항 정신이 있는 겁니다. 파괴 사상이라고도 할 수 있겠지요. 압박이나 속박이 사라진 곳에 자라나는 사상이라기보다는, 압박이나 속박에 대한 반동으로 그것들과 투쟁하며 생기는 성질의 사상입니다. 흔히들 이런 예를 들지요. 어느 날 비둘기가 신께 청하길, '날아오를 때마다 공기가 방해돼서 빨리 나아갈 수가 없습니다. 부디 공기를 없애 주십시오.' 신이 그 소원을 들어주자 비둘기가 아무리 날갯짓을 해도 날아오를 수가 없었다는 겁니다. 말하자면 이 비둘기가 자유사상입니다. 비둘기는 공기의 저항이 있어야 비로소 하늘을 날 수 있습니다. 투쟁의 대상이 없는 자유사상은 그야말로 진공관 속에서 버둥거리는 비둘기와 같이 결코 날아오를 수 없는 것입니다."

"그 비슷한 이름을 가진 사나이가 있지 않았나?" 에치고 사자는 슬리퍼를 깁던 손을 내려놓으며 말했어. "그건." 건빵이 뒷머리를 긁적거리며 답했지. "그런 뜻에서 한 말이 아니었습니다. 이건 칸트의 예증입니다. 저는 현대 일본 정치에는 문외한입니다."

"하지만 조금이라도 알아두지 않으면 안 될 걸세. 앞으로는 젊은이들에게도 선거권과 피선거권이 주어진다고 하니까." 에치고는 역시 그 자리의 연장자답게 차분한 태도로 말하면서 "자유사상의 내용은 그때그때 완전히 다른 거라고 할 수 있겠지. 진리를 추구하며 싸운 천재들은 모두 자유사상가라고 할 만해. 나는 자유사상의 근본이 예수가 아닌가 싶어. 번뇌하지 말고, 하늘을 나는 새를 보라. 뿌리지도 말고, 거두지도 말고, 창고에 쌓아두지도 마라. 꽤나 훌륭한 자유사상이 아닌가. 서양사상은 모두 예수의 정신을 기저로 하면서 그것을 부연 설명하거나, 혹은 그것과 비슷하게, 혹은 그것을 의심하면서, 저마다 다른 설을 주장해왔지만, 결국은 성서 한 권으로 귀결되는 것이라고 봐. 과학도 그와 무관하지 않아. 과학의 기초가 되는 것은 물리에서도 그렇고 화학에서도, 모조리 가설이야. 육안으로 볼 수 없는 가설에서 출발하는 거지. 이 가설을 믿는 것에서 모든 과학이 발생하는 거야. 일본인은 서양의 철학과 과학을 연구하기에 앞서 성서 한 권을 공부해야 했어. 내가 크리스천은 아니지만, 일본이 성서에 대한 연구도 없이 그저 무턱대고 서양 문명의 표면만을 공부했던 것에, 일본 패망의 진짜 원인이 있었던 거라고 봐. 자유사상이고 뭐고 예수의 정신을 모르면 절반도 이해할 수 없어."

(중략)

"십 년을 변치 않는 정치사상이란, 헛된 꿈에 불과해. 예수도 절대 맹세하지는 말라고 했지. 내일 일은 생각하지 말라고도 했어. 실로 자유사상가의 대선배가 아닌가. 여우도 굴이 있고 하늘의 새도 거처가 있으되 오직 사람의 아들은 머리 둘 곳이 없다는 말 역시, 자유사상가의 한탄이라고 할 수 있겠지. 단 하루도 안주할 수 없어. 주장은 나날이 새롭게, 아니 새로워지지 않으면 안 돼. 일본이 이제 와서 어제의 군벌 관료를 공격한다고 해도, 그건 이미 자유사상이 아니야. 그야말로 진공관 속 비둘기지. 진정 용기 있는 자유사상가라면 열 일 제쳐두고 지금 당장 외쳐야 할 말이 있어. 천황폐하 만세! 이거야. 어제까지만 해도 구식이었지. 구식이기는커녕 사기였어. 하지만 오늘날 무엇보다 새로운 자유사상이 되었어. 십 년 전의 자유와 오늘날의 자유가 다르다는 것은 바로 이런 걸 두고 하는 말이야. 이건 이미 신비주의가 아니야. 인간 본연의 사랑이지. 미국은 자유의 나라라고 들었어. 틀림없이 일본의 이런 진정 어린 자유의 외침을 인정해 줄 거야." (후략)

太宰治

「아직 돌아오지 않은 친구에게」

1946년 5월, 『조류潮流』에 발표됐다. 전쟁터에 나가 돌아오지 않는 친구에게 띄우는 쓸쓸한 편지.

1

자네가 대학을 졸업한 뒤 고향인 센다이 쪽 부대에 입대를 한 게, 아마 태평양 전쟁이 시작된 이듬해인 쇼와 17년[1942년] 봄 무렵이었을 거야. 그로부터 일 년 후인 쇼와 18년 초봄에 자네로부터 이런 전보를 받았어. **내 일 5 시 우 에 노 도 착.**

내 기억으로는 3월 초가 아니었나 싶어. 여전히 살이 에일 듯 추웠지. 나는 아직 사위가 어스름한데도 주섬주섬 일어나 우에노역으로 향했어. 개찰구 앞에 쪼그리고 앉아서, 결국 자네도 전쟁터에 나가게 된 모양이라고 짐작하고 있었지. 어지간한 일이 아니고서야, 사려 깊고 올곧은 자네가 이런 전보를 쳤을 리가 없을 테니까. 전쟁터로 가는 길에 우에노역에 내리면 얼마간의 휴식 시간이 있을 테니, 그걸 이용해 나하고 술이라도 한잔하려는 속셈인 거라고 생각했어. 그즈음 일본에는 차츰 술이 동나고 있어서, 술집 앞에 줄을 서 있다가 오후 다섯 시에 문이 열리면 주인한테 온갖 아양을 떨어 겨우 반 되나 한 되[1.8ℓ] 정도 되는 술을 손에 넣을 수 있는 상황이었지. 하지만 나는 기치조지에 잘 아는 스탠드바가 한 군데 있어서 떼를 좀 써볼 수도 있었기 때문에, 실은 전날 그곳 아주머니한테 '친한 친구 하나가 이번에 전쟁터로 가게 된 것 같은데, 내일 아침 일찍 우에노에 도착할 거야. 몇 시간 정도 여유가 있는지는 모르겠지만 일단은 여기로 데려올 거니까, 술하고 아무거나 따뜻한 안주 좀 준비해줘. 부탁이야!'라고 해서 승낙을 받아둔 참이었어.

자네를 만나면 말없이 곧장 그 기치조지 술집으로 끌고 갈 작정이었는데, 자네가 탄 열차가 너무 늦게 왔던 거야. 세 시간이나 연착을 했지. 모직 외투의 양 소매를 포갠 채 개찰구 부근에 웅크리고 앉아 자네를 기다리면서, 속으로 얼마나 안절부절못했는지 몰라. 자네가 탄 열차가 한 시간 연착되면 그만큼 같이 술 마실 시간이 줄어드는 거니까. 그랬는데 세 시간도 넘게 늦어지다니, 이만저만 큰 타격이 아니었어. 거기다 춥기는 또 얼마나 추운지. 그즈음 도쿄는 아직 공습이 시작되지 않은 상태였지만, 이미 방공복이 유행하고 있어서, 나처럼 기모노 위에 모직 외투를 걸치고 있는 사람은 거의 없었어. 기모노 차림으로 콘크리트 바닥에 쪼그려 앉아 있자니, 소매에서부터 으슬으슬 냉기가 스며들어 얼어 죽을 것만 같았어. 오전 아홉 시 가까이 되었을 때, 자네들이 탄 열차가 도착했지. 자네는 혼자가 아니었어. 나의 '현명한 짐작'이 빗나갔던 거야.

척척척 하는 군홧발 소리와 함께 자네들 간부후보 이백여 명이 사열종대로 개찰구까지 걸어 나왔어. 나는 개찰구 옆에서 까치발을 하고 자네를 찾았지. 우리는 거의 동시에 서로를 발견했던 것 같아.

"어이."

"어이."

그렇게 자네는 군법이고 뭐고 알 게 뭐냐는 식으로 대열에서 빠져나와

내게 달려오더니,

"오래 기다렸지라? 꼭 좀 만나불고 싶어서잉." 하고 말했어.

한동안 고향 부대에 있으면서 동북 지방 사투리가 너무 심해져서 놀라운 한편 기가 막혔지.

대열은 척척척 내 앞을 지나갔어. 자네는 그 대열에 전혀 관심이 없다는 듯 수다스럽게 이야기를 했어. 아마도 자네는, 나를 만나서 제일 먼저 무슨 말을 꺼내면 자네가 진보했다는 걸 내게 인정받을 수 있을까 하고, 열차 안에서 골똘히 고민했던 것 같아.

"생활이란 것이 무엇이냐 하면, 음, 그건 말이죠, 아무것도 아닌 겁니다. 제가 학교에 있을 때는 생활이 무턱대고 무섭고 싫었는데, 근디 그게 아무것도 아닌 거더라고요. 군대에 있는 것도 생활이니까요. 그러니까 생활이란, 다른 게 아니라, 자기 주변에 있는 사람들과 친분을 쌓는 겁니다. 그것뿐이죠. 군대 따위야 지루해불죠잉, 그려도 지는 요 한 해 동안 생활에 자신감이 붙어부렸습니다."

대열이 점점 멀어져갔어. 나는 불안해 죽을 지경이었지.

"어이, 괜찮겠나?" 나는 나지막한 목소리로 주의를 줬어.

"됐습니다, 상관없어요." 자네는 그러면서 대열을 돌아보지도 않고, "전 이제야 '노'라는 말을 할 수 있게 되었다니까요. 진정한 생활인이라면 단호하게 '노'라고 말할 수 있는 용기가 있어야 해요. 전 그렇게 생각합니다. 가까운 사람들을 대할 때도 '노'라고 해야 할 때는 확실히 '노'라고 해야 하는 거지요. 그게 가능해지고 나서야 비로소 생활이라는 것에 자신이 생겼어요. 선생님 같은 분들은 아직도 '노'를 못 할 겁니다. 분명 아직도 못 하겠죠."

"노, 노." 그러면서 내가 대답했지. "자네 생활론은 나중에 듣기로 하고, 그것보다 자네, 자네하고 같이 온 사람들은 전부 저쪽으로 가버렸어."

"선생님은 여전히 겁쟁이시군요. 왜 그리 차분하질 못하십니까. 우리는 역 앞에서 해산하고 각자 아침을 먹기로 했어요. 아, 잠깐만 여기서 기다려 보십시오. 도시락을 받아올 테니까요. 선생님 것까지요. 기다려 주세요." 자네는 달려가려다 말고 다시 돌아와서 "알겠죠? 꼭 여기 계셔야 합니다. 금방 돌아올게요." 하고 말했지.

자네는 무슨 까닭인지 자주색 자루에 든 자네 군도軍刀까지 내게 맡기고 어디론가 사라져버렸어. 나는 당황해 하면서도 그 군도를 오른손에 들고 자네를 기다렸지. 잠시 후 자네는 대나무 껍질로 싼 도시락 두 개를 끼고 나타났어.

"아쉽네. 아아, 아쉬워. 벌써 시간이 이렇게 됐네. 시간이 없어요."

"몇 시간도 짬이 안 나는 건가? 곧 가야 하나?" 그러면서 나는 자네 말처럼 차분하지 못한 성격을 맘껏 발휘했지.

"11시 30분까지요. 그때까지 역 앞에 집합해서 곧바로 출발인 것 같습니다."

"지금 몇 신가." 자네의 미련한 선생은 지난 십오륙 년 동안 시계를 차본 적이 없어. 시계를 싫어하는 건 아닌데, 시계가 이 선생을 싫어하는 건지도 모르지. 시계뿐만 아니라 대부분의 가재도구가 선생을 싫어해서 가까이 오지 않는 것 같아.

자네는 손목시계를 보더니 현재 시각을 말해줬어. 11시 30분까지는 겨우 세 시간밖에 남지 않았지. 나는 자네를 데리고 기치조지 스탠드바에 가려고 했던 계획을 단념할 수밖에 없었어. 우에노에서 기치조지까지 가는 데만도 한 시간이 걸리는데, 왕복으로 두 시간이 걸린다는 이야기잖

아. 남은 한 시간. 그것도 마음이 편치를 않고, 끊임없이 시계만 보면서 신경을 써야 하는 한 시간이지. 의미가 없겠다 싶어 포기했어.

"공원 산책이라도 하겠나." 나는 울고 싶은 기분이었어.

지금도 마찬가지지만 난 이런 상황이 되면, 혼자만 축제에 가지 못하고 집에 남은 아이처럼, 하늘을 원망하고 땅을 저주하며 미칠 듯한 외로움에 휩싸이곤 해. 내게 닥친 불행이여! 어쩌고 하는 연극 대사 같은 과장된 말이 진지하게 목구멍까지 올라오는 거지. 하지만 자네는 태연하게,

"그럼, 가볼까요."라고 하더군.

나는 자네에게 군도를 건네주며 말했어.

"아무래도 이 끈은 내 취향이 아니야." 군도가 들어 있는 자주색 자루에는 굵고 새빨간 인조 비단이 둘둘 말려 있고, 그 끈 끝에는 정성스럽게도 커다란 술 같은 것이 달려 있었어.

"선생님은 아직도 폼에 신경을 쓰시나 보네요. 창피하셨습니까?"

"약간 창피했어."

"그렇게 허세를 부리면 군인이 못 돼요."

우리는 역에서 나와 우에노 공원 쪽으로 향했어.

"군인이야말로 허세꾼이지. 취향이 고약한 허세꾼이야."

꼭 제국주의의 침략이라는 이유가 아니더라도, 나는 본능적으로, 혹은 육체적으로 군인이 싫었어. 한 친구한테 '복역 중에 집 좀 잘 부탁한다'는 편지를 받았는데, 그 '복역'이라는 단어에서 징역살이 비슷한 음습한 기운이 느껴져서 '복무 중'을 잘못 말한 게 아닐까 했거든. 그런데 사람들한테 물어보니 '복역'이 어법에 맞는 단어라기에 진저리를 친 적이 있지.

"술을 마시고 싶군." 나는 공원 앞 돌계단을 오르며 혼잣말처럼 낮게 중얼거렸어.

"그것도 고약한 취향이지요."

"하지만 적어도 허세를 부리는 건 아니지 않나. 허세를 부리려고 술을 마시는 사람은 없으니까."

나는 공원에 있는 사이고 다카모리 동상 근처 찻집으로 들어가서 술이 있냐고 물어봤지. 있을 리가 있나. 그즈음 일본 음식점에는 술은커녕 커피나 단술도 없었으니까.

찻집 아가씨는 냉정하게 거절했지만, 그래도 나는 포기하지 않았어.

"주인장 안 계십니까? 잠깐 뵙고 싶은데요." 진지하게 말했어.

이윽고 우리 앞에 나타난 대머리 주인장을 향해, 나는 오늘의 사정을 꼬치꼬치 늘어놓았지.

"뭐든 없겠습니까? 뭐라도 좋습니다. 믿을 건 오로지 당신의 의협심밖에 없습니다. 제발 부탁드립니다. 믿을 건 오로지 당신의 의협심밖에……." 끈덕지게 매달리면서 내 지갑 속에 든 돈을 전부 주인장에게 내어놓았지.

"좋습니다!" 끝내 대머리 주인장이 의협심을 발휘해준 거야. "그런 사정이라면 제가 마시려고 뒀던 위스키를 나누어 드리지요. 이렇게 많은 돈은 필요 없습니다. 정가로 드리겠습니다. 그 위스키는 아무한테도 안 주려고 여기 이렇게 숨겨뒀어요."

주인장은 감격에 젖어 흥분한 모습으로 느닷없이 방바닥 다다미를 들어 올리더니, 마룻바닥을 들추고 마루 밑에서 각진 위스키 한 병을 꺼냈어. "만세!" 나는 박수를 치며 외쳤어.

그런 다음 우리는 그 방 안으로 들어가 건배를 했지.

"선생님은 여전하시네요."

"여전하다마다. 사람이 쉽게 변하면 못써."

"하지만 저는 변했습니다."

"생활에 자신이 생겼다 이건가. 그 이야긴 이제 됐네. '노'라고 하면 되는 거 아닌가?"

"그런 게 아닙니다. 추상적인 얘기가 아니에요. 여자 문젭니다. 자, 술이나 마십시다. 저는 혼신의 힘을 다해서 '노'를 했습니다. 선생님 잘못도 있어요. 어디 믿을 만한 구석이 있어야지요. 기쿠야에 있는 그 아가씨 있잖습니까, 그 뒤에 그 아가씨하고 엄청난 일이 있었어요. 애초에 선생님 잘못입니다."

"기쿠야라고? 하지만 그건 그걸로 끝난 일이……."

"그러니까 그게 끝이 아니었던 겁니다. 제가 '노'라고 하느라 얼마나 고생을 한 줄 아십니까? 정말 저는 완전히 딴사람이 되었습니다. 선생님, 우리 잘못이 분명합니다."

의외로 얘기가 난감한 방향으로 흘러갔어.

2

기쿠야는 전에 내가 자네들하고 잘 가던 고엔지의 술집 이름이었지. 그즈음 일본에 술이 부족해져서 자네들과 술을 마시며 문학 얘기를 하기가 상당히 힘들었어. 그때는 미타카의 비좁은 우리 집으로 대학생들이 많이 놀러 왔지. 나는 스스로의 슬픔이나 울분, 부끄러움을 대부분 소설로 표현해버리고 있었기 때문에, 방문객들에게 따로 하고 싶은 이야기도 없었어. 아니꼽게 무슨 선생이라도 되는 양 잘난 척하며 조곤조곤 문학개론 같은 걸 떠벌리고 싶지도 않았고, 말 같은 말만 하려고 일일이 단어를 골라가며 노력하는 것도 너무 피곤했지. 그렇다고 문전박대를 할 수도 없는 노릇이라 자네들을 꼬드겨 술을 마시러 나갔던 거야. 술을 마시면 별일 아닌 이야기도 목청껏 떠들 수 있거든. 그걸 듣고 있던 자네들도 고주망태로 취해 있었으니 내 이야기에 귀를 기울이는 사람은 없을 거라는 안도감도 있었고. 어쩌면 나는 자네들이 내 시시한 이야기를 곧이곧대로 믿는 걸 두려워하고 있었던 건지도 몰라. 어쨌거나 일본에는 점점 술이 없어지고 있었기 때문에, 이 멍청한 겁쟁이 선생은 곤경에 처했지. 그즈음 우리는 몹쓸 계획 하나를 세우고 있었어. 오카노 긴에몬[1]의 유혹이 바로 그것이었지. 당시 기쿠야에는 다른 가게에 비해 술이 넉넉했던 것 같아. 하지만 한 사람당 작은 술병 두 병씩으로 정해져 있었어. 두 병 가지고는 턱없이 부족했기 때문에 한 병만 더 달라고 사정사정해보았지만, 가게 안주인은 얼굴을 찌푸리기만 할 뿐 상대도 해주지 않았어. 더 우는소리를 하며 졸라대면 안쪽에서 주인장이 얼굴을 내밀며, "자자, 여러분, 이제 돌아가세요. 지금 일본은 술 제조량이 절반 이하로 떨어졌습니다. 술이 귀해요. 원래 학생들한테는 안 파는 건데 말이야." 하고 찬물을 끼얹는 소리를 했지. 그래? 정 그렇다면 좋아. 그러면서 우리는 그 인정머리 없는 술집을 골탕 먹일 계획을 세웠던 거야.

어느 날 오후, 우선 내가 술집이 아직 문을 열기도 전에 짐짓 진지한 표정을 지으며 뒷문으로 들어갔어.

1_ 희대의 미남이었던 에도 시대 무사.

"주인장 계시나?" 나는 부엌에서 일하던 아가씨에게 말을 걸었어. 벌써 여학교를 졸업한 아가씨였는데, 아마 열아홉 정도 됐을 거야. 부끄럼을 많이 타는지 금방 얼굴이 빨개졌지.

"계세요." 나지막이 대꾸를 하는데, 얼굴이 완전히 홍당무가 됐어.

"안주인은?"

"계세요."

"그렇군. 마침 잘됐네. 2층에 계시나?"

"네."

"할 이야기가 있는데, 좀 불러주겠어? 아저씨든 아주머니든, 아무나 상관없으니까."

아가씨가 2층으로 올라가더니, 이윽고 고지식하게 생긴 주인장이 내려왔어. 악당 같은 얼굴이었지.

"할 이야기라, 어차피 술 얘기겠지." 그가 말했어.

나는 그 말에 당황했지만, 정신을 가다듬고 말했어.

"그거야 마시게만 해준다면 언제라도 마시지. 하지만 주인장, 할 이야기가 있으니 잠깐 홀 쪽으로 나가죠."

나는 주인장을 어두컴컴한 홀로 불러냈어.

그게 쇼와 16년[1941년] 말이었는지 쇼와 17년 연초였는지는 잘 기억이 안 나는데, 어쨌거나 겨울이었던 건 분명해. 나는 부서져 가는 의자에 앉아 외투 깃을 세우며 테이블 위에 턱을 괴고 말했어.

"자, 어서 여기 좀 앉아봐요. 나쁜 이야기는 아니니까."

주인장은 마지못해 내 건너편 의자에 앉으며,

"어차피 술 이야기 아닌가." 하고 무뚝뚝하게 말했어.

나는 들켰구나 싶어서 가슴이 철렁했지만, 속내를 숨기려고 미소를 지으며 말했지.

"제가 그렇게 못 미덥습니까? 그럼 관두시죠. 마사 짱(아가씨 이름) 혼담에 관한 거였는데."

"어디서 거짓말인가. 내가 그런 술수에 넘어갈 줄 알았나? 이리저리 둘러대다가 결국엔 술 얘길 하겠지."

정말 만만치 않은 상대였어. 우리가 세운 몹쓸 계획도 수포로 돌아가는 듯했지.

"그렇게 단정 짓지 마세요. 너무하잖습니까. 우리야 술을 마시고 싶지요. 그건 그렇지만요." 나는 될 대로 되라는 심정으로 이야기를 쏟아냈어. "하지만 제가 보기에 마사 짱은 주인장하고 닮은 구석 하나 없이 완전히 딴판인 게, 괜찮은 사람 같아요. 그래서 말입니다, 제 후배 중에 지금 도쿄 제대 문과에 재학 중인 쓰루타 군, 아, 주인장은 모르시겠네요, 왜 있잖습니까, 제가 늘 데려오는 친구 중에 키가 제일 크고 피부는 새하얘서 우자에몬을 닮았고 (사실 나는 자네가 우자에몬이나 누굴 닮았다고 생각해본 적은 없는데, 미남이라는 사실을 강조하기 위해서 주인장이 알고 있을 법한 전형적인 미남 이름을 입에 올린 거야) 술도 별로 안 하는 (사실은 우리 집을 찾아오는 대학생 중에 자네가 술을 제일 잘 마셨지만) 차분한 청년이 쓰루타 군인데 말이죠, 그 녀석, 센다이 지방 출신이라 약간 센다이 사투리를 써서 여자들한테 인기가 많은 것 같지는 않지만, 뭐 오히려 그편이 낫잖습니까. 저처럼 인기가 너무 많아도 고생이죠."

주인장은 어이가 없다는 듯 얼굴을 찌푸렸지만, 나는 태연하게 이야기를 계속했어.

"그 쓰루타 군이 말입니다, 홀어머니 밑에 자란 외아들이에요. 곧

대학을 졸업하면, 뭐 문학사가 되겠지요, 아니면 졸업과 동시에 군대에 갈지도 모르고. 하지만 어쩌면 안 갈지도 몰라요. 군대에 안 간다면 어디 취직을 할 텐데, (여기까지는 진짜지만 그 뒤는 모두 거짓말) 제가 옛날부터 쓰루타 군의 어머니와 잘 아는 사이라서요, 저 같은 놈도 그런대로 믿음직스러운가 보지요. 그래서 말이죠, 외아들인 쓰루타 군의 혼처는 무슨 수를 써서라도 선생님께 맡기고 싶다고, 저 말입니다, 제가 선생이란 사람이거든요, 이 선생더러 좀 찾아봐 달라는 거예요. 진짭니다, 그러니까 제가 쓰루타 군 혼사에 있어 전권을 위임받은 거지요."

하지만 주인장은 말도 안 되는 얘기라는 표정으로 획 고개를 돌리며, "웃기지 마시오. 당신한테 그런 소중한 아들을 맡길 리가 없지."하고 싹 무시하더군.

"아니에요. 진짭니다. 제가 맡았어요." 나는 뻔뻔스레 그렇게 우겨대면서, "그나저나, 어떻습니까? 쓰루타 군하고 마사 짱이요."라고 하자 주인장은,

"말도 안 되는 소리."하고 벌떡 일어서며 말했어. "완전히 정신이 나갔구먼."

그 소리에 나도 욱하고 성질이 나서, 안으로 들어가는 주인장 뒤에 대고,

"당신은 남이 친절을 베풀어도 받아들일 줄을 모르는 사람이야. 술 같은 건 마시고 싶지도 않다고. 쳇, 멍청한 영감."하고 쏘아붙였어. 진짜 엉망진창이었지. 이걸로 우리의 몹쓸 계획도 완전히 없었던 일이 되고 만 거야.

나는 그날 밤 우리 집으로 놀러 온 자네들한테, 우리가 세웠던 계략이

깡그리 실패로 돌아갔다고 밝히고 사죄를 했어. 우리가 세웠던 계획은, 오래전 기라 저택의 평면도를 훔쳐내려 했던 47인의 무사들 가운데 가장 잘생긴 남자였던 오카노 긴에몬이, 그 외모로 사람을 유혹해서 작전을 성공시켰던 지혜를 흉내 낸 것이었지. 미남이라고 자칭했던 자네에게 오카노 역을 밀어붙여서, 기쿠야 일가를 혼란에 빠트리고 어수선한 틈을 타 기쿠야의 술을 한껏 마셔버릴 작정이었는데, 그만 우두머리가 연기를 엉터리로 하는 바람에 원체 현실주의자였던 주인장 앞에서 계획이 산산조각 났던 거지.

"선생님도 한물갔네요." 자네는 날 엄청나게 구박했어. "어쨌거나 선생님은 제 체면까지 완전히 구겨놨어요. 아무 수확이 없잖습니까."

"홧술이라도 마시러 갈까?" 내가 일어섰어.

그날 밤 미타카, 기치조지 근처 술집, 초밥집, 카페 등등 여기저기를 돌며 물어보았지만, 술은 한 방울도 없었어. 결국 기쿠야에 가는 수밖에 없었지. 적잖이 민망했지만, 무모하리만치 힘차게 기쿠야로 쳐들어가서 웃지도 않고 술을 시켰어. 그날 밤 아주머니는 의외로 우리를 반갑게 맞아주었지. 아주머니는 이러면 안 되는데, 라고 하면서도 슬쩍슬쩍 빈병을 바꿔줬어. 자포자기하는 마음으로 쳐들어갔던 47인의 무사들은 얼굴을 마주 보며 회심의 미소를 지었어.

나는 일부러 큰 소리로,

"쓰루타 군! 자네는 평소에 술이고 뭐고 아무것도 안 하고 너무 건전하단 말이야. 오늘 밤에는 한잔 들어보게. 이런 것도 일종의 인생 수업이라고."하고 술고래인 자네를 향해 지껄였지.

어처구니없는 짓이었지만, 그것도 지금 생각하면 그리운 추억이야. 그런 짓에 맛을 들인 우리는 그 후로도 종종 기쿠야로 쳐들어가서 술을 실컷 마셨어.

애당초 주인장은 내가 한 혼담 얘기를 믿지 않고 있는 눈치였지만, 안주인은 반신반의하면서 관심을 보이는 것 같았어.

하지만 우리의 목적은 기쿠야에서 술이나 맘껏 마시는 데 있었으니, 혼담에는 전혀 열의가 없었고 가끔씩 그 사실조차 잊어버리곤 하는 상황이었어. 기쿠야에 가서 술을 달라고 조를 때만,

"어쨌든 내가 전권을 위임받았으니까 말이야. 내 책임도 가볍지만은 않아."하고 뭔가 의미가 있는 척 어색한 말을 흘리면서 안주인의 마음을 움직여보려 했어. 하지만 가짜 혼담은 더 이상 구체화되지 않았고, 그러는 동안 자네는 졸업과 동시에 센다이에 있는 부대로 입영을 하게 된 거지. 오카노가 없어졌으니 아무리 지략이 뛰어난 우두머리라 해도 기쿠야에서 술을 빼낼 구실이 사라졌던 거야. 기쿠야도 술이 점점 줄어서 휴업을 하는 날이 잦았고, 결국 나는 다른 술집을 찾아 나서야만 했어. 자네와 헤어지고 난 후에는 기쿠야를 찾는 일이 손에 꼽을 만큼 줄어들었고, 끝내는 발길을 뚝 끊게 됐지.

그걸로 다 끝난 이야기라고만 생각했는데, 그로부터 일 년 후 우에노 공원 찻집에서, 우리가 함께 기울이는 술잔이 마지막 잔이 될지도 모를 그때, 갑작스레 그 시절 기쿠야 이야기가 튀어나왔으니 내가 깜짝 놀랄 수밖에.

그날 자네 말에 의하면, 입대하고 일주일쯤 지나서 느닷없이 기쿠카와 마사코한테서 편지가 날아들었단 거야. 그러고 보니 자네가 떠난 후에 내가 다른 학생들과 기쿠야에 술을 마시러 갔을 때, 그쪽에서 묻지도 않는데 술이나 한 병 더 마시고 싶어서 아주머니한테 자네 부대 주소를 적어줬던 기억이 나기는 나.

자네는 그 편지에 답장을 보내지 않고 있었지. 그러자 다시 열흘쯤 지나서 이번에는 훨씬 더 상냥한 위문 편지가 왔고, 그때는 자네도 답장을 썼어. 그러자 상대편에서 좀 더 따뜻한 위문편지가 날아든 거고. 그러면서 자네들은 어느새 깊은 사이가 되어버린 거야.

"실은요." 그날 자네는 우에노 공원 찻집에서 위스키를 벌컥벌컥 들이켜면서, "저는 처음부터 그 사람을 좋아했습니다. 오카노 긴에몬이 다 뭐다 하는 그런 시시한 책략 때문이 아니었어요. 저는 처음부터 그 사람이라면 정말로 결혼할 수도 있겠구나 싶었습니다. 하지만 선생님한테 그 말을 했다가는 놀림감이 될 게 뻔했기 때문에 입 다물고 있었던 겁니다."

"놀릴 리가 있나." 나는 어쩐지 우울해지더군.

"놀릴 게 뻔하죠. 선생님은 언제나 남의 연애를 우습게 보시니까요. 사실 기쿠야의 그 아가씨도, 둘이서 편지를 주고받는다는 사실을 선생님한테 알리고 싶지 않다고 편지에 적어 보낸 적이 있어요. 저도 거기에 찬성을 했고, 지금까지 이 일은 선생님께 절대 비밀로 하려고 했지만, 저도 이번에 전쟁터에 나가고 나가면 어차피 죽은 목숨이나 마찬가지다 싶으니까, 오만 가지 생각이 다 들었어요. 고민이 많았습니다. 그러다가 결국에는 제가 그 아가씨에게 '노'라고 하지 않으면 안 되는 처지라는 사실을 깨달았습니다. '노'라고 하는 것은 괴로운 일입니다. 하지만 저는 마지막 편지에서 '노'라고 했어요. 마음을 단단히 먹고 '노'를 한 겁니다. 선생님, 저는 완전히 다른 사람이 되었습니다. 냉정하고 잔인한 편지를 보냈습니다. 어제쯤 그 아가씨 손에 편지가 들어갔을 텐데, 저는 편지에 처음에 있었던 일, 그러니까 우리가 계획했던 몹쓸 짓부터 모든 걸 다 털어놓았습니다. 우리 연애는 처음부터 장난이었다, 원망하려면 선생님을 원망해라, 그렇게 썼죠."

"그건 너무 심하지 않은가."

"설마하니 제가 선생님을 원망하라는 말 같은 걸 쓰기야 했겠습니까. 우리의 연애는 처음부터 끝까지 엉터리였다고 써서 보냈습니다."

"그래도 그렇게 극단적인 말로 사람을 괴롭게 만들다니, 그쪽이 너무 불쌍하지 않나."

"아닙니다. 그렇게 강하게 밀어붙이지 않으면 통하질 않아요. 그녀는, 그녀는, 제가 돌아오기까지 몇 년이라도 기다리겠다고, 그런 편지를 보냈으니까요."

"안됐네, 안됐어." 그 말밖에 할 수가 없었어.

3

사소한 사건인지도 모르지. 하지만 이 사건이 당시에도, 또 지금도, 나를 얼마나 괴롭히고 있는지 몰라. 모든 게 다 내 책임이야. 그날 자네와 헤어지고 나서 집으로 가는 길에 고엔지에 있는 기쿠야에 들렀어. 거의 일 년 만이었지. 앞문은 잠겨 있었어. 뒤쪽으로 돌아가 보았지만 뒷문도 잠겨 있더군.

"기쿠 씨, 기쿠 씨."하고 불러보았지만 아무 대답이 없었어.

포기하고 집으로 돌아왔는데 아무래도 신경이 쓰였어. 열흘 정도 더 지나서 또 고엔지에 가봤지. 이번에는 앞문이 스윽 열렸어. 그런데 가게 안에 처음 보는 노파가 홀로 앉아 있는 거야.

"저기, 주인장 안 계십니까?"

"기쿠카와 씨 말이오?"

"예."

"네댓새 전에 온 가족이 고향으로 갔어요."

"전부터 그런 이야기가 있었습니까?"

"아니, 갑자기 떠났지. 짐도 아직 거의 다 여기 남아 있어요. 나는 그저 빈집을 지키고 있는 거나 마찬가집니다."

"고향이 어딥니까?"

"사이타마 쪽이라고 들었어요."

"아, 그래요."

그들이 이사를 서두른 것이 우리하고 아무 상관 없는 건지도 모르지만, 자네의 그 '노' 편지가 자네와 내가 우에노 공원에서 술잔을 기울였던 바로 그날을 전후해서 도착한 거라면, 기쿠야 일가가 그로부터 사오일 후에 이사를 간 게 되잖아. 그렇게 생각하니 어쩐지 장지문에 어렴풋이 비치는 새 그림자처럼 스쳐가는 근심 같은 게 느껴져서, 우울한 마음을 가눌 길이 없었어.

그러고 나서 반년 남짓 지났을까. 전쟁터에 있는 자네한테서 편지가 왔어. 남방동남아시아에 있는 어느 섬에 있는 것 같더군. 편지에 기쿠야에 대한 별다른 이야기는 없었어. 치하야 성의 마사시게가 될 작정이라는 말만 있었지. 나는 곧바로 답장을 보내서, 마사시게의 기쿠스이[2] 깃발을 보내주고 싶지만, 자네는 기쿠스이菊水 깃발보다도 기쿠카와菊川 깃발이 더 마음에 들 것이라 본다, 하지만 기쿠카와도 그 이후 어디론가 사라져버

2_ 구노스키 마사시게楠木正成는 천 명의 군사로 20만 대군의 가마쿠라 막부군과 맞서 치하야 성을 지켜냈다고 전해지는 장수로, 그들은 천황가의 국화문양인 기쿠스이 깃발을 내걸고 싸웠다. 태평양전쟁 때 일본군은 연합군의 공격을 막기 위한 작전명을 '기쿠스이'라 했다.

려서 곤란한 상황이다, 알게 되는 대로 편지하겠다,라고 썼는데, 도저히 그들 일가를 찾을 길이 없었어. 그 뒤로도 나는 자네에게 편지도 보내고 잡지 같은 것들도 보내주었지만, 자네한테서는 답장이 뚝 끊기고 말았어. 얼마 후 공습이 시작돼, 이 땅도 전쟁터로 변했지. 나는 두 번이나 집을 잃고 피난민이 되어서, 결국 고향 쓰가루에 있는 집에 더부살이하면서 하루하루 착잡한 기분으로 살고 있어. 자네는 아직 돌아오지 못한 것 같아. 왔다면 분명 편지가 올 거라는 생각에 기다리고 있는데, 아직 아무런 소식도 없어. 자네들 모두 건강하게 돌아오기 전까지는 술을 마셔도 취할 수가 없을 것 같아. 나 혼자 살아남아서 술을 마신다고 무슨 의미가 있겠나. 어쩌면 난 이제, 술을 끊게 될지도 모르겠어.

太宰治

「참새」

1946년 10월, 『사조思潮』에 발표됐다. 다자이는 「참새」를 탈고할 즈음 잡지 『사조』의 편집자에게 원고를 보냈음을 알리는 엽서를 보냈는데, 그 엽서 끝에 다음과 같은 구절이 있다.

“추신. 완전히 새로운 사조가 대두하기를 기대하고 있습니다. 이제 모든 것이 낡아버렸어요. 새로운 현실 위에서 공전하고 있습니다. 아나키즘을 연구해보는 것은 어떻겠습니까? 윤리를 기저로 한 아나키즘 같은 것이요.”(1946년 1월 25일 소인)

이곳 쓰가루에 온 것이 8월. 그로부터 한 달쯤 지나서, 나는 쓰가루 가나기 마을에서 쓰가루 철도로 한 시간 정도 걸리는 고쇼가와라라고 하는 동네에 술과 담배를 사러 나갔다. 겨우겨우 담배 서른 개비와 청주 한 되$^{1.8\ell}$를 구한 나는, 다시 가나기행 완행열차에 올랐다.

"어이, 슈지." 누군가 내 어릴 적 이름을 불렀다.

"어어, 게이시로." 나도 답했다.

가토 게이시로 군은 흰옷[1]을 입고, 가슴에 상이군인 배지를 달고 있었다. 그것만으로도 나는 그의 사정을 훤히 알 것 같았다.

"고생이 많았네." 나는 이런 인사를 하는 데는 젬병이다. 횡설수설하게 된다.

"자네는?"

"전쟁 피난민 신세지. 그것도 두 번."

"그랬군."

그 친구나 나나 얼굴이 빨개져서 어쩔 줄 모르고 있다가 우선은

1_ 당시 전쟁에서 부상을 당해 치료 중인 군인들은 흰옷을 입고 있었다.

악수부터 했다.

게이시로 군은 소학교 때 나와 같은 반이었다. 반에서 두 번째로 스모를 잘했다. 제일 잘했던 건 주고로였다. 가끔씩 1위 결정전이 열려서, 반 친구들 모두가 손에 땀을 쥐며 지켜보곤 했는데, 아무리 용을 써도 게이시로는 주고로를 이길 수 없었다. 게이시로는 쳇 하고 일어서서는 한 발을 쿵 굴렀다. 그 모습이 어찌나 분해 보이던지 이십몇 년이 흐른 지금도 그 장면을 잊을 수가 없다. 게이시로 하면 금세 그 장면이 떠올라 어쩐지 게이시로에게 호감이 생기는 것이다. 게이시로 군은 소학교를 졸업하고 히로사키에 있는 중학교로 갔고, 나는 아오모리에 있는 중학교에 들어갔다. 그 후 게이시로 군은 도쿄에 있는 K대학에 들어갔는데, 나도 도쿄로 왔지만 만날 일은 별로 없었다. 딱 한 번 긴자에서 만났는데, 그땐 내가 돈이 없었기 때문에 게이시로 군이 밥을 샀다. 그날 이후로는 만나지 못했다. 어쨌든 그가 K대학을 졸업하고, 도쿄에 있는 어느 중학교에서 선생을 하고 있다는 소식만 바람결에 들어 알았다.

"그나저나 그만한 게 다행이네." 나는 요령이라고는 찾아볼 수 없는 말투로 이야기를 이어나갔다. 무슨 말을 하면 좋을지 감을 잡을 수가 없었다.

"응, 다행이지." 게이시로 군은 태연히 답했다. "잘못했으면 황천길로 갈 뻔했어."

"그래, 그랬겠지." 나는 조금 당황해서 고개를 끄덕이며 주머니에서 방금 사온 담배를 꺼내어 게이시로에게 권했다.

"아니, 안 돼." 게이시로는 거절하면서, "이거거든." 하고 말하고는 하얀 옷 위 가슴을 가볍게 두드렸다. 그 순간, 열차가 출발했다.

"그렇군. 그럼 술은 어떤가. 술도 있는데." 나는 발아래 둔 보따리를 살짝 들어 올리며 보여주었다. "담배는 폐병에 안 좋지만, 술은 체질에 따라서 오히려 몸에 더 좋을 때도 있잖은가."

"마시고 싶네." 게이시로는 순순히 답했다. "어쨌든 가슴은 거의 다 나았는데, 담배는 기침이 너무 많이 나서 말이야. 술은 괜찮지. 이토에서 사람들하고 헤어질 때도 엄청 마셨어."

"이토?"

"응. 이즈에 있는 이토온천 말이야. 거기서 반년 정도 요양을 했거든. 중국에 이 년 있다가 동남아에 일 년 있었는데, 병으로 쓰러져서 이토온천에서 요양을 하게 됐지. 지금 생각하면 이토온천에서 지냈던 여섯 달이 제일 길게 느껴지네. 몸이 다 나아서 다시 전쟁터로 돌아가야 하는 건 아닌가 걱정했는데, 전쟁이 끝났다는 소릴 듣고 속으로 안심했지. 동료들하고 헤어질 때는 술을 많이 마셨어."

"자네 집에서는 자네가 오늘 돌아온다는 걸 알고 있나?"

"모를 거야. 곧 집에 갈지도 모르겠다고 엽서는 해뒀는데."

"왜 그랬어. 부인하고 자식들도 다 가나기에 있는 집에 와 있는 거지?"

"응. 징집되면서 집사람하고 아이들을 이쪽 집에 데려다 놨지. 새삼스럽게 알릴 거 뭐 있어. 외국에서 선물이라도 한 아름 가져왔담 모를까. 선물 같은 게 있을 리가 없지." 그러면서 얼굴을 돌려 창밖 풍경을 내다보았다.

"이걸 가져가게. 있잖나, 이게 고급술이라고 하더라고. 가져가. 지금 가나기엔 술이 한 방울도 없네. 이걸 가져가서 오랜만에 집사람하고 술이라도 한잔하게."

"자네가 따라준다면 마시는 것도 괜찮겠군."

"아니야, 나는 됐어. 자네 부인한테 귀찮은 사람 취급받는 것도 내키진 않으니까. 어쨌든 이건 자네가 가져가. 자네가 오늘 돌아온다는 걸 집에 알리지 않았다면, 자네 집에선 오늘 술상을 볼 수 없을 거야. 자네, 술이 당기지? 어쩐지 아까부터 이 보따리를 보는 자네 눈빛이 심상치 않았어. 마시고 싶은 게 분명해. 가져가게. 가져가서 전부 다 마시게."

"아니야, 같이 마시세. 오늘 밤에 자네가 그걸 들고 우리 집으로 놀러 와주면, 그것만큼 고마운 일도 없겠어."

"그건 안 돼. 그것만큼은 사양하겠네. 이삼일 지나고 나서라면 모를까."

"자, 그럼 이삼 일 지나고라도 괜찮으니까 그때 놀러 오게. 술은 필요 없어. 우리 집에도 있을 거야."

"없어, 없어. 지금 가나기에는 술이 단 한 방울도 없다니까. 어쨌거나 오늘 이 술은 자네가 가져가야 해."

우리는 가나기 역에 도착할 때까지 청주 한 되를 가지고 아옹다옹했다.

결국 술은 게이시로가 가져가게 되었지만, 그 대신 나도 이삼일 안으로 게이시로 집에 놀러 가기로 했다.

약속대로 사흘 후에 게이시로의 집을 방문했는데, 그는 내가 선물한 청주 한 되에는 손도 대지 않고 나를 기다리고 있었다. 우리는 바로 술을 마시기 시작했다. 그는 내게 덩치 크고 차분한 자기 부인을 소개시켜 주었고, 열세 살 난 남자아이를 시작으로 아이들 셋을 인사시켰다.

그리고 그날 밤, 그는 내게 다음과 같은 이야기를 들려주었다.

중국에 이 년, 동남아에 일 년을 있었지만, 지금 생각해보면 모든 것이 꿈처럼 아득하게 느껴져. 게다가 내가 군인이 돼서 여기저기 뛰어다녔던 것이 마치 내가 아니었던 것만 같아서, 당시에 있었던 일은 입에 담고 싶지도 않아. 말을 해도 거짓말하는 기분이 드니까. 그보다는 이토온천에서 보냈던 반년간이 훨씬 더 길게 느껴져. 나라는 답답한 인간의 존재가 분명 살아 움직이면서, 기쁨도 슬픔도 고스란히 내 피부 속으로 배어든 것 같아. 삼 년 반여의 군대 생활 가운데 내가 자네들에게 얘기하고 싶은 건, 요양생활을 했던 마지막 육 개월뿐이야. 역시 일본 사람들은 본토 밖으로 한 발짝이라도 나가면, 자기 상실이랄까, 아무튼 마음이 붕 떠서 생활을 잊고, 완전히 폐인이 되어버리는 숙명을 지닌 건 아닌가 싶어. 본토에서는 두세 시간만 기차여행을 해도 거창한 여행을 한 것처럼 피곤이 몰려오는데, 밖으로 나가면 열 시간 스무 시간 기차여행을 해도 마치 바로 옆 마을 가는 것 같은 편안한 기분이 드니까. 본토 생활이 밀도가 높아서 그런 걸 수도 있고, 그 밀도 높은 생활과 딱 맞물려 있는 톱니바퀴가 우리들 머릿속에 박혀 있어서 긴장이 풀리지 않는 탓에 한 시간짜리 여행도 크게 다가오는 걸 수도 있지. 어쨌든 이토에서 지냈던 반년은 길고, 갑갑하면서도, 꽉 찬 시간들이었어. 여러 추억이 있지. 그중에서도 앞으로 십 년 이십 년이 흘러도, 아니 죽는 날까지 결코 잊을 수 없을 기묘한 사건이 하나 있어. 그 이야기를 해줄게.

초여름께 있었던 일인데, 곧 중소도시에 폭격이 몰아쳐서, 조만간에 아타미의 이토온천 지대도 불타버리게 될 거라는 소문이 자자했지. 짐을 옮기랴, 노약자를 피신시키랴, 마을에 서글픈 활기가 감돌았어. 그즈음 있었던 일인데, 어느 날 나는 점심 식사 후 휴식 시간에 요양소 정문 앞에 서서 멍하니 길가를 바라보고 있었어. 여우비라고 해야 하나,

날은 맑은데 먼지처럼 반짝이는 금빛 비가 드문드문 흩날렸지. 제비가 땅을 스칠 듯 말 듯 낮게 날아 지나갔어. 가만있자, 그때 내가 무슨 생각을 했었나. 길 건너 시커먼 나무 울타리 아래에 수국 몇 송이가 피어 있었는데, 지금도 머릿속에 그 꽃이 선명하게 남아 있는 걸 보면, 어쩌면 그때 어울리지도 않게 고향을 떠나온 설움에 젖어서 센티멘털한 기분에 빠져 있었던 건지도 몰라.

"군인 아저씨, 비에 다 젖겠어요."

요양소 건너편에 자그마한 사격장이 있었는데, 그 가게 안에서 얼굴이 발그레한 아가씨가 웃고 있었어. 쓰네 짱이라는 아가씨였지. 나이는 스무 살 정도인데, 어머니는 돌아가시고, 아버지는 요양소 심부름꾼이었어. 덩치가 크고 살결이 하얀 아이였는데, 언제나 느긋하게 웃고 있었어. 여기 동북지방 여자들처럼 심술궂고 이상하리만치 남자를 경계하는 낌새도 없었어. 이즈지역 여자들은 대부분 그런 것 같은데, 역시 남쪽 지방 여자들이 괜찮단 말이야, 아니 이건 여담이고, 어쨌든 쓰네 짱은 요양소 군인들한테 인기가 많았어. 그즈음 관서지방 사투리를 쓰는 잘생긴 군인 하나가 쓰네 짱하고 그렇고 그런 사이라는 소문이 돌고 있어서 나도 신경이 곤두서 있었지. 아니, 자네가 그렇게 말해버리면 나도 할 말은 없지만, 그때 내가 쓰네 짱을 마음에 두고 여우비를 맞으면서 정문 앞에서 서성거리고 있었던 건 아니야. 아닌가? 어쩌면 그럴지도 모르지. 어렴풋이 사격장 쪽을 의식하면서 수국을 바라보는 척 폼을 잡고 있었던 건지도 몰라. 하지만 설마하니 내가 쓰네 짱이 애타게 그리워서 사격장으로 갈까 말까 고민하며 정문 어귀에서 서성거리고 있었던 건 아니야. 어쨌든 우린 이미 그럴 나이는 지났다고. 정말이지 그때 나는 그냥 멍하니 정문 앞에 서 있었을 뿐이야. 하지만 전부터 쓰네 짱이 싫지는 않았고, 거기다가 그 잘생긴 놈하고 그렇고 그런 사이라는 소문에 신경이 쓰이는 것도 사실이어서, 쓰네 짱이 있는 사격장을 완전히 무시하고 정문 쪽에 서 있었다고 한다면 그것도 거짓말일 거야. 인간의 마음이란, 자네들이 쓰는 소설처럼 그렇게 확실히 정해져 있다기보다는, 그보다 훨씬 더 희미한 거잖아. 특히 남녀 사이의 마음이란, 그때그때 튀어 오르는 불씨들로 인해서 의외의 상황이 전개되기도 하는 거니까. 날 조롱하진 마. 자네도 경험이 있을 거야. 좋아한다느니 싫어한다느니, 그런 건 다 쓸데없는 짓이지. 어쨌든 나는 쓰네 짱이 말을 걸기에 어슬렁어슬렁 쓰네 짱이 있는 사격장으로 향했어.

"쓰네 짱, 피난 갈 준비 안 해?"

"당신들하고 함께 있을 거야. 죽든 타든 상관없지."

"대단하구나."

나는 그런 말밖에 할 수가 없었지. 이건 영락없이 쓰네 짱과 그 간사이 사투리 놈이 열정적으로 사귀고 있다는 증거라는 판단이 서니까, 묘하게 쓸쓸하더라고.

"참새라도 쏴 볼까?" 나는 그렇게 말하며 공기총을 들었어.

이 사격장에서 제일 어려운 것이 참새 쏘기였어. 시계추처럼 좌우로 움직이는 함석 재질의 참새를 작은 납 총으로 쏘는 거야. 꼬리나 몸통을 맞추면 안 떨어져. 부리에 가까운 데를 맞추지 않으면 절대로 안 떨어지지. 하지만 공기총이 몸에 익고 나니까 거의 첫 발에 맞힐 수가 있었어.

쓰네 짱이 상자 속 태엽을 감으면, 참새가 달가닥달가닥 좌우로 움직이기 시작해. 나는 참새를 겨누고 방아쇠를 당겼어.

달가닥달가닥.

안 맞았어.

"어쩐 일이야?" 쓰네 짱은 내가 대체로 첫 발에 명중한다는 걸 알고 있었기 때문에, 이상하다는 표정을 지으며 그렇게 묻더군.

"내버려 둬. 네가 얼쩡거려서 그런 거잖아." 그러면서 잘하지도 못하는 농담을 던졌지. 동북 지방 사람들은 이럴 때 원숭이도 나무에서 떨어지는 법이라는 식으로 가볍게 너스레 떨 줄을 모르니, 참 답답한 노릇이야.

하지만 그 아이가 방해가 된 건 사실이었어. 쓰네 짱은 우리가 사격을 시작하면 목표물 근처에서 어슬렁거리면서 총알을 줍거나 표적물을 다시 제대로 놓거나 했는데, 평소에는 그게 하나도 신경에 거슬리지 않았거든. 하지만 그날은 이상하게 표적 옆에서 웃고 있는 쓰네 짱 때문에 마음이 조마조마해서 견딜 수가 없는 거야.

"저리 가, 저리." 나는 억지로 미소를 띠며 거듭 말했어.

"네, 알았어요."

쓰네 짱은 웃으면서 딱 한 자30cm 정도 옆으로 비끼더군.

나는 조준을 했어. 방아쇠를 당겼지. 피익 하고 발사.

달가닥달가닥.

안 맞았어.

"어쩐 일이야?"

또 그러는 거야.

이상하게 열이 받았지. 말없이 세 발째를 조준했어. 피익 하고 발사.

달가닥달가닥.

안 맞았어.

"어쩐 일이야?"

이어서 네 발째. 안 맞는 거야.

"정말로 어쩐 일이야?" 쓰네 짱은 그렇게 말하며 쪼그려 앉았어.

나는 대답도 않고 다섯 발째 총알을 장전했어. 쪼그려 앉은 쓰네 짱의 바지 무릎 부위가 동그랗게 튀어나와 있었어. 이 녀석, 이미 처녀가 아니군.

느닷없이 피익 하고 그 무릎을 쐈어.

"아야." 쓰네 짱은 외마디 비명을 지르며 앞으로 쓰러지더니 곧바로 고개를 들고,

"난 참새가 아니야." 하고 말했어.

그 말을 듣는데, 온몸에 찬물을 끼얹은 것처럼, 그 자리에서 꼼짝도 못 하겠는 거야. 미안해, 미안해, 미안해, 미안해, 천 번을 말해도 부족한 것 같은 기분이 들더라고. 난 참새가 아니야. 그 순수한 말 한마디가 어떤 핀잔보다도 더 날카롭게 내 가슴을 후벼 팠어. 쓰네 짱은 인상을 찌푸리며 웅크린 채 무릎을 누르고는 아아 하고 신음했어. 누르고 있는 손가락 사이에서 피가 흘렀어. 나는 공기총을 내던지고 가게 뒤를 돌아 안으로 들어갔지.

"미안, 미안해, 정말 미안해. 괜찮아?"

괜찮을 리가 없지. 무릎에 총을 맞았으니 꽤 큰 상처를 입은 게 분명했어. 일어서지도 못하는 것 같았어. 나는 조금 망설였지만 마음을 단단히 먹고 쓰네 짱을 뒤에서 안아 일으켰어. 쓰네 짱은 아야야야, 하고 외마디를 내지르면서 무릎에서 손을 떼고 내 얼굴을 돌아보며, "어쩔 거야?" 하고 나직이 말하고는, 슬픈 미소를 지었어.

"요양소에 가서 치료를 받자." 그렇게 말하는 내 목소리가 갈라져 있더군.

쓰네 짱은 걸을 수가 없는 것 같았어. 나는 왼쪽 옆구리로 쓰네

짱을 부축해서 요양소로 데리고 들어간 다음 의무실로 향했어. 출혈이 심한 데 비해 상처는 깊지 않은 것 같았어. 의사는 무릎에 박혀 있는 총알을 핀셋으로 간단히 잡아 빼고는, 조그맣게 난 상처 부위를 소독하고 붕대로 감아주었지. 딸아이가 상처를 입었다는 말을 듣고 요양소 심부름꾼인 아버지가 허겁지겁 달려왔어. 나는 그의 비위를 맞추려고 얼굴에 비굴한 미소를 띠며,

"아이고, 오셨습니까?" 하고 말을 걸었지. 나는 내가 정말 잘못했다는 생각이 들면, 오히려 미안하다는 말을 더 못하는 인간이거든.

그때 그 아버지의 눈빛을 잊을 수가 없어. 평소에는 마음이 약해보이고 나긋나긋한 사람이었는데, 그때 나를 흘긋 돌아보던 눈빛에는 증오라고 해야 하나, 적의라고 해야 하나, 아무튼 뭐라 표현할 수 없을 만큼 무시무시한 빛이 뿜어져 나오고 있었어. 나는 오싹했어.

쓰네 짱 상처는 금방 나아서 요양소에서도 문제가 크게 불거지지 않고 동료들 두세 명한테 놀림을 받는 걸로 끝이 났지만, 나는 그날 그 일이 있고 나서 완전히 변해버렸어. 그날 이후 나는 정말이지 전쟁이 싫어졌어. 인간의 피부에 조금이라도 상처를 남기는 짓에 넌더리가 났지. 인간은 참새가 아니야. 그리고 자기 자식이 상처를 입었을 때, 부모들이 내뿜는 그 분노의 눈빛이란. 전쟁은 말이지, 분명 나쁜 짓이야.

내가 무슨 사디스트겠어? 내게 그런 성향은 없어. 하지만 그날 나는 사람에게 상처를 입혔어. 그건 전쟁터에서 돌아온 뒤의 숙취 같은 것이었어. 나는 전쟁터에서 적들에게 상처를 입혔어. 그런데도 난 자아를 상실하고 있었나 봐. 그때까지는 거기에 대한 반성이 전혀 없었던 거야. 전쟁을 부정하려는 마음이 안 들었어. 하지만 살육의 취기를 본토까지 끌고 들어와 사격장에서 약간의 편린이 드러난 순간, 그것이 얼마나

나쁜 짓이었는지를 끔찍할 정도로 분명히 알게 되었어. 참 이상한 일이야. 역시 본토에서는 생활의 밀도가 높아지기 때문인 걸까? 일본 사람들은 밖으로 나가면 마음이 붕 떠서, 생활마저 겉도는 숙명을 지닌 것일까? 본토에 있을 때의 나와 본토 밖에 있을 때의 내가 전혀 다른 사람이었다는 기분이 들어서, 혼자 내 허벅지라도 꼬집어보고 싶을 지경이야.

게이시로의 고백이 끝나갈 즈음, 그의 아내가 새 술병을 가져와서는 말없이 우리한테 한 잔씩 따라주고 조용히 밖으로 나갔다. 멍하니 그 뒷모습을 눈으로 좇던 나는 아연실색했다. 한쪽 다리를 약간 저는 것 같았다.

"쓰네 짱이잖아."

그의 아내는 쓰가루 사투리가 전혀 안 섞인 순수 도쿄 말을 쓰고 있었다. 내가 술에 취한 탓에 어이없는 착각을 했나 보다. 쓰네 짱은 살결이 하얗고 덩치가 큰 여자라고 했는데.

"바보같이. 지금 무슨 소릴 하는 거야? 다리 때문에? 어제 숯 배급을 받느라 십 리 길을 걸어서 발에 물집이 잡혔다고 하더군."

冬の花火
겨울의 불꽃놀이

太宰治

「겨울의 불꽃놀이」

1946년 6월, 『전망展望』에 발표되었다. 이 잡지는 치쿠마서방에서 간행하던 종합잡지로, 훗날 『인간 실격』 등이 실렸다.

이 작품은 「봄의 낙엽」과 함께 전후 시대를 살아가는 사람들의 심리를 그려낸 희곡으로, 다자이가 자신의 고향인 쓰가루에 살면서 가졌던 사회 비판 정신이 그대로 녹아 있다. 다자이가 지인이자 프랑스 문학자인 가와모리 요시조河盛好蔵에게 보낸 편지에서 이 작품에 대한 그의 생각을 엿볼 수 있다.

❝「겨울의 불꽃놀이」를 아주 나쁘게 이야기하는 사람도 있는 것 같아 마음이 아픕니다. 말씀하신 대로 가즈에라는 여성에게 매력을 느껴주시는 것만으로도 저는 만족합니다. 아울러 그 드라마에 흐르는 사상은 루카복음 7장 47절에 나오는 '적게 용서받은 사람은 적게 사랑한다'입니다. 스스로 죄의식을 느끼지 못하는 사람은 무정하다, 자기 죄가 크다고 여기는 이는 애정도 깊다, 이러한 테마를 두고 쓴 것이기에 아사에게 그런 과거가 필요했습니다. 한 번 실수를 저지른 여자가 마음씨도 고운 법이라고 저는 확신합니다.❞(1946년 8월 22일 소인)

인물	가즈에	29세
	무쓰코	가즈에의 딸, 6세
	덴베에	가즈에의 아버지, 54세
	아사	덴베에의 후처, 가즈에의 계모, 45세
	가나야 세이조	마을 사람, 34세
	그 외	에이이치 (덴베에와 아사의 아들, 미귀환) 시마타 데쓰로 (무쓰코의 친부, 미귀환) 둘 다 등장하지 않음

곳 쓰가루 지역 어느 마을

때 쇼와 21년1946년 1월 말경부터 2월 사이

제 1 막

무대는 덴베에 집 거실. 다소 유복해 보이는 지주의 집.

안쪽에 2층으로 올라가는 계단이 보인다.

무대 오른쪽은 부엌, 무대 왼쪽은 현관 느낌.

막이 열리면, 방의 한쪽 구석에서 덴베에와 가즈에가 난로를 쬐고 있다.

두 사람은 말이 없다. 괘종시계가 세 시를 알리는 종을 친다.

어색한 분위기.

갑자기 가즈에가 낮고 이상한 웃음소리를 낸다.

덴베에, 고개를 들고 가즈에를 본다.

가즈에, 아무 말 없이 웃음을 멈추고 겸연쩍은 듯 난로 옆에 있는 나무상자에서 장작을 두세 개 꺼내어 불을 지핀다.

가즈에 (두 손의 손톱을 들여다보면서 혼잣말처럼) 사람들이 졌네, 졌어, 그러는데 난 그게 아니라고 봐. 망한 거야. 멸망해버린 거라고. 일본 구석구석이 점령당해서 우리는 한 명도 남김없이 포로가 되었는데, 시골 사람들은 부끄러운 줄도 모르고, 정말 못 말린다니까. 진짜 멍청해. 지금까지 살아왔던 것처럼 앞으로도 쭉 그렇게 살 수 있을 거라고 생각하나 봐. 여전히 남들 험담이나 하면서, 먹고 자고 싸고, 사람을 보면 도둑으로 오해나 하고, (또 낮고 이상한 웃음소리) 대체 뭘 위해 사는 건지.

진짜 이해가 안 가.

덴베에 (담배를 피우며) 그거야 뭐 어찌 됐건 상관없는데, 너한테 지금 남자, 그러니까 사귀는 놈이 있다는 게 사실이냐?

가즈에 (기분 나쁘다는 듯이) 그런 거야말로 어찌 됐건 상관없잖아. (혀를 차며) 아무 말도 하지 말 걸 그랬어.

덴베에 네가 말 안 해도 내 귀에는 다 들어온다.

가즈에 그렇게 거드름 안 피워도 다 알아요. 엄마죠?

덴베에 (살짝 당황해하는 눈치) 아니다.

가즈에 (작고 빠른 말투로) 맞아요. 당연하지. 엄마는 왜 또 혼자 착각을 하고 그런대요? 어이가 없네.

침묵.

덴베에 아사한테 들었다. 하지만 아사는 진짜 아무것도…….

가즈에 (그 말에는 상대도 하지 않고 갑자기 태도를 바꾸며) 엄마는 어디 갔어?

덴베에 생선 사러 간다는 것 같던데.

가즈에 무쓰코를 업고?

덴베에 그렇겠지.

가즈에 무거울 텐데. 그 아인 이상하게 무거워. 왜 그렇게 할머니를 따르는지, 원. 할머니한테만 딱 붙어 다닌다니까.

덴베에 너 어렸을 때하고 똑 닮았다. (표정을 바꾸며 강한 어조로) 아사가 그 아일 기르고 싶다는구나.

가즈에 (고개를 돌리며) 말도 안 되는 소리.

덴베에　아니야, 진심으로 그러더라. 내 말 좀 들어봐라. 아사가 어젯밤에 (어렴풋이 쓴웃음을 지으며) 나한테 와서 진지하게 이야길 했어. 에이이치는 벌써 포기했다고. 전쟁터에서 소식이 끊긴 지도 벌써 삼 년이 흘렀다. 녀석의 부대가 남쪽 무슨 섬을 지키러 갔다는 건 알고 있지만, 에이이치가 지금 무사한지 어떤지는 분명하지가 않아. 아사는 포기했다 그러더라. 하지만 넌 이미 몰래 만나는 남자가 있는 것 같고, 또 금방 도쿄로 돌아갈 생각 아니냐. 내 말 좀 들어봐라. 가든 말든 그건 네 자유다. 좋을 대로 하면 돼. 하지만 무쓰코는 두고 갔으면 한다.

가즈에　(또 이상한 웃음소리를 내며) 진심으로 하시는 말씀이셨어요? 말도 안 돼. 진짜 엄마도 제정신이 아닌가 봐. 노망난 거 아니에요? 어처구니가 없어서.

덴베에　노망이 난 건지도 모르지. 말도 안 되는 이야기란 건 나도 알아. 하지만 집사람은 진지하게 그런 생각을 하는 것 같더라. 네가 앞으로 그 남자, 그러니까 사귀는 놈하고 합치게 되더라도 무쓰코가 붙어 있으면 나중에 그 남자하고 의견충돌 같은 게 생길 거라고 했어. 어쨌든 무쓰코는 이 집에 두고 갔으면 좋겠다고 하던데, 집사람도 나름대로 이리저리 머리를 쓴 모양이더라. 널 위해서라도 그게 제일 좋을 방법이라고 생각하고 있는 것 같아.

가즈에　쓸데없는 참견이야.

덴베에　그래. 분명 쓸데없는 참견이겠지. 하지만 너처럼 그저 아사를 바보 취급하면서…….

가즈에　(다 듣지도 않고) 그럴 리가. 아빠, 난 그런 적 없어. 낳아준 부모보다 길러준 부모한테 정이 더 깊다는 말도 있잖아. 친엄마는 내가 무쓰코보다 훨씬 더 어렸을 때 돌아가셨고, 그 뒤로 쭉 지금 엄마가 날 키워주신걸. 나중에 사람들이 그 사람은 계모고 네 동생 에이이치는 배다른 동생이라고 했을 때도 난 아무렇지 않았어. 계모든 뭐든 내 엄마인 건 틀림없고, 배다른 동생이라고 해도 에이이치는 역시 나랑 사이좋은 동생이니까, 그런 건 하나도 신경 쓰이지 않았어. 하지만 여학교에 들어가면서부터는 가끔씩 문득 외로워지곤 했어. 엄마가 너무 좋다 보니까 그런 거야. 결점이 단 한 군데도 없잖아. 내가 아무리 제멋대로 굴어도, 또 해서는 안 될 짓을 해도, 엄마는 나한테 화 한 번 안 내고 항상 웃는 얼굴로 고양이 귀여워하듯 날 예뻐했지. 그렇게 상냥한 엄마도 없을 거야. 상냥함이 지나쳤지. 언젠가 내가 엄지발톱이 빠졌을 때 엄마가 얼굴이 새파랗게 질려서는 내 발톱에 붕대를 감아주면서 닭똥 같은 눈물을 뚝뚝 흘리는데, 기분이 왠지 찜찜했어. 또 언제였나, 내가 엄마한테 솔직히 엄마는 나보다 에이이치가 더 귀엽지? 하고 물었는데, 세상에, 잠깐의 망설임도 없이 나한테, 가끔은 그래, 이러는 거야. 난 너무 정직하고 상냥한 엄마가 미웠어. 에이이치한테만 어려운 심부름을 시키고, 나한테는 걸레질조차 함부로 시키지 않았으니까. 그러니까 나도 오기가 나서 한껏 더 내 멋대로 해보자는 생각이 들었어. 이를 악물고 못된 짓만 해버리자 싶었던 거야. 하지만 난 엄마가 싫지 않아. 정말 좋아. 너무 좋아서 달려가서 꽉 끌어안고 싶을 정도야. 엄마도 나를 진심으로 예뻐하는 것 같아. 얼마나 예뻤으면 늘 나한테 좋은 옷만 입히고, 부엌일이나 빨래 같은 것도 안 시키려고 했겠어. 그건 알고 있어. 사실은 말이야, (갑자기 아하하 하고 이상한 소리로 웃어젖히며) 엄마랑 나 사이에는 동성애 비슷한 게 있었어. 그러다 보니 짜증도 나고 얄밉기도 하고 어쩐지 외로워서, 마음대로 실컷 사고를 치고 나서 엄마하고 대판 싸우고 싶어 했던 것 같아.

덴베에 (인상을 찌푸리며) 나이는 서른 가까이 먹어서, 아직도 그렇게 한심한 말만 해대는 거냐. 좀 더 그럴듯한 이야길 해봐라.

가즈에 (태연하게) 아빠는 둔감해서 아무것도 몰라. 아빠 같은 사람더러 사람은 좋다 그러겠지만, 진짜 무신경해. (말투를 바꿔서) 그나저나 엄마도 옛날엔 예뻤지. 도쿄에서 십 년 가까이 살면서 이런저런 여배우들도 보고 아가씨들도 보고 했는데, 우리 엄마만큼 예쁜 사람은 본 적이 없어. 옛날에 엄마랑 같이 목욕할 때마다 얼마나 즐거웠는지 몰라. 부끄럽기는 또 어찌나 부끄럽던지. 지금 생각해도 가슴이 두근두근할 정도야.

덴베에 내 앞에서 그런 시답잖은 얘긴 꺼내지도 마라. 그래서 이제 어쩔 거냐? 무쓰코는 두고 갈 거지?

가즈에 (질렸다는 듯이) 아이 정말, 아빠까지 그런 말도 안 되는…….

덴베에 하지만 남자는 있는 거 아니냐?

가즈에 (인상을 쓴 채 고개를 숙이며) 꼭 그런 식으로 물어야겠어?

덴베에 다르게 묻는다 한들 똑같은 거지. (화가 치밀어 오르는 것을 꾹 참으며) 하지만 너도 참 멍청한 짓을 했어. 안 그러냐?

가즈에 (얼굴을 들더니 냉정한 눈빛으로 말없이 아버지를 응시한다.)

덴베에　어릴 때부터 손쓸 수도 없이 제멋대로긴 했어도, 이렇게 멍청한 녀석인 줄은 몰랐다. 너 때문에 아사가 얼마나 고생했는지 알기나 해? 네가 히로사키 여학교를 졸업하고 도쿄에 있는 전문학교로 가겠다고 했을 때도, 나는 하늘이 두 쪽 나도 반대라며 머릴 싸매고 누웠는데, 아사가 내 머리맡에 딱 붙어서 평생 소원이니 가즈에가 가고 싶어 하는 학교에 보내달라고 울면서 빌기에, 나도 고집을 꺾고 허락을 한 거야. 넌 당연하다는 듯한 얼굴로 도쿄로 가버리더니, 그 뒤로 코빼기도 안 보였지. 소설간지 선생인지 하는 그 시마타라는 작자하고 짝이 맞아서는 멋대로 학교도 관뒀어. 그때부터 난 널 죽은 셈 치고 포기하기로 했다. 그런데도 아사는 네 험담을 한마디도 하지 않고, 나 몰래 너한테 돈을 부쳐주고 있었어. 아사는 자기 옷까지 팔아서 너에게 돈을 보내주고 있었지. 시마타는 무쓰코가 태어난 지 얼마 안 돼서 참전을 했는데, 그래도 넌 재봉 일이든 뭐든 해서 혼자 살림을 꾸려나가겠다고 하면서, 시마타 부모님 댁에도 안 들어가고, 아니지, 들어가려 해도 시마타 역시 이만저만 불효자가 아닌 것 같으니 부모님과 제대로 의논도 못 했을 테고, 이제 와서 부인과 아이를 자기 부모님 집에 맡길 수도 없었겠지. 그런 상황이라면 우리한테 울며 달려오겠거니 싶었는데 그렇지도 않았어. 난 네가 꼴 보기 싫어서 모른 척하고 있었는데, 시마타가 없는 동안 이쪽에 와 있으라고 아사가 너한테 몇 번이나 편지를 보낸 모양이지. 그런데도 너는 뭐가 그리 잘났는지 목을 빳빳이 세우고는, 재봉 일이 너무 바빠서 도저히 시골에는 갈 수 없다는 답장을 보냈어. 네가 도쿄에서 어떻게 지냈건 간에, 아사는 도쿄에도 슬슬 식량이 부족해지기 시작했다는 소문을 듣고, 거의 매일같이 너한테 먹을 것을 싸서 소포로 부쳐줬어. 너는 그걸 마치 당연하다는 듯이 태연하게 받아먹고는, 제대로 된 감사 편지도 안 보냈지. 하지만 아사가 그걸 보내느라 얼마나 고생을 했는지 알기나 하느냐? 하루라도 빨리 도착하라고 항상 철도편에 짐을 부쳤고, 그러려고 늘 나미오카역까지 걸어갔어. 나미오카역까지는 여기서 십 리 길이야. 겨울에 눈보라를 헤치고 걸어간 적도 있다. 아침 여섯 시에 출발하는 첫차에 보내려고 어스름할 때 일어나서 역에 다녀온 적도 있어. 집사람은 아침에 일어나서 밤에 잠이 들 때까지 너희들 생각만 하며 살아온 사람이야. 너만큼 행복한 녀석도 없을 거다. 넌 도쿄에서 폭격으로 집을 잃었다면서 아무 연락도 없이 생글생글 웃으며 우리 집에 나타났지. 난 그런 널 보면서 부끄러운 줄도 모르고 뻔뻔하게 잘도 왔구나 싶어서 너희들하고는 말도 섞고 싶지 않았지만, 네가 이젠 내 딸도 아니고 시마타라는 참전군인의 부인이니 가혹하게 내칠 수도 없고 해서, 그래, 생판 모르는 피난민들도 받아주는 마당에 별수 있나 싶은 마음으로 말없이 너휠 이 집에 받아준 거야. 버릇없이 굴지 마라. 나한테는 너희를 돌봐줄 의무도 없고, 너도 이 집에서 함부로 할 권리 같은 건 없을 테니까.

가즈에 (고개를 떨구면서도 분명한 목소리로) 시마타는 죽은 것 같아요.

덴베에 그럴지도 모르지. 하지만 아직 유골은 안 왔어. 장례를 마친 것도 아니고. 이 바보 같은 녀석아. 대체 지금 만난다는 놈은 어떤 녀석이냐.

가즈에 엄마한테 들으세요. 뭐든 다 알고 계시는 것 같으니까.

덴베에 (무의식중에 주먹을 쥐며) 아직도 그렇게 덜떨어진 말을 하는 거냐. 아사는 아무것도 모른다. 그저 네가 누구하고 몰래 편지를 주고받는 것 같고, 가끔씩 송금도 오는 것 같고, 또 무쓰코도 도쿄에 있는 아저씨가 어쨌다느니 하니까 그런 거지. 그런 상황이면 아사가 아니더라도 누구나 다 눈치챌 거다.

가즈에 그렇지만 아빤 몰랐잖아요.

덴베에 (괴롭다는 듯이) 인간의 도리라는 게 있는데, 꿈에라도 네가 그런 짓을 할 거라고 생각이나 했겠냐. (한숨을 내쉬며) 대체 넌 앞으로 어디까지 타락할 생각이냐.

가즈에 (조용히) 아빠가 허락 안 하시면 무쓰코를 데리고 도쿄로 돌아갈 생각이에요. 봄까지 여기서 좀 봐주시면, 그 사이에 스즈키가 저쪽에 집을 마련해주기로 했어요.

덴베에 그 녀석 이름이 스즈키냐.

가즈에 (차분하게) 네.

덴베에 (위엄 있는 목소리로) 사귄 지 몇 년이나 됐느냐.

가즈에 (말이 없다)

덴베에 묻지 않는 편이 낫겠느냐? 좋다. 대충 알아들었다. (흥분을 감추며 침착하게, 그러나 확 바뀐 목소리로) 나가라. 지금 당장 나가. 어딜 가든 상관 안 한다. 썩 꺼져라. 무쓰코는 여기 두고, 곧장 그놈이 있는 곳으로 가버려라!

가즈에 (고개를 들며) 아빠, 제가 도쿄에서 얼마나 고생했는지 알기는 아세요?

현관문 열리는 소리.

계모 아사의 목소리 착하기도 하지, 착하기도 해. 그렇게 추웠는데 울지도 않았네.

무쓰코의 목소리 그리고 또 무쓰코가 할머니도 도와줬지?

아사의 목소리 그럼, 그럼. 할머니가 지갑 좀 들어달라고 했는데, 떨어뜨리지도 않았잖니. 도와주고말고. 정말 많이 도와줬어.

무스코의 목소리 그러니까 다음에도 심부름꾼으로 데려가 줄 거죠?

아사의 목소리 그럼, 당연하지, 데려가고말고. 자, 들어가자.

무대 왼편 창호지 문이 열리며, 아사와 무쓰코 등장. 무스코는 곧장 가즈에에게 달려가서 무릎 위에 안긴다.

가즈에 (아사 쪽을 보고 웃으며) 무거웠죠?

아사 (방금 사온 생선이 들어 있는 소쿠리와 어깨싸개[1] 같은 것들을 무대 오른쪽의 부엌으로 나르며) 아아, 무거운 정도가 아니라, 무슨 돌로 된 보살님을 업고 걷는 줄 알았다니까. (무대 오른편 창호지문을 열고 부엌으로 들어가 문을 닫는다. 이후 목소리만.) 요즘에는 어디서 못된 꾀가 들어서는, 내려서 걸어갈까?

1_ 쓰가루 지방에서 쓰는 외출용 모포-저자 주.

그러면 갑자기 졸린 척을 한다니까. 보통이 아니야.

가즈에 (무쓰코 손에 불꽃놀이 한 다발이 들려 있는 걸 눈치채고) 어머, 이건 뭐야? 어디서 난 거야?

무쓰코 장난감이에요.

가즈에 장난감? (웃으며) 이상한 장난감이네. 할머니가 사주셨니?

무쓰코 (끄덕인다)

아사 (부엌에서 달그락달그락 뭔가를 하는데 역시 창호지문 너머로 목소리만 들린다) 요즘 애들 불쌍해. 장난감다운 장난감이 하나도 없어. 무쓰코가 글쎄 조그만 일장기가 갖고 싶다는 거 아니겠니? 섬뜩했어. 그러고 보면 전쟁 중에는 그 깃발 장난감이 이 동네 구멍가게에도 늘 있었는데, 요즘에는 흔적도 없이 사라져버렸어. 적어도 애들한테만큼은 그 깃발을 들고 놀게 해주고 싶은데, 그건 아무래도 힘들겠지? 무쓰코한테 그걸 뭐라고 설명해주면 좋을지, 할머니인 나도 참 당황스럽더라고. (나지막이 웃으며) 그래도 불꽃놀이는 가게에 많이 갖다 놨더라. 어쩐 일인지 모르겠어. 아무래도 요즘 가게에는 철 지난 이상한 물건들만 가득한 거 같아. 밀짚모자라든가 파리채라든가, 정말 웃기지 않니? 그런 물건을 사는 사람도 있나 봐. 요즘 같은 때 파리채 같은 걸 사서 어디에 쓰겠니?

가즈에 (웃으며) 배드민턴 채 대용으로라도 쓰면 되겠네요. 아이들한테는 불꽃놀이보다도 더 좋은 장난감이 될지도 몰라요. 방금 무쓰코가 불꽃놀이를 들고 있는 걸 보고 어쩐지 등골이 서늘했어요.

아사 (상냥하게) 글쎄 그것 말고 다른 건 아무것도 안 팔더라니까.

요즘 아이들은 정말 불쌍해. (어조를 바꿔서) 갓 잡은 대구 같던데, 대구탕을 끓일까요?

덴베에　술 좀 남았나?

아사　(여전히 창호지 문 너머에서) 네, 아직 조금 남아 있을 거예요.

덴베에　자, 그럼 대구탕에다 한잔 걸쳐볼까?

가즈에　나도 한잔해야겠네.

덴베에　(인내심을 잃고 끝내 호통을 친다) 너 지금 제정신이냐! 언제까지 정신을 못 차리고, (일어서려다가 다시 앉으며) 제대로 된 인간이 좀 되어봐라!

무쓰코, 불에 댄 듯 울어 젖히며 가즈에의 품속으로 파고든다. 가즈에는 냉정한 모습이다.

덴베에　너 하나 때문에, 너 하나 때문에, 우리 집이, 너 하나 때문에, 얼마나……. (뭔가 중얼거리더니 울어버린다)

가즈에, 조용히 무쓰코를 안고 일어서더니 안쪽 계단으로 향한다.

덴베에　(맹렬한 기세로 벌떡 일어서며) 기다려!

아사　(부엌에서 달려 나와, 덴베에를 말리며) 아이고, 왜 이러세요.

덴베에　저건 맞아야 정신을 차려. 제정신 차릴 때까지 패줘야 된다고.

가즈에, 뒤도 안 돌아보고 울부짖는 무쓰코를 안고 계단을 오른다. 기모노 옷자락 안으로 하얀 스타킹이 보인다.

뎬베에, 버둥거린다. 아사, 필사적으로 막는다.

제 2 막

막이 열리고, 무대는 캄캄하다. 반짝, 하고 전등불이 켜진다. 2층 가즈에의 방. 가즈에가 방에 막 불을 켠 참이다. 방에는 이부자리 두 개가 깔려 있다. 한쪽에 무쓰코가 잠들어 있다. 잠옷 차림의 가즈에가 방금 한 손으로 전등 스위치를 당겼다. 한 손에 스위치를 잡은 채 한곳을 응시하고 있다. 가즈에가 응시하고 있는 곳은 무대 왼편 덧문이다. 조용히 덧문이 열린다. 눈보라가 들이친다. 이어서 이중 망토를 입은 남자가 등을 보이며 들어온다.

가즈에 (낮지만 날카로운 음성으로) 거기 누구죠? 누구세요?

남자 (덧문을 닫으며 이중 망토를 벗고, 처음으로 이쪽을 보며 그 자리에 턱 하니 앉는다. 마을 사람인 가나야 세이조다) 접니다. 용서하십시오. (진지한 표정으로 고개를 살짝 들어올린다)

가즈에 (놀라며) 세상에, 세이조 씨, 어쩐 일이세요. (잠옷 위에 재빨리 겉옷을 걸치고 앞섶 끈을 묶은 뒤 방 안에 있는 화로 쪽으로 가 앉으며) 도둑인가 했어요. 도대체, 어떻게 된 거예요?

세이조 죄송합니다. 한 번만 더 제 마음을 차분하게 전하고 싶어서, 당신 집 앞을 꽤 오랫동안 서성거렸습니다. 드디어 결심이 서서 지붕으로 올라가 2층 방 덧문을 열어봤더니, 스르르 열리는 게 아닙니까. 그래서…….

가즈에　(쓴웃음을 지으며) 엉뚱한 네즈미코조[2]시네요. (부젓가락으로 밑불을 긁어모으며) 하지만 시골에는 이런 일도 드물지 않죠? 일반적인 시골 연애 방식이겠죠. 남자분들이 밤에 몰래 여자 방으로 숨어드는 것, 종종 있는 일이잖아요?

세이조　무슨 큰일 날 말씀을! 그런, 저는, 결코, 그렇게, 무례한 짓은.

가즈에　(웃으며) 아니에요. 오히려 그게 아닌 게 더 무례한 거죠. 지붕에 올라가서 2층에 있는 이 방으로 오시고, 거기다 이렇게 야심한 밤에 사람을 찾아오는 일이, 제정신인 사람이 할 짓은 아니잖아요.

세이조　(점점 더 괴로워하며) 제발 부탁이니 놀리지 마십시오. 제가 나쁜 놈입니다. 밤이면 여자들 방에나 숨어드는 남자 취급을 받으니 정말 당혹스럽기 짝이 없습니다만, 저도 어쩔 수가 없었습니다. 저한테 이것 말고는 다른 방법이 없었습니다. (고개를 들며) 가즈에 씨! 더 이상 절 괴롭히지 마십시오. 예스입니까? 노입니까? 그 대답을, 그것만큼은, 오늘 밤 꼭 듣고 가겠습니다.

가즈에　(인상을 쓰며) 어머, 술을 드셨네요.

세이조　마셨습니다. (침울하게) 며칠간 계속 술만 마셨습니다. 가즈에 씨, 이것도 전부 당신 탓입니다. 당신만 돌아오지 않으셨더라면, 아아, 졸렬하다. 이런 말은 해서 뭐해. 가즈에 씨, 기억하고 계십니까? 잊어버리셨을 겁니다. 당신이 여학교를 졸업하고 도쿄에 있는 학교로 가실 때, 그즈음 마침 눈이 녹고 있던

2_ 의적으로 알려진 에도 시대 대도.

시기라 도로 상태가 매우 안 좋아서, 제가 당신 짐을 등에 메고, 당신 어머니와 셋이서 나미오카역까지 걸어갔습니다. 길가에는 벌써 머위의 어린 꽃줄기 같은 것이 나오고 있었지요. 당신은 걸어가면서, '산도 들도 그윽한 봄 향기, 시냇물은 졸졸졸, 복사꽃은 망울져.' 그런 노랠 불렀어요.

가즈에 망울져가 아니라, '복사꽃은 촉촉이'였어요. 촉촉하다고 했죠.

세이조 그랬습니까? 역시 그때 일을 기억하고 계시는군요. 그렇게 우리는 나미오카역에 다다랐는데, 아직 시간이 꽤 남아서 역 대합실에 있는 벤치에 앉아 도시락을 펼쳤습니다. 그때 당신 도시락 속에 들어 있던 반찬은 계란말이와 우엉무침이었고, 제가 가져간 반찬은 연어알 젓갈과 양파볶음이었습니다. 당신은 제가 싸간 연어알 젓갈이 먹고 싶다고 하시면서, 저한테 계란말이와 우엉무침을 건네주셨고, 제 연어알 젓갈과 양파볶음을 당신이 드셨습니다. 저도 당신의 계란말이와 우엉무침을 먹으면서, 어쩐지 우리 두 사람의 피가 서로 통했다는 기분이 들었습니다. 지금은 헤어지지만 결코 영원한 이별은 아니다. 반드시 당신이 내게 와서, 분명, 부부가, ……네, 그래요, 그렇게 생각했던 겁니다. 그때 제가 스물서넛쯤 됐을까요? 어쨌든 우리 마을에서 중학교를 졸업한 건 저 하나였고, 당신과 부부가 될 자격이 있는 건 저뿐이라고 오래전부터 어렴풋이 생각하고 있었습니다. 그랬는데 도시락 반찬도 서로 바꿔먹고, 또 당신 어머니가 웃으며 당신한테 '세이조 씨 반찬은 맛이 각별히 좋은 것 같네.' 하고 말씀하시니까, 당신도 '그야 세이조 씨는 남이 아니니까요. 그렇죠, 세이조 씨?' 하고 절 보며 야릇한 미소를 지으셨어요. 기억하고, 계십니까?

가즈에 (부젓가락으로 재를 긁어모으며 무심히) 잊어버렸어요.

세이조 그렇군요. (한숨을 내쉬며) 전부 다 제가 멍청한 탓입니다. 전 그때 당신이 그렇게 말씀하시는 걸 듣고, 얼마나 기뻤는지 눈물이 다 날 지경이라 밥도 잘 넘어가질 않았습니다. 그때 저는, 가즈에 씨도 도쿄에서 학교를 졸업하고 돌아오시면, 틀림없이 저하고 결혼을 하고 싶어 하실 거라고 생각했습니다. 그리고 당신 어머니도 그럴 작정이신 거라고 혼자 생각하고 있었어요.

가즈에 그야, 엄마는 그런 마음이 있었는지도 모르죠. 우리 집하고 당신 집은 오래전부터 사이가 좋았고, 거기다 우리 엄마는 당신을 마음에 들어 했으니까요. 그래서 나도 당신이 남 같지는 않았던 건데……, 그렇다곤 해도…….

세이조 (끄덕이며) 그러셨겠죠, 그랬을 겁니다. 제가 말도 안 되는 착각을 하고 있었던 거예요. 그렇더라도 가즈에 씨, 저는 그 뒤로 쭉 기다렸습니다. 이제 곧 당신과 부부가 될 수 있을 거라는 착각에 빠져서, 마음속으로는 당신을 와이프라고 부르면서 기다리고 있었는데, 당신은 그렇게 떠나서는 두 번 다시 돌아오지 않더군요. 이 지방에서는 남자가 대략 스물서넛이 되면 장가를 갑니다. 저한테도 여기저기서 혼담이 들어왔지만, 전 모조리 거절했어요. 하지만 당신은 여름방학이 되어도, 겨울방학이 되어도, 일절 마을로 돌아오지 않으셨고, 그러는 사이에 당신이 다니던 학교 선생이자 소설가인 시마타 데쓰로와 당신이 결혼을 했다는 소식을 들었습니다. 후우, 제 기분이 어땠을지, 상상이 가실 겁니다. 그 뒤로 저는 완전히 딴사람이 되었어요. 우리 집 정미소 일도 소홀히 하게 되었습니다. 담배 맛도 알았고요. 술을 마시고 난폭하게 술주정도 부리게 됐습니다. 한밤에 여자 집 담도 타넘었습니다.

가즈에 (웃음을 터뜨리며) 거짓말, 거짓말 마세요. 뭐, 그즈음부터 다 거짓말이네. 남자들은 어쩜 그렇게 속이 뻔히 다 들여다보이는 거짓말을 하는 거죠? 마치 자기가 하는 거짓말을 자기도 눈치채지 못한다는 듯이 참 잘도 진지하게 그런 거짓말을 하시네요. 제가 도쿄로 가고 나서 당신에 대한 걸 다 잊어버렸던 것처럼, 당신도 그랬을 거예요. 나하고 나미오카 정류장에서 헤어진 뒤로 십 년 동안 쭉 제 생각만 했다니, 그런 일이 가능할 리가 없잖아요. 인간이란 하루하루 일하며 자기 살아가기에도 빠듯한 법이죠. 자기 삶과 아무런 관계도 없는 먼 곳에 있는 사람은, 뭐 가끔씩 생각이 날 수도 있겠지만, 자기도 모르는 사이에 잊어버리기 마련이에요. 당신이 그토록 술을 마시고 행패를 부리게 된 건, 나하고 아무 상관 없는 일 아닌가요? 당신한테 예전부터 그런 소질이 있었다고 무례하게 넘겨짚을 맘은 없지만, 그래도 그건 모두 당신의 삶 속에서 자연스레 그렇게 되었을 뿐이겠지요. 이 마을에서 빈둥거리며 살다 보면 그렇게 될 게 뻔하지. 그뿐이에요. 나 때문이란 말은 듣기 거북하네요. 내가 당신을 잊고 있었던 것처럼, 당신도 날 잊고 있었던 거예요. 그랬는데 이번에 내가 돌아왔다는 얘길 듣고 갑자기 신경이 쓰여서, 어쩐지 내가 원망스러워진 거겠죠. 인간이란, 그런 동물이라고요.

세이조 (갑자기 능글능글해지며) 아니에요. 그 증거로 저는 아직도 독신입니다. 적당히 절 구슬려보려 해봤자 소용없어요. 저도 벌써 서른넷입니다. 이 지방에선 서른넷 먹도록 독신이면, 완전히 정신 나간 놈 취급을 받아요. 어디 신체가 불구인 게 아니냐는 끔찍한 소문까지 나돕니다. 그런데도 전 당신을 잊을 수가 없었습니다. 당신은 이미 다른 곳으로 시집을 갔으니 이제는 정말 잊어야 한다고 생각하면서도, 도무지 그럴 수가 없었던 겁니다. 거기에는 이유가 있습니다. 가즈에 씨, 저는 시마타 데쓰로의 소설을 읽었습니다. 당신 남편 되는 분이 어떤 소설을 쓰시는지, 묘한 호기심이 발동해서 도쿄에 있는 서점에다 시마타 데쓰로의 신간을 서너 권 주문했습니다. 괜히 주문했지. 그걸 읽고 나서 제가 얼마나 고통스러웠는지, 당신은 상상도 못 할 겁니다. 시마타 씨의, 아니, 시마타의 소설에 나오는 각양각색의 여자들은 하나같이 모두 당신입니다. 당신하고 똑 닮았어요. 그 사람이 당신을 얼마나 사랑하고 있는지, 당신 역시 얼마나 정성껏 그를 돌보고 있는지, 저는 또렷이 알 수 있었습니다. 이런 상황이니, 제가 당신을 잊으려 해도 잊을 수가 있었겠습니까? 당신이 제게서 아무리 멀리 떨어져 있다 해도, 그 책을 읽으면 당신들이 마치 바로 내 옆방에서 살고 있는 것처럼 생생하게 느껴져서 견딜 수가 없었다고요. 이제 더는 읽지 말자고 다짐을 해봐도, 신경이 쓰이는 건 어쩔 수가 없었습니다. 신문에서 시마타의 신간 서적 광고 같은 걸 보면, 무심코 또 주문해버린 뒤에 읽고 괴로워하는 겁니다. 전 정말 불행한 남잡니다. 그렇게 생각하지 않으십니까? 시마타 소설 속에 이런 문구가 있더군요. 하얀 다비여, 아내의 하루가 시작되었네. 하얀 다비여, 아내의 하루가 시작되었네. 정말 사람 미치게 만드는 겁니다. 그 구절을 읽은 저는, 당신의 바지런하고 요염한 자태가 눈앞에 아른거려서 이러지도 저러지도 못했습니다. 왠지 당신들한테 놀아나고 있다는 생각이 들어서 견딜 수가 없더군요. 이렇게 된 판국이니, 술을 마시고 사람들에게 주먹을 휘두르고 싶어질 만도 하단 생각이 안 드십니까? 차라리 아무 시골 여자나 들여 볼까 하는 생각을 안 해본 것도 아니지만, 하얀 다비여, 아내의 하루가 시작되었네, 그 아름다운 당신의 환영이 늘 눈앞에 어릿어릿한데, 느려터진 시골 여자의 아줌마 행색을 지켜보며 살아야 한다 싶으니 생각만 해도 참담하더군요. 저도 비참하고, 또 그런 줄도 모르고 우당탕탕 일을 하고 있을 그 시골 여자도 안쓰럽지요. 가즈에 씨, 저는 당신 때문에 이제 평생 결혼을 할 수 없는 남자가 되어버렸습니다. 시마타가 참전을 했다는 것을 저는 전혀 모르고 있었습니다. 시마타의 소설이 요 몇 년간 딱 끊겨서 나오질 않기에, 전쟁 중에 소설가들도 군수공장 같은 곳에 나가서 일해야 하기 때문인가 보다, 하는 정도로만 추측하고 있었습니다. 하지만 신작 소설이 나오지 않더라도 제 책상 위엔 시마타가 낸 소설이 몇 권이나 쌓여 있습니다. 너무 원망스러워서 태워버릴까 싶기도 했지만, 어쩐지 당신 몸을 태우는 것만 같아서 그것만큼은 할 수가 없었습니다. 시마타의 책을 미워하면서도, 그 속에 담겨 있는 당신이 사랑스러워서, 그 책을 멀리 떼어내는 것이 불가능했던 겁니다. 지난 십 년 동안 당신은 늘 제 곁에 있었습니다. 하얀 다비여, 아내의 하루가 시작되었네. 당신의 아름다운 자태가 아침부터 밤까지 제 주위를 맴돌며 어른거리더군요. 잊으려 했지만 도무지 잊을 수가 없었습니다. 그러던 어느 날 갑자기 당신이 돌아왔던 겁니다. 듣자 하니 시마타는 이미 한참 전에 참전을 했고, 그리고 아마 전사했을 거라기에 저는…….

가즈에 그 뒤는 말 못 하시겠죠. 당신은 벌써 제가 오고 나서 두세 달 동안 아침저녁으로 이 집에 드나드셨고, 우리 아버지나 어머니 모두 소심한 분들이라 당신한테 오지 말라는 말도 못 하셨죠. 두 분 고민이 이만저만 아니시기에 제가 당신 집에 가서, (말을 하면서 문득 다다미 위에 굴러다니고 있는 불꽃놀이에 눈길을 주더니, 그중 한 개를 집어 불을 붙인다. 불꽃놀이가 타닥타닥 탄다. 그 불꽃을 들여다보며) 당신 어머니와 여동생, 그리고 당신, 그 세 분 앞에서, 그렇게 자주 우리 집에 오시면 사람들 사이에 이상한 소문이 나돌 테니, 이제 그만 오셨으면 좋겠다고 말씀을 드렸고, 그 뒤로는 당신도 발길을 뚝 끊으셨지요. (불꽃이 꺼진다. 다른 걸 또 하나 주워서 불을 붙인다) 그래서 맘을 놓고 있었는데 지난번에는 또 갑자기 그런 불쾌한 편지를 보내시고. 정말 당신도 특이한 사람이에요. 마을에서도 평판이 별로 안 좋은 것 같던데요?

세이조 불쾌하건 어떻건 그건 어쩔 수가 없습니다. 저는 울면서 그 편지를 썼어요. 한 마리 남자가, 울면서 편질 썼다 이겁니다. 오늘은 그 편지에 대한 답을 들으러 왔습니다. 예스입니까, 노입니까? 그것만 들려주십시오. 비위에 거슬리시겠지만, (품속에서 수건에 싼 식칼을 꺼내어 다다미 위에 올려놓으며 엷은 미소를 짓는다) 오늘 밤은 이런 걸 가지고 왔습니다. 그런 불꽃놀이 같은 건 그만두시고, 예슨지, 논지만 말하세요.

가즈에 (불꽃놀이가 꺼지자, 또 다른 것을 주워 불을 붙인다. 이후로도 똑같이 대여섯 개를 계속한다) 이 불꽃놀이는 있죠, 이삼일 전에 엄마가 무쓰코한테 사주신 거예요. 아직 나이가 어린데도, 난로 앞에 대고 타닥타닥 하는 불꽃놀이는 하나도 재미가 없나 봐요. 지겨운 듯 지켜보고 있더라고요. 역시 불꽃놀이는 여름밤에 다 같이 유카타를 입고 뜰에 있는 평상에 둘러앉아 수박 같은 걸 먹으면서 타닥타닥 불을 붙이는 게 제일 아름다운 것 같아요. 하지만 그런 시대는 이제 영원히, (무심코 한숨을 내쉬며) 영원히, 돌아오지 않을지도 몰라요. 겨울의 불꽃놀이, 겨울의 불꽃놀이. 어리석고 시시한 (한 손으로 타닥타닥 불꽃놀이를 든 채 다른 한 손으로 눈물을 닦으며) 세이조 씨, 당신도 나도, 아니, 일본인 모두가, 이런 겨울의 불꽃놀이 같은 신세예요.

세이조 (기가 꺾인 듯) 그게 무슨 뜻입니까?

가즈에 뜻이고 뭐고 있을 리가 없죠. 보면 알잖아요. 일본은, 이제, (갑자기 불꽃놀이를 관두고 옷소매로 얼굴을 감싸며) 모조리 엉망이 됐어요. (펑펑 울다가 옷소매에서 반쯤 얼굴을 드러내며 살짝 웃더니) 그리고 저도 이렇게 엉망이 됐고요. 아무리 발버둥 치며 애를 써본들 더 엉망이 될 뿐이에요.

세이조 (무언가 착각한 듯 바싹 다가앉으며) 그래요, 그겁니다. 이대로는 안 돼요. 큰맘 먹고 생활을 확 바꾸는 겁니다. 무쓰코 하나 정도는 제가 거둬들일 자신이 있습니다. 당신도 아시다시피 우리 집은 이 근방에 딱 한 채밖에 없는 정미소니까, 쌀만큼은 어떻게 해서든 구할 수가 있어요. 요즘 같은 시대엔 정미소가 제일이죠. 지주나 다른 누구보다도 쌀을 자유롭게 다룰 수 있는 힘이 있거든요.

가즈에 (조금도 귀를 기울이지 않고 있는 듯, 무릎 위에서 소매 단을 만지작거리며) 언제부터 일본인이 이렇게 한심한 거짓말쟁이가 된 걸까요. 전부 다 가짜뿐이에요. 다 아는 척 얼버무리면서 학문이니 주의니 하는 것들에 빠져서는 우물쭈물하고 있으니, 사람을 살리고 말고 할 것도 없어요. 사람을 살리겠다니, 나 원 참, 그런 가당치도 않은, (제1막에서 그랬던 것처럼 조용히 이상한 웃음을 터뜨린다) 뻔뻔한 데도 정도가 있지. 일본인들이 모두 이런 꼭두각시 인형처럼 괴상한 걸음걸이로 걷게 된 게 언제부턴가 몰라. 오래전부터일 거예요. 아마, 훨씬 더 오래전부터일 거야.

세이조 (움츠러들면서) 그건 진짜, 도시 사람들은 그렇겠죠. 진짜 그럴 겁니다. 하지만 시골 사람들의 순정은 예나 지금이나 똑같습니다. 가즈에 씨, (징그럽게 웃으며 또 조금 더 다가앉는다) 옛일을 떠올려보십시오. 당신과 저는 아주 오래전부터 하나가 되었습니다. 무슨 수를 써서든 하나가 되어야 하는 사이였던 거지요. 가즈에 씨, 기억해보십시오. 저도 너무 부끄러워서 이 일만은 아직 말 못 하고 있었는데, 가즈에 씨, 우리는 어렸을 때 당신네 초가집 볏짚에 기어들어 가 논 적이 있었습니다. 설마하니 그때 일을 잊으신 건 아니겠지요? 당신이 여학교에 들어갈 즈음에는 벌써 저하고 그런 일이 있었던 것은 싹 다 잊어버렸다는 듯한 얼굴을 하고 있었지만, 당신은 그때부터 저한테 시집을 오지 않으면 안 되게 되었던 겁니다. 저도 동정을 잃었고, 당신도 처녀성을.

가즈에 (깜짝 놀라 벌떡 일어서며) 세상에, 지금 무슨 소릴 하는 거예요? 완전히 깡패로군요. 무슨 순정 말이에요? 당신 같은 사람을 두고 악당이라고 하는 거예요. 돌아가세요. 안 그럼 사람을 부르겠어요.

세이조 (완전히 악당처럼 돌변하여) 조용히 하시오. (식칼을 약간 들어 올려 보이더니 가볍게 다다미 위에 내던진다) 이게 안 보입니까? 오늘 밤은 저도 목숨을 걸었습니다. 언제까지나 당신한테 그렇게 대충 놀림을 당하진 않겠습니다. 예습니까, 놉니까?

가즈에 관두세요. 불쾌하네요. 여자가 어린 시절 있었던 그런 사소한 일로 평생 협박을 당해야 하는 존재라면, 너무 비참합니다. 아아, 당신을 죽여 버리고 싶네요. (세이조 쪽을 보며 두세 걸음 뒷걸음질 치다가 갑자기 확 하고 등 뒤의 장지문을 연다. 장지문 밖은 계단 입구다. 그곳에 아사가 서 있다. 가즈에, 거기 아사가 서 있는 것을 아까부터 알고 있었다는 듯 여전히 세이조 쪽을 보며) 엄마! 부탁이야. 이 남자를 내보내요. 송충이 같은 남자야. 이젠 말도 섞기 싫어요. 죽여 버리고 싶어.

세이조 (아사가 서 있는 것을 보고 놀라며) 이런, 어머님. 당신, 거기 계셨습니까? (갑자기 수줍어하며, 다다미 위에 있는 식칼을 재빨리 품속으로 집어넣으며) 실례했습니다. 돌아가지요. (일

어서며 이중 망토를 입는다)

아사 (주저주저 방으로 들어서며 세이조 옆으로 다가와 세이조가 이중 망토를 입는 것을 돕더니 부드럽게) 세이조 씨, 어서 결혼을 하도록 하세요. 가즈에는 이미…….

가즈에 (자그마한 목소리로 날카롭게) 엄마! (아무 말 말라는 눈빛을 보낸다)

세이조 (퍼뜩 눈치를 챈 듯) 그렇습니까. 가즈에 씨, 당신도 좀 심하군요. (싱긋이 웃으며) 재주가 참 좋아. 몰라봐서 죄송합니다. 내가 송충이라면, 당신은 뱀이야. 음란해. 창녀라고. 여기저기 말하고 다닐 테다. 좋아, 모두에게 떠벌리고 다니겠어. (몸을 휙 날려 등 뒤의 덧문을 연다. 휘익, 하고 눈보라가 들이친다)

아사 (낮고 단호하게) 세이조 씨, 기다려요. (세이조를 끌어안으려는 듯이 그의 품을 더듬어 식칼을 꺼내어, 칼날을 쥐고 세이조의 가슴을 찌르려 한다)

세이조 (순식간에 그 손을 낚아채며) 뭐 하는 짓이야. 이 멍청한 할망구가 미쳤나. (칼을 빼어 들고 아사를 차서 넘어뜨린 뒤 밖으로 도망친다. 쿵 하고 지붕에서 아래로 뛰어내리는 소리가 들린다)

가즈에 (아사에게 달려들며) 엄마! 너무 괴로워요. (아이처럼 운다)

아사 (가즈에를 부둥켜안으며) 다 듣고 있었어. 몰래 엿들어서는 안 된다고 생각은 했지만, 네가 걱정돼서, 그래서……. (운다)

가즈에 알고 있었어요. 엄마는 장지문 뒤에서 울고 계셨어. 난 금세 눈치챘어요. 하지만 엄마, 이제 내 걱정은 말아요. 전 이제 다 틀렸어요. 점점 더 엉망진창이 되고 있어요. 평생 뭘 한다

해도 행복하지 않을 거예요. 엄마, 도쿄에서 절 기다리고 있는 그 사람은 저보다 나이가 한참 아래예요.

아사 (놀라며) 세상에, 너. (가즈에를 꽉 껴안으며) 행복할 수 없는 아이구나.

가즈에 (이윽고 눈물을 보이며) 어쩔 수 없었어요. 어쩔 수 없었어. 저와 무쓰코가 살아가기 위해서는 그렇게 할 수밖에 없었어요. 제 잘못이 아니에요. 제 잘못이 아니라고요.

눈이 쉼 없이 들이친다. 그 근방의 다다미 위에도, 두 사람의 머리칼과 어깨 위에도 하얗게 쌓여간다.

제 3 막

무대는 덴베에 집 안방. 정면에 그럴듯한 도코노마[3]가 있지만, 병풍이 세워져 있어 반 이상이 가려져 있다. 너무 오래돼서 쥐색이 되어버린 은병풍이다. 그러나 찢어진 데는 없다. 무대 오른쪽은 창호지문. 그 문 밖은 복도 느낌이다. 복도의 유리문으로 아침햇살이 들어서, 창호지문을 밝게 물들이고 있다. 왼쪽은 장지문.

막이 열리면, 방 중앙에 아사의 병상이 있다. 아사는 머리를 창호지문 쪽으로 두고 똑바로 누워 있다. 상당히 쇠약해진 상태. 잠들어 있다. 머리맡에 약병과 약 봉투, 물그릇, 그 밖의 것들이 있다. 병상 바로

3_ 족자나 꽃병을 장식해 두는 곳.

앞에는 오동나무로 된 화로가 두 개. 두 화로에 각각 쇠주전자가 하나씩 걸려 있고, 거기서 뜨거운 김이 나고 있다. 가즈에, 창호지 문 쪽으로 난 작은 책상 앞에 앉아서 편지를 쓰고 있다.

제2막에서 열흘 정도 경과.

가즈에, 만년필을 내려놓고 책상에 턱을 괴고서 창호지문을 멍하니 바라보다가 이윽고 소리 내어 운다. 시간이 흐르고, 아사, 자면서 괴로운 듯 신음한다. 신음 소리가 이어진다.

가즈에 (아사를 보더니 책상 위에 놓인 쓰다만 편지를 접어 품에 넣은 후 일어나 아사 쪽으로 가서 그녀를 흔들어 깨우며) 엄마, 엄마.

아사 아아, (잠에서 깨어나 깊은 한숨을 내쉰다) 아아, 너구나.

가즈에 엄마, 어디 아파?

아사 아니, (한숨) 어쩐지 기분 나쁘고 끔찍한 꿈을 꿨는데, ……(어조를 바꾸며) 무쓰코는?

가즈에 아침 일찍 할아버지랑 같이 히로사키에 갔어요.

아사 히로사키에? 뭐 하러?

가즈에 어머, 모르셨어요? 어제 오셨던 의사 선생님이 히로사키의 나루미 내과 원장 선생님이에요. 그래서 아빠가 오늘 나루미 선생님께 약을 타러 가셨어요.

아사 무쓰코가 없으면 쓸쓸해.

가즈에 오히려 조용하고 좋지 뭘. 그나저나 애들은 참 영악해. 할머니가 아프니까 이제 할머니 옆에도 안 오고, 할아버지한테만 애교를 부리면서 찰싹 붙어 있더라고요.

아사 아니야, 그런 게 아니야. 그건 있잖니, 할아버지가 열심히 무쓰코 기분을 맞춰줘서 그런 거야. 할아버지는 어떻게 해서든 무쓰코를 옆에 두고 싶어 하니까.

가즈에 어머, 왜? (화로에 숯을 넣거나 쇠주전자에 물을 붓거나 아사의 이불을 다시 덮어주는 등 이런저런 일들을 하며 가벼운 어조로 어머니의 말 상대를 해주고 있다)

아사 그러니까 내가 죽더라도 무쓰코가 할아버지를 잘 따르면 너도 도쿄로 돌아가기 힘들어질 테니까.

가즈에 (웃으며) 세상에, 그런 말이 어디 있어요. 관둬요. 말도 안 되는 얘기야. 사과라도 드실래요? 뭐든 잘만 드시면 좋아질 거라고 했어요.

아사 (어렴풋이 고개를 저으며) 안 먹을래. 아무것도 먹기 싫어. 어제 오신 의사 선생님은 내 병에 대해서 뭐라고 하셨니?

가즈에 (약간 주저하더니 분명하게) 담낭염일지도 모른대. 이 병은 엄마처럼 뭘 먹어도 곧 토하기 때문에 몸이 쇠약해져서 위험해지기도 하지만, 당장이라도 음식이 몸속에 받기만 하면, 일주일 만에 금방 좋아진다고 하셨어요.

아사 (엷게 웃으며) 그러면 좋겠구나. 난 이제 영 틀렸단 생각이 들어. 그것 말고도 다른 병이 있는 거지? 어째 손발이 움직여지지를 않는구나.

가즈에 그야 아무리 능숙한 의사 선생님이라고 해도 보는 사람마다 여러 가지 이야기를 하시니까, 그걸 하나하나 다 신경 쓰기 시작하면 끝이 없어요.

아사 뭐라고 하셨는데?

가즈에 아니야, 아무것도 아니에요. 그저, 가벼운 뇌출혈 기미가 보인다나 뭐라나, 그리고 맥이 어쩌고저쩌고, 뭐 이것저것 말씀하셨는데 잊어버렸어. (너스레 떠는 어조로) 어쨌거나 뭐든 드시고 싶은 걸 많이 드시면 나을 거예요. 가즈에 여박사의 진단은 그래요.

아사 (엄숙하게) 가즈에, 난 이제 더 이상 낫고 싶질 않아. 이렇게 너한테 간병을 받다가 얼른 죽고 싶구나. 그것이 내겐 제일 큰 행복이야.

거실의 시계가 천천히 열 시를 알린다.

가즈에 (아사가 하는 말을 조금도 새겨들으려 하지 않고 못 들은 척하며) 어머, 벌써 열 시네. (일어서며) 갈분으로 미음이라도 쑤어올게요. 진짜 뭐라도 드셔야지. (말을 하며 오른편 창호지 문을 열고서) 아이, 오늘은 웬일로 날씨가 좋네.

아사 가즈에, 여기 있어. 뭘 먹어도 토할 것 같아서 오히려 괴롭기만 하니까. 아무 데도 가지 말고 내 옆에 있어 줘. 너한테 하고 싶은 말이 있어.

가즈에 (조용히 창호지 문을 닫으며 다시 병상 옆에 앉고는 밝은 목소리로) 응? 무슨 말인데요, 엄마?

아사 가즈에, 너 이제 도쿄엔 안 갈 거지?

가즈에 (분명하게) 돌아갈 생각이야. 아빠가 나한테 나가라고 했잖아.

그리고 그날 이후로 나한텐 제대로 말도 안 해. 돌아가는 것 외에 달리 방법이 없어요.

아사 이렇게 내가 몸져누워 있는데도 말이니?

가즈에 엄마 병은 금방 나을 거야. 엄마가 나을 때까지는 아빠가 아무리 나가라고 해도 이 집에 꼭 들러붙어서 엄마 간병을 해드릴 작정이지만요.

아사 몇 년이 걸리더라도?

가즈에 몇 년이라니, (웃으며) 엄마 금방 나을 거야.

아사 (고개를 저으며) 아니야, 힘들어. 난 다 안다. 가즈에, 나한테 만에 하나 그런 일이 생기면, 넌 아버지 혼자 남겨두고 도쿄로 갈 거니?

가즈에 이제, 됐어. 그런 이야긴. (얼굴을 돌리고 운다) 만에 하나 그렇게 되면, 만약에 그런 일이 생기면, 나도 죽을 거야.

아사 (한숨을 쉬며) 난 너를 세상에서 가장 행복한 아이로 키우고 싶었는데, 그 반대가 되어버렸어.

가즈에 아니요, 저 혼자만 불행한 게 아니에요. 지금 일본에 행복한 사람이 단 한 명이라도 있을까요? 저는요 엄마, 아까 이런 편지를 써봤어요. (품속에서 조금 전 쓰다 만 편지를 꺼내며 살짝 들떠서) 잠깐 읽어 볼게요. (작은 목소리로 읽는다) 안녕하세요. 어음 삼백 엔 잘 받았습니다. 여기 와서 돈을 쓸 일이 없다 보니, 여태껏 당신이 보내주신 돈은 다 그대로 있습니다. 당신이야말로 돈이 많이 필요할 텐데, 이제 앞으로는 저한테 돈을 보내지 마세요. 그리고 혹시라도 그쪽에서 갑자기 돈이 필요한 일이 생기면 전보로 알려주세요. 여기는 정말로 한 푼도 필요하지 않으니까, 얼마가 됐든 금방 보내드릴게요. 그때까지만 맡아두고 있겠습니다. 그나저나, 변함없이 열심히 일하고 계신 것 같네요. 올해 전람회가 곧 시작될 거라지요? 설이 이제 막 지났는데 꽤 빠르네요. 전람회에 출품할 그림도 슬슬 완성되었을 테지요. 지난번 편지에서 새로운 현실을 그려야 한다고 하셨는데, 뭘 그리셨어요? 우에노역 근처 부랑자들인가요? 저라면 재만 남은 히로시마를 그리겠어요. 그게 아니면 도쿄에서 우리 머리 위로 흘러내렸던 그 아름다운 불비. 분명 좋은 그림이 될 거예요. 제가 있는 곳에서는 어머니가 열흘쯤 전에 있었던 어느 불쾌한 사건으로 쇼크를 받고 졸도하셔서, 그 후 계속 몸져누워 계세요. 제가 간병을 하고 있는데, 오랜만에 왠지 모를 보람을 느끼고 있습니다. 저는 우리 어머니를 제 목숨보다도 더 사랑합니다. 그리고 어머니도 그와 비슷하게 절 사랑하고 계세요. 우리 어머니는 훌륭한 분이세요. 거기다 아름답기도 하시지요. 저는 일본의 거의 모든 국토가 한창 공습을 당하고 있었는데도, 당신들의 만류에도 불구하고 무쓰코를 데리고 마치 거지와도 같은 반미치광이 차림으로 아오모리행 열차를 탔어요. 도중에 몇 번이나 공습을 만나서 이 역 저 역에 내려 노숙을 하다가 결국 먹을 게 다 떨어져서 무쓰코와 둘이 부둥켜안고 울고 있었는데, 어떤 여학생이 주먹밥과 잘게 썬 다시마, 그리고 건빵을 건네주었어요. 무쓰코는 너무 기뻐서 이성을 잃었는지, 여학생한테 화를 내며 그 주먹밥을 던지기까지 했지요. 정말 비참하고 딱한 거지 모녀가 되었는데, 그럼에도 이곳 동북 지방 끄트머리에 있는 제가 태어난 집으로 돌아오고 싶었던 것은, 지금 생각해보면 제가 죽기 전에 한 번은 제 아름다운 어머니를 만나고 싶다는 마음 때문이었던 것 같습니다. 제 어머니는 좋은 분이십니다. 이번에 어머니가 병을 얻으신 것도 다 저 때문인 거나 마찬가지입니다. 지금 저는 우리 어머니를 조금이라도 행복하게 해드리고 싶어요. 그 외에는 아무것도 생각하지 않기로 했습니다. 어머니가 제게 언제까지나 옆에 있어달라고 하신다면 저는 한평생 어머니 곁에 있을 생각입니다. 당신 곁으로도 돌아가지 않을 작정입니다. 아버지는 사람들 보는 눈도 있고, 또 어머니에 대한 의리도 있고 해서 저를 빨리 도쿄로 보내려 하시지만, 어머니가 병으로 몸져눕고 나신 뒤로 완전히 힘이 빠지셔서 마음이 누그러지신 것 같습니다. 저는 이제 더는 도쿄로 돌아가지 않을지도 모릅니다. 만약 당신이 저를 정말 사랑하신다면, 그림을 포기하고 이곳 시골 마을로 오셔서 저와 함께 농부가 되어 주세요. 그렇게는 안 되겠지요. 하지만 그러고 싶다는 기분이 드신다면, 꼭 오시기 바랍니다. 곧 날이 따뜻해지고, 눈이 녹아 들판의 파란 새싹이 돋아나기 시작하면, 저는 매일 괭이를 짊어지고 밭으로 나가서, 묵묵히 일을 할 생각입니다. 저는 평범한 농부 아낙이 되겠습니다. 저뿐 아니라 무쓰코도 농부로 만들어버릴 작정입니다. 저는 지금 일본의 정치가든 사상가든 예술가든, 그 누구에게도 기댈 마음이 없습니다. 요즘엔 누구나 자기들 살기도 바쁘지요. 그렇다면 그렇다고 솔직하게 말하면 좋을 텐데, 정말 낯도 두껍지. 국민을 지도한다느니 어쩐다느니, 긍정적으로 살아가

자느니, 희망을 가지라느니, 아무런 의미도 없는 말들을 뒤섞어 설교만 해대고, 그러면서 그런 것이 문화라니요. 진짜 역겹지 않아요? 뭘 두고 문화[文化]라고 하는 걸까요? 글[文] 귀신[お化け]이라고 쓰여 있네요. 어째서 일본 사람들은 너도나도 지도자가 되고 싶어 하는 걸까요. 전쟁 중에도 이상한 지도자들만 가득해서 어이가 없었는데, 이번엔 또 일본 재건 어쩌고 하는 지도자 인플레가 일어난 것 같더군요. 두려운 일입니다. 앞으로 일본은 분명 지금보다 훨씬 더 엉망이 될 거라고 생각해요. 젊은 사람들은 공부를 해야 하고, 우리가 일을 해야 하는 건 당연한 것인데도, 그걸 피하기 위해서 이런저런 그럴싸한 핑계를 대는 거죠. 그렇게 점점 추락할 수 있는 데까지 추락하는 거예요. 있죠, 아나키[무정부 상태]는 뭘 뜻하는 걸까요? 제 생각에 그건 중국의 무릉도원 같은 걸 만들어 보겠다는 거 아닌가 싶은데. 마음 맞는 사람들끼리 모여서 밭을 가꾸고, 복사나무, 사과나무, 배나무를 심고, 라디오도 듣지 않고, 신문도 보지 않고, 편지도 오가지 않고, 선거도 없고, 연설도 없이, 모두가 과거에 저지른 죄를 자각하고 마음이 약해져서, 그야말로 자기 자신을 사랑하는 듯 이웃을 사랑하고, 피곤해지면 언제든 잠을 청할 수 있는, 그런 부락을 만들 수는 없을까요? 저는 지금이야말로 그런 부락을 만들 수 있는 때라는 생각이 들어요. 우선은 저부터 농부가 되어서 제 스스로 시험해보고 있을게요. 눈이 녹으면 바로 밭으로 나가서, (읽기를 그만두고 편지를 무릎 위에 올려둔 채 억지로 미소를 지으며 엄마 쪽을 보고는) 여기까지 썼는데, 이제 이 편지를 끝으로 스즈키 씨하고는 헤어지게 될지도 몰라.

아사 스즈키라는 사람이니?

가즈에 응, 꽤 오래 그 사람 신세를 졌어. 그 사람 덕분에 나하고 무쓰코가 전쟁통에도 어떻게든 살아갈 수 있었어. 하지만 엄마, 난 이제 다 잊을게. 앞으로 평생 엄마 옆에 있을게. 생각해보면 엄마도, 에이이치는 안 돌아오지, (말을 꺼내버리고는 허둥지둥하며) 하지만 에이이치는 괜찮을 거야. 당장이라도 분명 건강한 모습으로 돌아올 거라고 생각해.

아사 너하고 무쓰코가 이 집에 있어 준다면, 에이이치가 돌아오지 않더라도 괜찮아. 그 아이는 벌써 포기했다. 가즈에, 나는 에이이치보다 너하고 무쓰코가 가여워 죽겠어. (운다)

가즈에 (손수건으로 아사의 눈물을 닦아주며) 난, 나 같은 거야 어떻게 되든 상관없어. 정말로 항상 그렇게 생각하고 있어. (고개를 떨구며) 나쁜 짓만 하면서 살아왔는걸.

아사 가즈에, (다른 음성으로) 여자에게는 모두 비밀이 있어. 넌 그걸 숨기지 않았을 뿐이야.

가즈에 (신기하다는 듯이 아사의 얼굴을 들여다보며) 엄마, 이상하네. 그렇게 진지한 얼굴을 하고선. (어쩐지 수줍어하는 미소)

아사 (그 말엔 신경도 쓰지 않고) 그날 이후 며칠이 흘렀니?

가즈에 그날 이후라니?

아사 그날 밤으로부터 말이야.

가즈에 글쎄, 한 열흘쯤 지났을까? 그날 밤 이야긴 하지 말자, 엄마.

아사 열흘? 그랬구나. 겨우 열흘밖에 안 지났구나. 난 반년도 더 지난 일인 줄 알았어.

가즈에 그야 엄마가 그날 밤 그 일이 있고 나서 계단 아래서 졸도를 한 뒤에 사흘이나 의식불명 상태로 있었으니까, 그날 밤 일이 아주 오래전 꿈같은 일처럼 느껴지는 것도 당연해요. 꿈이었어. 난 그 일도 잊어버릴래. 뭐든 다 잊어버릴래요. 난 농부가 되어서, 우리만의 무릉도원을 지을 거야.

아사 그 후 세이조 씨는 어떻게 지내고 있는지, 뭐 들은 이야기 없니?

가즈에 몰라요, 그런 인간 따위. 난 다 잊어버릴 거니까 됐어요. 요즘엔 술도 안 마시고 아주 딴사람 돼서 열심히 일한다고, 어제 그 사람 여동생이 와서 말해줬는데. 하지만 상대할 가치도 없어요.

아사 빨리 장가를 가면 좋을 텐데 말이다.

가즈에 요즘 그런 얘기도 오가고 있대요. 여동생이 그랬어요. 웬일로 이번 혼담에는 오빠가 열을 올리고 있다고. 난 알 것 같아.

아사 뭘 알 것 같다는 거니?

가즈에 뭐긴, 세이조 씨 기분이지.

아사 어째서?

가즈에 어째서라니, 그야 그날 밤 엄마한테 그렇게까지 당했는데, 그러고서도 마음을 고쳐먹지 않는다면, 바보 아니면 악마지.

아사 바보 아니면 악마는 바로 나야. 나였어. 난 그날 밤 그 사람을 정말로 죽이려고 했어.

가즈에 이제 그만 됐어요, 엄마. 날 위해서, 전부 다 날 위해서, 엄마, 미안해요, 앞으로 내가, (울음이 터지며) 효도해서 은혜를 다 갚을 테니까 더 이상 아무 말 마세요. 이제 일본에는 세상에 당당히 자랑할 만한 것이 모조리 사라졌지만, 그래도 우리 엄마만큼은, 우리 엄마만큼은.

아사 아니야. 난 너보다 훨씬 더 나쁜 여자다. 내가 그날 밤 그 사람을 죽이려고 했던 건 널 위해서가 아니야. 날 위해서였어. 가즈에, 날 이대로 죽게 내버려 둬. 죽는 게 가장 행복해. 가즈에, 그 사람은 육 년 전, 바로 그런 식으로 나를…….

가즈에 (고개를 드는데 얼굴이 새파랗게 질린다)

아사 바보같이 내가 속았어. 여자는, 여자는 어째서 이렇게……. (운다)

가즈에 (고통스러워 견딜 수 없는 듯 거친 호흡을 내쉬다 이윽고 벌떡 일어선다. 무릎에서 편지가 떨어져 내린다. 거기에 시선을 던지며) 무릉도원, 유토피아, 농민, (제1막에서 그랬던 것처럼 낮고 이상한 웃음소리를 낸다) 어리석어. 다 허튼 짓이야. 이것이 일본의 현실이야. (높은 소리로 아하하 하고 웃으며) 자, 일본의 지도자님들, 우리를 구원해 주세요. 할 수 있어요? 할 수 있겠어요? (그렇게 말하며 편지를 주워 반으로 찢고 또 반으로 찢고 또 반으로 찢는다. 자잘하게 찢어서) 에잇, 멋대로들 하라지. 나, 사랑하는 사람을 찾아서 도쿄로 갈 거야. 타락할 수 있을 때까지 타락할 거야. 이상이고 나발이고 알게 뭐야.

난폭하게 현관문을 여는 소리가 들린다.

"전보 왔어요. 시마타 가즈에 씨, 전봅니다." 하는 우편집배원의 목소리.

가즈에 어머, 나한테 전보라니. 싫어, 기분 나빠. 분명 좋은 일이 아닐 거야. 요즘은 일본의 어느 누구에게도 좋은 소식 같은 게 올 리가 없지. 나쁜 소식일 게 뻔해. (당황하며 손에 한가득 쥐고 있는 종잇조각을 확 하고 화로 속에 던져 넣는다. 불길이 솟는다) 아아, 여기도 불꽃이네. (미친 듯이 웃는다) 겨울의 불꽃놀이야. 내가 꿈꾸던 무릉도원도, 애처로운 결심도, 다 어리석은 겨울의 불꽃놀이야.

현관에서 "전보 왔어요. 집에 아무도 안 계십니까? 시마타 가즈에 씨, 특급전보입니다." 하는 소리가 이어지는 동안 막이 내린다.

太宰治

春の枯葉
봄의 낙엽

「봄의 낙엽」

1946년 9월, 『인간』에 발표됐다. 도쿄의 가마쿠라문고에서 그해 창간된 문예잡지였다. 이 작품에 대해서는 저자가 소설가 동료였던 기시 야마지貴司山治에게 보낸 다음과 같은 편지가 남아 있다.

❝얼마 전 「봄의 낙엽」이라는 작품을 겨우 탈고했는데, 「겨울의 불꽃놀이」보다는 조금 더 길고 공도 두 배 정도 더 들였습니다. 괜찮은지 어떤지 모르겠습니다. 시골 국민학교 선생님의 비극을 그렸습니다. 『인간』에 실릴 예정이니 여유 있으실 때 읽어봐 주십시오.❞

인물	노나카 야이치	국민학교 교사, 36세
	세쓰코	그의 부인, 31세
	시즈	세쓰코의 생모, 54세
	오쿠타 요시오	국민학교 교사, 노나카 집 거주, 28세
	기쿠요	요시오의 여동생, 23세
	그 외	학생들

곳　쓰가루반도, 해안가 마을

때　쇼와 21년[1946년], 4월

제 1 장

무대는 마을 국민학교[1] 내 한 교실. 방과 후 오후 네 시경. 정면은 교실. 전방에 학생들 책상과 의자 이삼십 개. 무대 왼편 창문에서 석양이 비치고 있다. 무대 오른편도 창문. 그리고 출입구. 그 밖은 복도다. 복도 창문으로 바다가 보인다.

전교생 백오십 명가량 되어 보이는 학교다.

정면의 칠판에 아래와 같은 글씨가 마구잡이로 쓰여 있다. 획 지워진 부분도 있지만, 대충 다 읽을 수 있다. 교사인 노나카가 수업 중에 쓴 것을 그대로 둔 듯하다.

그 글씨는,

'사등국.[2] 홋카이도, 혼슈, 시코쿠, 규슈. 사도국四島国. 봄이 왔다. 멸망인가, 고립인가. 빛은 동북에서. 동북의 보수성. 보수와 봉건. 인플레이션. 정치와 경제. 어둠. 국민의 상호신뢰. 도덕. 문화. 데모크라시. 의회. 선거권. 사랑. 스승과 제자. 착한 아이. 양심. 학문. 공부와 경작. 해산물.'

등이다.

막이 열린다.

1_ 전쟁이 시작되던 1941년, 초기 교육을 통해 국민을 단합시키기 위한 목적으로 설립한 초등교육 기관이다. 국가주의적 색채가 짙었으며, 전쟁이 끝난 후인 1947년에 다시 기존의 소학교로 돌아갔다.

2_ 四等國. 당시 국제관계에 있어 가장 열등한 국가를 막연히 이르던 말. 전쟁을 시작할 무렵 일본에는, 일본이 세계에서 가장 우월한 국가 그룹인 일등국一等國이 되어야 한다는 패러다임이 팽배해 있었다.

잠시 텅 빈 무대.

돌연, 거친 발소리가 나면서 "혼내려는 게 아니야. 물어보고 싶은 게 있어서 그래. 울지 마라."라고 하는 음성과 함께 무대 오른편 문이 열리고, 국민학교 교사인 노나카 야이치가 흐느껴 울고 있는 학생 한 명을 질질 끌고 등장한다.

노나카 (창백한 얼굴에 억지 미소를 지으며) 혼내려는 게 아니래도 그런다. 벌써 고등과[3] 2학년이나 된 녀석이 그리 울어서 쓰겠느냐? 자, 어서 눈물을 닦아라. (노나카는 허리춤에 차고 있던 수건을 학생에게 건넨다)

학생 (순순히 수건으로 눈물을 닦는다)

노나카 (수건을 받아 다시 허리춤에 늘어뜨리며) 좋아. 자, 이제 노래를 해보렴. 혼내려는 게 아니야. 절대로 화는 내지 않을 테니, 아까 너희가 다 같이 운동장에서 부르던 노래를 여기서 불러보거라. 나지막이 불러도 상관없으니까 어서 불러봐. 널 혼내려는 게 아니야. 선생님이 그 노래를 군데군데 잊어버려서, 지금 너한테 배워보려고 하는 거다. 그래서 그런 거니까 안심하고, 남자답게 한번 불러다오. (그러면서 제일 앞줄에 있는 학생용 의자에 앉는다. 즉, 관객에게 등을 돌리고 있다.)

3_ 1944년부터 의무교육이 6년에서 8년으로 늘면서, 국민학교 교육기간이 초등과 6년, 고등과 2년으로 나뉜다.

학생, 관객을 향해 정면으로 서서 차렷 자세로 눈을 감고 나지막이 노래를 부른다.

> 봄날, 성곽에서 열리는 꽃잔치,
> 돌고 도는 술잔, 그림자 드리워,
> 영원무궁 소나무 가지, 꺾어 쪼개니,
> 옛 영화여, 지금은 어디에.[4]

학생 (노래가 끝나고 우물쭈물한다)

노나카 (책상 위에 턱을 괴고) 고맙다. 선생님은 말이지, 너희도 알다시피 노래에 소질이 없거든. 그 노래 가사도 기억이 가물가물했는데, 네 덕분에 지금 겨우 확실히 생각이 났다. 서글픈 노래구나. 요즘 너희들, 그 노랠 자주 부르는 것 같던데, 누구 딴 선생님이 가르쳐주신 거냐?

학생 (고개를 젓는다)

노나카 아무도 안 가르쳐줬는데, 자연스레 외운 거야?

학생 (입을 다물고 있다)

노나카 그 노래 뜻은 알고 부르는 거니? 아니면, 이 노래가 요즘 너희들 기분과 딱 맞아떨어져서, 그래서 부르는 거야?

4_ 〈황폐한 성荒城의 달〉(1901) 가사. 애절한 멜로디와 가사가 특징이다. 영원무궁으로 번역된 부분은 원문에 치요千代로 되어 있는데, 치요千代는 센다이千代로도 읽을 수 있다. 이는 오늘날 아오모리의 중심도시인 센다이仙台의 본래 한자로, 센다이 출신 작사가 도이 반스이土井晩翠가 곡에 치요를 넣은 것은 센다이를 암시하는 것으로 보이며, 이 경우 '영원무궁千代 소나무'는 '센다이의 소나무'로 해석할 수 있다. 아오모리 출신인 다자이는 이 노래에 애착이 깊었으며, 「다스 게마이네」(전집 1권 수록, 도서출판 b)에도 이 곡에 대한 에피소드가 등장한다.

학생 (고개를 숙인 채 말이 없다)

노나카 혼내지 않을 테니까, 생각하고 있는 걸 그대로 말해봐라. 선생님도 말이야, 지금 이런저런 생각을 하고 있어. 아까도 그런 식으로 (그러면서 정면의 칠판을 살짝 가리키며) 여러 가지 내용들을 칠판에 적어가면서, 너희들에게 새로운 일본의 모습을 가르치려고 했는데, 하지만 가르치고 나니까, 어쩐지 견딜 수 없이 불안하고 쓸쓸해지는 거야. 난 아는 게 아무것도 없는 건 아닌가 하는 생각마저 들더라고. 차라리 너희들한테 배워야 할 게 있는 건 아닐까 싶었다. 그래, 어떠냐? 너희들은 무슨 마음으로 그 노래를 불렀던 거야? 우선 그걸 선생님한테 솔직하게 말해줄 수 있겠니? 너희들도 외로워 죽을 것만 같아서, 그런 노래를 부르고 싶어졌던 거냐? 아니면 뭔가 장난스러운 기분으로 부르고 있는 거야? 어떤 마음인 거냐.

학생 (말이 없다)

노나카 한마디라도 좋으니 어서 말해봐. 너희들 설마 속으로 선생님 욕을 하고 있는 건 아니지? (혼자서 조용히 웃으며 일어선다) 됐다. 가도 좋아. 하지만 기분을 울적하게 만드는 노래는 부르지 않는 게 좋을 거다. 다른 친구들에게도 그렇게 말해주도록 해. 어쨌거나 지금 우리는 조금이라도 마음을 밝게 먹도록 애쓰지 않으면 안 되니까. 이제, 됐다. 가봐라.

학생, 노나카 선생에게 말없이 인사를 건네고, 오른편 출입구로 퇴장. 노나카는 그 모습을 지켜보며 잠시 멍하니 있다. 이윽고 천천히 교단 쪽으로 걸어가더니 칠판 지우개를 들고 칠판 글씨들을 한 자 한 자

정성껏 지운다.

지우면서 자그마한 목소리로, 봄날, 성곽에서 열리는 꽃잔치, 돌고 도는 술잔, 그림자 드리워, 하고 노래를 한다. 무대가 조금씩 어두워진다. 석양이 희미해져 간다.

오쿠타 기쿠요, 크크큭 하고 숨죽여 웃으며 오른편 출입구로 등장.

기쿠요 선생님, 노랠 꽤 잘 부르시네요.

노나카 (깜짝 놀라 돌아보고 기쿠요를 보더니 쓴웃음을 띠며) 뭐야, 너였어? (칠판을 다 지우고 정면을 돌아보며) 사람 놀리지 마.

기쿠요 어머, 정말이에요. 정말 잘 부르신다니까요. 멋진 바리톤이야.

노나카 (입을 삐쭉거리고 쓴웃음 지으며) 그만둬. 민망하다. 우리 집은 조상 대대로 음치야. (어조를 바꿔서) 무슨 볼일이라도 있어? 오쿠타 선생은 조금 전에 집에 가는 것 같던데.

기쿠요 아니요, 오빠를 만나러 온 건 아니에요. (일부러 시치미를 떼는 척하며) 오늘은 노나카 야이치 선생님을 뵙고 싶어서 왔어요.

노나카 무슨 소리야. 매일 집에서 보는데.

기쿠요 그렇긴 하죠. 하지만 같은 집에 살아도, 단둘이 이야기할 기회가 잘 없잖아요. 어머, 죄송해요. 유혹하려는 건 아니에요.

노나카 상관없어. 아니, 됐다. 너희 오빠한테 혼나겠어. 네 오라버니는 끔찍이 성실한 사람 아니냐.

기쿠요 선생님 부인이야말로 끔찍이 성실하죠.

둘, 웃는다. 노나카 선생은 천천히 교단에서 내려와, 왼편 유리창으로 다가가 밖을 내다본다. 기쿠요는 학생들 책상 위에 걸터앉는다. 화려한 기모노 차림이다.

노나카 (기쿠요 쪽으로 등을 보이며 바깥 풍경을 내다보며) 벌써 완연한 봄이네. 쓰가루의 봄은 훅 하고 한순간에 다가온다니까.

기쿠요 (차분하게) 진짜예요. 홉 스텝 앤드 점프 식으로 오는 게 아니라, 원스텝으로 훌쩍 봄이 온다니까요. 그렇게 잔뜩 쌓여 있던 눈이 눈 깜짝할 사이에 녹는 걸 보면 정말 신기해. 두려울 정도예요. 벌써 십 년이나 쓰가루를 떠나 있어서, 쓰가루의 봄이 원스텝으로 찾아온다는 사실을 완전히 잊어버리고 있었어요. 야산이 온통 눈으로 뒤덮여 있으니, 다 녹으려면 오월 한 달은 족히 걸리겠다 싶었는데, 그게 슬슬 녹기 시작하나 싶더니 열흘도 채 안 돼서 말끔히 다 녹아버렸어요. 사월 초에 봄날의 푸른 새싹을 보게 되리라고는 상상도 못 했는데.

노나카 (변함없이 바깥 풍경을 내다보며) 푸른 새싹이라고? 하지만 눈 아래 드러나는 것은 푸른 새싹만은 아니지. 이것 봐, 벌써 온통 낙엽이 졌어. 작년 가을에 떨어진 낙엽이 그대로 눈 밑에 있다가 나온 거지. 이 낙엽들은 의미가 없군. (조그맣게 웃으며) 긴 겨울 동안 밤이고 낮이고 눈 밑에 깔려 참고 있으면서, 대체 뭘 기다리고 있었던 걸까? 진저리가 나. 눈이 녹고 이렇게 지저분한 모습으로 나타난다고 해서 다시 살아날 리도 없고, 그냥 이대로 이렇게 썩어가겠지. (기쿠요 쪽을 돌아보며 창문에 등을 기대고 서서, 웃으며 농담 섞인 말투로) 봄이 와도 여기 이 지칠 대로 지친 낙엽들에게는 아무 의미가 없어. 뭘 위해 눈 밑에서 그토록 긴 시간을 참고 견뎌온 건지. 눈이 녹았다고 해서, 이 낙엽들이 뭐라도 되는 건 아닌데. 난센스가 따로 없어.

기쿠요, 소리 내어 웃는다.

노나카 (일부러 진지한 표정을 지으며) 아니, 웃을 일이 아니야. 우리야말로, 난센스 같은 봄의 낙엽인지도 몰라. 십 년, 아니 그 이상을 참고 견디며, 가까스로 벌레처럼 생명을 이어왔다는 생각이 드는데, 하지만 어느 틈엔가 이미 말라 죽어버렸는지도 모르지. 이젠 그저 썩어가기만 할 뿐, 봄이 와도 여름이 와도 영원히 되살아날 수 없는데, 그걸 깨닫지 못하고 남들처럼 봄이 오기를 기다리기나 하는, 아무런 의미 없는 신세가 되어버린 건 아닐까.

기쿠요 (단호하게) 선생님, 의외로 센티멘털하시네요. 정신 바짝 차리세요. 선생님은 아직 어리잖아요. 앞날이 창창해요.

노나카 (화난 듯 얼굴을 찡그리며) 그런 소리 마라. 나도 벌써 서른여섯이야. 도시 사람들과 달리 시골에서 서른예닐곱이면 손자도 볼 나이라고. 날 가지고 노는군.

기쿠요 하지만 선생님은 아직 아이 하나 없잖아요. 그래서 어쩐지 젊어 보여요. 사모님도 예쁘시고. 저보다 어려 보일 정도로 젊으세요. 몇 살 차이였더라?

노나카 누구하고 말이야?

기쿠요 저하고요.

노나카 (관심 없다는 듯) 집사람은 서른하나야.

기쿠요 그럼, 저하고 여덟 살 차이예요. 진짜 젊어 보이시네. 주인집 따님답게 관록도 있으시고, 어딜 보나 멋진 부인이세요. 선생님은 정말 복도 많지. 그런 부인이라면 데릴사위도 할 만하지요?

노나카 (갈수록 기분이 나빠져서) 왜 그렇게 쓸데없는 이야기만 계속 하는 거야? 이제 그런 얘긴 그만두자. 나한테 무슨 볼일이야?

기쿠요 (태연히) 돈을 가져 왔어요.

노나카 돈이라니?

기쿠요 그래요. (허리띠 사이에서 하얀 각봉투를 꺼내 노나카 선생 곁으로 다가가며) 선생님, 아무 말도 마세요. 아무 말 말고, 조용히, 받으세요!

노나카 (무의식적으로 뿌리치며) 왜 이래, 뭐 하는 거야?

기쿠요 괜찮아요, 선생님. 그냥 그러려니 하고 받으시면 돼요. 받아서 쓰고 싶은데 쓰세요. 아무한테도 말씀하지 마시고요.

노나카 (팔짱을 끼고 쓴웃음을 지으며) 알았어. 하지만 나도 어지간히 타락했군. 기쿠요 씨, 됐으니까 그 봉투는 그냥 넣어둬.

기쿠요, 두리번거리다가 그 봉투를 옆에 있는 학생 책상 위에 스윽 올린다.

노나카 알다시피, 우리 집은 가난해. 찢어지게 가난하지. 누구라도 우리 집에 세를 들어서 같은 지붕 아래 살아본다면, 시골 선생이 얼마나 비참하게 자린고비 생활을 하는지, 보기만 해도 정이 뚝 떨어질 거야. 특히 최근 도쿄에서 막 피난 온 젊은 아가씨 눈에는, 도저히 견딜 수 없는 지옥화처럼 보일지도 몰라. 하지만 걱정할 것 없어. 너희가 베푸는 동정은 고맙지만, 우리 가족은 아직 우리 가족 나름의 자존심이란 게 있어. 그렇게 돈 같은 걸, 그런, 앞으로 그런 걱정은, 절대로 하지 마. 우리는 당신들한테 매달 받는 방세도 너무 많다고 생각하고 있으니까. 오히려 안타깝게 여기고 있어. 자, 이제, 알았으면, 그런 돈 따윈, 집어넣어. 함께 집에 가자. 기쿠요 씨! 하지만 당신은 (머뭇머뭇 기쿠요의 얼굴을 들여다보며) 좋은 사람이야. 그 마음만은 진심으로 감사히 받겠어. (가볍게 웃으며) 악수하자.

노나카 선생, 오른손을 내민다. 기쿠요는 척 하고 크게 소리가 날 정도로 노나카의 손바닥을 세게 친다.

기쿠요 (비웃는 듯한 표정으로) 아아, 한심해. 오해하지 마세요. 얼빠져 보이잖아요. 난 뭐든 알고 있어요. 다 알고 있어. 그렇게 말씀하셔도, 사실 당신들은 돈이 필요합니다. 목에 힘줄 필요 없어요. 갖고 싶어 죽을 지경이잖아요. 그렇지만 당신들은 가난뱅이가 아니에요. 말로는 가난하니 어쩌니 해도, 가난하지 않아요. 제대로 된 집도 있고 토지도 있고, 기모노나 양복도 많이 있어. 그런데도 돈이 필요하지. 욕심이 많은 거예요. 인색한 거죠. 세상에 돈보다 좋은 것은 없다고 굳게 믿고 있는 거야. 거기에 비한다면, 글쎄, 우리 생활은 어떨까요. 우리 오빠는 한참 전부터 여기 살고 있었으니까 좀 다르지만, 전 아버지하고 둘이서 도쿄로 갔고, 전쟁이 시작되기 전에도 생활이 여유롭지는 않았어요. 전쟁이 터진 뒤로 저도 아버지 공장에 나가서 직공들하고 함께 일을 했는데, 그즈음부터 우리가 살아 있는 건지 죽어버린 건지, 뭐가 어떻게 된 것인지, 그저 정신없이 하루하루를 맞이하고 살았어요. 그러는 동안 집이 깨끗이 불탔고, 우리한테 남은 건, 전에 이쪽으로 보내두었던 짐 보따리 다섯 개, 정말 그것뿐이에요. 아버지는 홀로 도쿄에 남아 애를 쓰셨고, 저만 오빠한테 와서 폐를 끼치고 있는데, 저한텐 정말 아무것도 없어요. 아무것도 없으니 어쩔 수 없이, 이렇게 어설픈 화려한 옷 같은 걸 보따리 밑에서 끄집어내서 입고 있는데, 시골 사람들 눈에는 우리가 어마어마하게 고급스럽고 세련된 옷으로 치장을 하고 다니는 것처럼 보이나 봐요. 하지만 그게 아니에요. 수수한 평상복 같은 게 다 불에 타버려서, 이렇게 열예닐곱 때 입던 옷밖에 남질 않았으니, 어쩔 수 없이 입고 있는 거예요. 돈도 마찬가지죠. 우리한테는 이제 아무것도 없어요. 아니다, 우리 오빠는 알다시피 대단히 성실한 사람이라 어느 정도 돈을 모으고 있는지도 모르겠는데, 저한테는 이제 아무것도 없어요. 손에 들어오는 돈은 그냥 그때그때 다 쓰게 되는데, 아버지나 저는 십 년 동안 도쿄에서 그렇게 살아왔어요. 하지만 그러면서도 저는 돈이 필요하다고 생각한 적은 단 한 번도 없어요. 없으면 없는 대로, 어떻게든 헤치고 나온 거라고요. 하지만 시골에서는 그게 안 되는 것 같아요. 시골에서는 사람의 가치를 현금이 있는지 없는지, 그걸로 결정해버리잖아요. 그것만이 표준인 거죠. 이젠 농담을 건네거나 그런 건 완전히 다 사라지고, 냉정하고 차분하게 그럴 거라고 확신하고 있으니 두려운 노릇이에요. 소름 끼치는 데가 있지요. 아무리 품위 있게 얌전을 빼고 있어도, 속으로는 다 그러고 있으니 정말 정떨어져. 만약 지금 나한테 돈이 한 푼도 없다는 걸 알아챘다면, 당신 부인이나 어머니, 그리고 당신마저도 얼마나 인상을 찌푸리게 될까요. 아냐, 그럴 게 뻔해. 나라는 여자를 가슴 깊이 경멸하면서, 지저분하고 기분 나쁜 사람이라고 생각할 게 뻔해요. 꿈에라도 제가 가난하다는 말은 입에 담을 수 없어요. 당신들은 달라요. 당신들은 자기들이 가난하다느니 어쨌다느니 그러고 있긴 하지만, 그래도 제대로 된 재산이 있다는 걸 누구나 다 알고 있으니까, 물가가 높아서 큰일이라거나, 앞으로 어떻게 살아야 하나, 그런 말들을 해도 그게 애교가 된다고요. 만약에 그런 말들이 우리 입에서 튀어나왔다면 어떨까요? 농담이나 애교가 될 리가 없죠. 그저 딱하고 비참한 하류층 인생이라고 경계를 하겠지요. 한심해. 그러니 우리가 있는 대로 돈을 시원시원하게 턱턱 쓸 수밖에 없는 거라고요. 그러면 당신들은 또, 도쿄에서 살다 온 녀석들은 야무지질 못해서 함부로 돈을 쓴다고 하죠. 하지만 당신들처럼 알뜰하게 살려고 하면 진짜 가난뱅이에 비참한 인간들, 마치 송충이나 거지 같은 취급을 받아요.

당신 마누라 같은 사람은 대체 어디가 잘나서 그렇게 목에 힘을 주고 다니는 거예요? 뭐 어디, 우리하고 인종이라도 다른가 보죠? 어찌나 얌전을 빼고 다니는지, 제가 농담을 해도 웃지도 않고, 늘 우리보다 한 단계 높은 곳에 있는 사람인 척 행동하고 다니는데, 대체 그게 무슨 짓인지 몰라. 미인이라고? 웃기고 자빠졌네. 도쿄 삼류 하숙집에 가보면 어두컴컴한 카운터에 그렇게 수세미 절임처럼 변변치 않게 생긴 여주인이 있어요. 난 다 알아. 그런 사람이야말로 누구보다도 돈을 원하지. 욕심쟁이야. 구두쇠라고. 남편이나 부모보다도 돈을 더 존경해. 척 보면 알아. 선생님, 부디 그 돈을 부인에게 전해주세요. 선생님, 제 편이 되어 주셔야 해요! 저는 복수하고 싶어요. 선생님, 그 봉투 안에는 당신 부인이 보면 뛸 듯 기뻐할 것이 가득 들어 있어요. 전부 신엔[5]이에요. 제가 모은 돈이니까, 누구 눈치 볼 것도 없어요.

학생 두세 명의 휘파람 소리가 들린다. 봄날, 성곽에서 열리는 꽃잔치, 그 곡을 합주하고 있다.

기쿠요 (그 휘파람 소리에 귀를 기울이며) 어머, 내 친구들이 마중을 나왔네. 가야겠어. 자 그럼, 부탁 좀 할게요. 괜찮죠? 부인한텐 말이죠, 제가 드렸다는 말은 말고, 선생님이 거짓말로 잘 둘러

5_ 新円. 전쟁에서 패한 후 물자 부족에 따른 물가고와 현금 확보를 위한 예금 인출 현상 등이 잇따라 인플레이션이 발생하면서, 이에 대한 대책으로 1946년 정부가 발급한 새 지폐를 이르는 말.

대면서 전해주세요. 그 새침데기 부인이 어떤 표정을 지을까요? 아아, 신난다.

기쿠요, 무대 오른편 출입구를 향해 달려간다. 노나카 선생, 정신이 번쩍 들어 기쿠요를 불러 세운다.

노나카 기쿠요 씨, 기다려. 어디 가는 거야.

기쿠요, 문 근처에서 멈춰 선다. 휙 하고 노나카 선생 쪽으로 몸을 돌린다. 여전히 휘파람 소리가 들린다.

기쿠요 (명랑하게) 친구들이 있는 곳에요.

노나카 그럼 그 노래, 당신이 가르쳐준 거야?

기쿠요 (오히려 자랑스럽다는 듯) 그래요. 우리는 음악회를 열 거예요. 음악회를 열어서 돈을 벌 생각이죠. 봄날, 성곽, 그리고 또, 도진 오키치[6]나 파란 눈을 한 외국인이란 노래도 다 제가 가르쳤어요. 오늘은 지금부터 다 함께 절에 모여서 연습을 할 거고, 아마 좀 늦을 것 같으니까, 오빠한테 그렇게 전해줘요.

6_ 唐人お吉. 본명, 사이토 기치[齋藤きち](1841~1890). 게이샤였던 오키치[お吉]는 초대 미국 영사 해리스의 간호를 맡게 된다. 당시 일본에 간호사란 개념이 없어 병에 걸린 영사를 돌봐줄 간호사를 찾아달라는 말을 잘못 이해하여 게이샤를 소개했던 것. 외국인과 몸을 섞는 것을 큰 수치라고 여겼던 사람들은 오키치를 동정하지만, 오키치의 명망이 높아지면서 그녀를 시기, 해리스가 회복된 후 게이샤로 돌아온 그녀를 손가락질한다. 그 상황을 견디지 못하고 알코올 의존증이 된 오키치는 마흔아홉에 투신자살한다. 세상의 편견에 고통받던 오키치 이야기는 소설 『도진 오키치』(1928)로 세상에 알려졌다. 도진[唐人]은 에도 시대에 외국인을 일컫던 단어다.

일본문화의 전파를 위한 거라고요.

기쿠요, 킥킥거리며 퇴장. 휘파람 소리는 계속된다. 무대가 다시금 살짝 어두워진다.

노나카 선생, 두세 걸음 기쿠요를 쫓아가더니 그 자리에 선다. 돌아서서 책상 위 각봉투를 집어 들고 웃옷 주머니에 넣더니, 잠시 생각한 후 다시 꺼내어 봉투 속을 확인한다. 말없이 커다란 지폐를 한 장 두 장 세어본다. 열 장이다. 주위를 둘러본다. 다시 세기 시작한다.

—무대, 조용히 회전한다.

제 2 장

무대는 국민학교 교사인 노나카 야이치 집 안쪽 다다미 여섯 장짜리 방. 오쿠타 요시오, 기쿠요 남매가 세 들어 살고 있는 방이다.

방 앞은 모래로 된 뜰. 풀이나 꽃도 없다. 지저분한 '봄의 낙엽'만이 여기저기 흩어져 있을 뿐.

무대가 멈춘다.

야이치의 장모 시즈가 뜰에 있는 빨랫줄에서 빨래를 한 아름 걷고 있는 중이다.

기쿠요의 오빠인 오쿠타 요시오는 방 앞 툇마루에 쪼그리고 앉아

펄럭펄럭 불을 피워 요리하면서 옆에 무슨 책을 펼쳐두고 읽고 있다.

석양이 지면서 저녁 안개가 피어오른다.

제1장과 같은 날.

시즈 (빨래를 걷어 양팔에 가득 껴안고 무대 오른편으로 나가려 하다가, 문득 툇마루 쪽을 보고 멈춰서더니) 어머나, 오쿠타 선생님, 냄비가 넘치잖아요.

오쿠타 (당황하여 냄비뚜껑을 열고는 시즈를 보고 쓴웃음을 지으며) 오늘 또 여동생이 어디로 훌쩍 나가버리더니 좀처럼 돌아오질 않네요.

시즈 아이고, 저런. 오라버니도 고생이 많겠네. (웃으며 툇마루로 다가와서) 뭘 끓이고 계세요?

오쿠타 (서둘러 냄비 뚜껑을 덮으며) 보지 마십시오, 이건 보여드릴 수 없습니다. 이것저것 다 집어넣어 끓인 뒤에 눈 꾹 감고 삼켜버릴 작정이거든요.

시즈 (소리 내 웃으며) 정말이지 남자분들 밥 짓는 걸 보면 안쓰러워서 그냥 볼 수가 없다니까요. 나중에 반찬이라도 좀 가져다드리죠.

오쿠타 (진지하게) 아닙니다. 그러실 필요 없어요. 학생 때부터 십 년 동안 이런 생활만 해서, 오히려 여동생이랑 같이 살게 된 뒤로 여동생이 엉뚱하게 멋 부린 요리 같은 걸 내어오는 걸 보면 기분이 나빠질 정돕니다. (책을 들고 일어서며 방으로 들어가 전등불을 켠다. 그 뒤 툇마루를 마주 보고 놓인 책상 앞에 책상다리를 하고, 다시 말해 관객의 정면을 향해 앉아서 책을 책상 위에 놓고는, 무의식적으로 휘리릭휘리릭 책장을 넘기며 퉁명스럽게) 저는 여자들이 만든 요리 같은 게 맛있다고 생각해본 적은 한 번도 없습니다.

시즈　(툇마루 위에 가만히 빨래를 올려놓으며 자기도 거기 슬쩍 걸터앉는다) 그러시군요. (느긋하게 웃은 다음 차분하게) 어머님이 돌아가신 지 몇 년째던가요?

오쿠타　(별달리 아무 생각 없다는 듯이) 제가 이곳 소학교를 들어간 해 여름에 돌아가셨으니, 벌써 이십 년 됐습니다.

시즈　벌써 그렇게 됐군요. 우리도 어머님 장례식 때 일을 잘 기억하고 있어요. (빨래를 하나하나 개면서) 지금 있는 그 여동생이, 아버지 손을 잡고 아장아장 걸어서 향을 피우던 모습은, 아직도 잊을 수가 없어요. 그걸 보고 우리는, 아아, 엄마란 존재는 어린 아이를 남겨두고는 죽어도 죽을 수가 없구나, 그런 생각을 했어요.

오쿠타　(냉정하게) 하지만, 엄마는, 자살했지요.

시즈　(얼굴을 들며) 세상에, 그럴 리가, 그건 말도 안 돼요.

오쿠타　노나카 선생님한테서 들었습니다. 표면상으로는 심장마비라고들 하지만, 분명 자살이다. 우리 집에서 일하던 시거먼 요리사하고 눈이 맞아서, 안 좋은 소문이 도니까 자살을 한 거다. 그러니까 내 여동생 기쿠요의 진짜 아버지가 누군지는 확실하지 않다. 그래서 우리 집이 여관을 관두고 이곳 생활을 청산한 뒤 아오모리로 갔고, 내가 아오모리 사범학교에 들어가자 아버지는 나 혼자만 남겨두고 여동생과 함께 둘이서 도쿄로 가버렸다. 아버지가 얼마나 쓰가루 지방에 살기 싫었으면 그랬겠냐. 노나카 선생이 그런 이야기를 해주시더군요.

시즈 어머, 그 사람도 참, 무슨 그런 무시무시한 소리를. 전부 아무 근거도 없는 소립니다. 우선, 당신 어머니가 돌아가신 건 그 사람이 이 마을에 오기 전 일이에요. 그 사람은 우리 집에 데릴사위로 들어온 지 아직 십 년도 안 됐어요. 그전에는 출신 마을인 구로이시에 살면서 구로이시에 있는 소학교 선생을 하고 있었어요. 그렇게 이십 년도 더 된 이 마을 이야기를 알고 있을 리가 없지 않습니까. 한심한 소리예요.

오쿠타 (가볍게) 아닙니다. 하지만, 묘하게도 그 동네에 새로 온 사람이 그 지역의 비밀스러운 소문에 민감한 법이죠.

시즈 (쓸쓸히 웃으며) 엉터리예요. 그렇게 바보 같은 일이 있을 리가 있겠어요? (문득 말투를 바꾸며) 그때 그 사람, 술 마시고 있었죠? 당신한테 그 이야길 했을 때요.

오쿠타 (멍하니) 네, 취해 있었습니다.

시즈 그것 보세요. (의욕을 보이며) 그랬을 게 뻔해요. 그 사람이 젊었을 때, 철학이니 문학 같은 걸 했다는데, 그것 때문에 엄청난 신경쇠약에 걸렸다가, 아직 완전히 낫질 않았어요. 지금도 술을 마시면, 미친 사람처럼 엉뚱한 소릴 해요. 자기가 꿈에서 본 이야기를 마치 현실에서 있었던 일인 양 끈질기게 주장해대는 바람에 우리도 정말 힘들어요. 세상에, 요리사가 어쩌고 저쨌? 나 원 참, 그런 이야길 잘도 지어내네.

오쿠타 (쓴웃음을 지으며) 하지만 그, 시커먼 요리사란 분은 분명 집에 있었어요. 하코다테에서 온 남자라던가, 약간 성깔이 있어 보이는, ……어린 마음에도 분명 기억하고 있습니다.

시즈 (다소 날카롭게) 관두세요. 어이가 없군요. 이건 사람 인격 문젭니다.

오쿠노 저는 아무렇지도 않습니다. 과거 따위야, 어떻든 상관없죠.

시즈 상관없다니요. 무엇보다, 그 사람도 참 무례하네요. 현 오쿠타 가의 맏아들 앞에서 그렇게 무시무시한 이야기를 하다니. 귀신이 따로 없네요.

오쿠타 귀신이라니, 좀 심하시군요. (쾌활하게 웃는다)

시즈 (조급하게) 귀신이고말고요. 귀신보다 더할지도 모릅니다. 당신은 그 작자가 얼마나 무서운 사람인지 아직 몰라요. 술을 마시면 완전히 미친 사람이 되는 데다가, 속이 배배 꼬였다고 할까, 음험하다고 할까. 다른 사람들한테는 무척 상냥하게 굴면서, 집안사람들한테는 또 얼마나 냉혹하고 잔인하게 구는지, 아니, 정말로요, 진짜라니까요. 실제로도 지난번에는 말이죠…….

오쿠타 (가로막으려는 듯이) 하지만 노나카 선생님은 정직하고 좋은 분이십니다. (미소를 지으며) 저 같은 사람이 이런 말을 하는 건 그야말로 실례인지도 모르겠는데, 어머님이나 사모님도 생각을 좀 바로잡으셔야 하는 부분이 있는 게 아니겠습니까.

시즈 세상에! (빨래를 밀어젖히고는 오쿠타 쪽으로 상체를 비틀며) 예를 들자면? 예를 들자면 어떤 부분이 그렇다는 거죠?

오쿠타 예를 들면, ……글쎄요, ……. (어물거린다)

시즈 (기세 좋게) 내가 그러니까, 이래서 싫다는 겁니다. 누구 하나 우리의 남모를 고통을 알아주는 사람이 없으니까요. 게다가 그렇게, 한마디로 능력도 없고 매사에 우둔한 인간을 데릴사위로 얻어서, 우리 노나카 가를 잇도록 만들고,[7] 세상의 비웃음거리가 되지 않으려고 어떻게 해서든 우리 힘으로, 그 인간의 결점을 감춰주기 위해서, 다른 데 가서는 그 작자에 대해 나쁜 말은 한마디도 하지 않고 오히려 거짓말로 칭찬을 해줬는데, 그 사람은 대체 무슨 생각을 하고 있는 건지. 고집이 세다고 해야 하나, 온순한 데가 한 군데도 없고, 그래도 제 딴에는 자기 본래 출신인 구로이시 마을 야마모토 가문이 자랑스럽기 이루 말할 수가 없나 보더라고요. 그야 구로이시 마을 야마모토 가문은 성 시가지 지주 집안이었고, 이런 시골 어부 마을의 가난한 집과는 비교도 안 될 정도로 크고 훌륭한 저택도 있겠지만, 지금은 상황이 무척 나빠졌다더군요. 중매쟁이가 그렇게 나불거릴 만큼 그 집이 잘사는 것도 아니었고, 인색하다고 할까, 몰인정하다고 할까, 아무튼 우리가 생각하던 것하고는 완전히 반대인 것 같더라고요. 그 사람이 이쪽으로 오고 나서 팔 년이 지났는데, 옷 한 벌, 동전 한 닢, 그 사람한테 보낸 적이 없어요. 그렇게 모진 대우를 받으면서도, 역시 태어난 집안에 미련이 남았는지, 언젠가 구로이시에 사는 그 사람 형이 무슨 의원에 당선되었을 때, 세상에, 어찌나 좋아하는지, 한심해서 오만 정이 다 떨어졌어요. 의원 같은 게 뭐 그리 대단한 거라고. 우리 노나카가는 가난한 시골 집안이긴 해도,

7_ 당시에는 양자養子라고 해서, 다른 집안에서 사윗감을 데려와 성을 신부 쪽으로 바꾸고 데릴사위 겸 집안의 대를 잇게 만드는 풍습이 있었다. 다자이의 아버지인 쓰시마 겐도 데릴사위 겸 양자로 쓰시마 가문에 들어온 인물이었다.

이웃으로부터 손가락질당하는 일 없이 조상 대대로 이 마을을 위해 노력을 해왔고, 특히 제 남편 되는 사람은, 잘 아시겠지만, 이곳 쓰가루 지방 모범 교원으로 훈장까지 받았어요. 거기다 우리 집 죽은 장남은 동경제대 의대에 들어가서, 그게 벌써 십 년도 더 지난 옛날이야긴데, 그 아이가 졸업 직전에 죽었을 때는, 제대 교수님들이나 학생들이 조의문도 보내주시고, 무덤을 찾아 일부러 이런 촌구석까지 와주신 선생님도 계셨다고요. 진짜로 그 아이가 살아 있었다면, 그 아이만 살아 있어 줬더라면. (운다) 지금쯤은 그 아이도 훌륭한 의사 선생님이 되었을 테고, 우리도 지금처럼 이런 고생을 하지 않아도……. (구구절절 눈물 섞인 푸념을 늘어놓는다)

오쿠타 (난처한 기분으로) 저한테 그런 말씀을 하셔도……. 어머님, 제가 다시 한번 생각해보시라고 했던 것도, 말하자면 그런 부분입니다. 이 댁 노나카 집안의 주인어른은, 이제 노나카 선생님이시잖아요? 지나간 일보다 현재가 더 중요한 거 아닙니까. 저는 데릴사위가 지녀야 할 도덕상의 본질에 대해서는 잘 모르지만, 그래도 그렇게 응접실 정면에 큼지막하게 아버지 사진과 형님 사진을 보란 듯이 걸어두시면 마음 약한 노나카 선생님 마음이 편치는 않으실 겁니다.

시즈 (얼굴을 들며) 그건 그 사람이 부족한 탓입니다. 아직 덜 컸기 때문이에요. 우리가 그 사진 두 장을 거기 나란히 걸어 놓은 것은, 그 사람도 죽은 아버지와 형님에 지지 않을 인물이 되라는 뜻으로, 그러니까 그 사람을 응원한다는 의미로, 그런 뜻으로…….

오쿠타 그러니까 그게, (웃음을 터뜨리며) 아니요, 끝이 없겠습니다. 서로 이런 이야기 해봤자 별수 있나요. (일어서서 툇마루로 나와 냄비를 화로에서 내리고 대신 쇠주전자를 건다. 그러면서 혼잣말처럼) 앞으로도 평생, 노나카 집안이 잘났네, 야마모토 집안이 잘났네 하면서 서로 고집을 부리겠지. 그런다고 뭐가 달라지나? 나는 모르겠다, 모르겠어.

시즈 (흥이 깨진 듯) 선생님도 장가를 가시면 곧 알게 될 겁니다. (일어서서 옷깃을 가다듬으며) 아이고, 춥네. 눈이 녹아도 여전히 저녁이 되면 선득해. (허둥지둥 빨래를 그러모으며) 실례 많았습니다.

바람이 불더니 모래 먼지가 인다. 봄의 낙엽도 정원 구석에서 날아다닌다.

시즈, 무대 오른편으로 퇴장.

오쿠타 (툇마루에 서서 눈으로 그 모습을 뒤쫓으며) 반찬이니 뭐니 가져다준다고 했지만, 저 지경이면 믿을 게 못 되겠네. (혼자 웃으며) 자, 밥이나 먹자.

오쿠타, 냄비를 방 안으로 가지고 들어가서 창호지 문을 닫는다. 창호지에 오쿠타가 서서 움직이며 이것저것 식사 준비를 하는 그림자가 비친다. 오쿠타의 그림자 뒤로 여자의 그림자가 어렴풋이 나타난다.

여자 그림자는 선 채로 움직이지 않는다. 밖은 땅거미가 진다.

국민학교 교사, 노나카 야이치가 술에 취해 비틀거리며 무대 왼편

뜰에 등장한다. 오른손에 술 한 병을 쥐고 있는데 이미 반쯤 마셨고 남은 반병을 가지고 오는 길이다. 왼손에는 커다란 광어 두 마리를 줄에 묶어 늘어뜨리고 있다.

노나카 오쿠타 선생. 어이쿠, 있네, 있어. 오우, 기쿠요 씨도 있구나. 그것참 잘됐네. 크게 한판 놀아보자. 술도 있고, 생선도 있고.

창호지에 비친 여자 그림자, 불현듯 싹 사라진다.
동시에 창호지문이 열리고 오쿠타가 웃으며 얼굴을 내비친다.

오쿠타 아아, 어서 오십시오. (툇마루로 나오며) 기분이 좋으시군요. 오늘 어디 초대라도 받으셨던 겁니까?

노나카 초대라고? 초대라니 한심하군. (툇마루에 털썩 주저앉으며) 아무리 우리 국민학교 교원들이 가랑이 찢어지게 못살기로서니, 어찌 항상 유력인사들 먹다 남은 술이나 안주 찌꺼기만 받아먹고 살겠소. 이봐요, 기쿠요 씨, 안 그렇습니까? (팔을 뻗어 창호지 문을 좌우로 활짝 열어젖힌다) 기쿠요 씨! 어이쿠, 없네?

오쿠타 동생은 아직 집에 안 왔습니다. 또 그 문화회에 갔겠지요.

노나카 (약간 차분해지더니) 그래요. 그건 나도 아는데, ……하지만, 방금, 분명…….

오쿠타 (조용히) 오늘은 술을 꽤 많이 드신 것 같네요. 자, 이리 올라오십시오.

노나카 (갑자기 다시 힘이 솟아서) 자자, 올라가 볼까? (샌들 비슷한 것을 벗고는 툇마루로 올라서더니 비틀거리며) 오늘 성대하게 한판 벌여 봅시다. 이번에 있었던 교원 대이동에서 나나 당신이나 목이 달아나지 않고 일단은 무사했어요. 이걸 축하하는 의미로. (술병과 생선을 두 손에 늘어뜨리고 방으로 들어가, 방 안쪽 장지문을 열더니) 어이, 어이, 세쓰코! (안채에 있는 사람을 부른다)

노나카의 아내, 세쓰코 등장. 그러나 장지문 밖에서 구부리고 있는 자세라 관객 쪽에서는 보이지 않는다.

노나카 (장지문 밖에 있는 세쓰코에게 광어를 건네주며) 갓 잡은 광어다. 회로 떠줘. 오늘 밤엔 오쿠타 선생과 여기서 연회를 열 거야. 알겠어? 곧장 회를 듬뿍 떠 가지고 와. 듬뿍이야. 잠깐, 기다려. 한 마리는 회를 뜨고 한 마리는 구워오는 게 좋겠어. 인색하게 굴면 안 되지. 그쪽도 먹도록 해. 알겠어? 어머님도 질릴 때까지 드시라고 해.

세쓰코, 아무 말 없이 조용히 장지문을 닫는다.

노나카 (빙글빙글 웃으며 술병을 쥔 채 오쿠타의 책상 옆에 앉으며) 아무래도 있잖나, 어촌 마을에서 선생질을 하면서 생선을 먹을 수 없다는 건 너무 비참하지 않은가?

오쿠타 (방 중앙으로 가지고 들어갔던 냄비나 그릇들을 방구석으로 치우며) 요즘 생선 가격은 어떤가요? 신엔이 나오면서 조금은 저렴해졌나요?

노나카 (쓴웃음을 지으며) 싸긴 뭘 싸. 어부들 콧바람도 대단하더군. 광어 한 마리 가격이 우리 같은 사람들 한 달 월급하고 거의 맞먹는다니까. 요즘 어부들은 아이들이 용돈을 달라고 떼를 쓰면 백 엔짜리 같은 걸 아무렇지도 않게 주니까 말이야.

오쿠타 그건 그런가 보더군요. (방 중앙에 놓인 작은 식탁도 방구석으로 밀어 넣으며) 아이들한테 그런 큰돈을 쥐여주는 건 별로 바람직한 일은 아니라고 보는데. 요즘 아이들 사이에서 도박이 유행이라지 않습니까.

노나카 그러게. 전부 다 엉망이야. (어조를 바꿔서) 그나저나, 그 식탁은 여기 두는 게 낫겠는데. 돈 얘긴 지긋지긋해. 마시자. 찻잔 두 개만 좀 빌려줘.

오쿠타, 작은 식탁을 다시 방 중앙에 놓은 뒤, 찻잔을 가지러 툇마루로 나온다.

노나카 (그사이 무심코 옆에 있는 책상 위에 오쿠타가 읽던 책을 들어 올리며) 프랑스 혁명사라니. 뭐야, 이런 걸 읽고 있다니. 관둬, 집어치워. 역사는 반복되지 않아. (책을 가볍게 다다미 위로 내던지며) 역사가 반복된다니, 말이 되나? 이 친구, 변증법을 모르는구먼. 나도 이참에 사회당이라도 들어가서 출세나 해볼까? 시시하다. 마시자! 술이나 마시고 기분을 풀어버리자. 그대, 무력한 국민학교 교사여.

둘은 작은 식탁을 사이에 두고 책상다리를 하고 앉는다. 노나카는 두 개의 찻잔에 술을 따른다.

노나카 건배! (단숨에 꿀꺽 마신다)

오쿠타 (마시다 만다) 뭡니까? 이 술은. 석유 냄새 같은 게 나는데요? (술잔을 그대로 식탁 위에 놓는다)

노나카 산토리.

오쿠타 예?

노나카 산토리 위스키야. (그러면서 술병을 눈높이로 가져와서 전등 불빛에 비춰보며) 무색투명 산토리 위스키. 한 병에 백오십 엔.

오쿠타 농담 마십시오.

노나카 아니, 그게 바로 재밌는 부분이야. 나도 다 알아. 이건 약품용 알코올에 물을 섞은 것뿐이지. 하지만 말이야, 나한테 이걸 산토리 위스키라면서 백오십 엔에 건네준 사람은 말이지, 알겠나, 그 사람은 이 마을 술주정뱅이 촌놈 어분데, 그 사람 자신도 이걸 산토리 위스키라는, 대단히 고급스러운 이름의 술이라고 믿어 의심치 않는 눈치니, 유쾌하지 않은가. 그러니까 이 어부가 아오모리 근처로 생선을 팔러 갔는데, 오는 길에 아오모리 암시장에 속아서 세 병, 아니, 네 병인지도 몰라, 그 산토리 위스키라는 고가의 물건을 손에 넣었지. 그리고 오늘 아침 댓바람부터 근처의 술꾼 친구들을 불러 모아 술판을 벌였는데, 거기 내가 생선을 사러 얼굴을 들이밀었던 거야. 날 보자마자 붙들고는, 당신이라면 분명 알 거라고 생각하는데, 이게 산토리라는 술이다, 우리 입에는 너무 과분한 술이다, 부디 선생이 한 잔 마셔주기 바란다, 그러면서 큰 잔 가득 따라주는 거야. 들여다보니, 요렇듯 무색투명, 거기다 이런 냄새가 났지. 아닌 게 아니라 나도 주저되더군. 예의 그 메틸인지도 모르잖아. 하지만 한 점 의심 없이 몹시도 자랑스러워하는 어부들의 표정을 보니 왠지 견딜 수가 없어져서, 나는 죽을 각오를 다졌어. 그래, 죽기를 각오한 거야. 이 바보 같고 순수한, 그리고 애처로운 어부들과 함께 죽자고 다짐했지. 마셨어. 맛이 그다지 나쁘진 않더군. 게다가 기분 좋게 취익 취하지. 그래서 난 그 사람들한테 이걸 한 병 사서, 함께 거나하게 마셨지. 역시 산토리가 최고다, 산토리를 마시면 다른 술은 맛이 없어서 마실 수가 없다, 그러면서 빈말을 늘어놓다 보니 어쩐지 묘하게 서글퍼지더군. (말을 하면서 자작을 한다) 아, 그렇지, 담배도 있다. 피워. 많이 있어. (웃옷 주머니에서 종이로 감은 낱개 담배를 한 주먹 쥐어 꺼내며 식탁 위에 올려놓는다) 이것도 그 어부들한테 사 온 거야. 진짜 녀석들한테는 뭐든 다 있어.

오쿠타 (거의 무표정하게 담배 한 개비를 쥐며) 고맙습니다. (바지 주머니에서 성냥을 꺼내어 불을 붙인다)

노나카 다 줄게. 전부 다. 나한테는 아직 많이 있으니까. (그러더니 혼자서 술을 더 부어 마시며)

당신이

아니에요

당신이

아니야

당신을

기다린 게

아니야

이 노래 아나? 이건 〈문을 열면〉이라는 요새 유행간데 말이지, 자네 모르나? 들어본 적 없어? 그것 참 의외네. 태만하기 짝이 없군. 적어도 우리에게는 프랑스 혁명사 같은 것보다 현대 유행가가 더 중요하지 않은가? 어이없게도 자네, 국민학교 교사라는 사람이 말이야, (말을 하면서 다시 술을 부어 마신다) 현대 유행가 하나도 모른다는 건가.

오쿠타 괜찮으십니까? 너무 많이 드신 것 같은데요.

노나카 괜찮아, 괜찮아. 이보게, 이건 산토리 위스키라는 고급술 아닌가. 날 뭘로 보고 말이야. 자네도 그렇게 잘난 척하지 말고, 시험 삼아 한 잔 쭉 들이켜봐.

당신이

아니에요

당신이

아니야

당신을

기다린 게

아니야

참 괜찮은 노래야. 실연에 관한 노래라나 봐. 쓸쓸하잖아. 자, 한 잔 더 마시자. (술병을 들어올린다)

오쿠타 (그걸 말리며) 아뇨. 아직 잔에 술이 가득 남아 있습니다.

(쓴웃음 지으며, 미안한 듯 살짝 자기 찻잔을 입에 대고는, 곧 다시 그걸 식탁 위에 올려놓는다) 아무래도 이건 좀.

노나카 목숨이 아까운 건가. (웃는다)

안쪽 장지문이 조용히 열린다.

노나카의 아내, 세쓰코가 커다란 접시 두 개를 들고 들어온다. 접시 하나에는 회, 다른 한 접시에는 구운 생선이 있다.

노나카 우아, 왔네, 왔어. 오우, 이거야 원, 무지 호화롭네. 너무 많잖아, 이건.

세쓰코 (무표정한 얼굴로 식탁 위를 치우고는 접시 두 개를 올려두며) 이게 답니다.

노나카 다라고? (얼굴을 들어 세쓰코를 보며) 어머님은? 안 드시나?

세쓰코 (진지하게) 그게, 저희는, 벌써 밥을 다 먹었습니다.

노나카 (불끈 화를 내며) 그래? (갑자기 식탁을 뒤집어엎는다) 오랜만에 가져온 광어잖아. 어머님하고 너하고 다 같이 먹으려고 사 온 거라고. 한 입도 안 먹겠다니, 그건 너무 심하잖아. (울먹인다)

세쓰코, 말없이 그 근처에 쏟아진 회를 접시에 주워 담는다.

노나카 그만둬! 그런 짓은 하지 마. 이건 전부 내다 버려! 주워 담은 걸 다시 먹는 건 비참한 짓이야. 너무 비참해. 조금은 내 기분도 알아달라고. (웃옷 안주머니에서 하얀 각봉투를 꺼내 세쓰코

쪽으로 집어 던지며) 아직 칠팔백 엔은 남아 있을 거다. 신엔이야. 그걸로 회를 사와. 지금 당장 사와. 쩨쩨하게 굴지 말고. 도미가 됐든, 참치가 됐든, 어부 집에 있는 걸 전부 사와. 오는 길에 진베에 네 집에 가서, 이 산토리 위스키가 아직 남아 있거든, 한 병 더 사 와라. 그러고 나서 다시 마시는 거다. 그리고 반드시 어머니하고 자네가 회를 먹게 만들 테다.

세쓰코 (각봉투 쪽으로는 눈길도 주지 않고, 아무 말 않고 힘없이 고개를 떨구고 있다. 이윽고 조용히 얼굴을 들며) 있지요, 당신한테 묻고 싶습니다.

노나카 (기가 죽어서) 뭐야. 무슨 불만이라도 있어?

세쓰코 (긴장한 목소리로) 당신, 대체…….

그때, 무대 왼편에서 뜰 쪽으로 학생 두 명이 달려 와 "선생님, 오쿠타 선생님!"하고 부른다.

오쿠타 선생이 툇마루로 나온다. 학생 둘은 숨을 헐떡이며 오쿠타 선생의 귀에 대고 속삭인다.

오쿠타 (그 소리를 듣고) 그래? 오냐. 당장 가자. (방으로 들어가 벽에 걸린 자기 옷을 꺼내 입으며 노나카에게) 여동생이 경찰에 붙잡혔습니다. 도박했다는군요. 학교 아이들에게 마작을 가르치고 있었답니다. 그럴 거라고 짐작은 했습니다. 잠깐 경찰서에 좀 다녀오겠습니다. (인사를 하고 툇마루로 나와 신을 것을 찾는다)

노나카 (비틀거리며 일어서더니) 나도 가겠네.

오쿠타 (신을 신으며) 아니, 아닙니다. 당신은 이미, 이것 봐요, 걸을 수도 없잖습니까. (학생들을 향해) 자, 가자.

오쿠타 교사, 학생들과 함께 무대 왼편으로 달려간다.

노나카 (몽유병자처럼 멍한 표정으로 걸으며 툇마루에서 버선발로 내려서며) 나도 가겠어.

노나카 교사, 걸음을 걸을 수도 없는 상태인데도, 비틀비틀 버선발로 오쿠타 교사와 아이들 뒤를 좇아 아래쪽으로 향한다.

세쓰코, 냉정하게 앉아 있다가 문득 무릎 근처에 하얀 각봉투가 눈에 들어온다. 그걸 들고 일어나 툇마루로 나와서 신을 것을 찾다가, 노나카의 샌들을 아무렇게나 신고 말없이 사람들 뒤를 따른다.

—무대, 조용히 회전한다.

제 3 장

무대는 달빛 아래 바닷가. 모래사장에 어선이 두 척 올라와 있다. 그 주변에 메마른 갈대 한 무더기가 서 있다.

배경은 아오모리만.

무대가 멈춘다.

한 줄기 바람이 불어와, 어선 주변에 엄청난 양의 봄의 낙엽이 날아오른다.

언제 왔는지, 앞장에서의 모습 그대로인 노나카 선생이 소리도 없이 객석 사이를 지나 등장한다.

조금 떨어져서 마치 그의 그림자인 양, 아내 세쓰코가 고개를 숙이고 뒤를 쫓는다.

노나카 (무대 중앙까지 오더니 몹시 피곤한 듯 옆에 있는 어선에 쓰러지듯 몸을 기대며) 아아, 머리가 아프네. 너무 아파.

세쓰코, 말없이 노나카에게 다가간다. 주변을 둘러보더니 노나카에게 하얀 각봉투를 슬쩍 내민다.

각봉투는 달빛을 받아 예리하게 반짝인다.

노나카 (그것을 힘없이 한 손으로 떨쳐버리며) 그건 네가 기쿠요 씨한테 갔다 줘.

세쓰코, 그 자세 그대로 말없이 노나카의 얼굴을 들여다본다.

노나카 싫으면, 됐어. (세쓰코 손에서 봉투를 빼앗아 자기 웃옷 주머니에 구겨 넣으며) 내가 돌려주지. (갑자기 또 축 늘어져서) 그나저나, 당신, 참 강해. ……내가 졌다, 졌어. 내가 진 거야. 당신들의 이런 꿋꿋함은, 대체 어디서 오는 건가. 남녀평등이라고 누가 그래. 이거야 원, 거꾸로 남자들이 도와달라고 애원을 해야 할 판이야. 대체 뭐야? 당신네들의 그 꿋꿋한 본능은 어디서 오는 거냐고. 봉건封建 어쩌고 하는 것과도 상관없고, 보수保守 어쩌고 해본들 터무니없는 짓이지. 그런 역사적인 문제는 아닌 것 같은데. 태곳적부터 당신들한테는 강한 무언가가 있었던 거야. 그리고 또 앞으로 이 지구에 인류가 존재하는 이상, 아니, 동물이 존속하는 한, 당신들은 영원히 강하겠지.

세쓰코 (차분하게) 당신은, 부끄럽지도 않습니까?

노나카 (신음하며) 으으윽, 쳇, 젠장할! (고개를 들고) 전 인류를 대표하여 너에게 이르겠다. 넌 악마다!

세쓰코 (냉정히) 내가 왜요!

노나카 모르겠냐? 사람이 죽을 만큼 부끄러워하고 있는 바로 그 자리에 아무렇지도 않게 뛰어들어서는, 부끄럽지도 않으냐고 묻는 놈이 악마가 아니고 뭐냐.

세쓰코 당신한테는 부끄러워하는 맘이 없습니다.

노나카 네가 어떻게 알아? 그걸 어떻게 아느냐고.

세쓰코 (말이 없다)

노나카 예수께서 답이 없으시니,로구만. 여차하면 입을 닫아버려. 그게 무기 중의 무기지. 날 너무 괴롭히지 말라고. 아아, 머리가 아파.

세쓰코 이제 어쩌실 겁니까?

노나카 죽을 거다. 죽으면 될 거 아니냐. 어차피 나는 노나카가의 망신이니까, 죽어서 죄스러움을 갚겠다 이거야. (쓰러질 듯이 모래 위에 주저앉으며) 아아, 머리가 아프다. 할복해서 죽어버릴 테다.

세쓰코 지금 장난칠 때예요? 기쿠요 씨를 어쩔 거냐고요.

노나카 이래저래 해봐야 다 글렀어. 아아, 머리가 아파. (머리를 움켜쥐고 모래사장 위를 뒹굴며) 진 거야, 우리는. 나하고 기쿠요 씨는 너희들한테 반역을 꾀하려고 했지만, 너희들이 의외로 너무 강해서, 우리가 참패한 거라고. 아무리 밀고 당겨봐도, 너희들은 꿈쩍도 안 해.

세쓰코 그야 당신들이 잘못하고 있으니까요.

노나카 성서에 이런 말이 있다. 용서받을 일이 적은 자는 적게 사랑하느니라.[8] 이 말의 뜻을 알겠어? 잘못된 일을 하지 않는다고 자신하는 녀석일수록 인정이 박하다는 뜻이지. 죄 많은 사람은 애정이 깊은 법이야.

세쓰코 궤변이네요. 그렇다면 인간은, 열심히 노력해서 온갖 나쁜 짓을 다 하는 편이 낫다는 건가요?

노나카 그거야! 문제는. (웃으며) 그거야는 무슨. 난 지금 죄인이다. 사람을 가르칠 자격 같은 게 없는데도, 오랜 시간 교원노릇을 하다 보니 교단의식이 몸에 배서 큰일이야. 대체, 이 국민학교 교육이란 것의 정체가 뭐냐. 첫째로, 그 뭐냐, 학문이 없어. 외국어를 자유자재로 읽을 줄 아는 선생이 쓰가루 지방에는 단 한 명도 없어. 외국어는커녕 겐지 모노가타리조차 읽질 않아. 아무것도 모르는 주제에 그래도 교단에 서서, 자신 있는

8_ 루카복음 7장 47절. 예수 앞에 한 여인이 찾아와 발에 향유를 부어 자기 머리털로 닦은 뒤 입을 맞춘다. 이를 본 사람들은 그녀가 죄 많은 여인임을 알아보고 손가락질하며 수군거린다. 이에 예수가 말한다. "그러므로 내가 너희에게 이르노니 그녀의 많은 죄가 사하여졌도다. 이는 그녀에게 사랑이 많기 때문이다. 용서받을 일이 적은 자는 적게 사랑하느니라."

척하며 뭔가 가르쳐대고 있지. 학문이 없다면 인격이라도 훌륭하든가. 매일같이 먹을 거나 쫓아다니느라 빙빙 달리고 있는 꼴이니, 인격은 개똥. 학생들 사랑하는 마음은 아이들 부모의 발끝에도 못 미치고 아이들 놀이 상대로 치자면 유치원 보모들보다 수준이 훨씬 뒤처져. 학교 건물을 지키는 걸로 치면 선생보다는 일꾼들이 훨씬 더 도움이 된다고. 애초에 이 선생이라는 말에는 아무런 의미가 없어. 오히려 경멸감이 내포되어 있는 말이지. 어차피 놀려먹을 생각이라면, 차라리 각하라고 불러달라고. 우리의 사회적 위치는 거지꼬마와 거의 비슷한 수준이니까. 국민학교 선생이 된다는 것은 이미 세상의 패잔병, 실패자, 낙오자, 정신병자, 무능력자, 대충 그 정도밖에 안 된다는 증거야. 우리는 거지다. 선생이라는 별명으로 놀림을 당하고 있는 거지라고. 어이, 오쿠타 선생도 마찬가지야. 포기해, 포기하라고.

세쓰코 (날카롭게) 뭐라고요? (희미하게 웃으며) 이상한 소릴 하시네요.

노나카 다 알아. 네가 맘에 품고 있는 사람이 누군지.

세쓰코 세상에! 어떻게 그런 말을. 그만두세요! 비열하군요.

노나카 아무렴 어때. 사람은 누구나 마음속으로 그리워하는 사람이 두세 명씩은 있기 마련이야. 그래서 어떠냐? 그 이후 진행 상황은.

세쓰코 당신이 무슨 소릴 하는지 하나도 모르겠어요.

노나카 좋아, 그렇담, 알아듣게 이야길 해주지. 넌 오늘 내가 돌아오기 전에 오쿠타 선생 방에 있었지?

세쓰코 (분명히) 그래요, 갔었어요. 오쿠타 선생님이 혼자 저녁 식사 준비를 하신다는 말을 어머니께 전해 듣고, 뭐 도와드릴 게 없나 하고 방 안을 들여다봤죠.

노나카 그것참, 친절하기도 하군. 네가 그렇게나 정이 많은 여자였다니 신기해. 좋은 일이야. 미담이네. 그런데, 내가 밖에서 말을 걸자마자, 넌 휙 하고 모습을 감췄어. 그건, 무슨 친절에서 그런 거냐?

세쓰코 싫었으니까요.

노나카 수상하군.

세쓰코 (울먹이며) 대체, 제가 뭐라고 대답해야 직성이 풀리시겠어요.

노나카 됐어, 상관없어. 관두자. 지겹다. 어차피 너한텐 상대가 안 되니까. 아아, 아. 세상엔 거침없이 민주혁명이 일어나고 있고, 동포가 하나가 되어 조국 재건을 위해 새로운 스타트라인에 서서 힘을 내고 있건만, 나 혼자 이게 무슨 짓이냐. 하루가 멀다고 술에 절어서는 부인을 질투나 하고 있고, 파렴치한 말싸움이나 하고 있으니, 지옥이 따로 없다. 하지만 이 또한 나의 현실. 아아, 졸리다. 이대로 잠들어, 영원히 눈이 떠지지 않는다면 좋으련만. (잠이 든 모습)

세쓰코 (노나카의 어깨에 손을 대고) 여보, 여보. (어깨를 흔든다)

노나카 (거의 잠꼬대하듯) 죽여라! 시끄러! 절로 꺼져!

오쿠타 교사, 무대 오른편에서 어슬렁어슬렁 등장.

오쿠타 아, 부인! (그제야 잠이 든 노나카를 보고 깜짝 놀라) 이게 어떻게 된 일입니까?

세쓰코 당신 뒤를 쫓아서 여기까지 왔는데, 잠이 들어 버렸어요. 그보다, 기쿠요 씨는요? 어쩌고 있어요?

오쿠타 아니, 그게 말입니다, 가는 길에 아이들을 놓쳐버렸어요. 어쨌든 저 혼자 경찰서 앞까지 가서 넌지시 안쪽 상황을 살펴봤는데, 쥐 죽은 듯 조용한 게 달리 이상한 점도 없는 것 같았습니다. 괜히 소란을 피워서 창피를 당하는 것도 귀찮은 노릇이고, 우선 아까 그 학생들을 찾아서 이야기를 한 번 더 제대로 따져 물어야겠다는 생각에 돌아오는 길입니다. 어쩌면 그 녀석…….

세쓰코 네?

오쿠타 아, 아무것도…….

세쓰코 오쿠타 선생님! 우리가 기쿠요 씨한테 무슨 나쁜 짓이라도 한 거예요?

오쿠타 (정색을 하며) 무슨 말씀이세요?

세쓰코 도박 때문에 경찰서로 잡혀갔다는 건 다 거짓말입니다. 이제야 전부 알 것 같네요. (갑자기 울음을 터뜨리며) 너무해, 너무해요. 우리가 왜 이렇게 기쿠요 씨 손에 놀아나야 하는 거죠?

오쿠타 죄송합니다. 실은, 저도 경찰서 앞까지 갔다가, 곧 깨달았습니다. 이거 기쿠요한테 한 방 먹었구나, 하고요. 하지만 만약 그렇다고 해도, 무엇 때문에 아이들까지 이용해서, 이런 멍청한 짓을…….

세쓰코 그건 알고 있어요. 기쿠요 씨는 노나카를 부추겨서 술이나 회를 사도록 만들고, 저나 어머니까지 먹게 만든 뒤에, 사실 그 돈은 기쿠요 씨가 도박으로 번 돈이라는 걸 알리려는 겁니다. 아무것도 모르고 신나서 얻어먹은 어머니나 제가 꼴사납게 안절부절못하는 모습을 몰래 훔쳐보면서 비웃으려는 심산이었겠지만, 그렇다곤 해도 계략이 너무 악랄해요. 진짜 고약하다고요.

오쿠타 그렇다면, 그 돈이?

세쓰코 모르셨어요? 기쿠요 씨 돈이에요.

오쿠타 그렇군요. 저런, 그 녀석이 하고도 남을 장난이네요. (웃는다)

세쓰코 아직 더 있습니다. 노나카를 부추겨서, 저와 당신을…….

오쿠타 (진지한 표정으로) 하지만, 부인. 동생이 철이 없긴 해도, 그런 말도 안 되는 소리는 하지 않았을 겁니다.

세쓰코 그렇지만 아까 노나카가, 절 의심하는 듯한 불쾌한 소릴 했어요.

오쿠타 그거야, 그건 노나카 선생 혼자만의 공상입니다. 노나카 선생은 은근히 로맨티스트니까요. 언젠가 저하고 논쟁을 했던 적이 있습니다. 노나카 선생이 말씀하시길, 이 세상에 얼마나 많은 배신이 행해지고 있는지 모른다, 아마 상상할 수도 없는 정도일 것이다. 아무리 가까운 육친이나 친구더라도, 뒤에서는 반드시 배신을 하고 욕이 됐든 뭐가 됐든 주절거리기 마련이다, 만약 인간이 자기 주변에서 끊임없이 일어나고 있는 자기를 향한 배신의 실상을 하나도 남김없이 전부 알게 된다면, 그 사람은 아마도 미치고 말 거다, 그러시더군요. 하지만 저는 그 생각에 반대였습니다. 인간은 현실보다도, 그 현실에 얽힌 공상 때문에 괴로워하는 존재다, 공상은 끝없이 번져나가지만,

현실은 의외로 손쉽게 처리할 수 있는 작은 문제에 불과하다, 이 세상은 결코 아름다운 곳이라 할 순 없지만, 그래도 그렇게 끝없이 추악한 곳도 아니다, 두려운 것은 공상의 세계다, 뭐 그런 말을 했어요. 노나카 선생님의 공상은 사람을 참 난처하게 만듭니다.

세쓰코 (달라진 목소리로) 그렇지만 그게 만약 정말이라면요?

오쿠타 (얼떨떨한 표정으로) 예? 뭐가 말입니까?

세쓰코 노나카의 그 공상이 말이에요.

오쿠타 부인! (화난 듯) 무슨 소릴 하시는 겁니까.

세쓰코 (소리 내어 울며) 저는 지금껏 살면서 무엇 하나 나쁜 짓을 한 기억이 없습니다. 그런데 왜 다들 절 이렇게 괴롭히시는 건가요. 저는 인생의 즐거움 하나 느끼지 못하고, 지금껏 노나카가를 위해 애써왔어요. 가문의 명예를 소중히 지키려는 것이 잘못된 건가요? 가르쳐주세요. 내일의 삶이 불안해지지 않도록, 헛되이 돈을 쓰지 않고 꾹 참고 사는 게 나쁜 거예요? 시골 여자답게 음악회나 영화관 같은 데도 가지 않고, 집안에서 묵묵히 바느질을 하는 것이 잘못입니까? 소설도 읽지 않고, 술도 마시지 않으면서, 행실을 바르게 하여 남자들과 못된 짓을 저지르지 않는 게 나쁜 거냐고요. 노나카가 조금 전에 잘못을 저지르지 않는 인간은 인정이 없다고 했는데, 그렇다면 인간은 잘못을 저지르는 편이 옳다는 거예요? 선생님, 저는 머리가 나쁘고 촌스러운 여자입니다. 아무것도 몰라요. 가르쳐주세요. 제가 선생님을 좋아한다면, 만약 그렇다고 한다면, 오히려 제가 바른 것인지요? 저는 말재간이 없습니다. 말을 잘 못해요. 저는 언어도 잘 모릅니다. 그저 참고 살았어요. 인내해 왔다고요. 저는 제가 좋아하는 말을 하고, 좋아하는 행동을 하는 게, 나쁜 짓이라고 생각해왔습니다. 선생님, 가르쳐 주세요. 전 이제 뭐가 뭔지 모르겠습니다. 제 어디가 잘못되어서, 다들 저를 이렇게 못살게 구는 거냔 말이에요.

오쿠타 부인, 선악의 피안[9]이라는 말이 있습니다. 선과 악 너머의 둔덕입니다. 윤리에는 옳은 것과 그른 것, 그리고 또 한 가지 다른 무언가가 있는 게 아닐까요. 세상만사는 부인처럼 그저 옳고 그름, 두 가지 잣대로 나누려 해도 나눌 수 없는 것 아니겠습니까.

세쓰코 잘 모르겠지만, 그럼 제가 무슨 잘못이라도 했다는 말씀인가요?

오쿠타 (웃으며) 그런 게 아닙니다. 애초에 부자연스러운 겁니다. 그거야말로 부인이 가지고 계신 공상의 영역입니다. 부인은 노나카 선생님을 상당히 소중히 여기고 계십니다. 그게 또 부인이 살아가는 보람이시지요? 시시한 공상은 그만둡시다. 부인, 오늘 밤은 좀 이상하시네요. 현실적인 문제로 돌아갑시다. (어조를 바꿔서) 우리가 댁에서 나가겠습니다. 그러면 문제가 해결되겠지요. 저는 학교 숙직실로 가면 되고, 동생은, 녀석은 다시 도쿄로 돌아가는 게 좋을 것 같습니다.

9_ 善惡の彼岸. 선악을 초월한 경지. 니체의 말로, 도덕적 판단은 상대적일 뿐, 절대적인 진리에서 볼 때 도덕의 궁극적 이상은 선악 너머에 있다는 뜻이다. 니체는 1886년 동명의 철학서를 발표하여, 기독교 도덕과 같은 낡은 도덕에 의한 선악 기준을 부정하고, 창조적이고 긍정적인 의지에 바탕을 둔 새로운 도덕을 수립하고자 했다. 피안은 강 저쪽 둔덕이라는 의미에서 진리에 도달하는 이상적 경지를 이른다.

멀리서, 봄날, 성곽에서 열리는 꽃잔치, 라는 합창이 들려온다. 학생들의 노랫소리에 기쿠요의 목소리도 섞여 있는 듯하다.

얼마 후.

세쓰코 (냉정을 찾으며 고개를 들고 분명한 말투로) 그럼, 그렇게 하시죠.

오쿠타 (오히려 당황하며) 왜 그러십니까?

세쓰코 (개의치 않고 멀리서 들려오는 노랫소리에 귀를 기울이며) 저렇게 노랠 부르며 노는 것이 도회지풍인가 보죠? 저런 게 문화적 어쩌고 하는 것이고, 앞으로 일본은 남자든 여자든 모두 기쿠요 씨처럼 살아야 하는 건가 보군요. 저 같은 구식 시골 여자는 이제 쓸모가 없겠어요. 아무래도 전 모르겠네요. 인간이 왜 도회지식으로 살아야만 하는지 말이에요. 어째서 촌스러워서는 안 되느냐 말이에요.

오쿠타 인간들은 엉망이 되었어요. 의욕이 없어졌습니다. 큰 이상理想이나 사조思潮도 대단할 게 없어요. 그런 시대가 된 겁니다. 지금은 저도 에고이스트입니다. 어느새 그렇게 되어버렸습니다. 기쿠요는 자기가 알아서 일을 처리하겠지요. 우리 이십대들은 어떤 의미에서는 당신들보다 훨씬 더 어른스러울지도 모릅니다. 자기에 대해서는 조금도 공상을 품지 않고 있습니다.

세쓰코 (조용히) 그게, 무슨 뜻이죠?

오쿠타　동생은 동생, 저는 저, 그렇단 말입니다. 아니, 남은 남, 저는 저, 그렇다고 해도 좋겠지요. 부인, 다른 사람들 일은 크게 신경 쓰지 않는 편이 좋습니다.

세쓰코　하지만 기쿠요 씨는, 우리를 못살게 굴어요. 노나카를 부추겨서 우리 가정을…….

오쿠타　(웃으며) 곧 이사하겠습니다.

세쓰코　(증오하는 듯한 표정으로) 다행이네요.

노랫소리가 조금씩 가까워진다.

바람이 분다. 낙엽이 날린다.

오쿠타　추워졌네요. (자고 있는 노나카 쪽을 턱으로 가리키며) 어떻게 하시겠습니까? 오늘 밤은 술을 꽤 많이 드신 것 같은데요.

세쓰코　안 좋은 술 아니었나요? 몇 번이나 머리가 아프다고 하던데요.

오쿠타　괜찮을 겁니다. 어부들이 똑같은 술을 아침부터 마셨지만 아무렇지도 않았다고 하니까요.

세쓰코　하지만 노나카는 그 사람들 체력하고 비교가 안 되잖아요.

오쿠타　경쟁이 안 된다는 겁니까. (웃으며) 어디, 내가 한번 업고 가볼까?

세쓰코　(그걸 말리며 날카롭게) 아니요. 제가 하겠습니다. 더 이상 폐를 끼치진 않겠어요.

오쿠타　타인은 타인, 남편은 남편이란 거군요. (스스럼없이 웃으며) 그게 낫습니다. 그럼 저는 이만, 저기 (노랫소리가 나는 쪽을 가리키며) 조무래기 음악단에 가서, 여동생을 붙잡고 진상을

캐물어 보지요. 왜 그런 한심한 장난을 쳤는지. (그러면서 가벼운 발걸음으로 무대 오른편으로 퇴장한다)

바람이 더욱 강하게 분다.
노랫소리가 점점 더 가까이 다가온다.

세쓰코 (오쿠타를 보낸 뒤 웅크리고 앉아 노나카의 어깨를 흔든다) 여보, 여보. 감기 걸리겠어요. 자, 같이 집에 가요. (노나카의 손을 잡고) 어머나, 왜 이렇게 차가워. 미안해요. 내가 잘못했다고요. 여보, 어떻게 된 거예요? (얼굴을 가까이 가져가며) 여보! (미친 듯이 노나카의 얼굴, 가슴, 다리 등을 어루만지며) 여보, 여보! (갑자기 일어나서 무대 오른편으로 달려가며) 오쿠타 선생님! 오쿠타 선생님! (다시 뛰어와 노나카의 시체를 그러안고 매달리며 운다) 미안해요, 미안해요. 여보, 한 번만 더 눈을 떠봐요. 저는 마음을 바꿔먹었어요. 앞으로 술 상대가 됐든 뭐가 됐든 다 해줄 생각이었는데! 여보! (오열한다)

바람. 낙엽. 노랫소리.

—막이 내린다.

太宰治

お伽草紙
옛날이야기

「옛날이야기」

1945년 10월, 치쿠마서방에서 단행본으로 간행됐다. 일본에서 전해져오는 전통적인 옛날이야기오토기조시를 저자 나름의 사상과 유머로 각색한 작품으로, 원형이 된 네 편의 이야기는 일본인이라면 모르는 사람이 없을 정도로 대표적인 일본의 전래동화들이다. 작품으로 들어가기 전에 원형 이야기의 줄거리를 간략하게 소개한다.

• 「혹부리 영감瘤取り」

어느 고을에 뺨에 커다란 혹이 달린 노인 둘이 살았다. 한 명은 욕심이 없었고, 다른 한 명은 욕심이 많았다. 어느 날 밤 욕심 없는 노인이 도깨비 연회에서 춤을 추자, 도깨비들이 매우 기뻐하며 내일 다시 오라고 혹을 떼어간다. 욕심 많은 노인은 자기도 혹을 떼고 싶은 마음에 같은 장소로 나가 춤을 추었지만, 도깨비들이 무서워 제대로 추지 못한다. 화가 난 도깨비들은 전날 받아둔 혹을 욕심쟁이 영감에게 붙여 쌍혹 달린 영감으로 만들어버린다.

• 「우라시마浦島さん」

어부 우라시마 다로는 아이들이 거북을 괴롭히는 것을 우연히 목격하고 거북을 돕는다. 거북은 은혜를 갚으려 우라시마를 용궁으로 데려간다. 용궁에서는 공주가 우라시마를 환대한다. 얼마 후 우라시마가 집으로 돌아가겠다고 하자, 공주는 절대 열어보지 말라며 상자 하나를 건넨다. 우라시마가 고향으로 돌아와 보니, 가족도 사라지고 자신을 아는 이가 아무도 없다. 외로워진 우라시마는 상자를 연다. 상자에서 연기가 피어나더니 우라시마가 순식간에 노인으로 변한다.

• 「타닥타닥산かちかち山」

옛날 어느 마을에 밭을 일구며 사는 노부부가 있었는데, 성질 고약한 너구리가 그 밭에 공들여 심은 씨앗이나 감자를 파내어 먹어버린다. 머리끝까지 화가 난 할아버지는 덫을 놓아 너구리를 잡고, 할머니에게 너구리탕을 끓이라고 한 후 밭일을 하러 나간다. 너구리는 다시는 나쁜 짓을 하지 않고 집안일을 돕겠다며 할머니를 꾀어 자유의 몸이 되지만, 풀려나자마자 할머니를 끓는 가마니 속에 넣어 죽인다. 할아버지는 평소 친하던 토끼를 찾아가 너구리에게 복수를 하고 싶다며 하소연을 한다. 토끼는 너구리를 데리고 장작을 하러 갔다가 돌아오는 길에 너구리 등에 불을 붙이고, 화상에 잘 듣는 약이라며 고춧가루를 넣은 된장을 상처 부위에 발라 괴롭히더니, 끝내는 고기를 잡으러 가자며 너구리를 꼬드긴 뒤 진흙 배에 태워 익사시킨다.

- 「혀 잘린 참새舌切り雀」

할아버지가 애지중지 키우던 참새가 할머니가 창호지 바르는 데 쓰려고 뒀던 풀을 먹어버리자, 화가 난 할머니가 참새의 혀를 잘라버린다. 참새는 산속으로 도망치고, 참새를 찾아 숲으로 간 할아버지는 여인의 모습을 한 혀 잘린 참새와 재회한다. 돌아가는 길에 참새들이 선물로 큰 궤짝과 작은 궤짝 가운데 하나를 가지고 가라기에 할아버지가 작은 궤짝을 가지고 와보니, 그 안에 금화가 잔뜩 들어 있다. 욕심 많은 할머니는 큰 궤짝이 갖고 싶어 참새들 숙소로 달려가 억지로 큰 것을 가지고 나온다. 오는 길에 열어보니, 그 안에 요괴와 벌레, 도마뱀, 벌, 개구리, 뱀 등이 가득했고 할머니는 두려움에 떨다 기절한다.

머리말

"엇, 터졌다."

아버지가 펜을 놓고 일어서며 말한다. 원래 경보가 우는 정도로는 꿈쩍도 하지 않지만, 대포가 터지기 시작하면 하던 일을 멈추고 다섯 살 난 딸아이에게 방공 두건을 덮어씌워 꼭 끌어안고 방공호로 들어간다. 어머니는 벌써 두 살배기 아들을 등에 업고 방공호 깊숙이 웅크리고 있다.

"가까운 데인 거 같은데?"

"그러게요. 근데 이 방공호는 너무 갑갑하네요."

"그래?" 아버지는 불만스럽다는 듯 말한다. "하지만 이 정도가 딱 좋아. 너무 깊이 파면 묻혀버릴 위험이 있어."

"그래도 조금만 더 넓었으면 좋겠어요."

"흠, 그렇긴 해도 지금은 땅이 꽁꽁 얼어 있으니까 파기 어려워. 나중에 봐서." 아버지는 대충 얼버무리며 어머니를 조용히 시키고, 라디오에서 흘러나오는 방공정보에 귀를 기울인다.

어머니의 투덜거리는 소리가 가라앉자, 이번에는 다섯 살짜리 딸아이가 나가자고 칭얼거린다. 딸아이를 달랠 수 있는 유일한 수단은 그림동화다. 아버지는 아이에게 모모타로, 타닥타닥산, 혀 잘린 참새, 혹부리 영감, 우라시마 등을 읽어준다.

아버지는 옷차림도 허름하고 용모도 어수룩하지만, 사실 보통내기가 아니다. 대단히 기묘한 기술인 이야기 짓기에 능통한 남자다.

옛날 옛날 아주 먼 옛날

얼빠진 듯 묘한 목소리로 그림책을 읽어주면서도, 어느새 머릿속에는 전혀 다른 이야기가 펼쳐지고 있다.

혹부리 영감

옛날 옛날 아주 먼 옛날

오른쪽 뺨에 거추장스러운

혹 달린 할아버지가 살았습니다

할아버지는 시코쿠 아와阿波의 쓰루기산 어귀에 살고 있었다. 대충 그럴 거라는 것이지 확실한 증거가 있는 것은 아니다. 원래 혹부리 영감 이야기는 『우지슈이 모노가타리』13세기 설화집에서 나왔다고 하는데, 방공호 안이니 이것저것 원전을 들춰볼 수도 없는 노릇이다. 혹부리 영감 이야기뿐만 아니라 그 뒤에 이어질 우라시마 이야기도 『일본서기』[1]에 분명히 기재되어 있고, 『만엽집』[2]에도 우라시마를 다룬 시가 있다. 그 밖에 『단고풍토기』나 『본조신선전』 등에도 비슷한 이야기가 전해지고 있으며, 요 근래에는 오가이가 희곡으로, 쇼요가 무용극으로 만들었다는 것 같은데,[3] 어찌 됐든 노가쿠가면극에서 가부키나 게이샤들 손짓춤에

1_ 720년 완성된 일본 역사책.

2_ 7~8세기 와카를 모은 시집.

3_ 각각 모리 오가이의 『보석상자와 우라시마』(1902)와 쓰보우치 쇼요의 〈신곡 우라시마〉(1904).

이르기까지 대단히 많은 작품에 우라시마가 등장한다. 원래 나는 한 번 책을 읽고 나면 곧바로 남에게 줘버리거나 팔아버리기 때문에 예전부터 집에 장서가 없다. 그래서 이럴 때면 희미한 옛 기억을 더듬어 오래전 읽었던 책을 찾으러 다니는 신세가 되곤 하는데, 지금은 그럴 수도 없다. 나는 지금 방공호 안에 웅크리고 있다. 그리고 내 무릎 위에는 그림책 한 권이 펼쳐져 있을 뿐이다. 그러니 전설을 고증하는 일은 단념하고 그저 혼자만의 공상을 펼쳐 보이는 수밖에. 아니, 오히려 그 편이 보다 생생하고 재미있는 이야기를 만드는 데 도움이 되지 않을까? 이 아버지라는 기묘한 사람은 그렇게 억지로 혼자 묻고 답하며,

옛날 옛날 아주 먼 옛날

하고 방공호 구석에서 그림책을 읽으면서 그림책 내용과는 전혀 다른 새로운 이야기를 머릿속에 그려본다.

할아버지는 술을 무척 좋아했다. 술꾼들은 대개 집안에서 고독한 존재다. 고독해서 술을 마시는 것일까, 술을 마시기 때문에 식구들에게 미움을 받아 자연히 고독해지는 것일까. 그건 아마도 손뼉을 탁 친 뒤 어느 쪽에서 소리가 났는지 알아보려 드는 것만큼 어리석은 질문이리라. 어쨌든 할아버지는 집에서 늘 시무룩한 표정을 하고 있다. 그렇다고는 해도 할아버지네 가정 사정이 그렇게 나쁜 것은 아니다. 할머니는 정정하다. 벌써 칠순이 다 됐지만 허리도 꼿꼿하고 눈매도 시원시원하다. 옛날에는 꽤 미인이었다. 젊었을 때부터 말이 없고 그저 부지런히 집안일에 힘쓰고 있다.

"벌써 봄이 왔구려. 벚꽃이 피었어." 할아버지가 들떠서 말을 걸어도,

"그렇습니까." 하고 시큰둥하게 대꾸하고는 "좀 비켜봐요. 거기 청소해야 하니까."라고 한다.

할아버지는 시무룩해진다.

할아버지한테는 아들이 하나 있는데, 나이가 마흔 가까이 되었는데도 세상에 둘도 없이 품행이 단정하고 술 담배도 안 한다. 웃지도 화내지도 기뻐하지도 않고, 그저 묵묵히 밭일만 한다. 이웃사람들도 그를 존경하여 성인군자라 불렀는데, 장가도 안 가고 수염도 깎지 않은 모습이 그야말로 목석이 아닐까 의심스러울 정도다. 누구든 이 가정을 본다면 대단히 훌륭한 집안이라 하지 않을 수 없을 것이다.

그런데도 할아버지는 기분이 영 편치 않다. 식구들 눈치를 보면서도 어쩔 수 없이 술에 손이 갔다. 하지만 집에서 술을 마시면 한층 더 기분이 울적해졌다. 할아버지가 술을 마신다고 할머니나 성인군자 아들이 할아버지를 나무라는 것은 아니다. 할아버지가 홀짝홀짝 저녁 반주를 하고 있으면 두 사람은 옆에서 말없이 밥을 먹는다.

"그런데 말이야." 할아버지는 취기가 오르기 시작하면 말 상대가 그리워져서 시시한 이야기를 꺼낸다. "봄이 왔나 봐. 제비도 보이더라."

굳이 안 해도 될 말이다.

할머니와 아들은 잠자코 있다.

"봄밤 한때는 천금처럼 귀하다는 말이 있지."[4] 안 해도 될 말을 또 중얼거려본다.

"잘 먹었습니다." 밥을 다 먹은 성인군자 아들이 밥상 앞에서 공손히

4_ 春宵一刻値千金 봄밤 한때는 천금처럼 귀하여라
花有淸香月有陰 꽃에는 맑은 향기 피어나고 달은 은은하니
歌管樓台聲細細 누각에서 들려오던 노랫소리도 잠잠하도다
鞦韆院落夜沈沈 그네 뛰던 안뜰에 밤이 깊어 가누나 –북송 시대 시인 소식蘇軾의 「봄밤」

절을 하고 일어선다.

"나도 슬슬 밥술을 떠볼까." 할아버지는 쓸쓸하게 술잔을 엎는다. 집에서 술을 마시면 대개 이런 식이다.

> 어느 화창한 아침
> 산으로 갔어요 나무를 하러

할아버지의 낙은 화창한 날 허리에 호리병을 차고 쓰루기산에 올라 땔감을 주워 모으는 일이다. 땔감을 웬만큼 줍고 나서 피곤해지면 바위 위에 떡 하니 책상다리를 하고 앉아 에헴! 하고 거드름을 피우며 기침을 한 번 하고 나서,

"경치 좋다."

라고 하며 유유자적 허리에서 호리병을 꺼내 술을 마신다. 더없이 흐뭇한 표정이다. 집에 있을 때와는 딴판이다. 변함없는 것은 오른쪽 뺨에 달린 커다란 혹 정도다. 이 혹은 지금으로부터 이십여 년 전쯤 생겼다. 할아버지가 막 쉰을 넘기던 해 가을, 갑자기 오른쪽 뺨이 화끈거리면서 근질근질해서 손으로 문질렀더니 순식간에 부풀어 오르면서 커졌다. 할아버지는 쓸쓸히 웃으며,

"허허, 귀여운 손자가 생겼군." 하고 농을 했는데, 고지식한 성인군자 아들이,

"뺨에서 아이가 태어나는 법은 없습니다."라고 하면서 흥을 깼고, 이어서 할머니도,

"생명에 지장이 있는 건 아니겠지요." 하고 무뚝뚝하게 지나가는 소리로 한마디 했을 뿐, 더는 혹에 관심을 보이지 않았다. 오히려 이웃사

람들이 안쓰러워하며 '어쩌다가 그런 혹이 생겼어요?' '아프지는 않으세요?' '얼마나 귀찮으시겠어요.' 하고 위로의 말을 건네는데, 할아버지는 웃으며 고개만 저을 뿐이다. 혹이 귀찮기는커녕 이제는 정말로 손자라도 되는 양 귀여워하며 고독을 달래주는 유일한 벗으로 삼아, 아침에 일어나 세수를 할 때도 맑은 샘물로 애지중지 씻기며 정성껏 보살핀다. 오늘처럼 혼자 산에 올라 술을 마시다가 기분이 좋아졌을 때는 더욱 소중한 말 상대가 된다. 할아버지는 바위 위에 정좌하고 호리병 속 술을 마시고는 뺨에 난 혹을 어루만지며,

"까짓, 겁먹을 거 뭐 있냐. 눈치 볼 것도 없지. 인간이란 모름지기 술에 취할 줄도 알아야 한다. 성실한 데도 정도가 있는 거야. 성인군자라니 황송하구만. 몰라뵀습니다요. 그렇게 훌륭하다면서요?"라고 혹에 대고 쑥덕쑥덕 누군가의 험담을 한 후 큰 소리로 에헴! 하고 헛기침을 한다.

불현듯 사방이 어두워졌어요
바람이 쌔앵쌔앵 불어오더니
쏴아쏴아 비도 내렸습니다

봄날 소나기가 내리는 건 드문 일이다. 하지만 쓰루기산처럼 높은 산에서는 가끔 이런 기상이변도 각오해야 하리라. 비오는 산은 희뿌옇게 안개가 끼었고, 꿩이며 산새들은 푸드덕푸드덕 이리저리 날아올라 비를 피해 쏜살같이 숲속으로 달아났다. 할아버지는 서두르지도 않고 빙긋이 웃으며,

"혹이 비를 맞아 시원해지는 것도 나쁘지 않구먼."

라고 하면서 한동안 바위 위에 똑바로 앉아서 비 내리는 풍경을 바라보았다. 하지만 빗줄기가 점점 더 거세지자,

"아이고, 이런. 너무 서늘하니 추워지는구나."라고 하며 자리에서 일어나 요란스레 재채기를 한 번 한 후, 주워 모은 땔감을 등에 지고 저벅저벅 숲속으로 걸어 들어갔다. 숲은 비를 피해 모여든 새와 짐승들로 북적거렸다.

"어이, 미안, 미안. 잠깐 실례."

할아버지는 원숭이와 토끼, 산비둘기들에게 일일이 반갑게 인사를 하며 숲속 깊숙이 들어가, 커다란 산벚나무 밑둥치에 널찍하게 뚫린 빈 구멍으로 기어들어 가서는,

"이야, 이거 참 멋진 방이네. 어떻습니까, 여러분들도 어서어서 안으로." 하고 토끼들을 불러들였다. "이 방에는 훌륭하신 할망구도 성인군자도 안 계시니, 자자, 사양 말고 들어와요." 들떠서 마구 떠들어대던 할아버지는 어느새 그르렁그르렁 낮게 코를 골며 잠이 들었다. 술꾼들이 술에 취하면 쓸데없는 소리를 지껄이기는 해도, 대개는 이렇게 죄 없이 선량한 사람들이다.

> 소나기 그치기를 기다리던 할아버지
> 피곤한지 어느새 깊은 잠에 빠졌어요
> 산은 개어 구름도 걷히고
> 휘영청 달 밝은 밤이 되었습니다

달은 봄날 하현달이다. 연둣빛 물 같은 하늘에 달이 떠서, 숲속 가득 달그림자가 솔잎처럼 쏟아져 내렸다. 할아버지는 여전히 쿨쿨 자고

있다. 푸드득 푸드득 박쥐가 나무구멍 밖으로 날아갔다. 퍼뜩 잠에서 깬 할아버지는 벌써 밤이 깊은 것에 놀라,

"아이고, 야단났네."

하고 외마디 소리를 내뱉었는데, 대뜸 눈앞에 고지식한 할머니와 근엄한 성인군자의 얼굴이 떠올랐다. '아아, 이것 참, 어쩌다 이런 일이. 식구들이 여태 날 혼낸 적은 없지만, 아무리 그래도 이렇게 늦게 들어가자니 마음이 영 불편하군. 에잇, 술이나 마시자!' 호리병을 흔들어보니 바닥에서 어렴풋이 찰랑찰랑하는 소리가 난다.

"아직 남았구나." 신이 나서 한 방울도 남김없이 단숨에 다 들이키고는 얼큰하게 취해서 "이야, 달이 떴네. 봄밤은……." 어쩌고저쩌고 시시껄렁한 소리를 중얼거리며 나무구멍 밖으로 기어 나와 보니,

어이쿠 이게 웬일인가 떠들썩한 소리
눈앞에 펼쳐진 놀라운 광경
이것이 꿈인가 생신가

이런 상황이다.

보라! 깊은 숲속 초원에 이 세상 것이 아닌 듯한 진기한 광경이 펼쳐져 있다. 도깨비가 어떻게 생겼는지 나는 잘 모른다. 본 적이 없으니까. 어릴 적부터 그림으로는 질릴 만큼 많이 봐 왔지만, 여태껏 실물을 직접 보는 영광을 누리지는 못했다. 도깨비에도 여러 종류가 있다고 한다. 살인귀, 흡혈귀 등 혐오스러운 것들을 도깨비鬼라고 부르는 것을 보면 일단 추악한 성격을 가진 생명체인 건 분명한데, 또 한편으로 '문단의 귀재鬼才 아무개 선생의 걸작' 같은 문구가 신문 신간서평 안내에

실려 있는 것을 보면 헷갈리기 시작한다. 설마하니 아무개 선생이 도깨비처럼 추악한 재능을 가지고 있다는 사실을 세상 사람들에게 폭로하고 경고하기 위하여, 귀재라는 수상쩍고 기묘한 말을 사용한 것은 아닐 것이다. 심지어 아무개 선생에게 '문학계의 도깨비'라는 지독히 무례한 말을 바치기도 했는데, 아무개 선생도 이 말에는 분명 화를 낼 것이라고 생각했지만 그렇지도 않은 모양이다. 아무개 선생이 그토록 무례하고 추악한 별명을 얻고서도 싫지 않다는 기색으로 그 요상한 별명을 받아들였다는 소문을 듣고, 세상 물정 모르는 나는 적잖이 당황했다. 호랑이 가죽 치마를 두르고 시뻘건 얼굴로 흉측한 쇠방망이 같은 것을 들고 있는 바로 그 도깨비가 예술 전반의 신이라니, 나는 아무래도 납득할 수가 없다. 귀재라는 둥 문학계의 도깨비라는 둥 그런 납득하기 어려운 말은 쓰지 않는 게 좋지 않을까 하고 전부터 생각해왔는데, 이건 어디까지나 내 견문이 좁은 탓이고 도깨비 중에는 여러 종류가 있는 것인지도 모른다. 이럴 때 일본백과사전을 살짝 들여다본다면, 나 같은 사람도 순식간에 남녀노소가 존경해 마지않는 박사님으로 확 승격해서 (세상에 공부 좀 했다 하는 사람들도 어차피 다 그런 수준이다) 거만한 표정으로 도깨비에 관한 오만 가지 이야기를 구구절절 늘어놓을 수 있겠지만, 공교롭게도 나는 방공호에 웅크리고 앉아 무릎 위에 아이들 그림책 한 권을 펼쳐놓고 있을 뿐이다. 그러니 오직 이 그림책 한 권에 의지해서 의견을 개진할밖에.

보라! 깊은 숲속 널따란 초원에 괴이한 물체가 십여 명이라고 해야 하나 십여 마리라고 해야 하나, 아무튼 호랑이 가죽 치마를 두른 시뻘겋고 거대한 생명체가 둥글게 모여 앉아, 달빛 아래 향연이 한창이다.

할아버지도 처음에는 움찔했지만, 본래 술꾼들이 술을 안 마실 때는 패기가 없고 비실비실해도, 술만 들어가면 오히려 무리 가운데 걸출한 담력을 보여주기 마련이다. 지금 할아버지는 알딸딸하게 취한 상태다. 그 근엄하다는 할머니나 품행 단정한 성인군자도 두렵지 않을 만큼 상당히 용맹한 사람이 되어 있다. 눈앞에 펼쳐진 괴이한 풍경을 보고 오줌을 지리는 추태는 보이지 않는다. 할아버지는 구멍에서 네발로 기어 나온 그 자세 그대로 눈앞에 펼쳐진 해괴한 술자리를 뚫어져라 지켜보다가,

"기분 좋게들 취해 계시는구려." 하고 중얼거렸는데, 어쩐지 가슴 깊은 곳에서 알 수 없는 기쁨이 솟구쳤다. 술꾼들은 다른 사람들이 취해 있는 것만 봐도 기분이 좋아지는 모양이다. 소위 말하는 이기주의자가 아니기 때문이리라. 다시 말해, 이웃의 행복에 축배를 드는 박애주의 비슷한 것을 지녔는지도 모른다. 내가 취하고 싶을 때 이웃들도 함께 취해준다면 기쁨은 곱절이 되는 법. 할아버지도 알고 있다. 사람도 아니고 동물도 아닌 저 시뻘겋고 거대한 생명체가 도깨비라는 무시무시한 종족임을 직감하고 있다. 호랑이 가죽 치마를 두르고 있는 것만 봐도 그렇다. 하지만 도깨비들은 지금 기분 좋게 취해 있다. 할아버지도 취했다. 이것만으로도 이들은 충분히 친해질 수 있다. 할아버지는 네발로 기어 나온 자세 그대로, 달빛 아래 기괴한 연회를 하염없이 바라보았다. 생김새가 시뻘겋고 우락부락하기는 해도 할아버지가 보기에 살인귀나 흡혈귀처럼 악독한 성격을 가진 종족은 아닌 듯 보였다. 무척 밝고 순수한 도깨비 같았다. 할아버지의 추측은 맞아떨어졌다. 이 도깨비들은 쓰루기산의 은둔자들이라고 불러도 좋을 만큼 대단히 온화한 성격을 지닌 도깨비다. 지옥에 사는 도깨비들과는 완전히 다른 부류다. 쇠방망이 같은 소름 끼치는 물건도 없다. 말하자면 남을 해칠 마음이 없다는

증거다. 은둔자라고는 해도 일찍이 죽림칠현이 그랬듯, 넘쳐나는 지식을 주체하지 못하고 대숲으로 달아난 이들이 아니다. 쓰루기산 은둔자들은 몹시 어리석다. 선仙이라는 글자는 산山과 사람人이 합쳐진 것이니 아무나 깊은 산속에 살기만 하면 선인仙人이라고 불러도 좋다는 아주 간단명료한 학설을 들은 적이 있는데, 이 학설을 따르자면 쓰루기산의 은둔자들이 아무리 아둔하다 하여도 마땅히 선仙이라는 칭호를 붙여야 할지도 모른다. 어쨌든 지금 달빛 아래 잔치를 벌이며 마냥 흥겨워하고 있는 한 무리의 시뻘겋고 거대한 생명체들은, 도깨비라고 부르기보다는 은둔자나 선인이라고 부르는 편이 타당할 법한 자들이다. 그들이 미련하다는 점은 앞서 말한 대론데, 연회를 즐기는 모습을 보면 그저 아무 의미 없이 괴성을 질러대고 무릎을 쳐가며 시끄럽게 웃다가, 벌떡 일어나 막무가내로 껑충껑충 뛰어다니고, 거대한 몸을 둥글게 말아 무리가 빙 둘러앉은 한쪽 끝에서 저쪽 끝까지 데굴데굴 굴러가면서 그런 걸 춤이라고 추고 있으니, 그들의 지능이 어느 정도인지 알고도 남음이 있다. 재주라고는 눈곱만큼도 없다. 이 한 가지만 보더라도 귀재라는 둥 문학계의 도깨비라는 둥 하는 표현이 얼마나 무의미한 것인지 알 수 있다. 이렇게 재주도 없고 미련한 무리가 예술 전반의 신이라니, 나는 도무지 납득이 가지 않는다. 할아버지 역시 이런 말도 안 되는 춤을 보고 있자니 어이가 없어서 혼자 키득키득 웃으며,

"세상에, 저렇게 어설픈 춤을 봤나. 자, 어디 내 손짓춤이라도 한번 보시겠는가?" 하고 중얼거렸다.

춤추기 좋아하는 할아버지
금세 뛰쳐나가 춤을 추는데

턱밑에 혹이 덜렁덜렁 흔들흔들

아이고 우스워 재밌어 죽겠네

할아버지는 거나하게 취해 용기백배인 데다 도깨비들과 사이좋게 어울리고 싶다는 마음도 있었기 때문에 아무 두려움 없이 둥근 원 한가운데로 뛰어들어 늘 자신 있어 하던 아와 춤[5]을 추면서,

딸아인 쪽진머리 할머닌 가발머리

빨간 어깨끈 누가 누군지 모르겠네

며느리도 갓 쓰고 어서 와라 어서 와

어쩌고 하는 아와 속요를 구성지게 부른다. 도깨비들도 신이 났는지 꺄꺄 꽥액꽥액 괴상한 소리를 지르며 침인지 눈물인지 모를 것을 흘리며 뒤집어져 웃는다. 할아버지는 절로 흥에 겨워서,

오오타니 지나니 돌무더기뿐

조릿대 산 지나니 조릿대들뿐

하고 한층 더 목청껏 노래를 부르며 몸놀림도 가볍게 덩실덩실 춤을 춘다.

도깨비들이 크게 기뻐하며

달이 뜨면 반드시 여기로 와서

춤추는 모습을 보여주시오

그 약속에 대한 징표로

5_ 일본 3대 봉오도리(盆踊り)(전통 군무). 에도 시대에는 7월에 시작해 10월까지 춤이 계속됐을 정도로 서민들에게 큰 사랑을 받았다. 메이지 시대에는 풍기를 문란하게 한다며 경찰이 단속을 했을 정도로 정렬적인 군무. 오늘날까지 전국 각지 거리에서 여름철마다 행해지고 있다. 춤을 출 때 여자들은 빨간 어깨끈을 매고 갓을 쓴다. 아와는 시코쿠 동부의 옛 이름.

소중한 물건을 맡아두겠소

라고 하고는 도깨비들끼리 소곤소곤 의논을 하는데, 아무래도 저 뺨에 붙어서 반짝거리는 혹이 여간 대단한 보물처럼 보이는 게 아니다. 저걸 맡아둔다면 저자가 반드시 돌아올 것이다. 이런 어리석은 추측 끝에 도깨비들, 할아버지에게 와락 달려들어 혹을 잡아 뜯는다. 무지하기는 해도 오랫동안 깊은 산속에서 살아온 덕택에 도술 비슷한 것을 배웠는지, 별 힘도 안 썼는데 혹이 뚝 떨어진다.

할아버지는 깜짝 놀라,

"아이고, 그건 안 됩니다. 제 손자라고요." 하니, 도깨비들 신이 나서 와아 하고 함성을 지른다.

길가는 아침 이슬로 반짝이고
혹 빼앗긴 할아버지는
쓸쓸하게 턱을 문지르며
터덜터덜 산을 내려갔습니다

고독한 할아버지에게는 혹이 유일한 말벗이었던지라, 혹을 빼앗긴 할아버지는 은근히 허전하다. 하지만 가벼워진 볼에 살랑살랑 아침 바람이 불어오는 것도 나쁘지는 않다. 결국 손도 없고 득도 없는 일장일단, 오랜만에 마음껏 노래 부르고 춤춘 것으로 만족하고 넘어가자. 그런 태평한 생각을 하며 산을 내려가는데, 들판으로 나가는 성인군자 아들과 딱 맞닥뜨렸다.

"안녕히 주무셨습니까?" 성인군자는 시치미 뚝 떼고 무게를 잡으며 아침 인사를 한다.

"어, 으흠." 할아버지는 어쩔 줄을 몰라 하다 그대로 어정쩡하게 헤어진다. 성인군자 역시 하룻밤 사이에 아버지 혹이 사라진 것을 보고 내심 깜짝 놀랐지만, 부모의 외모를 두고 가타부타 평을 하는 것은 군자의 도리가 아니다 싶어 말없이 모른 척 헤어졌다.

집으로 들어가자 할머니가,

"다녀오셨습니까." 하고 차분하게 인사를 하는데, 어젯밤에는 어디서 무얼 했냐는 건 묻지도 않고 "된장국이 다 식어서……." 하고 중얼거리며 할아버지 아침밥을 차린다.

"그냥 식은 거 먹지 뭐. 굳이 데워오지는 말아요." 할아버지는 괜히 주눅이 들어 몸을 작게 웅크리고 아침상에 다가앉는다. 할머니가 차려주는 밥을 먹는 할아버지, 간밤에 있었던 신기한 일을 털어놓고 싶어 좀이 쑤신다. 하지만 할머니의 태도가 어찌나 엄숙한지 그 모습에 압도되어 말이 나오질 않는다. 고개를 푹 수그리고 울적하게 밥만 먹고 있다.

"혹이 쭈그러든 것 같네요." 할머니가 툭 말을 던졌다.

"으음." 할아버지는 더 이상 아무 말도 하고 싶지 않았다.

"터져서 물이 나왔겠어요." 할머니는 별일 아닌 것처럼 남의 말 하듯 한다.

"으음."

"물이 고여서 또 부풀어 오르겠네요."

"그렇겠지."

결국 할아버지 가족에게 혹 같은 건 아무런 문제도 되지 않았던 것이다. 그나저나 이웃에 또 한 사람, 왼쪽 볼에 거추장스러운 혹을 달고 있는 할아버지가 살고 있었다. 이 할아버지야말로 왼쪽 볼에 붙은 혹을 대단히 거추장스러운 물건이라 여겼다. 하여튼 이놈 때문에 내 출셋길이 막혔다, 이 혹 때문에 내가 사람들한테 얼마나 비웃음을 당했는지 모른다, 하고 투정을 부리며 하루에도 몇 번씩 거울 앞에 들어앉아 한숨을 쉰다. 구레나룻을 길게 길러 그 속에 혹을 감춰보겠다며 머리도 써봤으나, 가엽기도 하지, 혹 끝이 백발의 망망대해 물결 위로 설날 해가 떠오르듯 선명하게 드러나니, 오히려 천하에 기묘한 장관을 이루는 꼴이다. 원래 이 할아버지는 인품이 점잖은 편이다. 체격도 건장하고 코도 크며 눈매도 날카롭다. 언행에 위엄이 있고 사리분별도 잘하는 것처럼 보인다. 어째서인지는 몰라도 옷차림도 꽤 훌륭하고 학문도 쌓은 듯한 데다 재산도 아까 그 술주정뱅이 할아버지와는 비교도 할 수 없을 만큼 잔뜩 모아놓았다는 소문이 자자하니, 이웃 사람들 모두 이 할아버지를 높이 떠받들어, '어르신' 혹은 '선생님'과 같은 존칭으로 부른다. 어찌 됐든 간에 꽤 훌륭한 분이기는 하나, 왼쪽 볼에 붙은 거추장스러운 혹 때문에 어르신은 매일 밤 울적하고 즐겁질 않다. 이 할아버지 부인은 대단히 어리다. 서른여섯이다. 그다지 미인은 아니지만 피부가 뽀얗고 오동통하며, 다소 왈가닥이라 항상 쾌활하게 웃으면서 법석을 떤다. 열두세 살쯤 되는 딸아이가 있는데, 이 소녀는 미모가 뛰어나지만 건방진 데가 있다. 모녀가 죽이 잘 맞아 항상 왁자지껄 이야기꽃을 피우니, 어르신이 늘 벌레 씹은 얼굴을 하고 있음에도 대체로 밝은 인상을 심어주는 가족이다.

"엄마, 아빠 혹은 왜 저렇게 빨간 거야? 문어 대가리같이 생겼어." 건방진 딸아이는 대놓고 솔직하게 자기 생각을 내뱉는다. 어머니는 화도 내지 않고 오호호호 하고 웃으며 말한다.

"그러게 말이다. 근데 뺨에 목탁을 달고 있는 것 같기도 하지 않니?"

"시끄럽다!" 어르신은 버럭 화를 내며 모녀를 날카롭게 쏘아보다가, 자리에서 벌떡 일어나 어스름한 방구석으로 물러난다. 거기서 흘끗 거울을 들여다보더니 풀이 팍 죽어서,

"다 틀렸군." 하고 중얼거린다.

차라리 칼로 베어내 버릴까? 죽더라도 상관없어. 그런 생각까지 하고 있는데, 이웃에 사는 술꾼 할아버지 혹이 요즘 들어 감쪽같이 사라졌다는 소문이 들렸다. 어르신은 한밤중에 남몰래 술꾼 할아버지의 오두막을 찾아가, 달빛 아래 열렸던 신기한 잔치 이야기를 듣는다.

이야길 듣자 몹시 기뻐하며
"옳지 그래, 이참에 나도
혹 좀 떼어달라고 해야겠구나."

어르신 투지가 샘솟는다. 다행이 그날도 달이 떠 있었다. 어르신은 싸우러 나가는 무사처럼 희번덕희번덕 눈을 부라리며 입술을 앙다물고는, 어떻게든 오늘 밤 멋들어지게 춤을 한판 춰서 도깨비들을 탄복시키자, 혹시라도 탄복하지 않으면 이 쇠부채로 죄다 죽여 버리자, 기껏해야 멍청한 술고래 도깨비일 뿐인데 별일이야 있겠어, 하며 도깨비에게 춤을 보이러 가는 것인지 도깨비를 때려잡으러 가는 것인지 모를 의욕에 차서는, 오른손에 쇠부채를 들고 어깨를 치켜세우며 쓰루기산속으로 들어간다. 이렇듯 소위 말하는 '걸작 의식'에 사로잡힌 사람이 펼쳐 보이는 예술이란 자칫 실패로 끝나기 십상이다. 이 할아버지도 춤에 너무 힘을 준 나머지 끝내 실패하고 만다. 할아버지는 도깨비들이 둥글게 앉아 술잔치를 벌이고 있는 곳 한가운데로 성큼성큼 걸어 들어가더니,

“못난 재주입니다만.” 하고 운을 떼며 고개를 숙여 인사를 했다. 그러고는 쇠부채를 휘리릭 펼쳐 달을 똑바로 올려다보며 커다란 나무처럼 미동도 않고 섰다. 얼마 후 툭 하고 가볍게 발짓을 하더니 서서히 목소리를 짜냈다.

“이 몸은 아와 나루토에서 여름 참선을 하고 있는 승려올시다. 헌데, 이 바닷가 마을은 헤이케平家 일족이 멸망한 곳이라 심히 마음이 아프니, 매일 밤 이 해변으로 나와 불경을 읽어드리나이다. 바닷가 절벽, 소나무 그늘에 앉아, 소나무 그늘에 앉아, 누구의 밤배인가 새하얀 파도, 노 젓는 소리만 가득한 나루토, 오늘 밤 포구는 조용하구나, 오늘 밤 포구는 조용하구나.[6] 어제가 지고 오늘이 저무니, 내일 또한 이와 같으리.” 슬그머니 움직여 다시 똑바로 달을 올려다보며 꼼짝도 않고 섰다.

> 도깨비들 어이가 없어
> 너도나도 달아납니다
> 깊고 깊은 산속으로

“기다리시오!” 어르신은 고통스러운 듯 소리를 지르며 도깨비들 뒤를 쫓는다. “그렇게 도망가시면 아니 되오.”

“도망가자, 도망가. 도깨비 잡는 귀신일지도 모른다고.”

“아니요, 저는 귀신이 아닙니다.” 어르신도 젖 먹던 힘을 다해 뒤쫓아

6_ 일본의 전통 가면극인 노 〈미치모리通盛〉의 서두. 아와 나루토 포구에 앉아 경을 외는 승려 앞에 헤이케 가의 장수인 다이라노 미치모리 부부의 영이 나타나, 남편이 전사한 후 부인이 투신자살한 사연을 이야기한다는 내용으로, 헤이케 모노가타리平家物語를 소재로 했다. 다자이는 아와를 배경으로 전자의 혹부리 영감은 민중 군무인 ‘아와 춤’을, 후자의 혹부리 영감은 귀족 가면극인 〈미치모리〉를 가져와, 두 예술의 차이를 둘의 성향에 은유적으로 대입시켰다.

가며 소리친다. "제발 부탁입니다. 부디 이 혹 좀 떼어주십시오."

"뭐? 혹이라고?" 혼비백산한 도깨비가 잘못 알아듣고는 "뭐야, 그런 거구나. 그건 얼마 전에 어떤 노인한테 받은 귀중한 물건인데, 네가 그렇게 갖고 싶다면 좋다. 줄 테니까 제발 그 춤은 추지 마라. 겨우 취기가 돌았는데 술이 확 깼단 말이야. 부탁이다. 부탁이니 우리 좀 내버려 둬. 어이, 누가 요전에 받아둔 혹을 이 괴상한 놈한테 돌려줘. 갖고 싶어 하는 것 같으니까."

> 도깨비는 요전에 맡아둔
> 혹을 붙입니다 오른쪽 뺨에
> 아이고 아이고 이제는 혹이 두 개
> 덜렁덜렁 묵직하기도 하지
> 할아버지 부끄럽다는 듯이
> 마을로 돌아갔습니다

참으로 안타까운 노릇이다. 옛날이야기는 보통 나쁜 짓을 한 사람이 벌을 받기 마련인데, 이 할아버지는 별달리 나쁜 짓을 저지르지도 않았다. 너무 긴장하는 바람에 요상한 춤을 춘 죄밖에는 없다. 그렇다고 할아버지 가족 중에 이렇다 할 나쁜 짓을 저지른 사람이 있는 것도 아니다. 아까 그 술을 좋아하는 할아버지나, 그 집 식구들이나, 아울러 쓰루기산에 사는 도깨비들, 누구도 나쁜 짓을 하지 않았다. 그러니까 이 이야기에는 이른바 '부정'한 사건이 단 한 건도 없는데, 그럼에도 불행한 사람이 나오고 말았다. 그런 까닭에 이번 혹부리 영감 이야기에서 생활 속 윤리나 교훈을 얻기란 상당히 애매하다. 혹시 어느 성미 급한 독자가 나더러 대체 뭘 하러 이런 이야기를 썼느냐고 따져 묻는다면, 나는 이렇게라도 답해야 하리라.

성격의 희비극에 대해 쓴 것입니다. 인간 생활의 저변에는 늘 이 문제가 자리하고 있습니다.

우라시마

우라시마 다로라는 사람은 실제로 단고丹後 미즈노에水江 어딘가에 살았다고 한다. 단고는 지금으로 치면 교토부 북쪽이다. 그 북부해안 어느 한적한 마을에 아직도 다로를 모시는 신사가 있다는 이야기를 들은 적이 있다. 그 근처에 가본 적은 없지만 사람들 말에 의하면 무척 황량한 바닷가인 듯하다. 그곳에 우리의 우라시마 다로가 살았다. 물론 혼자는 아니었다. 아버지 어머니와 동생들도 있었다. 거기다 일꾼도 여럿 됐다. 다시 말해, 그 해안가 마을에서 유명한 집안 장남이었다. 예나 지금이나 명문가 장남들에게는 일관된 특징이 있는 것 같다. 취향 말이다. 좋게 말하면, 풍류風流. 나쁘게 말하면, 도락道樂. 하지만 도락 중에도 여색이나 주색 같은, 이른바 방탕한 취미와는 거리가 멀다. 게걸스레 말술을 마시고는 사악한 여자한테 걸려들어서 부모 형제 얼굴에 먹칠하는 형편없는 탕아 중에는, 둘째나 셋째가 많은 듯하다. 장남에게는 그런 야만성이 없다. 조상으로부터 물려받는 유산이란 게 있다 보니, 본인이 먼저 마음을 다잡으려는 심리가 있어서 예의가 꽤나 깍듯하다. 그러니까 장남의 도락은 둘째나 셋째처럼 고주망태로 빠져드는 것이라기보다는 그저 여유를 즐기기 위한 놀이다. 그런 유희를 통해 명문가 장남다운 멋스러움을 뽐내고, 스스로 그 품위 있는 생활에 젖어 도취될 수 있다면, 그것만으로도 만사가 만족스럽다.

"큰오빠는 모험심이 없어서 탈이야." 올해 열여섯 되는 말괄량이 여동생이 걸고넘어진다. "소심해."

"아니야, 그게 아니라." 열여덟 살 난 문제아 둘째가 반기를 들며 끼어든다. "너무 남자다운 척하다 보니까 그런 거야."

이 녀석은 피부도 거무접접하고 못생겼다.

우라시마 다로는 동생들이 그런 버릇없는 소리를 해도 화 한 번 내지 않고 그저 쓴웃음만 지으면서 "호기심을 분출하는 것도 모험이지만 호기심을 억제하는 것도 모험이다. 둘 다 위험하지. 사람에게는 각자 숙명이라는 게 있는 거야." 하고 영문도 모를 소리를 득도라도 한 듯 늘어놓는다. 그러고는 뒷짐을 지고 홀로 밖으로 나가 이리저리 해안가를 거닐며,

베어낸 줄풀처럼
어지러이 나고 드는
어부들의 고깃배가
보이는구나[7]

라는 둥 풍류에 젖은 시구를 읊조리다가,

"어째서 사람들은 서로 비평하지 않고서는 살아갈 수 없는 것일까?" 라는 소박한 의문에 잠겨 의젓하게 고개를 젓는다. "모래사장에 핀 싸리꽃도, 바닥을 기어 다니는 작은 게도, 물가에서 쉬어가는 기러기도,

7_『만엽집』 제3장에 수록된 히토마로人麻呂의 여행시 가운데 뒷부분. 앞부분은 '게이飼飯 바다(아와지섬 서쪽 해안) 어장은 풍부하기도 하네.'로, 수많은 고깃배가 드나드는 바닷가 마을 풍경을 그렸다.

그 무엇도 나를 비평하지 않는다. 인간도 마땅히 그러해야 할 터. 사람에게는 각자 살아가는 방식이 있다. 그걸 서로 존중하며 살아갈 수는 없는 것일까? 어느 누구에게도 폐를 끼치지 않으려, 애써 고상하게 살고 있건만, 사람들은 이러쿵저러쿵 말들이 많다. 귀찮은 노릇이다."라고 하며 조용히 한숨을 내쉰다.

"저기요, 우라시마 씨." 그때 발밑에서 속삭이는 소리.

이것이 문제의 거북이다. 딱히 아는 체를 하려는 것은 아니지만, 거북에도 여러 종류가 있다. 강가에 사는 거북과 바닷속에 사는 거북은 겉모습부터가 다르다. 변재천 님[불교의 여신]이 사시는 연못가 등지에서 배를 깔고 엎드려 등딱지를 말리고 있는 거북을 남생이[연못에 사는 거북]라 하나본데, 우라시마가 그 남생이 등에 올라 이마에 손을 얹고 멀리 용궁을 내다보고 있는 그림이 간간히 그림책에 실려 있다. 아마 그 거북이라면 바다로 기어들어 가는 순간 짭짤한 바닷물에 숨이 막혀 즉사하고 말 것이다. 하지만 혼례식 축하연 장식대 위에서 늙은 부부 인형 옆에 학과 함께 모셔져, 학은 천 년 거북은 만 년 어쩌고 하며 경사스런 동물 취급을 받는 것도 바로 이 남생이고, 자라나 대모거북 같은 것들이 올라와 있는 축하연은 거의 없다. 그런 탓에 그림책 화가가 무심코 (혼례식 축하연이나 용궁이나 다 비슷한 장소니까) 우라시마를 바다로 안내해주는 거북도 남생이일 거라고 믿는 것도 이해는 간다. 그러나 발톱이 길게 난 그 뭉툭한 발로 물살을 가르며 깊은 바닷속을 헤엄쳐 가는 건 아무래도 부자연스러워 보인다. 그것보다는 대모거북처럼 넓은 물갈퀴가 달린 발로 휘휘 물살을 가르는 것이 훨씬 더 어울린다. 거기다가 또, 아니 절대로 여기서 잘난 척하려는 것은 아니지만, 한 가지 더 까다로운 문제가 있다. 우리나라에는 대모거북의 서식지가 오가사와라남태평양 군도, 류큐옛 오키나와, 대만 같은 남쪽 지방으로 알려져 있는데, 단고 북부해안, 그러니까 일본해 부근에는 유감스럽게도 대모거북이 올라오지를 못한다. 그럼 차라리 우라시마를 오가사와라나 류큐 출신으로 해버릴까도 생각해봤는데, 우라시마는 오래전부터 단고 미즈노에 사람으로 알려져 있고, 우라시마 신사도 단고 북부해안에 현존해 있기 때문에, 아무리 논리에 맞지 않는다 해도 일본 역사를 존중한다는 의미에서 함부로 내용을 바꿀 수는 없다. 이렇게 된 이상, 대모거북을 오가사와라나 류큐에서 일본해까지 모셔오는 수밖에. 하지만 또 생물학자들이 그건 안 될 말이라며 눈에 쌍심지를 켜고 나타나서, 아무튼 문학자들은 과학 정신이 결여되어 있다느니 어쩐다느니 하면서 무시를 해대는 것도 원하는 바가 아니다. 이에 나는 생각했다. 대모거북 외에 손에 물갈퀴를 달고 있는 바다거북은 없는 것일까? 붉은바다거북이라는 종이 있지 않았나? 십 년 전쯤 (나도 나이를 꽤 먹었군) 누마즈이즈반도 끝의 한 바닷가 여관에서 여름 한 철을 난 적이 있었는데, 그때 그 바닷가에 등껍질 직경이 다섯 자1.5m 가까이 되는 바다거북이 올라와서 어촌이 시끌시끌했던 적이 있다. 내 눈으로도 직접 확인했다. 붉은바다거북이라는 이름이었던 걸로 기억한다. 그거다. 그걸로 하자. 누마즈 해변까지 올라왔으니까, 뭐 한 바퀴 휘돌아 일본해 쪽 단고 바닷가로 데려온다면, 생물학계에서도 그리 큰 소동을 피우지는 않을 거라고 본다. 한술 더 떠서 조류가 어쩌고저쩌고하는 말이 나와도, 나는 이제 모른다. 올 수도 없는 장소에 출현했다는 게 얼마나 신기하냐, 그것참 보통 바다거북이 아니다. 그렇게 정리하기로 하자. 과학 정신 어쩌고 하는 것도 크게 믿을 것이 못 된다. 정리定理니 공리公理니 하는 것도 다 가설이 아닌가. 잘난 척 마라. 그나저나 그 붉은바다거북이(붉은바다

거북이라는 이름은 너무 길고 입에도 잘 안 붙으니, 앞으로는 간단하게 거북이라고 하겠다) 목을 쑥 내밀고 우라시마를 올려다보며,

"저기요." 하고 말을 걸더니, "그럴 만도 하지. 다 이해해."하고 말했다. 깜짝 놀란 우라시마는 발밑을 내려다보았다.

"이크. 넌 지난번에 내가 살려준 거북이잖아. 아직도 이런 데서 어슬렁거리고 있는 거야?"

이 거북이 바로, 아이들이 장난감 삼아서 가지고 노는 것을 우라시마가 보고 불쌍히 여겨 돈을 주고 산 뒤 바다에 놓아주었다던 그 거북이다.

"어슬렁거린다니, 말투가 왜 그리 매정해? 도련님이 야속하네. 난 이래 봬도 당신한테 은혜를 갚고 싶어서, 그날 이후 밤낮 가리지 않고 매일 이곳 바닷가에 와서 당신을 기다렸다고."

"생각이 짧다는 건 이런 걸 두고 하는 말이야. 무모하다고도 할 수 있지. 또 아이들 눈에 띄면 어쩌려고 그래? 이번엔 살아서 돌아가지 못할 거다."

"잘난 척하기는. 잡히면 도련님이 또 사주면 되지. 생각이 짧아서 미안했수다. 난 무슨 수를 써서든 도련님을 한 번 더 뵙고 싶었으니 어쩔 수가 없어. 이렇게 어쩔 수 없어진다는 게 짝사랑의 약점이지. 나의 간절한 마음을 받아줘."

우라시마는 쓴웃음을 지으며,

"녀석, 제멋대로군." 하고 중얼거렸다. 거북은 그걸 걸고넘어지며,

"도련님, 왜 그 모양이야? 말이 앞뒤가 안 맞잖아. 아까까지만 해도 자기 입으로 비평이 싫다고 푸념을 늘어놓았으면서, 정작 자기는 날더러 생각이 짧다느니 무모하다느니 제멋대로라느니 비평을 해대네. 도련님이야말로 제멋대로야. 내게는 나만의 삶의 방식이라는 게 있어. 조금은

인정해 달란 말이지.” 하고 멋들어지게 반격을 했다.

우라시마는 낯을 붉히며,

“난 널 비평하려던 게 아니야. 이건 훈계라는 거다. 넌지시 충고를 했던 거지. 듣기 싫은 충고가 몸에는 이로운 법이야.” 하고 그럴듯하게 얼버무렸다.

“잘난 척만 안 하면 괜찮은 사람인데…….” 거북은 나직이 속삭이더니 “아니야. 더 이상 아무 말 않겠어. 그냥 내 등에 올라타.” 하고 말했다.

우라시마는 기가 막혔다.

“지금 무슨 소릴 하는 거야? 그런 허무맹랑한 짓은 딱 질색이다. 거북이 등에 올라타는 건 미친 짓이나 다름없어. 결코 우아한 행동이라 볼 수 없지.”

“그게 뭐 대수라고 호들갑이야. 난 지난번에 신세 진 보답으로 당신을 용궁으로 안내하려는 것뿐이야. 자, 얼른 내 등에 올라타기나 해.”

“뭐? 용궁?” 우라시마는 웃음을 터뜨렸다. “허튼소리 작작 해. 어디서 술이라도 퍼마시고 취했나 보군. 말도 안 되는 소릴 지껄이는 걸 보니. 용궁이란 옛 노래나 전설 속에나 나오는 거지, 이 세상에는 없는 거야. 내 말 알아듣겠어? 예부터 우리 풍류인들이 꿈꿔온 아름다운 세상과 동경, 그런 것이라 할 수 있겠지.” 지나치게 점잔을 빼다 보니 다소 아니꼬운 말투가 되고 말았다.

이번에는 거북이 웃음을 터뜨렸다.

“미치겠네. 풍류 강의는 나중에 천천히 듣기로 하고, 우선은 날 믿고 내 등에 올라타. 당신은 모험의 맛을 모르는 게 탈이야.”

“맙소사, 우리 여동생하고 똑같이 무례한 소릴 하는군. 난 모험 같은 거 딱 질색이야. 그건 곡예나 다름없어. 화려한 듯 보여도 실은 천박하지.

나쁜 길로 빠지는 거라고. 숙명을 꿰뚫어 보는 힘도 없고, 전통에 대한 이해도 없어. 모르는 게 약이라고. 우리처럼 정통 풍류를 즐기는 사람들은 애초에 그런 건 거들떠도 안 봐. 무시해버리지. 나는 선조들이 닦아온 평온한 길을 따라 똑바로 나아갈 생각이다."

"풉!" 거북은 또 웃음을 터뜨렸다. "선조들이 닦아온 길이야말로 모험으로 다져진 거 아닌가? 아니지, 모험이라는 단어를 쓰니까 어쩐지 피비린내 나는 지저분한 불량배 느낌이 나는데, 무언가를 믿는 힘이라고 고쳐 말하면 어때? 저 골짜기 너머에 분명 아름다운 꽃이 피어 있을 거라고 믿는 사람만이, 주저하지 않고 등나무 덩굴을 타올라 저편으로 건너갈 수 있는 거야. 사람들은 그걸 곡예라 여겨서 더러는 박수갈채도 보내고, 더러는 인기몰이 수작이라고 비난도 하지만, 그건 곡예사의 줄타기하고는 확연히 다른 거야. 등나무 덩굴에 매달려 골짜기를 건너는 사람은 그저 저편에 피어 있을 꽃이 보고 싶을 뿐이지. 자기가 지금 모험을 하니 어쩌니, 그따위 쓸데없는 허영심은 갖고 있지도 않다고. 세상에 어떤 모험이 자랑거리가 되겠어? 멍청한 짓이지. 그냥 믿는 거야. 꽃이 있다는 것을 굳게 믿는 거지. 그런 인간의 자세를 잠정적으로 모험이라 부를 뿐이야. 당신에게 모험심이 없다는 것은 당신에게 무언가를 믿는 힘이 없다는 뜻이야. 믿는다는 것이 천박한 건가? 믿는다는 것이 나쁜 길로 빠지는 거야? 당신네 신사들은 믿지 않는다는 걸 자랑입네 하며 살아가고 있으니 구제불능이야. 그건 말이지, 머리가 좋은 게 아니야. 훨씬 더 천박한 거지. 치사한 거라고. 손해 보기 싫다는 생각만 머릿속에 가득 차 있다는 증거야. 안심해. 누가 당신한테 뭘 달라고 졸라대진 않을 테니까. 친절을 베풀어주겠다는데도 왜 그걸 순순히 받아들이지 못하는지 모르겠어. 나중에 갚을 일이 막막하다는 둥 하면서. 하여간 풍류인이라는 작자들은 소심하기 짝이 없다니까."

"너무 심하게 몰아세우는군. 동생들한테 실컷 잔소리를 듣고 바닷가에 나왔더니, 이번엔 목숨을 구해준 거북까지 달려들어 무례한 비평을 퍼붓네. 자고로 전통에 대한 자부심을 자각하지 못하는 놈들은 그저 제멋대로 주절대기 마련이지. 일종의 자포자기라고나 할까. 난 뭐든 잘 알고 있어. 내 입으로 직접 말하긴 좀 그런데, 너희들 숙명과 내 숙명 사이에는 엄청난 계급의 차가 있어. 태어났을 때부터 이미 달랐던 거지. 내 탓은 아니야. 하늘이 부여해준 거니까. 하지만 너흰 그게 굉장히 분한가 봐. 이러쿵저러쿵하면서 내 숙명을 너희들 숙명이 있는 곳까지 끌어내리려고 하는데, 아무리 용을 써본들 하늘의 뜻을 거스를 수는 없어. 날 용궁으로 데려간답시고 온갖 허풍 다 떠는 걸 보니 나하고 대등한 사이가 되고 싶나 본데, 이쯤 해서 그만 포기해. 난 속속들이 다 꿰뚫고 있으니까, 괜히 허탕 치지 말고 네가 살던 바닷속으로 돌아가. 뭐야, 내가 애써 목숨을 건져줬는데, 또 아이들한테 붙잡히면 아무 소용없잖아. 너희들이야말로 친절을 순순히 받아들일 줄 모르는군."

"으헤헤헤." 거북은 속 시원히 웃어젖혔다. "애써 목숨을 건져주셨다니 황송하구먼. 신사들은 이래서 짜증 나. 자기가 베푸는 친절은 대단한 미덕인 줄 안다니까. 그러면서 누가 보답 좀 안 해주나 하고 은근히 기대를 하지. 그런 주제에 다른 사람이 친절을 베풀면 어찌나 경계를 하는지, 그 사람과 대등한 사이가 되어서는 안 된다는 엉뚱한 생각이나 하고 있으니 어이가 없군. 그렇담 나도 하나 물어보자. 당신이 날 도와준 건, 내가 거북이고 날 괴롭히고 있던 게 아이들이었기 때문이야? 거북과 아이쯤이야 그 사이에 끼어들어 중재를 하더라도 뒤탈이 없을 테니까 말이지. 거기다 아이들한테는 돈 다섯 푼도 큰돈이잖아. 그나저나 단돈

다섯 푼이라니, 깎기도 참 잘 깎아. 난 좀 더 쓰나 싶었지. 너 같은 자린고비는 난생처음 본다. 내 몸값이 겨우 다섯 푼이라고 하니까 허탈하더라고. 그건 그렇고 그때는 상대가 거북과 아이였으니 다섯 푼이라도 내고 중재를 한 거겠지. 그럭저럭 맘이 내킨 걸 거야. 만약 거북과 아이가 아니라, 글쎄, 예를 들어 우락부락한 어부가 병든 거지를 괴롭히고 있었다면, 당신은 다섯 푼은커녕 한 푼도 안 쓰고, 아니 그저 인상만 쓰면서 서둘러 그 자릴 떴을 걸? 당신들은 절실한 인생의 장면을 목격하는 걸 진저리치게 싫어하니까 말이야. 그야말로 자기들 고상한 숙명에 똥오줌을 뒤집어썼다는 기분이 드는 모양이야. 당신네 친절은 장난이야. 오락이라고. 거북이니까 도와준 거야. 아이니까 돈을 준 거지. 우락부락한 어부와 병든 거지였다면 어림도 없었겠지. 비린내 나는 실생활에 얼굴을 드미는 걸 끔찍이도 싫어하니까. 손을 더럽히는 게 싫은 거지. 우라시마 씨, 이런 걸 두고 건방 떤다고 하는 거야. 이 정도로 화를 내는 건 아니지? 난 당신을 좋아한다고. 아니, 화를 내려나? 당신처럼 상류층 숙명을 타고난 분들은 우리처럼 미천한 놈들한테 사랑을 받는 것마저 불명예라고 생각하잖아. 하물며 나 같은 놈은 거북이니까 말 다 했지. 거북한테 사랑받는다니까 기분이 언짢나? 하지만 그냥 좀 이해해 줘. 좋고 싫은 데는 이유가 없잖아. 당신이 날 도와줬다고 해서 좋아하는 것도 아니고, 당신이 풍류인이라서 좋아하는 것도 아니야. 그냥 왠지 좋은 거지. 좋으니까 당신한테 욕도 하고 당신을 놀려먹고 싶은 거야. 말하자면 이런 게 우리 같은 파충류들의 애정 표현 방식이라는 거지. 뭐 파충류가 뱀하고 사촌뻘 되니까, 믿질 못하는 것도 이해는 가. 하지만 난 에덴동산의 뱀이 아니야. 외람되지만 일본의 거북이라고. 용궁에 가자고 꼬드겨서 당신을 타락시키려는 게 아니야. 내 맘을 어여삐 여겨줘. 난 그저 당신하고 같이 놀고 싶은 거야. 용궁으로 가서 놀고 싶은 거라고. 그곳엔 성가신 비평 같은 것도 없어. 다들 한가롭게 살고 있지. 그러니까 놀기에는 안성맞춤이야. 난 육지에 오를 수도 있고 바닷속으로 잠수할 수도 있어서 양쪽 삶을 비교해 볼 수가 있는데, 사실 육지 생활이 훨씬 더 소란스러워. 서로 너무 비평을 해대. 육지에서 나도는 말들은 하나같이 사람들 욕 아니면 자기 자랑이야. 지긋지긋해. 가끔씩 이렇게 육지로 올라온 덕에 약간씩 육지 생활에 동화가 되어버려서, 나도 슬쩍슬쩍 아는 척을 해가며 비평을 입에 올리게 되었어. 이거야 원, 어마어마하게 못된 버릇이 들었구나 싶으면서도, 요 비평 버릇에 또 끊으려야 끊을 수 없는 맛이 있어서, 비평 없는 용궁 생활에 살짝 싫증이 나기 시작했어. 진짜 나쁜 버릇이 든 거 같아. 문명병의 일종이랄까. 이젠 나조차 내가 바닷속 물고기인지, 육지 위 벌레인지 헷갈린다니까. 새인지 짐승인지 모호한 박쥐처럼 말이지. 서글픈 천성이야. 뭐랄까, 해저의 이단자쯤 되려나? 고향인 용궁이 편치가 않아. 하지만 놀기에는 거기보다 좋은 데가 없지. 그것만은 보증할게. 믿어줘. 노래와 춤, 맛난 음식과 술의 나라야. 당신네 풍류인들한테는 딱 좋은 나라지. 당신도 아까 비평이 싫다고 한참 개탄을 했잖아. 용궁에는 비평 같은 거 없어."

우라시마는 거북의 지칠 줄 모르는 수다에 넌더리가 났지만, 마지막 한마디에 귀가 솔깃했다.

"정말 그런 나라가 있다면야."

"아이고, 아직도 의심을 하고 있네. 난 거짓말하는 게 아니야. 왜 날 못 믿는 거지? 화가 다 나네. 행동은 하지 않고 그저 꿈이나 꾸며 한숨만 내쉬는 게 풍류인인가? 구질구질해."

온화한 성품을 가진 우라시마도 그렇게까지 심한 욕을 듣고 나니 그대로 물러날 수가 없었다.

"그렇담 어쩔 수가 없네." 쓴웃음을 지으며 말했다. "분부대로 네 등에 올라타 볼까?"

"말하는 족족 다 맘에 안 드네." 거북은 뾰로통해져서 말했다. "올라타 **볼까**, 는 또 뭐야. 올라타 **보는** 거나, 올라타는 거나 결과는 매한가지 아니야? 의심하면서 시험 삼아 오른쪽으로 도는 거나 믿음을 갖고 단호하게 오른쪽으로 도는 거나, 결국은 똑같은 운명이지. 어느 쪽이건 되돌릴 수 없어. 시도하는 순간 당신의 운명은 이미 결정되는 거라고. 인생에 시험 삼아 해보는 것이란 존재하지 않아. 해**보는** 것과 하는 것은 똑같은 거야. 당신네들은 맺고 끊는 게 약해서 탈이야. 되돌아가는 게 가능할 거라고 믿고 있어."

"알았어, 알았다고. 그럼 믿고 올라탄다!"

"좋았어."

우라시마가 거북 등 위에 앉자마자 등짝이 순식간에 넓어져서 다다미 두 장은 깔아도 될 정도로 커지더니, 출렁하고 흔들리며 바다로 들어간다. 뭍에서 1정[110m] 정도 헤엄쳐 나온 거북이,

"잠깐 눈 감아." 하고 근엄한 목소리로 명령을 하기에 우라시마가 순순히 눈을 감으니, 소나기 소리 같은 것이 들리고 몸 주위가 따뜻해지면서 봄바람 비슷하면서도 그것보다는 좀 더 묵직한 바람이 귓불을 간질인다.

"물밑 천 길이야." 거북이 말했다.

우라시마는 뱃멀미를 하는 것처럼 속이 울렁거렸다.

"토해도 되나?" 눈을 감은 채 거북에게 물었다.

"뭐? 내 등에 토악질을 하겠다고?" 거북은 다시 아까 그 촐랑거리는

말투로 말했다. "지저분한 승객이네. 맙소사, 순진해 빠져서 아직도 눈을 감고 있는 거야? 이래서 내가 다로 씨를 좋아한다니까. 이제 눈을 떠도 돼. 눈을 뜨고 주변 경치를 둘러보다 보면, 속 울렁거리는 것쯤 금방 가라앉을 거야."

눈을 뜨니 어스름하게 옅은 연둣빛이 몽롱하게 환한 가운데 그림자 하나 없이 그저 아득히 넓기만 하다.

"여기가 용궁인가?" 우라시마는 잠에서 덜 깬 듯 얼떨떨한 말투로 물었다.

"무슨 소리야. 아직 고작 수심 천 길이라니까. 용궁은 해저 만 길이라고."

"어허허." 우라시마는 기묘한 소리를 냈다. "바다란 참 넓구나."

"바닷가에서 자란 주제에 숲속 원숭이 같은 말 하지 마. 당신네 집 연못보다야 약간 넓긴 하지."

앞뒤 좌우 어디를 보아도 망망대해, 발밑 역시 어스름한 연둣빛이 끝도 없이 어스름하게 이어져 있을 뿐이고, 고개를 들어 위를 보니 푸른 하늘 대신 광활한 동굴이다. 둘의 음성 외에는 아무런 소리도 들리지 않고, 봄바람 같으면서도 약간 끈적끈적한 바람이 우라시마의 귓불을 간질인다.

이윽고 우라시마는 저 멀리 오른쪽 위편에 한 줌의 재를 뿌린 듯이 어렴풋한 점들을 발견하고는,

"저건 뭐지? 구름인가?" 하고 거북에게 물었다.

"헛소리 마. 바닷속에 구름 같은 게 떠다닐 리가 없잖아."

"그럼 뭐야? 먹물 한 방울을 톡 떨어뜨린 것 같은 모양인데. 그냥 먼진가?"

"멍청하긴. 척 보면 모르나? 저건 도미 떼잖아."

"난 또 뭐라고. 별것 아니었군. 저래 봬도 한 이삼백 마리는 되겠지?"

"어처구니가 없군." 거북은 코웃음을 치며 말했다. "장난하나?"

"그럼, 한 이삼천?"

"정신 차려. 어림잡아도 오륙백만은 되겠네."

"오륙백만이라고? 날 가지고 노는 거야?"

거북은 히죽히죽 웃으며 말했다.

"실은 도미 떼가 아니야. 바다에 불이 난 거지. 연기가 엄청나네. 저 정도 연기면, 그래, 일본 땅덩어리의 스무 배쯤은 되는 광활한 곳이 타는 거겠어."

"거짓말 마. 바닷속이 어떻게 불에 타냐."

"왜 그리 생각이 짧아? 물속에도 산소가 있다고. 불이 안 붙을 리가 없지."

"어디서 누굴 속여? 무식한 궤변을 가지고. 농담은 관두고, 대체 저 쓰레기 같은 건 정체가 뭐야? 정말 도민가? 진짜 불이 난 건 아닐 테고."

"정말 불이라니까. 그렇담 당신은 육지 세계의 그 무수한 강물이 밤낮 안 가리고 바다로 흘러드는데, 어째서 바닷물이 늘지도 않고 줄지도 않으면서 늘 같은 양을 유지하고 있다고 생각하나? 바다 입장도 난처하다고. 그렇게 콸콸 물을 쏟아 보내면 그걸 다 어쩌라는 거야. 그러니까 가끔씩 저렇게라도 해서 남아도는 물을 태워버리는 거지. 와아, 잘 탄다, 잘 타. 큰 불이 났네."

"근데 연기가 퍼지질 않잖아. 대체 뭐지? 아까부터 꿈쩍도 안 하는 걸 보니, 물고기 무리도 아닌 것 같은데. 짓궂게 장난만 치지 말고 좀 가르쳐줘."

"그럼 사실대로 가르쳐주지. 저건 말이지, 달그림자야."

"또 둘러대는 거 아니야?"

"아냐. 바다 깊은 곳에는 육지의 그림자가 드리워지지 않지만, 하늘 꼭대기에서 떨어지는 천체의 그림자만은 바다에 비쳐. 달그림자뿐 아니라 별그림자도 드리워지지. 그래서 용궁에서는 그 그림자를 보고 달력을 만들고 계절을 정해. 달그림자가 완전히 둥근 건 아닌 걸 보니 오늘이 십삼야[8]인가?"

거북의 말투가 너무 진지해서 우라시마도 어쩌면 그렇겠다 싶었지만 왠지 수상했다. 하지만 거대한 동굴처럼 어스름한 연둣빛 망망대해 한쪽 구석에 자리 잡은 희미한 흑점 하나가 달그림자라는 소리가 거짓말 같기는 해도, 풍류인 우라시마가 보기에는 도미 떼나 불이라 여기고 보고 있는 것보다야 운치도 있고 향수를 자아내기에도 충분했다.

그러는 동안 주위가 이상스레 어둑어둑해지더니 쿠웅 하는 무시무시한 소리와 함께 광풍이 몰아쳤다. 우라시마는 거북 등에서 굴러떨어질 뻔했다.

"한 번 더 눈을 감아." 거북은 엄숙하게 말했다. "이곳은 용궁의 입구야. 인간들이 해저 탐험을 와도 대부분은 여기가 막다른 곳이라고 판단하고 물러나지. 인간 가운데 이곳을 지나는 건 당신이 처음이자 마지막일걸?"

우라시마는 거북의 몸이 휙 뒤집어지는 것만 같았다. 거북은 뒤집어져서 배를 위로 한 채 헤엄을 쳤고, 우라시마는 그런 거북의 등에 딱

8_ 十三夜. 음력 9월 13일 밤. 예로부터 일본에서 음력 8월 15일 밤[十五夜] 보름달 못지않게 아름다운 달이 뜬다고 알려진 날.

붙어서 반쯤 공중제비를 한 듯한 상태가 되었는데, 그래도 떨어지지는 않았다. 우라시마는 거꾸로 매달려 거북과 함께 스윽 위쪽으로 나아가는 듯한 대단히 기묘한 착각이 들었다.

"눈 떠." 거북이 그렇게 말했을 때 우라시마는 이미 거꾸로 매달려 있단 느낌은 들지 않았고, 당연하다는 듯 거북의 등 위에 앉아 있었다. 거북은 아래로 아래로 헤엄쳐 갔다.

사위는 새벽녘처럼 어스름하고 발아래 어렴풋이 하얀 것이 눈에 들어왔다. 아무래도 무슨 산 같았다. 탑이 줄지어 서 있는 것처럼 보이기도 했지만, 탑치고는 너무 거대했다.

"저건 뭐지? 산인가?"

"그래."

"용궁 산이야?" 흥분한 나머지 목이 잠겼다.

"그래." 거북은 부지런히 헤엄을 쳤다.

"새하얗구나. 눈이 내렸나?"

"역시 고급스러운 숙명을 타고난 사람들은 생각하는 것도 다르네. 훌륭하군. 해저에 눈이 내린다니 말이야."

"하지만 바닷속에 불도 나는 마당에." 우라시마는 아까의 앙갚음을 할 요량으로 말을 이었다. "눈인들 안 오겠어? 어쨌든 산소가 있으니까."

"눈하고 산소는 연이 멀지. 연이 있다고 해봐야 바람과 물통장수 정도 아니겠어? 웃겨. 그따위 걸로 날 제압하겠다는 거야 지금? 고상한 사람치고 말 재주꾼 없다니까. 눈은 좋아 좋아, 오는 길은 무서워.[9]

9_ 에도 시대 동요 〈지나가세요〉의 한 소절. 원래는 '가는 길行き유키은 좋아 좋아'이지만, 이를 눈雪유키으로 바꿔서 말장난을 했다. 오늘날 신호등 보행신호 시 흐르는 노랫가락이기도 하다.

지나가세요 지나가세요 / 이곳은 어디 골목길인가요
하늘 신이 사는 골목길이지 / 부디 지나가게 해주세요

이런 건 어때? 별론가? 그래도 산소보다는 낫잖아. 산소를 거들먹거리다니. 어이가 없군. 산소는 완전히 헛짚었다고." 역시 말싸움으로는 거북을 못 당한다.

우라시마는 쓴웃음을 지으며,

"그러나저러나 저 산은." 하고 말을 걸자, 거북이 또 비웃으며 말했다.

"그러나저러나? 거창하게 나오시네. 그러나저러나 저 산은, 눈이 온 게 아니라 진주 산이야."

"진주라고?" 우라시마가 놀라 대꾸했다. "설마, 거짓말이겠지. 진주를 십만 알 이십만 알 쌓아올려도 저렇게 높은 산이 되진 않을걸?"

"십만 알 이십만 알이라. 계산 참 쪼잔하게 하는군. 용궁에서는 진주를 한 알 두 알 단위로 자잘하게 세는 사람은 없어. 한 산더미 두 산더미, 이렇게 세지. 한 산더미가 약 삼백억 알 정도 된다는데, 아무도 그걸 하나하나 세어보진 않았을 거야. 그걸 한 백만 산더미 정도 쌓아올리면, 아까 본 봉우리 하나가 생기지. 여기선 진주를 어디다 버릴지 몰라 고민이야. 근원을 캐보면 일종의 물고기 똥이니까."

이윽고 용궁 정문인데 의외로 자그마하다. 진주 산자락에 불을 밝히고 오도카니 서 있다. 우라시마는 거북 등에서 내려와 그의 안내에 따라 허리를 약간 구부리고 정문을 지나갔다. 사위는 어스름하고 쥐죽은 듯 고요하다.

"무서울 정도로 조용하네. 지옥에 온 건 아니겠지?"

"도련님, 제발 정신 좀 차려." 거북은 지느러미로 우라시마의 등을

용건이 없는 사람은 안 돼 / 이 아이 일곱 번째 생일을 맞아 봉납하러 왔어요
가는 길은 좋아 좋아 / 오는 길은 무서워
무섭긴 하지만 / 지나가세요 지나가세요

툭 쳤다. "왕궁이란 곳은 원래 이렇게 조용한 거야. 일 년 내내 단고 바닷가 마을 풍어 축제 같은 야단법석을 피우는 게 용궁일 거라고 진부한 공상을 했던 거 아냐? 딱하군. 간소하고 그윽한 것이 당신네 풍류의 극치 아니었나? 지옥이라니 한심해. 일단 익숙해지고 나면, 이런 어스레함이 뭐라 말할 수 없이 부드럽게 마음을 달래줄 거야. 발밑을 조심해. 미끄러져서 자빠지기라도 하면 꼴사나우니까. 맙소사, 당신 아직도 조리를 신고 있었어? 벗어. 실례야."

우라시마는 낯을 붉히며 조리를 벗었다. 맨발로 걷는데 발바닥이 기분 나쁘게 미끈거린다.

"이 길, 뭔가 이상해. 기분 나빠."

"여긴 길이 아니고 복도야. 당신은 이미 용궁에 들어온 거야."

"그래?" 놀란 우라시마가 주위를 둘러보았지만 벽이나 기둥도 없이 그저 옅은 어둠만이 일렁이고 있을 뿐이다.

"용궁에 비나 눈이 내리는 일은 없어." 거북이 돌연 너그러운 목소리로 말했다.

"그러니 육지의 집들처럼 그렇게 갑갑한 지붕이나 벽을 만들 필요도 없지."

"하지만 정문에는 지붕이 있었잖아."

"그건 표식이야. 정문뿐만 아니라 공주님 방에도 지붕이나 벽이 있지만, 그것도 공주님의 위엄을 지키기 위해서 만들어진 거지 비나 이슬을 막기 위한 것은 아니야."

"그렇군." 우라시마는 여전히 의심스러운 표정으로 말했다. "그 공주님 방이란 데는 어디야? 저승길같이 으스스하고 적막한 데다 나무 한 그루 풀 한 포기 없잖아."

"이래서 촌놈들은 티가 난다니까. 커다란 건물이나 번쩍번쩍한 장식을 보면 입이 쩍 벌어져서 뒤로 나자빠지면서, 이렇게 그윽한 아름다움을 보고는 도통 감동할 줄을 몰라. 우라시마 씨, 당신 인품도 믿을 게 못 되는군. 하긴 거친 단고 바닷가 풍류인이 어련하시겠어. 전통 있는 교양 어쩌고 듣기만 해도 식은땀이 다 나. 정통 풍류인이라, 거 말 한번 잘했네. 막상 들여다보니 촌티가 줄줄 나잖아. 남 따라 하는 풍류놀이는 그쯤 해 둬."

거북의 독설은 용궁에 도착하니 어쩐지 한층 더 심해졌다.

우라시마는 조마조마해서 어쩔 줄을 모르며,

"그야 아무것도 안 보이니까 그렇지." 하고 울먹이다시피 대꾸했다.

"그러니까 발밑을 조심하라고 했잖아. 이 복도는 그냥 복도가 아니야. 물고기 다리라고. 유심히 잘 한번 봐봐. 수억 마리 물고기가 빼곡히 뒤엉켜서 복도 바닥 같은 걸 이루고 있어."

우라시마는 흠칫 놀라 까치발을 하고 섰다. 어쩐지 아까부터 발바닥이 미끌미끌하다 싶었다. 내려다보니 정말로 크고 작은 물고기 떼가 빈틈없이 촘촘하게 등을 붙인 채 꿈쩍도 하지 않고 있다.

"이거 너무하군." 우라시마는 별안간 흠칫흠칫 걸으며 "이게 무슨 짓이야. 이런 게 고즈넉한 아름다움이란 거야? 물고기 등을 밟고 걸어 다니다니, 야만스럽기 짝이 없잖아. 무엇보다 물고기들이 가여워. 나 같은 촌놈은 이런 괴상한 풍류를 이해 못 하겠어." 하고, 조금 전 촌뜨기라고 한 것에 대한 울분을 그 참에 토해냈다. 조금은 후련했다.

"아니에요." 그때 발밑에서 가느다란 소리가 들려왔다. "우리는 매일 여기 모여 공주님 거문고 연주를 듣는 걸 좋아해요. 물고기 다리는 풍류를 위해 만들어진 게 아니에요. 신경 쓰지 마시고 부디 마음 편히 건너세요.”

“그렇습니까.” 우라시마는 희미하게 쓴웃음을 지었다. “저는 또 이게 용궁 장식품인가 해서요.”

“그런 것만은 아니야.” 거북이 어김없이 끼어들었다. “어쩌면 공주님이 우라시마 도련님을 환영하기 위해 물고기들에게 특별히 명을 내린 건지도 모르지.”

“어이, 그건.” 우라시마는 당황하여 낯을 붉혔다. “설마하니 내가 그렇게 뻔뻔하겠냐. 난 네가 이게 복도 바닥을 대신하는 거라며 허튼소리를 하니까 나도 모르게 그만, 그러니까 물고기들이 밟혀서 아프지는 않나 그런 생각이 들잖아.”

“물고기 세상엔 바닥 같은 거 필요 없어. 육지 집을 예로 든다면 얼추 복도 바닥쯤 되지 않겠나 싶어서 그런 예를 든 거지, 결코 허튼소릴 했던 건 아냐. 어떻게 물고기들이 아플 거란 생각을 하겠어. 바닷속에서는 당신 몸뚱이도 종이 한 장 무게 정도밖에 안 되는데. 어쩐지 몸이 둥둥 뜨는 것 같은 기분이 들지 않아?”

듣고 보니 몸이 두둥실 뜨는 듯한 기분이 들지 않는 것도 아니다. 우라시마는 몇 번이나 거북에게 공연히 조롱을 당하고 있는 것 같아 부아가 끓었다.

“난 이제 아무것도 못 믿겠어. 내가 이래서 모험을 싫어하는 거야. 누가 날 속여도 그걸 알 도리가 없으니까. 그저 안내인이 하자는 대로 따를 수밖에 없지. 이건 이런 거라고 하면 그걸로 끝이잖아. 모험은 사람을 속이는 짓이야. 거문고 소리 같은 건 들리지도 않네.” 결국 마구잡이로 화풀이를 하게 됐다.

“당신은 육지에서 평면적인 생활만 해 와서 목표물이 동서남북 어딘가에만 있다고 생각하지. 하지만 바다에는 또 다른 두 개의 방향이 있어. 위와 아래. 당신은 아까부터 앞만 보면서 공주님 계신 곳을 찾고 있는데, 그게 당신의 중대한 착오야. 왜 머리 위를 보려고 하지 않는 거지? 발밑은 왜 안 봐. 바다의 세계는 일렁이며 떠다니는 거야. 아까 본 정문도, 진주 산도, 모두 조금씩 떠다니며 움직이고 있어. 당신도 지금 상하좌우로 흔들리고 있기 때문에 다른 것들이 움직인다는 사실을 눈치채지 못할 뿐이야. 당신은 아까부터 꽤 앞으로 나아갔다고 생각할지도 모르겠는데, 사실 위치는 거의 비슷해. 오히려 후퇴하고 있는지도 모르지. 지금은 조류 때문에 자꾸자꾸 뒤로 떠밀리고 있어. 그리고 조금 전에 비해서 모두 다 같이 백 길 남짓 위로 떠올랐지. 어쨌거나 이 물고기 다리를 조금만 더 건너보자고. 이것 봐, 물고기 등도 차츰 드문드문해졌잖아. 발을 헛디디지 않도록 조심하도록 해. 하긴 헛디뎠다고 쿵 하고 아래로 떨어질 염려는 없지만. 어차피 당신도 종이 한 장 무게니까. 다시 말해서 이건 끊어진 다리야. 이 복도를 건넌다 해도 전방엔 아무것도 없지. 하지만 발밑을 봐. 어이, 물고기들아, 잠깐 길을 열어줘. 이분은 공주님을 만나러 가는 거야. 이 녀석들이 이렇게 용궁 본채의 천장을 이루고 있는 셈이지. 해파리가 떠다니며 천장을 이루고 있다고 하면, 당신네 풍류인들이 기뻐할까?"

물고기들은 말없이 조용히 좌우로 흩어졌다. 발아래서 어렴풋이 거문고 소리가 들려온다. 일본 거문고 소리와 비슷하지만 그만큼 강렬하지는 않고, 훨씬 더 부드러우면서 애절하며 묘하게 낭랑한 여운이 남는다. 국화 이슬. 여름 실크. 저녁 하늘. 다듬이질. 선잠. 꿩. 그 무엇도 아니다. 풍류인 우라시마도 알 수 없는 가련하고 가냘픈, 그러나 육지에서는 들을 수 없는 고결한 외로움이 밑바닥에 흐르고 있다.

"신비한 곡이네. 저건 곡명이 뭐지?"

거북도 잠시 귀를 기울이더니,

"성제聖諦.[10]" 하고 한마디 했다.

"성, 뭐라고?"

"신성할 성聖에, 체념할 제諦."

"아아, 그래, 성제." 우라시마는 그렇게 중얼거리며 그제야 바닷속 용궁 생활에 자기들 정취와는 격이 다른 숭고함이 있음을 깨달았다. 나의 인품은 상대도 되지 않는다. 전통 있는 교양이라느니 정통 풍류라느니, 그런 내 말에 거북이 식은땀을 흘렸던 것도 이해가 간다. 나의 풍류는 흉내에 불과하다. 확실히 산골 촌놈이다.

"이제부터 네가 하는 말은 뭐든 다 믿겠어. 성제聖諦라. 으흠, 과연." 우라시마는 멍하니 서서 하염없이 그 신비한 성제라는 곡에 귀를 기울였다.

"자, 여기서 뛰어내리자. 위험하진 않아. 이렇게 두 팔을 벌리고 한 발 내디디면 기분 좋게 훨훨 떨어져 내릴 거야. 여기 물고기 다리가 끝나는 곳에서 똑바로 뛰어내리면 딱 용궁전 계단 앞에 다다르지. 자, 뭘 그렇게 멍하니 있어. 뛰어내린다, 준비됐지?"

거북은 팔락팔락 아래로 내려간다. 우라시마도 마음을 가다듬고 두 팔을 벌려 물고기 다리 밖으로 한 발 내디디니, 휘익 하고 기분 좋게 아래로 빨려 들어간다. 볼에 부드러운 바람이 불어오는 듯 시원하더니, 이윽고 주변이 녹음으로 우거진 듯 푸르러지고 거문고 소리도 훨씬

10_ 불교 어휘로 '성스러운 진리'라는 뜻. 선종 공안집 『벽암록』 제1칙에 나오는 '성제제일의聖諦第一義가장 성스러운 진리'를 인용한 것. 다자이는 술을 마시고 기분이 좋아지면 붓글씨를 쓰곤 했다는데, 그의 자필 '성제제일의'가 아오모리 근대문학관에 남아 있다.

더 가까이서 들려온다. 어느덧 우라시마는 거북과 나란히 용궁전 계단 앞에 서 있다. 계단이라고는 하지만 계단 하나하나가 분명하게 눈에 들어오는 것이 아니라, 흐릿하게 반짝이는 작은 잿빛 구슬이 가득 깔려 있는 완만한 언덕 같은 느낌이다.

"이것도 진주인가?" 우라시마가 나지막이 물었다.

거북은 애처롭다는 눈길로 우라시마를 바라보았다.

"구슬만 보면 뭐든 다 진주라는군. 진주는 전부 내다 버려서 그렇게 큰 산이 되어 있었잖아. 아무튼 그 구슬을 손으로 살짝 떠봐."

거북의 말대로 두 손으로 구슬을 뜨는데 찌릿하니 차갑다.

"와, 싸락눈이야!"

"헛소리 그만해. 뜬 김에 입속에 넣어봐."

우라시마는 얼음처럼 차가운 구슬 대여섯 개를 순순히 입속에 넣고 우물거렸다.

"맛있어."

"그렇지? 이건 바다 앵두야. 이걸 먹으면 삼백 년 동안 늙지 않고 살 수 있어."

"그렇구나. 몇 개를 먹어도 똑같나?" 명색이 풍류인 우라시마는 채신없이 몇 개를 더 떠먹으려 들었다. "난 늙고 추해지는 게 너무 싫더라. 죽는 건 그렇게 무섭지 않은데, 늙어서 추하게 되는 것만큼은 나하고 안 어울려. 좀 더 먹어도 될까?"

"웃고 계시잖아. 위를 봐. 공주님이 마중을 나오셨어. 이야, 오늘은 한층 더 아름다우시구나."

앵두 언덕이 끝나는 곳에 하늘하늘한 푸른 천을 두른 작은 체구의 여성이 희미하게 웃으며 서 있다. 얇은 천 사이로 백옥 같은 피부가

비쳤다. 우라시마가 당황하여 눈길을 돌리고는,

"공주님이야?" 하고 거북에게 속삭이는데 얼굴이 빨갛다.

"당연하지. 뭘 꾸물거리고 있어? 어서 인사드려."

우라시마는 어쩔 줄 몰라서,

"무슨 말을 어떻게 해야 하나. 나 같은 놈이 이름을 고한다고 해서 아실 리도 없고, 그 뭐냐, 아무래도 우리 방문이 너무 갑작스러워. 의미가 없어. 돌아가자." 고귀한 숙명을 지닌 우라시마도 공주 앞에 서니 비굴해져 도망가려 들었다.

"공주님은 당신에 대해 아주 잘 알고 계셔. 계전만리[11]란 말도 있잖아. 그냥 단념하고 정중하게 인사나 하면 돼. 설령 공주님이 너에 대해 아무것도 모른다고 해도, 공주님은 누굴 경계하고 그러는 소심한 분이 아니니까 걱정할 것 없어. 놀러 왔다고만 하면 돼."

"세상에, 그렇게 무례한 말을 어떻게 해. 아아, 웃고 계시네. 우선 인사를 해야겠다."

우라시마는 두 손이 발끝에 닿을 만큼 공손하게 인사를 했다.

거북은 어이가 없었다.

"그건 지나치게 공손하잖아. 짜증 날 정도라고. 넌 내 은인이니 좀 더 위엄 있게 행동해. 넙죽넙죽 큰절 같은 걸 하다니, 품위니 나발이니 하는 건 다 어디다 갔다버렸어? 저것 봐. 공주님이 부르고 계셔. 가자. 자, 제대로 가슴을 펴고, 난 일본 최고의 미남이자 일류 풍류인이란 표정으로 당당하게 걸어가라고. 나한테는 엄청 거만하게 굴더니, 여자한테는 꼼짝 못 하는구나?"

11_ 階前萬里. 임금은 계단 앞을 내다보듯 백성의 사정을 훤히 안다.

“그런 거 아냐. 고귀한 분에게는 거기에 맞는 절을 올려야지.” 우라시마는 긴장한 탓에 쉰 목소리로 말하고는 비틀비틀 갈지자로 계단을 올라갔다. 둘러보니 거기는 다다미를 만 장 정도 깔아놓은 듯 드넓은 방이다. 아니, 방이라기보다는 정원이라고 하는 편이 적당한지도 모르겠다. 어디서 드는 것인지 몰라도 녹음과도 같은 초록빛 광선이 안개 낀 듯 희끄무레한 다다미 만 장 규모의 광장에 환히 비치고 있다. 계단과 마찬가지로 싸락눈 같은 작은 구슬이 빼곡히 깔려 있는데, 군데군데 검은 바위가 질서 없이 굴러다니고 있을 뿐 그 외에는 아무것도 없다. 지붕은 물론 기둥 하나 없어서 겉으로 보기만 해서는 폐허라 해도 좋을 정도로 황량한 광장이다. 자세히 보니 작은 구슬 사이사이로 자그마한 자줏빛 꽃들이 얼굴을 내밀고 있는데, 그게 오히려 고독감을 더해주고 있었다. 이런 걸 그윽한 멋이라고 하는 건지는 모르겠으나 이렇게 허전한 곳에서 잘도 사는구나 싶어, 우라시마는 감탄 어린 한숨 같은 것이 후우 하고 새어 나왔다. 우라시마는 다시금 공주의 얼굴을 슬쩍 훔쳐보았다.

공주는 뒤로 빙그르르 돌아 말없이 휘휘 걸어갔다. 그제야 우라시마는 공주의 등 뒤에 송사리보다 훨씬 작은 금빛 물고기들이 떼를 지어 모여들어 파닥파닥 헤엄치면서, 그녀가 걸을 때마다 뒤따라 움직인다는 사실을 알았다. 그 모습이 마치 금빛 빗방울이 끊임없이 공주 주변에 쏟아지는 것처럼 보여서, 역시나 이 세상 사람 같지 않은 고귀함이 느껴졌다.

공주는 몸에 걸치고 있는 얇은 천을 너울너울 흔들며 맨발로 걷는데, 자세히 보니 그 창백한 작은 발은 바닥의 구슬들을 밟지 않고 있었다. 발바닥과 구슬 사이가 아주 살짝 떠있다. 그 발바닥은 이제껏 단 한 번도 무언가를 밟아본 적이 없을지도 모른다. 갓 태어난 아기의 발바닥처럼 보들보들하고 예쁘장할 것이 틀림없다고 생각하니, 이렇다 할 장신구 하나 없는 공주의 몸이 훨씬 더 기품 있고 고상하게 여겨졌다. 용궁에 와보길 잘했다며 이번 모험에 넙죽 절이라도 하고 싶은 기분이 들어서 넋을 잃고 공주의 뒤를 따라가는데,

"어때? 나쁘진 않지?" 하고 거북이 우라시마의 귓가에 대고 숨죽여 속삭이며 지느러미로 옆구리를 쿡쿡 찔렀다.

"아아, 뭐 그냥." 우라시마는 당황해서 "이 꽃, 이 자주색 꽃이 참 예쁘네." 하고 딴소리를 했다.

"이거 말이야?" 거북은 별거 아니라는 듯 "이건 바다 앵두꽃이야. 언뜻 제비꽃을 닮았지. 이 꽃잎을 먹으면 기분 좋게 취할 수 있어. 용궁의 술이야. 그리고 여기 이 바위처럼 생긴 거, 이건 바닷말이야. 세월이 수만 년 흐르다 보니 이렇게 바위처럼 딱딱해졌는데, 그래도 양갱보다는 부드러울 거야. 지상의 그 어떤 음식보다도 맛이 좋지. 바위에 따라 각각 맛이 달라. 용궁에서는 이 바닷말을 먹고 꽃잎에 취해 목이 마르면 앵두를 먹으면서, 공주님 거문고 연주를 듣고 살아 있는 꽃보라 같은 작은 물고기들 춤을 감상하며 지내. 어때? 처음 내가 함께 가자고 했을 때 용궁은 노래와 춤, 맛있는 술과 음식의 나라라고 했는데, 말해봐, 생각했던 거하고 달라?"

우라시마는 대답 없이 심각한 표정으로 쓴웃음만 지었다.

"다 알아. 당신이 생각했던 건 쿵짝쿵짝 소란을 피우며, 큼지막한 접시에 도미회니 참치회를 내오고, 붉은 옷을 입은 소녀들이 춤을 추고, 온갖 금은보화에 아름다운 비단이 산더미처럼 쌓여서……."

"무슨 그런." 우라시마도 거북의 말에 심기가 불편해져서는 조금

불쾌한 표정으로 말했다. "나는 그렇게 비열한 남자가 아니야. 그저 여태껏 내가 고독하다고 느낀 적이 있긴 해도, 여기 와서 진정 고독한 분을 뵙고 보니 지금까지 잘난 척하며 살아온 생활이 부끄러워서 견딜 수가 없을 뿐이야."

"저분 말인가?" 거북은 그렇게 속삭이며 버릇없이 턱으로 공주를 가리켰다. "저분은 조금도 고독하지 않아. 아무렇지도 않지. 야심이 있으니 고독할 일도 생기는 거야. 다른 세상일에 신경 끄고 살면 천년만년 혼자 살아도 마음이 편할걸? 그야말로 비평 같은 거에 전혀 관심이 없다면 말이지. 근데 지금 어딜 가는 거야?"

"아니 뭐, 딱히 어딜 가려는 건 아닌데." 우라시마는 의외의 질문에 놀라 말했다. "그러니까 네가 그랬잖아, 저분이……."

"공주님은 굳이 당신을 어디로 안내하려는 게 아니야. 저분은 이미 당신 같은 건 잊어버렸어. 이제 자기 방으로 돌아가겠지. 정신 바짝 차려. 여기가 용궁이야, 여기가 바로 용궁이라고. 달리 안내하고 싶은 곳도 없어. 어쨌거나 여기서 맘껏 놀다 가는 거야. 이거론 부족한가?"

"놀리지 좀 마. 대체 나보고 뭘 어쩌라고." 우라시마는 울상을 지었다. "내가 우쭐거리는 게 아니라, 일단 저분이 마중을 나와 주셨으니까 따라가는 게 예의라고 생각했던 거야. 이걸로 부족하단 생각도 해본 적 없고. 왜 자꾸 날 추잡하게 딴맘 먹고 있는 놈으로 몰아세우는 거야. 넌 정말 심보가 고약해. 너무 하잖아. 태어나서 이토록 굴욕감을 느꼈던 적은 없어. 진짜 끔찍하다."

"왜 그리 신경이 날카로워? 공주님은 너그러운 분이야. 머나먼 육지에서 그 먼 길을 와준 귀한 손님이니까. 거기다 당신은 내 은인이기도 하잖아. 마중을 나오시는 건 당연한 거야. 더군다나 당신은 성격도 시원시원하고 남자답게 잘생겼으니까. 아니, 이건 농담이야. 어설프게 또 우쭐거리진 마. 어쨌든 공주님은 자기 집을 방문한 귀한 손님을 계단까지 나와 맞이하고 난 뒤에야 안심이 되신 거고, 당신더러 마음 내키는 대로 실컷 놀다가라고 일부러 모른 척하고 저렇게 자기 방으로 돌아가시는 게 아닐까? 사실 우리도 공주님이 무슨 생각을 하는지는 잘 몰라. 하여간 늘 의젓하시니까."

"글쎄. 그 말을 듣고 보니 이해가 가기도 한다. 네 추측이 맞는 것 같아. 이런 게 귀인을 접대하는 진정한 방식인지도 모르지. 손님을 맞이하고 손님을 잊는다. 게다가 손님 주변에는 맛 좋은 술과 음식이 한가득 널려 있어. 춤과 음악에 딱히 노골적으로 손님을 접대하기 위한 의도가 배어 있는 것도 아니고. 공주님은 누군가에게 들려주겠다는 생각 없이 거문고를 켜지. 물고기들도 누군가에게 솜씨를 뽐내보겠다는 생각 없이 자유로이 신나게 춤을 추며 놀고. 손님의 찬사도 기대하지 않는가 하면, 손님 또한 그런 걸 의식하며 놀랐다는 표정을 지을 필요도 없어. 모르는 척하고 벌렁 드러누워 있어도 상관없는 거야. 주인은 이미 손님이 왔다는 것조차 잊어버리고 있는 거지. 자유롭게 행동해도 좋다고 허락은 해두고 말이야. 먹고 싶으면 먹는 거고, 먹기 싫으면 안 먹어도 돼. 술에 취해 비몽사몽 거문고 소리를 듣고 있다고 딱히 실례가 되는 것도 아니고. 아아, 손님을 맞이하려면 모름지기 이래야 한다. 이것저것 별 볼 일 없는 요리를 내놓으면서 사람을 귀찮게 하고, 따분하기 짝이 없는 인사말을 주고받으며 재미있지도 않으면서 그저 하하호호 웃고, 신기하지도 않은 이야기에 어머! 하고 깜짝 놀란 척을 하며 하나부터 열까지 거짓뿐인 사교놀음으로 훌륭하게 상류층 손님 접대를 했다고 자처하는 쩨쩨하고 약아빠진 바보 멍청이들에게 이 용궁의 대범한 접대방식을 보여주고 싶군. 녀석들은 그저 자기 품위가 떨어지지는 않을까 하는 데만 신경 쓰기 바빠서, 묘하게 손님을 경계하고 혼자 겉돌게 되지. 진심 같은 건 손톱의 때만큼도 없어. 대체 그게 무슨 짓들인지. 술 한 잔을 놓고도 대접했네, 얻어먹었네, 하는 식으로 영수증을 주고받고 있으니 말 다 했지."

"그래, 바로 그거야." 거북은 크게 기뻐하며 말했다. "하지만 너무 그렇게 흥분했다가는 심장마비 걸리겠어. 그쯤 해두고 여기 바닷말 바위 위에 걸터앉아 앵두주라도 마셔. 앵두꽃잎만 머금으면 초보자한테 향이 너무 강할지도 모르니까, 앵두 대여섯 알하고 같이 혀에 얹어봐. 그러면 사르르 녹으면서 알맞게 시원한 술이 되지. 뭐하고 섞어 먹느냐에 따라 여러 가지 맛으로 바뀌니까 손수 입에 맞는 술을 만들어 마셔봐."

지금 우라시마는 약간 독한 술을 마시고 싶었다. 꽃잎 세 장에 앵두 두 알을 혀끝에 얹으니, 순식간에 입안 가득 향긋한 술이 감도는 것이 머금고만 있었는데도 황홀한 기분에 젖어 들었다. 술이 경쾌하게 목을 훑으며 지나가면서 몸속에 반짝, 하고 불이 켜진 듯 즐거움이 번졌다.

"이거 좋은데? 그야말로 근심이 다 쓸려나가는구나."

"근심이라니?" 거북은 바로 따져 물었다. "무슨 우울한 일이라도 있어?"

"아니, 딱히 그런 건 아니고, 으하하하." 우라시마는 부끄럼을 감추려 억지로 웃어대더니, 곧 휴 하고 작은 한숨을 내쉬고는 공주의 뒷모습을 흘끗 본다.

공주는 홀로 묵묵히 걷는다. 연두색 빛을 받아 투명하고 향긋한 해초 같기도 한 모습으로 한들한들 일렁이며 홀로 걷고 있다.

"어디로 가시는 걸까?" 우라시마가 불현듯 중얼거렸다.

"방으로 가겠지." 거북은 당연하다는 듯이 무심하게 대답했다.

"너 아까부터 방, 방 하는데, 도대체 그 방은 어디 있는 거야? 도무지 보이질 않잖아."

그냥 둘러봐서는 평평한 광야라고 해도 좋을 만큼 널찍한 공간이 뿌옇게 빛나고 있을 뿐 궁전이라고 할 만한 것은 그림자도 안 보인다.

"저기 저쪽에 공주가 걸어가는 방향으로 뭔가 보이지 않아?" 거북의 말에 우라시마는 눈을 가늘게 뜨고 그 방향을 응시했다.

"아아, 그러고 보니 뭔가 있는 것 같긴 하네."

어림잡아 십 리는 더 되어 보이는 저기 먼 곳, 아스라한 우물 속처럼 무언가 몽롱하고 희뿌연 것이 일렁이고 있는 부근에, 순백의 작은 수중화[12] 비슷한 것이 보인다.

"저거야? 조그맣구나."

"공주가 혼자 쉬는데 큰 궁궐이 왜 필요하겠어."

"뭐, 그렇긴 하지만." 우라시마는 또 앵두주를 만들어 마신다. "저분은, 뭐랄까, 늘 저렇게 말이 없나?"

"응, 그래. 말이라는 것은 살아 있다는 불안감에서 싹트는 거 아닐까? 썩은 땅에서 붉은 독버섯이 돋아나듯 생명의 불안감이 말을 발효시키는 게 아닌가 싶어. 기쁨의 말도 있기는 하지만, 심지어 거기에도 조악한 수식어들이 따라다니잖아. 인간이란, 기쁜 와중에도 불안감을 느끼는 존재인 걸까? 인간의 말은 모조리 쥐어짜 낸 것들이야. 어깨에 힘주는 거지. 불안감이 없다면 굳이 그렇게 생각을 쥐어짤 필요가 없을 거야. 나는 공주가 말하는 걸 들어보지 못했어. 또 공주는 입이 무거운 사람들이

12_ 水中花. 컵 속에 담긴 조화.

흔히 그러듯이, 속으로 이미 다 판단해놓고 겉으로 모른 척하면서 남몰래 자기 혼자 세상을 관찰하지도 않아. 아무 생각도 안 해. 그저 저렇게 희미하게 미소 지으며 거문고를 켜거나, 또 이렇게 널따란 방을 한들한들 걸어 다니며 앵두꽃잎을 입속에 머금으며 노는 거야. 정말 느긋해."

"그래? 저분도 앵두주를 드시는구나. 이건 진짜 맛있으니까. 이것만 있으면 아무것도 필요 없어. 좀 더 마셔도 될까?"

"그럼, 되고말고. 여기까지 와서 사양하는 건 바보짓이야. 당신한테는 모든 것이 무한히 허용되어 있어. 곁들여서 뭣 좀 먹을래? 눈에 보이는 바위는 다 맛 좋은 음식이야. 기름진 게 좋겠어? 아니면 가볍게 신맛 나는 거? 무슨 맛이든 다 있어."

"아아, 거문고 소리가 들리네. 누워서 들어도 되겠지?" 무한히 모든 것이 허용되어 있다는 생각은 사실 태어나서 처음 가져보는 것이었다. 우라시마는 풍류인이 갖춰야 할 교양 따위는 다 잊고 벌러덩 드러누웠다. "아아아! 술에 취해 드러눕는 것만큼 기분 좋은 것도 없지. 이참에 뭘 좀 먹어 볼까? 꿩 구이 맛 바닷말 있나?"

"있지."

"그거하고, 뽕나무 열매 맛 나는 바닷말은?"

"있을 거야. 그나저나 음식 취향도 참 야만적이군."

"본성이 드러나는 거지. 난 촌놈이잖아." 하고 말투까지 바꿔가며 주절거렸다. "이런 게 바로 풍류의 극치지!"

눈을 들어 위를 보니 아득히 먼 곳에 물고기 천장이 한가로이 떠다니는 것이 푸르스름하게 보인다. 그 천장에서 한 무리 물고기 떼가 파라락파라락 흩어지더니, 제각각 은비늘을 반짝이며 하늘 가득 눈발이 휘날리듯 춤을 추며 논다.

용궁에는 밤낮이 따로 없다. 언제나 5월의 아침처럼 상쾌하고 녹음이 우거진 듯 푸른빛으로 가득해서, 여기서 며칠을 지냈는지 우라시마는 알 길이 없었다. 그사이 우라시마에게 그야말로 모든 것이 무한히 허용되었다. 우라시마는 공주의 방에도 들어갔다. 공주는 전혀 싫은 기색을 보이지 않았다. 그저 희미하게 웃기만 했다.

마침내 우라시마는 싫증이 났다. 모든 게 허용되는 것에 질렸는지도 모른다. 육지에서의 가난한 생활이 그리웠다. 서로에게 내뱉는 비평에 예민하게 굴면서, 울기도 하고 화도 내고 소심하게 지지고 볶으며 살아가는 육지 사람들이 그리워 견딜 수가 없었다. 어쩐지 아름답다고 여겨지기까지 했다.

우라시마는 공주를 향해 "안녕히 계세요." 하고 작별 인사를 했다. 공주는 갑작스러운 이별 통보마저 가벼운 미소로 허락했다. 다시 말해, 뭐든 허용되었다. 처음부터 끝까지 무엇이든 허용되었다. 공주는 용궁 계단까지 배웅을 나오더니 말없이 작은 조개껍데기를 내밀었다. 입을 꽉 다문 눈부신 오색빛깔 조개였다. 이것이 이른바 용궁의 선물인 보물 상자였다.[13]

가는 길은 좋아 좋아, 오는 길은 무서워. 다시 거북의 등에 오른 우라시마는 멍하니 용궁에서 멀어져 갔다. 알 수 없는 우수憂愁로 가슴이 먹먹했다. 아아, 인사를 한다는 걸 잊었네. 그렇게 좋은 곳은 다시없을 거야. 아아, 그냥 쭉 거기 있을 걸 그랬다. 하지만 나는 육지의 인간. 아무리 안락한 삶을 산다 해도 나의 집, 나의 마을이 머리 한구석에

13_ 우라시마가 육지로 돌아와 용궁에서 받은 보물 상자를 열어보니, 보물은 없고 연기만 피어올라 노인이 된다는 전설에서, 기대에 어긋나 실망함을 이르는 '열어보고 후회하는 보물 상자'라는 관용어구가 파생되기도 했다.

들러붙어 떨어지질 않는다. 좋은 술에 취해 잠이 들어도 꿈을 꾸면 고향을 헤매고 있었으니까. 맥이 풀린다. 내게는 저렇게 좋은 곳에서 놀 자격이 없다.

"아악, 도저히 못 참겠어. 너무 외로워." 우라시마는 자포자기에 가까운 심정으로 소리를 질렀다. "왜 그런지는 몰라도 도저히 못 참겠어. 어이, 거북아. 전에 잘하던 짓궂은 욕이라도 해봐. 아까부터 한마디도 안 하고 있잖아."

거북은 그저 묵묵히 지느러미를 움직이고 있을 뿐이다.

"화난 거야? 내가 실컷 얻어먹기만 하고 용궁을 떠난다고 화가 난 거야?"

"삐딱하게 굴지 마. 내가 이래서 육지 놈들을 싫어하는 거야. 돌아가고 싶어지면 가는 거지. 뭐든 당신 하고 싶은 대로 하라고 처음부터 그랬잖아."

"그럼 넌 왜 그리 힘이 없는 거야?"

"그러는 당신이야말로 묘하게 풀 죽어 있군. 난 마중 나가는 건 잘하겠는데 배웅은 못 하겠어."

"가는 길은 좋아 좋아, 그렇지?"

"말장난할 기분 아니야. 하여간 배웅은 신이 안 나. 한숨만 나오고 무슨 소릴 해도 서먹서먹해. 차라리 그냥 이쯤 해서 헤어지고 싶다."

"너도 역시 슬프구나." 우라시마는 눈물을 글썽였다. "이번에 네 신세를 많이 졌어. 정말 고마웠다."

거북은 대답도 하지 않고 뭘 그런 걸 가지고, 라고 하듯 등딱지를 살짝 실룩거리더니 부지런히 헤엄쳐간다.

"그분은 여전히 거기서 홀로 놀고 계시겠지." 우라시마는 더없이 안타깝다는 듯 한숨을 내쉬었다. "내게 이렇게 아름다운 조개껍데기를 주셨는데, 설마 이거 먹는 건 아니겠지?"

거북은 큭큭 하고 웃음을 터뜨렸다.

"잠깐 용궁에 머물더니 당신도 식탐이 상당히 늘었나 보네. 그것만큼은 먹는 게 아닌 것 같다. 나도 잘 모르겠지만 껍질 속에 뭔가 들어 있는 게 아닐까?" 거북은 에덴동산의 뱀처럼 인간의 호기심을 자극하는 기묘한 말을 불쑥 던졌다. 이 역시 파충류들의 공통된 숙명인 것일까. 아니지, 아니야. 그렇게 판단해버리면 이 선량한 거북이 불쌍하다. 거북 자신도 예전에 우라시마에게 "하지만 난 에덴동산의 뱀이 아니야. 외람되지만 일본 거북이라고." 하고 큰소리쳤었다. 믿어주지 않으면 너무 가엽다. 거기다 거북이 이제껏 우라시마에게 보인 태도로 보아 에덴동산의 뱀처럼 간사하고 영악하게 무시무시한 파멸의 유혹을 속삭이는 녀석은 아닌 듯하다. 그렇기는커녕 5월의 잉어 장식[14]처럼 사랑스러운 수다쟁이에 불과한 건 아닌가 싶다. 그러니까 아무런 악의도 없었던 거다. 나는 이렇게 이해하고 싶다. 이어서 거북은 "하지만 그 조개는 열어보지 않는 게 나을지도 몰라. 분명히 그 안에는 용궁의 정기 비슷한 것이 함축되어 있을 테니까. 그걸 육지에서 연다면 기묘한 신기루 현상이 일어나서 당신을 미치게 만들지도 모르고, 바닷물이 분출돼서 대홍수가 일어나지 않으리라는 보장도 없어. 어쨌든 해저의 산소를 육지에 퍼뜨린다면 분명 심상치 않은 일이 일어날 거란 생각이 들어." 하고 진지하게 말했다.

14_ 일본에서는 5월 5일 단오절 즈음하여 남자아이들의 출세와 건강을 빌기 위해 잉어 장식을 집 밖에 내건다. 지금도 5월이면 거리에서 기다랗고 화려한 잉어 모형이 바람이 날리고 있는 것을 종종 발견할 수 있다.

우라시마는 거북의 친절을 믿었다.

“그럴지도 모르지. 만약 그 고귀한 용궁 분위기가 조개껍데기 속에 깃들어 있다가 육지의 저속한 공기와 섞이게 된다면, 우왕좌왕하다가 대폭발로 이어질지도 몰라. 그냥 이건 이대로 영원히 집안 가보로 간직해야겠다.”

어느새 바다 위로 떠 올랐다. 태양 빛이 눈 부시다. 바닷가 고향마을이 보인다. 우라시마는 한시바삐 집으로 달려가서 아버지 어머니와 동생들, 그리고 많은 일꾼들을 불러놓고 용궁에 대한 이야기를 낱낱이 들려주고 싶었다. 모험이란 믿는 힘이다. 이 세상 풍류 따위는 보잘것없는 흉내내기다. 정통, 그것은 통속의 다른 이름이다. 알겠어? 진정한 기품이란 성제聖諦의 경지다. 단순한 체념이 아니라. 알겠어? 비평처럼 시끄러운 게 아니다. 무한히 허용되는 거지. 그리고 그저 미소 지을 뿐이다. 알겠어? 손님의 존재를 잊어버리는 거야. 알 턱이 없지. 그러면서 방금 귀동냥으로 듣고 온 신지식을 엉망진창으로 풀어낼 생각에 부풀었다. 만약 현실주의자 남동생 놈이 조금이라도 의심하는 눈치를 보이면, 곧바로 용궁에서 받아온 이 아름다운 선물을 놈의 코 앞에 들이대서 찍소리 못하게 한 방 먹여주자. 그렇게 신이 나서 거북에게 작별인사 하는 것도 잊고 물가에 뛰어내려 허둥지둥 집을 향해 서두르는데,

어찌된 일일까요 옛 고향
어찌된 일일까요 옛 집
아무리 둘러봐도 허허벌판
사람도 없고 길도 없고
스산하게 솔바람 부는 소리뿐

이렇게 된 거다. 우라시마는 망설임 끝에 결국 용궁에서 가져온 조개껍데기 선물을 열어보기로 했는데, 이에 대해 거북이에게 책임을 물을 필요는 없을 것이다. '열어서는 안 된다.'라고 하면 오히려 더 열어보고 싶은 유혹을 느끼고 마는 인간의 약점은 우라시마 이야기뿐만 아니라, 그리스 신화 판도라의 상자 이야기에서도 비슷한 심리가 적용되는 듯하다. 하지만 판도라의 상자의 경우에는 신들이 처음부터 의도적으로 복수를 계획한 것이다. '열어서는 안 된다'라는 말 한마디가 판도라의 호기심을 자극하여, 언젠가 반드시 판도라가 그 상자를 열어보게 될 것이라는 짓궂은 예상 하에 '열지 마라'는 선고를 한 것이다. 이에 반해 우리의 선량한 거북은 오로지 마음에서 친절이 우러나 그렇게 말한 것이다. 그때 거북의 말투에 다른 뜻은 없었던 듯하니 그것은 믿어도 좋을 것이다. 거북은 정직했다. 거북에게는 책임이 없다. 그건 나도 확신할 수 있다. 그런데 또 하나 묘하게 납득이 가지 않는 문제가 있다. 우라시마가 용궁에서 가져온 선물을 열자, 그 안에서 하얀 연기가 피어오르더니 순식간에 우라시마는 삼백 살 먹은 할아버지가 된다. 열지 않았더라면 좋았을 걸 쓸데없는 짓을 했다, 안됐다, 이런 식으로 끝을 맺는 것이 일반적으로 잘 알려진 우라시마 이야기인데, 나는 이에 대해 깊은 회의를 품고 있다. 그렇다면 이 용궁의 선물도 인간이 지닌 온갖 재앙의 씨앗으로 충만한 판도라의 상자처럼, 공주의 심각한 복수 혹은 징벌의 뜻이 담긴 선물이었던 것일까? 아무 말 없이 그저 미소만 지으며 모든 것이 무한히 허용되었다는 기색을 내비치면서도, 우라시마가 제멋대로 한 행동을 조금도 용서치 않고 남몰래 인정사정없이 엄벌을 내릴 작정으로 조개껍데기를 주었던 것인가. 아니, 그 정도로 극도의 비관론을 들먹이지 않더라도, 귀인들이란 종종 아무렇지도 않게 그런 무참한 조롱을 해대는 사람들이니, 어쩌면 공주 역시 천진난만한 마음으로 이렇게 어이없는 장난을 친 것일지도 모른다. 어찌 되었건 그토록 고귀한 신분의 공주가 이렇게 불길한 선물을 줬다는 것은 이해할 수 없는 일이다. 판도라의 상자 속에는 질병, 공포, 원한, 애수, 의혹, 질투, 분노, 증오, 저주, 초조, 후회, 비굴, 탐욕, 허위, 태만, 폭행 등 갖가지 불길한 요괴가 들어 있어서, 판도라가 그 상자를 열자 순식간에 그것들이 날개미 떼처럼 날아올라 이 세상 구석구석 빈틈없이 널리 퍼지게 되었다. 하지만 넋을 잃은 판도라가 고개를 떨구고 텅 빈 상자 바닥을 들여다보니 어둠 속에 반짝이는 작은 보석 하나가 있었다지 않는가. 그리고 그 보석에는 놀랍게도 '희망'이라는 글씨가 새겨져 있었다고 한다. 그걸 본 판도라의 창백한 볼에도 어렴풋이 핏기가 돌기 시작한다. 그날 이후 인간은 어떠한 고통의 요괴에게 휩싸여도 '희망'으로 용기를 얻고 어려움을 참고 견디는 것이 가능해졌다고 한다. 그에 비하면 용궁에서 가져온 선물에는 애교도 뭣도 없다. 그저 연기煙氣뿐이다. 그리고 눈 깜짝할 사이에 삼백 살 먹은 할아버지가 된다. 설령 그 '희망'의 별이 조개껍데기 바닥에 남아 있었다 한들 우라시마는 이미 삼백 살이다. 삼백 살 먹은 할아버지에게 '희망'을 선사하는 건 짓궂은 장난이나 다름없다. 애초에 무리다. 그렇다면 여기서 아까 그 '성제'를 가져오면 어떨까. 하지만 상대는 삼백 살이다. 이제 와서 그 거만하고 아니꼬운 것을 주지 않더라도 인간은 삼백 살쯤 되면 대충 체념하기 마련이다. 결국은 이것저것 다 엉망이다. 구제할 길이 없다. 참으로 괴로운 선물을 받아왔다. 하지만 여기서 포기한다면, 외국인들은 일본의 옛날이야기가 그리스 신화보다 더 잔혹하다고 할지도 모른다. 그것은 참으로 원통한 일이다. 저 그리운 용궁의 명예를 위해서라도 어떻게 해서든 이 난해한 선물의 용도를 알아내고 싶다. 아무리 용궁에서의 며칠이 육지에서의 수백 년이라고는 해도, 그 세월을 수상한 선물에 넣어 우라시마에게 주지 않아도 되었을 것이다. 차라리 우라시마가 용궁에서 바다 위로 떠오른 순간 백발의 삼백 살 할아버지로 변했다면 수긍이 가겠다. 또한 공주가 은혜를 베풀어 우라시마를 언제까지고 청년으로 둘 작정이었다면, 구태여 그렇게 위험한 '열어서는 안 되는' 물건을 우라시마에게 떠안길 필요는 없었을 것이다. 용궁 구석 어딘가에 버려뒀더라면 좋았을걸. 그것도 아니면 자기 똥오줌은 자기가 가져가라는 뜻인가. 그런 거라면 왠지 지독히도 비열한 '앙갚음' 같다. 설마하니 성제에 이른 공주가 저잣거리 부부싸움 같은 짓을 꾸몄을 거라고 보기는 어렵다. 도저히 모르겠다. 나는 그것에 대해 오랜 시간 고민했다. 그리고 최근에야 겨우 조금 알 것 같다는 기분이 든다.

그러니까 우리는 삼백 살이 된 우라시마가 불행했을 거라는 선입견에 사로잡혀 오해를 해왔던 것이다. 그림책에도 우라시마가 삼백 살이 되고 나서 "참으로 비참한 신세가 되었구나. 정말 딱하다." 등의 얘기가 적혀 있는 건 아니다.

눈 깜짝할 사이에 호호백발 할아버지

이걸로 끝이다. 안됐다거나 바보 같다는 등의 생각은 우리 같은 세인들이 멋대로 판단한 것에 지나지 않는다. 삼백 살이 되었다고 해서 우라시마가 불행해진 건 결코 **아니었던** 것이다.

조개껍데기 속에 '희망'이라는 별이 있어서 구원을 받았다고 하는 건 다소 소녀취향인 데다가 억지로 갖다 붙인 느낌이 나지 않는 것도 아니지만, 우라시마는 피어오르는 연기 그 자체만으로도 구원을 받았던 것이다. 조개껍데기 속에 아무것도 없다 해도 괜찮다. 그런 것은 문제가 안 된다. 그저 이거다.

세월은, 인간을 구원한다.

망각은, 인간을 구원한다.

용궁에서 베푸는 고귀한 대접도 이 멋진 선물로 최고조에 달한 듯하다. 추억은 아득히 멀어질수록 아름답다고 하지 않는가. 그뿐만 아니라 삼백 년의 세월도 우라시마 자신의 기분에 맡겨졌다. 우라시마는 마지막까지 공주로부터 무한한 허락을 받았던 것이다. 외롭지 않았다면, 우라시마도 조개껍데기를 열어볼 생각은 하지 않았으리라. 어찌할 도리 없이 조개껍데기 하나에 매달리게 될 때는 열어볼지도 모른다. 여는 순간 눈 깜작할 사이에 삼백 년의 세월과 망각이 몰려온다. 더 이상 설명은 하지 않겠다. 일본의 옛날이야기에는 이처럼 속 깊은 자비로움이 있다.

우라시마는 그 후로 십 년 동안, 행복한 노인으로 살았다고 한다.

타닥타닥산

타닥타닥산 이야기에 나오는 토끼는 소녀, 비참하게 패배를 맛본 너구리는 그 토끼를 사랑하는 못생긴 남자. 이는 의심할 여지 없는 엄연한 사실이라는 게 내 생각이다. 이 이야기는 고슈[옛 야마나시현] 후지산에 있는 다섯 호수 가운데 가와구치 호반, 그러니까 지금의 후나쓰 뒷산 근처에서 있었던 일이라고 한다. 고슈는 인심이 사나운 동네다. 그런 탓인지 이 이야기도 다른 옛날이야기에 비해 다소 거친 감이 있다. 우선은 이야기 발단부터가 잔혹하다. 할머니로 국을 끓이다니 무시무시하다. 재미도 없고 재치도 없다. 너구리도 장난이 지나쳤다. 툇마루 아래에 할머니 뼈가 여기저기 흩뿌려져 있다는 대목에 이르러서는 음산함이 극에 달하니, 유감스럽게도 소위 말하는 아동물로서는 발매금지 처분을 당할 수밖에 없는 상황이다. 그런 탓에 현재 발행 중인 그림책 『타닥타닥산』은 현명하게도 너구리가 할머니에게 상처를 입히고 도망갔다는 정도로 얼버무리고 있는 모양이다. 그야 발매금지도 피할 수 있으니 잘된 일이긴 하지만, 겨우 그 정도 장난으로 받은 벌이라고 하기에는 토끼의 징벌이 너무 과하다. 그냥 한 방에 확 쓰러뜨리는 가벼운 복수가 아니다. 초주검을 만들어 놓고는 골탕을 먹일 만큼 먹이다가 마지막에 진흙 배에 태워 물속으로 뽀르륵 뽀르륵. 그 수단은 하나부터 열까지 속임수다. 일본 무사도의 예법에는 그런 것이 없다. 만약 너구리가 할머니로 국을 끓이는 악랄한 짓을 했다면 보복으로 그 정도 괴롭힘을 당하는 것도 납득이 가겠는데, 동심에 끼치는 영향이나 발매금지 처분을 고려하여 너구리는 단순히 할머니에게 상처만 입히고 도망간 것으로 내용이 바뀌었음에도 토끼에게 온갖 치욕과 고통을 당하다가 급기야 물에 빠져 죽는 신세가 되니, 이는 다소 형평성에 어긋나 보인다. 원래 이 너구리는 아무 죄 없이 숲속에서 혼자 빈둥빈둥 놀고 있었는데, 어쩌다가 할아버지한테 붙잡혀서 너구리탕이 될 절망적인 운명에 처하고 만다. 어떻게 해서든지 한 가닥 살길을 찾아보려고 발버둥 치다가 궁여지책으로 할머니를 속여 겨우겨우 살아남게 된다. 할머니를 죽여서 국을 끓이려던 것은 물론 사악한 짓이지만, 그렇다고 요즘 그림책에 나와 있는 것처럼 도망가다가 할머니를 확 할퀴어서 상처만 입히고 끝난 거라면, 당시 필사적으로 달아나려 했던 너구리 입장에서는 정당방위 비슷한 행동을 하다가 저도 모르게 할머니에게 상처를 입혔다고 보는 것이 가능하고, 그렇다면 그건 그렇게 큰 죄라고 할 수 없을지도 모른다. 우리 집에 있는 다섯 살 난 딸아이는 생긴 것도 아빠를 똑 닮아서 되게 못생겼는데, 불행하게 머리도 아빠를 닮아서 특이한 데가 있다. 내가 방공호 안에서 이 타닥타닥산 그림책을 읽어주었더니,

"너구리, 불쌍해."

하고 의외의 소리를 했다. 하긴 딸아이 입에서 나온 '불쌍해'라는 단어는 요즘 그 아이가 배운 단어 중 하나로, 뭘 볼 때마다 '불쌍해'를 연신 내뱉어서, 그걸로 너그러운 엄마에게 칭찬을 받아내려는 뻔한 속셈으로 하는 소리니, 뭐 그리 놀랄 것도 없다. 어쩌면 이 아이는

아빠를 따라 인근 이노카시라 동물원에 갔을 때, 출랑거리며 우리 속을 왔다 갔다 하는 너구리 떼를 보고 사랑스럽기 그지없는 동물이라는 생각이 각인되어, 타닥타닥산 이야기를 읽으면서 무작정 너구리 편을 들었던 것인지도 모른다. 어쨌거나 인정 많은 우리 집 아이의 말은 별로 믿을 게 못 된다. 사상의 근거가 희박하다. 연민을 느끼는 이유가 정확하지 않다. 애당초 문제 삼을 가치가 없다. 하지만 나는 딸아이가 무책임하게 툭 내던진 말을 듣고 어떤 암시를 얻었다. 아이는 아무것도 모르고 그저 요사이 익힌 단어를 대충 중얼거렸을 뿐이지만, 그걸 들은 어리석은 아빠는 '그래, 토끼의 앙갚음이 너무 지나쳤다. 이렇게 어린 꼬마들한테는 대충 얼버무리고 넘길 수 있겠지만, 무사도나 정정당당함 같은 관념을 교육받은 더 큰 아이들은 토끼가 한 짓이 비열하다고 생각할 수도 있겠다. 이건 문제다.'라고 생각하며 인상을 썼다.

요즘 나온 그림책처럼 단순히 너구리가 할머니를 할퀴어서 생채기를 냈다는 이유만으로 토끼로부터 그토록 악랄하게 조롱당하고, 등에 불이 붙고, 화상을 입은 곳에 고춧가루가 발리고, 끝내 진흙 배에 실려 죽임을 당하여 비참한 운명에 내몰린다는 줄거리는, 국민학교쯤 다니는 학생들이라면 금세 의심을 품게 될 것은 물론, 다음과 같은 반론도 나올 법하다. 설령 너구리가 괘씸하게 할머니로 국을 끓였다 한들, 토끼는 왜 정정당당하게 자기 이름을 밝히고 나와서 녀석을 단검으로 내리치며 응징하지 않았을까. 토끼가 힘에 부쳤다는 둥 하는 건 변명이 되지 않는다. 모름지기 복수란, 정정당당해야 한다. 신은 정의의 편이다. 이기지 못한다고 해도 '네 이놈! 천벌을 받아라!' 하고 소리치며 정면승부를 했어야 한다. 실력 차가 너무 많이 날 것 같다면, 와신상담하여 구라마산[15]이라도 들어가서 온 마음을 다해 검술 수련이라도 했어야지. 예부터 일본의 위인들은 대개 그렇게 했다. 일본에는 속임수를 써서 실컷 골려먹다가 마지막에 죽여 버리는 식의 복수담은 아직 없는 것 같다. 그런데 이 타닥타닥산 이야기만은 복수 방식이 영 께름칙하다. 애나 어른이나 정의에 목마른 사람이라면, 누구든 이에 대해 다소 불쾌감을 느낄 것이다. 뭐야, 남자다운 데가 전혀 없잖아.

안심하길 바란다. 나도 그 점을 고민했다. 토끼가 한 짓이 남자답지 못한 것은 당연한 일이다. 토끼는 남자가 아니다. 그건 분명하다. 이 토끼는 열여섯 먹은 아가씨다. 아직 요염한 티는 안 나도 미인이다. 그리고 인간들 가운데 가장 잔혹한 것이 바로 이런 여자들이다. 그리스 신화에는 아름다운 여신들이 많이 나오지만, 그중에서도 아테네를 빼고는 아르테미스라는 처녀 여신이 가장 매력적이라고 한다. 달의 여신인 아르테미스는 이마에 푸르스름한 초승달이 빛나고 있으며 민첩하고 고집이 세다. 한마디로 아폴론을 고스란히 여신으로 만든 듯하다. 지상의 무시무시한 맹수들은 모두 이 여신의 부하다. 하지만 우락부락 덩치가 큰 여자는 결코 아니다. 오히려 아담하고 호리호리해서 손발도 앙증맞고 가냘프며 놀랄 만큼 매력적이고 아름다운 얼굴을 하고 있지만, 비너스 같은 '여성스러움'은 없고 가슴도 작다. 마음에 들지 않는 이들에게는 태연하게 잔혹한 짓을 가한다. 자기가 목욕하는 모습을 몰래 엿본 남자에게 휙 하고 물을 끼얹어서 사슴으로 만들어버린 적도 있다. 목욕하는 걸 슬쩍 보기만 했는데도 그토록 화를 낸다. 손이라도 잡는다면 얼마나 끔찍한 보복을 하겠는가. 이런 여자한테 반한 남자가 참담한 대 치욕을 맛보는 것은 불을 보듯 뻔하다. 하지만 남자는, 그것도 우둔한 남자일수

15_ 영험하다고 알려진 교토의 산.

록, 그렇게 위험한 여자에게 빠지기 쉬운 법이다. 그 결과는 두말할 필요도 없다.

내 말이 믿기지 않는다면 이 딱한 너구리의 신세를 보기 바란다. 너구리는 전부터 아르테미스형 토끼 소녀를 남몰래 좋아하고 있었다. 토끼가 아르테미스형 소녀라고 규정하고 나면, 너구리가 할머니로 국을 끓였건 할머니를 할퀴었건 간에, 토끼가 내린 형벌이 묘하게 심술궂고 '남자답지' 못했던 것이 당연하다고 한숨을 내쉬며 수긍할 수밖에 없다. 거기다가 아르테미스 형 소녀들한테 반하는 남자들이 대부분 그렇듯 너구리도, 자기 동료들 가운데서 몸집이 시원찮고 그저 둥글둥글하게 생겨서 멍청하고 밥만 많이 먹는 촌놈이니, 그런 비참한 상황을 짐작하고도 남음이 있다.

너구리는 할아버지한테 잡혀서 하마터면 너구리탕 신세가 될 뻔했지만, 죽기 전에 한 번만 더 토끼 소녀를 만나고 싶다는 생각에 미친 듯이 발버둥을 쳐 겨우 산으로 도망쳐 와서는, 중얼중얼 혼잣말을 하면서 이리저리 토끼를 찾아다니다가 겨우 토끼를 발견한다.

"기뻐해 줘! 나 목숨을 건졌어. 할아버지가 집에 없는 틈을 타서 할머니한테 따끔한 맛을 보여주고 도망쳐 나왔지. 나 진짜 운 좋은 놈이지?" 그러면서 자기한테 닥친 대재앙을 어떻게 극복했는지 의기양양하게 침을 튀겨가며 들려준다.

토끼는 깡충하고 뒤로 물러나 침을 피하면서 새침한 표정으로 이야기를 듣더니,

"내가 기뻐할 일은 아닌 것 같은데? 왜 그렇게 침을 튀기니? 더럽게. 게다가 할아버지 할머니는 내 친구잖아. 몰랐어?"라고 한다.

"그래?" 너구리는 깜짝 놀라며, "몰랐어. 용서해줘. 알았더라면 이

한 몸 다 바쳐서 너구리탕이든 뭐든 다 되어줬을 텐데." 하고는 풀이 죽었다.

"이제 와서 그런 말 해봤자 이미 늦었어. 내가 가끔씩 그 집 앞마당에 놀러 가서 부드럽고 맛난 콩을 얻어먹고 온다는 걸 너도 알고 있잖아. 그러면서 몰랐다고 거짓말을 하다니 진짜 못됐어. 넌 나의 적이야." 무참하게도 토끼가 선고를 내렸다. 그때 이미 토끼의 마음은 너구리를 향한 복수심으로 꿈틀거리고 있었다. 아가씨들의 분노는 보통 험악한 것이 아니다. 특히 못생기고 멍청한 놈들에게는 가차 없다.

"용서해줘. 난 정말 몰랐어. 거짓말이 아니야. 믿어줘." 너구리는 끈덕지게 애원하며 목을 길게 빼서 축 늘어뜨렸는데, 그때 바로 코앞에 나무 열매 한 개가 떨어져 있는 것을 발견하고는 냉큼 집어 먹으며 더 없나 하고 주위를 두리번두리번 둘러보며, "정말이지 네가 그렇게 화를 내면 난 죽고 싶어져."라고 한다.

"웃기지 마. 머릿속에 먹는 것만 가득 차 있는 주제에." 토끼는 너구리가 경멸스러워 견딜 수 없다는 듯이 홱 등을 돌리며 말했다. "여자를 밝히질 않나, 게걸스럽게 먹어대질 않나, 정말 꼴불견이야."

"제발 한 번만 봐줘. 배가 고파서 그래." 그러면서 재차 그 주변 언저리를 두리번두리번 살피며 덧붙였다. "나의 이런 괴로움을 네가 알아주기만 한다면!"

"가까이 오지 말라니까. 냄새나잖아. 저리 가. 너 도마뱀 먹지? 다 들었어. 맞다, 깔깔깔. 아이고, 우스워. 똥도 먹는다며?"

"그럴 리가." 너구리는 힘없이 쓴웃음을 지었는데, 어쩐지 강하게 부정하질 못하고 거듭 "그럴 리가." 하고 입을 삐죽거리며 맥 빠진 소리만 해댔다.

"고상한 척해봐야 소용없어. 너한테서 나는 그 냄새, 보통이 아니니까." 토끼는 얼굴색 하나 변하지 않고 독설을 내뱉더니, 이번에는 또 무슨 멋진 생각이라도 떠올랐는지 갑자기 눈을 반짝이며 웃음을 꾹 참고는 너구리 쪽을 돌아보며 말했다. "그렇담, 이번 딱 한 번만 용서해줄게. 어머, 가까이 오지 말랬잖아. 아무튼 한시도 맘을 놓을 수가 없다니까. 제발 그 침 좀 닦아줄래? 아래턱 좀 제대로 다물고 다녀. 자, 이제부터 내가 하는 말을 잘 들어. 이번 한 번만 특별히 봐주는 거야. 하지만 조건이 있어. 지금쯤 할아버지는 분명 크게 낙담해서 산에 나무를 하러 갈 힘도 없을 거야. 그러니까 우리가 대신 나무를 해다 드리자."

"같이? 너도 같이 가는 거야?" 너구리는 기쁨에 넘쳐 작고 흐리멍덩한 눈을 반짝이며 물었다.

"싫어?"

"싫기는. 지금 당장 가자!" 너구리는 너무 기쁜 나머지 쉰 목소리로 외쳤다.

"내일 가자. 내일 아침 일찍, 어때? 오늘은 네가 피곤하기도 하고 배도 고플 테니까." 토끼는 이상하리만치 상냥하게 말했다.

"그럼, 고맙지! 내가 내일 도시락을 잔뜩 싸갈게. 한눈팔지 않고 열심히 일해서 나무 열 근을 할아버지 댁에 가져다 드리자. 그럼 넌 분명 날 용서해주겠지? 이제 우리 사이좋게 지내는 거야."

"왜 그리 말이 많니? 내일 네가 하는 거 봐서 그럴지 말지 정하도록 하겠어. 어쩌면 사이좋게 지낼 수도 있겠지."

"이히히." 너구리는 갑자기 징그럽게 웃으면서 "저 입 정말 얄밉다니까. 고생 좀 하겠네. 이런 제길, 나 진짜……." 말하다 말고 옆으로 기어오는 커다란 거미를 잽싸게 꿀꺽 삼키며, "나 진짜, 얼마나 기쁜지 모르겠어. 차라리 사나이답게 소리 내어 울고 싶을 정도야."라고 하며 훌쩍훌쩍 우는 시늉을 했다.

여름날 아침은 선선하다. 가와구치 호수의 수면은 아침안개에 뒤덮여 희부옇게 흐려져 있다. 산마루에서는 아침이슬로 흠뻑 젖은 너구리와 토끼가 산마루에서 바지런히 나무를 하고 있다.

너구리가 일하는 꼴을 보면 한눈을 안 팔기는커녕 반미치광이처럼 형편없다. 어이쿠, 어이쿠 하고 야단스럽게 신음소리를 내며 아무렇게나 낫을 휘두르다가, 가끔씩 아야야야야야 하고 토끼더러 들으라는 듯이 비명을 지르며 자기가 얼마나 고생을 하는지 봐달라고 엄살을 피운다. 한바탕 종횡무진 설쳐대며 난리를 피우더니 힘들어서 더는 못 하겠다는 표정으로 낫을 집어 던지며 말했다.

"이것 좀 봐. 손에 이렇게 물집이 생겼어. 아이고, 손이 따끔따끔해. 목도 마르고. 배도 고파. 일을 무진장 했으니까 그럴 만도 하지. 조금 쉬고 나서 하지 않을래? 자, 슬슬 도시락을 풀어 볼까나. 으흐흐흐흐." 너구리는 쑥스러움을 감추려는 듯 이상한 웃음을 흘리며 커다란 도시락을 연다. 석유통만큼이나 커다란 도시락 속에 코를 콱 처박고는 우적우적 쩝쩝 게걸스럽게 요란한 소리를 내며, 그야말로 한눈도 안 팔고 밥을 먹는다. 토끼는 어이가 없다는 표정으로 나무하던 손을 놓고 너구리의 도시락을 잠깐 들여다보더니, 앗! 하고 소리를 내지르며 두 손으로 얼굴을 감싼다. 뭔지는 몰라도 도시락 속에 대단한 반찬이 들어 있었던 듯하다. 하지만 토끼는 오늘 뭔가 비밀스러운 작전이라도 세우고 있는지 여느 때처럼 너구리를 구박하지도 않고 아까부터 그저 말없이 입가에 알 수 없는 미소만 띤 채 나무를 하면서, 저 혼자 신이 나서 소란을 피워대는 너구리가 하는 짓을 모른 척 보고만 있다. 너구리의 커다란 도시락 속을 들여다보고는 온몸에 소름이 돋았지만, 여전히 아무 말도 하지 않고 어깨를 움츠리며 다시 나무를 하기 시작한다. 너구리는 토끼가 오늘 자기한테 너그럽게 대해주는 것에 그저 희희낙락하면서, '녀석도 드디어 나무하는 내 모습에 홀딱 넘어갔구나. 이 몸의 남자다움에 안 넘어오고 배길 여자가 어디 있으랴? 아아, 배가 부르니 잠이 오네. 한숨 자야겠다.' 하고 마음을 푹 놓고 제멋대로 드르렁드르렁 코를 골며 잠이 든다. 자면서 무슨 엉뚱한 꿈이라도 꾸는지 '홀딱 반하는 약 같은 건 없어. 듣질 않는다고.' 어쩌고 하며 뜻 모를 잠꼬대를 해대다가 정오 무렵 눈을 뜬다.

"잘 잤어?" 토끼는 여전히 상냥하게 말했다. "나도 나무를 한 다발쯤 했으니, 이제 이걸 짊어지고 할아버지네 앞마당에 갖다 놓자."

"그래, 그러자." 너구리는 입이 찢어져라 하품을 하더니 팔을 벅벅 긁어대며, "배고파 죽겠어. 이렇게 배가 고파서야 잠을 잘 수가 있나. 내가 좀 예민해." 하고 점잔을 빼며 중얼거렸다. "어디 보자. 그럼 나도 서둘러 나무를 주워 모아 하산을 해볼까. 도시락도 다 비었으니까 빨리 일을 마치고 먹을 걸 찾으러 가야지."

둘은 각자 나무를 등에 짊어지고 길을 내려온다.

"네가 앞장설래? 이 근처엔 뱀이 있어서 무서워."

"뱀? 뱀이 뭐가 무섭다고 그래. 눈에 띄기만 하면 내가 잡아서." 먹어버리지 하고 말하려다가, 우물쭈물하며 말한다. "내가 잡아서 죽여 버릴게. 자, 내 뒤를 따라와."

"역시 남자는 이럴 때 정말 듬직해."

"뭘 이런 걸 가지고." 너구리가 어깨를 으쓱하며 말했다. "오늘 너

되게 얌전하다. 수상할 정도야. 설마 너 날 할아버지한테 데리고 가서 너구리탕으로 만들어버릴 속셈은 아니지? 아하하핫. 그것만은 참아줘."

"어머, 괜히 그렇게 의심할 거면 됐어, 나 혼자 갈 거야."

"아니, 그런 게 아냐. 같이 갈게. 난 말이야, 뱀이든 뭐든 세상에 무서운 게 하나도 없는데, 그 할아버지만큼은 딱 질색이야. 너구리탕을 만든다니까 열이 안 받게 생겼냐고. 진짜 천박하지 않아? 적어도 고상한 취미는 아니잖아. 나는 할아버지네 마당 앞 뽕나무 있는 데까지만 땔감을 지고 갈 테니까 나머지는 네가 좀 날라줘. 난 그쯤에서 물러나야지. 그 할아버지 얼굴만 봐도 기분이 나빠지니까. 엇? 뭐지? 무슨 이상한 소리가 나는데? 뭘까? 너 안 들려? 무슨 타닥타닥하는 소리가 들리는데?"

"당연하지. 여긴 타닥타닥산이야."

"타닥타닥산? 여기가?"

"그래. 몰랐어?"

"응. 몰랐어. 이 산에 그런 이름이 있는지 오늘 처음 알았네. 근데 진짜 이상한 이름이다. 거짓말 아니야?"

"자, 생각해봐. 산들에는 전부 이름이 있잖아. 저건 후지산이고 저건 나가오산, 저건 오오무로산, 다들 이름이 있지. 그러니까 이 산은 타닥타닥산이야. 자, 들어봐, 타닥, 타닥, 하는 소리가 나잖아."

"응. 들려. 그렇지만 이상하네. 난 여태 한 번도 이 산에서 이런 소리가 나는 걸 들어본 적이 없어. 이 산에서 태어나 삼십몇 년을 살았지만 이런 소리는……."

"세상에! 너 그렇게나 나이를 많이 먹은 거야? 지난번 나한테는 열일곱 살이라고 했으면서, 너무 한 거 아니니? 얼굴은 주름투성이에다 허리도 구부정하기에 열일곱 살이란 게 좀 이상하다 싶었는데, 그래도 이십 년이나 속였을 줄이야! 그렇담 마흔이 다 됐단 거네? 어쩜, 진짜 늙었다."

"아니야, 열일곱 맞아, 열일곱. 열일곱 살이야. 내가 이렇게 허리를 구부리고 걷는 건 나이 탓이 아니라, 배가 고프다 보니까 자연스럽게 이런 자세가 나오는 거거든. 삼십몇 년이라고 했던 건, 그건, 우리 형 이야기야. 형이 언제나 입버릇처럼 그렇게 말해서, 나도 모르는 사이에 그 말이 튀어나온 거야. 그러니까 살짝 전염이 된 거라고나 할까? 그렇게 된 거야, 자네." 당황한 나머지 자네라는 말이 튀어나왔다.

"그랬군." 토끼가 냉정하게 말했다. "그런데 너한테 형이 있다는 말은 처음 듣는데? 언젠가 너 나한테 이러지 않았니? 난 외롭고 고독한 놈이다, 부모도 형제도 없다, 이 외로운 서러움을 넌 모를 거다. 그땐 왜 그랬던 거야?"

"그래, 그랬지." 너구리는 저 자신도 무슨 소릴 하는지 알 수가 없어져서는 이렇게 말했다. "진짜 세상이란, 참 복잡한 데란 말이야. 뭘 하나로 쉽사리 단정 지을 수가 없거든. 형이 있었다가 없었다가 하니까."

"무슨 소린지 하나도 모르겠어." 토끼도 어리둥절해져서 말했다. "엉망진창이구나?"

"그래. 사실은 말이야, 형이 하나 있어. 가슴 아픈 얘기긴 한데, 형이 술주정뱅이에 날건달이라 너무 부끄럽고 창피해서, 태어나서 삼십몇 년 동안, 아니, 그러니까 형이 말이야, 형이 태어나고 삼십몇 년간 나한테 큰 짐이었어."

"그것도 이상해. 어떻게 열일곱 살한테 삼십몇 년간 짐이 될 수가 있지?"

너구리는 이제 못 들은 척한다.

"세상에는 한마디로 정의 내릴 수 없는 일들이 많다고. 이젠 그냥 내 쪽에서 형이 없는 셈 치고 인연을 끊고 살아. 엇? 이상한데? 무슨 타는 냄새 같은 거 안 나? 넌 아무렇지도 않아?"

"아니."

"그런가?" 너구리는 늘 냄새나는 것만 먹어대는 터라 후각에 자신이 없다. 의아한 표정으로 목을 비튼다. "기분 탓인가? 저것 봐. 어디 불이 났나봐. 후르르후르르, 활활, 그런 소리가 들리는데?"

"그야 그렇겠지. 여기는 후르르후르르 마을 활활산이니까."

"거짓말 마. 방금 아깐 타닥타닥산이라며."

"그래. 똑같은 산이라도 장소에 따라 이름이 다르잖아. 후지산 중턱에 있는 고후지산이나 오오무로산, 나가오산도 다 후지산에 연결되어 있는 거니까. 몰랐어?"

"응. 몰랐어. 그런가? 여기가 후르르후르르 마을 활활산인 줄은 내가 삼십몇 년간, 아니, 형 말에 의하면 여기는 그저 뒷산이었는데, 아니, 근데 여기 되게 뜨거워졌네? 지진이라도 났나? 어쩐지 오늘은 기분이 영 별로다. 아이고, 여기 엄청 뜨겁다. 까악! 뜨거워! 미치겠네, 앗 뜨거! 나 좀 살려줘! 땔감이 타고 있어. 앗뜨뜨뜨거."

이튿날 너구리는 자기 굴에 틀어박혀 끙끙 앓고 있었다.

"아아, 괴로워. 이제 나도 슬슬 죽을 때가 됐나 봐. 생각해보면 나만큼 불행한 놈도 없지. 약간 어설프게 생겼다는 이유만으로 오히려 여자들이 나를 부담스러워하면서 곁에 오려고도 하지 않아. 고상해 보이는 남자들은 진짜 손해라니까. 내가 여자를 싫어한다고 생각하는지도 몰라. 천만의 말씀. 난 성인군자가 아니라고. 여자를 좋아해. 그런데도 여자들은 내가 무슨 고매한 이상주의자라도 된다고 생각하는지 좀처럼 다가오질 않아. 이럴 바에는 차라리 큰 소리로 외치며 미친 듯 내달리고 싶구나. 난 여자를 좋아한다! 아이고, 아파라, 아파 죽겠네. 아무튼 숱한 상처들 가운데 이놈의 화상이 악질 중에 악질이네. 욱신욱신 쑤실 듯이 아파. 겨우 너구리탕에서 도망쳐 왔는데 이번에는 영문도 모르고 활활산에 발을 들여놓는 바람에 이 꼴이 됐구나. 정말 형편없는 산이었어. 땔감에 불이 붙어 활활 타오르다니 끔찍해. 삼십몇 년을," 그렇게 말을 하다가 말고는 주변을 두리번거리며 말을 이었다. "여기서 감출 게 뭐 있어. 그래, 나 올해로 서른일곱이다. 헤헷, 뭐 문제 있냐? 이제 삼 년만 있으면 마흔이야. 다들 아는 사실. 뻔하지. 딱 보면 알잖아? 아이고, 아파라. 그건 그렇고 태어나서 삼십칠 년을 그 뒷산에서 뛰놀며 자랐어도 지금까지 그런 이상한 일을 당한 적은 한 번도 없었단 말이야. 타닥타닥산이니, 활활산이니, 이름부터가 진짜 이상해. 신기한 노릇이야." 그러면서 자기 손으로 자기 머리를 쥐어박으며 골똘히 생각에 잠겼다.

그때 밖에서 보부상의 물건 파는 소리가 들렸다.

"고약 사세요. 화상, 베인 상처, 검은 피부로 고민하는 분들 안 계세요?"

너구리는 화상이나 베인 상처보다도 검은 피부라는 말에 귀가 번쩍 뜨였다.

"어이, 고약."

"네, 뉘신지?"

"여기야. 굴속이야. 꺼먼 피부에도 잘 듣나?"

"그럼요, 하루 만에 하얘진답니다."

"호오." 그 말에 기분이 좋아진 너구리가 굴 밖으로 나왔다. "야!

넌 토끼잖아."

"네. 토끼는 토낀데 저는 약장수 남정넵니다. 에헴, 벌써 삼십몇 년간이나 이 근방에서 이렇게 물건을 팔고 있습죠."

"휴우." 너구리는 한숨을 내쉬며 고개를 갸우뚱하더니, "근데 넌 내가 아는 토끼하고 똑 닮았다. 자네가 삼십몇 년이나 장사를 했단 말이야? 아니다, 지나간 세월 얘긴 관두자. 재미있는 거라곤 눈곱만큼도 없었으니까. 더럽게 칙칙했지. 됐어, 인생이 그런 거지."하고 횡설수설 대충 얼버무리고서 본론으로 들어갔다. "그나저나 나한테 그 약 좀 줘. 실은 내 몸에 고민거리가 있어."

"어이쿠, 화상을 꽤 크게 입으셨구먼요. 큰일 납니다. 그냥 내버려 뒀다간 죽어요."

"아니야. 난 차라리 죽고 싶은 심정이야. 이따위 화상쯤 아무래도 상관없어. 그것보다도 내 얼굴에 이 시커먼 반점 때문에 모양이 안 나."

"무슨 소릴 하시는 겁니까. 생사의 갈림길에 서신 분이. 아이고, 그나저나 등이 제일 심하시네요. 대관절 어쩌다가 이러셨어요."

"그게 글쎄." 너구리는 입을 삐쭉거리며 말을 꺼냈다. "후르르후르르 마을에 활활산인가 하는 이상한 이름의 산에 발을 들여놓았다가 이 꼴이 됐지 뭔가. 진짜 십년감수했어."

토끼는 자기도 모르게 키득키득 웃고 말았다. 너구리는 토끼가 왜 웃는지 알 수 없었지만 어쨌든 자기도 아하하핫 하고 따라 웃으며 말했다.

"정말 어이없는 일이었지. 그런 멍청한 짓이 또 있겠나. 자네한테도 충고하겠는데, 그 산에는 절대 들어가지 말게. 처음에 타닥타닥산으로 들어가면 뒤이어 후르르후르르 마을에 활활산이란 곳이 나오는데, 진짜 갈 데가 못 돼. 몹쓸 일을 당한다고. 그러니까 적당히 타닥타닥산 근처에 왔다 싶으면 어서 자리를 뜨도록 하게. 잘못해서 활활산 같은 데 발을 들였다가는 이 모양 이 꼴이 되니까. 아이고, 아파라. 알아들었지? 진심어린 충고야. 자넨 아직 젊으니까 나 같은 늙은이들 말은, 아니 뭐, 늙은이까지는 아니지만, 어쨌든 허투루 듣지 말고 새겨듣게. 체험담이니까. 아야야야, 아이고 아파라."

"감사합니다. 조심합지요. 그나저나 약은 어쩔까요? 친절하게 충고를 해주신 사례로 약값은 받지 않겠습니다. 우선 화상을 입은 등에 약을 발라드리겠습니다. 마침 제가 때맞춰 왔기에 망정이지 안 그랬다면 당신은 벌써 죽었을지도 모릅니다. 다 하늘의 이끄심이 있나 봅니다. 인연이지요."

"인연인지도 모르지." 너구리는 앓는 목소리를 내며 낮게 중얼거렸다. "공짜라니까 한번 발라볼까? 나도 요즘 돈이 궁하거든. 여자한테 빠지면 돈이 많이 깨진다는 게 문제야. 바르는 김에 고약을 약간 떼어서 내 손등에 얹어주겠나?"

"왜 그러시는지요?" 토끼는 불안한 듯 물었다.

"아니, 그냥, 아무것도 아니야. 그저 색깔이 어떤지 좀 보고 싶어서."

"색은 다른 고약과 별 차이가 없습니다. 이렇게 생겼습니다만." 그러면서 아주 적은 양을 너구리 손바닥 위에 얹어준다.

너구리가 재빨리 그 약을 얼굴에 바르려는데, 약의 정체가 탄로날까봐 두려워진 토끼가 너구리의 손목을 움켜쥐며 말한다.

"아, 그건 안 됩니다. 얼굴에 바르기엔 약이 너무 강해요. 큰일 난다고요."

"괜찮아, 이 손 놔." 너구리는 막무가내다. "제발 부탁이니 이 손 좀 놔줘. 넌 내 기분 모를 거야. 내가 이 시커먼 반점 때문에 태어나 삼십몇 년 동안 얼마나 서러웠는지 몰라. 이거 놔. 손 좀 놔줘. 제발 부탁이니 바르게 해줘."

너구리는 급기야 토끼를 발로 걷어차 버리고 재빨리 얼굴에 약을 바른다.

"다른 건 몰라도 내 얼굴 이목구비만큼은 또렷하잖아. 다만 이 시커먼 반점 때문에 주눅이 들었던 거지. 이젠 됐어. 으아악! 이거 엄청 독하네. 진짜 따끔따끔해. 약이 세긴 센가 봐. 하지만 이 정도 센 약이 아니고서는 내 검은 반점도 사라지지 않겠지. 우와, 진짜 따갑다. 하지만 참아야 해. 이런 젠장 할, 요 다음에 그 아일 만나면 내 매력에 푹 빠져서 정신 못 차리게 만들어 줄 테닷. 이히히힛, 그 아이가 상사병이 나든 말든 내 알 바 아니지. 내 책임이 아니니까. 아아, 따가워 죽겠어. 이 약이 진짜 잘 듣는구나. 자, 그럼 이젠 등짝이고 어디고 두루두루 다 발라줘. 난 죽어도 상관없으니까. 시커먼 얼굴만 없어진다면 죽어도 좋아. 자, 어서 발라. 주저 말고 있는 대로 다 발라버렷!" 차마 눈 뜨고 볼 수 없는 비장한 광경이다.

그러나 아름답고 콧대 높은 아가씨들의 잔인함은 한도 끝도 없는 법. 거의 악마 수준이다. 아무렇지도 않은 표정으로 자리에서 일어나 화상 입은 너구리의 등에 고춧가루를 이겨 만든 것을 잔뜩 바른다. 갑자기 너구리가 데굴데굴 구르며,

"으으윽, 아무렇지도 않아. 이 약이 확실히 잘 듣네. 으아악, 미치겠다. 물 좀 줘. 대체 여기가 어디야? 지옥인가? 나 좀 살려줘. 내가 지옥에 떨어졌나? 난 너구리탕이 되기 싫어서 할망구를 해치웠을 뿐이라고.

나는 죄 없어. 태어나서 삼십몇 년 동안 시커먼 반점이 있단 죄로 여자들한테 인기를 끌었던 적이 단 한 번도 없다고. 그리고 난 식탐이 있어서, 아악, 그것 때문에 얼마나 창피를 당했는지, 아무도 모를 거야. 나는 고독해. 나는 착한 사람이야. 이목구비는 봐줄 만하다고." 하고 고통스러운 나머지 애처롭게 헛소리를 내뱉더니 결국 녹초가 되어 기절하고 만다.

그러나 너구리의 불행은 거기서 끝이 아니다. 작가인 나도 쓰면서 한숨이 새어 나올 정도다. 아마도 일본 역사에 있어서 이토록 가여운 반생을 살다 간 자도 없을 것이다. 너구리탕이 될 뻔했다가 달아나는 데 성공한 것도 잠시, 활활산에서 이유도 모르고 큰 화상을 입은 뒤 구사일생으로 기어 나와 가까스로 자기 굴로 와서 오만상을 다 쓰며 끙끙 앓고 있는데, 이번에는 화상을 입은 상처에 끈적끈적 고춧가루를 바르니, 그 통증이 너무 심해 실신, 이윽고 진흙 배에 태워져 가와구치 호수 밑으로 잠기고 만다. 정말이지 처량한 신세다. 이게 다 여자 때문인데, 끔찍하기 그지없는 꼴이다. 멋있는 구석이 한 군데도 없다. 그는 굴 깊숙한 곳에서 숨을 할딱거리며 그야말로 생사의 경계를 헤매다가, 배가 고픈 나머지 나흘째에 지팡이를 짚고 비틀거리며 나와서 뭐라고 중얼중얼하며 이것저것 먹을 것을 찾아 나섰는데, 그 모습이 어찌나 딱해 보였는지는 이루 다 말할 수가 없다. 하지만 워낙 골격이 단단하고 체격이 좋아서 열흘도 지나지 않아 완쾌되었고, 식욕도 예전처럼 왕성하게 돌아왔다. 색욕도 조금씩 돌아오기 시작해서, 가만히 있으면 될 것을 또 토끼를 찾아 움막으로 어슬렁어슬렁 걸어갔다.

"놀러 왔어. 으흐흐." 너구리는 쑥스러워하며 징글맞게 웃었다.

"어머!" 토끼는 외마디 소리를 지르며 노골적으로 싫은 표정을 지었다. 뭐야, 또 너야? 하는 듯한 얼굴, 아니 그보다 더 심하다. 뭘 땜에 또 왔어? 낯짝도 두껍네. 그런 느낌, 아니 그보다 약간 더 심하다. 아아, 지긋지긋해! 찰거머리 같으니! 그런 느낌, 아니 그것보다도, 훨씬 더 심하다. 더러워! 냄새나! 죽어버려! 그런 극도의 혐오감이 토끼의 얼굴에 선명하게 드러나 있는데, 원래 초대받지 않은 손님은 주인이 가진 그런 증오감을 감지하는 데 매우 더딘 법이다. 이것은 진정 오묘한 심리다. 독자 여러분들도 조심하는 것이 좋을 것이다. 그 집에 가는 건 어쩐지 번거롭고 거북하다고 생각하면서도 꾸역꾸역 집을 나설 때는, 의외로 그쪽 집에서 당신들의 방문을 진심으로 기뻐하기 마련이다. 그에 반해, 아아, 그 집에 가면 얼마나 마음이 편한지 몰라, 우리 집이나 진배없지, 아니, 우리 집보다도 더 편안해, 나의 유일한 쉼터, 그 집에 가는 건 정말 기쁜 일이야, 그렇게 즐거운 기분으로 집을 나설 때 당신들은 대체로 그 집에서 귀찮은 사람이나 더러운 사람 취급을 받는 공포의 대상이라, 장지문 구석에 빗자루 같은 게 거꾸로 세워져 있는 것이다.[16] 남의 집을 자기 휴식처로 삼겠다는 것부터가 멍청한 발상인지도 모르겠지만, 어쨌든 이렇게 남의 집을 방문할 때면 놀랄 만한 착각을 하곤 한다. 별다른 용무가 없다면 아무리 친한 사람의 집이라 해도 무턱대고 찾아가지 않는 게 나을지도 모른다. 작가의 이런 충고를 의심스러워하는 사람들은 너구리 신세를 면치 못할 것이다. 너구리는 지금 분명 어마어마한 착각을 하고 있다. 토끼가 어머! 하고 외마디 소릴 지르는 것을 보고도 자기가 갑작스럽게 방문한 것이 너무 기쁘고 놀라워서 아가씨다

16_ 예로부터 일본에는 빗자루를 거꾸로 세워두면 손님이 빨리 돌아간다는 미신이 있다.

운 천진난만한 목소리가 튀어나왔다고 착각하고는 떨 듯이 기뻐하고 있다. 토끼가 인상을 찌푸리는 걸 보고도 지난번 활활산에서 있었던 재난 때문에 마음이 아파서 그런 거라고 해석하면서,

"어, 고마워."하고 토끼가 인사도 안 하는데 자기가 먼저 답례를 한다. "걱정할 것 없어. 이젠 괜찮아. 내게는 수호신이 따라다니거든. 운이 좋아. 그따위 활활산쯤이야 갓빠 방귀지.[17] 갓빠 고기가 맛있다던데, 언제 기회 되면 먹어볼 생각이야. 이건 그냥 해보는 소리고, 근데 그땐 진짜 놀랐어. 불길이 엄청났잖아. 넌 괜찮았어? 상처는 없는 것 같네. 그 불길 속에서 잘도 달아났구나."

"무사한 건 아니야." 토끼는 새침하게 토라진 듯 말했다. "너 너무한 거 아니니? 그런 불길 속에 나 혼자 남겨두고 도망을 치다니. 나는 연기에 숨이 막혀서 하마터면 죽을 뻔했다고. 널 얼마나 원망했는지 몰라. 역시 그런 상황에선 자기도 모르게 본심이 드러나는가 보지? 난 이번에 네 본심을 확실히 알았어."

"미안해. 용서해줘. 실은 나도 화상을 크게 입었어. 어쩌면 나한텐 신도 뭣도 없는지도 몰라. 끔찍한 일을 당했으니까. 결코 널 잊었던 건 아니지만, 순식간에 내 등허리가 뜨거워져서 널 도우러 갈 틈이 없었어. 날 좀 이해해주라. 난 절대 그런 남자가 아니야. 화상이라는 게 도무지 우습게 볼 만한 것이 아니더라고. 고약인지 곤약인지 하는 것도 믿을 게 못 돼. 그거 정말 끔직한 약이야. 검은 반점을 없애는 데도 전혀 안 들어."

"검은 반점?"

17_ 별것 아니라는 뜻의 관용어. 갓빠는 어린아이 몸에 거북 등을 한 전설 속 동물.

"어쨌거나 뭐, 그런 게 있어. 찐득거리는 시커먼 약인데, 진짜 강력한 약이야. 신기하게 너하고 똑 닮은 쪼끄만 녀석이 약값은 됐다기에 나도 무심결에 일단 한번 써보자 싶어서 발라달라고 했는데, 세상에 나 원 참, 너도 공짜 약 같은 건 조심하는 게 좋을 거야. 방심하다가 큰코다친다고. 머리 꼭대기에서 핑핑 회오리바람이라도 몰아치는 줄 알았다니까. 그러다가 꽈당 나자빠졌지."

"흥." 토끼는 경멸하듯 쏘아붙였다. "자업자득 아니야? 짠돌이니까 벌 받은 거지. 공짜 약이라고 한번 써보자 싶었다니, 그렇게 싸구려 짓거리를 해놓고 부끄러운 줄도 모르는구나?"

"말이 지나치잖아." 너구리는 낮은 목소리로 중얼거렸지만, 별 느낌도 없는 듯했다. 그저 좋아하는 사람 옆에 있다는 것만으로도 행복하고 흐뭇해서, 턱 하니 자리에 주저앉아 죽은 물고기처럼 흐리멍덩한 눈으로 주위를 둘러보며 작은 벌레를 집어 먹고 있다. "하지만 난 운이 좋은 남자야. 어떤 일이 닥쳐도 죽진 않으니까. 신이 나를 보호하는 건지도 몰라. 너도 멀쩡해서 다행이지만, 나도 언제 그랬냐 싶게 상처가 다 나아서 이렇게 다시 둘이 느긋하게 이야기할 수 있게 되었으니 말이야. 아아, 꿈을 꾸는 것만 같아."

토끼는 아까부터 너구리가 빨리 집에 돌아가 주었으면 하는 마음이 간절하다. 꼴 보기 싫어서 죽을 것 같다. 어떻게 해서든 자기 움막 근처를 떠나주었으면 하는 바람으로 다시 또 악마 같은 계획을 짜낸다.

"있잖아, 너 저기 가와구치 호수에 진짜 맛있는 붕어가 우글우글하다는 거 알고 있어?"

"진짜? 몰랐어." 너구리는 단번에 눈을 반짝거린다. "내가 세 살 때, 엄마가 붕어를 한 마리 잡아다 준 적이 있는데, 정말 맛있었어.

나도 손재주가 영 없는 건 아냐. 진짜 그런 건 아닌데, 붕어처럼 물속에 사는 것들을 잡을 수가 없어서, 그게 맛있다는 건 알고 있으면서 그 후로 삼십몇 년 동안, 아니, 아하하핫, 나도 모르게 형이 입버릇처럼 하던 말이 튀어나오네. 형도 붕어를 좋아했거든."

"그래?" 토끼는 건성으로 맞장구를 치며 말했다. "난 별로 붕어 같은 거 안 좋아하지만, 네가 그렇게 좋아한다면 지금 같이 잡으러 가도 돼."

"그래?" 너구리는 싱글벙글하며 "하지만 붕어란 놈들이 여간 재빠른 게 아냐. 놈을 잡으려다가 물에 빠져 죽을 뻔한 적이 있거든." 하고 그만 과거에 있었던 실수를 털어놓고 만다. "너한테 무슨 좋은 수가 없겠니?"

"그물로 떠올리면 훨씬 수월해. 요즘 저쪽 우노시마섬[18] 근처에 붕어 떼들이 엄청 몰려다니거든. 자, 가보자. 너 근데, 노는 저을 줄 알아?"

"으흠." 너구리는 나지막이 한숨을 쉬고는 "까짓거, 못 저을 것도 없지. 마음만 있다면야!" 하고 억지로 허풍을 떨었다.

"저을 수 있다고?" 토끼는 그게 허풍이라는 걸 알면서 일부러 믿는 척하며 말했다. "마침 잘됐네. 나한테 배가 한 척 있거든. 근데 너무 작아서 우리 둘은 다 못 타. 게다가 워낙 얇은 널빤지로 허술하게 만든 배라 물이 새서 위험하거든. 나야 아무래도 상관없지만 혹시 너한테 그런 일이 생기면 안 되잖아. 둘이 힘을 합쳐서 네 배를 새로 만드는 게 어때? 얇은 널빤지로 만든 배는 위험하니까, 진흙을 발라서 좀 더 튼튼하게 만들자."

"미안하지만, 나 좀 울게. 나 좀 울게 해 줘. 나는 왜 이렇게 눈물이

18_ 가와구치 호 한가운데 떠 있는 무인도.

많은지 모르겠어." 너구리는 그렇게 우는 시늉을 하면서 "기왕이면 네가 혼자서 그 튼튼하고 멋진 배를 만들면 어떨까? 알겠지? 부탁 좀 할게." 하고 약삭빠르게 부탁을 한다. "이 은혜 평생 잊지 않을게. 네가 내 튼튼한 배를 만드는 동안 나는 도시락을 준비하겠어. 난 분명 아주 훌륭한 취사 당번이 될 거야."

"그래, 맞아." 토끼는 멋대로 지껄여대는 너구리의 말을 믿는 척하며 순순히 고개를 끄덕였다. 그러는 동안 너구리는 세상 참 살기 편하다며 저 혼자 싱글벙글하고 있다. 이 짧은 순간에 너구리에게 슬픈 운명의 그림자가 드리워진다. 자기가 아무렇게나 제멋대로 하더라도 그걸 모두 받아주는 사람의 마음속에는 때로 무시무시한 계략이 숨겨져 있다는 사실을, 아둔한 너구리는 알지 못했다. 일이 술술 잘 풀린다고 마냥 히죽거리고 있다.

둘은 나란히 호숫가로 나온다. 부연 가와구치호에는 잔물결 하나 없다. 토끼는 곧장 진흙을 짓이겨 튼튼하고 훌륭한 배를 만들기 시작했고, 너구리는 '거참 미안하네.' 하고 연신 중얼거리며 오로지 자기 도시락 반찬 찾기에만 바쁘다. 저녁 바람이 산들산들 불어와 호수 가득 잔물결이 칠 무렵, 점토로 된 작은 배가 반들반들 놋쇠 빛으로 반짝이며 물 위에 떴다.

"오호, 나쁘지 않은데?" 들뜬 너구리는 제일 먼저 석유통만큼 큼직한 도시락을 배에 싣고서 "그나저나 너 정말 재주가 좋은 소녀구나. 순식간에 이렇게 예쁜 배 한 척을 만들어 내다니 말이야. 타고났어." 하고 속이 빤히 들여다보이는 아부를 했다. 이렇게 손재주가 좋은 아이를 아내로 맞이한다면 팽팽 놀면서도 편안히 살 수 있을 거라는 색정 이외의 욕망이 솔솔 피어올랐다. 이렇게 된 바에야 무슨 수를 써서라도 이 여자한테 딱 들러붙어서 한평생 떨어지지 말자고 남몰래 각오를 다졌다. 너구리는 으쌰 하고 배에 올라서며 말했다. "넌 분명 노도 잘 저을 거야. 내가 노 젓는 법을 모르는 건 절대로 아니지만 오늘은 어디 한번 우리 마누라 솜씨를 구경하고 싶은 걸?" 말투가 어지간히 뻔뻔스럽다. "나도 예전에는 노 젓기의 명수라느니, 달인이라느니, 하는 소릴 들었는데, 오늘은 한번 누워서 지켜보고 싶구나. 괜찮다면 네 배 뒤에 내 뱃머리를 질끈 동여매 줘. 배를 사이좋게 딱 붙이고 죽더라도 같이 죽자. 날 버리진 마." 너구리는 징그럽게 눈꼴신 말을 주절주절해대며 진흙 배 바닥에 드러눕는다.

토끼는 배를 동여매라는 소리를 듣고, 혹시라도 이 멍청이가 뭔가 눈치를 챘나 싶어 가슴이 철렁 내려앉아서 너구리 눈치를 슬쩍 살폈지만, 너구리는 아무 일도 없다는 듯 코 밑을 쭉 빼고 헤벌쭉 웃으며 벌써 꿈속을 헤매고 있다. "붕어가 잡히거든 깨워. 놈은 진짜 맛이 좋으니까 말이야. 나는 서른일곱이야."

이런 얼토당토않은 잠꼬대를 늘어놓고 있다. 토끼는 흥 하고 비웃으며 너구리 배 뱃머리를 자기 배 후미에 연결시킨 뒤, 철썩 하고 노로 수면 위를 내리쳤다. 배 두 대가 해안에서 스르르 멀어져 간다.

석양을 받은 우노시마섬의 소나무 숲이 불이 난 듯 붉게 타올랐다. 여기서 잠깐 작가가 또 아는 척을 해보자면, 이 섬의 소나무 숲 그림을 도안화한 것이 바로 시키시마 담뱃갑에 그려진 그림이다. 믿을 만한 사람한테서 들은 것이니 독자들은 믿어도 손해 볼 것이 없으리라. 하긴 이미 '시키시마'라는 담배가 없어졌으니 젊은 독자들은 별 감흥도 없겠다. 쓸데없는 지식을 가지고 잘난 체 좀 해봤다. 아무튼 괜히 아는 척하다가는 이렇게 민망한 꼴이 되기 마련이다. 태어난 지 삼십몇 년 이상 된 독자만이 ‘아아, 그게 그 소나무였어?’ 하고 게이샤들 끼고 놀던 옛 기억을 멍하니 떠올리며 싱거운 표정을 지을 것이다.

토끼는 우노시마섬 저녁 풍경을 멍하니 바라보며,

“아아, 경치가 멋있네.” 하고 중얼거렸다. 정말이지 신기하기 짝이 없는 일이다. 아무리 극악무도한 사람이라고 해도 잔혹한 범죄를 저지르기 직전에는 자연의 아름다움에 푹 빠질 여유 같은 것은 없을 터인데, 여기 있는 아름다운 열여섯 아가씨는 눈을 가늘게 뜨고 석양이 드리운 섬을 내다보고 있다. 천진난만함과 악마는 정말이지 종이 한 장 차이다. 고생을 모르고 자라서 제멋대로 구는 아가씨의 역겹고 아니꼬운 자태를 보며, ‘아아, 청춘이란 순진한 것이야.’ 하며 군침을 흘리는 남자들은 조심하는 것이 좋을 것이다. 그들이 말하는 ‘순진한 청춘’ 어쩌고 하는 것은 토끼를 보면 알 수 있듯이 가슴속에 살의와 도취가 함께 자라고 있어도 얼굴색 하나 변하지 않으며, 뭐가 뭔지 알 수 없이 마구잡이로 뒤섞인 관능의 난무亂舞다. 더할 나위 없이 위험한 맥주 거품이다. 피부감각이 윤리를 뒤덮고 있는 상태, 이는 저능아 아니면 악마다. 한때 세계적으로 유행했던 미국 영화에 이 같은 ‘순진’한 암컷이 한가득 나와서 피부감각을 주체하지 못하고 간질간질 촐랑촐랑 스프링처럼 왔다 갔다 했다. 억지로 끌어다 붙이려는 건 아니지만 ‘순진한 청춘’의 원조는 어쩌면 미국 근처 어디가 아닌가 하는 생각이 들 정도다. 스키를 즐겨요, 랄랄라. 뭐 그런 류다. 그러면서 뒤에서는 아무렇지도 않다는 얼굴로 대단히 비열한 범죄를 저지른다. 저능아 아니면 악마다. 아니, 악마란 본래 저능아인지도 모른다. 아담하고 날씬한 몸에 팔다리는 가냘파서, 앞서 달의 여신 아르테미스와 견줄 만하다고 했던 열여섯 살 토끼 아가씨도 단숨에 흥미 없는 시시한 존재가 되어버렸다. 저능아라! 그렇담 어쩔 수 없고.

"으악!" 발아래서 기묘한 소리가 났다. 순진하기 그지없는 우리의 친애하는 37세의 남성, 너구리 군의 비명이다. "물이다, 물. 큰일 났어."

"시끄러워. 진흙으로 만든 배니까 가라앉는 게 당연하지. 몰랐어?"

"몰랐지. 이해가 안 되네. 앞뒤가 안 맞잖아. 말이 안 되는 이야기야. 너 설마 나를, 아니지, 설마 그런 끔찍한 일이, 아니야, 정말 모르겠어. 넌 내 아내잖아. 아악, 가라앉고 있어. 적어도 물에 잠기고 있는 건 분명한 사실이야. 장난이라도 이건 너무 지나치다. 거의 폭력에 가까워. 으아악, 잠기고 있어. 어이, 너 어떻게 할 거야. 도시락이 다 못쓰게 됐잖아. 이 도시락에는 족제비 똥으로 버무린 지렁이 마카로니가 들어 있다고. 아까워 죽겠네. 어푸! 아악, 물이 입속까지 들어왔어. 어이, 부탁해. 이런 못된 장난은 이제 그만둬. 어이, 어이, 그 끈을 끊어버리면 어떻게 해. 죽을 땐 같이, 부부는 저승까지, 끊어도 끊을 수 없는 인연의 밧줄이여, 아, 안 돼, 끊어버렸어. 살려줘! 난 헤엄을 못 친다고. 고백할게. 옛날에는 약간 할 줄 알았는데, 너구리도 서른일곱이 되니 여기저기 근육이 굳어서 도저히 헤엄을 못 치겠어. 고백할게. 나는 서른일곱이야. 사실 너하고는 나이차가 엄청나게 난다고. 어른을 공경할 줄 알아야지! 경로우대의 마음을 잊지 마라! 엇푸! 아아, 자, 얘야, 착하지, 착해. 어서 네가 가지고 있는 그 노를 이쪽으로 뻗쳐주렴. 내가 그걸 잡고, 아야야야야, 무슨 짓이야, 아프잖아. 노로 내 머리를 내리치다니. 좋아, 그랬구나, 이제야 알겠어! 넌 날 죽일 셈이구나, 이제야 알았어." 그렇게 너구리는 죽기 직전이 되어서야 처음으로 토끼의 계략을 꿰뚫어 보았지만, 때는 이미 늦었다.

타닥, 탁. 토끼는 무자비하게 노로 너구리 머리를 내리쳤다. 너구리는

석양으로 반짝이는 호수의 수면 위를 떴다 잠겼다 하면서,

"아야야야, 아야야야, 너무하구나. 내가 너한테 무슨 나쁜 짓을 했다고 이러는 거야. 좋아한 것도 죄냐."라고 하고는, 물 밑으로 쑤욱 잠겨버렸다.

토끼는 이마에 땀을 닦으며,

"아이, 이 땀 좀 봐."하고 말했다.

그나저나 이 이야기는 호색한에게 내린 징벌이라고나 할까. 열여섯 먹은 아리따운 아가씨에게는 다가가지도 말라는 친절한 충고를 곁들인 풍자라고나 할까. 혹은 마음에 든다고 너무 집요하게 찾아가다가는 결국 극도의 혐오감만 주고 살해당하는 끔찍한 신세가 될 수 있으니 절도를 지켜라, 뭐 그런 매너 교과서쯤 되는 것일까.

그것도 아니면 세상 사람들은 도덕적인 선악보다도, 감각적으로 느껴지는 좋고 싫음에 의해 서로 욕하고 벌하고 상을 주고 따르는 법이라는 것을 암시하는 우스개 이야기인 것일까.

아니지 아니야, 그렇게 평론가적인 결론을 내리기 위해 초조해할 필요는 없다. 너구리가 죽으면서 남긴 마지막 한마디만 기억해 두도록 하자.

말하자면, 좋아한 것도 죄냐!

예부터 전해 내려오는 세상 모든 슬픈 이야기의 주제는 결국 다 이 문제와 관련된 것이라 해도 과언이 아닐 것이다. 여성에게는 무자비한 토끼가 한 마리씩 살고 있으며, 남성에게는 물에 빠져 죽기 직전의 너구리가 발버둥 치고 있다. 작가가 삼십몇 년간 겪어온 보잘것없는 경험에 비춰보더라도, 그것은 명명백백한 진리다. 어쩌면, 당신에게도. 이만 줄인다.

혀 잘린 참새

나는 일본의 국난타개를 위해 고군분투하는 사람들에게, 잠시 숨 돌리는 틈에 조금이나마 마음의 위로를 찾을 위안거리를 만들어주자는 마음에서 『옛날이야기』라는 책을 썼다. 요즘 미열이 계속되어 몸이 영 시원찮은데, 명령이 떨어지면 노동하러 나가고, 재해로 불탄 집수리도 하면서, 짬짬이 시간 날 때마다 조금씩 썼다. 혹부리 영감, 우라시마, 타닥타닥산을 쓴 뒤에 모모타로[19]와 혀 잘린 참새까지 써 모아서, 『옛날이야기』를 완결시킬 생각이었다. 하지만 모모타로 이야기는 너무 단순화되는 바람에 일본 남자아이의 상징이 되어버린 터라 이야기보다는 시나 노래라는 느낌마저 든다. 물론 처음에는 모모타로도 내 나름대로 고쳐볼 생각이었다. 그러니까 도깨비섬 도깨비 녀석들에게 일종의 밉살스런 성격을 부여해볼 작정이었다. 무슨 일이 있어도 꼭 물리쳐야 하는 극악무도한 인간들로 녀석들을 묘사하려 했다. 그리하여 모모타로의 도깨비 정벌이 독자 여러분에게 큰 공감을 불러일으키고, 읽는

19_ 노부부가 강에서 떠내려온 복숭아를 주웠는데, 거기서 남자아이가 태어나 이름을 모모타로(모모는 복숭아라는 뜻)라고 짓고 기른다. 성장한 모모타로는 개, 원숭이, 꿩을 데리고 도깨비섬으로 가서 사람들을 괴롭히는 도깨비들을 퇴치하고 금은보화를 얻어 집으로 돌아온다.

사람이 손에 땀을 쥘 정도로 아슬아슬한 전투를 넣은 작품을 구상해 놓았다. (대부분의 작가들은 아직 쓰지 않은 작품에 대한 계획을 이야기할 때면 이렇듯 천진난만한 허풍을 떨곤 한다. 그렇게 잘 풀리면 오죽 좋겠냐만.) 뭐 어쨌든, 우선 들어봐 달라. 어차피 장황한 소리긴 한데, 일단은 비웃지 말고 들어 달라. 그리스 신화에서 가장 영악하고 추잡한 악마는 만 갈래 뱀 머리를 한 메두사일 것이다. 미간에는 의심 많은 주름이 깊게 패여 있고, 찢어진 잿빛 눈 속에는 야비한 살의가 번득이며, 시퍼런 뺨에는 위협적인 분노가 이글거리는 데다, 가늘고 거무죽죽한 입술은 혐오감과 모멸감에 찌들어 일그러져 있다. 거기다 치렁치렁한 머리칼 한 올 한 올에 모조리 시뻘건 뱃가죽을 한 독사다. 적을 상대할 때는 셀 수 없이 많은 이 독사들이 일시에 머리를 쳐들고, 슉슉 기분 나쁜 소리를 내며 달려든다. 메두사의 이런 모습을 한 번이라도 본 사람들이라면 뭐라 형용할 수 없는 끔찍한 감정에 사로잡혔다가, 심장이 멎고 온몸이 차가운 돌로 변해버린다고 한다. 공포보다는 불쾌감이 앞선다. 인간의 육체가 아닌 마음에 손상을 입힌다. 이러한 마귀야말로 세상 그 무엇보다 혐오스러운 것이니, 하루빨리 퇴치해야 한다. 그에 비해 일본 도깨비는 단순하고 애교가 있다. 오래된 절에 나타나는 덩치 큰 까까머리 괴물이나 외다리 우산 도깨비 같은 것들은 대부분 술 취한 호걸들을 위해서 순진무구한 춤을 선보여, 한밤중에 그들의 무료함을 달래주는 게 고작이다. 그림책에 나오는 도깨비 섬 도깨비들 역시 몸집만 컸지, 원숭이들이 코를 할퀴면 악! 하고 소릴 지르고는 뒤로 나자빠져 항복을 해버린다. 도무지 무서운 구석이라곤 없다. 성격이 선량한 듯도 싶다. 이래서야 모처럼 쓰려고 하는 도깨비 퇴치 이야기도 굉장히 맥 빠진 것이 되고 말리라. 이렇게 된 이상 메두사의 머리보다 훨씬 더 불쾌한 마귀를 등장시켜야 한다. 그렇지 않고서는 독자들 손에 땀을 쥐게 할 수가 없다. 또 정복자 모모타로가 힘이 너무 세면, 독자가 오히려 도깨비를 딱하게 여겨서 이야기의 아슬아슬한 긴장감이 살아나지 않을 것이다. 지크프리트 같은 용맹스러운 불사신도 어깻죽지 딱 한 군데에 약점이 있었다지 않는가.[20] 벤케이[21]에게도 급소가 있었다고 하고, 어쨌든 완벽한 절대강자는 이야기에 어울리지 않는다. 거기다가 나 자신이 힘이 없는 탓인지, 약자들의 심리는 꽤 읽을 줄 알겠는데, 강자들의 심리는 소상히 알 수가 없다. 특히나 누구에게도 지지 않는 완벽한 강자는 이제껏 단 한 번도 만나본 적이 없고, 소문으로라도 들어본 적이 없다. 나는 조금이라도 나 스스로 체험한 일이 아니고서는 단 한 줄 단 한 자도 못 쓰는, 대단히 상상력이 부족한 이야기 작가다. 모모타로 이야기를 쓰면서도, 한 번도 본 적 없는 절대불패의 호걸을 등장시키는 건 도저히 불가능했다. 역시 나의 모모타로 이야기는 어렸을 적부터 울보에다 몸이 허약하고 부끄럼쟁이로 영 변변치 않은 사내가, 사람들의 마음을 파괴하고 그들을 영원한 절망과 전율과 원한의 지옥으로 내동댕이쳐버리는 추악하고 극악무도한 요괴들을 만나, 내 비록 힘은 없으나 이를 그냥 두고 볼 수는 없다며 떨치고 일어나, 허리춤에 수수경단을 차고 요괴들 소굴로 당당히 걸어 들어가는 내용쯤이 될 것이다. 개, 원숭이, 꿩, 이 세 마리 부하들도 결코 모범적인 조수라고는 할 수 없고, 제각기 골치 아픈 버릇을 가지고 있는데,

20_ 지크프리트는 독일 영웅전설 『니벨룽겐의 노래』(13세기경)에 등장하는 영웅으로, 니벨룽겐 족의 보물을 지키던 용을 퇴치하면서 그의 온몸을 적셨던 용의 피가 피부가 되어 불사신이 되었으나, 용의 피가 묻지 않았던 어깻죽지 한 부분을 배신자에게 찔려 죽음을 맞이한다.

21_ 무사시보 벤케이武藏坊弁慶(1155~1189). 괴력을 지닌 용감무쌍한 장수로, 교토 고조오하시 다리에서 요시쓰네를 만난 이래 죽을 때까지 목숨을 걸고 그를 보좌했다.

가끔은 싸움을 벌이기도 하는 서유기의 손오공, 저팔계, 사오정 같은 느낌으로 쓰게 될지도 모르겠다. 하지만 나는 「타닥타닥산」을 쓰고 난 다음 「나의 모모타로」를 쓰려고 할 때 갑자기 극심한 우울증에 사로잡혔다. 적어도 모모타로 이야기만큼은 이대로 단순한 형태로 남겨두고 싶었다. 이것은 이미 이야기가 아니다. 오랜 옛날부터 일본 사람들이 노래해오던 일본의 시다. 이야기 구조에 어떤 모순이 있다고 해도 상관없다. 이 시에 담긴 명료하고 활달한 느낌을 이제 와서 멋대로 뜯어고치는 것은 일본에게도 송구스런 일이다. 하물며 모모타로는 일본에서 첫째가는 남자다. 일본 첫째는커녕, 둘째, 셋째도 경험한 적 없는 작가가, 일본 제일의 쾌남을 제대로 묘사할 턱이 없다. 나는 모모타로가 들고 있는 '내가 일본 최고'라는 깃발을 떠올리고는, 「나의 모모타로」 이야기를 깨끗이 포기했다.

그리고 곧장 「혀 잘린 참새」 이야기를 쓴 후에, 일단은 이걸로 『옛날이야기』를 매듭짓기로 생각을 고쳐먹었던 것이다. 혀 잘린 참새나, 앞서 다뤘던 혹부리 영감, 우라시마, 타닥타닥산 모두 '일본 최고'의 인물은 등장하지 않기에 별 책임감 없이 자유롭게 쓸 수 있었지만, 왠지 '일본 최고'라는 내용이 나와 버리니까, 명색이 이 귀한 나라에서 최고라니, 아무리 옛날이야기라고는 해도 내 마음대로 막 쓸 수는 없겠구나 싶었던 거다. 외국 사람들이 보고, 뭐야, 일본에서 최고라는 게 기껏 이 정도야? 라고 한다면 분하기도 할 터. 그런 까닭에 나는 여기서 집요할 정도로 짚고 넘어가려고 한다. 혹부리 영감 이야기에 나오는 두 노인이나 우라시마, 그리고 타닥타닥산에 나오는 너구리도 결코 일본 최고는 아니란 거다, 모모타로만이 일본 최고라는 거, 그리고 나는 그런 모모타로를 쓰지 않았다는 거. 만약 진짜 일본 최고라는 녀석이 당신 눈앞에 나타난다면, 당신은 눈이 부셔서 두 눈을 꾹 감을지도 모른다. 어때, 이제 좀 알아듣겠나? 여기 내 『옛날이야기』에 나오는 자들은 일본 최고도 둘째도 셋째도 아닐뿐더러, 소위 말하는 '대표적인 인물'도 아니다. 그저 다자이라는 작가가 그의 아둔한 경험에 빈약한 공상을 더해 만들어낸 대단히 평범한 인물들이다. 여기 나오는 인물들을 보고 다짜고짜 일본인의 경중輕重을 따지려 든다면, 그야말로 장님 코끼리 만지는 격이다. 나는 일본을 소중히 여기고 있다. 굳이 말할 것도 없지만, 그런 이유에서 일본 최고의 모모타로를 다루는 것을 피하고, 다른 인물들이 결코 일본 최고가 아니라는 것을 주절주절 이야기해본 것이다. 독자들도 나의 이런 이상한 집착을 흔쾌히 받아들여 주시리라 생각한다. 다이코[22]도 말하지 않았나. "일본 최고는 내가 아니다"라고.

헌데, 이 혀 잘린 참새 이야기의 주인공은 일본 최고이기는커녕, 반대로 일본에서 가장 쓸모없는 사내일지도 모른다. 우선 몸이 허약하다. 허약한 남자는 다리가 부실한 말보다도 세간에서 가치가 없다. 항상 힘없이 기침을 하고 안색도 나쁘며, 아침에 일어나서 방문 먼지를 털고 비질을 좀 하고 나면 금방 녹초가 되고 만다. 그다음부터는 온종일 책상 앞에 앉았다 누웠다 하며 꼼지락거리다가, 저녁을 먹고 나면 스스로 재빨리 자리를 깔고 잠이 들어버린다. 이 남자는 벌써 십 년 이상 이렇게 한심한 생활을 하고 있다. 아직 마흔도 안 됐으면서 오래전부터 자기 이름 뒤에 옹翁을 붙였고, 집안 식구들에게도 '할아버지'라 부르라고 일렀다. 말하자면 은둔자쯤 되겠다. 하지만 세상을 등지고 사는 것도

22_ 太閤. 통치권자의 후계자를 대신하여 섭정을 하던 직책을 이르는 말로, 도요토미 히데요시를 달리 부르는 말이다. 도요토미 히데요시는 일본 전국을 통일시킨 인물로, 센다이 번 다테 가문은 마지막까지 그에게 저항하여 도요토미 정권의 적국이 되었다. 그 소동 중에 있었던 일화가 가부키 〈센다이하기〉에 담겨 있으며 다자이의 작품에도 이 내용이 종종 등장한다.

여윳돈이 좀 있어야 가능한 거지, 돈 한 푼 없이 하루 벌어 하루 먹고 사는 지경이면, 세상을 등지고 싶어도 등질 수가 없다. '할아버지'도 지금은 이렇게 소박한 초가집에서 살지만, 원래는 갑부 집 셋째 도련님이었다. 부모님의 기대를 저버린 채 이렇다 할 직업도 없이 멍하니 청경우독하는 생활을 하던 차에 병이 들고 말았다. 부모를 비롯해 친척들까지 그를 병약한 바보에 골치 아픈 녀석이라 여기며 포기하고, 거리에 나앉지 않을 정도 되는 소액의 돈만 다달이 부쳐주고 있는 상황이다. 그렇기에 이런 은둔자 비슷한 생활도 가능한 것이다. 비록 초가집이라고는 하나, 이 정도면 그럭저럭 괜찮은 처지라고 할 수 있겠다. 그리고 이렇게 살 만한 인간일수록 남들에게는 크게 도움이 안 되는 법이다. 몸이 허약한 것은 사실이지만 그렇다고 자리보전하고 누워 있을 만큼 병세가 심각한 것은 아니니, 뭔가 적극적으로 할 수 있는 일이 아주 없는 것도 아니다. 그러나 이 할아버지는 아무것도 하지 않는다. 책은 꽤 많이 읽는 것 같은데, 읽는 족족 까먹는지 읽은 내용을 사람들에게 전하는 일도 없다. 그저 멍하니 있다. 그것만으로도 이미 사회적 가치가 제로에 가까운데 거기다가 자식도 없다. 결혼한 지 십 년이 넘었지만 아직 대를 이을 자손이 없다. 이로써 그는 사회적인 의무를 단 한 가지도 제대로 이행하지 못하고 있다고 할 수 있다. 이런 의욕 없는 남자를 남편이라고 십 년 이상 뒷바라지해 온 마누라는 대체 어떤 여자일지 살짝 흥미가 당긴다. 하지만 그 초가집 울타리 너머로 슬쩍 집안을 들여다본 사람이라면, 겨우 저 정도야? 하고 실망할 것이다. 정말로 별 볼 일 없는 여자다. 피부색은 시커멓고 눈매는 날카로우며 주름진 손은 큼지막하다. 그 손을 앞으로 축 늘어뜨리고 구부정한 자세로 바쁜 듯 정원을 걸어 다니는 모습을 보고 있으면, '할아버지'보다도 나이가 많아 보일 정도다. 하지만 올해로 서른셋, 액년[일생에서 재난을 겪는 나이]이라고 한다. 그녀는 원래 '할아버지'네 집 하녀였는데, 병약한 할아버지를 돌보다가 어느 틈엔가 그의 생애를 돌보게 되었다고 한다. 학교를 다닌 적은 없다.

"자, 속옷 다 벗어서 여기 내줘요. 빨 테니까." 아내가 호되게 명령하듯 말했다.

"나중에." 할아버지는 책상에 턱을 괴고 앉아 나지막이 답했다. 할아버지의 음성은 늘 나지막하다. 더군다나 말끝은 입속에서 웅얼거리기 때문에 아아, 아니면 우우, 정도로밖에는 들리지 않는다. 함께 산 지 십 년이 넘는 할머니조차 할아버지가 하는 말을 잘 알아듣지 못한다. 하물며 남들은 오죽할까. 어차피 은둔자나 다름없는 삶을 살고 있으니, 자기가 하는 말을 다른 사람이 알아듣든 말든 아무 상관없을지도 모른다. 그러나 뚜렷한 직업도 없고, 독서로 쌓은 지식으로 저술도 하지 않으면서, 결혼한 지 십 년이 넘도록 아이 하나 낳지 않는 데다가 일상적인 대화조차 귀찮아 웅얼웅얼 말끝을 흐리니, 꾀를 부린다고 해야 하나 뭐라고 해야 하나, 어쨌든 그 소심함이 이루 말할 수가 없다.

"빨리 벗어줘요. 여기 봐, 꼬질꼬질하니 속옷 끝에 때가 끼었잖아요."

"나중에." 여전히 말끝을 입속에서 웅얼거렸다.

"네? 뭐라고요? 좀 알아듣게 말해봐요."

"나중에." 턱을 괸 채 웃지도 않고 할머니 얼굴을 뚫어져라 쳐다보더니, 이번에는 다소 명쾌하게 말했다. "오늘은 추워."

"겨울 된 지가 언젠데 그래요. 오늘뿐만 아니라 내일도 모레도 당연히 춥겠죠." 할머니는 아이를 꾸짖는 듯한 어조로 말했다. "그렇게 집에 들어앉아서 화로 곁에 죽치고 있는 사람과 우물가에 나가서 빨래하는 사람 중에 어느 쪽이 더 추운지 알기나 해요?"

"글쎄." 할아버지는 희미하게 미소를 지으며 답했다. "당신이 우물가에 가는 건 습관이 됐을 거 아니야."

"기가 막혀서." 할머니는 얼굴을 찡그리며 말했다. "낸들 뭐, 빨래나 하려고 세상에 태어난 줄 알아요?"

"그래?" 그러면서 은근히 얼버무리려 든다.

"자, 어서 벗어줘요. 갈아입을 속옷은 전부 그 서랍 속에 들어 있으니까."

"감기 걸려."

"흥, 좋으실 대로." 할머니는 지긋지긋하다는 듯 딱 잘라 말하더니 물러났다.

이곳은 동북 지방 센다이 외곽, 아타고 산 산기슭 히로세 강 급류가 흐르고 있는 울창한 대나무 숲속이다. 예로부터 센다이 지방에는 참새가 많았는지, 센다이 조릿대라 불리던 가문의 문장에 참새 두 마리가 도안화되어 있다.[23] 또한 가부키 〈센다이하기〉[24]에서 참새가 주역 배우 이상으로 중요한 역할을 한다는 것은 누구나 다 알고 있을 것이다. 또 작년에 센다이 지방을 여행했을 때도, 그 지역에 사는 한 친구에게서 센다이 지방에서 전해져 내려오는 옛 동요 가운데 다음과 같은 노래를 전해 들었다.

23_ 에도 시대 센다이 지방을 다스리던 센다이 번 영주 다테伊達일가의 문장.

24_ 先代萩. 센다이 번 영주인 다테 가의 소동을 다룬 가부키 곡. 총 여섯 장으로 이루어져 있는데, 이 가운데 유모 마사오카가 자기 아이를 희생시키면서까지 다테 가의 외아들을 지키려 했던 장이 유명하다.

바구니 바구니
바구니 속 참새
언제 언제 나온댜

이 노래는 센다이 지방뿐만 아니라 전국에 퍼져 있는 구전 동요[25]라고 하는데,

바구니 속 참새

라고 바구니 속 작은 새를 콕 집어 참새로 한정시킨 점, 그리고 '나온댜'라는 동북 지방 사투리가 아무런 거리낌 없이 삽입되어 있는 점 등으로 봐서, 역시 센다이 지방 동요라고 해도 크게 문제되지는 않을 것이다.

할아버지 초가집 주변 울창한 대숲에도 셀 수 없이 많은 참새가 살고 있는데, 아침저녁으로 귀가 멍멍할 정도로 시끄럽게 지저귄다. 대숲에 싸락눈이 사락사락 소리를 내며 쌓이던 올 늦가을 아침, 다리를 삐어 뜰 아래서 버둥거리고 있는 작은 참새를 발견한 할아버지는, 말없이 참새를 주워 방 안 화로 옆에 두고 먹이를 주었다. 참새는 다리의 상처가 나은 후에도 할아버지 방에서 놀았다. 가끔씩 날아서 뜰 앞으로 내려가기도 하지만, 곧 툇마루로 올라와서는 할아버지가 던져주는 먹이를 쪼며 똥을 싼다. 할머니는,

"아유, 더러워."라고 하며 쫓아내지만 할아버지는 묵묵히 일어나

25_ 제목은 '가고메가고메籠目籠目/바구니바구니'. 본래 동요 구절은 '참새' 대신 '작은 새', '나온댜' 대신 '나오나'다.

툇마루에 떨어진 똥을 휴지로 정성껏 닦아낸다. 시간이 흘러 참새도 어리광을 피워도 되는 사람과 그렇지 않은 사람을 구분할 줄 알게 되었다. 집에 할머니만 있을 때는 뜰 앞이나 처마 밑으로 피신해 있다가, 할아버지가 나타나면 금세 쪼르르 날아가 할아버지 머리 위에 올라앉는가 하면, 할아버지 책상 위를 휘젓고 돌아다니기도 하고, 뾰로록뾰로록 소리를 내며 벼루에 담긴 물을 마시거나, 붓꽂이 속에 숨는 등 온갖 장난을 쳐가며 할아버지 공부를 방해한다. 하지만 할아버지는 늘 모른 척한다. 다른 동물 애호가들처럼 자기가 아끼는 애완동물에게 낯간지러운 이름까지 붙여가며,

"루미야, 너도 쓸쓸하니?" 하고 묻는 짓은 하지 않는다. 참새가 어디서 무얼 하건 완전히 무관심한 태도를 보인다. 그러다가 가끔씩 부엌에서 말없이 먹이를 한 줌 가져와서, 휘익 하고 툇마루에 뿌려준다.

그 참새가 할머니가 나가자마자 처마 밑에서 팔랑팔랑 날아와 할아버지가 턱을 괴고 있는 책상 끝에 얌전히 앉는다. 할아버지는 표정 하나 변하지 않고 가만히 참새를 바라본다. 이즈음부터 어린 참새에게 비극이 다가오기 시작한다.

할아버지는 한동안 가만히 있더니 "그렇구나." 하고 한마디 했다. 그러고는 깊은 한숨을 내쉬며 책상 위에 있던 책을 펼쳤다. 책 페이지를 두세 장 넘기더니, 또 턱을 괴고 멍하니 앞을 바라보며, "빨래나 하려고 태어난 게 아니라고 했겠다. 딴에 애교를 다 떨고." 하고 중얼거리며 희미하게 쓴웃음을 지었다.

이때 갑자기 책상 위의 작은 참새가 사람의 말을 내뱉었다.

"당신은 어떤데요?"

할아버지는 그리 놀라지도 않고 말했다.

"나? 나는, 그래, 진실을 말하기 위해 태어났다."

"그렇지만 당신은 아무 말도 안 하잖아요."

"세상 사람들이 다 거짓말쟁이라 말을 섞기가 싫어진 거지. 하나같이 거짓말만 하고 있어. 더 두려운 건 자기 자신조차 자기 거짓말을 눈치채지 못한단 거다."

"그건 게으름뱅이의 변명이에요. 공부 좀 했다 하는 사람들은 다들 그렇게 잘난 척하며 거들먹거리고 싶어지나 보죠? 당신은 아무것도 하는 게 없잖아요. 똥 묻은 개가 겨 묻은 개 나무란다는 속담이 있어요. 남 말할 처지가 못 될 텐데요."

"그야 그렇지만." 할아버지는 당황하는 기색도 없이 "하지만 나 같은 남자가 하나쯤 있는 것도 괜찮아. 내가 아무것도 안 하는 것처럼 보이겠지만 꼭 그런 것만은 아니거든. 내가 아니고서는 할 수 없는 일도 있어. 살아생전에 나의 진가를 발휘할 수 있는 시기가 올지 어떨지는 모르겠지만, 그래도 그때가 오면 나도 열심히 일을 할 거야. 그때까지는 그저 침묵하고 책을 읽는 거지."

"과연 그럴까요?" 참새는 자그마한 얼굴을 갸웃거리며, "말만 요란하고 소심한 사람일수록 그렇게 터무니없는 억지를 부리기 마련이잖아요. 은퇴한 패잔병이라고나 할까요? 당신처럼 비실비실한 노인들은 돌이킬 수 없는 옛 추억을 미래의 희망과 바꿔치기하고는 자기 위안으로 삼더군요. 안타까운 노릇이에요. 그런 건 호기도 뭣도 아니에요. 터무니없는 푸념이죠. 어차피 당신은 좋은 일이란 걸 해본 적도 없잖아요."

"그리 말한다면, 뭐 그럴지도 모르지만." 노인은 더없이 차분하게 대꾸했다. "하지만 나도 훌륭하게 해내고 있는 일이 한 가지 있어. 욕심을 버리는 일 말이야. 말은 쉽지만 실행하긴 어렵지. 우리 집사람도 나 같은 놈 옆에 십 년 이상 붙어살아서 이젠 대충 세상 욕심 같은 거 버렸겠지 했는데, 그런 것만도 아닌 것 같아. 제 딴에는 아직 욕정이 남아 있나 보더라고. 어찌나 우습던지 혼자 웃음이 터져 나오더군."

그때 할머니가 불쑥 얼굴을 들이민다.

"누가 욕정이 있다고 그래요? 아니, 당신 누구하고 이야기하는 거예요? 젊은 아가씨 목소리가 들렸는데? 그 손님은 어디로 갔어요?"

"손님이라니." 할아버지는 언제나처럼 말끝을 흐린다.

"아니에요. 당신 분명 방금 누구하고 이야기하고 있었잖아요. 그것도 내 험담을요. 세상에, 어쩌면 그럴 수가 있어요? 나한테 말할 때는 항상 우물거리면서 잘 들리지도 않게 겨우 몇 마디 던지면서, 그 아가씨한테는 생판 딴사람처럼 기운찬 목소리로 잘도 떠들어대더군요. 당신이야말로 아직 욕정이 남아 있나 보네요. 철철 흘러넘쳐서 흥건하다고요."

"그런가." 할아버지는 멍하니 답한다. "근데 있긴 누가 있다고 그래."

"사람 놀리지 말아요." 할머니는 진심으로 화가 난 듯 툇마루 끝에 털썩 주저앉으며 이야기를 계속한다. "당신은 대체 날 뭘로 보는 거예요? 나도 참을 만큼 참았다고요. 이젠 완전히 날 바보 취급하는군요. 그야 나는 집안도 안 좋고 배운 것도 없어서 당신 이야기 상대가 안 될지도 모르겠지만, 그래도 이건 너무 하는 거 아니냐고요. 나도 젊었을 때부터 당신 집안에 들어가서 당신 시중을 들게 된 바람에 어떻게 하다 보니 이렇게 되었는데, 당신 부모님께서도 나 정도면 제법 야무지고 하니까 아들하고 합치더라도……."

"거짓말 마."

"맙소사, 어디가 거짓말이에요? 내가 무슨 거짓말을 한다고 그래요. 사실이 그렇잖아요. 그 시절 당신 마음을 가장 잘 헤아렸던 게 나죠.

나 말고 당신을 돌볼 수 있는 사람이 없었어요. 그래서 내가 평생 당신을 떠안게 된 거 아니던가요? 어디가 어떻게 거짓말이란 건지 한번 들어봅시다." 아내는 정색하고 따져 물었다.

"다 거짓말이야. 그때 당신한테는 욕정 같은 거 없었어. 그뿐이야."

"대체 그게 무슨 뜻이에요? 난 모르겠네요. 왜 날 바보로 만들어요? 난 당신을 위해서 당신과 합친 거라고요. 당신한테 애교떨 생각은 추호도 없었어요. 정말 추잡한 이야길 하시네요. 내가 당신하고 살면서 아침저녁으로 얼마나 외로웠는지 알기나 해요? 가끔 상냥한 말 한마디 정도는 해줄 수 있잖아요. 다른 부부들을 좀 보세요. 아무리 가난해도 저녁 식사 때면 다들 정답게 웃으면서 세상 돌아가는 이야기를 해요. 난 욕심쟁이 여편네가 아니라고요. 당신을 위해서라면 무슨 일이라도 참고 견디겠어요. 그저 가끔씩 당신이 친절한 말 한마디만 건네준다면, 난 그걸로 족하다고요."

"지루하구먼. 속보여. 이제 적당히 체념했을 거라 생각했더니, 아직도 그렇게 틀에 박힌 말로 우는 소릴 하나. 소용없는 짓이야. 당신이 하는 말은 다 속임수야. 그때그때 기분에 달린 거라고. 날 이렇게 과묵한 놈으로 만든 건 당신이야. 저녁에 모여서 하는 이야기는 대부분 남의 집 말 아닌가. 험담이잖아. 그것도 아까 말한 그때그때 기분에 따라 뒤에서 함부로 던지는 말들이지. 난 지금껏 당신이 누구 칭찬하는 걸 들어본 적이 없어. 나도 마음이 약한 남자라고. 당신한테 말려서 나도 모르게 남 이야기를 쑥덕거리고 싶어지지. 난 그게 무서운 거야. 그래서 이젠 그 누구와도 말을 섞지 말자고 다짐한 거야. 당신들 눈에는 남의 단점만 보일 뿐 자기가 얼마나 무서운 사람인지는 전혀 눈치채지 못해. 나는 사람이 무서워."

"이제야 알아듣겠네요. 당신은 내가 지겨워진 거예요. 나 같은 할망구가 지긋지긋해진 거라고요. 난 다 알아요. 아까 그 손님은 어디로 갔어요. 어디에 숨겼냐고요. 분명 젊은 여자 목소리였어요. 그렇게 젊은 애가 생겼으니 나 같은 늙은이하고 얘기하는 게 싫기도 하겠죠. 흥, 욕심이 없다느니 어쩐다느니 세상만사를 다 통달한 것처럼 굴더니, 젊은 여자와 이야기를 할 때는 금세 들떠서 목소리까지 바꾸고 번지르르하게 수다를 떨고 있어. 정말 지긋지긋해요."

"그렇게 생각하고 싶으면 알아서 해."

"알아서 하긴 뭘 알아서 해요. 그 손님은 어디로 갔죠? 나도 인사를 시켜줘야죠. 손님한테 실례잖아요. 이래 봬도 내가 이 집안 안주인이라고요. 인사를 시켜주세요. 더 이상 날 무시하지 말라고요."

"이 녀석이야." 할아버지는 책상 위에서 놀고 있는 참새 쪽을 턱으로 가리켰다.

"뭐요? 지금 장난해요? 참새가 어떻게 말을 한다고 그래요?"

"해. 그것도 꽤 그럴듯한 말을 하더군."

"끝까지 심술궂게 날 놀려 먹으려 드네요. 그렇담, 좋아요." 할머니는 다짜고짜 팔을 뻗어 책상 위 참새를 꽉 쥐더니, "그럴듯한 말을 못하도록 혀를 뽑아버리지요. 전부터 당신은 이 참새를 지나치게 귀여워했어. 그게 어찌나 눈에 거슬리던지. 마침 잘됐네. 당신이 그 젊은 여자를 빼돌렸으니, 대신 이 참새 혀를 뽑아버리겠어요. 고소해 죽겠네."라며 손안에 있는 참새의 입을 억지로 벌려서 앙증맞은 유채꽃잎처럼 작은 혀를 쏙 잡아 뺐다.

참새는 하늘 높이 파닥파닥 날아올라 도망친다.

할아버지는 말없이 눈으로만 참새를 쫓는다.

그날 이후 할아버지는 참새를 찾아 대숲을 뒤지기 시작했다.

혀 잘린 참새야
사는 곳이 어드메냐
혀 잘린 참새야
사는 곳이 어드메냐

매일같이 눈이 내린다. 그런데도 할아버지는 무언가에 홀린 듯 깊은 대나무 숲속을 찾아 헤맨다. 대숲 속에는 수천수만 마리의 참새가 산다. 그중에서 혀 잘린 참새를 찾아내는 것은 대단히 어려워 보이지만, 할아버지는 하루도 거르지 않고 이상할 정도로 열심히 참새를 찾아다닌다.

혀 잘린 참새야
사는 곳이 어드메냐
혀 잘린 참새야
사는 곳이 어드메냐

할아버지의 인생에 있어서 이토록 물불 안 가리고 정열적으로 움직인 것은 처음 있는 일이다. 할아버지의 가슴속에 잠들어 있던 무언가가 난생처음 머리를 쳐든 것 같았는데, 그것이 무엇인지는 필자도 모르겠다. 제집에 있으면서도 남의 집에 온 것처럼 서먹서먹해했던 사람이, 문득 자기와 꼭 맞는 성격을 만나 그를 쫓아 길을 떠났으니, 사랑이라고 해버리면 그뿐이겠지만, 할아버지가 품고 있는 마음은 세상 사람들이 쉽게 사랑이라는 단어로 표현해버리는 심리보다는 훨씬 더 쓸쓸한 감정인지도 모르겠다. 할아버지는 정신없이 참새를 찾아다녔다. 태어나 처음 보여주는 집요하고도 적극적인 모습이다.

혀 잘린 참새야
사는 곳이 어드메냐
혀 잘린 참새야
사는 곳이 어드메냐

설마하니 이 노래를 입 밖으로 흥얼거리며 참새를 찾아다닌 것은 아니다. 바람이 할아버지의 귓가에 대고 그렇게 소곤소곤 속삭이는가 싶더니, 한 걸음 한 걸음 대나무 숲속 눈을 밟으며 헤치고 나가는 동안 할아버지의 마음속에 이 별난 노래인지 염불인지 모를 문구가 하염없이 솟아나서, 귓가에 부는 바람의 속삭임과 한데 어우러지고 있었다.

어느 날 밤, 센다이 지방에서도 보기 드물게 큰 폭설이 내렸고, 다음 날 화창하게 날이 개었다. 눈부실 정도로 화사한 은빛 세상이다. 할아버지는 아침 일찍부터 짚신을 신고 변함없이 대나무 숲을 이리저리 헤매고 있었다.

혀 잘린 참새야
사는 곳이 어드메냐
혀 잘린 참새야
사는 곳이 어드메냐

돌연 대나무에 쌓여 있던 큼지막한 눈덩이가 할아버지 머리 위로 떨어졌는데, 그걸 잘못 얻어맞았는지 할아버지는 그 자리에서 정신을 잃고 눈밭에 쓰러졌다. 몽롱한 와중에 이런 속삭임이 들려왔다.

"불쌍하기도 하지. 결국 죽어버렸나 봐."

"무슨 소리. 안 죽었어. 정신을 잃은 거겠지."

"하지만 저렇게 계속 눈 위에 쓰러져 있다간 얼어 죽고 말 거야."

"그건 그래. 어떻게든 해야 할 텐데. 큰일 났네. 이런 일이 터지기 전에 그 애가 빨리 나타나 줬으면 좋을 텐데. 대관절 그 아이는 어디서 뭘 하고 있는 거야?"

"오테루말이야?"

"그래. 누구한테 호된 장난질을 당해서 입에 상처를 입은 모양이던데, 그 뒤론 이 주변에 발길을 딱 끊었잖아."

"자고 있어. 혀가 뽑혀서 아무 말도 못 하고 그저 또르륵또르륵 눈물만 흘리고 있어."

"그래? 혀가 뽑혔구나. 별 심한 장난을 하는 놈도 다 있네."

"그러니까. 그게 말이야, 이 사람 부인이 한 짓이래. 그렇게 고약한 부인은 아닌데, 그날은 심술이 많이 났던지, 별안간 오테루의 혀를 잡아 빼버렸어."

"너, 보고 있었어?"

"응. 정말 무서웠어. 인간이란 그런 식으로 느닷없이 끔찍한 짓을 저지르나 봐."

"질투였겠지. 나도 이 사람 집 사정은 잘 아는데, 이 사람이 부인을 너무 얕잡아보더라. 부인을 너무 아끼는 것도 꼴불견이지만, 그렇게 퉁명스러운 것도 별로야. 거기서 오테루가 마침 잘됐다면서 영악하게 이 양반한테 꼬리를 친 거 아니겠어? 내가 보기엔 다 나빠. 그냥 놔둬."

"어머, 너야말로 질투하는 거야? 너 오테루 좋아했었지? 숨겨봤자야. 이 대나무 숲에서 가장 아름다운 목소리를 지닌 건 오테루라고, 언젠가 네가 한숨을 쉬면서 말했잖아."

"질투를 하다니. 이 몸은 그렇게 수준 낮은 짓은 안 해. 하지만 오테루 목소리가 적어도 너보단 예쁘단 건 인정하지. 게다가 미인이고."

"너무하네."

"싸움은 관두자. 다 쓸데없어. 그것보다도 이 사람을 어쩌면 좋지? 그냥 두면 죽을 거야. 가엾기도 하지. 얼마나 오테루를 만나고 싶었으면 매일같이 대숲을 뒤지고 다녔겠어. 결국은 이런 신세가 되었으니 안타까운 일이야. 분명 진실한 사람일 거야."

"거참, 바보가 따로 없네. 나이는 먹을 만큼 먹어서 참새 뒤꽁무니나 쫓아다니다니, 저런 어이없는 바보는 보다보다 처음 봐."

"그런 소리 말고 만나게 해주자. 오테루도 이 사람을 만나고 싶어 하는 것 같던데. 하지만 이미 혀가 뽑혔으니 말도 못 할 테고, 이 사람이 오테루를 찾고 있다는 소리를 들려주더라도, 대숲 깊숙한 곳에 누워서 눈물만 뚝뚝 흘릴 거야. 이 사람도 가엾지만 오테루도 불쌍하잖아. 있잖아, 우리가 힘이 되어 주면 어떨까?"

"난 싫어. 어쩐지 남의 연애사엔 끼어들기 싫거든."

"저게 어떻게 연애니? 넌 이해 못 해. 자, 여러분, 어떻게든 해서 만나게 해주고 싶지 않아요? 이런 일은 머리로 이해할 수 있는 게 아니잖아요."

"그래, 그 말이 맞아. 내게 맡겨줘. 뭐, 특별한 이유가 있어서 그러는 건 아니고. 신께 빌어보자. 이 생각 저 생각 않고 어떻게 해서든 다른 사람을 위해서 최선을 다하려고 할 때는 하늘에 대고 비는 게 최고야.

언젠가 우리 아버지가 그렇게 가르쳐주셨지. 그럴 때 신은 뭐든 다 들어주신다고 말이야. 자, 다들 여기서 잠깐 기다려. 내가 지금 당장 숲속 사당으로 가서 신께 빌고 올 테니까."

할아버지가 퍼뜩 정신을 차려보니 대나무 기둥으로 만든 아늑한 방에 누워 있었다. 일어나 주위를 두리번거리는데 스윽 하고 장지문이 열리면서 키가 두 자[60cm] 정도 되어 보이는 인형이 안으로 걸어 들어왔다.

"어머, 정신이 좀 드세요?"

"아, 네." 할아버지는 느긋하게 웃으며 물었다. "여기가 어딘지."

"참새들의 집이에요." 그 작고 귀여운 인형 소녀는 할아버지 앞에 예의 바르게 앉아 눈을 동그랗게 뜨고 대답했다.

"그렇구나." 할아버지는 차분히 고개를 끄덕였다. "그렇다면, 자네가, 그때 혀 잘린 참새인가?"

"아니요. 오테루는 안방에 누워 있어요. 제 이름은 오스즈입니다. 오테루와 제일 친한 친구죠."

"그렇구나. 그렇다면, 혀 잘린 작은 참새 이름이 오테루?"

"네. 아주 상냥하고 착한 아이예요. 어서 만나드리세요. 가엾게도 말을 할 수가 없어져서 매일 눈물만 뚝뚝 흘리고 있어요."

"그러지" 할아버지는 일어서며 묻는다. "어디에 누워 있소?"

"안내해드릴게요." 오스즈는 기다란 소맷자락을 나풀거리며 툇마루로 나섰다.

할아버지는 푸른 대나무로 된 좁다란 툇마루를 미끄러지지 않도록 조심해서 살살 건넜다.

"여기입니다. 들어가세요."

할아버지는 오스즈의 안내에 따라 안방으로 들어갔다. 밝은 방이다.

정원에는 키 작은 조릿대가 잔뜩 우거져 있고, 그 조릿대 사이로 얕은 개울이 졸졸 흐르고 있다.

오테루는 작고 빨간 면 이불을 덮고 자고 있었다. 오스즈보다도 훨씬 더 기품 있고 아름다운 인형이었는데, 얼굴색이 다소 파르스름했다. 커다란 눈으로 할아버지 얼굴을 물끄러미 쳐다보더니 주르륵주르륵 눈물을 흘렸다.

할아버지는 그 머리맡에 책상다리를 하고 앉아 아무 말도 하지 않고 뜰에 흐르는 맑은 시냇물을 보고 있었다. 오스즈는 스윽 자리를 비켰다.

아무 말도 필요치 않았다. 할아버지는 들릴 듯 말 듯 한숨을 내쉬었다. 우울한 한숨은 아니었다. 할아버지는 태어나 처음으로 마음의 안식을 찾았다. 그 기쁨이 희미한 한숨이 되어 밖으로 새어 나왔다.

오스즈는 차분하게 술과 회를 들고 들어오더니,

"그럼 천천히 쉬십시오."하고는 일어서서 나간다.

할아버지는 손수 술을 한 잔 따라 마신 다음, 다시 뜰에 흐르는 맑은 시냇물을 바라본다. 할아버지는 술꾼이 아니었다. 술을 한 잔만 마셔도 거나하게 취했다. 젓가락을 들고 상에 차려진 죽순을 조금 먹었다. 맛이 훌륭했다. 그러나 할아버지는 대식가가 아니었다. 거기서 젓가락을 내려놓았다.

장지문이 열리더니 오스즈가 새 술과 다른 안주를 가지고 왔다. 그러고는 할아버지 앞에 앉더니,

"한잔하세요." 하고 술을 권했다.

"아니, 이걸로 충분해. 그나저나 술이 참 좋군." 빈말은 아니었다. 자기도 모르게 진심어린 말이 튀어나왔다.

"마음에 드셨어요? 조릿대 이슬입니다."

"아주 좋은 술이야."

"네?"

"아주 좋은 술이라고."

누워서 할아버지와 오스즈의 대화를 듣고 있던 오테루가 미소를 지었다.

"어머, 오테루가 웃고 있어요. 무슨 할 말이 있는 것 같은데."

오테루는 고개를 저었다.

"말하지 못해도 괜찮아. 그런 거지?" 할아버지는 처음으로 오테루 쪽을 보며 말을 건넸다.

오테루는 눈을 깜빡거리며 기쁜 듯 두세 번 고개를 끄덕였다.

"자, 그럼 이쯤 해서 인사를 하지. 또 올게."

오스즈는 방문객이 너무 담백하게 떠나려 하자 어안이 벙벙했다.

"어머, 벌써 가시려고요? 얼어 죽을 지경이 될 때까지 대나무 숲속을 찾아 헤매다가 겨우겨우 만난 건데 한마디 다정한 위로의 말씀도 안 하시고……."

"다정한 말만큼은 사양하겠어." 할아버지는 쓴웃음을 지으며 일어섰다.

"오테루, 괜찮겠어? 그냥 보내드려도?" 당황한 오스즈가 오테루에게 물었다.

오테루는 웃으며 고개를 끄덕였다.

"둘이 막상막하네." 오스즈도 웃음을 터뜨렸다. "그럼, 또 들러주세요."

"다시 오겠소." 할아버지는 진지하게 대답하며 방을 나가려다가 문득 뒤를 돌아보며 "여기가 어디인가?" 하고 물었다.

"대나무 숲속이에요."

"그렇군. 대숲에 이런 기묘한 집이 있었나?"

"있지요." 오스즈는 그렇게 말하며 오테루와 마주 보고 웃었다. "하지만 보통 사람한테는 보이지 않아요. 저기 대숲 입구쯤에서 오늘 아침처럼 눈 위에 엎드려 계시면, 저희가 언제든지 이곳으로 안내해 드릴게요."

"그것참 고맙네." 할아버지는 진심으로 감사 인사를 건네며, 푸른 대나무로 된 툇마루로 나섰다.

그리고 다시 오스즈의 안내를 받아 원래 있던 아담한 거실로 돌아왔다. 그곳에는 크고 작은 대나무 궤짝들이 늘어서 있었다.

"모처럼 오셨는데 제대로 대접도 못 하고 부끄러울 따름입니다." 오스즈는 목소리를 가다듬으며 말을 꺼냈다. "미흡하나마 참새 마을에 오신 기념으로 여기 있는 궤짝들 가운데 아무거나 마음에 드시는 걸 골라 가세요. 짐이 되시겠지만 부디 가져가 주셨으면 해요."

"됐소." 할아버지는 언짢은 듯 중얼거리며 거기 가득 싸여 있는 궤짝에는 눈길도 주지 않았다. "내 신발은 어디 있나?"

"이러시면 곤란해요. 부디 한 개만 가지고 가주세요." 오스즈는 애원하듯 말했다. "나중에 제가 오테루한테 혼날 거예요."

"혼내진 않을 거요. 그 아인 결코 화를 내는 법이 없으니까. 그쯤은 나도 알지. 그나저나 내 신발은 어디 있는 거요. 지저분한 짚신을 신고 왔을 텐데."

"버렸어요. 맨발로 가시면 되겠네요."

"거참, 짓궂군."

"그러니까 이 중에서 선물 하나를 골라가세요. 제발 부탁이에요." 오스즈는 앙증맞게 두 손을 모으며 말했다.

할아버지는 쓴웃음을 지으며 방에 줄지어 놓여 있는 궤짝들을 흘끗 보더니 말했다.

"저렇게 큰 걸. 너무 커. 난 짐을 들고 걸어가는 걸 싫어하는 사람이오. 품속에 들어갈 정도로 작은 선물은 없겠나."

"그렇게 억지를 부리셔도……."

"그렇담 그냥 가겠소. 맨발로 가도 상관없으니까. 짐이 생기는 건 딱 질색이야." 할아버지는 그렇게 중얼거리더니 정말 맨발로 툇마루 밖으로 뛰쳐나가려 했다.

"잠깐만요. 알겠어요, 잠깐만 기다리세요. 오테루한테 물어볼게요."

오스즈는 푸드득거리며 안방으로 날아가더니, 잠시 후 입에 벼 이삭을 물고 돌아왔다.

"자요. 이건 오테루가 쓰던 비녀입니다. 오테루를 잊지 마세요. 또 오세요."

퍼뜩 제정신이 들었다. 할아버지는 대숲 입구에 엎드려 누워 있다. 뭐야, 꿈이었구나. 그러나 오른손에 벼 이삭이 꼭 쥐어져 있다. 한겨울에 벼 이삭이라니, 흔치 않은 일이다. 게다가 장미꽃처럼 무척 좋은 향기가 난다. 할아버지는 그것을 소중하게 집으로 가져와서 자기 책상 위 붓꽂이에 꽂았다.

"어머나, 그게 뭐예요?" 집에서 바느질을 하던 할머니는 눈치 빠르게 그걸 보곤 캐물었다.

"벼 이삭." 그러면서 할아버지는 언제나처럼 우물거리며 답했다.

"벼 이삭이라고요? 요즘 같은 때 보기 힘든 거네요. 어디서 주워온 거예요?"

"주워온 거 아냐." 할아버지는 나직이 대꾸하고는 조용히 책을 펼쳐

읽기 시작했다.

"이상하잖아요. 요즘 하루가 멀다 하고 대숲을 어슬렁거리다가 멍하니 돌아오더니, 오늘은 또 무슨 바람이 불어서 그렇게 흐뭇한 얼굴로 그딴 걸 들고 들어와서는, 뭐 대단한 거라도 되는 양 붓꽂이에 턱 하니 꽂아놓으니 말이죠. 당신, 나한테 뭔가 숨기는 거 있죠? 주워 온 게 아니라면, 어디서 난 거죠? 제대로 설명해주면 어디가 덧납니까?"

"참새 마을에서 얻어온 거야." 할아버지는 시끄럽다는 듯 툭 말을 내뱉었다.

하지만 그 정도에서 만족할 현실주의자 할머니가 아니다. 할머니는 계속해서 집요하게 질문을 해댔다. 거짓말 못 하는 할아버지는 어쩔 수 없이 자기가 겪었던 이상한 일을 있는 그대로 설명했다.

"맙소사, 당신 제정신으로 하는 소리예요?" 다 듣고 난 할머니는 어이가 없다는 듯이 웃음을 터뜨렸다.

할아버지는 더 이상 대답하지 않았다. 턱을 괴고 멍하니 책을 들여다보았다.

"그런 엉터리 같은 말을 내가 믿을 거라고 생각해요? 거짓말인 게 뻔하지. 저는 다 알아요. 지난번부터, 그래, 지난번에 왜 있잖아요, 그때 그 젊은 아가씨 목소리가 들렸을 때부터, 당신은 영판 딴사람이 돼버렸어요. 괜히 안절부절못하고 한숨만 내쉬는 게, 꼭 상사병 앓는 사람처럼 말이죠. 한심하기는. 나이는 먹을 만큼 먹어서 말이야. 아무리 숨기려고 해봤자 소용없어요. 난 다 알고 있으니까. 대체 그 처녀는 어디 사는 거죠? 설마 대나무 숲속에 사는 건 아니겠죠? 난 안 속는다고요. 대숲에 쪼끄만 집이 있고 거기 인형처럼 귀여운 아가씨가 있다고? 아하하, 그런 애들 장난 같은 얘길 하면서 속이려 해봤자 소용없어요.

만약 그게 정말이라면 다음에 가실 때 그 선물이라는 궤짝이라도 하나 가져와 보시지 그래요. 못 하겠죠? 어차피 지어낸 이야기니까. 그런 이상한 집에서 커다란 궤짝이라도 짊어지고 오신다면, 그걸 증거로 진짜 믿어줄 수도 있겠지만, 그런 벼 이삭 같은 거나 가지고 와서 그게 인형 비녀라고 하다니, 참 그런 멍청한 엉터리 이야기를 잘도 만들어내네요. 남자답게 깨끗이 자백해보세요. 나도 머리 안 돌아가는 맹한 여자는 아니니까. 그까짓 첩 한둘쯤이야."

"난 짐을 지는 게 싫어."

"아이쿠, 그러세요? 그렇담, 내가 대신 가드릴까요? 어때요. 대나무 숲 입구에서 엎드리고 있으면 되는 거죠? 내가 다녀오지요. 그래도 괜찮겠어요? 신경 쓰이죠?"

"가도 돼."

"세상에, 뻔뻔하기는. 거짓말일 게 뻔한데 가도 된다니. 그럼 정말 다녀오겠어요. 알겠어요?" 할머니는 그렇게 말하며 짓궂게 미소 지었다.

"그 궤짝이 탐나는 모양이군?"

"그래요. 그렇지, 그렇고말고요. 어차피 난 욕심쟁이잖아요. 그 선물이 탐이 나는 건 어쩔 수 없죠. 그럼 지금 잠깐 나가서 그 선물 중에서도 제일로 큰 놈을 받아오겠어요. 오호호. 멍청한 짓이긴 하지만, 그래도 다녀오겠어요. 난 당신의 그 시치미 뚝 떼는 표정이 얄미워 죽겠거든요. 당장이라도 그 가짜 성자 같은 낯가죽을 홀라당 벗겨버리고 싶네. 눈 위에 엎드려 있기만 하면 참새 마을에 갈 수 있다고? 아하하하, 얼간이 같지만, 뭐, 어디 한번 그 말을 따라 가볼까요? 나중에 그게 거짓말이었다고 둘러대도 안 통해요."

할머니는 내친김에 바느질 도구를 정돈하고 뜰로 나가 쌓인 눈을 밟고 대나무 숲으로 향했다.

그러고 나서 무슨 일이 벌어졌는지는 필자도 모른다.

해질녘, 할머니는 크고 무거운 궤짝을 짊어진 채 눈밭에 엎드려 있었고, 몸은 차갑게 식어 있었다. 궤짝이 너무 무거워서 일어나지 못하고 그대로 얼어 죽은 것으로 보인다. 궤짝 속에는 번쩍이는 금화가 한가득 들어 있었다고 한다.

이 금화 덕분인지는 몰라도, 할아버지는 그 후 머지않아 관리가 되었고, 마침내 일국의 재상 자리에까지 올랐다고 한다. 세상 사람들은 그를 참새 대신이라고 불렀고, 이 출세 또한 그가 예전에 참새에게 보여준 애정의 결실이라는 소문이 나돌았다. 하지만 할아버지는 세상의 그런 이야기를 들을 때마다 어렴풋이 쓴웃음을 지으며, “아니요, 우리 마누라 덕분입니다. 그 사람이 고생이 많았습니다.”라고 했다 한다.

| 작품해설 |

한 송이 꽃의 미소로 시대에 반항하다

정수윤

1

전집 제7권에는 패전의 그림자가 드리우던 1945년(36세) 봄부터 여름까지 쓴 『옛날이야기』와 무조건 항복으로 전쟁이 끝난 1945년 여름부터 이듬해 초까지 쓴 신문 연재소설 『판도라의 상자』, 그리고 전쟁 중 피난 생활을 하며 직접 겪거나 들은 이야기를 소재로 한 중단편 열 편과 전후 시골 마을의 시대상을 묘사한 희곡 두 편을 실었다.

폐결핵 판정을 받고 병역을 면제받은 다자이는 비교적 열심히 글쓰기에 매진할 수 있었는데, 전쟁으로 인한 혼란 속에서도 세간의 사상이나 이념에 휩쓸리지 않고 자기성찰에 의한 독특한 스타일과 문체로 꾸준히 작품 활동을 해나간, 당대로서는 흔치 않은 작가였다.

자신의 편익을 위해 갈대처럼 이리저리 가볍게 눕는 곳에는 진실이 없다고 믿었던 다자이는 '나는 무뢰한리베르탱이다. 나를 속박하는 것에 반항한다. 시류에 편승하는 이들에게 조소를 보낸다'[1]고 했는데, 이번

1_ 지인 기시 야마지에게 보낸 편지 중. 그들이 교환한 서한은 1946년 5월 문학잡지 『동서東西』에 「답장」이라는 제목으로 발표되었다.

작품집에는 이러한 그의 철학이 녹아 있다.

2. '별 볼 일 없는' 이들의 '별 볼 일 없는' 『옛날이야기』

주지하다시피, 일본이 세계전쟁에 뛰어들게 된 것은 '우리가 세계 최고'라는 관념 때문이었다. 청일전쟁에 이어 러일전쟁에서도 승리를 거두면서 전쟁에 자신감이 생겼고, 서양 열강들이 너도나도 동남아시아 등지에 식민지를 개척하는 것을 보면서 '가만히 앉아서 당하기 전에 우리가 먼저 치자. 아시아의 영웅이 되자.'라는 주장이 본격적으로 현실화되어 돌이킬 수 없는 과오를 저지르게 된다. 일부 정치파벌들이 선동하던 제국주의에 휩쓸린 사람들은 '세계 최고 일본'을 건설하기 위해서라면 기꺼이 자신을 희생할 줄 알아야 한다며 허리띠를 졸라매고 단결했다. 그러한 자신들의 모습이 훌륭하고 아름답다고 여겼다. 전쟁에 비협조적인 사람들은 시시한 '비국민'이라며 손가락질을 당했다.

그런데 다자이의 『옛날이야기』에 등장하는 주인공들은 하나같이 시시하고 별 볼 일 없는 인물들이다. 가족들로부터 외면당하고 세상에서 고립되지만, 정작 본인들은 크게 신경 쓰지 않는다. 누구를 위해 살지도 않거니와 무엇을 위해 희생하지도 않는다. 그저 생긴 대로, 소신대로, 제멋에 겨워 사는, 소박하거나, 촌스럽거나, 눈치가 없거나, 느긋한 이들이다. 모두 동명의 일본 전래동화 네 편에서 소재를 빌려왔지만, 일본의 가장 대표적인 전설이라고 할 수 있는 「모모타로」는 '내가 일본 최고'라는 깃발을 펄럭이며 돌아오는 영웅 설화라는 점 때문에 이 작품집에서 배제되었다. 다자이의 관심사는 영웅에 있지 않았다. 세상 사람들이 보기에는 어딘가 나사가 하나쯤 빠져 보이는 술꾼, 놈팡이, 백수,

천덕꾸러기에 있었다. 그들은 사람들에게 존경받기보다는 경멸을 당하는 '약자'에 가까웠다.

다자이가 『옛날이야기』를 집필할 당시 사람들은 수년에 걸친 전쟁으로 불안과 굶주림에 지쳐 있었고, 영미군의 폭격기가 일본열도를 공격하기 시작하면서 극도의 긴장감에 휩싸여 있었다. 집집마다 가족을 잃었고 누구도 행복하지 않았다. 다자이도 미타카의 집에서 『옛날이야기』 집필 중 공습을 당해 방공호에 숨었다가 아슬아슬하게 진흙 속에 매몰될 뻔한 위기를 넘긴다. 미타카 근처에 비행기공장 등 군수물품 공장이 밀집해 있어서 공격이 잦았다. 다자이는 처가가 있는 고후로 거처를 옮겨 『옛날이야기』를 탈고한다. '안락한 삶을 살 때는 절망의 시를 짓고, 메마른 삶을 살 때는 생의 기쁨을 쓰고 또 쓴다'(「잎」, 전집 1권 수록)고 했던 그의 말처럼, 폭탄이 터지고 불비가 내리는 아비규환 속에서 그가 썼던 이야기는 더없이 여유롭고 몽환적인 전래 동화였다.

가족들과 소통하지 못하는 혹부리 할아버지가 도깨비들과의 교류를 통해 겨우 이상향을 경험하는 「혹부리 영감」, 꽃잎 술에 취해 공주님의 거문고 연주를 듣는 등 성스러운 용궁 생활을 담은 「우라시마」, 미워할 수 없는 능구렁이 중년남성 너구리의 고난이 안타까운 폭소를 자아내는 「타닥타닥산」, 언어가 필요 없는 세상에서 참새와 교감하는 「혀 잘린 참새」. 공습경보가 울리면 아이들을 껴안고 방공호 속에 들어가 매몰되지는 않을까 노심초사하던 아버지 다자이에게 있어 『옛날이야기』 속 세계는 무릉도원과도 같은 이상적인 공간이었을 것이다.

그곳에는 평범한 사람들의 소소한 꿈과 좌절, 고독한 이들의 희망과 애환, 외로운 자들의 교감과 갈등이 있다. 사람 냄새 나는 인간다운 세상이 있다. 다자이는 비현실적으로 잔혹한 현실을 살아가면서, 현실보다 더 리얼한 판타지의 세계를 펼쳐 보인 셈이다. 그는 이러한 이야기가 그 시대를 사는 사람들에게 위안을 준다고 여겼다. 그러나 작품 곳곳에 보석처럼 박혀 있는 세상에 대한 통찰력과 혜안이 빛나는 문장들은, 당대의 사람들을 위로하는 것을 넘어서서 오늘날 세계 어디에서도 통용될 수 있을 만큼 현대적이고 감성적이다. 예를 들어, 모험을 싫어하는 우라시마에게 거북이 모험에 대해 조언하는 대목 등이 그렇다.

> 모험이라는 단어를 쓰니까 어쩐지 피비린내 나는 지저분한 불량배 느낌이 나는데, 무언가를 믿는 힘이라고 고쳐 말하면 어때? 골짜기 너머에 분명 아름다운 꽃이 피어 있을 거라고 믿는 사람만이, 주저하지 않고 등나무 덩굴을 타올라 저편으로 건너갈 수 있는 거야. ……꽃이 있다는 것을 굳게 믿는 거지. 그런 인간의 자세를 잠정적으로 모험이라 부를 뿐이야. 당신에게 모험심이 없다는 것은 당신에게 무언가를 믿는 힘이 없다는 뜻이야.

한편, 『옛날이야기』는 일본문학사에 있어서 전후 무뢰파 문학의 주요 저작으로 꼽히고 있는데, 이를 이해하기 위해서는 '무뢰파'에 대해 살펴볼 필요가 있을 것이다. 일본어로 무뢰無頼는 '일정한 직업 없이 불량한 생활을 한다'는 뜻인데, 여기서 불량한 생활이란 보편적인 사회규범이나 도덕을 따르지 않는 삶을 의미한다. 무뢰파[2]의 중심인물인 사카구치 안고는 지나치게 진지하고 관념적인 문단 분위기에 반발하여 유쾌하고 해학적인 이야기로 서민들의 애환을 달래주던 에도 시대

2_ 이들은 함께 동인지를 내거나 모임을 갖는 등의 활동은 하지 않고 독자적으로 각자의 창작활동을 했으며, 후에 이 시기 비슷한 경향을 보였던 작가 그룹을 '무뢰파'라 지칭하게 되었다.

희작戯作 정신을 이어받자고 주장했는데, 일본의 전래동화를 풍자적으로 패러디한 『옛날이야기』[3]는 그러한 맥락에서 매우 상징적인 작품이었다. '별 볼 일 없는' 주인공들이 등장하는 '별 볼 일 없는' 이야기임에도 불구하고, 이 작품이 전후 일본소설의 걸작으로 손꼽히며 지금도 많은 사랑을 받고 있는 이유는, 이렇듯 네 편의 소소한 이야기들이 시종일관 서민들의 곁에서 울고 웃으며 '골짜기 너머에 피어 있는 꽃'에 다가가려 했다는 데 있을 것이다.

3. '반항'이라는 돌멩이가 담긴 『판도라의 상자』

작고 소소한 이야기를 파고드는 다자이의 스타일은 『판도라의 상자』에서도 계속된다. 이번에는 허약한 결핵 소년의 연애담이다.

전쟁의 시대에는 한 인간의 소소한 사랑이나 우정, 부끄러움 등의 심리가 불필요한 감정의 찌꺼기처럼 여겨진다. 몸이 성치 않아 요양원에서 골골거리고 있는 사람들보다는 누가 훈장을 받고 누가 장렬히 전사했는지가 중요한 시대다. 1945년 8월 15일, 그 시대가 막을 내리고, 잿더미 위로 태양은 다시 떠올랐다. 사람들은 멍한 눈빛으로 꾸물꾸물 새로이 자기가 해야 할 일들을 찾기 시작했고, 다자이는 늘 하던 대로 책상 앞에 앉아 펜을 들었다. 스무 살 문학청년 기무라가 죽으면서 자신에게

3_ 원제는 『오토기조시お伽草紙』인데, 이 제목에서 중세에서 근세에 걸쳐 성립된 전래동화집 『오토기조시御伽草子』가 연상된다. 여기에는 무로마치 시대에서 에도시대에 걸쳐 생성된 삼백여 편의 옛날이야기가 수록돼 있다. 한편, 다자이는 비슷한 시기에 에도 시대 이야기꾼 사이카쿠의 작품 12편을 선별하여 단편소설로 각색한 『나의 사이카쿠』(전집 8권 수록)를 쓰기도 했다.

남긴 투병일기를 바탕으로 쓴 「종다리의 일기」를 시대에 맞게 다시 고쳐 『판도라의 상자』로 지방신문에 연재하기 시작했다. 작가가 되고 싶다는 꿈을 가졌지만 허약한 몸 때문에 늘 괴로워하다 결국 자살로 생을 마감한 기무라의 비극은, 다자이가 늘 관심을 갖고 있던 '제비꽃만큼 가련한 자존심'을 지닌 유약한 누군가의 이야기였다.

전쟁의 폐허에서 허탈감을 느끼고 있는 사람들에게 다자이가 내어놓은 '상자' 속에는, 강렬하지도 크지도 않은, 들판 어디에서나 볼 수 있는 흔하고 수수한 들꽃 같은 이야기들이 담겨 있다. 그리스 신화에서 판도라가 열어버린 상자 한쪽 구석에 아주 작고 반짝이는 돌멩이 하나가 남아 있고, 거기 희미하게 '희망'이라는 글씨가 적혀 있었다는데, 다자이의 『판도라의 상자』를 '열어보면' 그 상자 안에 남아 있는 희망의 실체가 얼마나 사소한 것인지 알 수 있다.

폐병을 앓고 있는 연약한 환자들과 그들을 돌보는 순수한 여성 조수들. 주인공 종다리는 다케 씨의 '밥 한 공기의 친절'에 넌더리가 나고, 유부남 뱀밥과 연애편지를 주고받는 마아보가 가증스럽다. 갓뽀레는 건빵이 자기를 무시한다며 울먹거리고, 건빵은 올지 안 올지 모르는 미군이 자기에게 통역을 시켜서 자기 영어 실력이 들통날까 봐 노심초사다. 살을 부대끼며 살아가는 사람과 사람 사이의 유치한 애정이나 질투, 다툼이나 부끄러움, 혹은 그것들의 뒤섞임. 『판도라의 상자』 속에는 사람들의 그런 솔직한 감정들이 꼬리에 꼬리를 물고 잔물결처럼 흔들린다.

사소한 개인의 감정은 억제하고 커다란 이념과 사상 아래 단결해야 하는 시대, 이에 동참하지 않거나 변두리에서 맴도는 이들은 불량아들이거나 쓸모없는 놈팡이 취급을 받던 시대, 그런 시대가 막을 내리고 새로운 막이 올랐음을, 다자이는 이 작품을 통해 보란 듯이 이야기하고 싶었던 것인지도 모른다. 사상이나 이념보다는 한 송이 꽃의 미소가 더 소중한 이들도 있으며, 그것이 살아가는 의미가 되는 사람들도 있다는 것을 말이다.

> 죽음을 곁에 두고 사는 사람에게는 죽고 사는 문제보다도 한 송이 꽃의 미소가 더 절절하게 다가온다.

수많은 독자들을 매료시킨 『판도라의 상자』의 이 한 구절은 이러한 시대 흐름 속에서 태어났다. 이 작품을 읽다 보면 누군가 옆에서 가칠가칠한 솔로 피부를 문지르고 있을 것만 같은, 미세하고도 선명한 감각이 느껴진다. 다자이는 작가의 손끝에서 전해지는 그러한 감각의 소통이, 사람의 정신을 일깨우고 삶을 풍부하게 해주는 것이라 믿었다.

> 하늘을 나는 새를 보라는 말입니다. 무슨 주의 같은 것은 문제가 안 됩니다. 그런 걸로 대강 때우려 해봤자 소용없어요. 감각만으로도 그 사람이 얼마나 순수한지 알 수 있습니다. 문제는 감각입니다. 음률이에요. 그 감각이 기품 없고 투명하지 않다면 그건 모두 가짜입니다.

그러나 다자이가 종다리의 입을 빌려 아무리 세상을 향해 지저귀어 보았자, 그의 말에 귀를 기울이는 사람은 많지 않았다. 당시만 해도 다자이의 소설은 너무 가볍고 통속적인 것이라 여겨졌다. 다자이는 전쟁 후 새로운 시대가 열릴 것으로 기대하고 있었지만, 문단뿐만 아니라 정치, 사회, 문화 전반이 그가 보기에는 바람직하지 않은 방향으로 흘러가고 있었다. 어떤 이들은 다시금 고리타분한 사상과 이념을 들춰내며 그것을 이용하여 새로운 정치 판도를 일으켜보려 했고, 어떤 이들은 하루아침에 '민주국가 미국 만세'로 돌변했다. 다자이는 그렇게 시대에 편승하는 정치가와 저널리즘, 학자, 예술가에 큰 반발심을 느꼈다.

> 전쟁이 끝나자마자 갑작스럽게 도조 욕을 하며 전쟁에 책임을 지라고 소란을 피워대는 신종 편승주의자가 될 생각은 추호도 없다. 요즘에는 사회주의마저도 살롱사상으로 타락해버렸다. 나는 이런 시류 또한 따를 수가 없다.
>
> —「15년간」

다자이는 고향인 쓰가루에서 '그 8월 15일'을 맞았다. 하루는 학창시절 함께 운동을 하던 옛 친구들이 모여 있다는 이야기를 듣고 그 자리에 참석하게 되었다. 오랜만에 옛 동료들을 볼 수 있다는 사실에 다소 흥분되기도 했을 것이다. 그러나 알고 보니 그 자리는 사회주의자들의 모임이었다. 그들은 큰소리로 외쳤다. "천황을 없애버려야 해!" "천황을 폐하고 다시 사회주의를 일으키는 거다." 다자이는 말없이 그 자리에서 일어섰다.

소위 지식인들이 부르짖는 사회주의니 민주주의니 진보주의니 하는 것들을 그는 믿지 않았다. 이것도 저것도 모두 일종의 편승사상에 불과하다고 보았다. 그는 그런 세태에 염증을 느꼈고 그런 풍조에 반발심이 일었다. 당시 문제시된 에치고 사자의 '천황폐하 만세' 발언도 이러한 시류에 대한 시니컬한 풍자로 해석할 수 있다. 모두가 만세를 외칠 때는 외면하다가 모두가 짓밟고 깔아뭉갤 때는 손을 내민다. 그것은 예수의 사상과 통하는 것이기도 했다.

> 자유사상의 내용은 그때그때 완전히 달라진다고 할 수 있겠지. 진리를 추구하며 싸운 천재들은 모두 자유사상가라고 할 만해. 나는 자유사상의 근본이 예수가 아닌가 싶어. 번뇌하지 말고, 하늘을 나는 새를 보라. 뿌리지도 말고, 거두지도 말고, 창고에 쌓아두지도 마라. 꽤나 훌륭한 자유사상이 아닌가.

폭풍우 치던 어느 날, 에치고 사자는 예수 정신으로, 건빵은 반항 정신으로 자유사상을 논한다. "그러니까 자유사상이란 것은 ……본디 반항 정신에 있는 겁니다. 파괴 사상이라고도 할 수 있겠지요. 압박이나 속박이 사라진 곳에 자라나는 사상이라기보다는, 압박이나 속박에 대한 반동으로 그것들과 투쟁하며 생기는 성질의 사상입니다." 이즈음 다자이가 스스로 무뢰파가 되기를 선언한 것은, 이렇듯 예수의 평화와 평등을 기저로 압박이나 속박에 대항하고 힘의 논리에 굴하지 않으려는 몸부림이었는지도 모른다.

> 프랑스에서는…… 리베르탱이라 불리는 사람들이 있었는데, 그 사람들이 자유주의를 노래하며 상당히 소란을 피웠지요. 17세기에 있었던 일이니 삼백 년도 더 된 일입니다. ……대부분 무뢰한처럼 살았습니다. 왜 연극으로도 유명한 코 큰 시라노 있잖습니까? 그 사람도 당시 리베르탱의 한 사람이라고 할 수 있겠지요. 당시 권력에 대항하여 약자들을 도왔어요. 당대 프랑스 시인들은 거의 다 그런 사람들이었을 겁니다. 일본 에도 시대 협객들하고도 약간 비슷한 면이 있었던 듯합니다.

당시 다자이에게 '무뢰파'는 '예수—리베르탱—협객'의 연장선상 어딘가에 있었으며, '무뢰'는 단순히 개인의 삶을 타락으로 몰고 가는 것이 아니라, '세상에 단 한 사람이라도 불행한 이가 있는 한 자신도 행복해질 수 없다고 믿는 것이야말로 진정 인간다운 감정일진 데,'(「화폐」)라고 느낄 줄 아는, 인간에 대한 연민을 바탕으로 하는 휴머니즘과 인류애를 기저에 둔 '반항'의 그림자와도 같았다. 결국 『판도라의 상자』 한쪽 구석에서 반짝이던 '희망'의 돌멩이 뒷면에 새겨져 있던 것은, 시대의 약자를 대변하는 '권위에 대한 반항'이었다고 볼 수 있다.

> 좀 더 유약해져라! 훌륭한 것은 네가 아니다! 학문, 그까짓 건 내다 버려라!
>
> 너 자신을 사랑하는 만큼, 네 이웃을 사랑하라. 거기서부터 시작하지 않으면, 이도 저도 안 된다.
>
> —「15년간」

이와 같은 '권위에 대한 반항'은 희곡 『겨울의 불꽃놀이』와 『봄의 낙엽』에 이르러 '전후 일본 사회에 대한 반항'으로 구체화된다. 이 작품들 역시 전쟁 후 쓰가루로 피난을 가 있던 시기에 집필한 것인데, 당시 일본 사회의 모순을 강도 높게 비판한 두 작품은 세간의 주목을 받지 못했다. 다음은 『겨울의 불꽃놀이』에서 가즈에의 발언이다.

> 저는 지금 일본의 정치가든 사상가든 예술가든, 그 누구에게도 기댈 마음이 없습니다. 요즘엔 누구나 자기들 살기도 바쁘지요. 그렇다면

그렇다고 솔직하게 말하면 좋을 텐데, 정말 낯도 두껍지. 국민을 지도한다느니 어쩐다느니, 긍정적으로 살아가자느니, 희망을 가지라느니, 아무런 의미도 없는 말들을 뒤섞어 설교만 해대고, 그러면서 그런 것이 문화라니요. 진짜 역겹지 않아요? 뭘 두고 문화[文化]라고 하는 걸까요? 글[文] 귀신[お化け]이라고 쓰여 있네요. 어째서 일본 사람들은 너도나도 지도자가 되고 싶어 하는 걸까요. 전쟁 중에도 이상한 지도자들만 가득해서 어이가 없었는데, 이번엔 또 일본 재건 어쩌고 하는 지도자 인플레가 일어난 것 같더군요. 두려운 일입니다. 앞으로 일본은 분명 지금보다 훨씬 더 엉망이 될 거라고 생각해요. 젊은 사람들은 공부를 해야 하고, 우리가 일을 해야 하는 건 당연한 일인데도, 그걸 피하기 위해서 이런저런 그럴싸한 핑계를 대는 거죠. 그렇게 점점 추락할 수 있는 데까지 추락하는 거예요.

이즈음 다자이와 가깝게 지내던 국민학교 교사이자 문학청년 오노 사이하치로[小野才八郎]의 증언에 따르면, 당시 다자이는 자신을 찾아오는 제자들에게 이렇게 조언했다.

"문학은 포에지[시적정서]만으로는 부족해. 프로테스트[저항정신]가 있어야 해. 특히 요즘 같은 때에는."

물론 다자이의 작품 가운데 앞서 말한 두 편의 희곡을 제외하고는 직접적으로 사회 부조리를 고발한 것은 거의 없지만, 전쟁 직후의 작품집인 전집 제7권의 소설들에서 확실히 전과는 다른 저항적인 정서를 읽을 수 있다. 병적인 정치 담론에 의해 수많은 사람들이 희생당하고, 또 그 '혼란을 틈타 한몫 챙겨보겠다는' 무리가 판을 치는 전후 사회 속에서는, 제아무리 다자이라 해도 어릿광대의 춤을 출 수만은 없었을 것이다. "'죄의식'을 기저에 둔 '사랑'이라는 테마에는 변함이 없었다고 해도, 그 '사랑'을 지키기 위해서는 '프로테스트'가 필요했으리라."[4]는 오노 사이하치로의 말처럼, 이 시기 다자이에게 있어 '반항'은 인간다운 세상을 갈구하는 희망의 다른 이름이었는지도 모른다.

4. '가벼움'의 미학

일본 전후 시대를 대표하는 사상계의 거장, 요시모토 다카아키[5]는 다자이 오사무의 오랜 팬으로, 학창시절 다자이를 만났던 일화에 대해 다음과 같이 생생한 증언을 남긴 바 있다.[6] 당시 연극부 학생이던 요시모토는 전쟁에 대한 비판적인 시각이 담긴 희곡 「봄의 낙엽」을 상연하고자 했다. 때마침 다자이가 고향을 떠나 미타카로 돌아와 있었기에, 요시모토는 다자이를 만나러 무작정 미타카를 찾았다. 역 근처 술집에서 다자이를 찾아낸 요시모토는 다자이에게 다가가 알은체를 하며, 「봄의 낙엽」을 상연하고 싶은데 고료를 챙겨드리진 못하지만 허락은 받아야 할 것 같아서 왔다고 말한다. 그러자 다자이는 뜬금없이 그에게 물었다. "학교는 재미있나?"

4_ 오노 사이하치로의 『다시 읽는 다자이 오사무太宰治再讀』 「봄의 낙엽」 중에서.

5_ 吉本隆明(1924~2012). 진보적인 사상가이자 문학평론가. 전쟁책임론, 학생운동 등 전후 일본 사회문제에 앞장서며 일본인들에게 추앙받아온 인물이다. 저서로 『공동환상론』, 『예술적 저항과 좌절』 등이 있으며, '다자이론'을 다룬 비평서로 『비극의 해독』이 있다. 국내에 『키친』 등으로도 잘 알려진 소설가 요시모토 바나나의 아버지다.

6_ 잡지 『도쿄인tokyo in』에 실린 요시모토 다카아키의 인터뷰를 인용한다. 2008년 12월호, 특집 『미타카에 살았던 다자이 오사무』 (주)도시출판都市出版 발행.

멋대로 전쟁을 시작하더니 멋대로 끝내버리고 나서 자기들은 할 만큼 했다고 하는 세상에 대해 허무함을 느꼈달까, 해서 거의 자포자기 상태였던 나는 “조금도 재미없습니다.”고 답했다. 그랬더니, “그렇군. 나도 소설 읽는 게 하나도 재미가 없어. 소설 같은 거야 처음 두세 줄만 읽으면 금세 답이 나와 버리니까. 재미있는 작가 같은 건 없어. 내가 자네라면 암거래상이나 하겠네.” ……나는 그래도 모처럼 그를 만났으니 조금이라도 진지한 이야기를 물어봐야겠다는 생각에, “선생님, 요즘은 마음이 안 무거우십니까?” 하고 물었는데, “나는 지금도 무겁네.”라는 대답이 돌아왔다. ……패전 이후 우리는 아무렇게나 내팽개쳐져 있었던 것이나 다름없었기 때문에 전쟁의 후유증이 심각했다. 다자이는 그것을 가벼움으로 바꾸고 있었다. 시민에게 악이 될 것들을 모두 뒤집어엎고 있었다. 전쟁 중에나, 전쟁 후 혼란기에나, 그가 이를 고려하여 데카당스며, 무뢰를 주장했던 것이 아닌가 하는 생각이 들었다.

우울한 세상을 가볍게 만들고, 무거운 본심은 어릿광대의 가면 속에 숨겨버리는 것. 사람들에게 악이 되는 것들을 뒤집어 생각하며, 오히려 일부러 자진하여 타락의 길을 걷는 것. 이는 다자이가 데뷔 이후 꾸준히 만들어오던 그만의 독특한 스타일이었다. 한편, 요시모토는 다자이가 독자로 하여금 작가 자신이 실제로 작품 속 주인공과 같은 삶을 살고 있다고 느끼게 만든다면서 이렇게 말했다.

다자이 오사무의 소설은 문체나 내용에 정밀함이 아닌 ‘친밀함’이 깃들어 있기 때문에, 무얼 쓰든 작가 자신의 이야기(사소설)를 쓰는 것처럼 보인다. 팬의 입장에서는 그것이 좋을 수밖에 없으니, 한 번

팬이 되면 마치 자기 육친이 글을 쓰고 있는 것만 같아 벗어날 수 없이 빠져들게 된다.

다자이가 자신의 이야기를 하건, 혹은 자신의 이야기인 척 가장한 이야기를 하건, 그의 작품 내용은 대체로 이미 자기 자신 안에 존재하던 사소한 일상의 이야기였다. 이는 『베개 이야기』[7], 『겐지 이야기』 등 나라 시대에서 헤이안 시대를 거쳐 전해져오는 일본 전통 문학에서의 여성적 수필과도 궤적을 같이 한다. 그런 의미에서 요시모토의 다음과 같은 발언은 매우 흥미롭다.

다자이의 문학도 그러한 일본의 유전자를 강하게 이어받고 있다. 사적인 일이 가장 중요한 것이다. 이야기의 기복이 심하고 파란만장한 유럽의 장대한 장편들에 견주어 보면, 일본소설은 빈약해 보인다. 하지만 그것은 극단적으로 말하자면 바쇼의 하이쿠와 발자크의 소설을 비교하는 것과 같다. 바쇼의 하이쿠는 짧은 가운데 간접적으로 다양한 생각들을 품고 있어서 예술성에서도 뒤떨어지지 않는다. 이것이 좋은 의미이건 나쁜 의미이건 일본 문학의 특징이다. 다자이는 현대소설계의 바쇼라 할 수 있다.

하이쿠계의 거장, 마쓰오 바쇼의 시는 예를 들면 이런 것이다.

'싸락눈 듣누나, 이내 몸은 그 옛날 늙은 떡갈나무.'

7_ 자신의 일상과 경험을 아포리즘 형식으로 나열한 「장님메쿠라이야기」(전집 1권 수록)라는 작품이, 「베개마쿠라이야기」를 본떴던 것이었음을 상기해보자.

'이슬방울에 갇힌 세상의 먼지를, 말끔히 씻어내고 싶어라.'

'방랑을 앓으니, 꿈도 초목이 시든 들을 맴도네.'

실제로 다자이는 작품 속에서 바쇼를 흉내 내기도 하고, 장난을 치기도 한다.

하루 종일 독서를 하고 나서는 연구발표.
감기로 사흘 정도 잠을 잔 뒤엔 병상일기.
두 시간 동안 여행을 하고는 바쇼처럼 여행기.

—「허구의 봄」

바람도 불지 않는 조용한 저녁이었는데, 하늘에 새까만 조각구름이 떠 있어서 음울해 보였습니다. '거친 바다여, 사도로.'라고 읊조리던 바쇼의 상심을 알 것 같기는 했지만, 그 아저씨, 은근히 교활해서 어디 여관에서 뒹굴면서 편안하게 노래했던 건지도 모릅니다. 무턱대고 믿을 수만은 없네요. 석양이 지고 있습니다.

—「사도」

그동안 수줍게 바쇼에 대한 애착을 드러내던 다자이는 『판도라의 상자』에 이르러 본격적으로 바쇼의 이념을 소개하는데, 바쇼의 어떤 사상이 다자이의 세계관에 영향을 미쳤는지 알 수 있는 대목이다.

중학교 때 선생님이었던 후쿠다 가즈나오 선생님이 가르쳐 주셨는데, 바쇼는 말년에 '가루미'를 주창하며, 그것을 '와비', '사비', '시오리'보다 훨씬 더 우위에 두었대. 바쇼 같은 명인이 말년이 되어서야 간신히 깨닫고 지향했던, 바로 그 최고의 경지에 우리가 어느 틈엔가 자연스럽게 도달해 있었다는 건 자부심을 가질 만한 일이야. 이 '가루미'는 단순히 경박한 것과는 다른 거야. 욕심과 목숨을 내놓지 않으면 이 경지에 이를 수 없어. 애써 노력해서 땀을 흠뻑 흘리고 난 뒤에 다가오는 한 줄기 실바람이지. 대혼란에 빠진 세상의 절박한 분위기 속에서 태어난, 날개가 투명할 정도로 가벼운 새야. 이것을 이해하지 못하는 사람은 영원히 역사의 흐름에서 비켜나 홀로 남겨질 거야. 아아, 세상 모든 것이 진부해지고 있어. 있지, 논리고 뭐고 아무것도 없는 거야. 모든 것을 잃고, 모든 것을 버린 자의 평안함이야말로, 바로 그 '가루미'야.

가루미軽み의 문자 그대로의 뜻은 '가벼움'이다. 여행을 좋아하던 방랑자 바쇼는 예술에 있어서 '무거움'은 도움이 되지 않는다고 생각했다. '무거운' 학문과 지식, 교양 등에 의지하지 않고서도 일상생활 속에서 솔직하고 담담하게, 모든 것을 내려놓고 오직 자신의 마음의 소리를 들으며 새롭고 신선한 미美를 발견할 수 있다고 보았다. 바쇼는 이를 '가루미'라 칭했다. 바쇼의 살아생전에 '가루미'는 크게 빛을 보지 못했다. 너무 통속적이다, 그야말로 '가볍다'는 이유로 천대받았다. 이는 다자이가 근대일본의 '묵직한' 문단에서 인정받지 못했던 것과 닮아있다.

다자이는 권위에 의존하여 무게를 잡는 행동을 '고리타분'한 것이라 여겼고, 그런 문단이나 지식인들을 향해 '어깨에 힘주지 마라', '잘난 것은 너희들이 아니다'라고 쏘아붙인다. 그래서 『판도라의 상자』는 '가벼운 연애소설'인 동시에 '무거운 반항소설'이 될 수 있으며, 이러한 일련의 '휴머니즘적 역설놀이'는 다자이 문학의 큰 줄기가 되어 왔다고 볼 수 있다. 바쇼의 '가루미'를 통해 현대소설 속에 새롭게 싹튼 다자이의 '가벼움'의 미학은, 종다리의 편지 속 한 구절처럼 오늘날 우리의 메마른 가슴을 적시며 어디론가 흘러가고 있는지도 모른다.

> 나는 흐르는 물. 구석구석 물가를 어루만지며 흐르네.
> 나는 모두를 사랑하고 있어. 좀 아니꼬운가?

* 참고문헌 *

· 堤重久, 『恋と革命: 評伝 太宰治』, 講談社現代新書, 1973.

· 亀井勝一郎, 『無頼派の祈り』, 審美社, 1976.

· 吉本隆明, 『悲劇の解読』, 筑摩書房, 1979.

· 相馬正一, 『評伝太宰治』, 筑摩書房, 1985.

· 木村庄助, 『木村庄助日誌: 太宰治 『パンドラの匣』の底本』, 編集工房ノア, 2005.

· 津島美知子, 『回想の太宰治』, 講談社, 2008.

· 小野才八郎, 『太宰治再読・続』, 審美社, 2010.

· 『太宰治研究』, 和泉書院, 1994~2010.

옮긴이 후기

다자이 오사무 전집을 번역하는 동안 나는 많은 사람들에게 이런 질문을 받았다.

"도대체 다자이 오사무라는 작가가 자살한 진짜 이유가 뭐야?"

여러 가지 이유가 있겠지만, 으로 시작해서 내가 생각했던 가능성들을 하나하나 다 이야기하면, 상대방은 고개를 갸웃갸웃하다가 이렇게 말했다.

"잘 모르겠네."

그런데 이번 권 번역을 마치고 나서 어느 친구로부터 똑같은 질문을 받았고, 나는 자연스레 그 질문에 대한 답변의 방식을 바꾸게 되었다. 내 이야기를 다 들은 그 친구는 고개를 끄덕이며 이렇게 말했다.

"그럴 수도 있겠다."

지금부터 그때 내가 그 친구에게 했던 말을 기억나는 대로 여기에 써보려 한다.

자, 상상을 해봐. 너는 시골 마을 부잣집에서 태어났어. 그것도 네 아버지는 고리대금업으로 가난한 농민들에게 이자를 챙기면서 큰 부자가 되었지. 너는 그런 너의 출신을 부끄러워하고 친구들에게 미안한 마음을 가지면서도 어쩔 수 없는 일이라고 생각해. 네가 선택해서 아버지를 고른 게 아니니까. 넌 너의 그런 상황을 '선택된 황홀과 불안'이라는 어느 프랑스 시인의 말을 빌려 표현했을 정도로 늘 초조하고 불안해했어.

어릴 적부터 읽고 쓰길 좋아하던 너는 훌륭한 작가가 되겠다고 마음먹었어. 마음 맞는 친구들과 함께 문학에 대해 열띤 토론을 나누고 문예잡지를 만들며 수많은 밤을 지새웠지. 그러면서 너와 너의 친구들은 '데모크라시'라는 것에 눈을 뜨게 되었어. 여느 혈기 넘치는 젊은이들처럼 말이야. 있는 자나 없는 자가 차별 없는 세상. 모두가 다 함께 평등하게 잘 사는 아름다운 세상. 너와 너의 친구들은 그 해답을 마르크스에서 찾았어. 그런데 세상이 갑자기 급박하게 돌아가더니 네 친구들에게 '공산주의자'라는 빨간 딱지가 붙여지고 하나둘 잡혀가기 시작했던 거야. 학교에서 쫓겨나는 친구들이 생기는가 하면 감옥에서 죽는 친구들까지 생겼어.

고향에 있던 큰형이 이대로 뒀다가는 집안이 다 망하겠다 싶었는지 극단의 조치를 취했지. 지금 당장 경찰서로 가서 현재 가담하고 있는 단체에서 발을 빼겠다는 각서를 써라. 그렇지 않으면 매달 조달해주던 생활비며 학비를 다 끊어버리겠다. 이렇게 치사하게 나오는 거야. 넌 선택을 해야 했어. 집에서 주는 돈 따위 필요 없다. 공장이나 밭에서 노동을 하더라도 나는 내 신념과 의지에 따라 행동하겠다. 무슨 일이 있어도 나의 사랑하는 친구들을 배신하지 않겠다. 속으로는 천 번 만 번 이렇게 외쳤지. 하지만 그렇게 되면 넌 네가 꿈꾸던 작가라는 직업을 포기해야 할지도 몰랐고, 적어도 그동안 네가 누리던 안락하고 여유롭고 문화적인 생활을 모두 반납해야 했어. 넌 두 손으로 하늘을 가리며 형을 따라 경찰서로 갔지. 그리고 각서를 썼어. 친구들을 배신했지.

넌 괴로움을 잊으려 글을 썼어. 그리고 여자를 만났지. 옛날에 고향에서 알고 지내던 게이샤였어. 집안의 반대를 무릅쓰고 그 여자 하나를 지키기 위해서 모든 걸 걸었던 시절이었어. 그런데 무슨 멜로드라마처럼 그 여자가 널 배신한 거야. 너 몰래 너와 친하던 화가 친구를 만나고 있었지. 네가 맹장염 때문에 얻은 마취제 중독을 치료하려고 한 달 정도 병원에 입원해 있는 동안 그녀는 놈을 만나고 다녔던 거야. 넌 가슴속에서 불이 나고 미칠 것만 같았어. 친구들을 배신하고 세상에 혼자가 된 기분이던 네가 의지하던 건 오직 그 여자뿐이었는데, 넌 완전히 외톨이가 된 기분이었지.

다시 글쓰기에 몰두했어. 성서를 공부했지. 불교 서적도 들춰보고. 이번에는 선배님 소개로 만난 참한 여자와 결혼을 했어. 처음에는 아주 오랜만에 느껴보는 그 안락함이 너무 좋았어. 이대로 열심히 성실하게 글만 쓰면서 살 생각이었지. 하지만 세상은 널 가만두지 않았어. 전쟁이 일어났던 거야. 남의 나라를 들쑤시고 다니며 사람들 목숨을 빼앗더니, 결국 네 머리 위로도 포탄이 떨어지기 시작했어. 너는 어린 것들을 데리고 피난을 다니기에 바빴지. 지긋지긋했어. 이게 도대체 뭐하는 짓인가 싶었어. 너와 술을 한잔 걸치며 문학 이야기를 하던 친구들은 하나둘 전쟁터로 가더니 남쪽 섬 어딘가에서 연락이 뚝 끊겨버렸어. 유쾌하고 정답던 네 친구들은 아무도 돌아오지 못했어. 전쟁이 끝나고 남은 것은 사라진 사람들의 빈자리와 공허함뿐이었지.

넌 다시 미친 사람처럼 글쓰기에 몰두했어. 언제는 천황을 중심으로 세상을 바꿔보자며 열심히 총질을 해대던 세상 사람들이, 이번에는 또 갑자기 한목소리로 천황을 몰아세우고 전쟁의 책임자를 처단해야 한다고 들고 일어났어. 넌 그런 세상에 넌더리가 났어. 어떤 이념이나 사상에도 속박당하지 않고 시류에 반항하겠다며 '무뢰파 선언'을 하고, 네가 느낀 영감과 본능에 충실하며 온몸으로 글을 썼어. 건강이 악화되어 객혈을 하면서도, 어디 한번 죽을 때까지 써보자는 오기로 펜을 놀렸어. 『인간 실격』을 완성했을 즈음 너에게 남은 힘이 다 빠져나간 것만 같았지. 넌 원고지 위에 탁, 하고 펜을 내려놓으며 말했어.

"아, 이제 소설을 쓰는 것도 싫다."

1948년 6월 13일 깊은 밤, 그는 '소설을 쓰는 것이 싫어져서 죽는 것입니다.'라는 유서를 남기고 생을 마감한다. 소설가 미시마 유키오는 다자이가 라디오 체조라도 했다면 죽지 않았을 거라고 했지만, 개인적으로는 그가 아주 잠깐만이라도 소설 생각을 잊고 다른 무언가로 '외도'를 했더라면, 하는 아쉬움이 남는다. 남들 앞에서는 태연하게 거짓말을 하기도 했지만 자기 스스로에게는 서늘할 정도로 솔직했기에, 그 지나친 순수함이 그를 죽음으로 몰아넣은 것이 아닌가 싶다. 그는 언젠가 나이가 들면 톨스토이나 도스토옙스키처럼 대작을 쓰고 싶어 했다. 그에게 삼십 년쯤 되는 시간이 더 있었더라면 어땠을까 하고, 있을 수도 없는 상상을 해본다. 이런 생각이 드는 건, 그의 전집 완간이 다가오면서 이제 번역할 작품이 조금밖에 남아 있지 않다는 아쉬움 때문인지도 모르겠다.

아직 오지 않은 봄을 기다리며,

서울에서

정수윤

다자이 오사무 연표

1909년 출생	• 6월 19일, 아오모리현 북쓰가루군 가나기에서 아버지 쓰시마 겐에몬津島源右衛門과 어머니 다네タネ의 열 번째 아이이자, 여섯 번째 아들로 태어났다. 호적상 이름은 쓰시마 슈지津島修治.
1916년 7세	1월, 함께 살던 이모이자 숙모인 기에キエ 가족이 고쇼가와라로 이사하면서, 슈지도 2개월가량 그곳에서 함께 산다. 4월, 가나기 제1소학교에 입학한다.
1922년 13세	3월, 가나기 제1소학교 졸업. 4월, 메이지고등소학교 입학. 아버지가 귀족원의원에 당선된다.
1923년 14세	3월, 아버지 사망. 4월, 아오모리중학교 입학. 아쿠타가와 류노스케, 기쿠치 간 등의 소설을 탐독. 이부세 마스지井伏鱒二의 「도롱뇽」을 읽고, '가만히 앉아서 읽을 수 없을 만큼 흥분'한다.
1925년 16세	8월, 친구들과 함께 잡지 『성좌星座』를 창간하나 1호만 발행하고 폐간. 그해 「추억」의 등장인물인 미요의 모델이 된 미야기 도키宮城トキ가 쓰시마 집안에 하녀로 들어온다. 11월, 동인지 『신기루』 창간한다.
1926년 17세	9월, 동인지 『아온보青んぼ』를 창간하나 2호까지 발행하고 폐간. 도키에게 함께 도쿄로 가서 살자고 제안하지만 도키는 신분의 차이가 너무 많이 난다면서 쓰시마 집안을 떠난다.
1927년 18세	2월, 동인지 『신기루』 12호까지 발행하고 폐간. 3월, 아오모리중학교 졸업. 4월, 히로사키고등학교 문과 입학. 7월, 아쿠타가와 류노스케의 자살에 충격을 받는다.
1928년 19세	5월, 동인지 『세포문예』 창간, 9월, 4호까지 발행하고 폐간. 12월, 히로사키고교 신문잡지부 위원에 임명된다.
1929년 20세	• 창작 활동을 하는 한편, 게이샤 오야마 하쓰요小山初代를 만난다. 12월, 수면제 과다복용으로 의식불명 상태에 빠진다.

1930년 21세

3월, 히로사키고등학교 졸업.

4월, 도쿄제국대학교 불문과 입학.

5월, 이부세 마스지를 찾아가 이후 오랫동안 스승으로 삼는다. 적극적으로 사회주의 운동에 가담한다.

10월, 고향에서 하쓰요가 다자이를 만나기 위해 상경.

11월, 하쓰요의 일로 큰형 분지文治와 다투다가 호적에서 제적당한다.

11월 26일, 긴자의 술집 여종업원 다나베 시메코田部シメ子를 만나 이틀 동안 함께 지내다가, 28일 밤 가마쿠라 고유루기미사키小動岬 절벽에서 함께 자살을 시도한다. 시메코는 죽고 슈지는 요양원 게이후엔恵風園에서 치료를 받는다.

12월, 자살방조죄로 기소유예. 아오모리 이카리가세키碇ケ関 온천에서 하쓰요와 혼례를 올린다.

1931년

12월, 동료의 하숙집에서 마르크스의 『자본론』 스터디를 시작한다.

1932년 23세

7월, 큰형과 함께 아오모리 경찰서에 출두하여 좌익운동에서 손을 뗄 것을 맹세한다. 창작에 전념하면서 낭독 모임을 갖는다.

1935년 26세

3월, 대학 졸업시험에 낙제. 미야코 신문사 입사시험에도 떨어진다. 가마쿠라에서 목을 매지만 자살미수에 그친다.

4월, 급성맹장염으로 입원, 진통제 파비날에 중독된다.

5월, 잡지 『일본낭만파』에 합류.

8월, 「역행」이 제1회 아쿠타가와 상 후보에 오르나 차석에 그친다. 사토 하루오佐藤春夫를 찾아가 가르침을 받는다. 크리스트교 무교회파 학자 쓰카모토 도라지塚本虎二와 접촉, 잡지 『성서 지식』을 구독한다.

9월, 수업료 미납으로 학교에서 제적당한다.

1936년 27세

2월, 파비날 중독 치료를 위해 병원에 입원했다가 10일 후 퇴원.

6월, 첫 창작집 『만년』을 출간한다.

8월, 제3회 아쿠타가와 상 낙선.

10월, 중독증세가 심해져 도쿄 무사시노병원에 입원했다가 한 달 뒤 퇴원한다.

1937년 28세

- 다자이와 사돈 관계이자 가족과 다름없이 지냈던 화가 고다테 젠시로小館善四郎와 부인 하쓰요의 간통 사실을 알고 분노.

3월, 다니가와다케谷川岳산에서 하쓰요와 둘이서 수면제를 먹고 동반자살을 시도하나 미수에 그친 후 이별한다.

6월, 작품집 『허구의 방황』, 7월, 단편집 『이십세기 기수』를 출간한다.

1938년 29세	9월, 후지산 근처에 있는 여관 덴카차야天下茶屋에서 창작 활동을 하던 중, 이부세 마스지의 소개로 이시하라 미치코石原美知子를 만난다.
1939년 30세	1월, 미치코와 혼례를 올린 후 안정적으로 작품 활동에 전념한다. 7월, 『여학생』을 출간한다.
1940년 31세	5월, 「달려라 메로스」 발표. 6월, 작품집 『여자의 결투』 출간. 12월, 『여학생』으로 기타무라 도코쿠 상 부상을 수상한다.
1941년 32세	5월, 『동경 팔경』 출간. 6월, 장녀 소노코園子가 태어난다. 8월, 10년 만에 쓰가루로 귀향한다.
1942년 33세	1월, 사비로 『유다의 고백』 출간. 6월, 『정의와 미소』 출간. 어머니가 위독하다는 소식에 귀향. 12월, 어머니 사망.
1943년	1월, 『후지산 백경』, 9월 『우대신 사네토모』를 출간한다.
1944년	5월, 고야마서방에서 소설 『쓰가루』를 의뢰하여 쓰가루 여행, 11월 출간한다.
1947년 38세	1월, 옛 연인이었던 작가 오타 시즈코太田静子를 찾아가 소설 『사양』의 소재가 될 일기장을 넘겨받는다. 4월, 큰형이 아오모리 지사로 당선. 12월, 『사양』 출간. 몰락한 귀족을 그린 이 작품이 패전 후 혼란에 빠진 젊은이들 사이에서 '사양족'이라는 유행어를 낳을 정도로 큰 호응을 얻으면서 인기작가가 된다.
1948년 39세	6월 13일 밤, 연인인 야마자키 도미에山崎富栄와 함께 무사시노 다마가와 상수원玉川上水에 몸을 던진다. 6월 19일, 만 서른아홉 번째 생일에 사체가 발견된다. 7월, 『인간 실격』, 『앵두』 출간.
1949년	• 6월 19일, 다자이의 친구들이 그의 무덤을 찾아(미타카 젠린지禅林寺) 기일을 앵두기桜桃忌라고 이름 짓고 애도한다. 앵두기는 그를 사랑하는 독자들에 의해 현재까지 매년 행해지고 있다.

『다자이 오사무 전집』 한국어판 목록

제1권 만년

잎 | 추억 | 어복기 | 열차 | 지구도 | 원숭이 섬 | 참새새끼 | 어릿광대의 꽃 | 원숭이를 닮은 젊은이 | 역행 | 그는 예전의 그가 아니다 | 로마네스크 | 완구 | 도깨비불 | 장님 이야기 | 다스 게마이네 | 암컷에 대하여 | 허구의 봄 | 교겐의 신

제2권 사랑과 미에 대하여

창생기 | 갈채 | 이십세기 기수 | 한심한 사람들 | HUMAN LOST | 등롱 | 만원 | 오바스테 | I can speak | 후지산 백경 | 황금 풍경 | 여학생 | 게으름뱅이 카드놀이 | 추풍기 | 푸른 나무의 말 | 화촉 | 사랑과 미에 대하여 | 불새 | 벚나무 잎과 마술 휘파람

제3권 유다의 고백

팔십팔야 | 농담이 아니다 | 미소녀 | 개 이야기 | 아, 가을 | 데카당 항의 | 멋쟁이 어린이 | 피부와 마음 | 봄의 도적 | 세속의 천사 | 형 | 갈매기 | 여인 훈계 | 여자의 결투 | 유다의 고백 | 늙은 하이델베르크 | 아무도 모른다 | 젠조를 그리며 | 달려라 메로스 | 고전풍 | 거지 학생 | 실패한 정원 | 등불 하나 | 리즈

제4권 신햄릿

귀뚜라미 | 낭만 등롱 | 동경 팔경 | 부엉이 통신 | 사도 | 청빈담 | 복장에 대하여 | 은어 아가씨 | 치요조 | 신햄릿 | 바람의 소식 | 누구

제5권 정의와 미소

부끄러움 | 신랑 | 12월 8일 | 리쓰코와 사다코 | 기다리다 | 수선화 | 정의와 미소 | 작은 앨범 | 불꽃놀이 | 귀거래 | 고향 | 금주의 마음 | 오손 선생 언행록 | 꽃보라 | 수상한 암자

제6권 쓰가루

작가수첩 | 길일 | 산화 | 눈 내리던 밤 | 동경 소식 | 쓰가루 | 지쿠세이 | 석별 | 맹인독소

제7권 판도라의 상자

판도라의 상자 | 동틀 녘 | 사람을 찾습니다 | 뜰 | 부모라는 두 글자 | 거짓말 | 화폐 | 이를 어쩌나 | 15년간 | 아직 돌아오지 않은 친구에게 | 참새 | 겨울의 불꽃놀이 | 봄의 낙엽 | 옛날이야기

제8권 사양

남녀평등 | 친한 친구 | 타앙탕탕 | 메리 크리스마스 | 비용의 아내 | 어머니 | 아버지 | 여신 | 포스포레센스 | 아침 | 사양 | 새로 읽는 전국 이야기

제9권 인간 실격

오상 | 범인 | 접대 부인 | 술의 추억 | 미남과 담배 | 비잔 | 여류 | 철새 | 앵두 | 인간 실격 | 굿바이 | 가정의 행복 | 철면피 | 진심 | 우대신 사네토모

제10권 생각하는 갈대

에세이

『다자이 오사무 전집』을 펴내며

한 작가를 온전히 이해하기 위해서는 대표작 몇 권을 읽는 것에 그치지 않고 전집을 읽는 것이 필요하다. 일본의 대문호 오에 겐자부로는 평생 2~3년마다 한 작가의 전집을 온전히 읽어왔다고 고백한 바 있는데, 이는 라블레 번역자로 유명한 스승 와타나베 가즈오의 충고 때문이었다고 한다. 한 작가가 쓴 모든 글을 읽는다는 것은 그 작가의 핵심을 들여다보는 작업으로, 이만큼 공부가 되는 것도 없다는 이유에서다.

하지만 이런 이야기는 어디까지나 외국의 이야기일 뿐, 우리는 그렇게 하고 싶어도 그렇게 할 수 있는 형편이 아니다. 우리의 경우 국내 유명작가들조차 변변한 전집을 가지고 있지 못하다. 사정이 이러하니 외국작가는 굳이 말할 필요도 없을 것이다. 물론 몇몇 외국작가의 경우 전집이 나와 있기는 하지만, 대부분 창작물만 싣고 있어서 엄밀한 의미에서 '전집'이라고 보기 어렵다.

이에 도서출판 b는 한 작가의 전모를 만날 수 있는 전집출판에 뛰어들면서 그 첫 결과물로 『다자이 오사무 전집』을 펴낸다. 이 전집은 작가가 쓴 모든 소설은 물론 100여 편에 달하는 주요 에세이까지 빼곡히 수록하여 그야말로 '전집'이라는 이름에 걸맞은 형태를 갖추고 있다.

다자이 오사무는 그동안 우울하고 염세적인 작가나 청춘의 작가 정도로만 알려져 왔다. 하지만 이 전집을 읽으면 때로는 유쾌하고 때로는 전투적인 작가의 모습을 발견할 수 있을 뿐만 아니라, 왜 그가 오늘날까지 그토록 많이 연구되는지, 작고한 지 60년이나 흐른 지금도 매년 독자들이 참여하는 앵두기桜桃忌라는 추모제가 열리는지 알 수 있다.

『다자이 오사무 전집』을 성서로까지 표현한 작가 유미리의 표현을 빌리자면, 이 전집을 읽는 독자들은 매일 작고 아름다운 기적과 만나게 될 것이다.

마지막으로 『다자이 오사무 전집』을 양장본으로 다시 펴내면서 기존의 부족한 점을 모두 수정·보완했음을 덧붙이고 싶다.

—〈다자이 오사무 전집〉 편집위원회

■ 다자이 오사무 太宰治
1909년 일본 아오모리현 북쓰가루에서 태어났다. 본명은 쓰시마 슈지(津島修治). 1936년 창작집 『만년』으로 문단에 등장하여 많은 주옥같은 작품을 남겼다. 특히 『사양』은 전후 사상적 공허함에 빠진 젊은이들 사이에서 '사양족'이라는 유행어를 낳을 만큼 화제를 모았다. 1948년 다자이 문학의 결정체라 할 수 있는 『인간 실격』을 완성하고, 그해 서른아홉의 나이에 연인과 함께 강에 뛰어들어 생을 마감했다. 일본에서는 지금도 그의 작품들이 베스트셀러에 오르거나 영화화되는 등 시간을 뛰어넘어 많은 사랑을 받고 있다.

■ 정수윤
경희대를 졸업하고 와세다대학 문학연구과에서 석사 학위를 받았다. 지은 책으로 『날마다 고독한 날』, 『모기 소녀』, 옮긴 책으로 다자이 오사무 전집 1권 『만년』, 4권 『신햄릿』, 7권 『판도라의 상자』, 9권 『인간 실격』, 일본 산문선 『슬픈 인간』, 미야자와 겐지 『봄과 아수라』, 미시마 유키오 『금색』, 이노우에 히사시 『아버지와 살면』, 이바라기 노리코 『처음 가는 마을』 등이 있다.

다자이 오사무 전집 7

판도라의 상자

초판 1쇄 발행 2013년 08월 12일
재판 1쇄 발행 2023년 06월 26일

지은이 다자이 오사무
옮긴이 정수윤
펴낸이 조기조
인 쇄 주)상지사P&B
펴낸곳 도서출판 b | 등록 2006년 7월 3일 제2006-000054호
주 소 08772 서울특별시 관악구 난곡로 288 남진빌딩 302호
전 화 02-6293-7070(대) | 팩시밀리 6293-8080 | 홈페이지 b-book.co.kr | 이메일 bbooks@naver.com

ISBN 979-11-87036-37-1(세트)
ISBN 979-11-87036-44-9 04830

값 22,000원